W0022049

*Die Schatten der Vergangenheit*

Peri ist eine junge, erfolgreiche Restaurantbesitzerin in New York. Was keiner weiß: Ihre Mutter wurde ermordet, als Peri acht Jahre alt war, ihr Vater kam aufgrund Peris Aussage lebenslang hinter Gitter. Peri glaubte immer an die Schuld ihres Vaters. Doch da beweist eine DNA-Analyse, dass er zu Unrecht verurteilt wurde. Peri macht sich auf die Suche nach dem wahren Mörder, der jetzt auch ihr nach dem Leben trachtet …

*Elise Title* hat jahrelang als Psychotherapeutin im Sicherheitsstrafvollzug mit Schwerkriminellen in Massachusetts gearbeitet. Bereits ihr erster Thriller »Romeo« war ein internationaler Bestseller. Elise Title lebt mit ihrer Familie in Boston. Im Fischer Taschenbuch Verlag sind folgende Bände lieferbar: ›Amnesia‹ (Bd. 16597), ›Circe‹ (Bd. 16773), ›Noxia‹ (Bd. 16598), ›Romeo‹ (Bd. 17628), ›Tacita‹ (Bd. 16599).

*»Ich habe in der Zeitung oder im Fernsehen über viele Fälle gehört, in denen angebliche Mörder dank moderner DNA-Analyse nachträglich für unschuldig erklärt und freigelassen wurden. Und das manchmal nach jahrzehntelanger Haft! Das hat mich fasziniert. Daher wollte ich unbedingt ein Buch daraus machen.«*
*Elise Title*

*Unsere Adresse im Internet: www.fischerverlage.de*

Elise Title

# SENTENTIA

*Thriller*

Aus dem Amerikanischen
von Ulrike Wasel
und Klaus Timmermann

Fischer Taschenbuch Verlag

**Deutsche Erstausgabe**
Veröffentlicht im Fischer Taschenbuch Verlag,
einem Unternehmen der S. Fischer Verlag GmbH,
Frankfurt am Main, September 2010

© 2010 by Elise Title. All rights reserved.
Für die deutschsprachige Ausgabe:
© S. Fischer Verlag GmbH, Frankfurt am Main 2010
Satz: Fotosatz Amann, Aichstetten
Druck und Bindung: CPI – Clausen & Bosse, Leck
Printed in Germany
ISBN 978-3-596-18402-6

# PROLOG

12. September 1987

»Du musst keine Angst haben, Peri.«
»Pilar«, flüsterte sie störrisch, während sie sich nervös eine Strähne ihres dunkelbraunen Haars um den Zeigefinger zwirbelte. Die Strähne hatte sich aus dem glänzenden Lacklederhaarband gelöst, das ihr das lange wellige Haar aus dem Gesicht hielt.
»Ja, entschuldige, Pilar.«
Es gefiel ihr nicht, wie er ihren Namen sagte. Es gefiel ihr nicht, wie er vor ihr kniete, so nah, dass sie seinen Atem riechen konnte. Thunfischatem. Igitt. Sie hasste Thunfisch. Und ihr Daddy hasste Thunfisch. *Ihr Daddy.* Nur an ihn zu denken tat schrecklich weh.
»Wir haben das doch schon ganz oft besprochen. Es wird ganz genauso –«
Er redete weiter, doch Pilar hörte nicht zu. Sie hätte diesen stinkenden Mann am liebsten weggeschubst, aber sie war zu klein und er zu groß.
»Pilar? Du musst tapfer sein.« Thunfischatem streckte einen kurzen Wurstfinger aus und berührte sie an der Schulter.
Sie schrie auf und schlug nach seiner Hand.
Er seufzte und stand schwerfällig auf. Er war fett. Fett und glatzköpfig, und er stank, obwohl er einen schicken Anzug trug und an seinem dicken kleinen Finger einen Diamantklunker stecken hatte. Wenn er sie noch mal anfasste, dann würde sie … dann würde sie …
Sie presste die Augen zu, biss sich auf die Unterlippe. »Ich will nach Hause.«

Sie hörte eine neue Stimme, leiser, schmeichelnder, aber mit einem ungeduldigen Unterton. »Schätzchen, du darfst ganz bald nach Hause, mit mir und Debra. Aber vorher –«
Pilar riss die Augen auf. Ihr Großvater kniete jetzt neben ihr. Er war viel älter, aber er roch gut. Wie der Wald. Ihre Mommy roch auch immer gut. Bloß mehr nach Blumen.
Aber nicht beim letzten Mal. Beim letzten Mal hatte Mommy nicht schön gerochen. Da hatte sie ganz … ganz schlecht gerochen.
»Ich will zu *mir* nach Hause.« Doch noch während sie das sagte, sah Pilar, wie das Gesicht ihres Großvaters hart wurde. Sie wusste, dass sie nie wieder zu sich nach Hause gehen würde. Sie war seit dem grässlichen Tag nicht mehr dort gewesen. Es war alles ein schrecklicher Albtraum.

*Weil sie so laut schluchzt, als sie ihre Nana anruft, weiß Pilar nicht, ob ihre Großmutter überhaupt versteht, was sie ihr am Telefon sagen will. »Ich will zu meinem Daddy. Hol meinen Daddy, Nana. Er soll kommen. Er soll kommen.« Und dann, viel, viel später – so kommt es ihr wenigstens vor, aber vielleicht war es gar nicht so lang –, ist ihr Daddy auf einmal da, und sie läuft zu ihm, klammert sich an ihn, bis er sie langsam wegschiebt. Als Daddy Mommy sieht, fängt er ganz schlimm an zu weinen, sogar noch schlimmer als sie. Pilar denkt, dass ihm vielleicht das Herz bricht. Sie läuft wieder zu ihm, und dann weinen beide, auch noch, als der kleine chinesische und der dicke, fette Polizist mit dem roten Gesicht sie voneinander trennen. Die Polizisten sind beide in Uniform und gleichzeitig mit dem Krankenwagen gekommen, nachdem Pilar die 911 gewählt hatte, wie ihre Eltern es ihr beigebracht haben. Aber jetzt sind die Männer aus dem Krankenwagen wieder weg. Pilar hat gesehen, wie einer von ihnen sich über ihre Mommy gebeugt hat, und dann hat er den dicken, fetten Polizisten angesehen und den Kopf geschüttelt …*

»Pilar, du musst gut aufpassen. Du musst aufpassen, was ich sage«, hörte Pilar Thunfischatem sagen. Sie nickte, aber sie passte nicht auf. Sie war noch immer bei sich zu Hause an jenem grässlichen Tag.

*Der kleine chinesische Polizist hält sie fest. Sie versucht, sich loszureißen, schafft es aber nicht. Ihr Daddy wird böse auf ihn. Ganz böse. Er fängt an, ihn mit schlimmen Wörtern zu beschimpfen, und dann wird Rotgesicht sehr böse. Er packt ihren Daddy, wirft ihn zu Boden, biegt ihm die Arme auf den Rücken und legt ihm Handschellen an. Dann lässt der kleine chinesische Polizist sie los, aber als Pilar zu ihrem Daddy will, schreit Rotgesicht sie an, sie solle zurückbleiben, und sie kriegt Angst. Dann kommen noch mehr Männer in die Wohnung. Sie tragen Gummihandschuhe. Einer hat einen Fotoapparat. Ein anderer einen großen, schwarzen Koffer. Wie ein Schwarm Ameisen huschen sie ins Schlafzimmer. Sie achten auf niemanden außer auf Rotgesicht, der jetzt ihren Daddy hochreißt.*

*Tränen laufen ihr übers Gesicht, als Pilar auf die Knie fällt, so wie in der Kirche, in die sie immer mit Daddy gegangen ist, und Rotgesicht anfleht, ihren Daddy loszulassen. In dem Moment taucht Großvater Morris auf. Pilar weiß nicht, woher er das mit Mommy weiß oder warum er da ist. Aber ihr Daddy wird ganz still, als er ihn hereinkommen sieht. Ohne ein Wort geht ihr Großvater zu ihrem Daddy, schaut ihn ganz furchtbar an und spuckt ihm dann ins Gesicht. Pilar denkt, jetzt wird ihr Daddy bestimmt wieder richtig böse. Aber er sagt kein Wort. Er lässt bloß den Kopf hängen, und die beiden Polizisten führen ihn ab. Pilar läuft ihrem Daddy nach, klammert sich an sein Hosenbein. Ihr Großvater zieht sie weg und sagt, es werde alles wieder gut. Aber sie weiß, das stimmt nicht. Nichts wird wieder gut, nie, nie wieder.*

*Noch während die Polizisten ihren armen Daddy zur Wohnungstür zerren, sagt ihr Großvater, sie solle ihre Sachen packen, er werde sie mit zu sich nach Hause nehmen. Sie schreit, dass sie nicht mit ihm mit will, dass sie zu ihrer Nana will. Aber dann ruft ihr Vater ihr von der Tür aus zu, es wäre nur für kurze Zeit und dass Nana krank ist. Daddy sagt ihr, er muss nur eben mit den Polizisten mitgehen, um alles zu klären, und dann holt er sie ab. Versprochen.*

*Aber er hat sie angelogen. Ihr Daddy hat sie angelogen. Er hat sie nicht abgeholt. Und sie hat ihn seit dem grässlichen Tag nicht mehr gesehen, weil ihr Großvater sie nicht mit zu dem Gefängnis nimmt, wo Daddy eingesperrt ist …*

»Peri, du träumst wieder mit offenen Augen«, sagte ihr Großvater, und seine Stimme klang nicht mehr so sanft.
Das stimmte nicht. Aber Pilar hatte keine Lust, ihm das zu sagen. Träume waren etwas Schönes. Als sie klein war, hatte sie schöne Träume. Aber jetzt hatte sie nur noch böse Träume, auch tagsüber mit offenen Augen.
Ihr Daddy würde das verstehen. Auch ihre Nana, ihre richtige Großmutter, die Daddys Mommy war. Sie kannte diesen Großvater kaum, bei dem sie leben musste. Und sie wusste, dass Debra, von der Großvater immer sagte, sie wäre ihre Großmutter, gar nicht ihre Großmutter war. Wie ihre Mommy ihr vor langer Zeit erzählt hatte, war ihre richtige Grandma gestorben, als ihre Mommy noch ein kleines Mädchen gewesen war, und Debra war *diese Frau*, die Großvater Morris geheiratet hatte, *als ihre Mutter kaum unter der Erde war*. Pilar verstand nicht, was ihre Mutter damit gemeint hatte, aber eins verstand sie ganz genau: Ihre Mutter hatte Debra gehasst, und deshalb hasste Pilar sie auch. Obwohl sie sie nie gesehen hatte, bis sie bei Großvater Morris einzog.
Pilar fühlte sich wie Aschenputtel. Nur glaubte sie nicht, dass ihre gute Fee, ihre Großmutter, sie je würde retten können, weil die Türen des großen Stadthauses, in dem sie bei ihrem Großvater in Manhattan wohnte, so viele Schlösser hatten und Debra ihre Nana niemals reinlassen würde. Und Debra erlaubte Pilar nie, mit Nana zu telefonieren, bis die schließlich nicht mehr anrief.
Aber einmal war ihre Nana in Pilars neue, scheußliche Schule gekommen. Sie hatte einfach mitten im Unterricht in jedem Klassenraum nachgesehen, bis sie sie fand. Als Pilar Nana hereinmarschieren sah, dachte sie, nun würde sie endlich gerettet. Aber ehe Pilar zur ihr konnte, wurde ihre Großmutter von zwei Sicherheitsleuten gepackt und zurück auf den Flur bugsiert. Nana beschimpfte sie laut auf Spanisch. Schlimme Wörter, wie sie auch ihr Daddy benutzte, wenn er böse war. Aber Pilar war froh, dass ihre Nana schimpfte. Pilar hätte auch am liebsten geschimpft. Sie kannte ein paar schlimme Wörter auf Spanisch und Englisch. Als Pilar hinter Nana her wollte, hielt die Schul-

leiterin, die auf dem Flur wartete, Pilar am Arm fest und zog sie mit in ihr Büro. Wenig später kam John, um sie nach Hause zu bringen, obwohl sie noch zwei Stunden Unterricht gehabt hätte. John war der Mann mit der blöden blauen Uniform und der noch blöderen blauen Mütze, der sie in Großvater Morris' großem, schicken schwarzen Auto jeden Tag zur Schule fuhr und wieder abholte.

»Pilar, du musst dich konzentrieren.« Thunfischatem war wieder da.
Aber sie konzentrierte sich ja. Bloß nicht auf das, was er wollte.
»Ich vermisse meine Nana«, flüsterte Pilar, den Tränen nahe. Sie wollte sagen, dass sie auch ihren Daddy vermisste, dass sie ihn am meisten vermisste, aber jedes Mal, wenn sie ihren Daddy auch nur erwähnte, wurde Großvater Morris wütend, und Thunfischatem Meyers schärfte ihr wieder ein, das bloß nicht im Gerichtssaal zu sagen. Deshalb sprach sie lieber von allen anderen, nach denen sie sich in den langen einsamen Monaten gesehnt hatte. »Ich vermisse meine Cousinen und meine Tante Lo und Onkel Mickey und Onkel Héctor und alle meinen Freundinnen –«
»Du findest neue Freundinnen«, fiel ihr Großvater ihr ins Wort. »Nette Mädchen aus den besten Familien. Du hast großes Glück, du darfst auf die angesehenste Privatschule in Manhattan gehen, Peri. Auf dieselbe Schule, auf die deine Mutter, möge sie in Frieden ruhen, gegangen ist.« Er unterdrückte blinzelnd die Tränen, ehe er noch mehr Dinge aufzählte, für die sie dankbar sein sollte. »Du kannst dich außerdem glücklich schätzen, in einem schönen Haus in einem wunderbaren Viertel zu wohnen, wo es sauber und sicher ist. Du hast alles, was ein Kind sich nur wünschen kann. Debra überhäuft dich ständig mit wunderhübschen neuen Anziehsachen, und was ist mit dem Walkman, den wir erst letzte Woche für dich gekauft haben? Nicht viele Mädchen in deinem Alter haben –«
»Ich will den blöden Walkman nicht. Und ich hasse die Sachen, die Debra für mich kauft. Ich will meine alten Sachen wiederhaben. Und ich hasse die bescheuerte Schule und die blöde Uni-

form, die man tragen muss. Und die Mädchen da sind alle doof und eingebildet. Die lästern heimlich über mich. Und ich hasse euer großes, fieses Haus und euer dämliches Viertel. Und ich heiße nicht Peri Gold, ich heiße Pilar López. Ihr könnt mir nicht einfach einen neuen Namen geben. Ihr könnt nicht –«
»Schluss jetzt, Peri«, sagte ihr Großvater scharf. »Du verstehst das noch nicht, aber wir haben deinen Namen nur zu deinem Besten geändert. Und du solltest dem Schicksal danken, dass du nicht mehr in der kakerlaken- und rattenverseuchten Wohnung mitten in einem gefährlichen Slumviertel lebst, wo an jeder Ecke Drogensüchtige und anderes Gesindel herumlungern.«
Tränen kullerten Pilar über die Wangen. »Da waren keine Ratten«, sagte sie wütend. »Und es ist kein Slum. Mommy und Daddy haben da gelebt, seit ich auf die Welt gekommen bin. Und meine Nana und Tante Lo leben noch immer da. Und auch alle –«
Großvater Morris' Augen wurden schmal, und er sah jetzt sehr böse aus. »Das reicht.«
Aber Pilar wollte nicht aufhören. Konnte nicht. »Wo ist Nana? Ich will zu meiner Nana. Du hast gesagt, sie wäre hier. Du hast es versprochen –«
Großvater Morris seufzte schwer. »Du siehst deine … deine andere Großmutter später. Das verspreche ich dir. Aber jetzt musst du dich beruhigen, damit du gleich im Gerichtssaal die Fragen von Mr Meyers beantworten kannst, so wie du es die ganzen Wochen geübt hast. Und wenn das vorüber ist –«
»Ich will jetzt zu ihr«, sagte ich verstockt. »Ich will bei meiner Nana leben. Sie will das auch. Und ich will nicht mehr bei dir leben.«
Hinter ihrem Großvater räusperte Thunfischatem sich ungeduldig. »Es ist gleich so weit, Mr Gold.«
»Jetzt hör mal zu, Peri, du bist schon viel zu alt, um so ein Theater zu machen –«
»Ich bin erst sieben«, fauchte sie ihren Großvater an. »Und meine Mommy hat dich nie gemocht. Sie hat gesagt, du bist gemein. Und dass du sie nie liebgehabt hast.«
Das Gesicht ihres Großvaters lief rot an. »Das stimmt nicht. Ich

hatte deine Mutter sehr lieb. Sie war mein einziges Kind. Und du bist mein einziges Enkelkind. Ich liebe dich aus ganzem Herzen, und deine Großmutter und ich werden immer, immer für dich da sein. Was deiner Mutter passiert ist, ist eine furchtbare, entsetzliche Sache, Peri – meiner wunderbaren Tochter, meiner Ali. Wenn nur –« Er verstummte plötzlich und sah aus, als hätte er gerade schreckliches Bauchweh bekommen. Dann wurde sein Gesicht noch röter, und er sah sie nicht mehr an. »Ich könnte das Schwein eigenhändig umbringen.«

»Raph López wird seine gerechte Strafe bekommen, Mr Gold«, sagte Thunfischatem. »Der Fall ist todsicher. Die Geschworenen werden ihn garantiert schuldigsprechen. Und er wird hundertprozentig die Höchststrafe bekommen. López wird nie wieder freikommen, darauf können Sie sich verlassen.«

»Mein Daddy soll aber wieder freikommen«, rief Pilar, die das Gefühl hatte, sich gleich übergeben zu müssen. »Er ist doch schon so lange im Gefängnis. Wieso kann er nicht wieder nach Hause kommen?«

Die Tür zu dem Raum öffnete sich, und eine sehr große, dünne Frau mit einem mürrischen Gesicht erschien. Sie hatte kurze lockige Haare, trug ein blaues Kostüm mit einer weißen Bluse und sagte zu Thunfischatem, dass Pilar López aufgerufen worden sei.

Pilar fühlte sich ein kleines bisschen besser, als sie ihren richtigen Namen hörte. Doch dann packte sie die Panik. Jetzt kam der Moment, vor dem ihr graute.

Sie sank auf ihrem Stuhl in sich zusammen. »Ich ... ich will nicht.«

»Es wird Zeit«, sagte Thunfischatem. »Vergiss nicht, Peri ... Pilar, du darfst deinen Vater nicht mal ansehen, auch keinen von seiner Familie oder seinen Freunden, wenn wir im Gerichtssaal sind. Du siehst einfach die ganze Zeit nur mich an. Dann wird alles halb so schlimm.«

»Schwörst du, die Wahrheit zu sagen, die ganze Wahrheit und nichts als die Wahrheit?«

Pilars kleine Hand zitterte, als sie die Bibel berührte. Sie nickte,

aus Angst zu weinen, wenn sie sprach. Ihr Daddy sollte sie nicht weinen sehen. Und auch sonst keiner. Es waren so viele Leute im Gerichtssaal. Sie versuchte, niemanden anzusehen, nicht bloß weil Thunfischatem ihr das gesagt hatte, sondern weil sie spürte, dass alle sie anstarrten.
Die junge Frau in dem blauen Kostüm, die ihr die Bibel hinhielt, flüsterte: »Du musst laut sprechen fürs Protokoll.«
Pilar schluckte schwer. »Ja, ich schwöre«, bekam sie irgendwie krächzend heraus.
Sie war froh, als die Frau die Bibel wegnahm. Sie wischte sich die verschwitzten Handflächen an dem Tellerrock ihres rosa Baumwollkleides ab. Sie hatte nichts mehr in Rosa angehabt, seit sie vier geworden war. Rosa war was für kleine Mädchen. Aber Debra hatte ihr das Kleid gekauft, extra fürs Gericht. Pilar würde es in Stücke schneiden, sobald das hier vorbei war. Sie fand all die Sachen, die Debra ihr kaufte, einfach scheußlich. *Mommy hätte sie auch scheußlich gefunden. Bei Mommy durfte sie sich ihre Sachen immer selbst aussuchen. Jeans und T-Shirts mit lustigen Sprüchen drauf. Wo waren jetzt alle ihre alten Sachen?*
»Du darfst dich jetzt hinsetzen, Pilar«, sagte eine Frauenstimme leise von oben. Sie schaute nach rechts hoch und sah eine kleine Frau, die in einer schwarzen Robe hinter einem großen Holzaltar saß. Pilar wusste, dass da der Richter sitzen musste, aber sie hatte nicht mit einer Frau gerechnet. Und die Richterin hatte ein kleines Lächeln auf den Lippen, als sie Pilar in die Augen sah. Vielleicht war die Richterin ja nett, dachte Pilar, und würde ihren Daddy nicht für immer ins Gefängnis stecken, wie Thunfischatem gesagt hatte.
»Danke«, sagte sie höflich zu der Richterin. Pilar setzte sich nicht richtig auf den großen Holzstuhl, bloß vorne auf die Kante, so dass die Spitzen ihrer schwarzen Mary-Jane-Lackschuhe noch den Boden berührten, und faltete die verschwitzten Hände fest auf dem Schoß.
Die ersten paar Minuten waren ganz schrecklich. Sie musste der Richterin ihren ganzen Namen nennen – Pilar Celestina López –, Peri Gold würde sie nicht sagen, weil das nicht ihr richtiger Name war, ganz egal, was ihr Großvater behauptete. Die

Richterin dachte das wohl auch, denn sie berichtigte sie nicht. Dann fragte die Richterin sie, wie alt sie war und in welche Klasse sie ging. Zwei weitere leichte Fragen. Und Pilar hoffte schon, die Richterin und nicht Thunfischatem würde ihr vielleicht *alle* Fragen stellen. Dieser netten Frau zu antworten, wäre bestimmt nicht so schwer.
Doch noch während Pilar das dachte, kam Thunfischatem bereits auf sie zu. Als er vor ihr stehen blieb, war er ihr wenigstens nicht mehr so nah wie zuvor. Er lächelte sie an, doch Pilar wusste, dass er sie eigentlich nicht leiden konnte. Mit seiner falschen freundlichen Stimme fragte er Pilar, ob sie eine gute Schülerin wäre, und sie sagte, sie hätte immer gute Zeugnisse. Die ganze Zeit hielt sie den Kopf gesenkt und starrte auf ihre verkrampften Hände im Schoß.
»Ich weiß, das hier ist sehr schwer für dich, Pilar, und du sollst auch nicht länger hier sein als nötig. Aber es ist wichtig, dass du uns erzählst, was an jenem Tag passiert ist, am Freitag, dem 21. Januar. Lass dir ruhig Zeit, meine Kleine.«
»Ich bin nicht Ihre Kleine«, fauchte Pilar, sah vor Wut hoch und funkelte den stinkenden Anwalt an.
Und auf einmal war es vorbei. Aus den Augenwinkeln sah sie ihren Vater, ganz weit links. Ihr Blick huschte zu ihm hinüber, und Tränen schossen ihr in die Augen. *Daddy. Daddy.* Sie wäre am liebsten aufgesprungen und zu ihm gerannt. Um auf seinen Schoß zu klettern, wie sie es so oft getan hatte. Sie konnte die Berührung seiner Finger spüren, wie sie ihr die Haare zurückstrichen. Dann würde er sie sachte schaukeln und ihr auf Spanisch ein Schlaflied vorsingen. Er hatte eine so schöne Stimme …
Aber Daddy schaute sie nicht an. Er hielt den Kopf gesenkt, genauso wie sie noch vor einer Minute. Sie konnte sein Gesicht nicht sehen. Sie sah von ihm nur das pechschwarze Haar. Aber nur ganz wenig davon. Wo waren die schönen, dichten Locken geblieben? Wieso hatte er sie abschneiden lassen? Sie mochte seine Haare doch so. Weil ihre Haare fast genauso wie seine waren. Genauso wellig, nur nicht so schwarz. Aber längst nicht so hell wie Mommys …
Plötzlich hob ihr Vater ruckartig den Kopf, und ihre Blicke tra-

fen sich. Er war auch nicht so tapfer. Auch er konnte die Tränen nicht zurückhalten. Sie liefen ihm übers Gesicht. Er sah so traurig aus. Fast so traurig wie an dem schrecklichen Tag, als er erfuhr, dass Mommy tot war. Der Tag, als die Polizisten ihn ins Gefängnis sperrten. Der Tag, an dem ihr Großvater ihr sagte, ihr Daddy hätte ihre Mommy getötet. Zuerst wollte sie ihm nicht glauben. Aber nicht nur ihr Großvater sagte das. Alle sagten das. Die Polizisten, die Leute in den Nachrichten, Thunfischatem und die anderen Anwälte, die manchmal bei ihm waren.

»Er wollte das nicht.« Pilar merkte gar nicht, dass sie sprach. »Es war ein Unfall. Mein Daddy wollte meiner Mommy nicht wehtun. Er wollte das nicht. Er wollte das nicht ...« Der Rest ihrer Verteidigungsrede ging in haltlosem Schluchzen unter.

Thunfischatem versuchte, sie zu beruhigen, aber sie musste immer weiter weinen. Pilar hörte, wie die Richterin eine zehnminütige Pause anordnete. Pilar war froh, dass sie nicht wieder auf die Bibel schwören musste. Sie wollte die Sache jetzt nur noch schnell hinter sich bringen. Sie rasselte alles herunter, was sie für Thunfischatem in den letzten paar Monaten wenigstens hundertmal zur Übung hatte aufsagen müssen.

»Ich bin von der Schule nach Hause gekommen.« Sie nannte ihre Adresse, als Thunfischatem fragte. Manhattan, East 133$^{rd}$ Street, Wohnung 2 C. »So ungefähr um halb vier –« Er hatte ihr eingeschärft, *ungefähr* zu sagen, weil niemand erwarten würde, dass sie die genaue Uhrzeit wusste. Danach stockte sie.

»War deine Mutter zu Hause?«

Pilar presste die Augen zu. Jetzt kam der schlimme, schlimme, schlimme Teil.

»Sie war im Schlafzimmer, ist das richtig, Pilar?«, half Thunfischatem nach.

»Ja«, murmelte Pilar schwach, öffnete die Augen nur, weil das Bild, das sie mit geschlossenen Augen sah, so schrecklich war.

»Erzähl uns einfach, was du gesehen hast, als du ins Schlafzimmer deiner Mutter gegangen bist.«

»Sie ... war auf dem Bett. Sie hat geblutet. Ich bin zu ihr gelaufen. Ich hab geweint.«

»Was hatte deine Mutter an?«

Pilars Gesicht wurde vor Scham rot. »Nichts«, murmelte sie.
»Alison Gold López lag nackt und blutend auf ihrem Bett«, sagte Thunfischatem.
»Ich hasse dich«, zischte Pilar dem Anwalt zu.
Er blickte kurz zu der Richterin hoch, setzte ein trauriges Gesicht auf. *Dieser dicke fette Lügner.* Dann wandte er sich wieder Pilar zu. Das traurige Gesicht war verschwunden. »Deine Mutter war noch am Leben, als du sie gefunden hast, ist das richtig, Pilar?«
Ihr Hass auf den Anwalt wich einer Welle Schuldgefühle. »Ja, und ich wollte, dass es nicht mehr blutet. Ich hab alle Handtücher genommen, die ich finden konnte ... und ... und ich hab die 911 gewählt und einen Krankenwagen gerufen, wie meine Mommy und mein Daddy mir das beigebracht haben.« Sie weinte jetzt leise. »Und ich hab auch meine Nana angerufen ... und gesagt, dass ich zu meinem Daddy will ...«
»Pilar, wir können noch mal eine kleine Pause machen, wenn du möchtest«, sagte die Richterin sanft.
Pilar achtete nicht auf sie. »Es hat so lange gedauert, bis jemand gekommen ist. Ich wusste nicht, was ich machen sollte. Deshalb hab ich Mommys Hand gehalten –«
»Hast du irgendetwas zu ihr gesagt?«
»Ich hab gesagt, ich hab dich lieb, Mommy.«
»Und du hast deine Mutter gefragt, was passiert ist, ist das richtig?«
Pilar antwortete nicht.
Es war mucksmäuschenstill im Saal. Einen Moment lang stellte Pilar sich vor, alle wären verschwunden und das alles hier wäre in Wirklichkeit nur ein ganz schrecklicher böser Traum. Gleich würde sie aufwachen, und ihre Mutter wäre am Leben, und ihr Daddy würde sie auf den Armen schaukeln und sie zum Kichern bringen ...
»Was hat deine Mutter geantwortet, als du sie gefragt hast, was passiert ist, Pilar?«
Sie hasste diesen fetten, stinkenden Mann, sie hasste ihn wirklich. Sie wünschte, er würde tot umfallen.
»Du musst einfach nur die Wahrheit sagen, Pilar. Was hat deine Mutter zu dir gesagt?«, drängte Thunfischatem.

Und Pilar wusste, dass er keine Ruhe geben würde, bis sie antwortete. Und bis sie antwortete, würde sie hier im Gerichtssaal bleiben müssen, wo sie doch einfach nur wegwollte. Vielleicht würde sie ja wirklich weglaufen, wie sie es sich oft überlegte, sogar Pläne schmiedete, wie sie Debra entkommen könnte, der weißen Hexe …
Ihre Augen schossen zu ihrem Vater hinüber, der den Kopf wieder gesenkt hielt. Und auf einmal sah sie in der Reihe hinter ihm ihre Nana, zwischen Tante Lo und Onkel Mickey. Neben Tante Lo saß Onkel Héctor, der eigentlich gar nicht ihr richtiger Onkel war, sondern der Freund von Tante Lo, weshalb er fast ein Onkel war. Ihre Nana klammerte sich an Tante Lo fest, und sie weinten beide, aber ohne einen Laut.
»Pilar?«
Vielleicht würden sie alle sie jetzt hassen. Und ihre Nana würde sie niemals bei sich wohnen lassen.
Sie würde Thunfischatem antworten müssen, das wusste sie. Aber sie könnte lügen. Ja, das könnte sie. Nur, sie hatte auf die Bibel geschworen, die Wahrheit zu sagen, und wenn sie log, würde sie in die Hölle kommen. Und dann würde sie ihre Mommy nicht im Himmel sehen, und das wäre das Schlimmste auf der Welt. Noch schlimmer als das hier.
»Was hat deine sterbende Mutter gesagt, Pilar?«
»Raph.« Pilar sagte es im Flüsterton.
»Raph«, wiederholte Thunfischatem laut. »Der Name deines Vaters. Als du sie gefragt hast, wer ihr das angetan hat, hat sie Raph gesagt. Ist das richtig, Pilar?«
Plötzlich schrie ihre Nana laut auf, und Onkel Mickey sprang von seinem Stuhl und fing an, Thunfischatem zu beschimpfen, und auf einmal war die Richterin nicht mehr so nett. Sie sagte ihnen, sie müssten den Saal verlassen, wenn sie sich nicht beherrschen könnten. Ihre Nana vergrub das Gesicht in den Händen, und Tante Lo drückte sie fest, doch sie wurden beide still. Onkel Mickey starrte die Richterin finster an und stürmte dann aus dem Saal. Thunfischatem wartete, bis ihr Onkel draußen war und die großen Schwingtüren sich wieder geschlossen hatten. Dann stellte er ihr dieselbe Frage erneut.

»Ja«, murmelte sie, »aber vielleicht …«
»Schon gut, Pilar«, schnitt Thunfischatem ihr das Wort ab. »Jetzt habe ich bloß noch ganz wenige Fragen an dich.«
Sie wusste, was er vorhatte, aber sie hatte gehofft, er hätte es sich anders überlegt. Oder dass die Richterin ihm vielleicht sagen würde, es wäre genug. Aber das passierte nicht.
Thunfischatem würde ihr genau die Fragen stellen, die er mit ihr so oft eingeübt hatte. »Pilar, hat dein Vater, oder Raph, wie er genannt wird, am Freitag, dem 21. Januar dieses Jahres, mit dir und deiner Mutter in eurer Wohnung auf der East 133rd Street zusammengelebt?«
Pilar warf ihrem Vater einen besorgten Blick zu. Er hatte den Kopf nicht mehr gebeugt. Er sah sie jetzt an, noch immer mit Tränenstreifen im Gesicht, aber er versuchte, sie anzulächeln. Sie war erleichtert, dass er nicht böse auf sie war.
»Nein«, sagte sie leise.
»Nein, dein Vater Raphael López lebte *nicht* mit dir und deiner Mutter zusammen, als der Mord geschah, ist das richtig?«
»Das hab ich doch schon gesagt«, blaffte sie. »Er hat meine Nana besucht.«
»Du meinst, er hat bei ihr gewohnt.«
Pilar starrte ihn zornig an. »Er wollte zurückkommen.«
»Wann ist dein Vater von zu Hause ausgezogen, Pilar?«, fragte Thunfischatem geduldig.
Sie zuckte die Achseln. »Ich weiß nicht mehr.«
»Ein paar Tage, ein paar Wochen, ein paar Monate bevor deine Mutter starb?«
»Er wollte wieder nach Hause kommen.« Jetzt blickte sie ihren Vater flehentlich an. »Das hast du mir versprochen, richtig, Daddy? Du und Mommy, ihr wolltet euch wieder vertragen, und alles sollte wieder so werden wie früher.«
Er brachte ein schwaches Nicken zustande und wandte dann verschämt den Kopf ab.
»Pilar«, sagte Thunfischatem scharf. »Bitte schau mich an, wenn du antwortest. Also, warum ist dein Vater von zu Hause ausgezogen?«
»Ich weiß nicht«, sagte sie trotzig, aber sie blickte wieder nach

unten auf ihre Hände. Es war nicht gelogen, sie wusste es nicht genau.
»Stimmt es nicht, dass deine Mutter ihm gesagt hat, er solle gehen?«
Der Mann, der neben ihrem Vater saß, stand auf. »Einspruch, Euer Ehren. Suggestivfrage.« Er war groß und mager, und er hatte Pickel im Gesicht. Er trug nicht mal einen richtigen Anzug, bloß eine Khakihose und ein hässliches Tweedjackett.
»Abgelehnt«, sagte die Richterin, und Pickelgesicht zuckte die Achseln und setzte sich wieder hin. Pilar verstand das nicht, bat aber nicht um eine Erklärung. Früher hatte sie ihre Mommy oder ihren Daddy immer gebeten, ihr Sachen zu erklären, und das hatten sie immer getan. Sie mochten es, wenn sie Fragen stellte. Sie sagten, dadurch würde sie richtig schlau.
»Hast du je gesehen oder gehört, wie deine Eltern sich gestritten haben, Pilar?«, fragte Thunfischatem.
»Nein. Ich weiß nicht. Alle streiten sich. Sogar im Fernsehen.«
»Dann haben deine Eltern sich also gestritten«, hakte Thunfischatem nach.
Sie zuckte die Achseln.
»Ist das ein Ja, Pilar?«
»Ja«, stieß sie hervor.
»Und an dem Tag, als dein Vater ausgezogen ist, haben er und deine Mutter gestritten, ist das richtig?«
»Ich weiß nicht genau.« Sie gab nicht die Antworten, die Thunfischatem mit ihr so oft geübt hatte.
»Sie müssen sich gestritten haben. Hat dein Vater dir später nicht gesagt, er und deine Mutter wollten sich wieder vertragen? Man kann sich nur dann wieder vertragen, wenn man sich vorher gestritten hat, nicht wahr, Pilar?«
Wieder erhob Pickelgesicht mit dünner Stimme Einspruch, aber die Richterin sagte wieder »abgelehnt« und forderte Pilar auf, zu antworten. Pickelgesicht zuckte bloß die Achseln wie beim letzten Mal und schob irgendwelche Papiere auf dem langen Tisch hin und her.
»Erinnerst du dich, ob deine Eltern sich am Morgen des 26. November gestritten haben, dem Freitag nach Thanksgiving, Pilar?«

Sie antwortete nicht, obwohl ihr das Geschrei von Mommy und Daddy an dem Morgen noch in den Ohren dröhnte. Sie hatte noch im Bett gelegen und sich das Kissen über den Kopf gezogen, um die bösen Worte nicht zu hören. Aber sie schrien beide so laut …

»Du warst an dem Freitag nicht in der Schule, weil du wegen Thanksgiving die ganze Woche Ferien hattest. An dem Tag warst du zu Hause. Und an dem Tag, genauer gesagt, um ungefähr acht Uhr fünfundvierzig, forderte deine Mutter nach einem halbstündigen Streit deinen Vater auf, die Wohnung zu verlassen und nie wiederzukommen.«

»Einspruch, Euer Ehren, das ist eine Feststellung, keine Frage«, knurrte Pickelgesicht, ohne auch nur die Augen von seinem chaotischen Papierberg zu heben.

Ehe die Richterin antworten konnte, schob Thunfischatem rasch hinterher: »Ist das richtig, Pilar?«

»Ich weiß nicht mehr«, stammelte sie. Das war nicht die Antwort, die sie geben sollte.

»Und dann hat dein Vater deine Mutter mit einem bösen spanischen Schimpfwort angeschrien und ist zur Tür hinausgestürmt, die er so fest zugeknallt hat, dass eine von den Angeln rausgerissen wurde.« Diesmal fügte er rasch hinzu: »Ist das richtig, Pilar?«, ehe Pickelgesicht »Einspruch« sagen konnte.

»Ich weiß nicht mehr«, sagte sie hartnäckig.

»Du hast auf die Bibel geschworen, die Wahrheit zu sagen, Pilar.«

»Ich glaub, ich weiß es doch noch«, gab sie schließlich zu. »Mommy und Daddy haben sich auch davor öfters gestritten und Daddy ist böse weggegangen, aber sie haben sich dann wieder vertragen und alles war wieder gut.«

Sobald sie Thunfischatems Lächeln sah, wusste sie, dass sie das Falsche gesagt hatte, obwohl sie nicht verstand, warum es falsch war.

Das einzig Gute war, dass Pilar jetzt, wo Thunfischatem so froh aussah, wirklich glaubte, er würde aufhören. Aber er fragte weiter und weiter. Wie oft hatten ihre Eltern sich gestritten? Wie oft hatte ihr Vater wütend die Wohnung verlassen? Hatte ihr

Vater ihre Mutter je geschlagen? Ihr gedroht? War es bei der letzten und längsten Trennung ihrer Eltern nicht oft vorgekommen, dass ihr Vater vor der Wohnung auftauchte und verlangte, hereingelassen zu werden, um mit ihrer Mutter zu sprechen? Hatte ihre Mutter ihn je reingelassen, wenn Pilar zu Hause war? War sie nicht auch an dem Tag zu Hause gewesen, als er versuchte, die Wohnungstür aufzubrechen? War das nicht am Tag nach Weihnachten gewesen? Wusste sie, was eine einstweilige Verfügung war?
Als Pilar schon dachte, es würde niemals aufhören, schenkte Thunfischatem ihr ein beifälliges Lächeln und blickte dann zu der Richterin hoch, und jetzt fand Pilar sie gar nicht mehr nett.
»Die Staatsanwaltschaft hat keine weiteren Fragen an die Zeugin, Euer Ehren.«
Als er sich abwandte, wollte Pilar automatisch aufstehen, doch die Richterin erklärte ihr, dass jetzt der Anwalt ihres Vaters an der Reihe war, ihr Fragen zu stellen.
Wieder meldete sich ihr Bauchweh. Thunfischatem hatte ihr zwar erklärt, dass das passieren würde, und war sogar ein paar Fragen mit ihr durchgegangen, die der Anwalt ihres Vaters stellen könnte, aber Pilar hatte gehofft, die Richterin würde vielleicht sagen, sie hätte genug Fragen beantwortet.
Pickelgesicht stand auf. Pilars einziger Gedanke war, dass er furchtbar jung und schmuddelig aussah. Wieso trug er keinen schicken Anzug wie Thunfischatem? Wieso wirkte er so nervös? Sie sah das einzelne Blatt Papier, das er in der zitternden Hand hielt. Er klammerte sich an dem Blatt fest und blickte stur darauf. Pilar hoffte, dass es nicht voller Fragen war.
Zuerst wischte er sich mit dem Ärmel über die pickelige Stirn. Dann räusperte er sich und das klang wie bei einem Frosch. Schließlich fragte er sie, ob ihre Mommy viele Freunde gehabt hatte, von denen sie Besuch bekam, wenn ihr Vater nicht zu Hause war. Oder nachdem ihr Vater ausgezogen war.
»Nein«, sagte sie, obwohl das nicht die reine Wahrheit war. Manchmal war Onkel Mickey vorbeigekommen. Aber er war gekommen, weil er seine *linda chica*, wie er Pilar immer nannte, genauso gern sehen wollte wie ihre Mommy. Und Onkel Héc-

tor kam auch oft zu Besuch, weil er so allein war, wenn Tante Lo im Schönheitssalon arbeitete.

»Hast du je gesehen, dass dein Vater deine Mutter geschlagen oder ihr sonst irgendwie wehgetan hat?«, fragte Pickelgesicht.

»Nein. Nie. Nie. Nie.« Das war die reine Wahrheit.

»Keine weiteren Fragen an die Zeugin, Euer Ehren.«

Die Richterin blickte Thunfischatem an. Er schüttelte den Kopf. »Kein Kreuzverhör, Euer Ehren.«

Die Richterin lächelte Pilar an. »Vielen Dank, Pilar. Du darfst jetzt gehen.«

Pilar zögerte, und dann blickte sie die Richterin flehentlich an. »Sie lassen doch nicht zu, dass mein Daddy nie wieder freikommt, oder? Es tut ihm nämlich alles furchtbar leid, das weiß ich.« Ihre Augen huschten zu ihrem Vater. »Nicht wahr, Daddy? Sag ihr, dass es dir leidtut. Bitte, bitte, Daddy, sag, es tut dir leid, und dann verzeiht sie dir und wir können nach Hause –«

# 1

»Du willst was von mir.«
Sam Berger lächelte. Er hatte ein Lächeln, das einen Eisberg zum Schmelzen bringen konnte – oder das Herz einer Frau. Außer Karen Meyers' Herz. Sie hatte fast vier Jahre lang mit Sams sexy Lächeln zusammengelebt – obwohl, in den letzten paar Monaten hatte er eigentlich nicht mehr viel gelächelt. Zumindest nicht für sie.
Karen Meyers sah, wie Sam den Blick langsam durch ihr Büro im fünfzehnten Stock mit Aussicht auf den City Hall Park schweifen ließ. Um diese Zeit, fast fünf Uhr am Nachmittag, stand die Sonne bereits ziemlich tief, und aus den Büros in den umliegenden Gebäuden glitzerte Licht. Nicht mal Mitte November, aber es wurde schon früh dunkel. Karen konnte den Winter nicht ausstehen, sie hasste seine endlosen finsteren Stunden, seine Aneinanderreihung von Feiertagen, die eigentlich für frohe Stimmung sorgen sollten, es aber nicht taten, zumindest nicht bei ihr.
Es gab noch etwas, das Karen nicht ausstehen konnte. Sie hasste Überraschungen. Und gerade eben war ihr die größte Überraschung seit langem ins Haus geschneit. Oder genauer gesagt ins Büro.
»Hübsch«, sagte Sam, mit Blick auf den Kelim, der fast den ganzen Boden bedeckte. Allein der orientalische Teppich sorgte in dem Büro für etwas Farbe. An den Wänden hingen große schwarz-weiße Landschaftsaufnahmen in Chromrahmen, die Bürosessel waren aus edlem grauem Weichleder, der überdi-

mensionale Schreibtisch und die Wand aus Aktenschränken dahinter waren jeweils aus dunklem Kirschholz. Der ganze Raum verströmte genau die richtige Mischung aus unaufdringlicher Eleganz und Professionalität. Nicht dass Karen sich für gewöhnlich hier mit Mandanten traf. Dafür gab es bei Markham, Speers & Calhoun noch elegantere, noch edler ausgestattete Räume.

Karen wusste, dass Sam nicht gefiel, was er sah, obwohl seine Miene leicht amüsiert blieb. Sie wartete ungeduldig ab und hatte dabei das Gefühl, dass eher sie als ihr Büro begutachtet wurde.

»Ich mache einen neuen Film«, sagte Sam und streifte den Riemen seiner abgewetzten, braunen Kameratasche von der Schulter, um sie auf einen der Ledersessel vor ihrem Schreibtisch zu legen. »Könnte dich interessieren, Karen.« Endlich richtete er seine Augen auf sie.

Das also war ihre Begrüßung nach achtzehn Monaten Funkstille. Sie waren beide keine Freunde von Smalltalk. Sam schon gar nicht. Daher hoffte sie, er würde möglichst rasch zum Grund seines Besuches kommen und genauso schnell wieder verschwinden.

»Siehst du diesen Stapel Akten, Sammie?« Nur Karen und seine Mutter nannten ihn Sammie. Karen deutete auf einen Berg Ordner auf ihrem Schreibtisch. Sie wollte wirklich, dass er zur Sache kam. Das Wiedersehen nach der langen Zeit brachte sie doch ganz schön durcheinander.

Sam lächelte bloß. »Kaum zu übersehen.«

»Also, spar dir den Vorspann, sag, was du von mir willst und lass mich Nein sagen. Dann kannst du dich vom Acker und ich mich wieder an meine Arbeit machen.« Karen hielt sich wacker, aber ihre Stimme war nicht so fest, wie sie sich das wünschte. Das letzte Mal, dass sie und Sam sich gesehen hatten, war im letzten Mai gewesen, als sie im Büro ihres Anwalts die Scheidungspapiere unterschrieben.

Er warf einen Blick auf ihre Hand, die noch auf dem Aktenstapel lag, und sein Lächeln wurde nur noch breiter, was seine verdammt hübschen Grübchen zum Vorschein brachte. Verlegen zog Karen den tiefen Ausschnitt ihres perlmuttfarbenen Kaschmirpullovers höher. Dabei hatte sie normalerweise keine Hemmungen, etwas Dekolleté zu zeigen, wie zum Beispiel am Morgen im Gerichtssaal, als sie Richter Alan Neville um Vertagung bat, weil einer ihrer Hauptzeugen in einem Kartellprozess nicht erschienen war. Neville bewahrte zwar sein berühmtes Pokerface, doch Karen entging nicht, dass der Blick des Richters nach unten auf ihre üppige Brust glitt, ehe er ein barsches »Drei Tage, Ms Meyers!« knurrte.

Sam trat näher, stützte die Handflächen auf den Rand ihres überfüllten Schreibtischs und beugte sich leicht zu ihr vor. »Dieser Dokumentarfilm, den ich mache –«

Karen hob eine Hand, um ihn zu bremsen. »Sammie, ich hab doch gesagt, fass dich kurz. Ich bin sicher, es wird ein toller Film, genau wie deine letzten drei oder wie viele es waren –«

»Für den letzten habe ich einen Emmy gekriegt.«

»Glückwunsch.« Karens Stimme wurde eine Spur sanfter. Sie hatte sich den prämierten Film mit dem Titel *Hanging Out* angesehen, als er knapp einen Monat nach ihrer Scheidung auf HBO lief. Sie hatte ihn gar nicht sehen wollen, weil sie den Film für einen großen Teil ihrer Eheprobleme verantwortlich machte, besser gesagt, die viele Zeit, die Sammie dafür investiert hatte, um das ganze Land zu bereisen und mittelose Männer und Frauen zu interviewen, die tagaus, tagein an Straßenecken in verarmten Stadtvierteln herumhingen. Sammie hatte so eine Art, seinen Interviewpartnern nahezukommen und ihr Herz zu erobern. Die Geschichten, die er ihnen entlockte, waren intim, schmerzhaft und hart und mitunter abstoßend. Aber immer packend.

Sammies Film war gut. Besser als gut. Er hatte den Emmy verdient. Ja, Karen hatte sich auch die Verleihung angesehen, überzeugt, dass er für die beste Fernsehdokumentation prämiert werden würde. Hatte sie sich gewünscht, dass er auf die Bühne gehen und sie in seiner Dankesrede erwähnen würde? Schließlich hatte sie ihn in den ersten Monaten seines Projekts nicht nur emotional, sondern auch finanziell unterstützt. Zugegeben, es hätte einer gewissen Ironie nicht entbehrt, wenn er sich bei

ihr bedankt hätte. Aber ihre Überlegungen waren ohnehin überflüssig gewesen. Er war gar nicht erschienen. Sam Berger war als Mann hinter der Kamera nicht fürs Rampenlicht geschaffen. Irgendein wasserstoffblonder Blödmann aus irgendeiner Seifenoper hatte den Preis für ihn entgegengenommen.
Karen spürte die Augen ihres Exmannes auf sich, und sogleich stieg ihr die Röte in die Wangen. Sammie hatte noch immer diese Wirkung auf sie, obwohl sie ehrlich glaubte, dass sie mit der Scheidung ihren Frieden gemacht hatte; schließlich war sie doch zu der Überzeugung gelangt oder hatte sich zumindest eingeredet, dass es so am besten war. Dennoch ...
Sie warf einen überdeutlichen Blick auf ihre Rolex und musterte ihn dann ungeduldig.
In gelassener Missachtung dieser unübersehbaren Geste schob Sam seine lange, schlaksige Gestalt in den grauen Ledersessel vor Karens Schreibtisch. »Ich sage deshalb, die Doku könnte dich interessieren, weil sie was mit der Arbeit zu tun hat, mit der du dich in deinem Jurastudium in New York befasst hast.«
Er hängte ein Bein lässig über eine Armlehne, eine Pose, die für Karen vertraut und provokativ zugleich war. Er sah verdammt gut aus. Die Scheidung bekam ihm offensichtlich bestens. Keine Spur mehr von den dunklen Schatten, die er um die Augen gehabt hatte, als die Streitereien zwischen ihnen eskaliert waren. Keine Spur mehr von den Falten, die seine Stirn auch dann zerfurchten, wenn er sie nicht runzelte. Mit fünfunddreißig wirkte Sam Bergers Teint noch immer frisch. Und seine dunkelbraunen Locken ringelten sich so wild und lang wie eh und je bis in den Nacken. Er war ähnlich gekleidet wie in ihrer gemeinsamen Zeit, verwaschene blaue Jeans mit ausgebeulten Knien, schwarzer Pullover mit Rundhalsausschnitt, die Ärmel zu kurz und am Bund vom zu vielen Waschen ausgeleiert, sowie abgewetzte schwarze Cowboystiefel aus Ziegenleder, dieselben, die er schon trug, als sie sich vor sieben Jahren ineinander verliebten. Die Stiefel hatten länger gehalten als ihre Beziehung.
Wie er ihr so gegenübersaß, wirkte Sam völlig locker. Karen dagegen fühlte sich alles andere als entspannt. Wenigstens wusste sie, dass sie selbst auch noch ziemlich gut aussah. Noch

immer unter fünfundfünfzig Kilo, noch immer gut in Form dank des mörderischen Trainings, das sie allmorgendlich im Fitnessstudio absolvierte und das sie immer erst hinterher genießen konnte. Ihr Friseur hatte ihr glattes rotblondes Haar, das sie nun kürzer trug als während ihrer Zeit mit Sam, dezent mit hellen Strähnchen aufgepeppt, und die fransige Stufenschnittfrisur betonte ihre Kopfform und wirkte jugendlich und professionell zugleich. Außerdem war sie pflegeleicht, ein großes Plus für eine Frau, die im Schnitt siebzig Stunden die Woche und mehr arbeitete.

Karen sah, dass Sam seelenruhig auf eine Reaktion von ihr wartete. Sie war in Gedanken so weit abgeglitten, dass sie fast vergessen hätte, was er gesagt hatte. Dann wurde ihr klar, warum ihr das alles in den Sinn gekommen war. Er beschwor eine Zeit herauf, die sie am liebsten aus ihrem Gedächtnis verbannt hätte.

»Ich habe im Studium viel gearbeitet, Sam. Und seit ich Partnerin bei Markham, Speers & Calhoun bin, habe ich noch sehr viel mehr Arbeit. Selbst wenn ich bereit wäre, dir einen Gefallen zu tun, ich habe ehrlich nicht die Zeit. Ich ersticke in Arbeit, wie du siehst.«

Sam überging ihre Bemerkung, ein Zug, der Karen oft frustriert hatte. Na, wenigstens das hatte sich nicht geändert.

»Ich meine dieses Projekt zum Thema Fehlurteile, das du im letzten Semester gemacht hast. Damals wolltest du später unbedingt was mit Strafrecht machen. Pflichtverteidigerin werden, sobald du die Zulassung in der Tasche hättest, weil es dich empört hat, wie schlecht sich die meisten Pflichtverteidiger für ihre mittellosen Mandanten einsetzen.«

Karen spürte, wie sich ihr Mund anspannte. Sam hatte einen Nerv getroffen. Und das wusste er ganz genau, was es nur noch schlimmer machte. Leidenschaftliches Engagement für die gesellschaftlich Benachteiligten war damals zwischen Karen und Sam ein starkes Bindeglied gewesen. Anders als bei ihr war Sams Leidenschaft auf dem Gebiet nie abgeebbt. Alle seine Filme hatten sich mit irgendeinem Aspekt von Armut oder Ungerechtigkeit befasst (was beides, wie er ihr erklärte, für gewöhnlich Hand in Hand ging). Sein erster Film – den er bereits schnitt, als sie

ein Paar wurden – befasste sich mit sozial schwachen Familien, sein zweiter mit der Ausbeutung illegaler Einwanderer als Küchenhilfen in Nobelrestaurants und der dritte, der ihm den Emmy einbrachte, mit größtenteils Afroamerikanern und Latinos, die allmählich den Lebensmut verloren, während sie perspektivlos an irgendwelchen Straßenecken herumhingen. Ohne Begleitkommentar erzählte Sams Dokumentation davon, wie die Armut Männern jede Hoffnung auf ein besseres Leben nimmt und sie zu Drogen, Alkohol und Straftaten verleitet.
Karen dagegen hatte kurz vor dem Examen unvermittelt von Strafrecht zu Wirtschaftsrecht gewechselt, eine Entscheidung, die ihr Ex ihr nie so ganz verziehen hatte.
»Du siehst gut aus, Karen«, sagte Sam, wobei sich ein ganz schwacher israelischer Akzent in seine Stimme schlich. In Haifa geboren und aufgewachsen, hatte er nach seinem Militärdienst in Israel die Filmhochschule in New York besucht. Er war in New York geblieben und wenige Jahre nach seiner Heirat mit Karen amerikanischer Staatsbürger geworden.
»Guter Haarschnitt. Sehr elegant. Und sogar mit Strähnchen. Hübsch.«
Sams abrupter Themenwechsel brachte Karen nur noch mehr auf die Palme. Für einen Mann, der so sensibel mit seinen Interviewpartnern umging, ließ Sams Gespür für die Menschen in seinem persönlichen Umfeld schon immer zu wünschen übrig.
Sie starrte ihn erbost an, aber im Grunde war sie verlegen. Nicht bloß wegen ihrer neuen Frisur, sondern wegen ihrer ganzen Erscheinung. Sie wünschte jetzt, sie hätte eines ihrer Businesskostüme angehabt, mit einer klassischen weißen Bluse, ein Outfit, das sie immer dann anzog, wenn sie ihre schlanke, aber kurvenreiche Figur kaschieren wollte. Der tief ausgeschnittene Pullover, der ihr am Morgen noch gute Dienste geleistet hatte, steigerte jetzt nur ihr Unbehagen.
»Und die Rolex. Muss eine schöne Stange Geld gekostet haben. Hast du sie dir selbst gekauft, oder war sie ein Geschenk?«
Ihr Mund zuckte. Was fiel ihm ein, ihr so eine persönliche Frage zu stellen? Sie antwortete nicht. Sollte er ruhig denken, dass die Uhr ein Geschenk war. Von einem jungen, heißen Liebhaber.

Ihr Schweigen schien ihn nicht aus der Ruhe zu bringen. »Ich schätze«, fuhr er lakonisch fort, »eine Partnerin in einer New Yorker Topkanzlei braucht nun mal gewisse Accessoires.«
Ihr Zorn wurde übermächtig. »Es gab mal eine Zeit, da hat dich das Geld, das ich als Wirtschaftsanwältin verdient habe, nicht gestört. Du hast dich jedenfalls nicht beschwert, als ich einen gehörigen Batzen von meinem schwer verdienten Geld in deine preisgekrönte Doku investiert habe.«
»Entschuldige«, sagte Sam leise. »Du hast recht. Manchmal bin ich ein Riesenarsch.«
»Nein«, sagte sie knapp. »Bloß ein Arsch.«
»Wirklich, es tut mir echt leid, Karen.«
Sie zuckte die Achseln, entschlossen, es auf sich beruhen zu lassen. Leichter gesagt als getan.
»Komm endlich zur Sache, Sam.«
»Also, ich weiß, ich berühre einen wunden Punkt, wenn ich von deiner Beteiligung an dem Projekt über die Fehlurteile anfange. Aber deine Gruppe und ganz besonders du, Karen, ihr habt da sehr wertvolle Arbeit geleistet. Für wie viele Insassen habt ihr ein Wiederaufnahmeverfahren erreicht? Ein Dutzend? Mehr? Und die Staatsanwaltschaft hat nur zwei Fälle davon wieder vor Gericht gebracht. Und beide verloren. Außerdem habt ihr es geschafft, dass drei Schuldurteile aufgehoben wurden. Dank euch sind diese zu Unrecht verurteilten Menschen als freie Bürger wieder aus dem Knast gekommen.«
»Ja, nachdem sie jahrelang unschuldig gesessen hatten. Nicht zu vergessen, dass wir auch einige Fehler gemacht haben«, sagte Karen und sah Sam dabei unverwandt an.
Sie wussten beide, welchen Fehler sie vor allem meinte, einen, dessen Wirkung auf Karen so tiefgreifend gewesen war, dass er den Verlauf ihrer Karriere verändert hatte. Dass er Karen verändert hatte.

# 2

Karens letzter Fall im Rahmen des kurz »FUP« genannten Fehlurteile-Projekts im letzten Semester ihres Jurastudiums war ein Häftling namens George Jones gewesen. Der zurückhaltende, freundliche zweiunddreißig Jahre alte Afroamerikaner war ihr auf Anhieb sympathisch gewesen. Er hatte in der Strafanstalt Attica nicht nur seinen Highschool-Abschluss nachgemacht, sondern auch mitgeholfen, ein Programm auf die Beine zu stellen, in dem Häftlinge auf freiwilliger Basis den zahlreichen Analphabeten unter ihren Mitinsassen Lesen und Schreiben beibrachten.

Nachdem sie die Protokolle seines Prozesses und seiner drei gescheiterten Berufungen durchgeackert hatte, war Karen überzeugt, dass die Beweislage ausreichte, um für Jones eine Wiederaufnahme des Prozesses zu bewirken, womöglich sogar eine Umwandlung seiner lebenslänglichen Haftstrafe. Vorausgesetzt sie konnte beweisen, dass seine DNA nicht mit der des Vergewaltigers und Mörders einer jungen Studentin übereinstimmte. Doch obgleich Jones unerschütterlich seine Unschuld beteuerte, war es nicht leicht, den Häftling davon zu überzeugen, wie gut seine Chancen auf eine Freilassung standen. Er hatte schon zu viele Enttäuschungen hinnehmen müssen.

Bei jedem Gespräch mit dem Häftling merkte sie, wie er immer mutloser wurde. Doch Karen glaubte, ihr Eifer und ihr Vertrauen würden für sie beide reichen. Nie zuvor hatte sie sich so in einen Fall hineingekniet. Sie war zu der festen Überzeugung gelangt, dass er unschuldig war und sie ihn freibekommen konnte.

Doch am Ende scheiterte sie. Scheiterte mit den denkbar schlimmsten Folgen. George Jones erhängte sich in seiner Zelle, nachdem er vierzehn Jahre, drei Wochen und zwei Tage seiner Strafe abgesessen hatte. Genau am selben Tag hatte Karen es endlich geschafft, einen Labortechniker der Rechtsmedizin zu überreden, das fünfzehn Jahre alte Beweismaterial aus dem Vergewaltigungsfall aus einem Regal in irgendeinem Lagerraum im Keller hervorzuholen. Als der Mann zwei Tage später aufgeregt anrief, um Karen zu sagen, dass er an der Unterwäsche des Opfers Spermaspuren gefunden und eine Probe genommen hatte, hätte sie beinahe erwidert, er könne es sich sparen, ihr die Ergebnisse zu schicken. Doch sie hatte das Gefühl, es dem Häftling schuldig zu sein, ihr Versprechen einzulösen. Sie würde alles in ihrer Macht Stehende tun, um seine Unschuld zu beweisen.

Jones war schon etliche Wochen tot und auf dem Gefängnisfriedhof begraben worden, als Karen vom Labor der Uniklinik die Ergebnisse der DNA-Untersuchung erhielt. Sie bewiesen George Jones' Beteuerungen, dass er nichts mit der Vergewaltigung und Ermordung einer neunzehnjährigen Studentin am Barnard College zu tun gehabt hatte. Überdies stellte sich heraus, dass die DNA mit der eines weiteren Häftlings übereinstimmte, der wegen einer anderen Vergewaltigung verurteilt worden war und makabrerweise nur drei Zellen entfernt von der Zelle einsaß, in der Jones sich erhängt hatte. George Jones wurde posthum entlastet, wodurch seine Mutter, seine Freundin und sein sechzehnjähriger Sohn zumindest Gelegenheit hatten, den unschuldigen Mann in das Familiengrab umbetten zu lassen.

Karen und Sam hatten an der Trauerfeier für George Jones in der Baptistenkirche auf der Upper Westside teilgenommen. Die kleine bedrückte Trauergemeinde bestand aus Familienangehörigen und den wenigen Freunden, die während seiner langen Jahre im Gefängnis mit George in Verbindung geblieben waren. Nicht mal eine Woche später gab Karen das FUP auf und wechselte in den Bereich Wirtschaftsrecht, eine Entscheidung, von der sie weder ihre Strafrechtsprofessorin Jessie Harrison, die das FUP leitete, noch ihr Verlobter Sam Berger abbringen konnten. Karen vermutete, dass zumindest Sammie glaubte, sie würde irgendwann schon wieder zur Vernunft kommen. Während ihrer gesamten Ehe spürte sie, wie enttäuscht er von ihr war, obwohl er es nie aussprach. Sie hatte gewusst, dass er weiterhin dachte, sie würde wieder zur Vernunft kommen. Jetzt wurde ihr klar, dass er die Hoffnung bis heute nicht aufgegeben hatte.

»Das FUP liegt ewig zurück, Sam. Ich bin woanders angekommen.« Selbst Karen hörte den gezwungenen Unterton in ihrer Stimme.

»Das sehe ich.«

»Ich mag meine Arbeit.« Sie erhob sich von ihrem Schreibtisch, drehte Sam den Rücken zu und ging zu einem Aktenschrank. Sie zog eine der oberen Schubladen auf und suchte die aufgehängten Akten durch, als müsste sie etwas ungemein Wichtiges finden.

»Früher hast du deine Arbeit *geliebt*.«

»Liebe ist sentimentaler Quatsch«, sagte sie trocken und zog die dickste Akte in der Schublade heraus.

Er zuckte die Achseln. »Und *mögen*?«

Sie drehte sich wieder zu ihm um, die überflüssige Akte an die Brust gedrückt. »Okay, okay. Was willst du von mir?« Sie wusste, dass Sam erst gehen würde, wenn sie sich anhörte, weshalb er gekommen war. Und bis dahin würde sie ihre innere Ruhe nicht wiederfinden.

»Einer von den Typen, die sich für das FUP beworben haben, als du noch dabei warst, war ein Häftling namens Raphael López. Ihr habt ihn nicht akzeptiert.«

»Wir hatten Hunderte Bewerber, Sammie.«

»He, das sollte kein Vorwurf sein, Karen. Er ist bloß das Thema meiner neuen Doku.«

Karen kniff die Augen zusammen. »Hat irgendwer beim FUP seinen Fall jetzt übernommen?« Das Projekt an der juristischen Fakultät lief nach wie vor. Und ähnliche waren im ganzen Land wie Pilze aus dem Boden geschossen. Dennoch, bei den Tausenden Häftlingen, die sich pro Woche bewarben, konnten die vor-

handenen Projekte nur einen ganz geringen Prozentsatz bearbeiten.
»Kommt er raus?«, fragte Karen. Auch wenn sie lange nicht mehr an dem Projekt mitgearbeitet hatte, ihr Herz schlug noch immer dafür.
Der Anflug eines Lächelns umspielte Sams Lippen. »Hab doch gewusst, dass du gleich zum Kern des Problems kommst.«
»Dann sitzt er also noch.«
Sam nickte und sein Blick wurde ernst.
»Lebenslänglich?«
»Ohne Aussicht auf Bewährung. Die Geschworenen, von denen übrigens keiner ein Latino war und nur einer ein Schwarzer, haben ihn schuldiggesprochen. Ein Afroamerikaner namens Jackson Scott. Scott ist Arzt. Leitet die Notaufnahme im Mercy East. Damals vor knapp dreiundzwanzig Jahren war er Student. Netter Kerl. Und ein sehr guter Arzt.«
»Und woher weißt du das?«
Sam lächelte kleinlaut. »Vor ein paar Monaten hat mich so ein Typ auf offener Straße ausgeraubt. Der Bursche war höchstens fünfzehn, und als er Reißaus nahm, bin ich hinterher.«
»Und hast du ihn erwischt?«
»Ich hab noch immer schnelle Beine, was in diesem Fall nicht so gut war. Der Typ hatte ein Springmesser, und als ich ihn gepackt und herumgerissen habe und meine Eisenfaust auf sein Kinn zuschoss, da hatte er mir sein Messer schon in den Bauch gerammt.«
»Mein Gott, Sammie, wieso bist du ihm nach? Das war idiotisch. Und wofür? Eine Brieftasche? Mit vielleicht zwanzig, dreißig Dollar drin und ein paar Kreditkarten, die bis zum Anschlag belastet sind?« Ihre Stimme klang aufgeregt. Einen Moment lang war sie wieder in der Vergangenheit, einer Vergangenheit mit Sammie, die ihr allerhand Aufregungen beschert hatte. Ihre Reaktion war ihr peinlich, aber ihr Ex schien das nicht zu merken.
Sam lachte. »Ich hab sogar schon versucht, meinen Emmy zu verhökern, aber wer ist schon scharf auf den Emmy eines Dokumentarfilmers? Selbst wenn mein Film eine Million Zuschauer

hatte, wären vielleicht fünf imstande, zu sagen, wer ihn gedreht hat.«
»Warst du schwer verletzt?« Die Worte kamen ihr wie von selbst über die Lippen. *Verdammt, wann würde sie endlich aufhören, sich Sorgen zu machen?*
Sam zog seinen Pullover hoch, und zum Vorschein kam nackte Haut mit einer fünf Zentimeter langen, nicht ganz verheilten Narbe knapp rechts neben dem Bauchnabel. »Scott hätte das Zeug zum Schönheitschirurgen. Hat mich wie ein Profi zusammengenäht.«
Karen schaute weg und hoffte, dass Sammie denken würde, sie könnte den Anblick der Wunde nicht ertragen. In Wahrheit löste der Anblick der Haut, die sie einmal so intim berührt hatte, eine beunruhigend heftige Erregung in ihr aus. Hastig befand sie, dass sie schlicht überarbeitet war. Die Erschöpfung hatte sie anfällig gemacht.
»Jedenfalls, wir sind ins Gespräch gekommen, der Doc und ich«, fuhr Sammie fort, beugte sich vor und schien sich nun ganz auf die Geschichte zu konzentrieren.
Karen nahm unterdessen wieder an ihrem Schreibtisch Platz, legte die Akte auf einen Stapel und richtete den Blick erneut auf Sammie. Erleichtert stellte sie fest, dass er den Pullover wieder runtergezogen hatte.
»Wie bist du auf den Fall López gekommen?« Karens Neugier war zu stark. Es war schließlich schon nach fünf, und obwohl eine Riesenmenge Schriftsätze auf sie wartete, blieb ihr ja noch das ganze Wochenende. Das ganze Wochenende, um zu arbeiten. Keine anderen Pläne. Keine Verabredungen. Das heißt, wenn sie Woody nicht mitrechnete, einen zwölf Jahre alten inkontinenten Golden Retriever, den sie unlängst von ihrer älteren Nachbarin geerbt hatte. Mrs Balluci hatte sich das Becken gebrochen und musste schließlich in ein Pflegeheim umziehen. Karen hatte sich eigentlich nur vorübergehend um den Hund kümmern wollen, weil sie davon ausging, dass sich schon jemand aus der Familie ihrer Nachbarin seiner annehmen würde. Doch als sie bei einem der Söhne halbherzig anfragte, bekam sie zur Antwort, dass in seinem Mietshaus keine Haustiere erlaubt

seien, und sein Bruder teilte ihr kurz und knapp mit, er habe eine Hundeallergie. Somit blieb Karen auf dem Hund mit seinem Inkontinenzproblem sitzen. Jedes Mal, wenn sie abends nach sechs von der Arbeit kam, erwartete sie unweigerlich eine Urinpfütze, die Woody mit Vorliebe direkt an der Wohnungstür hinterließ.

Dennoch war ihr der Hund rasch ans Herz gewachsen. Er war ein liebes, anhängliches Tier. Ein lebendiges, atmendes Wesen, mit dem sie abends auf der Couch kuscheln konnte. Neuerdings ließ sie ihn sogar in ihrem Bett schlafen.

Verdammt, dachte sie, ich brauche dringend einen Mann. Es war einfach zu lange her. Was nicht heißen sollte, dass sie ihren Ex als möglichen Kandidaten ins Auge fasste. Falls er überhaupt interessiert wäre. Was sie bezweifelte, wenn die Geschäftsmiene, die er auf der anderen Schreibtischseite aufgesetzt hatte, ein Indiz war. Wahrscheinlich hatte er eine Freundin oder war vielleicht sogar wieder verheiratet. Ihr Blick fiel auf seinen Ringfinger. Nichts. Aber andererseits hatte er auch keinen Ehering getragen, als sie noch verheiratet waren.

Falls Sam auch nur ansatzweise ahnte, was in ihr vorging, so ließ er es sich nicht anmerken. »Jackson Scott, der Arzt in der Notaufnahme, hat mir erzählt, er hätte sich von den Geschworenen im López-Prozess mit dem Schuldspruch am schwersten getan. Vor allen Dingen, weil die Anklagevertretung fast ausschließlich Indizienbeweise gegen den von seiner Frau getrennt lebenden Ehemann hatte oder sich auf Aussagen von fragwürdigen Augenzeugen und Experten berief. Scott war einfach nicht hundertprozentig von López' Schuld überzeugt. Außerdem fand er López' Pflichtverteidiger nahezu lächerlich. Scott beschrieb ihn als einen verängstigten kleinen Jungen, der sich in einem Irrgarten verlaufen hat und hofft, wenn er sich bloß lange genug still und leise verhält, wird ihn schon jemand retten. Oder in diesem Fall, seinen Mandanten retten.«

»Ein unerfahrener, inkompetenter Pflichtverteidiger. Ist ja ganz was Neues.« In Karens müder Stimme schwang das pure schlechte Gewissen mit, das diesmal nichts mit Sammie zu tun hatte. Sie erinnerte sich schmerzhaft daran, dass sie fest vorgehabt hatte, nach der Zulassung als Anwältin Pflichtverteidigerin zu werden.

»Jedenfalls«, fuhr Sam rasch fort, »die Entscheidung ist dem Doc, der damals noch Medizinstudent war, verdammt schwergefallen, aber irgendwann hat er dem Druck der Gruppen doch nachgegeben. López kam also nach Attica, und einige Monate später schrieb Scott ihm einen Brief. Er hoffte, dadurch irgendwie mit der Sache ins Reine zu kommen.«

»Lass mich raten«, fiel Karen ihm ins Wort. »Er wollte, dass López gestand, damit der Schuldspruch gerechtfertigt war und er kein schlechtes Gewissen mehr haben musste?«

»So was in der Art. Doch López schwor, dass er unschuldig ist. Um es abzukürzen, López und Scott wurden Brieffreunde und schreiben sich seit nunmehr zweiundzwanzig Jahren.«

»Und López beteuert nach wie vor seine Unschuld.«

»Und Scott ist auch davon überzeugt. Der Doc hat jeden Brief von López aufbewahrt. Der Mann hat einen kraftvollen Schreibstil. Ist ein intelligenter, belesener Bursche. Vor seiner Verhaftung hat er Abendseminare am Hunter College besucht. Und das Absurde ist, er hat Jura studiert, Schwerpunkt Strafrecht. Er wollte Anwalt werden.«

»Hat er derzeit jemanden, der ihn vertritt?«, fragte Karen vorsichtig.

»Keine Bange. Deshalb bin ich nicht hier. Ich erwarte nicht, dass du seine Anwältin wirst«, sagte Sam rasch, doch zum ersten Mal sah er ihr nicht direkt in die Augen. »Jedenfalls, López hatte schon sämtliche Berufungsmöglichkeiten ausgeschöpft, als er sich 2006 beim FUP und bei einem halben Dutzend ähnlicher Projekte bewarb. Immer vergeblich.«

»Vielleicht gibt sein Fall zu wenig her.«

»Karen, die Ermittlung, der Prozess, das war alles ein Witz. Die Cops sind am Tatort herumgetrampelt und haben Spuren verwischt. Für sie war López von vornherein der Täter, und sie haben ihn auf der Stelle verhaftet. Andere Verdächtige wurden nicht mal in Erwägung gezogen. Der Pflichtverteidiger Gary Brewer hat keinen einzigen Zeugen der Verteidigung befragt, nicht mal López' Mutter, die geschworen hat, dass ihr Sohn zum

Zeitpunkt des Mordes bei ihr zu Hause war. Menschenskind, Brewer hat López im Gerichtssaal überhaupt zum ersten Mal gesehen.«

Karen seufzte. Solche Geschichten hatte sie zur Genüge zu hören bekommen, als sie beim FUP mitgemacht hatte, und sie war jedes Mal entsetzt gewesen. Unzureichende Ermittlungen, überarbeitete, unterbezahlte und unerfahrene Pflichtverteidiger, die Unmöglichkeit, sich anständige Hilfe für den Berufungsantrag zu besorgen ... Wenn du in diesem Land arm warst und dir weder einen Privatdetektiv noch eine erfahrene, qualifizierte Rechtsvertretung leisten konntest, war dein weiteres Schicksal reine Glücksache. Und das Glück war dir meist nicht hold.

Karen war nicht naiv. Jede Menge mittelloser Männer und Frauen, die Straftaten begingen, hatten den Schuldspruch verdient. Gleichwohl hatten sie dasselbe unveräußerliche Recht auf einen fairen Prozess wie Leute mit Geld. Und wenn du mittellos und unschuldig warst, außerstande, dir einen anständigen Anwalt zu leisten, dann war Prozessmissbrauch leider an der Tagesordnung. Für viel zu viele war der Kampf um Gerechtigkeit ein fruchtloses Unterfangen. Genau deshalb hatte Karen sich früher mit so großer Leidenschaft in ihrer Arbeit engagiert.

Sie spürte Sams Augen auf sich, und sie war sicher, dass er ihre Gedanken las. Zum Teufel mit ihm. Nicht nur, weil er so scharfsichtig war, sondern auch weil er hier aufgetaucht war und Erinnerungen in ihr wachrief, denen sie sich nie wieder hatte stellen wollen.

# 3

»War das alles?«, sagte sie. »Keine handfesten Beweise?« Karen hätte gern etwas gehabt, was die Verurteilung dieses Häftlings rechtfertigte. Dann wäre es ihr leichter gefallen, den Fall aus dem Kopf zu verbannen.

»Die einzigen sogenannten handfesten Beweise waren ein paar Blutflecken, die in López' Pick-up gefunden wurden, mit derselben Blutgruppe wie der des Opfers. Für die Staatsanwaltschaft war das der Beweis, dass López seine Frau erstochen hatte und dann anschließend in seinen Wagen gestiegen war, wodurch etwas von ihrem Blut auf den Fahrersitz gelangte. Aber López beteuert, an dem Tag gar nicht mit dem Pick-up gefahren zu sein. Nachdem er von dem Mord an seiner Frau erfahren hatte, war er so schnell wie möglich mit dem Pkw seiner Mutter rübergefahren, der ja dann auch in der Nähe der Wohnung parkte. López behauptet steif und fest, das Blut im Pick-up kann nicht von seiner Frau stammen, auch wenn die Blutgruppe dieselbe ist. Er hat ausgesagt, dass er den Pick-up nach der Trennung gebraucht gekauft hatte und dass Ali kein einziges Mal daringesessen hatte, womit es nicht mal eine harmlose Erklärung dafür gab, wie ihr Blut da reingekommen sein könnte. Wenn wir die Blutflecken auf DNA untersuchen lassen könnten, würde das López' Behauptung bestätigen oder widerlegen.«

»Was ist mit dem sichergestellten Blut passiert?« Karen wusste, dass in vielen alten Fällen Beweismittel verlorengingen, vernichtet oder »verlegt« wurden. Staatsanwälte waren nun mal

nicht wild darauf, dumm dazustehen, wenn ein Häftling, den sie ins Gefängnis gebracht hatten, aufgrund von DNA-Beweisen wieder auf freien Fuß kam.
»Ich bin einigermaßen sicher, dass es noch da ist«, sagte Sam vage. »Die Staatsanwaltschaft hat das herausgeschnittene Stück Polster vom Fahrersitz des Pick-up als Beweismittel vorgelegt. Die Frage ist, ob sie's rausrücken.«
Karen zog eine akkurat gezupfte Braue hoch. Sie kannte Sams Talent im Beschaffen von Informationen. Zweifellos hatte er irgendeine Mitarbeiterin im Büro der Staatsanwaltschaft mit seinem Lächeln bezirzt. Doch selbst sein Lächeln konnte nicht alles bewirken, wie Karen sehr wohl wusste. Außerdem, selbst wenn die Beweise existierten und die Staatsanwaltschaft sie für weitere Tests zur Verfügung stellte, würden sie an López' Anwalt ausgehändigt werden müssen. Und bislang hatte Sammie noch nicht erwähnt, ob der Häftling einen Rechtsbeistand hatte. Wieder betrachtete sie ihn argwöhnisch.
Sam deutete ihren Blick richtig. »López vertritt sich selbst und versucht seit Jahren vergeblich, irgendjemanden bei der Staatsanwaltschaft dazu zu bringen, die Beweisstücke für einen DNA-Test herauszurücken. Wenn der Test ergäbe, dass es sich nicht um das Blut von López' Frau handelt, wäre das ein Beweis, der für ein Wiederaufnahmeverfahren ausreichen würde. Kein Wunder, dass die Staatsanwaltschaft auf López' zahlreiche Anträge bislang nicht reagiert hat.«
»Dann bist du deshalb gekommen? Ich soll die Staatsanwaltschaft dazu bringen, die Blutprobe testen zu lassen?«, fragte Karen, die noch immer nicht recht wusste, was ihr Ex wirklich von ihr wollte.
Wieder erschien das Lächeln, nur diesmal wirkte es leicht durchtrieben. »Du warst doch damals an der Uni mit Kevin Wilson zusammen. Und man munkelt, dass Wilson nächstes Jahr, wenn Oberstaatsanwalt Anderson abtritt, gute Aussichten hat, von ihm als sein Nachfolger vorgeschlagen zu werden.«
»Ich habe mich deinetwegen von Kevin getrennt, Sammie, falls du das vergessen haben solltest. Weshalb Kevin und ich nicht gerade das beste Verhältnis haben. Und seit er Staatsanwalt ist,

bin ich ihm kaum über den Weg gelaufen. Wir bewegen uns in ganz unterschiedlichen Kreisen.«
»Ja, das kann ich mir vorstellen.«
»Also vergiss es. Ich kann dir nicht helfen«, sagte sie knapp, verärgert über seine Bemerkung, die sie als Kränkung auffasste.
»Aber deshalb bin ich nicht hier. Das war nur so eine spontane Idee«, sagte er, und sein Lächeln vertiefte sich ebenso wie seine Grübchen. »Natürlich wäre das eine Hilfe …«
Sie fiel ihm ins Wort. »Jetzt rück endlich raus mit der Sprache. Was willst du von mir?«
»Raph López hat Krebs, Karen. Lungenkrebs. Drittes Stadium. Das einzig Positive daran ist, dass er deshalb von Attica ins Upstate verlegt worden ist, weil die dort eine bessere Krankenstation haben. Sie haben auch einen Hochsicherheitstrakt, obwohl das Upstate überwiegend ein Gefängnis mit mittlerer Sicherheitsstufe ist. López kommt also vom Hochsicherheitstrakt auf die Krankenstation und wieder zurück, je nach gesundheitlicher Verfassung. Er wird wahrscheinlich das vierte Stadium erreichen, ehe er im April fünfzig wird.«
»Hast du ihn deshalb für deine Doku ausgesucht? Weil der Krebs ein guter Aufmacher ist?« Karen sah, dass ihr Ex das Gesicht verzog, und ihr wurde klar, wie herzlos ihre Bemerkung gewesen war. Vielleicht wollte sie ihm seine Kommentare über ihren Wechsel ins Wirtschaftsrecht heimzahlen.
»Hör mal, Sammie, es tut mir leid, dass der Mann krank ist, aber –«
»Er wird wahrscheinlich im Gefängnis sterben. Ohne je entlastet worden zu sein. Ohne sich mit seiner Tochter aussöhnen zu können, die er seit über zwanzig Jahren nicht gesehen hat. Ohne –«
»Seine Tochter hat ihn in der ganzen Zeit kein einziges Mal besucht?«
Es entstand eine Pause.
Wenn Sammie eine Pause einlegte, dann stets, um eine Bombe platzen zu lassen.
»Seine Tochter hat gegen ihn ausgesagt. Sie war damals gerade erst sieben. Und sie war die Hauptbelastungszeugin der Anklage.«

»Was hat sie ausgesagt?«
Er hob seine alte Tasche und zog eine dicke Akte heraus. »Steht alles hier drin.«
Karen hob eine Hand. »Vergiss es, Sammie. Es interessiert mich wirklich nicht …«
»Schwachsinn.«
»Das ist kein Schwachsinn«, entgegnete sie. »Das ist die Wahrheit.«
»Es mag ja ein Weilchen her sein, Karen, aber ich merke noch immer, wenn du lügst. Dann hebt sich nämlich dein linker Mundwinkel ein ganz klein bisschen. Ist ein todsicheres Zeichen.«
Karen blickte finster und presste die Lippen zusammen. «
»Ich habe López in den letzten Wochen öfter im Upstate besucht. Wir haben uns ein halbes Dutzend Mal ausführlich unterhalten. Ich habe sämtliche Prozessakten gelesen und mit einer sogenannten Augenzeugin gesprochen, die ihn am Tatort gesehen haben will. In ihrer ersten Aussage bei der Polizei war sie sich deutlich weniger sicher als während des Prozesses im Zeugenstand. Ich hab auch mit López' Mutter gesprochen, der es selbst gesundheitlich sehr schlechtgeht. Das alles erwähne ich bloß, um dir zu sagen, dass ich López für unschuldig halte, Karen, das sagt mir mein Instinkt. Und wenn du –«
»Okay, schön. Vielleicht liegt dein Instinkt ja richtig, und er ist unschuldig. Ich mache keine Strafrechtssachen. Dafür kann ich dir Joe Landow oder Denise Carter empfehlen. Sie waren mit mir zusammen im FUP, und sie arbeiten in guten Strafrechtskanzleien in der Stadt. Vielleicht vertritt einer von ihnen deinen Schützling ja sogar kostenlos. Wenn du deshalb gekommen bist, kein Problem, ich rufe sie an. Sie geben dir bestimmt einen Termin. Mehr kann ich nicht tun. Und du weißt genauso gut wie ich, dass selbst ein Spitzenanwalt zumindest die Blutprobe wird präsentieren müssen, und die existiert vielleicht gar nicht mehr.«
»Aber wenn wir sie beschaffen könnten …«
»Und wenn es doch das Blut seiner Frau ist?«, fragte sie provokant.

»Und wenn nicht?«, konterte er. »Falls López sie tatsächlich ermordet hat, wieso sollte er dann jahrelang versuchen, einen DNA-Test von dem Blut machen zu lassen? Wozu die Mühe?«
Karen seufzte. Da war was dran. Aber damit wäre ein Wiederaufnahmeverfahren noch lange nicht gewonnen.
»Du müsstest immer noch die Aussage seiner Tochter entkräften«, sagte Karen. Dann sah sie den Ausdruck auf Sammies Gesicht und wusste, dass sie endlich zu dem Grund seines Überraschungsbesuches gekommen waren.
Seine nächsten Worte bestätigten das. »Deshalb bin ich ja hier«, sagte Sammie langsam.
Es folgte eine Pause.
Karen wappnete sich innerlich.
»Ich möchte, dass du mit der Tochter sprichst. Ich möchte, dass du sie bittest, sich von mir für die Doku interviewen zu lassen. Sag ihr, dass ich ein netter Mensch bin und du dich für mich verbürgst. Ich hab ihr schon den Anrufbeantworter vollgequatscht und sie mit E-Mails bombardiert, aber sie reagiert einfach nicht.«
Karen verengte die Augen zu schmalen Schlitzen. »Warum sollte sie auf mich hören?«
»Weil sie eine Mandantin von dir ist. Ihr Name ist Peri Gold alias Pilar López.«
Karen Meyers verschlug es ausnahmsweise die Sprache.
Aber Sam Berger war noch nicht fertig: »Karen, ich weiß, das wird nicht einfach für dich werden.«

Nachdem Sammie gegangen war, nahm Karen die Akte, die sie in seiner Gegenwart herausgeholt hatte, um sie wieder ins Regal zu stellen. Sie stockte und starrte auf die Akte darunter. Die Kanzlei hatte ausschließlich graue Ordner. Dieser hier war braun. Und er war sehr dick. Die López-Akte. Wieso nur war sie nicht im Geringsten überrascht, dass er die Akte absichtlich liegengelassen hatte?
Mit finsterer Miene griff sie nach dem sperrigen Ordner, in dem sich Kopien der Ermittlungsberichte sowie der Prozessprotokolle und Berufungsanträge im Fall Raphael López befanden. Eigentlich wollte sie die Akte ihrer Sekretärin auf den Schreibtisch

legen mit einem Zettel, den Ordner an Sammie zurückzuschicken. Dann aber steckte sie ihn unwillkürlich in ihren Aktenkoffer, zusammen mit den Unterlagen, die sie für die Schriftsätze brauchte, an denen sie bis zum frühen Morgen arbeiten würde. Sie konnte sich Sammies Schmunzeln vorstellen. Er hatte von Anfang an gewusst, dass der »Gefallen«, um den er sie bat, ihr Interesse am Fall López wecken würde. Dass er erfahren hatte, dass Peri ihre Mandantin war, wunderte Karen nicht. Die schöne junge Restaurantbesitzerin war prominent, wurde häufig in Zeitungen und Zeitschriften abgelichtet, und hin und wieder kam auch Karen schon mal mit auf ein Foto, dessen Bildunterschrift sie dann als Peris Anwältin identifizierte. Wusste Sammie, dass Peri Gold für sie mehr als bloß eine Mandantin war? Dass sie sich angefreundet hatten? Obwohl Karen, wie ihr jetzt klar wurde, erheblich weniger über ihre Freundin wusste, als sie gedacht hatte. Andererseits, wieso sollte die Tochter des Mannes, der ihre Mutter umgebracht hatte und zu dem sie offenbar keinerlei Kontakt unterhielt, ein so traumatisches Ereignis ihrer Vergangenheit überhaupt zur Sprache bringen?

Karen holte zitternd Atem, als ihr ein neuer Gedanke kam. Was, wenn Sammie recht hatte? Was, wenn Peri Golds Vater tatsächlich unschuldig war? Wenn seine Unschuld sich irgendwie beweisen ließe, wie würde sich eine solche Erkenntnis auf ihre Freundin auswirken?

Und dann beschlich sie ein weiterer Gedanke, der vielleicht noch beunruhigender war. Falls López unschuldig war, dann hieß das ja, ein anderer hatte Peris Mutter ermordet. Ein Unschuldiger verbüßte womöglich eine lebenslängliche Gefängnisstrafe, während sich der – oder die – Schuldige die vergangenen dreiundzwanzig Jahre auf freiem Fuß befunden hatte.

Karen setzte sich an den Schreibtisch und zog den Ordner wieder aus dem Aktenkoffer. Sie schlug den Deckel auf und überflog die erste Seite des Prozessprotokolls. Sie keuchte hörbar auf, als ihr Blick auf den Namen des Anklagevertreters fiel. Arthur Meyers.

»Hol dich der Teufel, Sammie«, zischte sie. »Du verdammter Mistkerl.«

# 4

»He, wer schleicht sich denn da heimlich davon?«
Erschrocken drehte Peri Gold sich zu dem Mann in dem breiten Bett um. Eric Fisher hob den Kopf vom Kissen. Er brauchte eine Rasur, aber das verstärkte seinen Sex-Appeal nur noch. Sein rotblondes Haar war zerzaust. Peri wusste, dass er sich die Haare färben ließ und in Wahrheit vermutlich ganz schön grau meliert war, aber sie schnitt das Thema niemals an. Graue Haare würden sie nicht stören, doch sie wusste, dass Eric nun mal gern möglichst jung und fit aussah.
»Ich wollte mich nicht heimlich davonschleichen«, verteidigte sie sich, ihre schwarzen Lederpumps von Bruno Magli in der Hand. »Ich wollte dich nicht wecken. Es ist nicht mal sieben.«
»Es ist Samstag, Peri.« Eric rieb sich die blauen Augen, die sichtlich blutunterlaufen waren. Am Abend zuvor waren sie im Table Seven essen gewesen, und Eric hatte zum Aperitif zwei Martinis getrunken, um sich dann fast die ganze Flasche Dom Perignon einzuverleiben, die er unbedingt hatte bestellen wollen. Peri machte sich nicht viel aus Alkohol. Sie hatte lediglich ein Glas Champagner getrunken, um Eric eine Freude zu machen. Sie war nicht gekommen, um zu trinken, sie war gekommen, um ein weiteres Mal die Küche von Chefkoch Bruno Cassels zu testen. Wie all die Male davor war das Dinner gestern Abend hervorragend gewesen.
»Ich habe geträumt, ich würde mit einer sehr schönen, sehr nackten jungen Frau im Bett frühstücken.« Erics Stimme nahm einen leichten Jammerton an.

»Ein anderes Mal oder mit einer anderen Frau«, sagte sie flapsig, während sie die Pumps anzog und dann das blasspfirsichfarbene Seidentuch um den Hals warf, das sie sich gern umband, damit ihr schwarzer Kaschmirpullover, den sie zu einer schlichten grauen Wollhose trug, nicht so streng wirkte.
Eric runzelte die Stirn. »Wann wirst du unsere Beziehung endlich ernst nehmen, Peri? Wir sind seit fast sechs Jahren zusammen. Sechs Jahre, und ich werde nicht jünger«, sagte er erneut mit Nachdruck und setzte sich auf, so dass sein muskulöser Oberkörper mit ein paar grauen Haaren auf der Brust zum Vorschein kam.
Eric Fisher war fünfundvierzig, Peri wurde in drei Monaten dreißig. Während er die fünfzehn Jahre Altersunterschied als unerheblich abtat, hatte er stets Sorge, sie könnten für Peri ein Problem sein, so oft sie auch das Gegenteil behauptete.
»Eric, ich versuche, meine Kämpfe auf einen Mann pro Tag zu beschränken. Und heute ist Morris dran. Wir werden uns die Köpfe wegen des Bestecks einschlagen, das ich fürs Opal's ausgesucht habe. Und wegen der Hocker. Er hat beide Bestellungen storniert. Und zu aller, aber bestimmt nicht guter Letzt werden wir anschließend die Klingen kreuzen, weil er unbedingt einen Blödmann von Küchenchef durchboxen will.«
»Hast du dich deshalb die ganze Nacht hin und her gewälzt?«
Peri band sich das Tuch neu um, obwohl dafür keine Notwendigkeit bestand. »Kann sein.«
»Oder wegen dieses Typs, der dich in letzter Zeit nervt?«
Peri spürte ein Beben in der Magengrube. Sie bedauerte es, Eric von Sam Berger erzählt zu haben. Bergers letzter Kontaktaufnahmeversuch lag eine Woche zurück, und sie hoffte, ihre konsequente Weigerung, auf seine Anrufe und E-Mails zu reagieren, zeigte endlich Wirkung.
»Peri, wenn du willst, kümmere ich mich um den Spinner …«
»Er ist kein Spinner«, platzte sie heraus. »Ich meine … ich hab ihn überprüft. Er ist ein renommierter Dokumentarfilmer. Er hat sogar einen Emmy gewonnen.«
Erics Augen wurden schmaler. »Wieso überprüfst du seine Re-

ferenzen, wenn du mit dem Film, den er über deinen Vater dreht, nichts zu tun haben willst?«

*Dein Vater*. Peri zuckte zusammen. So viele Jahre, ohne dass ihr Daddy auch nur erwähnt wurde. So viele Jahre, in denen sie jeden Gedanken an ihn verdrängt hatte. Und dann auf einmal die erste Nachricht von dem Filmemacher auf ihrem Anrufbeantworter: »Ich drehe einen Dokumentarfilm über Ihren Vater Raphael López und ich würde gern mit Ihnen reden, ob vor laufender Kamera oder nicht, das steht ganz bei Ihnen. Raph und sein Fall liegen mir sehr am Herzen.«

Peri schüttelte das Echo von Bergers Stimme ab. »Könnten wir die Sache einfach vergessen, Eric?« Sie schnappte sich ihre schwarze Handtasche und zog ein Paar Lederhandschuhe heraus.

»Kannst du sie denn einfach vergessen?«, fragte Eric zurück.

»Ja«, erwiderte sie rasch.

»Weiß Morris von diesem … Filmemacher?«

»Nicht, wenn du ihm nichts erzählt hast.« Ihr Ton ließ keinen Zweifel daran, dass sie es als Verrat empfinden würde, falls er ihrem Großvater irgendetwas erzählt hatte. Morris hasste ihren Vater. Raphael López hatte sein einziges Kind ermordet. Schon allein der Gedanke, dass sich jemand da draußen, noch dazu ein Filmemacher, offen für ihren Vater einsetzte, würde Morris Gold rasend vor Wut machen.

»Hör mal, es gibt Möglichkeiten, die Pläne von diesem Typen zu durchkreuzen …«

»Lass gut sein, Eric. Halt dich einfach da raus.« Sie sah den gekränkten Ausdruck in seinem Gesicht und hatte sofort ein schlechtes Gewissen. »Entschuldige. Ich schätze, die Sache geht mir doch ein bisschen an die Nieren, aber ich will jetzt keinen Gedanken mehr daran verschwenden. Ich bezweifele, dass irgendwer bereit ist, mit diesem Filmemacher zu kooperieren. Er wird es hoffentlich bald leid sein und lieber über jemand anderen einen Film drehen.«

Peri hoffte, dass sie Recht hatte. Die Familie ihres Vaters hätte vermutlich liebend gern einen Film unterstützt, der ihn in einem günstigeren Licht darstellte, aber von denen war so gut wie keiner mehr hier. Vor Jahren waren ihre Nana und Tante Lo

nach Puerto Rico zurückgekehrt, und vor einiger Zeit hatte sie in der Zeitung gelesen, dass Onkel Mickey verhaftet worden war, weil er einen kleinen Supermarkt überfallen hatte. Bestimmt, um sich von dem Geld Drogen zu kaufen. Er saß wahrscheinlich noch im Gefängnis.
Onkel Héctor wohnte noch in der Stadt, aber sie lief ihm nie über den Weg. Vor längerer Zeit hatte in der Zeitung gestanden, dass er in die Lokalpolitik gegangen war, und welcher Politiker wollte schon seine Verwandtschaft mit einem Mörder in den Medien breitgetreten sehen? Gut zwei Monate zuvor hatten die Nachrichten gemeldet, dass Onkel Héctor selbst kurz mit dem Gesetz in Konflikt geraten war. Man hatte ihn wegen Ruhestörung festgenommen, weil er lautstark mit seiner Freundin gestritten hatte, mit der er sich dann außergerichtlich geeinigt hatte; die Höhe der Summe wurde nicht genannt. Und soweit Peri wusste, hatte er eine Consultingfirma aufgemacht und mischte nach wie vor in der Stadtpolitik mit.
Erics Stimme riss Peri aus ihren Gedanken. »Schatz, du weißt, ich liebe dich. Und ich würde nicht zulassen, dass irgendwer dir wehtut. Niemals.«
Die Leidenschaft, mit der er das sagte, machte Karen ein wenig Angst.
»Niemand wird mir wehtun, Eric. Schlaf weiter. Ich ruf dich später an und sag Bescheid, ob ich Morris k.o. geschlagen habe oder nicht.« Sie rang sich ein schwaches Lächeln ab.
Eric schlug die Bettdecke zurück und stand auf. Ein Schauer der Erregung durchfuhr Peri, als ihr fast ein Meter neunzig großer und wirklich sehr gut gebauter nackter Freund auf sie zukam. Eric war tatsächlich fabelhaft in Form, besser als die meisten Männer, die zwanzig Jahre jünger waren. Er tat auch einiges dafür, ging jeden Tag für eine gute Stunde in den New Yorker Sportsman's Club, und er achtete auf seine Ernährung, wenn auch nicht immer darauf, was oder wie viel er trank. Paradoxerweise machte er sich nicht viel aus Essen, wo seine Freundin doch in der Gastronomiebranche aufgewachsen war und schon als Kind mehr Zeit in den diversen Restaurants ihres Großvaters verbracht hatte als zu Hause.

»Du kannst dich doch mit dem alten Herrn auch noch ein bisschen später schlagen, oder?«, raunte er verführerisch und blieb dicht vor ihr stehen. »Ich fang auch nicht wieder von der anderen Sache an. Pfadfinderehrenwort.« Er hob die rechte Hand wie zum Schwur, senkte sie dann wieder und schlang den Arm um Peris schmale Taille.

Peri berührte seine gebräunte unrasierte Wange. »Morris fliegt um zehn nach Las Vegas.«

Er lächelte, als spürte er, wie ihr Wille, zu gehen, schwächer wurde. Seine Hand glitt über ihren Rücken, seine Finger wanden sich durch ihr dichtes, dunkelbraunes, lockiges Haar, das sie noch nicht hochgesteckt hatte, wie immer, wenn sie zur Arbeit ging, weil sie fand, dass sie dann professioneller aussah. Seine warmen Lippen berührten ihren Hals. Er drückte ihr zarte Küsse auf die Stelle, wo ihr Puls schlug.

»Das ist unfair, Eric.« Peri spürte eine allzu vertraute Zwiespältigkeit, hin und her gerissen zischen dem Wunsch, zu bleiben und wieder mit dem Mann ins Bett zu steigen, der einfach ein phantastischer Liebhaber war, und dem gleichzeitigen Wunsch zu fliehen. Eric hatte richtig gelegen, als er sie beschuldigte, sich heimlich davonschleichen zu wollen. Peri konnte sich selbst nicht erklären, was die Ursache für dieses Fluchtbedürfnis war, das sie immer mal wieder überkam. Bindungsangst? Das warf Eric ihr zumindest häufig vor. Peri hielt nichts von Schlagwörtern. Andererseits hielt sie auch nichts davon, zum Therapeuten zu rennen und in ihrem Unterbewussten zu forschen, welche tiefenpsychologischen Gründe für ihre Fluchtimpulse verantwortlich sein könnten.

Der Fluchtinstinkt setzte sich durch. Und ernsthafte Geschäftsinteressen. Sie musste wirklich mit ihrem Großvater sprechen, bevor er abreiste. Peri entzog sich sanft Erics Umarmung. Dann hauchte sie einen leichten, aber liebevollen Kuss auf seine Lippen, während sie ihm mit der Hand sacht über den Arm fuhr. »Du kriegst Gänsehaut. Zurück ins Bett mit dir.«

»Mir ist nicht kalt. Mir ist heiß«, sagte Eric, doch seinem Tonfall nach wusste er, dass er einen aussichtslosen Kampf führte.

Sie kniff ihm in den muskulösen Hintern und wandte sich zum Gehen.

»Peri.«
Sie blieb stehen und blickte ihn über die Schulter an.
»Erinnere Morris daran, dass wir Montag einen Termin haben«, sagte Eric. »Er muss um elf in meinem Büro sein, um einige Papiere zu unterzeichnen. Sag ihm, er soll nicht zu spät kommen. Ich schieb ihn dazwischen.«

# 5

Eric war Partner bei Fisher, Greenberg und Perlman, einer der führenden Investmentfirmen der Stadt, und half Morris Gold seit über zwanzig Jahren bei der Finanzierung seines Restaurantimperiums. Als sie zum ersten Mal geschäftlich miteinander zu tun hatten, galt Eric in seiner Firma als junges Genie, was Morris garantiert beeindruckt hatte, und mit den Jahren war ihr Verhältnis richtig eng geworden.

Peri kannte Eric seit ihrem achten oder neunten Lebensjahr. Damals war er schon ein Mann Anfang zwanzig gewesen, der sich in der Firma bereits nach oben arbeitete, mit schönen Frauen aus der feinen Gesellschaft ausging und in einem schicken Apartment am Riverside Drive wohnte. Mit achtundzwanzig wurde er Partner in der Firma und heiratete ein oder zwei Jahre später. Die Ehe hielt nicht lange, nicht mal ein Jahr, und endete mit einer unschönen Scheidung. Danach schien Eric sich nur noch auf seine Arbeit zu konzentrieren und die Finger von Frauen zu lassen.

Als potentieller Liebhaber spielte Eric in Peris Leben erst eine Rolle, als sie die Hälfte des ersten Jahres ihres MBA-Programms an der Columbia hinter sich hatte. Sie war unsicher gewesen, ob sie die zwei Jahre bis zum Abschluss durchhalten würde. Das Wirtschaftsstudium war eher die Idee ihres Großvaters gewesen als ihre eigene, einer von vielen Schritten, die er geplant hatte, damit seine Enkelin in der Lage war, eines Tages sein Restaurantimperium zu übernehmen. Aus drei erfolgreichen Spitzenrestaurants waren inzwischen elf geworden – sechs hier in New

York, zwei in Vegas, zwei in L. A. und eins in Miami Beach –, allesamt ausgesprochen erfolgreich. Das jüngste, das Opal's, würde das Dutzend voll machen. Es lag an der Hudson Street im angesagten Stadtteil TriBeCa und sollte in sechs Wochen eröffnet werden. Dieses Restaurant war Peris erste Chance, sich als Geschäftsführerin zu bewähren. Sie war alleinverantwortlich für sämtliche Bereiche des Opal's, was bedeutete, dass sie bei allem das letzte Wort haben würde, von der Ausstattung bis zur Auswahl des Küchenchefs. Das Lokal würde ihr Baby sein. Zumindest lautete so das Versprechen, das ihr Großvater ihr vor sechs Jahren gegeben hatte – im Winter ihres ersten Jahres an der Columbia Business School.

Wie bei allen Versprechungen ihres Großvaters waren auch diesmal Bedingungen gestellt worden. Sie würde das Restaurant nur dann bekommen, wenn sie das Studium nicht abbrach. Damals war sich Peri nicht mal sicher, ob sie überhaupt in das Familienunternehmen einsteigen wollte, weshalb das Angebot ihres Großvater für sie nicht so verlockend war, wie er erwartet hatte.

Und dann tauchte Eric Fisher wieder in ihrem Leben auf. Zunächst war Peri überzeugt gewesen, dass Eric von Morris geschickt worden war, damit er sie überredete, am Ball zu bleiben und den Abschluss zu machen. Doch der gut aussehende, charmante Finanzberater hatte sie überrascht. Er hatte gar nicht versucht, ihr einen Studienabbruch auszureden. Im Gegenteil, er hatte durchaus Verständnis für ihren brennenden Wunsch, sich loszureißen von dem Weg, der ihr von Kindesbeinen an geebnet worden war. Er hörte sich ihre Träume an, ihre Ängste, ihre Sehnsüchte. Nach Weihnachten nahm er sie mit auf ein platonisches Skiwochenende in Stow, Vermont, und in den Frühjahrsferien dann überraschte er sie mit einer zehntägigen Reise nach Paris, die alles andere als platonisch verlief.

Im September des folgenden Jahres, als Peri ihr zweites und letztes Studienjahr an der Columbia absolvierte, waren sie und Eric Fisher ein Paar. Und das waren sie nun schon seit sechs Jahren. Im Laufe dieser Zeit hatte er ihr mindestens ein halbes Dutzend Heiratsanträge gemacht. Als er ihre Ausflüchte ir-

gendwann satt wurde, bat er sie stattdessen, wenigstens mit ihm zusammenzuziehen. Mit dem gleichen Ergebnis.
Peri war an der Wohnungstür und angelte ihre schwarze Lederjacke von einem Stuhl in der Diele, als Eric aus dem Schlafzimmer rief: »He, vergiss nicht, du wolltest mir heute Nachmittag helfen, bei ABC eine neue Couch auszusuchen.« ABC stand für ABC Carpet and Home, am Broadway Ecke 19th Street.
»Ich hab um drei einen Termin mit Bruno Cassel. Ich weiß nicht, wie lange –«
»So viel Zeit kann er nicht haben. Er muss das Dinner im Table Seven vorbereiten. Treffen wir uns um fünf. Der Laden hat samstags länger auf.«
»Okay. Um fünf«, sagte Peri widerwillig. Ihr war unbehaglich dabei, mit Eric Möbel für seine Wohnung auszusuchen. Bestimmt würde er wieder mit dem Thema anfangen, wie schön es doch wäre, wenn sie *für sie beide* ein Sofa kaufen würden. Eric nutzte jede sich bietende Gelegenheit, um Peri vor Augen zu führen, wie toll es wäre, wenn sie zusammenzögen. Dann könnten sie beide schon mal *üben*, wie er sich ausdrückte, und meinte natürlich für die Ehe. Wenn sie ihm nicht rechtzeitig Paroli bot, fing er von der *tickenden Uhr* an, um Peri daran zu erinnern, dass sie in ein paar Monaten dreißig wurde, und wenn sie eine Familie gründen wollten …
Ehe. Kinder. Peri war einfach noch nicht so weit. Sie glaubte, dass sie Eric liebte. Jedenfalls fühlte sie sich ihm näher als jedem der Männer, mit denen sie vorher zusammen war. Aber sie hatte keine Lust, den Status quo zu verändern. Sie stand kurz vor der Eröffnung ihres neuen Restaurants, und das nahm sie gänzlich in Anspruch. Sie wollte aus dem Opal's einen Erfolg machen. Einen Erfolg nach ihren Vorstellungen, nicht nach denen ihres Großvaters. Sie war entschlossen, dem alten Herrn zu beweisen, dass sie gut darin war. Besser als gut. Besser als er? Vielleicht. Aber hatte er sie nicht auch dazu erzogen, sich mit anderen zu messen, stets das Beste aus sich herauszuholen, in allem, was sie tat? Und hatte in seinen Worten nicht immer unterschwellig mitgeschwungen, dass ihre Mutter, wenn sie nur die Ziele verfolgt hätte, die er für sie gesetzt hatte, nicht mit siebzehn

schwanger geworden wäre und einen einfachen puerto-ricanischen Tellerwäscher geheiratet hätte? Dann wäre sie auch nicht brutal von diesem Mann ermordet worden, mit dem sie törichterweise durchgebrannt war. Sie hätte das schöne Leben gehabt, das er jetzt ihrer Tochter bot.

Wieder einmal hatten sich Gedanken an die Oberfläche gedrängt, die sie doch immer so tief wie möglich vergrub. Sie presste die Augen zu, schalt sich dafür, das wieder zugelassen zu haben. *Reiß dich zusammen. Bleib im Hier und Jetzt.*

Sie stand vor dem Fahrstuhl und öffnete die Augen, als die Türen aufglitten. Sie trat ein und lehnte sich müde gegen die glänzende Wand.

*Bleib im Hier und Jetzt.* Tja, hier und jetzt müsste eigentlich die glücklichste Zeit ihres Lebens sein. Sie würde bald ihr eigenes Restaurant eröffnen und sie hatte einen Mann an ihrer Seite, der sie auf Händen trug. Aber er war auch ein Mann, der Ansprüche an sie stellte. Genau wie ihr Großvater es immer getan hatte und noch immer tat. Sie fühlte sich eingeengt und empfand Erleichterung, als sich die Fahrstuhltüren öffneten und sie dem klaustrophobischen Kasten entfliehen konnte.

Sie trat in die imposante Eingangshalle des vornehmen Vorkriegsgebäudes mit glänzendem Marmorboden und Fresken an den Wänden – antike venezianische Motive, die wahrscheinlich schon da waren, seit das Apartmenthaus auf der Madison Avenue erbaut wurde. Alles schimmerte und strahlte. Die Bewohner zahlten auch anständig dafür, dass immer alles perfekt in Schuss war.

Auf dem Weg zum Ausgang schüttelte Peri die unsichtbare Last ab, die sich auf ihre Schultern gelegt hatte.

Sie lächelte dem Portier zu, einem älteren Mann namens Harry, der ihr galant die schwere Tür aus Metall und Glas aufhielt. Er sah zum Himmel, und Peri tat es ihm gleich. Es war grau und bedeckt, und für den ersten Samstag im November war es ein erstaunlich frostiger Tag. »Sieht nach Regen aus, Ms Gold. Soll ich Ihnen ein Taxi besorgen?«

Sie wollte schon nicken, weil sie eigentlich vorhatte, direkt in die Stadt zum Opal's zu fahren, überlegte es sich dann aber an-

ders. Sie war seit zwei Tagen nicht zu Hause gewesen und wollte ihre Pflanzen gießen, nach der Post sehen und einfach ein Weilchen in ihren eigenen vier Wänden sein, ehe sie sich dem Kampf mit Morris stellte.
»Ich denke, ich geh zu Fuß, ist ja nicht weit«, sagte sie zu Harry, denn ihre Wohnung lag auf der Park Avenue Ecke 76$^{th}$ Street, einen Katzensprung von Erics Apartmenthaus entfernt.
Ihr Handy klingelte, als sie die Madison hinunterging. Sie zog es aus ihrer Umhängetasche und klappte es in der Erwartung auf, entweder Erics Namen oder den ihres Großvaters zu sehen. Wer sonst sollte sie so früh am Morgen anrufen?
Verwunderung breitete sich auf ihrem Gesicht aus, als sie den Namen im Display las. Karen Meyers.
»Karen? Seit wann stehst du so früh auf? Noch dazu an einem Samstag?«
»Ehrlich gesagt musste ich gar nicht erst aufstehen. Ich war die ganze Nacht wach.«
Peri war augenblicklich besorgt. »Bist du krank? Ist was passiert? Kann ich irgendwas tun?«
»Du kannst dich heute mit mir zum Lunch treffen. Ich ... ich muss mit dir reden, Peri. Es ist ... wichtig.«
»Den Eindruck hab ich auch«, erwiderte Peri ohne zu zögern. »Also abgemacht. Und du weißt ja, Karen, wenn ich irgendwas für dich tun kann, sag Bescheid, ich mach's.«
»Danke. Das ist lieb von dir.«

# 6

*Liebe Pilar,*

*heute ist ein grauer Tag, doch wenn ich dich mir vor Augen rufe, wird alles hell und freundlich. Immer, selbst bei Regen oder Schnee, selbst wenn Dunkelheit den Himmel beschattet, obwohl der Tag längst nicht zu Ende ist, flüstere ich deinen Namen, und wir sind zusammen. Dein wunderhübsches Lächeln erfüllt mich mit solcher Freude und Wärme, dass die Dunkelheit mir nichts ausmachen kann. Du hast mir in all den langen kalten Jahren Kraft gegeben, mein liebes Mädchen, meine wunderschöne* chica. *Ich stelle mir dich als glückliche Erwachsene vor. Manchmal tue ich mir ein kleines bisschen selbst leid, weil ich so viel versäumt habe – all die Elternabende an deiner Schule, deine Abschlussfeiern, erst an der Highschool, dann am College und schließlich an der Business School. Aber dass du so viel geschafft hast, das allein reicht mir schon. Und so ganz habe ich deine Triumphe ja nicht verpasst. Bis sie zu krank wurde, hat mich deine Nana immer auf dem Laufenden gehalten. Vielleicht hast du sie nicht in der letzten Reihe sitzen sehen, als dir an der Columbia University dein MBA-Abschlusszeugnis überreicht wurde, aber sie war da, meine* chica, *sie war da. Sie war immer da, auf all deinen Abschlussfeiern, und hat still und leise aus der Ferne zugesehen, fast so stolz wie dein eigener Vater …*

Tränen brannten Raphael López in den Augen. Er konnte den Brief an seine Tochter nicht weiterschreiben. An manchen Tagen konnte er Seite um Seite füllen, aber nicht heute. Heute hatte er keine ganze Seite zum Zerreißen. Wenigstens das blieb gleich. Die Briefe, die er jeden Tag an seine Tochter schrieb – seit dreiundzwanzig Jahren –, endeten stets in Fetzen. Pilar bekam nicht einen davon zu Gesicht. Und dennoch hatte er aus diesen Briefen an seine Tochter, seine schöne geliebte Pilar, in all den endlosen Jahren Kraft geschöpft. Sogar als er auf der Krankenstation lag, schwach, mit Übelkeit kämpfend, während ihm die Brust brannte wie Feuer, schrieb er an Pilar. An manchen dieser Tage kam er nicht über *Liebe Pilar* hinaus, aber schon das genügte, um die Verbindung zu ihr zu spüren. Er dachte bei sich, selbst wenn er im Sterben lag, würde er es irgendwie schaffen, ihr einen letzten Brief zu schreiben. Und hoffentlich würde er ihr in diesem allerletzten Brief sagen können, wie sehr er sie immer geliebt hatte, genau wie er auch ihre Mutter immer geliebt hatte. Aber er würde ihr nicht schreiben, dass er unschuldig war, aus Furcht, sie würde ihm noch immer genauso wenig glauben wie in all den Jahren. Das würde ihm das Herz brechen. Und er wollte nicht mit gebrochenem Herzen sterben. Er wollte am Ende Frieden finden. Er wollte im Himmel mit Alison wiedervereint werden, seiner Frau, die er nie aufgehört hatte zu lieben.

Raph hatte den Glauben an Gott verloren, als er zu Unrecht schuldig gesprochen worden war, Alison ermordet zu haben. Angesichts der Farce, die sein Prozess gewesen war, hatte er zwar mit einem Schuldspruch gerechnet, aber trotz allem hatte sich ein kleiner Teil von ihm an die Hoffnung geklammert, dass diese zwölf Geschworenen einen Unschuldigen nicht hinter Gitter bringen würden. Tatsächlich hätte sich die Jury beinahe nicht einigen können, wie er später erfuhr. Der junge Medizinstudent, Jackson Scott, hatte erst nach langen Debatten nachgegeben. Schon seltsam, dass Jackson und Raph am Ende Freunde geworden waren. Wie anders das Leben verlaufen wäre, wenn Jackson an seinem Glauben festgehalten hätte, dass Raph vielleicht doch nicht schuldig war.

Doch Raph hatte längst damit aufgehört, sich mit Was-wäre-wenn-Gedanken zu quälen. Genauso wie er aufgehört hatte, Jackson oder sonst wem die Schuld für das zu geben, was ihm widerfahren war. Reue, Wut und Verbitterung – solche Gefühle hätten nur zur Folge gehabt, dass er sich vorgekommen wäre wie lebendig begraben. Nicht dass er diese Erkenntnis rasch oder mühelos gewonnen hätte. Zu Anfang war der Tod sogar das Einzige, woran Raph denken konnte.

In den ersten Monaten im Attica hatte er wegen Suizidgefährdung unter ständiger Beobachtung gestanden. Wenn seine Mutter nicht gewesen wäre, hätte er trotzdem eine Möglichkeit gefunden, sich das Leben zu nehmen. Aber seine Mutter, die mit absoluter Sicherheit wusste, dass er unschuldig war, versprach ihm bei jedem Besuch, sie würde nicht eher Ruhe geben, bis sie ihn aus dem Gefängnis geholt hatte. Sie gab ihn nicht auf, und sie machte ihm unmissverständlich klar, dass er es ihr schuldig war, sich selbst nicht aufzugeben. Also blieb er am Leben. Er kämpfte gegen seine Verzweiflung an.

Mit der Zeit lernte er, die Langeweile zu ertragen, körperliche und psychische Attacken von Wärtern und Mithäftlingen abzuwehren. Er trieb Sport, belegte jeden Kurs, der angeboten wurde, las jedes Buch, das er in die Hände bekam, vor allem juristische Fachbücher, tat, was er konnte, um nicht wahnsinnig zu werden. Und er hatte Gott wiedergefunden, betete wieder, nicht für sich, sondern für seine Mutter, seine Schwester, seine Cousins und Freunde. Und vor allen Dingen für Pilar.

Aber es gab Zeiten, da sein Glaube ins Wanken geriet. Trotz der vielen Gebete für seine geliebte, stets loyale Mutter erlitt die arme Frau zum dritten Mal einen Schlaganfall und musste ins Pflegeheim. Sie konnte ihn nicht mehr besuchen, ja ihm nicht einmal mehr schreiben. Seine Schwester Lo war vor Jahren nach Florida gezogen, wo sie sich mit irgendeinem zwielichtigen Drogendealer eingelassen hatte, und weder er noch seine Mutter hatten seitdem auch nur eine Postkarte von ihr erhalten. Dann war da noch Héctor García, der frühere Freund seiner Schwester Lo, den er immer für einen guten Kumpel gehalten hatte, bis der nach dem Prozess jeden Kontakt zu ihm abbrach. Kurz danach hatte Lo mit Héctor Schluss gemacht. Zum Glück, denn Héctor hätte Lo irgendwann abserviert und ihr das Herz gebrochen. Héctor García, der arme Puerto Ricaner aus den Slums, er hatte was aus sich gemacht – Lokalpolitiker, erfolgreicher Geschäftsmann. Héctor, so Raphs Vermutung, hatte ihn garantiert so gut wie vergessen oder zumindest beschlossen, zu jedem aus seinem alten Leben auf Distanz zu gehen, besonders einem Mörder.

Raphs jüngerer Bruder Miguel, der seit seiner Jugend Mickey gerufen wurde, hatte seinen großen Bruder in der ersten Zeit ziemlich regelmäßig besucht, das heißt, wenn er nicht gerade in der Gruft einsaß, wie das Manhattan Detention Center unter Eingeweihten hieß, dem Gefängnis für Kleinkriminelle, in erster Linie solche, die straffällig wurden, weil sie Geld für Drogen brauchten. In den letzten zehn Jahren hatten seine Besuche ganz aufgehört, und Miguels Aufenthalte in der Gruft waren im Gegenzug immer häufiger geworden. Nach dem, was Raph zuletzt gehört hatte, vor höchstens zwei Monaten, saß sein kleiner Bruder wieder ein, diesmal wegen Diebstahls.

Also, wer war überhaupt noch da, für den es sich zu leben lohnte? Nur seine Tochter. Nur Pilar. Für sie würde er so lange leben, wie er konnte. Er würde sich selbst vormachen, dem jungen Filmemacher Sam Berger zu glauben, der nicht müde wurde, ihm zu versichern, dass der Film, den er über ihn drehte, ein gutes Ende haben würde.

Er nahm seinen Stift und ein neues Blatt Papier.

*Liebe Pilar …*

# 7

Sam Berger schob dem Pfleger einen Hunderter in die Brusttasche seines Kittels. »Danke für den Anruf. Ich weiß das zu schätzen.«

Der drahtige Schwarze zwinkerte. »So leicht hab ich mir schon lange keine Knete mehr verdient.«

»Tja, die Quelle ist noch nicht versiegt. Sagen Sie mir einfach Bescheid, wenn sie Besuch bekommt – egal von wem ...«

»Alles klar, Mann. Sie ist jetzt bei ihr.«

Sam nickte und schob sich an dem Pfleger vorbei.

»He, Mann, heißt das, ich komm in Ihrem Film vor?«

Sam drehte sich um und tat so, als würde er eine imaginäre Kamera auf den Mann scharf stellen, der prompt übers ganze Gesicht grinste. Sam hatte zwar seinen kleinen Camcorder in einer Umhängetasche dabei, aber er filmte grundsätzlich nur Leute, die schriftlich dazu ihre Einwilligung gegeben hatten. An diese eiserne Regel hielt er sich, seit er nach Erscheinen seines ersten Films von einer Prostituierten verklagt worden war, die sich nur mündlich mit einem kurzen Interview einverstanden erklärt hatte. Um das Problem aus der Welt zu schaffen, hatte er sich zweitausend Dollar von einem Freund leihen müssen.

Sam versuchte, das Geruchsgemisch in dem tristen Pflegeheim von East Harlem auszublenden – Urin, Fäkalien, Putzmittel, schale Luft und säuerliche Krankheitsausdünstungen –, während er den schmalen, grün gestrichenen Flur der staatlichen Einrichtung entlangging, in die Juanita López eine Woche zuvor eingeliefert worden war. Wäre in einem Hospiz ein Bett frei gewesen, wäre sie dort untergebracht worden, aber die Hospize waren überbelegt, da zurzeit viele mittellose Patienten im Sterben lagen. Juanitas Arzt am Manhattan County Hospital hielt es für unwahrscheinlich, dass sie Weihnachten noch erleben würde. Was bedeutete, dass Raph López' Mutter in sechs Wochen höchstwahrscheinlich tot war. Es sei denn, es geschah ein Wunder.

Sam war ein realistischer Mensch, der im Laufe seiner zweiunddreißig Jahre schon allerhand schreckliche Dinge gesehen hatte. Aber immer war dieses Quäntchen Optimismus in ihm gewesen, das ihn antrieb, das ihn dazu brachte, sich nicht mit Niederlagen abzufinden, und das ihn letztlich zu so einem guten Dokumentarfilmer gemachte hatte.

Irgendwo tief in seinem Innersten glaubte Sam, obwohl er es niemals zugeben würde, dass Juanita López sich ans Leben klammern würde, wenn sie Hoffnung auf eine baldige Freilassung ihres Sohnes haben könnte.

Juanita war in einem Sechserzimmer untergebracht. Als Sam eintrat, hoffte er, dass Raphs Mutter gleich im ersten Bett liegen würde, damit er nicht an fünf weiteren elenden, kranken Frauen vorbeimusste. Doch seine Hoffnung war vergebens. Juanita hatte das Bett ganz am Ende des länglichen Raumes. Hier war der Gestank nach Krankheit noch stärker. Sam merkte, dass er kurz und flach atmete, damit ihm nicht schlecht wurde, während er Betten passierte, in denen Frauen schnauften, husteten, keuchten oder keinen Laut von sich gaben, was vielleicht am schlimmsten war.

Juanitas Besucherin saß mit dem Rücken zu ihm neben dem Bett. Sam sah eine toupierte, grell blond gefärbte Haarmasse auf einem Kopf aufgetürmt, der auf schmalen, mit schwarzem Pelzimitat bedeckten Schultern saß. Die Frau hatte sich nicht mal den Mantel ausgezogen. Andererseits war es hier drin fast so kalt wie draußen. Bei dem exorbitanten Ölpreis war es kein Wunder, dass die Stadt Energie sparte.

Sam trat ans Fußende von Juanitas Bett und sah die alte Frau zur Begrüßung aufmunternd an. Seit dem Schlaganfall war Juanitas komplette rechte Körperhälfte gelähmt, so dass sie als Zeichen

des Wiedererkennens nur ihre dünne linke Augenbraue leicht hob. Falls ihre Besucherin die Begrüßung bemerkte, so achtete diese nicht darauf, blickte nicht mal in Sams Richtung. Möglicherweise hielt sie ihn für einen Pfleger, der nach Juanita sehen wollte. Sam warf tatsächlich einen Blick auf das Krankenblatt der alten Frau, obwohl er selbst nicht wusste, warum.
»Schön, Sie wiederzusehen, Juanita.«
Jetzt warf ihm die sitzende Frau über die Schulter einen Blick zu, und ihr Gesicht nahm sofort einen Ausdruck argwöhnischer Überraschung an, als sie sah, dass er keine Pflegerkleidung trug. Sam hatte Mühe, sich den Schock nicht anmerken zu lassen, der ihn beim Anblick von Delores López durchfuhr. Das dicke Make-up konnte die eingefallenen Wangen ebenso wenig kaschieren wie den Rotstich im Weiß ihrer Augen und die dunklen Ringe darunter. Der knallrote Lippenstift war offensichtlich mit zittriger Hand aufgetragen worden, denn er hatte das Ziel an mehreren Stellen verfehlt. Das wasserstoffblonde Haar stand im krassen Gegensatz zu den dicken dunklen Brauen. Raphs Schwester war drei Jahre jünger als der Häftling, also sechsundvierzig. Aber diese Frau sah gut und gerne aus wie fünfundsechzig.
»Wer ist das?« Obgleich Delores ihn noch immer musterte, sprach sie eindeutig ihre Mutter an. Sie hatte ein leises Zittern in der Stimme und einen leichten puerto-ricanischen Akzent.
»Das ist er, Lo … der Mann, von dem ich dir … erzählt habe …«
Auch Juanitas Stimme war zittrig, aber aus einem ganz anderen Grund. Der Schlaganfall hatte ihr Sprachvermögen geschädigt. Und ihr spanischer Akzent war sehr viel stärker.
»Der Filmtyp?«
Sam tätschelte seine Kameratasche und lächelte. »Freut mich, Sie kennenzulernen, Delores. Oder ist Ihnen Lo lieber?«
»Am liebsten ist mir Miss López«, sagte sie unterkühlt, und der Argwohn in ihrem Blick verhärtete sich. »Bilden Sie sich bloß nicht ein, ich würde in Ihrem Film mitmachen oder so.«
»Mir geht's nur darum, Ihrem Bruder Raph zu helfen, Miss López.«
Sie stieß ein raues Lachen aus, das in ein noch raueres Husten umschlug. Das Husten einer langjährigen Raucherin.

Drogen, Alkohol, Zigaretten – Sam fragte sich, wie viel Zeit Delores López wohl noch auf Erden blieb. Für einen Moment umhüllte ihn eine düstere Wolke des nahenden Todes – Raph, seine Mutter, seine Schwester – niemand in der Familie López erfreute sich guter Gesundheit. Hoffentlich mit Ausnahme von Pilar López.

»*Sie* wollen meinem Bruder helfen, wo all die Scheißanwälte Mist gebaut haben?« Delores' abfällige Frage war eindeutig rhetorisch gemeint, doch Sam antwortete trotzdem.

»Die Anwälte waren …« Er hatte *beschissene Versager* auf der Zunge, doch anders als Juanitas Tochter hielt er es für respektlos, im Beisein der alten Frau unflätig zu werden. »Sie waren inkompetent. Ihr Bruder wurde sehr schlecht vertreten, Miss López. Sein Prozess war eine Farce.«

Wieder ein raues Lachen von Delores, diesmal pflichtete sie ihm bei.

Sam sah, dass Juanita die Augen zufielen. Sie war ohnehin durch ihre Krankheit entkräftet, und die zweifellos große Freude und Aufregung wegen dieses lang erhofften Besuches ihrer Tochter hatte die arme Frau völlig erschöpft.

»Vielleicht könnten wir in der Cafeteria eine Tasse Kaffee trinken, damit Ihre Mutter sich ein bisschen ausruhen kann«, schlug Sam leise vor.

Delores wollte ihm schon eine Abfuhr erteilen, doch als sie sich wieder ihrer Mutter zuwandte, war Juanita bereits eingeschlafen. Achselzuckend griff sie nach einer großen goldenen Plastikumhängetasche auf dem Boden und stand auf.

Sam war überrascht, wie klein Raphs Schwester war. Anders als Raph mit seinen knapp einsachtzig brachte es Delores selbst in ihren hochhackigen, spitzen, kniehohen schwarzen Stiefeln vielleicht auf einssechzig. Und unter dem falschen Pelzmantel, der sich jetzt öffnete, kam ein deplatziert wirkender, abgemagerter Körper zum Vorschein, bekleidet mit einem eng anliegenden magentafarbenen Tanktop und einem knallengen Stretchrock, der ein gutes Stück über den Knien aufhörte. Das Outfit wäre vielleicht angemessen für das Klima im Süden gewesen, doch für New York an einem kalten Novembertag war es eindeutig ungeeignet. Sam schätzte, dass Delores gerade erst aus Florida gekommen war und sich wahrscheinlich den zu weiten Mantel und vielleicht auch die Stiefel bei irgendwem geborgt hatte.

# 8

Wenige Minuten später saßen sie einander an einem wackeligen Tisch in der kleinen düsteren Cafeteria gegenüber. Beide hatten eine Tasse schwarzen Kaffee vor sich. Sam hatte nicht die Absicht, auch nur einen Schluck von der braunen Brühe zu probieren, aber Delores trank unbekümmert davon, und ihr Lippenstift hinterließ einen leuchtend roten Abdruck am weißen Tassenrand. Sie hatte den Mantel auch jetzt nicht ausgezogen, obwohl der fensterlose Raum schwülwarm war.

»Ihre Mutter freut sich bestimmt riesig, Sie zu sehen, Miss López. Sie hat mir erzählt, Sie waren … länger nicht da.«

»Ich hasse diese Scheißstadt«, knurrte Delores, als wäre das eine vernünftige Erklärung dafür, warum sie ihre schwerkranke Mutter mindestens fünf Jahre nicht besucht hatte.

»Haben Sie noch Kontakt zu irgendwem hier?«

Sie funkelte ihn an. »Wenn Sie mir ein schlechtes Gewissen machen wollen, bin ich gleich wieder weg.«

»Tut mir leid, das wollte ich nicht. Wirklich nicht. Können wir noch mal von vorne anfangen? Ich bin Sam Berger. Lassen Sie mich Ihnen erklären, warum ich diese Dokumentation mache. Ich möchte auf das Unglück Ihres Bruders aufmerksam machen. Ich glaube, Raph könnte durchaus zu Unrecht für den Mord an seiner Frau verurteilt worden sein. Ich glaube –«

Delores unterbrach ihn. »Sie meinen, Sie sind nicht sicher, ob er unschuldig ist?« Sie sah aus, als wäre sie ihn jetzt schon satt, dabei war er erst am Anfang. Er konnte sie verlieren. Andererseits wollte er ihr auch nichts vormachen.

»Ich will Ihnen sagen, was ich ohne den geringsten Zweifel glaube. Ihr Bruder hat wenigstens einen neuen Prozess verdient. Und bestenfalls gelingt es uns vielleicht, genügend neue Beweise zusammenzutragen, die ihn tatsächlich entlasten. Das heißt, er könnte als freier Mann das Gefängnis verlassen. So, das ist das, was ich glaube, Miss López. Was glauben Sie?«
Der zornige Blick war verschwunden, und ihre Lippen bebten. Sie umfasste ihre Tasse mit beiden Händen, als würde sie Halt suchen. »Raph war ein guter Bruder, ein guter Sohn, ein guter Ehemann und Vater. Er war nicht perfekt, das nicht. Er konnte aufbrausend sein. Aber er hat nie auch nur einen Finger gegen seine Frau erhoben. Niemals. Er hat Alison und Pilar mit jeder Faser seines Herzens geliebt. Er hätte für sie beide sein Leben gegeben. Verstehen Sie, was ich sage?«
»Ja«, sagte er mit Nachdruck und spürte tiefe Erleichterung. Delores López würde vielleicht nicht bei seiner Doku mitmachen wollen (obwohl es noch zu früh war, das zu sagen), aber wichtiger für ihn war, dass sie offenbar auf der Seite ihres Bruders stand. War Delores López selbst von seiner Unschuld überzeugt? Dann kam ihm der Gedanke, dass Delores möglicherweise etwas wusste, was sie ihm verschwieg, etwas, das Sam wirklich von Raphs Unschuld oder Schuld überzeugen konnte. Bei diesem Gedanken spannte sich sein Körper leicht an.
Womöglich spürte Delores López das auch, denn ihre Stimmung veränderte sich schlagartig.
»Worum geht es Ihnen in Wirklichkeit?«
»Worum es mir geht? Ich habe Ihnen doch gerade gesagt –«
»Um Geld?«
Jetzt lachte er rau auf. »Wohl kaum.«
»Einen Oscar? Wollen Sie meinen Bruder vor Ihren Karren spannen, damit Sie irgend so einen beschissenen Oscar gewinnen?«
»Da liegen Sie völlig falsch –«
»Keiner macht irgendwas umsonst. Keiner.«
»Es geht hier um Gerechtigkeit, Miss López.«
»Vielleicht können Sie meine Mutter mit Ihrem geschwollenen

Gequatsche verscheißern, aber ich bin nicht so blöd, wie ich aussehe.«
»Sie sehen krank aus, nicht blöd. Und weil ich weiß, dass Sie nicht blöd sind, frage ich mich, warum Sie nur so misstrauisch sind.«
»Ich hab vor langer Zeit auf die harte Tour gelernt, Leuten, die ich nicht kenne, lieber nicht über den Weg zu trauen.«
»Und was ist mit den Leuten, die Sie kennen? Trauen Sie denen allen über den Weg?«
»Von wegen! Nicht von hier bis da.«
»Sind Sie deshalb weggezogen? Weil es hier Leute gab, denen sie nicht vertraut haben?«
Sie lächelte dünn. »Jetzt bin ich jedenfalls hier, oder? Mit hier meine ich, bei meiner Mutter, nicht bei Ihnen. Meine Mutter liegt im Sterben, klar? Ich bleibe hier, bei ihr, bis zum Schluss. Ich war lange weg. Ich war eine schlechte Tochter. Hab richtig Mist gebaut. Aber jetzt bin ich für sie da.« Sie hielt ihre Tasse noch immer mit beiden Händen umklammert und kippte jetzt gut die Hälfte der Brühe mit einem Schluck in sich hinein.
»Seit wann sind Sie clean?«, fragte er, als sie die Tasse auf den Tisch stellte.
Er sah, dass sie sich kurz gegen seine unverblümte Frage sträubte, doch dann zuckte sie die Achseln. »Noch nicht lange. Seit drei Monaten. Ich … geb mir Mühe, wissen Sie. Es ist nicht leicht.«
»Das kann ich mir vorstellen. Sie sollten stolz auf sich sein.«
Sie verzog das Gesicht, doch dann blickte sie ihn forschend an, und Sam spürte eine erneute Veränderung in ihr.
»Gerechtigkeit, was?« Delores stieß ein hartes kurzes Lachen aus, in dem dennoch ein Hauch von Traurigkeit mitschwang. Und der grimmige Ausdruck in ihrem Gesicht stand in krassem Gegensatz zu den Tränen, die ihr in die Augen traten.

# 9

»Sie glauben wirklich, Sie können Raph helfen?« In ihrer Frage lag mehr Hoffnung als Trotz.
»Ich werde tun, was in meiner Macht steht, Lo. Aber ich brauche dazu alle Hilfe und Unterstützung, die ich kriegen kann.«
»Glauben Sie, ich kann Ihnen helfen?«
»Glauben *Sie* das denn?«
Es folgte eine lange Pause. Sam wartete gespannt. Er kannte sich mit Schweigen aus. Wusste meistens, wie es zu deuten war. Das hatte er in den vielen Jahren gelernt, die er nun schon Interviews für seine Filme führte. Sein Instinkt sagte ihm, dass Delores López mehr wusste, als sie damals bei der Polizei oder im Zeugenstand ausgesagt hatte. Er war sich nicht sicher, ob ihr Vertrauen zu ihm groß genug war, um ihm zu erzählen, was sie verschwieg. Und er war sich nicht sicher, ob das, was sie wusste, die Chance ihres Bruders auf einen neuen Prozess oder gar einen Freispruch verbessern oder verschlechtern würde.
»Es ist lange her«, sagte sie schließlich, während sie an ihm vorbei zu dem einzigen anderen Gast in der Cafeteria hinüberblickte, einer schwarzen Frau mittleren Alters mit drahtigem Haar, die irgendeine Broschüre las.
Sam sagte nichts.
»Hier zu sterben ist beschissen.« Tränen verschleierten ihre Augen. »Aber es geht wohl noch beschissener.«
»Im Gefängnis?«
Er sah sie zusammenzucken.
»Ich kann Raph nicht besuchen. Das ertrag ich nicht. Ich ertrag's

nicht, ihn zu sehen, und ich ertrag's nicht, dass er mich sieht. Sieht, was aus mir geworden ist. Ich war nämlich mal hübsch, wissen Sie? Schwer zu glauben, was?«

»Nein.« Das war nicht gelogen. Je mehr er Delores López ansah, desto mehr bemerkte er Überreste dessen, wie sie als junge Frau ausgesehen haben musste. Die dichten Brauen und Wimpern, der fein geschwungene Mund unter dem schlecht aufgetragenen Lippenstift. Er stellte sich vor, dass noch mehr Spuren zum Vorschein kämen, wenn sie lächelte. Aber er glaubte nicht, dass Delores viel lächelte. Vermutlich schon eine ganze Weile nicht mehr.

»Manchmal hab ich Albträume von den Tagen im Gericht, besonders als der Sprecher der Geschworenen sagte, ›wir befinden den Angeklagten Raphael López für schuldig‹.« Sie biss sich auf die Unterlippe wie ein Kind, was einen Lippenstiftfleck an ihrem oberen Schneidezahn hinterließ. Wieder kamen ihr die Tränen.

Sam schob ihr eine dünne Papierserviette über den Tisch zu. Sie ignorierte sie, ließ die Tränen über die Wangen laufen, wo sie eine Spur aus schwarzer Wimperntusche zogen und Linien durch die dicke Make-up-Schicht gruben.

»Er war's nicht. Ich weiß, dass er es nicht war«, sagte sie, nahm schließlich die Serviette und betupfte sich die Augen, wodurch sie zwar die Tränen abwischte, aber die Mascara nur noch mehr verschmierte.

Ein Hoffnungsfunke glimmte in Sam auf, doch er hielt seine Erwartung bewusst in Zaum.

»Ihre Mutter hat unter Eid ausgesagt, dass Raph den ganzen Tag bei ihr zu Hause war«, sagte Sam und beugte sich leicht vor, eine bewusste Geste, um sie aus der Reserve zu locken.

Delores nickte.

»Sie sagt, er hätte sich nicht wohlgefühlt und sich deshalb krankgemeldet. Er hat damals beim Rechtshilfeverein auf der 142nd Street in East Harlem gearbeitet, richtig?«

»Ja, und er hatte einen Job als Nachtpförtner, und wenn er abends freihatte, war er an der Uni, um seinen Juraabschluss zu machen.« Sie stockte und stieß ein leises, bitteres Lachen aus.

»Er wollte Rechtsanwalt werden. Er war ein heller Kopf, mein Bruder. Er hätte das Zeug gehabt –« Sie verstummte, senkte den Kopf und schüttelte ihn langsam.
»Und an dem Tag, als er zu Hause bei Ihrer Mutter war, waren Sie bei der Arbeit im Strandz Salon. Sie sind Kosmetikerin, nicht?«
»War«, murmelte sie, ohne nähere Erklärung.
»Ihr Bruder ist stets bei seiner Geschichte geblieben.«
»Weil es keine Geschichte war. Es war die Wahrheit. Ich weiß, dass er bei meiner Mom war, weil ich bei ihr angerufen hab, um mit ihm zu sprechen, und er ans Telefon gekommen ist.«
Delores hatte das auch in Raphs Prozess ausgesagt, aber es war bei den Geschworenen nicht ins Gewicht gefallen. Laut den Unterlagen der Telefongesellschaft war der Anruf vor der Zeitspanne erfolgt, in der Alison Gold nach Einschätzung der Rechtsmedizin ermordet worden war, und er hatte nur knapp über fünf Minuten gedauert. Sam war jedoch brennend daran interessiert, worüber sie gesprochen hatten. Als er danach fragte, antwortete Delores nicht sofort.
Wieder wartete Sam. Wieder zahlte es sich aus.
»Ich hatte Probleme mit meinem Freund … na ja, eigentlich war er mein Verlobter, bloß dass ich keinen richtigen Ring hatte, jedenfalls keinen Diamantring. Héctor hatte mir seinen Highschoolring gegeben, aber was soll's, er hatte gefragt, ob ich ihn heiraten will, also waren wir verlobt.«
»Er hat Ihnen einen Antrag gemacht, das war entscheidend.«
»Sollte man meinen«, sagte sie höhnisch.
»Sah Héctor das nicht so?«, fragte Sam behutsam.
»Ich weiß nicht, was zum Henker er gedacht hat, aber ich weiß, was der Drecksack getan hat. Und der denkt, er ist was Besseres als wir *boriquas*, wo er jetzt so'n dicker Bonze geworden ist.« Sie fluchte halblaut.
Einen Moment lang schien es, als wollte sie noch etwas sagen, doch dann knüllte sie die Serviette zusammen, warf sie in ihre Kaffeetasse und schob sie weg. »Ich muss zurück zu meiner Mutter.«
Sam wusste, dass sich so eine Gelegenheit vielleicht nicht mehr

ergeben würde. Daher griff er über den Tisch nach Delores' Hand, als sie aufstehen wollte. »Sie glauben, Héctor hatte was mit Raphs Frau.« Ein Schuss ins Blaue. Vielleicht ...
Ihre dunklen tränenden Augen wurden schmal, und sie riss ihre Hand los. »Raph hat es Ihnen also erzählt. Dann hat er Ihnen wohl auch erzählt, dass er zu mir gesagt hat, ich würde spinnen.«
Sam antwortete nicht. Raph hatte das Telefonat mit seiner Schwester nie erwähnt. Als Sam ihn bei einem ihrer ersten Treffen vorsichtig gefragt hatte, ob seine Frau während ihrer Trennung womöglich einen anderen hatte, war Raph wütend geworden und hatte mit einem kategorischen Nein geantwortet. Außerdem behauptete er, dass Ali nur wenige Tage zuvor zu ihm gesagt hatte, sie sollten sich doch wieder versöhnen und es noch einmal miteinander versuchen. Wenn das stimmte, hätte Raphael López weiß Gott kein Motiv gehabt, sie zu ermorden. Die Geschworenen hatten es ihm jedoch nicht abgekauft. Selbst wenn López ein Wiederaufnahmeverfahren erreichte, war die Wahrscheinlichkeit gering, dass sie es ihm diesmal abkauften, es sei denn, er konnte irgendwelche Beweise dafür erbringen.
Delores López riss Sam zurück in die Gegenwart. »An dem Tag, als ich Raph bei meiner Mutter angerufen hab, hab ich ihm gesagt, was Sache ist. Dass Héctor was mit Ali hatte. Raph hat gesagt, ich würde spinnen, ich wäre eine eifersüchtige Irre. Dass Ali ihn nie im Leben betrügen würde. Ich hab ihn gefragt, wie er sich denn da so verdammt sicher sein könnte, schließlich würde er ja seit Wochen nicht mehr mit seiner tollen Frau zusammenwohnen. Er hat nur gesagt, ich könnte ihn kreuzweise, und hat aufgelegt. Wie ich schon sagte, Raph war aufbrausend. Und er war blind wie ein Maulwurf, wenn es um seine Ali ging.«
Delores hielt abrupt inne und blickte ihn entgeistert an. Sie begriff, genau wie Sam, dass sie soeben ein triftiges Argument für Raphael López' Schuld geliefert hatte. Eine ehebrecherische Frau war ein klassisches Mordmotiv.
»Raph hat mir nicht geglaubt. Garantiert nicht.«
Sam argwöhnte allerdings, dass Delores Zweifel gekommen waren und sie deshalb im Zeugenstand kein Wort über das Telefonat mit ihrem Bruder gesagt hatte.

»Wieso dachten Sie, dass Ihr Verlobter und Raphs Frau ein Verhältnis hatten?« Von Vorteil war immerhin, dass Delores die Möglichkeit eines weiteren Verdächtigen eröffnet hatte.
Delores war offenbar froh, das Augenmerk auf ihren Verlobten lenken zu können statt auf ihren Bruder.
»Ich hab gesehen, wie Héctor zu ihr hochgegangen ist. Mehr als einmal.« Verbitterung tränkte jedes Wort.
»Das allein muss noch nicht –«
»Ja, aber das letzte Mal war's fast Mitternacht. Sie denken doch nicht im Ernst, dass er mitten in der Nacht die Frau und die sieben Jahre alte Tochter von seinem Kumpel besucht? Und ich glaub auch nicht, dass Pilar am nächsten Morgen um sechs schon wach war, als Héctor aus dem Haus geschlichen ist.«
»Sie sind ihm gefolgt? Sie haben die ganze Nacht vor dem Haus gewartet, bis er am nächsten Morgen wieder rauskam?«
Sie sah Sam trotzig an. »Eine Frau hat ein Recht darauf zu wissen, was ihr Mann hinter ihrem Rücken treibt. Ich musste es jedenfalls wissen. Mein Bruder Mickey ist ein richtiger Nachtmensch. Ich hab ihn gebeten, sich auf die Lauer zu legen. Und das hat er getan. Er hat seinen Wagen gegenüber von Alis Wohnung geparkt und alles gesehen.«
»Wann war das?«, fragte Sam. »Wann hat Mickey gesehen, dass Héctor –«
Delores stand so abrupt auf, dass sie mit den Knien gegen den Tisch stieß und ihn ins Kippeln brachte. Beide Tassen fielen scheppernd auf den schmutzigen grauen Linoleumboden. Sie sah aufgewühlt aus, verängstigt.
»Lo, warten Sie –«
Delores López rief über die Schulter: »Die Sache ist aus und vorbei. Lassen Sie die verdammte Vergangenheit doch ruhen. Es ist eh zu spät. Es ist zu spät für uns alle.«

# 10

»Wo bleibst du denn?«, fuhr Peri ihren Großvater an, als er das Opal's durch die große Eingangstür aus Mahagoni und Glas betrat. Sie warf einen dramatischen Blick auf ihre Armbanduhr, obwohl sie sie in den zwei Stunden, die sie schon wartete, kaum aus den Augen gelassen hatte.

»Raymond sollte dir doch Bescheid geben, dass ich mich etwas verspäten würde«, knurrte Morris Gold.

»*Etwas* ist ja wohl die Untertreibung des Jahrhunderts.«

Peris Großvater fuhr sich mit den Fingern durch das noch dichte, kurze graue Haar. »Nicht heute, Peri. Ich hab weder die Energie noch die Zeit. Ich bin nur vorbeigekommen, um ein paar Papiere zu holen. George wartet draußen, um mich zum Flughafen zu bringen.«

»Aber es ist doch noch nichts geklärt.« Sie machte eine ausladende Handbewegung, die die Bar und den kleinen Wartebereich, wo sie stand, ebenso umschloss wie den langgezogenen Raum hinter ihr, der auf beiden Seiten von blassgrauen Veloursbänken gesäumt wurde. Im hinteren Teil des Restaurants lag die offene, glänzende Edelstahlküche.

Das dezente malvenfarben und teegrün gehaltene Interieur, das Peri nach langen Diskussionen gegen ihren Großvater durchgesetzt hatte, verströmte Wärme und Eleganz. Für den Laien erweckte das Opal's, das in vier Wochen eröffnen sollte, durchaus den Eindruck, als sei es fertig. Aber Peri hatte eine lange Liste mit Punkten, die noch besprochen werden mussten, wovon die Barhocker und das Besteck erst der Anfang waren.

»Wir müssen noch klären –«
»Das hat Zeit bis Montag, wenn ich zurück bin«, fiel Morris seiner Enkelin barsch ins Wort, ohne sie auch nur eines Blickes zu würdigen, als er an ihr vorbeiging.
Peri beschloss, ohne Umschweife die wichtigste Frage anzugehen. »Ich habe Jacques Artaud angerufen und ihm gesagt, dass ich Bruno Cassel als Küchenchef einstellen werde«, sagte sie, während sie Morris folgte, der an den Bänken entlang Richtung Büro ging, das rechts neben der Küche lag.
Morris Gold blieb wie angewurzelt stehen. Er fuhr herum, im Gesicht einen nur allzu vertrauten Zornesausdruck, der die Falten in den Winkeln seiner dunkelbraunen Augen und auf seiner hohen Stirn vertiefte. Noch mit dreiundsiebzig gab der Gastronom eine imposante Figur ab, und Peri musste gegen das ebenso vertraute Gefühl von Einschüchterung ankämpfen. Es war nie leichter für sie geworden, sich ihrem Großvater gegenüber zu behaupten. In mancher Hinsicht fiel es ihr sogar schwerer.
»Dann rufst du Artaud eben noch einmal an, Peri.« Morris, groß, breitschultrig, makellos gekleidet in einem seiner maßgeschneiderten marineblauen Anzüge, war daran gewöhnt, dass er bekam, was er wollte. War daran gewöhnt, dass man ihm gehorchte, vor allem seine Untergebenen.
Trotz ihrer Verunsicherung war Peri entschlossen, standhaft zu bleiben. »Das werde ich nicht tun, Morris. Artaud ist durch und durch alte Schule. Er kocht betulich, schwer, mit zu viel Firlefanz, abgehoben. Ich will Cassel. Wenn du gestern oder an irgendeinem der anderen Abende, an denen ich dich gebeten habe, mit zum Probeessen ins Table Seven gekommen wärst –«
»Das Table Seven hat in der *Times* nur zwei Sterne bekommen, Peri. Cassel ist ein mittelmäßiger Koch –«
»Frank Bruni hat Cassels Küche in seiner Kritik in höchsten Tönen gelobt. Zurückgestuft wurde das Restaurant wegen des schlechten Service und der Desserts. Ich stelle ja nicht den Patissier oder einen von den Kellnern aus dem Table Seven ein.«
»Artaud hat den Namen und die Fangemeinde«, sagte Morris kategorisch. »Du musst meinem Urteil in diesem Punkt einfach vertrauen.« Er hob die Hand, als sie zu einem Gegenargument

ansetzte. »Ich weiß, ich weiß, das Opal's ist dein Restaurant. Dazu stehe ich nach wie vor, ich will dir einfach nur helfen, Anfängerfehler zu vermeiden. Ich bin seit langer Zeit in dieser Branche, und ein wenig Respekt vor meinem Geschäftssinn wäre nicht unangebracht. Ich will doch nur das Beste für dich, Schätzchen.«
Eine alte, abgedroschene Phrase ihres Großvaters, deren Haltbarkeitsdatum, was Peri betraf, längst abgelaufen war.
Als wäre die Sache damit erledigt, wandte Morris ihr den Rücken zu und ging weiter Richtung Büro.
»Cassel soll den Vertrag heute Nachmittag unterschreiben«, rief sie ihm hinterher.
»Schön, dann ruf ich ihn an und sag den Termin ab. Danach ruf ich Artaud an«, erwiderte er und holte sein Handy aus der Jackentasche.
»Von mir aus kannst du Gott anrufen«, fauchte Peri. »Das Opal's ist *mein* Restaurant, Morris. Ich engagiere Bruno Cassel.«
Sie machte kehrt und stürmte in die andere Richtung. Als sie davonrauschte, fiel ihr Blick auf Raymond Delon, ihren Sommelier. Er war Anfang fünfzig, groß und schlank, dabei aber erstaunlich kräftig, und sein volles hellbraunes Haar, das er stets akkurat geschnitten trug, war attraktiv grau meliert. Er war im Weinkeller gewesen, als Morris eintraf, und Peri hatte ihn nicht wieder hochkommen sehen. Jetzt stand er hinter der Bar über die Kupfertheke gebeugt und blätterte einen dicken Stapel Getränkebestellungen durch. Peri hatte keine Ahnung, wie lange er schon da stand. Wie lange er schon zugehört hatte.
Peri spürte Scham und Ärger in sich aufwallen. Wenn sie von ihrem Personal als Chefin respektiert werden wollte, war es nicht gut, wenn einer ihrer Mitarbeiter Zeuge eines Streits zwischen ihr und ihrem Großvater wurde. Das galt erst recht für Raymond Delon, der schon seit er Anfang zwanzig war für ihren Großvater arbeitete.
»Ray«, rief Peri. »Könntest du noch mal in den Keller gehen und nachsehen, ob die Kartons mit dem 98er Veuve Cliquot *La Grande Dame* schon geliefert wurden?« Eine fadenscheinige Anweisung, da sie bereits selbst unten gewesen war und genau

wusste, dass die Lieferung noch nicht da war, aber sie wollte den Sommelier aus dem Weg haben, ehe die Diskussion mit Morris weiterging.

Wortlos drehte Delon sich um und verschwand durch eine metallverkleidete Tür am Ende der Bar nach unten in den gut sortierten und klimatisierten Weinkeller.

Morris kam mit einem Aktenkoffer aus dem Büro. »Kannst du wenigstens bis Montag warten, Peri?« In der Baritonstimme ihres Großvaters schwang ein künstlich müder Unterton mit. »Der Morgen war furchtbar. Debra hat mich über eine Stunde am Telefon aufgehalten, was auch der Grund dafür war, dass ich mich so verspätet habe.«

Peri warf ihrem Großvater einen entnervten Blick zu. »Du willst ihr schon wieder Geld geben?«

»Das geht dich nichts an, Peri.«

»Sie hat bei der Scheidung vor nicht ganz zwei Jahren fast fünf Millionen abgesahnt. Sie lebt mit irgendeinem verkorksten Mistkerl zusammen, der wahrscheinlich schon jeden Cent davon durchgebracht hat. Sie –«

»Du konntest sie nie leiden«, sagte Morris Gold vorwurfsvoll.

Peri hätte gern erwidert, *meine Mutter auch nicht*, verkniff es sich aber. Ali Gold López war zwischen ihnen ein Tabuthema. Nach dem Mord an ihrer Mutter konnte Peris Großvater es nicht mal ertragen, wenn der Name seiner einzigen Tochter erwähnt wurde.

Da sie meinte, seinen Vorwurf irgendwie kontern zu müssen, sagte Peri: »Du gibst mir immer noch die Schuld dafür, dass Debra dich verlassen hat. Das ist lächerlich, Morris.«

Wieder sah sie einen zornigen Ausdruck in seinem Gesicht aufblitzen, und diesmal noch heftiger. Sein Zorn hatte ihr, als sie klein war, immer schreckliche Angst gemacht. Er hatte zwar nie die Hand gegen sie erhoben, aber sobald sie die Autorität ihres Großvaters in Frage stellte, konnte er durchaus den Eindruck erwecken, als würde er sie am liebsten schlagen.

Sie hatte sich oft gefragt, ob ihre Mutter je Angst vor Morris gehabt hatte. Peri konnte nur ahnen, wie wütend ihr Großvater gewesen sein musste, als er erfuhr, dass seine heiß geliebte

Tochter sich von einem puerto-ricanischen Tellerwäscher hatte schwängern lassen und dann auch noch die Frechheit aufbrachte, ihn zu heiraten.

*Und dann von ihm ermordet wurde …*

Ein Frösteln ließ Peri erschaudern.

»Wir überlegen, es noch einmal zu versuchen«, sagte Morris schließlich.

»Was?« Peri wurde blitzartig zurück in die Gegenwart gerissen.

»Debra und ich hatten unsere Probleme, zugegeben, aber wir haben nie aufgehört, uns zu lieben.«

In Peris Augen war Debra Gold nicht in der Lage, Morris oder überhaupt einen anderen Menschen außer sich selbst zu lieben. Sie war eine Frau, die stets zu allererst ihre eigenen Interessen verfolgte.

»Tut mir leid, Peri, der Veuve Cliquot ist noch nicht da.«

Raymonds Stimme ließ sie zusammenschrecken, doch sie fing sich rasch wieder. »Dann ruf doch bitte den Lieferanten an.« Sie sah auf die Uhr. Es war kurz vor elf, in einer Stunde war sie mit ihrer Anwältin zum Lunch verabredet. Als wäre die Konfrontation mit Morris nicht schon aufwühlend genug, war Peri auch wegen des nervösen Untertons in Karens Stimme am Telefon beunruhigt. Wenn sie jetzt noch den morgendlichen Wortwechsel mit Eric über diesen Dokumentarfilmer Sam Berger hinzurechnete, dann hatte der ganze Tag für sie wirklich äußerst schlecht angefangen. Sie hoffte nur, dass er nicht noch schlechter wurde.

# 11

Karen sah auf die Uhr. Es war kurz nach elf, eine Stunde vor ihrem gefürchteten Treffen zum Lunch mit Peri. Sie beäugte das Telefon, griff schnell nach dem Hörer, ehe sie der Mut wieder verließ, und wählte die Nummer, die sie selbst nach fast zwei Jahren nicht vergessen hatte.

»Karen, schön, dass du anrufst. Ich hatte gehofft –«

Sie fiel Sam ins Wort. »Du hast die López-Akte in meinem Büro liegen lassen.«

Er spielte gar nicht erst den Überraschten. »Und, was denkst du? Spannende Lektüre, nicht?«

»Du bist ein Mistkerl, Sammie.«

»Tja, die Meinung hattest du ja schon des Öfteren von mir, Karen.« Seine Stimme war jetzt bewusst verführerisch, und Karen spürte, wie ihr heiß im Gesicht wurde. Seine Reaktion hatte sie sich selbst zuzuschreiben. Sie hatte ihm praktisch vorgeworfen, er habe sie manipuliert, doch die Wahrheit war nicht zu übersehen. *Verführt* war das richtigere Wort.

»Du hättest mich vorwarnen können.«

»Ich war mir nicht sicher, wie du reagieren würdest.«

»Das ist eine billige Ausrede, Sammie.«

»Du hast recht. Tut mir leid. Ich hätte dir vorher sagen sollen, dass dein Vater in dem Fall die Anklage vertreten hat.«

Seine vorbehaltlose Entschuldigung nahm ihr den Wind aus den Segeln.

»Wir können ein echtes Unrecht wieder gutmachen, Karen.« Sams Ton war jetzt todernst.

»Das wäre auf jeden Fall ein prima Ende für deine Doku.«
»Bist du wirklich in so kurzer Zeit so zynisch geworden?«
Karen überlegte, ob das stimmte. Der Gedanke machte sie beklommen. »Der Fall hat durchaus Potential«, räumte sie ein und hatte schon auf der Zunge, *wenn ihn ein guter Strafverteidiger übernimmt*. Doch stattdessen sagte sie: »Aber es wird nicht einfach.« Vor allem nicht für Karen in Anbetracht der Möglichkeit, dass sie den guten Namen des Anklagevertreters in dem Fall ruinieren konnte. Und nach dem, was sie gelesen hatte, war diese Möglichkeit beunruhigend groß. Dabei war Arthur Meyers nicht der einzige Beteiligte, dessen Ruf auf dem Spiel stand. Es gab so einigen einiges vorzuwerfen – manches davon war unbeabsichtigt gewesen, sogenannte »Formfehler«, aber anderes ging darüber hinaus. Karen witterte glattes Fehlverhalten seitens der Polizei, seitens López' Pflichtverteidiger, der keinerlei Erfahrung mit Mordprozessen gehabt hatte, und seitens des Staatsanwalts – ihres Vaters –, der jede Menge Erfahrung damit hatte.
»Solche Fälle sind nie einfach.« So wie Sam das sagte, war klar, dass er Verständnis für die Probleme hatte, die seiner Exfrau daraus erwuchsen. »Karen, du hast die Akte gelesen. López' Berufung hätte allein schon aufgrund seiner Habeas-Corpus-Rechte bewilligt werden müssen. Jeder Richter hätte sehen müssen, dass der Prozess gegen ihn alles andere als fair war. Okay, sämtliche Berufungsanträge von López wurden abgeschmettert. Aber wenn es uns gelingt, die Blutprobe für einen DNA-Test in die Hände zu kriegen, hätten wir was Konkretes –«
»Selbst wenn die DNA nicht von seiner Frau ist, wird das López nicht entlasten. Dann hat er eben keine Flecken von ihrem Blut in seinem Auto hinterlassen, na und?«
»Und die Cops haben auch an López' Kleidung keine Blutflecken gefunden, wodurch das Blut des Opfers ja angeblich auf den Fahrersitz gelangt ist.«
»Da sind immer noch die Augenzeugen, López' schwaches Alibi und ein starkes Motiv. Jeder Staatsanwalt könnte die DNA-Ergebnisse auseinandernehmen.«

»Und jeder gute Strafverteidiger könnte sie in Gold verwandeln. Und wir hätten nicht unbedingt nur die DNA-Ergebnisse vorzuweisen. Wie du schon sagtest, da sind die Augenzeugen. Ich hatte schon einen Plausch mit Maria Gonzales, der Frau, die gesehen haben will, wie López vom Tatort geflohen ist. Ich habe sie gefragt, wieso sie ihn nicht identifizieren konnte, als sie das erste Mal befragt wurde, und sich im Zeugenstand, Monate später, so sicher war.«

»Was hat sie gesagt?«

»Kein Wort mehr. Aber ich rede noch mal mit ihr. Ich habe irgendwie das Gefühl, dass sie den Mund aufmacht, wenn ich ihr gut zurede.«

»Du konntest schon immer sehr überzeugend sein«, murmelte sie und stellte sich das Lächeln in seinem Gesicht vor.

»Können wir uns zum Lunch treffen und über alles reden?«, fragte er.

»Worüber willst du reden?«, fragte sie argwöhnisch.

»Das werden wir ja dann sehen.«

»Ich kann nicht. Ich hab schon eine Verabredung zum Lunch.«

»Mit Peri Gold?«

Karen runzelte die Stirn. Verdammt, er kannte sie zu gut.

»Erwarte nicht zu viel, Sammie. Ich weiß noch nicht mal, was ich ihr sagen werde. Ehrlich, ich glaube nicht, dass Peri bereit sein wird, mit mir darüber zu reden, geschweige denn, sich vor laufender Kamera interviewen zu lassen –«

»Muss sie ja auch nicht, Karen. Ich will bloß mit ihr reden.«

»Wie gesagt, Sam, bei unserem Treffen geht es nicht um dich.«

»Prima. Pilar López kann das selbst entscheiden.«

Der Name brachte Karen für einen Moment aus dem Konzept. *Pilar López.* »Sollte Peri Gold doch zu einem Gespräch mit dir bereit sein, Sammie, rate ich dir dringend, sie mit dem Namen anzureden, den sie seit dreiundzwanzig Jahren benutzt.«

»Rat dankend angenommen.«

»Und noch was«, sagte Karen.

Sammie lachte leise. Ein warmes, zärtliches Lachen. »Du wolltest schon immer noch was mehr.«

Karen spürte ein Ziehen in der Brust. Sie erinnerte sich, wie es manchmal mit Sam im Bett gewesen war, wenn sie das Gefühl hatte, nie genug zu bekommen. Sie biss die Zähne zusammen. *Reiß dich zusammen..*

»Nach meinem Lunch mit Peri bin ich aus der Sache raus.« Eine Erklärung, die nicht ganz stimmte. Sie hatte am Morgen bereits ein anderes Telefonat geführt, ein spontaner Schritt, den sie jetzt bereute. Aber wahrscheinlich würde das ohnehin nichts werden, redete sie sich ein. Zu Sam sagte sie: »Du kannst morgen bei mir im Büro vorbeikommen und die Akte abholen.«

»Wie wär's, wenn wir heute Abend essen gehen?«, fragte Sam. »Dann kannst du mir die Akte mitbringen«, schob er rasch nach.

Karen antwortete nicht.

»Ich deute dein Schweigen so, dass du hin und her gerissen bist«, sagte Sam sanft.

»Ich habe schon –«

»Eine Verabredung? He, das freut mich, Karen. Ehrlich. Ich hab gehofft, dass du nicht bloß schuftest, sondern auch ein bisschen Freizeit hast, unter Leute kommst. Und vielleicht ist es ja eine ganze besondere Verabredung. Was Ernstes? Oder potentiell Ernstes?«

»Sammie –«

»Nein, du hast recht, Karen, es geht mich nichts an. Ich schätze, ich hab noch nicht ganz herausgefunden, was ein Ex seine Ex fragen kann und was nicht.«

»Es ist eine geschäftliche Besprechung«, platzte sie heraus. »Ich gehe mit niemandem aus. Dafür hab ich gar keine Zeit.« *Mist, wieso hatte sie nicht einfach den Mund halten können*? Da sie genau wusste, wieso, fühlte sie sich nur noch verletzlicher.

»Prima. Ich meine ...« Sam verstummte verlegen.

Karen grinste. Schön, dass der Spieß ausnahmsweise mal umgedreht war.

»Ich werde gar nicht erst versuchen, mich da rauszuwinden«, sagte Sam.

»Eine kluge Entscheidung.«

»Okay. Na dann viel Glück heute mit Peri. Es wird nicht leicht

für sie werden. Auch für dich nicht.« Er hielt kurz inne. »Ich finde es gut, dass du das machst.« Nach einer Pause fügte er hinzu: »Auch wenn es alles ist, was du tust.«
War es wirklich alles, was sie tun würde? Sam sah das eindeutig nicht so. Und verdammt, so ganz überzeugt davon war sie selbst nicht.
Nachdem sie aufgelegt hatte, spürte Karen ein diffuses Unbehagen. Sie hatte kaum einen Zeh ins Wasser gesteckt und schon bemerkte sie einen gefährlichen Sog. Wenn sie nicht aufpasste, konnte sie von der übermächtig starken Strömung hinaus aufs Meer getrieben werden. Sie hoffte nur, dass sie gut genug schwimmen konnte.

# 12

Der Mann stieg auf der Beifahrerseite des funkelnagelneuen schwarzen Mercedes aus. Er trug ein schwarzes Sweatshirt und eine Jogginghose. Er beugte sich wieder in den Wagen, nahm seine Sporttasche heraus und sagte etwas zu dem Fahrer. Es war kurz vor Mittag.

Er ging an Delores López vorbei, die neben dem Eingang zum Fitnessstudio stand und eine Zigarette rauchte.

»Hi, Fremder«, sagte sie verführerisch.

Der Mann zog verwirrt die Stirn kraus und blieb widerwillig stehen. Dann setzte er ein charmantes Lächeln auf und streckte die Hand aus, ganz der vollendete Politiker, der kürzlich angekündigt hatte, er werde für den Stadtrat kandidieren. »Ich schätze, ich habe das Vergnügen mit einer meiner treuen Anhängerinnen, hab ich recht? Sagen Sie, haben wir uns nicht auf einer meiner Wahlveranstaltungen in East Harlem gesehen?«

»Ich muss ja echt zum Kotzen aussehen«, sagte Delores López trocken und war innerlich wütend, dass ihr Scheißkerl von Exfreund nach all den Jahren noch immer umwerfend aussah. Das Alter hatte es mit Héctor García mehr als gut gemeint. Die grauen Strähnen in dem ansonsten schwarzen, nach hinten gegelten Haar, die Fältchen in den Winkeln seiner dunkelbraunen Augen, die vollen Lippen, die Stimme noch heiserer von den zusätzlichen Raucherjahren. Selbst sein Körper war nach wie vor schlank und muskulös. Kein Wunder. Wie sie durch ihre Recherchen herausgefunden hatte, ging er jeden Samstag um die Mittagszeit in den New York Sports Club auf der 84$^{th}$ Ecke Ma-

dison, eine ziemlich teure Muckibude, aber auch finanziell war es um Héctor ja alles andere als schlecht bestellt.
Héctor blickte noch verwirrter. Das hier war keine zufällige Begegnung mit einer politischen Anhängerin, aber ihm war klar, dass sie eine Latina mit dem vertrauten Hautton und der Hagerkeit einer Drogensüchtigen war, obwohl sie im Augenblick clean aussah.
»Schau etwas genauer hin, Héctor«, flüsterte sie mit ihrer tiefen Stimme.
Er musterte sie eingehender, und allmählich dämmerte es ihm, eher vom Klang ihrer Stimme her als von ihrem Aussehen.
»Ich kenne dich«, murmelte er. Er hob einen manikürten Zeigefinger in ihre Richtung. »Ja, ja, ich hab's gleich.« Er trat näher, betrachtete sie mit zusammengekniffenen Augen.
Delores grinste durchtrieben. »Ich habe alle Zeit der Welt, Héctor.« Sie trug wieder den falschen Pelzmantel, den sie tags zuvor im Pflegeheim angehabt hatte. Er war nass vom Regen und verströmte einen muffigen Geruch.
Héctor stand jetzt so dicht vor ihr, dass sie seinen Tabakatem riechen konnte. So genau, wie er sie jetzt in Augenschein nahm, bedauerte Delores es auf einmal, ihn heute abgepasst zu haben. Sie hätte warten sollen. In ein paar Wochen mehr ohne Koks hätte sie wieder etwas zugenommen, ihre Gesichtsfarbe wäre wieder halbwegs natürlich …
»Lo? Das darf doch nicht wahr sein. Du bist das. Lo. Menschenskind, tauchst hier einfach so aus heiterem Himmel auf. *Chica*, ich fass es nicht. Wo hast du denn all die Jahre gesteckt?« Er schaute sich rasch um, als wollte er sich vergewissern, dass auch niemand, der ihn erkennen würde, in der Nähe war, dann breitete er die Arme aus und machte Anstalten, sie an sich zu drücken. Doch Lo wich zurück, als hätte er eine ansteckende Krankheit.
Héctor ließ sofort die Arme sinken. »Ja, sieh mich an. Ein Geschäftsmann, ein Politiker. Wer hätte das gedacht, was?«
Delores blickte auf den breiten mit Diamanten besetzten Goldring an seiner linken Hand. »Du bist verheiratet.«
Héctor zuckte die Achseln. »Mehr oder weniger. In diesem Fall weniger.« Er grinste, ein verführerisches Grinsen, das Lo nur

allzu gut in Erinnerung hatte. »Linda und ich leben noch zusammen, aber nur deshalb, weil ich vorhabe, für den Stadtrat zu kandidieren, und eine Scheidung würde bei meiner Wählerschaft nicht so gut ankommen, wenn du weißt, was ich meine.« Sein Grinsen vertiefte sich, und sein Gesichtsausdruck machte deutlich, dass sie doch nicht so beschissen aussah, wie sie glaubte. Oder Héctor versuchte, ihr was vorzumachen. Ja, ihr was vorzumachen und sie so schnell er konnte wieder loszuwerden.
»Wir müssen uns unbedingt mal treffen, *chica*. Aber mein Personal Trainer wartet auf mich –«
»Und, hast du meinen Bruder mal im Knast besucht?«, fragte sie und versperrte ihm den Weg ins Gebäude.
Héctor zögerte kurz und fragte dann: »Welchen?«
»Mickey ist seit fast einem Monat draußen …«
»Ja, ja, richtig. Ich hab ihn ein paarmal im Ragg's gesehen. Nicht gerade schlau von ihm, wenn du mich fragst, schließlich ist der Laden so was wie eine Stammkneipe für Lokalpolitiker und die Jungs vom 23. Revier.« Er zuckte die Achseln. »Aber Mickey war ja nie der Schlaueste.«
Delores' Mund zuckte, und Héctor schob rasch hinterher: »Nichts für ungut, Lo. Er ist ein guter Junge. Ich hab nichts gegen ihn.«
»Was du von Raph ja nicht behaupten kannst«, sagte Lo höhnisch.
»Na na, wieso sagst du denn so was, Schätzchen?«
»Ich bin nicht dein *Schätzchen*, Mann. Und ich sag dir, warum ich das sage. Weil mein Bruder dir deine Freundin weggeschnappt hat, deshalb. Und sie noch dazu geschwängert und geheiratet hat.«
Héctor verdrehte die Augen und stieß einen langen, müden Seufzer aus. »Ach, Baby, nicht schon wieder die alte Leier. Wie oft hab ich dir damals nicht hoch und heilig geschworen, dass Ali für mich nie mehr als eine gute Freundin war?«
»Wer's glaubt, wird selig«, entgegnete sie.
»Bist du deshalb auf einmal wieder hier aufgetaucht? Um alte Geschichten aufzuwärmen? Wieso, Lo? Nagt das schlechte Gewissen an dir, jetzt, wo du versuchst, dich wieder auf die Reihe

zu kriegen?« Er sah sie eindringlich an. »Du bist noch nicht besonders lange clean. Du zitterst und deine Haut ist noch käsebleich. Deine Augen tränen.« Ehe sie wusste, wie ihr geschah, griff er nach ihrem Mantel und öffnete ihn. Sie trug einen knappen Jeansrock und einen verwaschenen rosa Pullover. Beides hing schlabberig um ihren mageren Körper. »Ach, Mann, Lo. Du hattest so einen Hammerkörper.«
Sie schlug seine Hände weg und schloss den Mantel, drückte ihn an sich. Sie war stocksauer. »Ich bin nicht die Einzige, die alte Geschichten wieder aufwärmt, Héctor. Irgend so ein Typ dreht einen Film über meinen Bruder. Und ich rede nicht von Mickey. Der Typ dreht einen Film über *Raph*. Mann, wer weiß? Vielleicht wirst du noch ein richtiger Star.«
Ein düsteres Flackern leuchtete in Héctors dunkelbraunen Augen auf. »Die Sache ist totaler Schwachsinn, Mädchen.«
»Dann weißt du also von dem Film.«
»Ich hab von dem Typen gehört«, knurrte er. »Er hat mit meiner Sekretärin gesprochen, und ich hab ihr gesagt, wenn er noch mal anruft, soll sie ihn abwimmeln. Wieso macht er überhaupt einen Film über Raph? Ist doch mittlerweile, über zwanzig Jahre her, seit er Ali umgebracht hat. Wieso ausgerechnet jetzt? Scheiße, wieso überhaupt?« In Héctors Stimme lag eine Mischung aus Wut und Beunruhigung. Er wich von ihr zurück, verlagerte das Gewicht von einem Bein aufs andere, wie ein Boxer, der sich vor einem Kampf warm macht.
Delores empfand klammheimliche Freude über Héctors Ärger. »Er macht den Film, weil er glaubt, dass mein Bruder unschuldig im Gefängnis sitzt, dass er den Mord gar nicht begangen hat.«
Héctors Nasenflügel weiteten sich. »Das ist kompletter Schwachsinn, und das weißt du auch.«
Jetzt war es Delores, die ihren Exfreund eindringlich musterte. »Ach ja?«
»He, Lo, komm schon. Das mit Raph tut mir leid. Ich meine, Herrgott, was immer da zwischen ihm und Ali gelaufen ist, he, ich war nicht dabei. Aber der Mann konnte ganz schön wütend werden, Lo. Das weißt du genauso gut wie ich.«

»Ich frage mich eher, was zwischen *dir* und Ali gelaufen ist, Héctor.«
»Dein Verstand ist noch benebelt von den Drogen, Süße. Zwischen mir und Ali ist nie was gelaufen, kapier das doch. Nichts. Du warst damals ein eifersüchtiges Biest, und zumindest in dem Punkt hast du dich nicht verändert. Wenn einer Ali hätte umbringen wollen, dann du. Vielleicht hast du ja deinen zugekifften kleinen Bruder angestiftet –«
»Pass lieber auf, was du sagst, Héctor«, warnte Delores ihn mit eisiger Stimme.
»Das Gleiche gilt für dich, Lo. Fang bloß nicht an, dreckige Lügen zu verbreiten, Süße, sonst …« Er war wieder näher an sie herangetreten, aber jetzt nicht, um sie genauer anzuschauen oder zu umarmen. Er war wütend, doch diesmal wich Lo nicht von der Stelle.
»Sonst was, Héctor? Schnappst du dir dann ein Messer und stichst mich ab?«, sagte sie herausfordernd.
Sie starrten einander in wütendem Schweigen an.
Langsam wurde Héctors Miene weicher. Delores sah, wie sein altes Lächeln wiederkam. Das Lächeln, das sie einst so attraktiv fand, jetzt aber nicht mehr bei ihr wirkte.
»Ich hab's nicht böse gemeint, Lo. Ich hab mich bloß aufgeregt, weißt du.«
»Ja, ich weiß.«
»Hör mal, Lo. Du hast 'ne harte Zeit durchgemacht. Ich kann dir ein bisschen Kohle geben. Nenn es ein Darlehen, wenn du willst. Ein paar hundert Dollar? So viel hab ich gerade bei mir –«
»Steck dir dein Geld sonst wohin, Héctor.«
»Was denn? Hab ich dich beleidigt? Glaubst du, du kannst mehr aus mir rausholen? Glaubst du, ich schleppe ein oder zwei Riesen in der Sporthose mit mir rum, verdammt nochmal?«
Sie hob eine frisch gezupfte, dunkel nachgezogene Augenbraue.
»Hast du's auf die Tour so weit gebracht, Héctor? Indem du Leute schmierst? Na, mich kannst du jedenfalls nicht schmieren. Deine Kohle stinkt. Und den Gestank riechen bestimmt auch noch andere, wenn sie in deine Nähe kommen.«

# 13

Karen war die zwei Querstraßen von ihrem Büro zum Restaurant zu Fuß gegangen, obwohl ein leichter Regen fiel. Sie kam absichtlich zehn Minuten zu früh zu ihrer Verabredung mit Peri Gold, weil sie ein wenig Zeit haben wollte, um zur Ruhe zu kommen. Der Kellner im Fifth Avenue Grill, so genannt wegen seiner Lage auf der Fifth Avenue zwischen der 57$^{th}$ und der 58$^{th}$ Street, begrüßte sie herzlich und nahm ihr den Schirm ab, als sie eintrat. Sie knöpfte ihren schwarzen Regenmantel auf und ließ sich aus ihm heraushelfen.

»Danke, Lars. Ich brauche einen Tisch weiter hinten, so ungestört wie möglich.«

Der schlanke Mann mit den blonden Haaren und den zwei kleinen Silberringen in jedem Ohr nickte. »Kein Problem, Ms Meyers. Wie wär's mit dem Tisch ganz hinten rechts?« Er sprach mit einem leichten skandinavischen Akzent.

»Der ist perfekt.« Als gäbe es einen perfekten Platz für das bedrückende Gespräch, das ihr bevorstand.

Sobald sie an dem Tisch saß, nahm Karen automatisch die Speisekarte, die Lars vor ihr hingelegt hatte, und schlug die erste Seite mit den Tagesgerichten auf. Gleich darauf klappte sie sie wieder zu und legte sie auf den Tisch. Die Angebote waren ein einziger verschwommener Fleck. Bei dem Gedanken an feste Nahrung drehte sich ihr der Magen um.

Ihr Blick fiel auf ihren Aktenkoffer, den sie neben sich auf die Bank gestellt hatte. Er enthielt die dicke Raphael-López-Akte. Sie wusste nicht mehr, warum sie die mitgebracht hatte, ebenso wenig wie sie wusste, was sie Peri Gold sagen würde, wenn sie kam. Das sah Karen ganz und gar nicht ähnlich. Sie war eine Frau, die Wert darauf legte, auf jeden beruflichen Termin perfekt vorbereitet zu sein. Sie lernte ganze Akten praktisch auswendig und studierte nicht nur Wort für Wort ein, *was* sie auf einer Besprechung, einer Zeugenbefragung, einer Anhörung oder egal wo sagen würde, sondern auch *wie*.

Innerlich verfluchte sie ihren Exmann.

»Hi.«

Karen schreckte zusammen und blickte auf, als Peri Gold auf die Bank ihr gegenüber rutschte. Auf Peris langen, dunkelgelockten Haaren wie auch auf ihrem blassblauen Regenmantel glänzten Regentropfen.

»Du bist zu früh.«

Peri lächelte. »Du auch.«

»Lars kann deinen Mantel nehmen. Der Kellner«, murmelte Karen.

»Hat er angeboten. Aber es geht schon.« Peri zog sich den Mantel aus. »Hast du schon bestellt?«

»Nein. Ich hab keinen … richtigen Hunger.« Karen spürte, wie sie errötete. Sie fragte sich, ob ihr vielleicht irgendwas in den Knochen steckte. Das wäre eine Entschuldigung, um die Sache zu vertagen. *Gott, konnte sie denn nur in juristischen Kategorien denken …*

Peri sah sie mitleidig an. »Du hast wirklich nicht geschlafen, oder? Was ist denn los?«

»Mein Ex ist gestern bei mir im Büro aufgetaucht.«

Peri blickte überrascht. »Ich hab nicht mal gewusst, dass du verheiratet warst. Was verheimlichst du mir denn noch alles?«, fragte sie munter.

Karen griff rasch zur Speisekarte. »Lass uns bestellen.«

Auch Peri überflog das Angebot. »Ich glaube, ich nehme den Papayasalat.«

»Wir sind seit achtzehn Monaten geschieden«, sagte Karen unvermittelt.

Peri ließ die Speisekarte sinken und spähte über den Rand hinweg, um ihre Freundin anzusehen. »Und dann taucht er aus heiterem Himmel bei dir im Büro auf?«

»Ja. Vollkommen unerwartet.« Karen legte die Speisekarte weg. »Ich nehm auch den Papayasalat.«

»Willst du drüber reden? Ich meine, vermutlich ja, da du die ganze Nacht kein Auge zugetan hast und dich mit mir treffen wolltest. Aber ich will dich nicht drängen. Du sollst bloß wissen, dass ich mir gern alles anhöre. Und dir helfe, wenn ich kann.«

Karen blickte ihre Freundin an, und auf einmal brach sie in Tränen aus. »O Gott.« Sie hob die Hände vors Gesicht. »Ich weine sonst nie.«

»Jetzt offenbar doch«, sagte Peri sanft, griff über den Tisch, umfasste Karens Gelenke und zog ihre Hände vom Gesicht weg. Aus dem Augenwinkel sah sie eine Kellnerin mit gezücktem Bestellblock neben dem Tisch stehen. Peri schüttelte den Kopf in Richtung der jungen Frau, die sich brav wieder entfernte.

»Du liebst ihn noch immer, stimmt's?«

»Nein. Nein. Ich glaube nicht.«

»Er hat doch nicht wieder geheiratet, was? Oder hat es vor –«

»Nein. Keine Ahnung. Er ... er ist gekommen, um mich um einen Gefallen zu bitten.«

»Und der macht dir anscheinend zu schaffen.«

»Wo bleibt denn die Kellnerin?«

Wie aufs Stichwort kam die Bedienung, eine hübsche junge Brünette mit Pferdeschwanz, wieder herbeigeeilt.

»Zweimal den Papayasalat«, sagte Karen mit unnötiger Schärfe.

»Etwas zu trinken?«, fragte die Kellnerin.

»Scotch, ohne Eis«, sagte Karen.

Peri hob eine Augenbraue. »Es muss wirklich was Ernstes sein.«

Die Kellnerin blickte erwartungsvoll Peri an.

»Für sie das Gleiche«, sagte Karen, weil sie sicher war, dass sie beide eine Stärkung brauchen würden.

# 14

Eine Stunde nach Beginn seiner Tagesschicht hatte der Officer – ein Neuling – die ältere Frau mit dem Gesicht nach unten hinter einem stinkenden Müllcontainer in einer schmalen Seitenstraße der East 136$^{th}$ gefunden. Neben ihr auf dem nassen, dreckigen Pflaster lag eine billige schwarze Umhängetasche aus Lederimitat, und aus den beiden Einkaufstüten, die sie dabeigehabt hatte, waren ein paar Konservendosen und Packungen gerollt.

Der Streifenpolizist stand jetzt etwas abseits, da zwei Detectives vom Morddezernat übernommen hatten. »Ich habe kein Blut gesehen und auch keine Anzeichen für einen Kampf«, sagte er zu ihnen. »Deshalb hab ich gedacht, sie wäre tot umgefallen, vielleicht Herzinfarkt oder Schlaganfall oder so. Aber dann hab ich genauer hingeguckt und den Draht um ihren Hals gesehen. Da hab ich natürlich gleich Meldung im Morddezernat gemacht.«

Keiner von den Kollegen in Zivil hörte zu. Sie führten ihr eigenes Gespräch, während sie neben der Toten knieten.

»Der Täter muss sie von hinten gepackt und hinter den Container gezerrt haben, wo er sie dann erdrosselt hat. Der Reißverschluss der Jacke ist geschlossen, und auch die Jeans und die übrige Kleidung sehen unberührt aus. Wenn die Rechtsmedizin nichts anderes feststellt, können wir eine Vergewaltigung wahrscheinlich ausschließen. Sieh mal in ihrer Umhängetasche nach, Tommy, ob du einen Ausweis findest.«

»Das … ähm … hab ich bereits getan«, schaltete sich der Strei-

fenpolizist nervös ein. »Bevor mir klar wurde … bevor ich gesehen hab, dass sie vermutlich ermordet wurde.«
Der kräftige schwarze Detective namens Tommy reckte den Hals und sah den Neuling missbilligend an. »Haben sie dir auf der Polizeiakademie nicht beigebracht, an einem Tatort ja nichts anzufassen, Kleiner?«
»Mir war … wie gesagt … nicht gleich klar –«
»Nun sag schon«, blaffte der andere Detective, ein Latino. »Haben wir einen Namen?«
Der Streifenpolizist schluckte schwer. »Eine Sozialhilfekarte steckte im Portemonnaie. Ausgestellt auf Maria Gonzales. Wohnhaft East 113$^{th}$ Street 123. Auf der Karte ist ein Foto … es ist die Tote. Geburtsdatum 15. Juni 1947. Sie ist also fast zweiundsechzig.«
»Das wird sie nun nicht mehr werden«, sagte Detective Benito Torres sarkastisch.
Der Neuling bedachte den schlanken, gut gekleideten Latino mit einem kläglichen Blick, während er von einem Fuß auf den anderen trat. »Auf der 113$^{th}$ ist ein kleiner Supermarkt. East Harlem Bodega. Ich glaube, da war das Opfer einkaufen. Der Kassenbon da vorne ist von dem Laden.« Er deutete auf einen feuchten Zettel, der neben einer der aufgeweichten Einkaufstüten lag.
»Ausgezeichnete Arbeit, Sherlock«, knurrte Torres' Partner Tommy Miller, als der Van von der Rechtsmedizin in die Gasse bog. Torres ging ihm entgegen.
»Glauben Sie, sie wurde vielleicht ausgeraubt?«, fragte der Streifenpolizist. »Sie hatte nämlich kein Geld im Portemonnaie. Jedenfalls keine Scheine. Nur etwas Kleingeld.«
»Dann hast du mit deinen Wurstfingern also alles betatscht, was als Beweis in einer Mordermittlung dienen könnte.«
»Ich … ich hab nicht gedacht …«
»Wahrhaftig nicht. Sonst wärst du vielleicht von selbst auf die Idee gekommen, dass die Lady hier von der Stütze gelebt hat und eben erst den letzten Dollar für die Lebensmittel da ausgegeben haben könnte.«
Der junge Streifenpolizist errötete.

Der Ermittler von der Rechtsmedizin zog auf dem Weg zur Leiche Gummihandschuhe über und machte sich an die Untersuchung.
Torres trat neben ihn und warf einen Blick auf die Uhr. Es war kurz nach zwölf Uhr mittags. Er erkundigte sich nach dem ungefähren Zeitpunkt des Todes.
»Die Totenstarre hat noch nicht eingesetzt. Ich würde sagen, es ist keine drei Stunden her.« Der Rechtsmediziner schaute auf seine Uhr. »Also gegen neun.« Dann begann er, behutsam den Hals der Toten zu untersuchen. »Vorläufige Todesursache: Strangulieren. Morgen nach der Obduktion kann ich euch mehr sagen.«
Ein weiterer Van fuhr vor, und die Leute von der Kriminaltechnik stiegen aus. Sie würden nun den Tatort dokumentieren und im Dreck und Müll nach Spuren suchen.
Torres, der seit fünfzehn Jahren beim Morddezernat war, rieb sich das Gesicht. »Wir wissen, wie und wann ungefähr die Tat passiert ist. Jetzt müssen wir bloß noch rausfinden, *warum* Maria Gonzales umgebracht wurde.«

# 15

Nachdem die Kellnerin gegangen war, um die Bestellung weiterzugeben, saßen sich Karen und Peri eine geschlagene Minute lang schweigend gegenüber.

»Er heißt Sam Berger«, sagte Karen schließlich.

Peri blinzelte verwirrt.

»Mein Mann ... mein Exmann. Er heißt Sam Berger.«

Karen betrachtete forschend das Gesicht ihrer Freundin. Sie konnte sehen, dass der Name noch nicht ganz in ihr Bewusstsein gedrungen war.

Doch Sekunden später war es so weit.

»Sam Berger?«, echote Peri, und ihre dunklen Augen weiteten sich. »Der Filmemacher? Der Typ, der –« Mit jedem Wort stieg ihre Tonhöhe.

»Ja.«

»Du hast nie erwähnt – du hast nie gesagt –«

»Du hast mir nie den Namen des Filmemachers genannt, der sich mit dir treffen will, Peri.«

»Was wollte er? Das hier? Dass du mich überredest, mich mit ihm zu treffen? Mich von ihm interviewen zu lassen für seinen bescheuerten Film?« In Peris Stimme lag offener Zorn und schlimmer noch das Gefühl, verraten worden zu sein.

»Sam ist ein preisgekrönter Dokumentarfilmer und ...«

»Dann geht es bei dieser Einladung gar nicht um dich. Das hier ist ein Hinterhalt. Ich weiß nicht, was ich mehr bin, wütend oder verletzt«, sagte Peri, obwohl der wütende Ton in ihrer Stimme eindeutig überwog.

»Bitte, hör dir doch erst mal an, was ich zu sagen habe«, flehte Karen sie an.
»Ich will kein Wort mehr über die Sache hören«, sagte Peri gepresst und schob die Arme in ihren Mantel.
Karen konnte jetzt nicht aufgeben. »Glaub mir, das wollte ich auch nicht. Sammie hat mich damit völlig überrumpelt, regelrecht überfallen.«
»Aber du hast ihn nicht rausgeworfen. Du hast dir alles angehört. Das war deine Entscheidung. Und ich entscheide mich so. Dein Ex soll sich seine Schrott-Doku Gott weiß wo hinstecken.« Peri stand bereits auf, als die Kellnerin mit den Salaten und Getränken kam.
»Packen Sie mir mein Essen zum Mitnehmen ein«, sagte Peri barsch.
Die Kellnerin blickte beleidigt. »Sie haben höchstens zehn Minuten warten müssen …«
»Gehen Sie«, fauchte Karen die fassungslose Kellnerin an. »Lassen Sie die Sachen stehen und gehen Sie einfach.«
»Ich werde kein Gespräch dieser Art führen, Karen«, sagte Peri vehement und knöpfte ihren Regenmantel zu.
»Doch, das wirst du. Das musst du. Es besteht nämlich die sehr hohe Wahrscheinlichkeit, dass dein Vater unschuldig ist.« Karen wusste, dass sie sich damit ziemlich weit aus dem Fenster gelehnt hatte, aber sie musste Peri dazu bringen, sie anzuhören.
Keine der beiden Frauen merkte, dass die verdatterte Kellnerin noch immer neben dem Tisch stand und nicht wusste, was sie tun sollte.
»Gehen Sie«, forderte Karen sie erneut bissig auf, nachdem es etliche Sekunden totenstill gewesen war. Diesmal machte die Kellnerin auf dem Absatz kehrt und suchte mit wippendem Pferdeschwanz das Weite.
»Du hast keine Ahnung, wovon du redest«, sagte Peri, die auf einmal kaum Luft bekam und sich zwingen musste, Worte zu finden.
»Ich habe seine ganze Akte gelesen, Wort für Wort. Die Polizeiberichte, das vollständige Prozessprotokoll, die Auswertung

der Spuren, jeden Berufungsantrag samt Ablehnung. Deshalb hab ich letzte Nacht nicht geschlafen, Peri. Der Prozess gegen deinen Vater war eine Aneinanderreihung von Fehlern, unverzeihlichen Nachlässigkeiten und womöglich noch Schlimmerem. Die Polizei, der völlig untaugliche Pflichtverteidiger, unglaubwürdige Aussagen von diversen Zeugen, vielleicht sogar die ... Staatsanwaltschaft.« Karen war elend zumute. Sie schämte sich bei dem Gedanken, dass ihr Vater sich auf etwas derart Fragwürdiges eingelassen haben könnte.
Peri musste sich wieder setzen, vorne auf die Kante der Bank, weil ihr die Knie weich geworden waren. Sie legte die Hände an die Schläfen. Das Blut hämmerte ihr so laut durch den Kopf, dass sie meinte, er würde platzen. Sie wollte sich zwingen, wieder aufzustehen, das Lokal zu verlassen, einfach abzuhauen. Aber anscheinend funktionierte nur ihr Verstand. Ihr Körper war wie gelähmt.
»So was kommt vor«, fuhr Karen fort. »Immer wieder werden unschuldige Menschen wegen grässlicher Verbrechen schuldiggesprochen. Hunderte Männer und Frauen, die zu Unrecht angeklagt und verurteilt wurden, haben Wiederaufnahmeverfahren gewonnen oder erreicht, dass die Anklage gänzlich fallengelassen wurde. In vielen Fällen sind Amtsmissbrauch, unzureichender Rechtsbeistand, neu entdeckte Beweise und vor allem DNA-Spuren Grund für einen Freispruch. Damals in den Achtzigern, als dein Dad vor Gericht stand, legte die Anklagevertretung als Beweismittel Blutspuren vor, die auf dem Fahrersitz im Pick-up deines Vaters gefunden worden waren. Ein forensischer Sachverständiger sagte im Zeugenstand aus, dass diese Spuren die Blutgruppe deiner Mutter hatten. Aber zu der Zeit gab es noch keine DNA-Tests ...«
»Hör auf. Hör bloß auf, Karen. Er war's. Okay. Er war's. Mein Vater hat meine Mutter umgebracht. Ich weiß, dass er's war. Kannst du dir auch nur ansatzweise vorstellen, wie das für mich war?« Peri kämpfte mit aller Macht gegen die Tränen an. »Wie konntest du mir das antun? Ich hab dir vertraut. Ich hab gedacht, du wärst meine Freundin –«
»Ich bin deine Freundin. Sonst würde ich jetzt nicht mit dir hier

sitzen und dir etwas zumuten, was für dich so schmerzhaft sein muss –«

»Du hast doch keine Ahnung –«

Karen wollte nach der Hand ihrer Freundin greifen, besann sich aber eines Besseren. »Peri, du warst sieben Jahre alt, Himmelherrgott nochmal. Was immer du deine Mutter hast sagen hören oder geglaubt hast zu hören –«

»Nicht *geglaubt*, ich habe es gehört. Ich habe gehört, wie sie den Namen meines Vaters gesagt hat. Ich habe es gehört. Weißt du, was das bedeutet?« Peris Stimme war ein heiseres Flüstern.

»Nein«, sagte Karen.

Karens unerwartete Antwort verblüffte Peri dermaßen, dass sie sie nur anstarren konnte.

»Und *du* weißt es auch nicht«, fügte Karen hinzu.

»Du warst nicht dabei.«

»Was, wenn sie einfach nur nach deinem Vater gefragt hat?«, sagte Karen leise.

»Ich habe sie gefragt. Ich hab sie gefragt, wer das getan hat. Und … und sie hat's mir gesagt. Sie hat gesagt ›Raph‹, so klar und deutlich, wie ich jetzt seinen Namen ausspreche.« Einen Namen, den Peri seit über zwanzig Jahren nicht mehr in den Mund genommen hatte.

Die Erinnerung an den Tag im Gericht, an die Tage davor und an die ersten Wochen und Monate nach der Verurteilung ihres Vaters überschwemmte Peri wieder wie eine einzige Flut aus Trauer. Es war einfach unerträglich. War es verwunderlich, dass sie das alles so viele Jahre lang verdrängt hatte? Sie hatte schon fast geglaubt, dass es nie passiert war. Dass sie keine tote Mutter hatte, keinen Mörder zum Vater. Dass ihr einziger wahrer Verwandter ihr Großvater Morris Gold war.

»Peri, deine Mutter lag im Sterben. Es könnte doch sein, dass sie dich gar nicht gehört hat? Selbst wenn du sie tatsächlich gefragt hast, wer ihr das angetan hat, weißt du noch lange nicht, ob sie ihn beschuldigen wollte, als sie den Namen deines Vaters flüsterte, oder bloß nach ihm gefragt hat. Die Polizei und der … Staatsanwalt haben dir eingeredet, dass dein Vater schuldig ist. Und du konntest dich nicht wehren. Man

hat dich davon überzeugt, dass dein Vater deine Mutter umgebracht hat.«
»Die Geschworenen waren auch davon überzeugt«, zischte Peri. »Zwölf Leute haben ihn des vorsätzlichen Mordes für schuldig befunden und ihn zu einer lebenslänglichen Gefängnisstrafe ohne Aussicht auf Bewährung verurteilt.«
Karen beschloss, nicht zu erwähnen, dass auf einen dieser Geschworenen, einen jungen schwarzen Medizinstudenten, so lange Druck ausgeübt worden war, bis er klein beigab. Bis heute hegte Dr. Jackson Scott Zweifel, dass das Urteil gerecht war. Stattdessen sagte Karen: »Dein Vater beteuert nach wie vor, dass er unschuldig ist.«
Peri zuckte ungerührt die Achseln. »Schwören nicht alle Häftlinge, sie wären es nicht gewesen?«
»Hör mir zu, Peri. Deine Mutter war die Tochter eines wohlhabenden, bekannten Restaurantbesitzers. Die Polizei stand mit Sicherheit unter einem ungeheuren Druck, den Mordfall so schnell wie möglich aufzuklären. Dein Vater drängte sich als Hauptverdächtiger geradezu auf. Er und deine Mom lebten getrennt. Er war mittellos, angreifbar, ein Latino. Sein Alibi, dass er zur Tatzeit bei seiner Mutter gewesen war, klang wenig überzeugend. Kurzum, er war der ideale Täter.«
»Er war schuldig«, entgegnete Peri hartnäckig, als hinge ihr Leben davon ab.
»Was, wenn ein DNA-Test beweist, dass das Blut, das auf dem Fahrersitz im Pick-up deines Vaters gefunden wurde, nicht von deiner Mutter stammt?«
Peri sagte nichts. Sie hatte von den Blutspuren nicht mal gewusst, und das, was sie sonst über den Prozess wusste, beschränkte sich im Grunde auf ihre eigene quälende Aussage im Zeugenstand und das wenige, was ihr Großvater ihr anschließend erzählt hatte. Für ihn war entscheidend gewesen, dass ihr Vater nach dem Schuldspruch den Rest seines Lebens hinter Gittern verbringen würde, *wie er es verdient hatte*. Und damit war Peris altes Leben zu Ende gegangen. Auch Pilar López war an jenem Tag verurteilt worden. Nicht zu lebenslänglich, sondern zum Tode.

Obwohl Peri keine Antwort gab, konnte Karen sehen, dass sie allmählich ihre Aufmerksamkeit gewann. Sie sprach schnell weiter.
»Und dann war da noch eine Frau. Maria Gonzales, die eine Nachbarin von euch besucht hat. Am Tag des Mordes sagte sie der Polizei gegenüber aus, es wäre jemand an ihr vorbei nach draußen gerannt, als sie den Hausflur betrat. Ihre Beschreibung war bestenfalls vage. Sie sagte, es wäre alles so schnell gegangen, sie hätte ihn gar nicht richtig gesehen. Aber sieben Monate später im Zeugenstand konnte sie plötzlich ohne jeden Zweifel unter Eid aussagen, dass es dein Vater war, den sie gesehen hatte. Der Pflichtverteidiger deines Vaters hat diesen eklatanten Widerspruch in der Verhandlung nicht mal zur Sprache gebracht. Im Grunde hat er alles einfach hingenommen. Er war absolut inkompetent.« Karen hätte weitermachen können, andere Widersprüche in Zeugenaussagen aufzählen, andere Fehler und Unterlassungen, aber wie viel mehr konnte ihre Freundin verkraften?
Peri schüttelte langsam den Kopf. Es war bereits alles zu viel für sie. Sie wollte nichts mehr hören. Sie wollte ihre traurige, schmerzliche, einsame Vergangenheit nicht noch einmal durchleben. Sie wollte nicht über ihren Vater nachdenken. Er hatte ihre Mutter ermordet, und wegen dieser grässlichen Tat hatte Peri ihn in ihrem Herzen sterben lassen. Sie hatte ihn nach dem schrecklichen Tag im Gerichtssaal nie wieder gesehen und keinerlei Kontakt zu ihm gehabt. Für sie existierte er nicht mehr.
»Dein Vater hat Lungenkrebs. Drittes Stadium. Die Prognose … ist nicht gut.«
Karens Worte blieben in der Luft.

# 16

Sam legte sein Handy in die Plastikschale, ebenso wie seine Brieftasche, seine Schlüssel, eine Handvoll Kleingeld und eine kleine Packung Aspirin. Obendrauf kamen noch seine Kamera in der Ledertasche und seine braune Fliegerjacke. Die Schale fuhr durch den Metalldetektor. Der Wachmann nickte, und dann wurde auch noch Sam gescannt. Ein Schritt und der Alarm ging los. Rasch trat Sam wieder zurück.

»Mein Gürtel. Sorry.« Er löste die Messingschnalle, zog den Ledergürtel aus den Schlaufen seiner Jeans und warf ihn auf die Jacke.

Der Wachmann, ein stämmiger Mann von Mitte vierzig mit Bürstenschnitt und einem missmutigen Ausdruck in dem kantigen Gesicht, winkte ihn wieder durch den Detektor. Diesmal blieb der Alarm stumm. Sam durfte zu den dicken Metalltüren gehen, wo er bis vierunddreißig zählte, ehe sie aufglitten.

Einige Minuten später saß er in einem kleinen pastellgelb gestrichenen Raum, dessen Wände mit grauen Plastikschalenstühlen gesäumt waren. Hier war der Aufenthaltsbereich der Krankenstation, wo die ernsthaft erkrankten Häftlinge vom Upstate versorgt wurden. Ganz oben auf der Liste der Erkrankungen standen Aids und Tuberkulose, aber Krebs belegte knapp dahinter den dritten Platz.

Sam holte gerade seinen Camcorder aus der Ledertasche, als Raph López, gefolgt von einem Wärter, hereinkam. Der Häftling trug einen hellblauen Pyjama unter einem dunkelblauen Baumwollbademantel. Er schob einen Infusionsständer neben sich her, an dem ein Beutel mit einer klaren Flüssigkeit hing, die durch einen durchsichtigen Plastikschlauch in eine Vene auf seinem linken Handrücken tropfte.

Als Sam das mit Blutergüssen bedeckte Gesicht und die geschwollene Lippe des Häftlings sah, wusste er, dass López nicht bloß wegen seiner Krankheit hier stationiert war. Irgendwer hatte ihn als Punchingball benutzt. Ein Mithäftling? Einer von den Wärtern? Sam fröstelte. Die meisten Langzeitler lernten recht schnell, wie man Prügel vermied. Und angesichts von López' Krankheit und seines zurückhaltenden Wesens war Sam einfach schleierhaft, was der Grund für die Prügel sein mochte.

Als López heranschlurfte, stand Sam rasch auf, um ihm auf einen Stuhl zu helfen, doch der Häftling winkte ab. »Sieht schlimmer aus, als es ist.«

Sam hatte da seine Zweifel, aber er ließ López allein Platz nehmen, rückte dann seinen Stuhl so zurecht, dass er ihm direkt gegenübersaß. Der Wärter, ein junger Mann, den Sam noch nie gesehen hatte, blieb stehen und starrte misstrauisch auf die Kamera. Sam griff wortlos in seine Jeanstasche und fischte einen gefalteten Zettel heraus, den er dem Officer reichte. Es war eine vom Gefängnisdirektor unterzeichnete Genehmigung, dass Sam den Häftling filmen durfte.

»Wenn Sie das Ding nur einmal auf mich richten, kassier ich es ein«, warnte ihn der Wärter, ehe er sich neben der geschlossenen Tür gegen die Wand lehnte.

Sam salutierte kurz und zog aus einem Fach in der Kameratasche ein Stativ, klappte es aus und montierte den Camcorder, um ihn dann auf den Häftling einzustellen.

Raph beäugte die Kamera nervös. »He, vielleicht sollten wir lieber nicht –«

Sam schaltete die Kamera nicht ein, was den Häftling offenbar ein wenig beruhigte. Leider hatte das auf Sam die gegenteilige Wirkung. War López zusammengeschlagen worden, weil er bei der Dokumentation mitmachte? Sam hielt das durchaus für möglich. Die Frage nach dem Warum war wichtiger als die Frage, wer das getan hatte. Sam wusste nur allzu gut, wie leicht es für jemanden draußen war, einen Häftling oder Wärter zu

bestechen, damit der drinnen eine kleine dreckige Arbeit erledigte.
»Was ist passiert, Raph?« Sams Stimme war kaum lauter als ein Flüstern.
Raph zuckte die Achseln. »Ich bin gegen eine Tür gelaufen. Schätze, ich bin von dem Aufprall ohnmächtig geworden. Ich weiß nur noch, dass ich wieder aufgewacht bin und an dem Ding hier hing.« Er deutete auf den Tropf.
»Muss eine ganz schön harte Tür gewesen sein«, murmelte Sam wohlwissend, dass López ihm nicht erzählen konnte, was wirklich vorgefallen war, solange ein Wärter mit im Raum war.
»Also, was liegt an, Mann? Ich hab Sie erst Dienstag erwartet.« López warf einen raschen, bangen Blick zu dem Wärter hinüber, der aus seiner Gesäßtasche eine Ausgabe des National Geographic gezogen hatte und anscheinend darin vertieft war. Was jedoch nicht ausschloss, dass er mit einem Ohr mithörte.
»Ich war heute Morgen bei Ihrer Mom«, sagte Sam. »Sie hält sich wacker.«
»Gut, Mann. Das ist gut.« Doch in López' Stimme lag keinerlei Freude, für Sam ein eindeutiges Zeichen, dass irgendetwas los war. Und Raphs Mund zuckte ständig, was mit der geplatzten Lippe höllisch wehtun musste. »Äh, wissen Sie was, Sam, ich bin echt ganz schön fertig. Vielleicht sollten wir, na ja, eine Pause einlegen.«
Raph bestätigte damit Sams Verdacht. Garantiert wollte López ihm damit zu verstehen geben, dass zwischen der Prügel, die er bezogen hatte, und seinen Gesprächen mit Sam ein Zusammenhang bestand. Irgendwer im Knast wollte verhindern, dass der Häftling weiter bei der Doku mitmachte. Das Warum hing noch immer in der Luft. Eine Erklärung, so vermutete Sam, hatte Raph wahrscheinlich nicht erhalten, nur eine Warnung.
»Wie lange soll die Pause denn dauern?«, fragte Sam.
Raph zuckte die Achseln. »Wir haben ja so gut wie alles abgehandelt, Mann. Viel mehr hab ich eigentlich nicht zu sagen.« Als er aufstand, drückte er eine Hand auf seinen Bauch. Offenbar hatte bei der Kollision mit der »Tür« nicht bloß Raphs Gesicht Schläge abbekommen.

Da ihm klar war, dass dies womöglich seine letzte Gelegenheit war, mit dem Häftling zu sprechen, wollte Sam sie so gut er konnte nutzen. »Ihre Schwester ist wieder in der Stadt.«
Die Nachricht erschütterte López offenbar so sehr, dass er sich wieder hinsetzen musste.
»Was zum Teufel will die hier?« In López' Stimme lag eine Kälte, die Sam noch nie bei ihm gehört hatte.
»Sie ist aus Florida gekommen, um bei eurer Mutter zu sein«, erklärte Sam.
Raphs Miene blieb hart.
»Raph, sie ist clean.« Raph hatte ihm einmal erzählt, dass seine Schwester und sein kleiner Bruder beide Drogen nahmen.
»Na und? Soll ich ihr dafür einen Orden verpassen?«
Sam rückte mit seinem Stuhl noch näher an Raph heran und senkte wieder die Stimme.
»Wir haben uns unterhalten, Lo und ich.«
»Ich will nichts davon hören, Mann.« Der Häftling warf wieder einen nervösen Blick Richtung Wärter.
»Mickey könnte sich getäuscht haben, Raph.«
»Mickey? Mein Bruder? Was hat der denn damit zu tun?« Kaum hatte er die Frage gestellt, da hob er auch schon eine Hand, um Sam von der Antwort abzuhalten. »Schon gut. Ist nicht wichtig.«
Raph bedachte Sam mit einem Blick, der seine Worte Lügen strafte. Sam nickte widerwillig.
»Ja. Ja, klar«, sagte Sam. »Ich hab auch einen kleineren Bruder«, log er. »Wir haben uns zerstritten. Jimmy hatte nämlich einen Kumpel von mir auf dem Kieker und hat rumerzählt, dieser gute Kumpel von mir, mit dem ich praktisch aufgewachsen war, würde sich an meine Freundin ranmachen. Ich hab meinem Bruder ordentlich die Meinung gegeigt.«
Raph nickte bedächtig. Er hatte die Botschaft verstanden. »Weil Sie Ihrer Freundin vertraut haben, selbst wenn Sie vielleicht Ihrem Kumpel nicht vertraut haben, richtig?«
»Genau. Ich meine, niemand ist schließlich vollkommen, oder?«
»Stimmt«, sagte Raph widerwillig.

»Ich meine, einem Menschen, den man liebt, möchte man schließlich glauben.«
»Klar, Mann, Eifersucht bringt nichts. Davon kann ich ein Lied singen.«
»Ja, hab ich auf die harte Tour gelernt.«
»Wer nicht«, murmelte Raph.
»Ich hab meinen Kumpel zur Rede gestellt. Er war stinksauer, dass ich ihm so einen Scheiß zutraue. Er hat gesagt, wenn meine Freundin mit irgendwem rummacht, dann jedenfalls nicht mit ihm.« Während er sprach, hielt Sam den Blick unverwandt auf Raph gerichtet. Er sah, dass der Mund des Häftlings zuckte.
»Glauben Sie, das war die Wahrheit?«, fragte Raph nach einer angespannten Pause.
»Ich bin mir nicht sicher.«
»Ja, das werden Sie wohl nie wissen. Nicht mit Sicherheit.«
»Ich hatte ein paar Ideen.«
»Aber Sie konnten nichts beweisen, stimmt's?«
»Genau.«
Sie blickten einander lange in die Augen. López schaute als Erster weg.
»Ich bin fix und alle, Mann«, sagte er mit einem schweren Seufzer. Er ließ sich von Sam hochhelfen. Der Wärter blickte von seiner Zeitschrift auf. Irgendetwas in seiner Miene verriet Sam, dass der Officer jedes Wort belauscht hatte, das in dem Raum gesprochen worden war.
»Also ... wegen nächstem Samstag«, sagte Sam, sobald Raph auf den Beinen war. »Sollen wir den Termin verschieben?«
Sam sah López an, dass er Ja sagen wollte, doch dann nahm sein Gesicht einen anderen Ausdruck an. Wut vermischt mit Entschlossenheit.
»Nein, Mann. Wir sehen uns Samstag.«
»Sind Sie sicher, Raph? Vielleicht wäre eine längere Pause gar keine schlechte –«
»Ja, Sam. Ich bin sicher«, sagte Raph mit Nachdruck. »Und keine Sorge. Ich pass in Zukunft auf, wohin ich gehe, damit ich nicht noch mal gegen eine Tür laufe.«

# 17

»Alles in Ordnung, Peri?«
Peri hob den Kopf vom Schreibtisch und warf ihrem Sommelier einen strafenden Blick zu. »Klopf gefälligst an, bevor du mein Büro betrittst, Ray.«
»Ich hab geklopft, Peri.«
»Und, was willst du, Ray?«
Er hob kapitulierend die Hände.
Peri schniefte. »Tut mir leid.«
»Hör mal, wenn es wegen der Sache heute Morgen ist, zwischen dir und Morris –«
»Was immer zwischen mir und meinem Großvater vorfällt, geht nur uns was an«, sagte sie gereizt.
»Klar. Aber ich arbeite schon so viele Jahre für deinen Großvater und –«
»Wenn du deshalb gekommen bist, Ray, vergiss es.«
Rays Mund wurde schmal. »Ich bin gekommen, um dir zu sagen, dass Bruno Cassel da ist.«
Peri seufzte. Sie hatte den Termin mit dem Chefkoch völlig vergessen. Sie wusste, dass sie furchtbar aussah.
»Ich brauch ein paar Minuten. Ich hol ihn dann selbst herein.«
»Von mir aus«, sagte Ray kühl und wandte sich zum Gehen.
»Ray, tut mir leid, wie ich reagiert habe. Ich weiß, du hast es nur gut gemeint.«
Er akzeptierte ihre Entschuldigung mit einem Nicken, lächelte aber nicht. »Kein Problem, Peri. Wir haben alle mal einen schlechten Tag.«

»Ich hab heute eindeutig einen«, sagte sie müde.
»Tja, ich bin da, wenn du gern …« Er ließ den Satz unbeendet.
»Danke.«
Er war schon fast wieder draußen, als Peri sagte: »Ray, warst du je mal Barkeeper im Pearl's?«
Er drehte sich zu ihr um. »Vor Jahren.«
»Warst du … warst du … in dem Sommer da?«
Peri war froh, dass Ray nicht tat, als wüsste er nicht, welchen Sommer sie meinte, obwohl ihre Frage ihn offensichtlich überraschte. Verständlicherweise. In all den Jahren, die er sie kannte, hatte sie nicht ein einziges Mal ihre Mutter oder ihren Vater erwähnt. Er auch nicht.
»Ja, ich war in dem Sommer da.« Ray stockte. »Deine Mutter war eine entzückende junge Frau.«

»Vielleicht passt es im Augenblick schlecht …« Cassel hatte einen starken französischen Akzent, sprach aber ansonsten fast fehlerfrei.
»Ja, das stimmt. Aber dafür können Sie ja schließlich nichts.«
Ich genauso wenig, dachte Peri bitter, als sie sich ihren Lunch mit Karen Meyers in Erinnerung rief. Sie schüttelte das Bild ab und blickte Bruno Cassel über den Schreibtisch hinweg an. Der Koch war ein kleiner, drahtiger Mann mit rotem Haarschopf. Gerade mal sechsunddreißig Jahre alt, galt er bereits als einer der innovativsten und kreativsten Chefköche in der kulinarischen Szene von Manhattan.
»Ich komme wieder, wenn es Ihnen besser passt, ja?«
»Nein, ich möchte unbedingt unseren Vertrag unter Dach und Fach bringen. Ich brauche bloß ein bisschen …« Peri überlegte krampfhaft, wie sie den Satz zu Ende bringen konnte. Was brauchte sie? Außer der Möglichkeit, die letzten Stunden aus ihrer Erinnerung zu löschen?
Peri sah, dass der Koch sie besorgt betrachtete. Sie fand, sie war ihm eine Erklärung für ihren Zustand schuldig. »Ich habe heute eine schreckliche Nachricht erhalten.«
Cassel sprang sofort auf. »Je suis désolé, Madame. Das tut mir leid, Ms Gold.«

»Peri. Mein Name ist Peri.« *Nur, das stimmte nicht, oder? Eine fast vergessene Stimme in ihrem Kopf flüsterte: »Pilar«, mit dem schönen spanischen Einschlag, während starke Hände sie in die Luft hoben und sie herumschwangen, als wäre sie federleicht. Und sie lachte und lachte und rief: »Schneller, Daddy, schneller.«*
»Peri. Und ich bin Bruno, ja?«
Sie rang sich ein schwaches Lächeln ab. »Ja. Ja, Bruno. Sie machen einen sehr sympathischen Eindruck, Bruno.«
Er setzte sich wieder hin und beugte sich auf seinem Stuhl vor, mit einem sehr ernsten Ausdruck in seinem jungenhaften Gesicht. »Ich muss Ihnen sagen, Peri, in der Küche bin ich ein Tyrann. Ich dulde keine Mittelmäßigkeit, Faulheit, Schlampigkeit oder Ungehorsam. Ich sage Ihnen das jetzt, damit es keine Missverständnisse oder Überraschungen für Sie gibt, falls ich Ihr Küchenchef werden sollte.«
»Das werden Sie. Sie werden auf jeden Fall mein Küchenchef. Und glauben Sie mir, auch ich dulde solche Schwächen bei Menschen nicht. Genauso wenig wie Falschheit, Unaufrichtigkeit, Hinterlist, mangelnde Loyalität –« Peri wurde rot. »Entschuldigen Sie, ich wollte keine Tirade loslassen.«
»Oh, dann haben Sie aber noch nie eine richtige Tirade erlebt, Peri.«
Sie lächelte, überrascht, dass sie überhaupt noch wusste, wie das ging.
Peri war erleichtert, dass der Chefkoch nicht fragte, was sie bedrückte. Er spürte anscheinend, was sie im Augenblick am meisten brauchte: Ablenkung. Und so verwickelte er sie im Handumdrehen in ein angeregtes Gespräch. Ehe Peri sich's versah, plauderte sie mit dem Chefkoch über Essen, elegantes Speisen, ja sogar die Restaurantausstattung. Sie lauschte gebannt, als er von seiner Zeit in Paris erzählte, lustige Anekdoten über Chefköche und Gastronomen zum Besten gab, die sie beide in der Stadt kannten, und sogar ein wenig über seine Frau und seine Kinder sprach. Peri fand, Bruno Cassel hätte einen wunderbaren Geschichtenerzähler abgegeben, wenn er nicht Koch geworden wäre. Wie im Flug waren über zwei Stunden vergangen. Cassel unterschrieb gerade den Ein-Jahres-Vertrag, der eine

zweijährige Verlängerungsklausel enthielt, als Peris Handy klingelte. Sie sah Erics Namen im Display und erwog kurz, nicht dranzugehen. Doch dann klappte sie ihr Telefon beim dritten Klingeln auf.
»He, du versetzt mich doch wohl nicht, oder?«
Peri hatte keine Ahnung, was er meinte. »Wo bist du?«
»Bei ABC, stehe völlig ratlos vor einem Meer von Sofas. Wo bist du?«
»Ich ... ich bin noch in meinem Büro, mit Bruno.«
»Bruno?«
»Cassel, der neue Küchenchef im Opal's. Hör mal, kann ich dich zurückrufen?«
Bruno unterbrach sie. »Nein, bitte, Peri. Hier, wir sind fertig, ja?« Er reichte ihr schwungvoll die beiden unterzeichneten Verträge.
»Einen Moment, Eric.« Sie legte das Handy hin, unterschrieb rasch beide Vertragsausfertigungen und gab dem Koch sein Exemplar.
Er zwinkerte, als sie einander die Hände schüttelten, wobei Bruno ihre Hand mit seinen beiden umfasste. Dann nahm er seine marineblaue Jacke von der Stuhllehne. »Ich melde mich Montag bei Ihnen, ja?«
»Ja. Und vielen Dank, Bruno. Ich bin sicher, wir haben beide die richtige Entscheidung getroffen.« Wenn doch nur alle Entscheidungen, die sie im Leben fällen musste, so einfach wären. Ihr Blick fiel auf das Handy, und sie nahm es.
»Das klang ja richtig lauschig«, sagte Eric bemüht lustig, doch die Eifersucht, die ihn manchmal quälte, schwang dennoch in seinem Tonfall mit.
»Weißt du, Eric, es war ein langer und ... na ja, bloß ein sehr langer Tag. Ich habe höllische Kopfschmerzen, und ich will nur noch nach Hause, mir ein heißes Bad einlaufen lassen und danach ins Bett kriechen. Bist du mir böse, wenn ...?«
»Ich schnapp mir ein Taxi, und wenn du nach Hause kommst, ist die Wanne schon voll. Und dann kriechen wir zusammen ins Bett ...«
»Mit nach Hause meinte ich zu *mir* nach Hause. Ich brauch ein-

fach ein bisschen Zeit für mich. Wir können uns morgen zum Brunch treffen. Wie wär's mit –?« Sie überlegte, welches Restaurant Eric am besten gefallen würde. »Wie wär's, wenn wir auf Kalorien und Kosten pfeifen und so richtig schlemmen im L'Absinthe? Sagen wir um zwölf?«

»Was ist denn los, Peri? Du klingst irgendwie mitgenommen.« Und dabei hatte sie gedacht, sie hätte eine oscarreife Vorstellung hingelegt. Eric kannte sie besser, als sie gedacht hatte.

»Zoff mit Morris, was sonst?«

»Da muss noch was anderes sein.«

»Was soll denn das heißen?« Unbehagen schlich sich in ihre Stimme. Sie hatte nicht die Absicht, ihm von ihrem zutiefst verstörenden Gespräch mit Karen Meyers zu erzählen. Sie war entschlossen, keinen Gedanken mehr daran zu verschwenden. Und wenn sie Eric davon erzählte, würde sie die Glut nur wieder entfachen, die sie vollständig löschen wollte.

»Du hast praktisch jeden Tag der Woche Zoff mit Morris. Hat es was mit Cassel zu tun? Er hat dich doch wohl nicht angebaggert, oder?«

»Herrje, Eric. Natürlich nicht. Der Mann ist verheiratet und hat zwei Kinder.«

»Stimmt. Vergessen. Verheiratete Männer gehen nicht fremd.«

»Bitte fang jetzt nicht so an, Eric.«

»Tut mir leid. Und es tut mir auch leid wegen heute Morgen. Ich hab mir überlegt, wenn dieser Filmemacher dich wieder belästigt, sollte ich vielleicht mal ein ernstes Wörtchen mit ihm reden.«

»Das wird nicht nötig sein. Sam Berger wird mich nie wieder behelligen.«

# 18

Karen betrat die Carlyle Bar. Samstagabends wurde es in dem exklusiven Lokal meist voll. Doch es war noch früh, zwanzig vor acht, und es waren noch nicht viele Leute da. Kevin Wilson saß bereits an einem kleinen Tisch nicht weit vom Eingang, vor sich einen Drink. Er erhob sich, als sie näher kam, und zog für sie einen Stuhl hervor, der vollendete Gentleman.

»Beachtliche zehn Minuten zu spät. Sehr gut, Karen.«

»Ich wollte dich nicht warten lassen.« Sie hatte ihren Regenmantel an der Garderobe abgegeben und ließ sich auf den grünen Polsterstuhl sinken.

Wilsons Augen fielen auf den Aktenkoffer, den sie neben sich auf den Boden gestellt hatte. »Dann ist das hier also tatsächlich eine geschäftliche Verabredung«, sagte er mit einem Seufzer. Der vierunddreißigjährige Staatsanwalt lehnte sich auf seinem Stuhl zurück und strich mit einer Hand über sein frühzeitig grau meliertes Haar, das er sich glatt nach hinten aus der hohen Stirn kämmte. Mit den Geheimratsecken, der Hakennase und den eng stehenden mattbraunen Augen hatte Wilson auffällige Ähnlichkeit mit einem Habicht. Seltsamerweise tat das seiner Attraktivität keinen Abbruch. Selbst damals, als sie im Jurastudium mit Kevin zusammen gewesen war, hatte Karen nicht das Aussehen ihres Kommilitonen anziehend gefunden, sondern seinen flinken Verstand, seine Zielstrebigkeit, sein Selbstbewusstsein – Eigenschaften, die er alle noch in höchstem Maße besaß. Kevin Wilson hatte die höchste Verurteilungsquote im Büro der Staatsanwaltschaft und war dort eindeutig der kommende Mann.

»Ich könnte etwas Hilfe gebrauchen, Kevin«, sagte Karen, die froh war, gleich zur Sache zu kommen und sich sinnloses Geplauder mit ihrem ehemaligen Freund zu sparen.
»Okay, ich höre«, sagte er freundlich.
»Weißt du noch, dass ich damals an der Uni beim FUP mitgemacht habe?«
»Ja, klar, wie könnte ich das vergessen? Wie geht's eigentlich deinem Gutmensch-Gatten?«
Karen hätte gern etwas Schnippisches erwidert, versuchte aber, das Gefühl aus ihrer Stimme herauszuhalten. Außerdem konnte sie ihm den Seitenhieb gegen Sam nicht verdenken, schließlich hatte sie Kevin wegen Sam verlassen und er schien nicht zu wissen, dass sie inzwischen geschieden waren. Belassen wir's dabei, dachte sie, damit die Sache hier streng geschäftlich ablief. »Wir waren uns doch einig, dass das hier ein Geschäftstreffen ist.« Sie gab sich bewusst aalglatt.
Wilson lachte. »Ja, klar. Also, tust du noch immer Gutes beim FUP?«
»Nein, von wegen. Ich mach nur noch Wirtschaftsrecht. Aber ich bin jemandem ein wenig bei einem Fall behilflich.«
Sie griff nach unten, öffnete ihren Aktenkoffer und zog eine schmale Mappe heraus – Fotokopien, die sie von einigen wichtigen Prozessprotokollen im Fall López gemacht hatte. Sie legte sie auf den Tisch neben das Martiniglas des Staatsanwalts.
Wilson blickte auf die geschlossene Aktenmappe. »Bei dem schummrigen Licht hier kann ich nichts lesen. Gib mir doch einfach einen kurzen Überblick. Ich sage *kurz*, weil ich in nicht ganz einer Stunde zum Essen verabredet bin und zwar am anderen Ende der Stadt.«
»Und was, lieber Kevin, hättest du mit deiner Dinnerverabredung gemacht, wenn das hier kein rein geschäftliches Treffen wäre?«
Er grinste. »Du kannst wohl immer noch nicht gut verlieren.«
»Ein Charakterzug, den wir gemeinsam haben.«
»Das stimmt. Also, worum geht's?«
Karen fasste die Sachlage kurz zusammen, aber vermutlich längst nicht so kurz, wie Wilson sich das gewünscht hätte. Trotz-

dem war er so höflich, sich alles anzuhören, ohne sie zu unterbrechen oder zu hetzen.

»Du bist gut, Karen. Vielleicht hättest du doch beim Strafrecht bleiben sollen.«

»Ja, vielleicht«, war das einzige Zugeständnis, das sie sich abringen ließ. Dieser Fall ging ihr schon jetzt unter die Haut, keine Frage. Wie lange war es her, dass sie sich so engagiert gefühlt hatte? Nicht mehr seit ihrer Arbeit beim FUP, wie sie sich widerwillig eingestand. Klar, es hatte zum großen Teil damit zu tun, dass ihr Ex, ihre Freundin und ihr Vater in der Sache drinsteckten, aber das war es nicht allein, und Karen wusste es.

»Nach dem, was du mir erzählt hast, reicht das noch nicht für eine Wiederaufnahme.«

»Vielleicht doch, wenn es uns gelingt, an Beweismittel ranzukommen, die sich, wie wir glauben, noch in der Asservatenkammer der Polizei befinden. Wenn an den Beweismitteln Blut, Haare oder Hautpartikel haften, könnten wir DNA-Tests machen lassen und hätten dann vielleicht eine ausreichende Grundlage für ein Wiederaufnahmeverfahren.«

Kevin lächelte halb. Jetzt war sie unverblümt auf den wahren Grund ihres Treffens gekommen.

»Was meinst du?«, drängte sie.

»Das ist ganz schön viel verlangt. Ich müsste meinen Boss überzeugen. Und kein Oberstaatsanwalt freut sich, wenn ein Fall, den die Staatsanwaltschaft gewonnen hat, wieder aufgerollt wird. Auch nicht nach vielen Jahren.«

»Das stimmt«, gab sie zu. »Aber ich setze darauf, dass du dich in erster Linie als Anwalt siehst und erst in zweiter Linie als Staatsanwalt. Und dass du im Falle einer ungerechten Verurteilung möchtest, dass der Gerechtigkeit letzten Endes doch noch Genüge getan wird.«

# 19

Das Badewasser war fast unerträglich heiß, aber Peri legte sich der Länge nach hinein und tauchte mit dem Kopf unter, hielt den Atem so lange sie konnte an, ehe sie wieder auftauchte. Vom CD-Player im Wohnzimmer drang die rauchige Blues-Stimme von Nina Simone herüber. Neben der Wanne, auf einem Teakholzbänkchen, stand ein Weinglas, das mit einem guten roten Bordeaux gefüllt war. Kerzenlicht flackerte in dem geräumigen Marmorbad.

Peri schloss die Augen und atmete langsam und tief. Sie wollte sich bewusst entspannen. Bisher hatte es immer funktioniert. Aber heute Abend wollte sich die wohltuende Wirkung nicht einstellen. Sie konnte die Anspannung in ihrem Körper einfach nicht lösen. Obwohl das Badewasser ihre Haut erhitzte, fröstelte Peri innerlich und fürchtete, sich nie wieder aufwärmen zu können.

Am schlimmsten war, dass sie sich psychisch an einem Ort befand, wo sie absolut nicht sein wollte. Einem Ort voll nagender Zweifel. Das Gefühl war ärger als all die Seelenqualen, die mit der Gewissheit einhergegangen waren, dass ihr Vater ihre Mutter ermordet hatte. Die Zeit und eine totale Verdrängung hatten den Kummer gedämpft. Monate konnten vergehen, ohne dass sie auch nur ein einziges Mal an die dunklen Tage von damals dachte – bis heute. Jetzt waren sie mit aller Macht zurückgekehrt.

Peris Gedanken wanderten weit zurück in die Vergangenheit. Sie war wieder die siebenjährige Pilar, die in einem rosa Kleid im Zeugenstand saß und die Füße baumeln ließ, weil sie nicht bis zum Boden reichten, die die tränennassen Augen ihres Vaters sah, sich fürchterlich verängstigt und allein fühlte und die sich nichts sehnlicher wünschte, als dass das alles ein schrecklicher, böser Traum war, aus dem ihre Mutter sie sanft wecken würde.

Doch die Kleine wusste, dass ihre Mutter sie niemals wieder wecken würde. Ihre Mutter war tot. Der böse Traum war Wirklichkeit. Pilar hatte ihre Mutter damals an ihre schmale Brust gedrückt, sie schluchzend hin und her gewiegt und sie angefleht, nicht zu sterben. *Bitte Mommy, bitte, bitte …*

Und sie hatte das letzte Wort ihrer Mutter gehört … *Raph*.

War es möglich, dass Karen recht hatte? Hatte ihre Mutter vielleicht nur nach ihrem Ehemann gefragt und ihn nicht beschuldigt?

Plötzlich stand ihr die Szene ungebeten und ungewollt wieder so klar vor Augen, wie an jenem grauenvollen Tag. Sie war wieder bei ihrer Mutter im Schlafzimmer, erlebte alles noch einmal. Das Blut überall, das Blut ihrer Mutter. Auf dem schlanken nackten Körper ihrer Mommy, auf dem zerwühlten Laken, auf der Bettdecke, die zusammengeschoben am Fußende lag, auf dem Handtuch, mit dem Pilar vergeblich versuchte, das Blut zu stoppen, das aus den vielen Stichwunden in Mommys Körper strömte.

Auch Pilars Batik-T-Shirt und Bluejeans waren blutgetränkt. Sogar der Diktattest, in dem sie null Fehler gehabt hatte und den sie ihrer Mommy an dem Tag stolz zeigen wollte, lag vergessen auf dem besudelten Bettvorleger und saugte sich voll mit Blut. Der ganze Boden war mit Blut bespritzt … und da war noch etwas gewesen. Irgendetwas glitzerte auf dem Bettvorleger, mitten in dem Blut, gleich neben dem Diktattest. Ein kleiner Stein, wie ein Kristall oder ein Diamant. Hatte er wirklich an dem Tag dort gelegen oder war das einfach eine falsche Erinnerung? Und wenn er dort gelegen hatte, hatte die Polizei ihn gesehen, ihn als möglichen Beweis sichergestellt? War es ein Beweis?

»Hey.«

Die Männerstimme ließ Peri vor Schreck aufschreien. Dann sah sie Eric an der Badezimmertür stehen, und ihr Schreck schlug rasch in Ärger um. »Du hast mich zu Tode erschreckt.«
»Ich hab deinen Namen gerufen, als ich reingekommen bin. Hast du mich nicht gehört?«
»Offensichtlich nicht«, sagte sie wütend.
Eric, lässig in schwarzer Cordhose und hellblauem Kaschmirpullover mit Rundhalsausschnitt, blickte enttäuscht. »Ich hab mir Sorgen um dich gemacht, Schatz. Du warst am Telefon so eigenartig.«
Peri stand aus dem Wasser auf, und als sie hastig nach einem Handtuch an dem Haken neben der Wanne griff, stieß sie das Weinglas um. Das Glas zersprang und der Rotwein ergoss sich über den weißen Fliesenboden.
Peri starrte auf die Fliesen. Der Rotwein wie Blut, die glitzernden Scherben wie funkelnde Diamanten. Ihr wurde schwindelig.
Als sie wieder zu sich kam, war sie in ein großes Badetuch eingewickelt und wurde von Eric aufs Bett gelegt.
Er streifte seine schwarzen Lederslipper ab, legte sich neben sie und strich ihr das nasse Haar nach hinten. »Tut mir leid, dass ich dir solche Angst eingejagt habe, Liebling. Bitte verzeih mir.«
Aber Peri hörte ihn nicht. Sie war ganz woanders.
Sie sah es jetzt. Das Glitzern der Glasscherben inmitten der Weinlache auf dem Badezimmerboden hatte es ihr wieder ins Bewusstsein gebracht. Da auf dem Boden neben dem Bett ihrer Mutter, nicht weit von dem blutgetränkten Diktattest, ein winziges Glitzern mitten in dem vielen Rot. Es war keine Einbildung. Ein Diamantsplitter? Ein winziger Kristall?
Was auch immer und von wem auch immer es gewesen war, Peri glaubte nicht, dass es ihrer Mutter gehört hatte. Das einzige Glitzernde, das Peri je bei ihrer Mutter gesehen hatte, war der winzige Diamant an ihrem Verlobungsring gewesen. Und Peri war dabei gewesen, als ihre Mutter den Ring kurz nach dem Auszug ihres Vaters versetzt hatte. Konnte er sich vom Ring eines Mannes gelöst haben? Einer Krawattenklammer? Einem Ohrring? Viele Männer trugen Diamantstecker.

Aber nicht ihr Vater …
»Alles in Ordnung, Liebling? Kann ich dir irgendwas holen?«, fragte Eric sanft, der sicherlich das Beben in ihrem Körper spürte.
Peri schüttelte stumm den Kopf, aus Angst, sie könnte in Schluchzen ausbrechen, wenn sie versuchte zu sprechen.
»Was immer dich auch quält, wir finden eine Lösung. Versprochen«, sagte er beruhigend.
Sie wäre gern wütend auf Eric gewesen, weil er einfach so bei ihr aufgetaucht war. Schließlich hatte sie ihm am Telefon klipp und klar gesagt, dass sie heute Abend allein sein wollte. Er war uneingeladen gekommen. Er war in ihre Privatsphäre eingedrungen.
Aber Eric liebte sie. Und Peri wusste, dass es nicht leicht war, sie zu lieben. Sie hatte Mühe, anderen Menschen zu vertrauen. Und war das ein Wunder? Ihr Vertrauen war oft genug enttäuscht worden. Zuletzt erst an diesem Nachmittag, als Karen sich unter einem falschen Vorwand mit ihr zum Lunch getroffen hatte.
»Liebling, wenn du willst, dass ich gehe –«
»Schließ die Augen, Eric. Schließ die Augen und halt mich einfach fest.«

# 20

Sam Berger saß vor seinem Bier in einer von diesen vermeintlich coolen Bars auf der 9$^{th}$ Ecke 56$^{th}$ Street. Die Gegend hier hieß früher nicht von ungefähr Hell's Kitchen – Vorhof zur Hölle. Jetzt, wo beruflich erfolgreiche Schwule und Heteros das Viertel für sich entdeckt hatten und schicke Läden und Restaurants wie Pilze aus dem Boden geschossen waren, bevorzugten viele Leute seinen neuen Namen, Clinton. Das Apartment, das er gemietet hatte, lag gleich um die Ecke auf der 57$^{th}$, ein kleiner Allzweckraum im Erdgeschoss mit Gittern vor den verdreckten Fenstern zur Straße hin.
Als er die Wohnung das erste Mal sah, hatte sie ihn an eine Gefängniszelle erinnert, und er hatte gleich an Raphael López denken müssen. Aber im Gegensatz zu ihm konnte López seine Zelle nicht verlassen und in der Kneipe um die Ecke etwas trinken gehen. Er konnte seine Zelle nicht verlassen, wenn ihm danach war, basta. Oder derzeit sein Bett auf der Krankenstation der Strafanstalt.
Sam ging häufig in die vielen Lokale im Viertel, wenn er nicht gerade irgendwo außerhalb filmte oder mit Kleinarbeiten für seine Doku beschäftigt war, und dann studierte er wieder und wieder die López-Akte, machte sich Notizen und telefonierte. Ihm gefiel das lebendige Treiben, das in den Kneipen und Cafés herrschte und ihm lieber war, als allein zu Hause zu hocken.
Heute Abend trank er nur. Seine nachmittägliche Begegnung mit Raph López belastete ihn schwer. Wie gefährlich konnte es für den Häftling werden, wenn er ihn weiter besuchte, genauer

gesagt, wenn er diese Besuche mit dem Camcorder dokumentierte?
Vielleicht war der Angreifer ja bloß ein neidischer Mithäftling gewesen, der López die viele Aufmerksamkeit missgönnte. Oder ein Wärter, der dem Häftling eine Lektion erteilen, ihm klarmachen wollte, wo sein Platz war.
Doch Sam musste auch die Möglichkeit in Betracht ziehen, dass irgendwer aus persönlichen Gründen, die unmittelbar mit dem Thema zu tun hatten, den Film verhindern wollte.
Aus welchem Grund auch immer López zusammengeschlagen worden war, Sam fürchtete, dass der Häftling nicht würde verhindern können, ein weiteres Mal gegen eine »Tür« zu laufen. Und selbst wenn doch, wie lange noch? Die brutalen Schläge wären schon für einen jungen und gesunden Mann schlimm genug gewesen. Raph López war weder das eine noch das andere.
Eines wusste Sam. Er musste seine Bemühungen verstärken, die Dinge für López ins Rollen zu bringen. Das hatte zunehmend Vorrang vor der Fertigstellung seines Films. Die Sache hatte für Sam eine persönliche Bedeutung gewonnen.
»Noch ein Bier?«, fragte der Barkeeper.
Sam schüttelte den Kopf. Es war nach zehn Uhr, und er war müde. Außerdem musste er noch ein paar Anrufe erledigen und einen Flug für Montagmorgen buchen.
Und nicht zuletzt wollte er, und das wollte er schon den ganzen Nachmittag – Karen anrufen, um sie zu fragen, wie das Gespräch mit Raphs Tochter gelaufen war: Wie viel hatte Karen ihr erzählt? Wie hatte Peri Gold reagiert? Gab es den Hauch einer Chance, dass die angehende Gastronomin bereit wäre, mit ihm zusammenzuarbeiten?
Er zog sein Handy sogar schon aus der Tasche, zwang sich dann aber, doch nicht anzurufen. Er wusste, dass Karen sich nicht gern unter Druck setzen ließ. Das hatte sie noch nie leiden können.
Außerdem wusste er verdammt gut, dass Pilar López nicht der einzige Grund war, warum er seine Exfrau anrufen wollte.

# 21

*Sie rennt die Straße hinunter, so dass ihr offener orangeroter Anorak flattert und der Ranzen auf ihrem Rücken auf und ab hüpft, in einer Hand den Diktattest. Mommy wird ganz stolz sein. Sie wird zu Pilar sagen, dass sie das feiern müssten. Eine gute Note in einer Klassenarbeit ist immer Anlass für eine besondere Belohnung – Essen bei McDonald's oder Pizza Hut, Freitagabend vielleicht sogar ein Kinobesuch. Pilar würde es sich aussuchen dürfen. Und Pilar weiß genau, was sie sich diesmal wünschen wird. Sie will, dass Mommy Daddy bittet, zum Essen zu ihnen zu kommen, die ganze Familie zusammen am Küchentisch, lachend und fröhlich …*

*Sie rennt die Treppe hoch zu der Wohnung im ersten Stock. Sie ist außer Atem, aber ganz aufgeregt. Sie stürmt durch die Wohnungstür direkt ins Wohnzimmer und ruft nach ihrer Mutter …*

*Das Wohnzimmer ist leer. Sie läuft in die Küche, um nachzusehen, ob ihre Mutter schon mit Kochen angefangen hat, hofft, dass sie genug für drei eingekauft hat. Aber es steht nichts auf dem Herd. Keine Lebensmittel auf der Arbeitsplatte zwischen Herd und Spüle. Nur zwei leere Weingläser, die umgedreht auf dem Plastikabtropfgitter trocknen …*

# 22

Um zwei Uhr morgens legte Sam sich endlich schlafen, nachdem er seinen Flug übers Internet gebucht, ein paar Anrufe erledigt und sich noch einmal die zerknitterte López-Akte vorgenommen hatte. Je öfter er darin las, desto wütender und unglücklicher wurde er. Die Tat selbst war schon grauenhaft genug. Ein kleines Kind hatte die eigene Mutter blutüberströmt vorgefunden und hilflos mit ansehen müssen, wie sie in seinen Armen starb. Dasselbe Kind war Zeuge geworden, wie sein Vater von der Polizei unter Mordverdacht festgenommen und abgeführt wurde. Und dann war es im anschließenden Prozess zu einer Zeugenaussage genötigt worden, die höchstwahrscheinlich die Geschworenen von der Schuld des Vaters überzeugt hatte.

Doch der Fall hatte so viele undichte Stellen. Bei jeder Lektüre entdeckte er mehr. Leider reichte das Auffinden der Löcher nicht aus. Er brauchte stichhaltige Beweise. Als er versucht hatte, die im López-Fall sichergestellten Blutspuren ausfindig zu machen, war er gegen eine Wand gelaufen. Den vielversprechendsten Hinweis hatte er von einer Mitarbeiterin im Polizeilagerraum auf der Lower East Side erhalten. Sie hatte in einem Verzeichnis einen Hinweis auf Material gefunden, das unter dem Namen Raphael López aufbewahrt wurde, kam aber nicht ohne Genehmigung daran, wie sie Sam bei mehreren Gelegenheiten versicherte. Und ohne gerichtliche Verfügung war bei Polizei oder Staatsanwaltschaft bislang niemand bereit, die Herausgabe des Materials zu genehmigen. Da Raph López bereits alle Berufungsinstanzen ausgeschöpft hatte, musste Sam neue Beweise finden, die einen Richter davon überzeugen würden, dass eine Geschworenenjury bei Kenntnis dieser Beweise wahrscheinlich zu einem anderen Urteil gelangen würde. Falls López ein zweiter Prozess gewährt werden sollte, brauchte er die beste Verteidigung überhaupt. Und Sam wusste, wer dafür in Frage kam.

Die Frage lautete: War das der einzige Grund, weshalb er Karen Meyers wollte?

Sam fielen, trotz des ständigen Verkehrslärms und des gelegentlichen Sirenengeheuls auf der hektischen Querstraße draußen vor seinem Fenster, die Augen zu. Es war noch dunkel im Zimmer, als er jäh erwachte, weil er einen heftigen Druck auf der Brust verspürte. Eine Sekunde lang dachte er, er hätte vielleicht einen Herzinfarkt, doch dann begriff er, dass der Druck von außerhalb seines Körpers kam. Irgendwer presste ihn nach unten. Es war so dunkel, dass Sam nicht einmal die Gestalt des Eindringlings ausmachen konnte.

Adrenalin rauschte ihm durch die Adern, als er mit der Faust ausholte, doch ehe er einen Schlag landen konnte, spürte er etwas Kleines, Rundes und Kaltes an der Schläfe. Eine raue Stimme flüsterte: »Lass das lieber bleiben.«

Sam erstarrte. Der Eindringling drückte ihm eine Pistole an den Kopf.

»Was wollen Sie?«, sagte Sam, bemüht, so ruhig und emotionslos zu klingen, wie es unter den gegebenen Umständen möglich war. Es gelang ihm, weil er sich sagte, dass der Eindringling ihn nicht töten wollte, sonst hätte er das längst getan.

»Such dir ein neues Projekt, mein Freund.«

*Freund. Ja, klar.*

»Wer hätte das denn gern?«, wagte Sam zu erwidern, nicht unbedingt klug, mit einer Pistolenmündung an der Schläfe.

»Wer das gern hätte? Du Witzbold. Hör zu, Freundchen. Ich bin bloß der Bote. Aber an deiner Stelle wäre ich froh, die Botschaft zu bekommen, anstatt ... na, mehr muss ich ja wohl nicht sagen.«

Und der »Bote« verlor auch kein weiteres Wort. Stattdessen

nahm er zu Sams großer Erleichterung die Pistole von seiner Schläfe.
Die Erleichterung war jedoch von kurzer Dauer. Im nächsten Moment hatte er das Gefühl, als wäre er seitlich am Kopf von einem Hammer getroffen worden. Aber wahrscheinlich war es eher der Pistolenlauf gewesen, was allerdings nichts an den höllischen Schmerzen änderte, die gleich darauf einsetzten.
Zum Glück für Sam verlor er sofort das Bewusstsein.

# 23

»Mein Vater hat nicht getrunken.«
Karen stand an der offenen Tür ihrer Wohnung, ihren Baumwollbademantel um sich geschlungen, entgeistert, obwohl der Portier ihr Peri Golds Ankunft telefonisch angekündigt hatte. Er hatte sich überschwänglich entschuldigt, aber die Besucherin habe beteuert, es sei ein Notfall. Es war drei Uhr morgens, eine Uhrzeit, bei der Karen über jeden Besuch überrascht gewesen wäre. Doch dass ausgerechnet Peri Gold vor ihr stand, war ein absoluter Schock. Karen war sprachlos.
Peri fing an zu weinen und riss Karen so aus ihrer Erstarrung.
»Komm rein.« Sachte fasste Karen den Arm ihrer Freundin und zog sie in die Diele. Woody kam aus dem Schlafzimmer getrottet, betrachtete Peri mit schief gelegtem Kopf, gähnte und kehrte in die wohlige Wärme eines Bettes zurück, das jetzt ihm allein gehörte. Von Wachhund keine Spur, so viel stand fest.
»Komm«, sagte Karen. »Ich mach uns erst mal einen Kaffee.«
Karen führte Peri durch den Flur in ein geräumiges Zimmer, das einst eine typische New Yorker Einbauküche mit angrenzendem mittelgroßem Esszimmer gewesen war. Kurz nach ihrem Einzug hatte Karen die Wand zwischen den Räumen, die ihr beide zu beengt waren, herausreißen lassen. So war daraus eine freundliche und einladende Wohnküche geworden mit Kirschholzschränken, Specksteinarbeitsplatten und einem Bauerntisch vor dem Doppelfenster. Leider hielt Karen sich nur selten in ihrer schönen Küche auf und hatte noch seltener Gäste. Zu viel Arbeit, um Zeit zum Kochen zu haben, zu erschöpft, um

sich längere Zeit in irgendeinem anderen Raum ihrer großen Wohnung aufzuhalten als im Schlafzimmer. Und selbst da hielt sie sich nicht lange genug auf.
Peri weinte zwar nicht mehr laut, aber noch immer liefen ihr Tränen über die Wangen.
»Zieh deinen Mantel aus. Kaffee oder irgendwas Stärkeres?«
Peri stand wie angewurzelt da, ohne zu reagieren.
Karen knöpfte wortlos Peris Mantel auf. Darunter trug Peri eine weiße Bluse, die schief hing, weil sie falsch zugeknöpft war, und eine marineblaue Jogginghose, mit der Gesäßtasche nach vorn. Karen nahm an, dass Peri sich entweder im Dunkeln oder in hektischer Eile angezogen hatte. Wahrscheinlich beides.
»Er hat nicht getrunken, er hat nicht getrunken, er hat nicht getrunken«, murmelte Peri wie ein Mantra vor sich hin, während Karen ihrer Freundin den Mantel von den Schultern streifte und sie zu einem der beiden Holzstühle am Küchentisch bugsierte.
Karen hatte sich für Kaffee statt Alkohol entschieden, weil sie jetzt dringend eine Koffeinspritze brauchte.
»Ich setze rasch eine Kanne auf und dann reden wir«, sagte Karen sanft. Sie konnte sich keinen Reim auf Peris Mantra machen, aber ihr war klar, dass es für die junge Frau von wesentlicher Bedeutung sein musste.
Peri hielt Karen an der Hand fest, als sie weggehen wollte. Sie umklammerte sie regelrecht und starrte zu der Anwältin hoch, ihr hübsches Gesicht eine gequälte Maske.
»An dem Tag war jemand anderes da«, flüsterte Peri heiser.
Karen zog einen zweiten Stuhl unter dem Tisch hervor und setzte sich neben Peri, die Karens Hand nicht losgelassen hatte.
»Auf dem Abtropfgitter in der Küche standen zwei Weingläser. Ich dachte, ich hätte das nur geträumt, dass es nicht real wäre, aber dann bin ich aufgewacht und hab mich erinnert. Ich hab die Weingläser an diesem Tag wirklich gesehen. Es waren sehr edle Gläser. Waterford-Kristall, glaube ich. Meine Mutter hatte sie von ihrer Mutter geerbt. Sie standen immer im Vitrinenschrank im Wohnzimmer. Es waren insgesamt acht. Meine Mutter hat immer gesagt, sie wären nur für besondere Anlässe. Sie hat sie

hauptsächlich hervorgeholt, wenn Gäste zum Essen da waren. Aber niemals für meinen Vater. Mein Vater hat nicht getrunken. Nicht aus diesen Kristallgläsern oder aus irgendeinem anderen Glas. Er hat immer zu mir gesagt, er wäre *allergisch* gegen Alkohol. Aber heute weiß ich, dass er irgendwann in seinem Leben Probleme mit Alkohol gehabt haben muss und deshalb keinen Tropfen mehr angerührt hat.«

Peri ließ den Kopf in die Hände sinken. »Was, wenn du recht hast? Was, wenn mein Vater unschuldig ist? O Gott, was hab ich getan? Ich hab den Geschworenen gesagt, dass er es war.« Ein leises verzweifeltes Stöhnen entwich ihren Lippen.

»Zunächst einmal, Peri, was passiert ist, ist nicht deine Schuld. Du warst ein Kind. Ich bin ganz sicher, dass dein Vater auch ohne eine Aussage von dir schuldiggesprochen worden wäre. Es gab die Blutspuren, Augenzeugen …«

»Nein, nein, ich hab den Ausschlag gegeben. Meine Aussage hat die Geschworenen von der Schuld meines Vaters überzeugt.« Sie schluchzte leise in ihre Hände. »Und jetzt ist er todkrank …«

»Hör zu, Peri«, sagte Karen beschwörend. »Es ist gut möglich, dass du die Weingläser gar nicht an dem Tag gesehen hast oder überhaupt nicht. Es ist fast dreiundzwanzig Jahre her. Du hast gesagt, du hast geträumt. Vielleicht war es ja bloß ein Traum.«

Peri hob das Gesicht und blickte Karen direkt in die Augen. Noch immer rannen ihr Tränen über die Wangen, aber sie weinte nun nicht mehr. »Nein, nein. Ich bin mir ganz sicher. Das war nicht bloß ein Traum. Ich kann die Gläser noch immer auf dem Abtropfgitter sehen. Es war an diesem Tag. Ganz bestimmt. Sie waren benutzt und dann ausgespült worden. Am Morgen hatten sie noch nicht da gestanden. Ich hab meine Cornflakesschüssel ausgespült, bevor ich zur Schule ging, und ich hätte die Gläser gesehen, als ich meine Schüssel auf das Abtropfgitter gestellt habe. Irgendwer war an dem Tag bei meiner Mutter, sie haben Wein getrunken und dann …«

»Okay, selbst wenn die Gläser wirklich da gestanden haben, könnte es trotzdem sein, dass dein Vater aus einem von ihnen getrunken hat …«

»Ich sag dir doch, er hat nie Alkohol getrunken«, erwiderte Peri hartnäckig mit wachsender Verärgerung.
»Okay, okay, dann hatte er vielleicht was Nicht-Alkoholisches in seinem Glas«, entgegnete Karen, selbst verwundert über ihr Verhalten.
Peri starrte die Anwältin an. »Ich blick bei dir nicht durch, Karen. Heute Nachmittag wolltest du mich unbedingt von der Unschuld meines Vaters überzeugen. Und jetzt, wo ich dir den Beweis liefere …«
»Peri, das ist kein Beweis. Wenn du glaubst, ich tue deine Aussage als wertlos ab, dann würdest du dich wundern, was ein Staatsanwalt damit anstellt.«
»Und der Diamant? Was würde er damit anstellen?«
Karen blinzelte. »Diamant? Welcher Diamant?«
Peri zögerte. »Wird der in der Akte meines Vaters erwähnt? Hat die Spurensicherung ihn gefunden, wurde er als Beweismittel berücksichtigt?«
»Nein. Ich glaube nicht. Ich kann nachsehen –«
»Es könnte ein Diamantstecker gewesen sein. Ich … ich kenne jemanden, der einen Diamantstecker im Ohr getragen hat.« Peris Stimme war kaum mehr als ein Flüstern.
»Wer?« Karen sah, dass Peris Gesicht angespannt und noch bleicher wirkte als bei ihrer Ankunft.
*»Wieso trägst du nicht zwei Ohrringe? Sind die zu teuer?«*
*»Nur Frauen tragen Ohrringe in beiden Ohren*, princesa.«
»Onkel Héctor«, sagte Peri dumpf.
»Héctor García?« Karen hatte seine Aussage gelesen.
»Er ist nicht mein richtiger Onkel. Er war ein guter Freund meines Vaters. Der Freund von meiner Tante Lo. Sie wollten heiraten. Aber nach dem Prozess haben sie sich getrennt, und Lo ist mit meiner Nana zurück nach Puerto Rico gegangen. Ich weiß noch, dass ich oft abends mit Tante Lo und meiner Mutter am Küchentisch Hochzeitsmagazine durchgeblättert habe, Dutzende, und dann haben wir Brautkleider ausgeschnitten …« Bei der Erinnerung daran blinzelte sie die Tränen zurück. So glückliche Zeiten. Sie hatte die glücklichen Zeiten fast vergessen.

»Ich sollte das Blumenmädchen sein. Meine Nana wollte für mich das Kleid nähen.« Peri warf Karen einen matten Blick zu. »Héctor war der Freund meines Vaters. Sie sind zusammen aufgewachsen.«
»Héctor García war Zeuge der Anklage.«
Peri hatte das Gefühl, ihr würde der Boden unter den Füßen weggezogen. »Ich hätte nicht herkommen sollen. Du kannst mir nicht ...« Sie schüttelte den Kopf vor Ärger und Reue. »Dir geht es doch eigentlich gar nicht um meinen Vater. Dir geht es darum, deinen Mann zurückzugewinnen. Hab ich recht?«
»Ich sag dir was, Peri. Lies erst mal die Akte über deinen Vater, lies sie Wort für Wort, und dann sag mir, worum es mir dabei geht.« Sie stockte. »Und worum es dir dabei geht.«

# 24

»Was soll das heißen, sie ist nicht da? Es ist zehn Uhr morgens, Eric.«
»Morris, ich bin vor ein paar Minuten wach geworden, und sie ist nicht in der Wohnung.«
»Na, im Opal's ist sie jedenfalls auch nicht«, knurrte Morris. Offenbar war das für ihn die einzige andere akzeptable Möglichkeit, wo sie an einem Sonntagmorgen um diese Uhrzeit sein konnte.
»Ich weiß. Da hab ich als Erstes angerufen. Dann hab ich es auf ihrem Handy probiert und festgestellt, dass es im Badezimmer liegt.«
»Das gefällt mir nicht, Eric. So was sieht Peri nicht ähnlich.« In Morris Golds Stimme schwang sowohl Sorge als auch Verärgerung. Unberechenbarkeit schätzte er nicht, schon gar nicht bei seiner Enkelin.
»Sie … sie hatte eine schlechte Nacht. Vielleicht ist sie früh aufgestanden und joggen gegangen.« Erics Vermutung klang, als wäre er selbst nicht davon überzeugt. Es regnete ziemlich stark, und Peri war selbst bei schönstem Wetter nicht unbedingt wild aufs Joggen. Sie bevorzugte das Laufband im Fitnessstudio. »Hör mal, ich telefoniere ein bisschen rum …«
Morris fiel Eric ins Wort. »Was soll das heißen, sie hatte eine schlechte Nacht?«
»Na ja, sie ist seit ein paar Wochen schon nicht mehr die Alte.« Eric zögerte. »Hast du von einem Typen namens Sam Berger gehört? Einem Filmemacher?«
»Der Blödmann, der diesen sensationsgeilen Mist drehen will?

Mein Anwalt bereitet schon eine Unterlassungsklage vor. Sag bloß nicht, dass er Peri mit der Sache belästigt. Dann häng ich dem Mistkerl nämlich im Handumdrehen eine einstweilige Verfügung an den Hals.«
»Sie hat sich geweigert, mit ihm zu sprechen, aber es hat sie doch irgendwie aus der Bahn geworfen«, sagte Eric. Dann, nach einer Pause, fügte er hinzu: »Dieser Berger, der ist seriös. Ich hab ihn gegoogelt. Er hat sogar einen Emmy gewonnen …«
»Und wenn er einen Oscar gewonnen hätte, das interessiert mich nicht. Ich kümmer mich drum.«
Erics Miene verfinsterte sich. »Die Sache geht auch mich was an, Morris.«
Aber die Leitung war schon tot.
Eric war stinksauer auf Morris mit seiner verdammten herablassenden Art. Kein Wunder, dass Peri sich dauernd beklagte, wie schwierig es war, mit ihrem Großvater umzugehen, ob auf geschäftlicher oder persönlicher Ebene. Morris war wirklich ein herrschsüchtiges Arschloch.
Eric musste unwillkürlich schmunzeln. Wenn der Alte erst erfuhr, dass Peri Bruno Cassel als Küchenchef unter Vertrag genommen hatte, würde er ausrasten.
Das schrille Klingeln des Telefons, das er noch auf dem Schoß liegen hatte, erschreckte ihn. Da er dachte, es müsste Peri sein, riss er es ans Ohr.
»Hallo?«
»Ich hoffe, ich hab die richtige Nummer. Ich möchte Peri Gold sprechen.«
»Und wer sind Sie bitte schön?« Eric argwöhnte sofort, dass es wieder dieser verdammte Filmemacher war. Morris konnte ihn mal. Er würde mit diesem Widerling von Berger auch allein fertig.
»Mein Name ist Kevin Wilson. Mit wem spreche ich bitte?«
»Ich kenne keinen Kevin Wilson.«
»Ach nein? Na ja, das spielt für mich ehrlich gesagt keine Rolle. Ist Peri …«
»Aber für mich spielt es eine Rolle. Worum geht's? Wer sind Sie? Einer von Sam Bergers Jungs?«

Eric war nicht auf das Lachen gefasst, und es brachte ihn ebenso aus dem Konzept, wie es ihn sauer machte.
»Ein guter Witz, wirklich«, sagte Wilson. »Ich nehme an, Sie sind ein enger Freund von Ms Gold.«
»Ich bin mehr als ein Freund«, entgegnete Eric barsch.
»Ja, das hab ich mir gedacht. Ich wollte mich taktvoll ausdrücken.«
»Nicht nötig. Und wenn Sie mir nicht verraten, warum Sie mit meiner Freundin sprechen wollen, dann scheren Sie sich zum Teufel.«
»Liebhaber *und* Bodyguard in einem. Ist vielleicht nicht die beste Kombination. Viele Frauen heutzutage tragen ihre Schlachten lieber selber aus.«
»Tun Sie uns beide einen Gefallen, Mann. Rufen Sie nie wieder an.« *Sonst* musste Eric gar nicht mehr hinzufügen, sein Tonfall sagte alles.
Nachdem er aufgelegt hatte, setzte Eric sich an Peris Laptop und googelte den Anrufer. Der erste Treffer ergab einen Kevin Wilson bei der Staatsanwaltschaft von New York.
Eric war sicher, dass Wilsons Anruf mit Raph López und dieser Büchse der Pandora zusammenhing, die der nervige Filmemacher geöffnet hatte. Hatte Peri also doch mit Berger gesprochen? Hatte sie auch mit der Staatsanwaltschaft Kontakt aufgenommen?
Das mulmige Gefühl, hintergangen worden zu sein, erfasste ihn.

# 25

Karen schreckte aus dem Schlaf, weil ein Telefon klingelte. Einige Sekunden lang war sie völlig desorientiert und hatte Mühe, einen klaren Gedanken zu fassen. Das Telefon klingelte immer weiter, bis ihr endlich klar wurde, dass sie auf dem Sofa in ihrem Wohnzimmer lag, wo sie in einer Position eingeschlafen war, die ihr einen steifen Nacken und Rückenschmerzen beschert hatte. Sie holte tief Luft, einen Geschmack nach schalem Kaffee und Sägemehl im Mund.

Das Klingeln des Festnetztelefons hörte schließlich auf, und die Erinnerung an die Ereignisse der langen Nacht holten Karen wieder ein. Schlagartig war sie hellwach und sah sich ängstlich im Wohnzimmer um. Peri war nirgends zu sehen. Sie hatten stundenlang hier zusammengesessen, Karen auf dem Sofa, Peri im Schneidersitz auf dem Teppich, die dicke Akte aufgeschlagen zwischen ihnen auf dem leergeräumten Couchtisch aus Glas und Chrom. Karen hatte eine Tasse schwarzen Kaffee nach der anderen getrunken, während sie und Peri die unzähligen Dokumente sichteten, aus denen die López-Akte bestand. Peris einzige Tasse Kaffee stand noch kalt und unberührt auf dem Tisch, der ansonsten leer war.

Nicht nur Peri war verschwunden. Auch die ganze Akte.

»Ach, Scheiße«, murmelte Karen und sah auf die Uhr. Es war kurz vor elf. Irgendwann im Morgengrauen – Karen erinnerte sich an den Sonnenaufgang – musste sie schließlich eingenickt sein. Nachdem sie in der Nacht zuvor kein Auge zugetan und vor Peris Überraschungsbesuch in den frühen Morgenstunden

nur knapp zwei Stunden geschlafen hatte, hätte alles Koffein der Welt nicht verhindern können, dass sie schließlich in Tiefschlaf fiel.
Während sie vergeblich ihren steifen Hals massierte, setzte sie die Füße auf den Boden und versuchte, nicht auf die hämmernden Kopfschmerzen zu achten, die mit jeder Bewegung schlimmer wurden.
Jetzt fing ihr Handy an zu klingeln. In der Hoffnung, dass es Peri war, hievte Karen sich hoch und schlurfte zu dem Tischchen in der Diele, wo sie das Handy neben ihre Handtasche gelegt hatte. Vor der Wohnungstür war eine große Pfütze. »Ach, verdammt, Woody.«
Sie warf einen Blick Richtung Schlafzimmer, als sie beim vierten Klingeln ans Telefon ging. Woody hatte sich vermutlich nach der Verrichtung seines Geschäfts wieder ins Bett gelegt.
»Hi, wo bist du?«
»Zu Hause«, hauchte Karen heiser, die ersten Worte, die sie seit Stunden sprach. Ihre Kehle war trocken wie Schmirgelpapier.
»Ich hab's gerade eben auf deiner Festnetznummer probiert.« Es war Sam.
»Ich weiß.« Sie zog die Schublade der Dielenkommode auf, wo sie eine Rolle Küchenpapier aufbewahrte.
»Du klingst komisch.«
»Ich bin … gerade aufgewacht.« Sie zog ein paar Blatt von der Rolle, knüllte sie zusammen und kniete sich hin, um die Lache aufzuwischen.
»Ist alles in Ordnung mit dir?«, fragte er eindringlich.
»Jetzt klingst du komisch, Sammie.«
»Ich muss mit dir reden, Karen.«
»Sam, Peri ist letzte Nacht hier bei mir aufgetaucht.«
»Was?«
»Ich brauch dringend einen Kaffee. Wo bist du? Ich ruf dich in ein paar Minuten zurück.«
»Nicht nötig. Ich bin in ein paar Minuten bei dir. Bis gleich.«
Karen zog ihren Bademantel um sich, nahm das nasse Papierknäuel und tappte barfuß zur Küche. Als sie den Raum betrat, stieß sie einen erschreckten Schrei aus.

Peri saß am Esstisch, die Akte darauf ausgebreitet, vor sich einen Schreibblock. Sie warf der erschrockenen Anwältin nur einen flüchtigen Blick über die Schulter zu und widmete sich dann wieder ihrem Block, um wild weiter darauf zu schreiben.
»Ich dachte ... du wärst weg«, keuchte Karen, noch immer ganz mitgenommen.
»Wie?« Peri schrieb weiter.
Karen sah, dass Woody sich zufrieden unter Peris Stuhl zusammengerollt hatte. Er blickte kurz zu seinem Frauchen hoch, bis er das nasse Papierknäuel in ihrer Hand sah. Er winselte und legte den Kopf verschämt zwischen die Vorderpfoten.
Karen warf das Knäuel in den Abfalleimer, nahm dann auf dem Stuhl rechts von Peri Platz, griff über den Tisch und legte die flache Hand auf den Schreibblock.
Peri, die abgespannt und übermüdet aussah, warf Karen einen bösen Blick zu. »Was machst du da?«
»Genau das wollte ich dich gerade fragen«, erwiderte Karen.
»Ich mache mir Notizen«, sagte Peri ungeduldig.
Karen sah, dass sich neben dem Block bereits beschriebene Blätter stapelten. Sie sah auch den fiebrig gehetzten Ausdruck in Peris Augen.
»Notizen?«
»Ich hab so vieles nicht gewusst, Karen«, sagte Peri in klagendem Ton.
»Wie denn auch? Du warst noch ein Kind.«
»Ich bin seit vielen Jahren kein Kind mehr. Und ich habe nie ...« Ihre Stimme versagte, doch sie räusperte sich, »ich habe nie irgendwelche Fragen gestellt. Nie ... ich hab es einfach hingenommen. Einen Schlussstrich unter die Vergangenheit gezogen und mein Leben neu geschaffen.«
»Wobei dein Großvater ordentlich mitgeholfen hat«, fügte Karen unwillkürlich hinzu. Morris Gold mochte ja ihr Mandant sein, aber es stand in keinem Gesetz geschrieben, dass du alle deine Mandanten sympathisch finden musstest. Karen hielt den alten Mann für arrogant, herablassend und herrisch. Kurz gesagt, für einen Tyrannen. Vor allem im Umgang mit Frauen.
Peri zuckte bei Karens Bemerkung sichtlich zusammen und ließ

ihren Stift auf den Tisch fallen. »Er muss doch einiges von dem, was hier drin steht, gewusst haben. Morris muss ... Zweifel gehabt haben. Die Anklage gegen meinen Vater ist ... voller Lücken. Er hatte ein wasserdichtes Alibi, er war zu Hause bei meiner Nana. Das hat sie vor Gericht auf die Bibel geschworen.« Sie stockte, sah erschüttert und gequält aus. »Nana. Ich hab nicht mal gewusst, dass sie noch lebt. Jetzt lese ich, dass sie einen Schlaganfall hatte und in irgendeinem Pflegeheim in East Harlem liegt. Ich hätte die ganze Zeit bei ihr sein können, ihr helfen können.«

Ihr Mund zuckte. »Einige Monate nachdem ich zu Morris und Debra gezogen war, hat Morris mir erzählt, Nana und Tante Lo wären zurück nach Puerto Rico gegangen. Zurück zu ihrer richtigen Familie. An die Formulierung kann ich mich genau erinnern, zu *ihrer richtigen Familie*. Womit er mir zu verstehen gab, dass ich nicht zu ihrer richtigen Familie gehörte. Ich war verzweifelt. Als ich anfing zu weinen, hat Morris gesagt, meine Nana wäre eine Hure und meine Tante auch. Er hat gesagt, wenn ich eine von beiden je in seiner oder Debras Gegenwart erwähnte, würde er mich ins Internat stecken.«

Peris Gesicht lief rot an. »Ich hatte panische Angst, er würde seine Drohung wahrmachen. Mich in irgendein Internat stecken, wo ich dann überhaupt niemanden mehr hätte. Trotz allem habe ich wirklich geglaubt, dass Morris mich liebte. Jetzt ... jetzt weiß ich nicht, was er für mich empfunden hat. Was er für mich empfindet. Oder was ich ihm gegenüber empfinde.«

Ungeachtet ihrer Antipathie gegen den Mann hörte Karen sich sagen: »Dass du lieber bei der Mutter deines Vaters als bei ihm leben wolltest, muss für ihn wie ein Schlag ins Gesicht gewesen sein.«

Peri war nicht in der Stimmung für Verständnis. »Wie viele Lügen hat Morris mir noch aufgetischt? Wie finde ich heraus, was von alldem wirklich stimmt?«

Es klingelte an der Wohnungstür. Woody hob kurz den Kopf und klemmte ihn dann wieder zwischen die Pfoten. Kein Bellen, nicht mal ein Knurren.

»Ach du Schande«, sagte Karen leise.

»Wer ist das?«, fragte Peri geistesabwesend.
»Sam. Ich schick ihn wieder weg.«
»Nein. Nein, lass. Ich muss mit ihm reden«, sagte Peri, die jetzt hellwach war und eine neue, ungewohnte Dringlichkeit in der Stimme hatte.
Karen blickte skeptisch. »Bist du sicher? Willst du dir nicht lieber noch etwas Zeit lassen?«
Peri lachte rau auf. »*Noch* etwas Zeit? Meinst du nicht, dreiundzwanzig Jahre sind mehr als genug?«

# 26

Sam hatte in der Presse Fotos von Peri Gold gesehen. Trotzdem war er nicht auf den Anblick der Frau in Fleisch und Blut vorbereitet. Klar, sie sah übermüdet und derangiert aus in ihrer zerknitterten, falsch geknöpften weißen Bluse und der Jogginghose, mit den dunklen Ringen unter den Augen und den achtlos hinter die Ohren gestrichenen dunkelbraunen Locken, aber nichts davon minderte die Wirkung ihrer hinreißenden Schönheit.

»Karen hat mir nicht gesagt, dass Sie noch da sind«, murmelte er. »Ich bin ...«

»Ich weiß, wer Sie sind, Sam. Was ist mit Ihnen passiert?« Peris Augen verweilten auf dem Verband an seiner rechten Kopfseite. Sam hätte fast geantwortet, dass er gegen eine Tür gelaufen war. Er entschied sich für keine Antwort.

Peri trat beiseite, als Karen in ihrem blassblauen Flanellbademantel an die Wohnungstür kam. Ein Blick auf Sam, und Karen wurde weiß im Gesicht. »Sag bitte nicht, du bist schon wieder überfallen und ausgeraubt worden.«

»Nicht direkt.« Er rang sich ein kleines Lächeln ab, trat ein und schloss die Tür. Auf dem ganzen Weg zu Karen hatte er Ausschau gehalten, ob ihn irgendwer verfolgte. Er wollte den Mann, der ihn im Schlaf überrumpelt hatte, auf keinen Fall zur Wohnung seiner Exfrau führen. Zwar war er sich einigermaßen sicher, dass ihm niemand gefolgt war. Dennoch hatte er vorsichtshalber einen Umweg genommen.

»Wir müssen uns unterhalten.« Sam hatte Karen gemeint, doch

es war Peri, die antwortete. »Ich möchte auch mit Ihnen reden«, sagte sie. »Ich habe die Akte meines Vaters von vorne bis hinten gelesen. Ich habe auch schon angefangen, mir Notizen zu machen. Ich sage nicht, dass ich bei Ihrem Film mitmache, aber ich glaube ernsthaft, dass mein Vater keinen fairen Prozess hatte und …« Ihre Stimme versagte. »Wir müssen etwas unternehmen.«
»Genau darüber wollte ich reden«, sagte Sam ernst. »Karen, ich … ich war vielleicht ein bisschen voreilig.«
Sie beäugte ihn misstrauisch. »Voreilig womit?«
»Dich in mein Projekt hineinzuziehen.«
»Hat das irgendwas mit dem Verband an deinem Kopf zu tun?«
Sam seufzte. »Hör mal, ich glaube einfach, es ist besser, wenn ich mit der Sache ab jetzt allein weitermache.«
»Und wenn ich dir sage, dafür ist es zu spät? Heißt das, ich könnte mir auch so einen hübschen Kopfschmuck einhandeln?«
Sam bedachte sie mit einem düsteren Blick. »Oder Schlimmeres.«
Ein kleines Keuchen drang über Peris Lippen. »Sie sind überfallen worden, weil sie einen Film über meinen Vater machen?«
»Ich gebe das Projekt nicht auf, Peri. Bloß ich … wie gesagt, ich hab Karen viel zu … früh da mit reingezogen. Jedenfalls, ich hab noch mal gründlich über alles nachgedacht und eingesehen, dass ich mit der Sache gleich zu einem Anwalt für Strafrecht hätte gehen sollen, genau wie sie … wie du mir geraten hast«, sagte er und richtete den Blick wieder auf Karen.
»Tatsächlich«, fuhr er hastig fort, »hab ich Joe Landow eine Nachricht auf den Anrufbeantworter gesprochen, ehe ich mich auf den Weg hierher gemacht habe. Er soll mich so schnell wie möglich zurückrufen. Wie du selbst gesagt hast, Karen, er hat die nötige Erfahrung aus dem FUP, und er ist ein Spitzenstrafverteidiger –«
»So leicht wirst du mich nicht wieder los«, blaffte Karen und lief dann rot an, als sie merkte, dass der Satz doppeldeutig aufgefasst werden konnte.
Peri schaltete sich ein. »Und was ist mit mir? Was soll ich jetzt bitte schön machen?«

»Sie können erst mal gar nichts machen«, sagte Sam.
»Sie können doch nicht einfach in meinem Leben auftauchen und es völlig auf den Kopf stellen und mir dann sagen, ich soll mich schön ruhig verhalten!«
Sam seufzte. Ihm dröhnte noch immer der Schädel, trotz der Schmerztabletten, die sein Kumpel Scott ihm in der Notaufnahme gegeben hatte, nachdem er ihn am Morgen genäht hatte.
»Wer hat dich so zugerichtet?«, fragte Karen.
»Keine Ahnung. Irgend so ein Schlägertyp, der letzte Nacht in meiner Wohnung aufgetaucht ist und mir eine Botschaft ausgerichtet hat.«
»Wer hat den Boten geschickt?«, wollte Peri wissen.
Sam zuckte die Achseln. »Gute Frage. Das wüsste ich auch gern.«
»Ich hab noch eine Frage«, sagte Karen. »Wieso warnt dich jemand, das Filmprojekt aufzugeben?« Sie fragte das, als wüsste sie bereits die Antwort.
»Ich habe auf die harte Tour gelernt, keine voreiligen Schlüsse zu ziehen. Es könnte eine Menge Gründe dafür geben.«
»Einer davon wäre der, dass der wahre Mörder nicht entdeckt werden will«, sagte Karen.
Peri wurde kalkweiß und hob jäh einen Arm, um sich an der Wand abzustützen.
Instinktiv legte Sam ihr eine Hand auf die Schulter. »Hören Sie, Peri, eine Menge Leute, *unschuldige* Leute, könnten ein Interesse daran haben, dass der Film nicht zustande kommt, einfach deshalb, weil sie fürchten, darin wenig schmeichelhaft wegzukommen. So mancher Ruf könnte ernsten Schaden nehmen, so manche Karriere ruiniert werden.« Er spürte Karens Augen auf sich, wusste, dass sie daran dachte, wie ihr eigener Vater dabei abschneiden würde. Ein kleiner Trost war, dass die Botschaft nicht von ihm kommen konnte.
»Du hast den Angriff der Polizei gemeldet.« Karen formulierte den Satz nicht als Frage, aber Sams Miene lieferte ihr die Antwort. Und die war nicht erfreulich. »Herrgott, Sam, wieso denn nicht?«
»Was genau soll ich denen denn sagen?«

Karen warf die Hände in die Luft. »Was du ihnen sagen kannst? Dass jemand bei dir eingebrochen ist, dich angegriffen hat –«
»Ich kann ihnen keine Beschreibung geben. Der Typ hatte Handschuhe an, also hat er nicht mal Fingerabdrücke hinterlassen. Und vorläufig möchte ich mir die Cops ganz gern vom Leib halten.«
Peri hatte sich inzwischen wieder im Griff und brauchte weder die Wand noch Sam als Stütze. »Zu wie vielen Leuten haben Sie in der Sache Kontakt aufgenommen?«
Karen kam Sam zuvor: »Wie ich Sam kenne, hat er jeden kontaktiert, dessen Name in der Akte auftaucht, oder es zumindest versucht.«
»Nicht jeden … noch nicht.«
»Aber eine Menge Leute, die mit dem López-Fall zu tun hatten, wissen, dass du die Geschichte wieder aufgreifst«, sagte Karen. »Jeder von ihnen …«
»Das muss dich nicht interessieren«, sagte Sam.
»Mich aber«, sagte Peri.
»Ich mach uns erst mal Kaffee«, sagte Karen. Ohne ein weiteres Wort drehte sie sich um und ging Richtung Küche, gefolgt von Peri.
Sam bewegte sich keinen Zentimeter vom Fleck und rief mit schneidender Stimme hinter ihnen her: »Halt.«
Beide Frauen warfen ihm einen Blick über die Schulter zu.
»Habt ihr beide mir überhaupt zugehört? Wollt ihr sehen, was sich unter diesem Verband versteckt?« Er schlug unbedacht auf die Verletzung und verzog sofort das Gesicht.
»Ich glaube, die Wirkung deiner Schmerztabletten lässt nach. Du kannst eine neue mit dem Kaffee runterspülen«, sagte Karen munter.
»Glaub mir«, murmelte er und blickte von einer Frau zur anderen, »was mir im Augenblick am meisten zu schaffen macht, ist nicht mein Kopf.«

# 27

Woody lag noch immer unter dem Küchenstuhl.
Sam sah Karen überrascht an, als er den Hund entdeckte. »Ich dachte, du machst dir nichts aus Tieren.«
»Tu ich auch nicht«, murmelte sie verlegen. »Ich ... bin nur der Babysitter. Vorübergehend.« Als sie das sagte, blickte sie Woody aus zusammengekniffenen Augen an. Der Hund winselte traurig, und Karen hatte augenblicklich Gewissensbisse. Verdammt, das Tier wuchs ihr allmählich ans Herz.
Sie beeilte sich, den Kaffee aufzusetzen. Sams Blick fiel auf den Küchentisch, der mit Seiten aus Raphael López' Akte und einem Stoß Blätter von einem Schreibblock übersät war. Peri ging zu dem Tisch und suchte in ihren Notizen, bis sie fündig wurde. »Was immer er auch für ein Motiv hat, derjenige, der Ihnen den Schläger auf den Hals geschickt hat, steht höchstwahrscheinlich auf dieser Liste«, sagte Peri und hielt das Blatt Papier in Sams Richtung. »Ich hab die Namen von allen Personen notiert, die irgendwie mit dem Fall zu tun hatten. Oder zumindest von allen, die in dieser Akte namentlich erwähnt werden.«
Sam zögerte, ehe er das Blatt entgegennahm. Er sah, dass sie die Namen durchnummeriert hatte und die Liste sich über die Vorder- und Rückseite erstreckte. Achtundvierzig Namen.
Peri stellte sich neben Sam. »Ich habe versucht, sie zeitlich zu ordnen. Zum Beispiel die ersten beiden Namen – Detective John Hong und Detective-Sergeant Frank Sullivan.« Sie tippte mit dem Finger auf die beiden oberen Namen. Selbst nach so vielen Jahren sah sie die Männer vor ihrem geistigen Auge, den

kleinen chinesischen Polizisten im grauen Anzug und seinen älteren bulligen, rotgesichtigen Partner, dessen blaues Jackett offenstand und dessen dicker Bauch über den Gürtel hing.
»Um nur zwei Leute zu nennen, die bestimmt nicht wollen, dass ihr guter Ruf ruiniert wird«, warf Karen ein.
»Ich bezweifele, dass es einer von ihnen war«, sagte Sam. »Beide sind seit einer Ewigkeit nicht mehr im Dienst und wohnen auch nicht mehr in New York. Hong lebt seit fünfzehn Jahren bei seiner Tochter in San Francisco, und Sullivan hat eine Bar in Miami Beach.«
»Ihre Ermittlungsberichte waren eine Aneinanderreihung von Lügen und Halblügen«, sagte Peri wütend. »Vor allem Sullivans Bericht. Er hat behauptet, mein Vater wäre aufbrausend gewesen und ausfallend geworden, weshalb sie ihn mit Gewalt aus der Wohnung schaffen mussten. Das ist absoluter Schwachsinn. Mein Vater war ein Häufchen Elend. Er hat geschluchzt und gleichzeitig versucht, mich zu trösten. Er hat nur deshalb die Beherrschung verloren, weil Hong mich festgehalten hat, und erst da ist mein Dad ausgeflippt. Welcher Vater würde nicht wütend werden, wenn er mit ansehen muss, wie sein Kind schlecht behandelt wird? Und dieser Fettsack Sullivan musste keine Gewalt anwenden, er *wollte* Gewalt anwenden. Ehe mein Vater wusste, wie ihm geschah, hatte das Schwein ihn zu Boden geworfen, ihm die Arme auf den Rücken gedreht und ihm Handschellen angelegt. Er hat meinen Dad nicht mal richtig aufstehen lassen, hat ihn regelrecht aus der Wohnung geschleift …« Ein Beben hatte sich in Peris Stimme geschlichen.
Sie stockte, rang um Fassung. Nachdem sie die Erinnerungen viele Jahre so erfolgreich verdrängt hatte, war sie erstaunt und erschüttert darüber, wie klar und deutlich sie sich den Ablauf der schrecklichen Ereignisse vergegenwärtigen konnte.
Sie riss sich zusammen. »Und Hongs Bericht war mehr oder weniger eine Kopie von Sullivans. Nur dass in seinem noch drin stand, es hätte keine Anzeichen für ein gewaltsames Eindringen in die Wohnung gegeben.« Sie warf Karen einen Blick zu. »Wenn das stimmt, dann hat meine Mutter ihn reingelassen …

ihren Mörder. Was natürlich heißt, dass sie ihn kannte.« Peri sah Karen vielsagend an.
»Nehmen wir doch mal rein hypothetisch an, es war nicht Ihr Vater, den sie reingelassen hat«, schlug Sam vor.
»Das glaub ich auch nicht.«
Mit diesem Satz aus Peris Mund hatte Sam am allerwenigsten gerechnet.
Karen erzählte ihm von den Weingläsern, die Peri ihrer Erinnerung nach an dem Tag gesehen hatte, und von dem kleinen Diamanten.
Sams Miene verdüsterte sich. »Davon steht kein Wort in den Polizeiberichten. Und auch im Prozess war davon nie die Rede.«
»Peri erinnert sich auch noch daran, dass Héctor García einen Diamantohrstecker trug«, sagte Karen.
»Héctor war oft bei uns«, sagte Peri. »Er war ein Freund. Nicht bloß von meinem Dad. Auch von meiner Mom. Selbst nachdem mein Vater ausgezogen war, kam er häufig vorbei. Vielleicht … vielleicht waren er und meine Mutter ja mehr als … befreundet«, fügte sie schwach hinzu.
»Hat Ihre Mutter noch andere *Freunde* gehabt?«, fragte Sam behutsam.
»Ich weiß nicht.«
»Sagen Ihnen die Namen Noah Harris oder Thomas Blum was?«
»Ich hab im Protokoll gelesen, dass sie beide für die Anklage ausgesagt haben. Daran kann ich mich nicht erinnern. Harris hat gesagt, er wäre auf der Highschool mit meiner Mom gegangen, ehe sie meinen Dad kennenlernte. Und Thomas Blum war ein Psychiater, bei dem meine Mom anscheinend als Teenager mehrere Monate in Behandlung war. Außerdem hat er mich vor dem Prozess in ein paar Sitzungen begutachtet. Ich konnte ihn nicht leiden, aber ich bezweifele, dass ich damals überhaupt jemanden leiden konnte. Später, mit vierzehn oder fünfzehn, hat Morris mich gezwungen, ein paar Sitzungen bei Blum zu machen. Aber an die kann ich mich gar nicht mehr erinnern. Genauso wenig an Noah Harris.«
»Harris wohnt in Belmore, rund vierzig Minuten außerhalb der Stadt«, sagte Sam. »Er ist Finanzberater, war es zumindest. Er

wurde vor ein paar Monaten entlassen, wie so viele andere in der Finanzbranche. Ich hab einmal mit ihm telefoniert, aber er war alles andere als kooperativ. Hat mir mit einer Unterlassungsklage gedroht, wenn ich ihn oder sonst wen aus seiner Familie noch einmal belästige. Er hat sich angehört, als wäre er betrunken, und es war nicht mal Mittag.«

»Und der Psychiater? Thomas Blum? Laut Prozessprotokoll hat er ausgesagt, meine Mutter hätte unter Depressionen und unterdrückter Aggression gelitten, und ihre Schwangerschaft und Heirat seien Akte der Rebellion gewesen.« Peri hielt inne, schluckte schwer. Dieser Teil des Protokolls war ihr besonders schwergefallen. »Und anscheinend hat er ebenfalls ausgesagt, ich sei stabil genug, um gegen meinen Vater auszusagen. Ich glaube, Morris hatte Angst, ich würde wie … meine Mutter werden. Deshalb hat er mich mit vierzehn oder so wieder zu Blum geschickt.« Sie wandte den Blick ab.

»Wie lange ging das mit den Sitzungen bei Blum?«

Peri zuckte die Achseln. »Ein paar Monate. Er hat mich sogar ein paarmal hypnotisiert, aber er wollte mir nie sagen, ob ich irgendwas unter Hypnose erzählt hab. Seiner Theorie nach würde ich mich irgendwann im bewussten Zustand erinnern, wenn ich so weit wäre.« Sie seufzte. »Es hat fünfzehn Jahre gedauert, aber die Erinnerungen kommen langsam wieder. Ich wünschte, ich könnte mich an mehr erinnern. Haben Sie mit ihm gesprochen?«

»Nein. Noch nicht. Er ist im Ruhestand und hat ein Haus irgendwo in den Catskills. Ich bin noch dabei, ihn ausfindig zu machen.« Sam hielt inne. »Was können Sie mir über diesen Barkeeper sagen, Raymond Delon?«, fragte er.

Peri erstarrte. Erst gestern hatte sie erfahren, dass Ray im Pearl's gearbeitet hatte, in dem Sommer, als ihre Mutter und ihr Vater sich kennenlernten. *Deine Mutter war eine entzückende junge Frau*, hatte er zu ihr gesagt. Jetzt, da sie das Prozessprotokoll gelesen hatte, wusste sie auch, dass er gegen ihren Vater ausgesagt hatte, ihn als besitzergreifend und jähzornig bezeichnet hatte. Er hatte außerdem ausgesagt, Alison Gold hätte ihm erzählt, sie spiele mit dem Gedanken an eine Abtreibung, doch Raphael

López würde sie heftig unter Druck setzen, das Baby zu behalten und ihn zu heiraten.
»Arbeitet Delon noch für deinen Großvater?«, fragte Karen sanft.
»Er ist mein Sommelier.« Sams Gesichtsausdruck verriet Peri, dass er das bereits wusste. »War er bereit, mit Ihnen zu reden, Sam?«
»Also, ich hab vor ein paar Tagen im Opal's vorbeigeschaut.« In der vergeblichen Hoffnung, auch Peri dort anzutreffen. »Er hat gesagt, er hätte im Augenblick keine Zeit für ein Gespräch, aber er hat sich meine Karte geben lassen und gesagt, er würde sich melden.«
Im Zeugenstand hatte Ray sich angehört, als wären er und Ali enge Vertraute gewesen. Wie nahe standen sie sich wirklich, fragte Peri sich jetzt. Sie rief sich die beiden Weingläser auf der Küchenspüle wieder in Erinnerung. Ray, der Weinkenner ...
Sam riss sie aus ihren Gedanken, »Wir wissen nicht, ob der Mann, den Ihre Mutter an dem Tag in die Wohnung gelassen hatte, auch ihr Mörder ist. Wir wissen nicht mal, ob dieser Besucher, falls er der Täter ist, definitiv auf Ihrer Liste steht.«
»Das stimmt«, sagte Karen. »Vielleicht war es auch jemand, der sich erfolgreich im Hintergrund gehalten hat.«
»Und wie sollen wir ihn dann finden?«, wollte Peri von Sam wissen.
»*Wir* werden ihn sowieso nicht finden. Sie und Karen halten sich ab jetzt da raus. Ich meine es todernst.« Er stand vom Tisch auf. »Ganz zu schweigen davon, dass es in meiner Doku nicht um die Jagd nach einem Mörder geht. Es geht darum, neue Beweise aufzutun oder alte Beweise zu finden, die übersehen wurden oder jetzt auf DNA untersucht werden könnten, um der Staatsanwaltschaft eine Grundlage zu verschaffen, auf der sie Ihrem Vater einen neuen Prozess bieten kann. Einen Prozess, in dem er eine erstklassige anwaltliche Vertretung erhält.« Er sah Karen eindringlich an. »Wenn wir Glück haben, übernimmt Joe Landow den Fall kostenlos.«
»Ich zahle die Anwaltskosten«, sagte Peri entschieden.
»Das klären wir noch«, sagte Sam. »Lasst uns zunächst mal –«

»Ich hab Landow damals beim FUP locker in die Tasche gesteckt«, fiel Karen ihm ins Wort.

»Karen, ich hab dich nie gebeten, den Fall zu übernehmen. Ich hab dich nur gebeten –«

»Ich weiß, worum du mich gebeten hast. Ich weiß auch, was du wolltest, als du unangemeldet bei mir im Büro aufgetaucht bist. Tja, stell dir vor, jetzt will ich es. Ich hab Kevin Wilson schon auf die Blutspurenbeweise angesetzt, die sich in einem Polizeilager befinden, wie du in deinen Notizen schreibst. Und ich habe vor –«

Sam hob eine Hand. »Moment. Moment. Du hast mit Wilson gesprochen? Mit dem hast du dich gestern Abend getroffen?«

»Wer ist Wilson?«, fragte Peri und blickte von Sam zu Karen. Keiner von beiden schien sie zu hören.

»Ich hab mir gedacht, wenn einer ihn überreden kann zu helfen …«, sagte Karen über Peris Frage hinweg.

»Das kann ich mir denken.«

»Ach komm schon, Sammie. Du hast meine Hilfe gewollt. Gib's zu.«

»Okay. Und jetzt gebe ich zu, dass ich dich aus der Sache raushalten möchte.«

»Du hältst dich auch nicht aus der Sache raus.«

»Bei mir ist das was anderes.«

»Inwiefern?«

»Die ganze Geschichte, der Film, das Projekt, Raphael López einen neuen Prozess zu verschaffen, das war meine Idee. Deshalb ist es auch meine Verantwortung.«

»Und du hast es zu meiner gemacht, Sammie. Du hast gewusst, sobald ich sehe, wer damals gegen López die Anklage vertreten hat, würde ich …«

Peri hatte Wilson schlagartig vergessen. »Arthur Meyers?« Erst jetzt fiel ihr auf, dass Karen und der Staatsanwalt denselben Nachnamen hatten.

»Mein Vater.«

Peri lächelte sarkastisch. »Dann machst du dir also Sorgen um den Ruf deines Daddys. Deshalb willst du meinen Dad als Anwältin vertreten.«

»Das ist nicht wahr«, widersprach Karen. »Ich hab meinen Vater kaum gekannt. Er hat sich von meiner Mutter scheiden lassen, als ich drei war. Wir sind nach Massachusetts gezogen, und von da an hab ich ihn kaum noch gesehen. Er kam bei einem Autounfall ums Leben, als ich zehn war.«
»Nun, das tut mir leid«, sagte Peri kühl, »aber trotzdem, du kannst auf keinen Fall unbefangen sein.«
»Ich war doch diejenige, die dich darauf aufmerksam gemacht hat, dass im Prozess deines Vaters eventuell staatsanwaltliches Fehlverhalten im Spiel war«, konterte Karen.
»Trotzdem glaube ich nicht, dass du die Richtige bist, um meinen Vater zu vertreten.«
»Die Entscheidung liegt ja nun nicht bei dir. Oder bei Sam«, sagte Karen herausfordernd. »Sondern allein bei Raphael López.«
»Nicht, wenn ich ein Wörtchen mitzureden habe«, entgegnete Peri.
»Ladys, Ladys«, sagte Sam flehend.
Aber Karen war noch nicht fertig. »Um in der Sache ein Wörtchen mitzureden, müsstest du da nicht erst mal mit deinem Vater sprechen?«
Peris Augen verdunkelten sich. Tränen schossen ihr in die Augen.
Karen blickte entsetzt. »O Gott, es tut mir leid. Es tut mir schrecklich leid, Peri.«
»Ich hab gedacht, ich könnte dir vertrauen.«
»Das kannst du. Ich will helfen. Bitte lass mich«, flehte Karen sie an.
Sam Berger stöhnte.

# 28

In der Küche herrschte angespannte Stille.
Sam seufzte. »Okay, ich schlage Folgendes vor. Wir sind alle hier, also gehen wir noch einmal durch, was wir bislang haben. Und ich halte euch über alle meine weiteren Schritte auf dem Laufenden. Aber nur unter der Bedingung, dass ich der Einzige bin, der Kontakt zu irgendwem aufnimmt. Egal, zu wem.« Der letzte Satz war an Peri gerichtet.
»Soll das heißen, ich kann meinen Vater nicht sehen?«, fragte Peri.
Sam blickte finster. »Es ist besser so für ihn.«
Karen horchte auf. »Wieso?«
Sam überlegte, ob er ihnen die Wahrheit sagen sollte. Wenn die beiden Frauen von dem Angriff auf Raph erfuhren, würden sie vielleicht einsehen, dass sie sich strikt im Hintergrund halten mussten. Andererseits könnte auch der gegenteilige Effekt eintreten, dass sie erst recht mitmischen wollten.
»Schreiben Sie Ihrem Dad doch lieber erst mal«, schlug Sam vor. »Das wäre leichter für ihn.«
Karen beschloss, das Gespräch in eine andere Richtung zu lenken. »Wen hast du bisher alles interviewt?«
»Sagen wir, ich habe schon eine Art Erstkontakt zu den meisten hergestellt oder Nachrichten für sie hinterlassen. Aber ich kann nicht behaupten, dass irgendwer auch nur das geringste Interesse gezeigt hätte, mit mir zu plaudern, vor laufender Kamera schon gar nicht.«
»Was ist mit dem Pflichtverteidiger, Gary Brewer?«

»Verstorben.« Er zögerte, und seine Miene war ernst. »Sie sind beide tot – der Pflichtverteidiger und der Ankläger.«
Beide Frauen blickten überrascht und beunruhigt. »Wann ist der Pflichtverteidiger gestorben?«, fragte Karen.
»Der Mann war praktisch noch grün hinter den Ohren. Er kann höchstens Mitte zwanzig gewesen sein, als er meinen Vater verteidigt hat«, stellte Peri rasch fest.
»Laut Sterbeurkunde ist er eines natürlichen Todes gestorben. Herzinfarkt.«
Wieder fragte Karen: »Wann?« Sie spürte, dass Sam die Antwort scheute.
Er seufzte. »Vor zwei Monaten.«
»Nachdem du mit der Arbeit an deinem Film angefangen hattest«, sagte Karen.
»Mein Gott«, flüsterte Peri.
»Ich weiß, was ihr beide denkt. Glaubt mir, ich hatte denselben Gedanken. Aber ich hab mit Brewers Kardiologen im Krankenhaus gesprochen, und der hat mir versichert, dass keine Anzeichen für einen unnatürlichen Tod vorlagen.«
»Wurde er obduziert?«, fragte Karen.
»Nein. Weil die Ärzte sich ganz sicher waren. Und selbst wenn wir Grund hätten, den Leichnam exhumieren zu lassen, hätten wir schlechte Karten. Brewer wurde eingeäschert.«
Alle drei verfielen wieder in Schweigen.
Schließlich ergriff Peri das Wort. »Warum sprechen wir es nicht einfach aus? Wir denken es doch alle, dass irgendwer versucht, die weitere Arbeit an der Doku zu verhindern, weil er es seit über dreiundzwanzig Jahren geschafft hat, ungestraft davonzukommen, und gewissenlos zugelassen hat, dass mein Vater für einen Mord bestraft wird, den er nicht begangen hat. Mein Vater braucht keinen neuen Prozess. Er muss freigelassen werden, und der wahre Mörder muss endlich seine gerechte Strafe erhalten«, sagte sie erbittert, während ihr vor Wut und Trauer die Tränen kamen.
»Das ist nur *eine* Schlussfolgerung, die wir ziehen können«, gab Sam rasch zu bedenken. Ihm war klar, was für eine Achterbahnfahrt der Gefühle Peri in den letzten vierundzwanzig Stunden

durchgemacht hatte und dass sie derzeit unmöglich klar denken konnte. »Wie ich vorhin schon sagte –«
»Ich weiß«, sagte Peri ungeduldig. »Eine ganze Reihe Leute haben kein Interesse daran, dass dieses Verbrechen wieder Schlagzeilen macht, weil sie ihren blöden Ruf schützen wollen. Trotzdem glaube ich –«
Jetzt fiel Karen Peri ins Wort. »Es geht nicht nur um den guten Ruf gewisser Leute. Es könnten auch strafbare Fahrlässigkeit oder die Unterschlagung von Beweismitteln in einer Mordermittlung mit im Spiel sein, oder wer weiß, was noch alles. Und das könnte mehr als einen ruinierten Ruf zur Folge haben. Wir dürfen wirklich keine voreiligen Schlüsse ziehen, Peri.«
Peri sah Karen zornig an. Noch gestern war ihr Vater ein Mörder, ein Ausgestoßener aus ihrem Leben gewesen. Binnen kurzem war aus ihm ein Mann geworden, der keinen fairen Prozess bekommen hatte und nun, was Peri betraf, ein Vater, der unschuldig im Gefängnis saß wegen eines grässlichen Verbrechens, das ein anderer begangen hatte. Peri wusste, dass sie hier selbst ein vorschnelles Urteil fällte, aber in ihr wuchs unaufhaltsam ein immer stärkeres Bedürfnis, an die Unschuld ihres Vaters zu glauben.
»Versuchen wir, uns auf das zu konzentrieren, was wir haben«, sagte Sam zu beiden und wandte sich dann an Karen. »Was hast du gestern Abend bei Wilson erreicht?«
»Er hat die Tür nicht zugeknallt.« Sie klang nicht besonders hoffnungsvoll, aber sie vermutete, dass sie ein klein wenig optimistischer war als Sam.
»Herrgott nochmal, würde mir bitte endlich einer verraten, wer dieser Wilson ist?«, sagte Peri frustriert.
»Kevin Wilson ist ein Exfreund von Karen bei der New Yorker Staatsanwaltschaft.«
Peri blickte ihre Freundin an.
Karen wich ihrem Blick aus und ging auf Sams Erklärung ein. »Ich hab ihm Kopien von den relevanten Abschnitten des Prozessprotokolls mitgegeben. In ein paar Tagen ruf ich ihn an.«
»Nein, ich ruf ihn an«, sagte Sam eindringlich. »Es ist mein Ernst, Karen. Du und Peri, ihr müsst …«

Karen schnappte sich Peris Namensliste und fiel ihm ins Wort. »Was hast du über Hong und Sullivan herausgefunden?«, fragte sie und zeigte auf die Namen der beiden Detectives, die Raphael López verhaftet hatten.
»Fangen wir mit Hong an«, sagte Sam. »Er blieb nach López' Verhaftung noch ein knappes Jahr beim Morddezernat und ließ sich dann zur Sitte versetzen. Einige Monate später wurden er und seine Frau geschieden, und er zog nach San Francisco, wo sein Vater lebte. Er fing dort bei der Polizei an, arbeitete fünfzehn Jahre im Morddezernat und ging vor fünf Jahren in den Ruhestand. Heute lebt er bei seiner ältesten Tochter in deren Wohnung in San Francisco.«
»Haben Sie mit ihm gesprochen?«, fragte Peri.
»Mit seiner Tochter. Mehrmals. Jedes Mal, wenn ich anrufe, sagt sie, ihr Vater sei nicht zu Hause und sie wisse nicht, wann er wiederkommt.«
»So ein Unsinn.«
»Haben Sie den Grund genannt, warum Sie mit ihm sprechen wollen?«, fragte Peri.
»Nein. Das ist ja gerade das Seltsame. Er kann doch gar nicht wissen, was ich von ihm will.«
»Jedenfalls nicht von Ihnen«, sagte Peri und erntete ein zustimmendes Nicken von Karen.
Sam widersprach nicht. »Machen wir uns nichts vor. Es wird kein Zuckerschlecken, die Leute auf dieser Liste zur Mitarbeit zu bewegen. Was immer damals für schmutzige Sachen gelaufen sind, sie sind längst begraben und –« Er stockte und sah Peri an, »niemand möchte, dass sie wieder ausgegraben werden.«
»Was ist mit Sullivan?«, fragte Peri, ohne sich durch seinen Blick irritieren zu lassen. »In Ihrer Akte steht, er lebt heute in Florida.«
»Ebenfalls im Ruhestand. Genießt das schöne Leben in Miami Beach mit einer Fünfunddreißigjährigen. Betreibt eine Bar auf der Washington Street.«
»Und er wollte auch nicht mit dir reden?«, fragte Karen.
»Doch, doch, geredet hat er, wenn man das so nennen kann.« Sam hatte sein kurzes Telefonat mit Sullivan in der Akte, die er Karen gegeben hatte, nicht erwähnt.

»Was heißt das?«, fragte Peri.
Sam zögerte. »Er hat gesagt, Ihr Dad wäre so schuldig wie die Sünde und ich wäre ein Arschloch und würde nur meine Zeit verschwenden und er würde sich seine nicht von mir verschwenden lassen.« Sam grinste. »Ich hoffe, in seiner Bar legt er mehr soziale Kompetenz an den Tag.«
»Und wie bei Hong hast du ihm nicht den Grund deines Anrufs genannt?«, fragte Karen.
Sams Schweigen war Antwort genug. Wer er war und was er wollte, hatte sich herumgesprochen. Die Frage war nur, wer erzählte es herum?
»Wie heißt Sullivans Bar?«, fragte Peri, mit gezücktem Stift.
»Ich kümmere mich darum«, sagte Sam.

# 29

Peri blickte auf die Uhr an der Wand und sah schockiert, dass es schon nach zwölf war.

»Ach du Schande, ich hoffe, Eric schläft noch. Sonst ist er bestimmt in heller Aufregung. Ich bin aus der Wohnung, ohne ihm eine Nachricht hinzulegen. Ich hab gedacht, ich wäre zurück, bevor …« Sie griff instinktiv nach ihrer Gesäßtasche, um ihr Handy herauszufischen, und wurde rot, als sie merkte, dass sie die Jogginghose verkehrt herum anhatte. Und dann fiel ihr ein, dass sie das Handy nicht mal mitgenommen hatte.

Karen schob ihr Handy über den Tisch.

Sam sah, wie Peri ihre Festnetznummer eintippte, eine Nummer, die er sich gemerkt hatte. »Ich wusste gar nicht, dass Sie mit Ihrem Freund zusammenleben.«

»Und ich wusste gar nicht, dass Sie mein Liebesleben irgendwas angeht.«

Zielstrebig verließ sie die Küche und ging hinaus in die Diele.

Eric meldete sich beim ersten Klingeln. »Karen?«

Peri brauchte eine Sekunde, um sich klarzumachen, dass Karens Name bei ihr zu Hause im Display aufgetaucht sein musste.

»Ich bin's, Eric.«

»Gott, Peri, ist alles in Ordnung?« Seine Stimme klang so panisch, wie sie das noch nie bei ihm gehört hatte. Andererseits hatte sie ihm auch noch nie Anlass zu so großer Sorge gegeben.

»Ja, mir geht's gut, Eric. Tut mir leid, dass ich nicht früher angerufen habe. Ich dachte, du würdest noch schlafen. Tut mir leid, dass du dir Sorgen gemacht hast.«

»Ich war drauf und dran, in allen Krankenhäusern anzurufen. Dein Großvater ist auch ganz aufgelöst.«
»Du hast Morris angerufen?«
»Er hat mich angerufen, als ich gerade aufgewacht war. Ich meine ... er hat natürlich hier angerufen, um mit dir zu sprechen.«
»Mist. Was hast du ihm gesagt?«
»Was hätte ich denn sagen können? Ich hab gesagt, du bist vielleicht joggen gegangen. Peri, bist du bei Karen zu Hause?«
Peri war klar, wenn sie Ja sagte, würde er sich wahrscheinlich sofort ins Auto setzen, um sie abzuholen. Und sie war noch nicht bereit für eine Konfrontation zwischen ihrem Freund und Sam Berger.
»Ich hab mich mit Karen zum Brunch in der Stadt getroffen«, sagte sie absichtlich vage. »Ich hatte die Verabredung völlig vergessen, ist mir erst wieder eingefallen, als ich heute Morgen aufgewacht bin. Ich wollte dich nicht wecken und dir eigentlich auch einen Zettel hinlegen ...«
»Peri, du vergisst keine Verabredungen. Bis gestern Nachmittag jedenfalls nicht, als du mich beim ABC versetzt hast. Und jetzt erzählst du mir, dass du das Gleiche fast mit Karen gemacht hättest. Was zum Teufel ist los mit dir?«
»Hör mal, es ist alles in Ordnung«, log sie mit schlechtem Gewissen. »Ich bin bald zu Hause. Geh doch ins Fitnessstudio und ...«
»Wenn alles in Ordnung ist, wieso kriegst du dann Anrufe von einem Staatsanwalt?«
»Kevin Wilson? Kevin Wilson hat heute Morgen angerufen?«
»Dann kennst du ihn also.«
Peri überging Erics Bemerkung. »Was hat er gesagt? Was wollte er?«
»Sag du's mir.«
Sie hörte die wachsende Gereiztheit und das Misstrauen in Erics Stimme, aber das war ihr im Moment egal. »Sollst du mir was von ihm ausrichten?«
»Steckst du in irgendwelchen Schwierigkeiten, Peri?«
»Nein, ich stecke in keinen Schwierigkeiten«, sagte sie und fügte nach einer kurzen Pause hinzu, »aber vielleicht jemand anders.«

»Soll heißen?«
Peri zögerte. Sie hatte das wirklich nicht am Telefon besprechen wollen. Aber vielleicht war es ja einfacher so. »Soll heißen, ich habe Grund zu der Annahme, dass mein Vater meine Mutter nicht ermordet hat«, sagte Peri mit leiser, bebender Stimme. »Und wenn er unschuldig ist, dann läuft seit dreiundzwanzig Jahren der wirkliche Täter ungestraft frei herum.«
»Halt. Stopp. Sag mir nicht, dieser Idiot, dieser Berger, hat Karen Meyers an der Angel und die zieht dich jetzt in diesen Schwachsinn mit rein. Sag mir, dass du der Sache nicht zusammen mit der Staatsanwaltschaft nachgehst. Schatz, das ist Wahnsinn. Schlimmer noch, es führt lediglich dazu, dass du die ganze entsetzliche Geschichte noch einmal durchlebst. Liebling, bitte. Tu dir das nicht an. Und deinem Großvater auch nicht. Denk daran, was er durchgemacht hat. Er ist nicht mehr der Jüngste, Peri.«
»Morris hat mich angelogen, Eric. Mag ja sein, dass er meinen Vater wirklich für den Mörder meiner Mutter hält, aber er hatte kein Recht, mir so vieles vorzuenthalten. Du hast ja keine Ahnung …«
»Ich bin sicher, wenn er dir was vorenthalten hat, dann nur um dich zu schonen. Peri, der Mann liebt dich abgöttisch. Du bist sein einziges Kind –«
»Enkelkind«, korrigierte sie ihn barsch. »Sein einziges Enkelkind. Das ist ein Unterschied. Ich bin nicht meine Mutter. Und trotz all seiner Bemühungen, aus mir die Frau zu machen, die sie seinem Willen nach hätte werden sollen, werde ich das niemals sein. Das war mir nie klarer als jetzt.«
»Du wirst ihm das Herz brechen.«
»Ich will nur die Wahrheit erfahren. Du willst doch sicher auch, dass ich sie erfahre, oder?«
»Kennst du die alte Redensart, Peri – Wahrheit macht frei? Das funktioniert nicht immer. Die Wahrheit kann dich genauso gut zerstören. Was, wenn du nur die Bestätigung findest, dass dein Dad schuldig ist?«
»Das Risiko muss ich eingehen, Eric.«

# 30

»Danke für den Rückruf, Ms Gold. Ich hätte nicht gedacht, dass Ihr Freund Ihnen überhaupt von meinem Anruf erzählen würde.« Peri rief von Karens Festnetzanschluss aus an, dessen Nummer unterdrückt war.

»Weshalb wollten Sie mich sprechen, Mr Wilson?«, fragte Peri, während sie mit dem schnurlosen Apparat aufs Gästeklo ging und die Tür schloss, um ungestört zu sein.

»Ist Ihnen ein Filmemacher namens Sam Berger bekannt?«

»Warum fragen Sie?«

»Ich fasse das als ein Ja auf. Wissen Sie auch, dass seine Frau mich in seinem Auftrag gebeten hat, die Staatsanwaltschaft zu der Zustimmung zu bewegen, mögliche Blutspurenbeweise, die 1988 im Prozess Ihres Vaters verwendet wurden, für einen DNA-Test ausfindig zu machen?«

»Seine Frau?« Karen hatte offenbar ein Talent darin, einige relevante Informationslücken nicht zu füllen.

»Karen Meyers. Soviel ich weiß, ist sie die Anwältin Ihres Großvaters und auch von Ihnen.«

»Und Sie erzählen mir das, weil …«

»Ms Gold, ich fühle mit Ihnen. Wirklich. Sie müssen als Kind Schreckliches durchgemacht haben. Allerdings wird Ihnen dieses Unterfangen nur noch mehr Kummer bereiten.«

»Willkommen im Club«, murmelte sie, zu leise für Wilsons Ohr.

»Erstens einmal ist fraglich, ob solche Beweise überhaupt noch existieren, selbst wenn Sam das von irgendeiner Archivmitarbeiterin gehört haben will. Und zweitens sind die Chancen, dass die Staatsanwaltschaft den Antrag genehmigt, praktisch gleich null. Schauen Sie, ich habe das Prozessprotokoll gründlich studiert, und ich habe keinen überzeugenden Hinweis darauf gefunden, dass jemand anderer als Ihr Vater der … Mörder Ihrer Mutter sein könnte. Ich nehme an, Sie wissen, dass sämtliche Berufungsanträge Ihres Vaters abgelehnt wurden.«

Peri spürte, wie ihre Empörung wuchs. »Ja, aber ich habe das Prozessprotokoll gelesen. Ich habe es sogar äußerst gründlich studiert, Mr Wilson. Erst einmal bin ich fest davon überzeugt, dass vorschnell geurteilt wurde. Die Polizei hat andere Verdächtige nicht mal in Erwägung gezogen –«

»Weil es keine anderen ernsthaften Verdächtigen gab.«

»Es wurde nur eine einzige Blutspur als Beweismittel zugelassen. Und die stammte vom Fahrersitz des Pick-up, den mein Vater, wie er schwört, an dem Mordtag gar nicht gefahren hat.«

»Weder die Geschworenen noch die Berufungsrichter haben seiner Version geglaubt.«

»Und was ist mit dem Bettzeug und dem Bett selbst? Das war alles voller Blut. Was ist mit diesen Beweismitteln passiert?« Das war eines der vielen Dinge, die Peri stutzig gemacht hatten, als sie die Akte las.

»Wenn Sie das Protokoll wirklich gelesen hätten, wüssten Sie, dass alles untersucht wurde und keinerlei Spuren –«

»Vielleicht war das Labor nicht gründlich genug. Wo ist das denn alles jetzt?«

»Wie gesagt«, erwiderte der Staatsanwalt jetzt leicht trotzig, »da an den Sachen keine Spuren sichergestellt werden konnten, bestand auch kein Grund dazu, sie aufzubewahren.«

»Ich kann mir nicht vorstellen, dass die Polizei den Tatort gründlich untersucht hat oder dass nirgendwo in der Wohnung Haare, Fasern oder andere Spuren zu finden waren, die möglicherweise hilfreich gewesen wären. Ja, ich bezweifle, dass das Schlafzimmer meiner Eltern und die übrigen Räume überhaupt sorgfältig unter die Lupe genommen wurden …«

»Der Staatsanwalt wäre mit dem Fall niemals vor Gericht gegangen, wenn er geglaubt hätte, das Morddezernat hätte fehlerhaft gearbeitet.« Jetzt klang Wilsons Stimme eiskalt.

»Wer weiß, vielleicht hat ja auch der Staatsanwalt fehlerhaft gearbeitet«, entgegnete Peri wütend.
»Sie wissen, dass der Vater Ihrer Anwältin Karen Meyers die Anklage vertreten hat.«
»Na und? Entschuldigt das sein etwaiges Fehlverhalten als Ankläger?«
»Ms Gold, ich hoffe, Sie haben sich Karen gegenüber nicht so geäußert.«
»Nein, Karen hat sich mir gegenüber so geäußert.«
Es entstand eine lange Pause.
»Ich möchte, dass das Blut getestet wird, Mr Wilson. Und wenn ich Ihre Unterstützung oder die des Oberstaatsanwalts nicht bekomme, dann werde ich mich an noch höhere Stellen wenden«, sagte Peri gepresst.
»Wenn Sie das unbedingt wollen …« Er sprach den Satz nicht zu Ende, denn Peri ließ ihm keine Zeit dazu. »Danke. Danke für Ihre Hilfe«, sagte sie.
»Hören Sie, Ms Gold. Ich will absolut offen zu Ihnen sein. Selbst wenn das fragliche Beweismittel gefunden würde und selbst wenn die Untersuchung ergäbe, dass das Blut nicht von Ihrer Mutter stammt, würde das einem Richter nicht unbedingt genügen, um für Ihren Vater einen neuen Prozess anzuordnen. Der Richter müsste überzeugt davon sein, dass durch diesen neuen Beweis, wäre er damals im Prozess eingereicht worden, das Urteil der Geschworenen anders ausgefallen wäre. Und so einen Richter werden Sie nicht finden. Ihr Vater wurde durch zu viele andere Beweise belastet –«
»Indizien«, unterbrach Peri ihn. »Fragwürdige Identifizierungen durch Zeugen, ein inkompetenter und unvorbereiteter Pflichtverteidiger, Geschworene, unter denen kein einziger Latino war –«
Der Staatsanwalt seufzte schwer. »Vielleicht haben Sie den Teil im Protokoll übersehen, wo Sie selbst unter Eid ausgesagt haben, Ihre Mutter hätte Ihren Vater als ihren Mörder genannt.«
»Nun, ich habe vor, diese Aussage zu widerrufen. Ich war damals sieben Jahre alt. Ich wurde genötigt, das zu sagen, und –«
»Moment mal, Ms Gold –«

»Nein, Mr Wilson. Sie haben hier die Gelegenheit, sich einen Namen zu machen, wenn Sie uns helfen. Da draußen läuft ein Mörder frei herum. Sie könnten uns helfen, ihn vor Gericht zu bringen. Sie hätten vielleicht sogar die Chance, nicht nur das Fehlurteil gegen meinen Vater aufzuheben, sondern auch im Prozess die Anklage gegen den wahren Täter zu vertreten.«
Peri wusste, dass Sam und Karen sich nur auf die Suche nach neuen Beweisen konzentrierten, um für ihren Vater ein Wiederaufnahmeverfahren zu erreichen. Aber sie wollte mehr. Sie wollte ihren Vater entlasten, und sie wollte den wahren Mörder seiner gerechten Strafe zuführen.

# 31

Peri überlegte hin und her, ob sie Karen und Sam von dem Gespräch mit Wilson erzählen sollte. Schließlich beschloss sie, es vorläufig für sich zu behalten. Berger wollte sie ohnehin aus der Schusslinie haben, und Karen hatte ihre eigenen Gründe, warum sie mitmischen wollte. Peri traute keinem von beiden so richtig. Überhaupt fühlte sie sich im Moment sehr allein.
Als sie in Karens Küche zurückkehrte, war nur Sam da, der am Tisch ihre Notizen durchsah und sich ein paar eigene machte. Peri spürte, wie Ärger in ihr aufstieg. Wenn er ihre Hilfe nicht wollte, was fiel ihm dann ein, das Material zu benutzen, das sie gesammelt hatte? Sie hätte ihm den Stoß Blätter am liebsten weggezogen, unterdrückte den Impuls jedoch. Was immer Sam für Motive hatte, er war die Hauptrettungsleine ihres Vaters. Peri brauchte ihn, auch wenn er sie angeblich nicht brauchte.
»Wo ist Karen?«
Sam blickte zu Peri hoch. »Duschen.«
Peri setzte sich ihm gegenüber an den Tisch. »Wie geht's meinem Vater?«
Sam betrachtete sie. »Besser, als es mir gehen würde.«
»Das ist nicht besonders aufschlussreich. «
Sam runzelte die Stirn. »Er ist ein unschuldiger Mann, der seit fast dreiundzwanzig Jahren im Gefängnis sitzt. Er hat Lungenkrebs. Er hatte keinen Kontakt ...« Sam verstummte.
»Keinen Kontakt zu seiner Familie«, brachte sie den Satz für ihn zu Ende. »Und trotzdem wollen Sie nicht, dass ich ihn besu-

che. Wollen Sie ihn beschützen oder mich?« Sie ließ ihm keine Zeit zu antworten. »Offenbar ihn, da Sie mich ja so gut wie gar nicht kennen.«
Sam sagte nichts.
»Also geht es ihm doch schlechter, als Sie durchblicken lassen?«, hakte sie nach.
»Ja.«
Peris Augen verengten sich. »Hat er Kontakt zu Mithäftlingen?«
»Im Augenblick liegt er auf der Krankenstation.«
Peris Herz zog sich in der Brust zusammen. »Geht's ihm schlechter?«
»Er berappelt sich schon wieder.«
»Sie klingen nicht sehr überzeugt. Ist es der Krebs? Hat er sich ausgebreitet? Ist mein Vater ...?«
»Er ist stabil.«
»Sie können mich nicht leiden, stimmt's?«, sagte Peri unvermittelt.
Sam war verblüfft. »Wie bitte? Vor einer Minute haben Sie selbst gesagt, dass ich Sie kaum kenne. Wie soll ich da wissen, ob ich Sie leiden kann oder nicht?«
»Erstens habe ich Sie jedes Mal abblitzen lassen, wenn Sie bei mir angerufen haben. Und zweitens können Sie nicht verstehen, warum ich all die Jahre von der Schuld meines Vaters überzeugt war. Sie kreiden es mir an, dass ich ihm nie verziehen habe, nie Kontakt zu ihm aufgenommen habe, nie ...« Ihre Stimme versagte, und sie wandte den Kopf ab.
»Sie liegen falsch, Peri. Ich verstehe Sie besser, als Sie glauben.«
»Das bezweifle ich«, murmelte sie. Und um nicht weiter darüber reden zu müssen, ob er sie verstand oder zu verstehen glaubte, sagte sie: »Wie geht es jetzt weiter? Was machen Sie als Nächstes?« Sie hütete sich, *wir* zu sagen. Sie würde ihm nicht im Weg stehen, aber sie würde sich auf keinen Fall raushalten. Sie schmiedete bereits ihre eigenen Pläne, und einer davon sah ein weiteres Gespräch mit Staatsanwalt Kevin Wilson vor.
»Ich hab noch eine ganze Reihe Leute zu interviewen«, sagte Sam auf seine typisch vage Art.

»Und was ist mit einem Rechtsbeistand für meinen Vater? Karen hat recht, wissen Sie. Das muss mein Vater entscheiden.«
»Richtig«, sagte Sam, hörte sich aber nicht sonderlich besorgt an.
»Sie haben großen Einfluss auf ihn, oder?« Es war eigentlich keine Frage.
»Ich denke, er vertraut mir.« Er hielt inne, fixierte sie mit seinen durchdringenden Augen. »Sie offenbar nicht.«
Peri fiel es schwer, seinem Blick standzuhalten. Ihr war unbehaglich zumute. »Ich bin mir sicher, dass diese Dokumentation Ihnen sehr viel bedeutet.«
»Womit Sie meinen, Ihr Vater ist bloß ein Mittel zum Zweck für mich«, sagte er.
»Etwa nicht?«
»Da täuschst du dich gewaltig in Sammie«, ertönte plötzlich Karens Stimme.
Beide blickten zur Küchentür, wo Karen stand, das Haar noch feucht, das Gesicht ohne Make-up, in einer Jeans und einem marineblauen Kaschmirpullover. »Sammie und ich hatten in der Vergangenheit weiß Gott unsere Probleme, aber eines hab ich bei ihm nie angezweifelt: sein Mitgefühl für die Menschen, die er gefilmt hat. Deshalb ist er ja so gut in seinem Metier. Sie liegen ihm wirklich am Herzen.«
Sams Wangen liefen tatsächlich rot an, und er blickte nach unten auf den Tisch.
Peri wusste nicht, was sie sagen sollte. Sie schämte sich, obwohl sie sich gleichzeitig sagte, dass ihre Zweifel an den Motiven dieses Mannes durchaus verständlich waren. Sie wusste viel weniger über ihn als er über sie. Der Gedanke löste einen weiteren aus, der sehr schmerzhaft war. Sam Berger kannte ihren Vater besser als sie, seine eigene Tochter. Eigentlich kannte sie Raphael López überhaupt nicht.
Es klingelte an der Wohnungstür, und alle schreckten zusammen.
»Wer kann denn das bloß sein?«, knurrte Karen. »Manny soll mir doch Bescheid geben, bevor jemand hochkommt.«
Nach dem zweiten längeren Klingeln ging Karen zur Tür. Als

sie sie öffnete, stand Eric Fisher davor. »Wie bist du an dem Portier vorbeigekommen?«
Eric zuckte die Achseln. »Er hat einer Nachbarin von dir geholfen, ein paar Päckchen zu tragen. Ich hab ihm gesagt, du würdest mich erwarten.«
Karens Augen verengten sich. »Und ich wette, du hast ihm ein großzügiges Trinkgeld gegeben, um ihn restlos zu überzeugen.«
Eric lächelte bloß, wie immer, wenn er zu verstehen geben wollte, dass er es für unter seiner Würde hielt, das Thema zu vertiefen.
»Peri?«, rief er und trat unaufgefordert an Karen vorbei in die Diele.
Peri kam aus der Küche.
»Woher –«, setzte sie an.
»Auf gut Glück«, sagte er barsch. »Wieso hast du mich angelogen?«
Ungehalten und verlegen sagte Peri: »Lass uns das nicht hier besprechen.«
»Schön, dann gehen wir. Mein Wagen parkt in der zweiten Reihe.«
»Vielleicht möchte Peri noch gar nicht gehen«, mischte Karen sich ein.
Eric würdigte sie keiner Antwort. »Kommst du, Peri?«
Ehe sie antworten konnte, kam Sam Berger aus der Küche in die Diele. »Gibt's ein Problem?«, fragte er lakonisch.
Eric zeigte mit dem Finger auf ihn. »Berger?«
»Sie müssen Eric sein.« Sam gab sich weiter unbekümmert.
Erics Finger blieb auf ihn gerichtet. »Sie Scheißkerl! Ich hätte nicht übel Lust –«
Peri fasste Eric am Arm. »Komm. Ich wollte sowieso gerade gehen. Ich bin fix und fertig.« Sie wollte ihn zur Tür ziehen, aber er rührte sich nicht, sondern starrte Sam weiter an.
»Das werden Sie noch bereuen, Berger. Sie können nicht einfach das Leben anderer Menschen durcheinanderbringen und sich dann mit einem beschissenen Emmy in der Tasche verpissen. Jeder zahlt für das, was er tut, einen Preis. Fragen Sie Peris Vater. Der kann davon ein Lied singen.«

Peri ließ Erics Arm los, ging an ihm vorbei und stürzte aus Karens Wohnung heraus. Sie knallte die Tür hinter sich zu.
Eric holte sie am Fahrstuhl ein.
»Ich fass es nicht«, fauchte er. »Du bist sauer auf *mich*? Menschenskind, Peri, was ist bloß in dich gefahren? Arbeitest du jetzt etwa mit dem Schwein zusammen? Und deine Anwältin und sogenannte Freundin macht bei diesem Wahnsinn auch noch mit?«
»Wieso bist du dir so sicher, dass es Wahnsinn ist, Eric? Warst du dabei? Hast du meinen Vater je kennengelernt? Oder meine Mutter?«
»Darum geht es nicht.«
»Ach nein? Worum geht es denn bitte schön dann, Eric? Sag schon, worum geht es?«, forderte sie ihn heraus, als die Fahrstuhltüren aufglitten.
In der Kabine standen ein älterer Mann und eine junge Frau in Joggingsachen mit einem schreienden Baby im Kinderwagen. Peri und Eric traten ein und schwiegen auf der Fahrt nach unten. Das Baby schrie die ganze Zeit, wofür sich die junge Mutter mehrmals entschuldigte.
Als Eric und Peri das Gebäude verließen, stöhnte Eric. »Mannomann, da fragt man sich doch, ob Kinder das wert sind.«
Peri warf ihm einen finsteren Blick zu.
Er setzte rasch ein Lächeln auf und legte einen Arm um sie. »War nur ein Scherz. Ich weiß, du willst irgendwann Kinder haben. Ich auch. Was glaubst du, warum ich dich ständig bitte, mich zu heiraten?«
Peri entzog sich ihm. Das war mal wieder typisch Eric, von einem Thema abzulenken, über das er nicht reden wollte.
Eric kapierte sofort. »Okay, hör zu, ich sage dir, worum es meiner Ansicht nach geht. Ich habe nach dem Telefonat mit dir deinen Großvater in Las Vegas angerufen, um ihm zu sagen, dass es dir gutgeht. Er kürzt seine Besprechung ab und kommt schon heute Abend zurück.«
»Na toll, dann hab ich euch beide im Nacken sitzen.«
»Peri, du siehst das falsch. Wir sind auf deiner Seite, wir beide. Wir lieben dich beide und möchten nur verhindern, dass du in was verstrickt wirst, das dir noch mehr Schmerz bereiten wird.«

»Ach, bitte, Eric. Ich bin es leid, mich von dir und meinem Großvater ständig kontrollieren zu lassen«, fauchte sie. Sie sah ein Taxi kommen und wollte an den Bordstein treten, um es heranzuwinken, doch Eric hielt sie fest.
»Ich bin mit dem Wagen da.« Seine Stimme klang gepresst. Peri wusste, dass sie überreagiert hatte, zumindest was Eric betraf.
Sie sah Erics roten Porsche in der zweiten Reihe vor Karens Apartmenthaus stehen. An der Windschutzscheibe klebte bereits ein Strafzettel. Sie spürte einen Anflug von Schadenfreude, schalt sich aber sogleich dafür.
»Ich denke, wir brauchen mal ein Weilchen Abstand voneinander, Eric. Sonst sag ich vielleicht noch etwas, das wir beide später bereuen.«
»Peri, dein Großvater und ich haben uns am Telefon ein bisschen unterhalten, und er … er hat mir ein paar Dinge erzählt, Dinge, die du nicht weißt. Bitte, lass mich dich nach Hause fahren, ich erzähl dir alles unterwegs, und wenn du dann immer noch meinst, ein bisschen Abstand täte uns gut, okay. Einverstanden?«
Peri gab ein wenig nach. »Okay, ich fahre mit dir«, sagte sie. »Aber nicht zu mir. Oder zu dir«, fügte sie rasch hinzu.
»Okay«, sagte er. »Wohin du willst.«

# 32

Eric riss den Strafzettel von der Windschutzscheibe und stopfte ihn in sein dunkelgraues Kaschmirjackett. Dann öffnete er für Peri die Beifahrertür, und sie glitt auf den tiefen, weichen, schwarzen Ledersitz.

Eric eilte um den Wagen herum, setzte sich hinters Steuer und ließ den Motor an. Nach einem kurzen Blick in den Rückspiegel fuhr er an, wobei er ein Taxi schnitt, dessen Fahrer wütend auf die Hupe drückte. Eric achtete nicht darauf. Er trat aufs Gas und brauste an der nächsten Kreuzung bei Gelb über die Ampel.

»Immer geradeaus«, sagte Peri. »Ich möchte nach Uptown.«

Eric warf ihr einen verwunderten Blick zu, gab aber keinen Kommentar von sich. »Wie gesagt, Morris und ich hatten ein langes Gespräch am Telefon, Peri. Ich habe ihm eine Menge Fragen gestellt über deinen Vater, und den Prozess. Du weißt doch, dass er nicht den geringsten Zweifel an der Schuld deines Vaters hat.«

Eric warf ihr einen Seitenblick zu, in Erwartung einer Reaktion, einer Antwort. Peri starrte mit unbewegter Miene geradeaus und sagte kein Wort.

Eric blickte wieder auf die Straße und fuhr fort. »Es stimmt, er hat dir vieles nicht erzählt. Ich weiß, du denkst, wenn er dir alles erzählt hätte, wärst du noch mehr überzeugt gewesen, dass dein Vater unschuldig ist.«

»Unschuldig sein könnte«, sagte sie, weil sie wusste, dass Eric ein pingeliger Faktenmensch war. »Ich hatte eigentlich nie die

Chance, mir eine echte Meinung im Hinblick auf meinen Vater zu bilden, bis jetzt.«

»Peri, dein Großvater hat die ganze Zeit Dinge gewusst, die dich noch mehr von der Schuld deines Vaters überzeugt hätten.«

Peris Augen huschten zu Eric, der jetzt die Madison Avenue hochfuhr.

»Was für Dinge?«

»Deine Mom hat sich einige Male mit deinem Großvater unterhalten, als sie und dein Vater getrennt lebten. Sie haben sich sogar einmal zum Lunch getroffen.« Eric zögerte. »Das war zwei Tage vor ihrer Ermordung.« Er beschleunigte, schaffte es wieder über eine gelbe Ampel. »Morris sagt, deine Mutter habe an dem Tag furchtbar ausgesehen. Sie hat ihm unmissverständlich zu verstehen gegeben, dass es ein Riesenfehler war, deinen Vater zu heiraten.«

»Na und? Meine Eltern hatten sich gestritten. Sie lebten vorübergehend getrennt.«

»Gestritten. Genau. Aber nicht bloß mit Worten.«

»Er ist gegenüber meiner Mutter nie gewalttätig geworden. Das hätte ich mitbekommen. Ich hätte gesehen, wenn sie irgendwelche blauen Flecke gehabt hätte.«

»Du warst ein Kind. Blaue Flecke lassen sich immer irgendwie kaschieren. Mit geschickt aufgetragenem Make-up, langen Ärmeln …«

»Ich glaube das nicht.«

Sie näherten sich einer roten Ampel, und Eric musste anhalten. Er streckte die Hand aus und legte sie leicht auf ihren Oberschenkel.

»Du warst sieben, Peri. Du hast deine Eltern angehimmelt.«

»Willst du behaupten, meine Mutter hat Morris erzählt, mein Vater hätte sie geschlagen?«

»Nein, aber Morris hat gesehen, dass sie ein blaues Auge hatte, obwohl sie es überschminkt hatte, und er hat sie drauf angesprochen. Sie hat abgestritten, dass dein Vater sie geschlagen hat. Sie hat sich irgendeine idiotische Ausrede einfallen lassen, die Morris ihr keine Sekunde abgekauft hat.« Die Ampel sprang auf

Grün, und der Taxifahrer hinter ihm hupte, weil Eric diesmal nicht schnell genug Gas gegeben hatte. Eric fuhr absichtlich langsam los, ohne sich durch die gellende Hupe stören zu lassen. Der Taxifahrer überholte, zeigte ihm den Mittelfinger und überfuhr die nächste Ampel, die inzwischen auf Rot gesprungen war.
Eric blickte wütend. »Wo ist die Polizei, wenn man sie mal braucht?«
Peri war in Gedanken versunken. Wieder hatte sie die beiden Weingläser vor Augen, die sie am Tag des Mordes in der Küche gesehen hatte. »Vielleicht hat jemand anders sie geschlagen.«
»Wer denn?«
»Wenn ich das wüsste, wüsste ich vielleicht auch, wer sie umgebracht hat«, gab Peri zurück. »Was hat Morris dir noch erzählt?«
Eric stieß einen schweren Seufzer aus. »Deine Mutter hat ihm erzählt, sie wolle ein neues Leben anfangen. Morris hat sofort versprochen, ihr zu helfen. Er hätte dich am liebsten gleich aus der Schule geholt und euch beide mit zu sich nach Hause genommen. Und er hat ihr gesagt, wenn sie wieder bei ihm wohnen würde, könnte sie eine einstweilige Verfügung gegen deinen Vater beantragen –«
»Eine einstweilige Verfügung? Von einer einstweiligen Verfügung stand nichts im Prozessprotokoll. Und sie hat mich an dem Tag auch nicht aus der Schule geholt und zu Morris gebracht, geschweige denn erwähnt, dass wir umziehen müssten.«
»Sie hat im letzten Moment Nein gesagt. Sie hat zu Morris gesagt, sie würde die Sache allein regeln. Sie hat allerdings etwas Geld von ihm angenommen. Er hat ihr auf der Stelle einen Scheck über zehntausend Dollar ausgestellt. Sie hat ihn noch am selben Tag eingelöst. Das hat Morris am Monatsende in seinen Kontoauszügen gesehen. Da war deine Mutter … bereits tot.«
»Zehntausend Dollar? Was hat sie damit gemacht?« In keinem der Dokumente, die sie im Laufe der langen Nacht studiert hatte, war diese Summe erwähnt worden. Nirgendwo war die Rede davon, dass das Geld gefunden worden war – weder in der

Wohnung, noch auf dem Konto ihrer Eltern. Und wenn bei ihrem Vater zum Zeitpunkt seiner Verhaftung eine große Summe Bargeld gefunden worden wäre, hätte die Staatsanwaltschaft das mit Sicherheit als einen weiteren Nagel zu seinem Sarg genutzt. Natürlich bestand die Möglichkeit, dass einer der Polizisten das Geld gefunden und eingesteckt hatte. Peri würde es beiden durchaus zutrauen, aber wenn sie sich für einen entscheiden müsste, dann am ehesten für den dicken Cop, Sullivan.
Natürlich gab es auch noch eine andere Möglichkeit. Ihr Großvater könnte lügen.
Erics nächste Worte ließen sie aufhorchen.
»Morris glaubt, dein Dad hat das Geld gefunden, als er an dem Tag bei deiner Mutter war.« Plötzlich fuhr Eric an einer Bushaltestelle rechts ran und sah Peri direkt an. In seinen Augen schimmerten Tränen.
Doch Peri war in Gedanken noch bei dem Geld. »Wenn mein Vater es gestohlen hat, warum hat die Polizei es dann nicht gefunden?«
»Er würde das gestohlene Geld einer Frau, die er ermordet hat, wohl kaum auf sein Konto einzahlen. Er muss es irgendwo versteckt haben. Oder wer weiß, vielleicht hatte er Schulden bei einem Dealer oder Buchmacher.«
»Das glaube ich nicht«, sagte Peri stur.
»Morris gibt sich zum Teil die Schuld für das, was dein Vater getan hat. Immerhin hat er deiner Mutter das Geld gegeben. Er macht sich Vorwürfe, dass er ihr einen Scheck ausgestellt hat, statt es für sie auf ein Konto zu überweisen. Dann hätte sie vielleicht nicht alles auf einen Schlag abgehoben. An der Stelle hat der arme Kerl richtig ins Telefon geschluchzt. Ich hab ihm wieder und wieder gesagt, es wäre nicht seine Schuld, aber ich weiß nicht, ob er mich überhaupt gehört hat. Schließlich hat er einfach aufgelegt.«

# 33

»Das versteh ich nicht.«
»Mir doch egal, López. Deine Filmkarriere ist zu Ende, Junge.«
»Ich möchte mit dem Direktor sprechen.«
Der junge Aufseher zuckte die Achseln, während er sich weiter über den Häftling beugte, der in seinem Bett auf der Krankenstation noch immer am Tropf hing. »Der Direktor hat keine Zeit für dein Gejammer.« Der Aufseher grinste. »Vergiss es einfach, Junge. Berger wurde von deiner Besucherliste gestrichen.«
*Junge.* Raphael López war alt genug, um der Vater von diesem Typen zu sein. Gott sei Dank war er es nicht. Er drehte den Kopf weg.
»Du darfst morgen wieder nach Hause«, sagte der Aufseher hämisch.
*Nach Hause.* Nach Hause hieß zurück in seine kleine Zelle im Hochsicherheitstrakt, zurück in die Hölle. Von nun an eine Hölle ohne jeden Kontakt zur Außenwelt. Raph hatte sich zwar keine Hoffnungen gemacht, dass Sam Berger in seinem Fall irgendetwas würde bewirken können, aber er hatte sich auf die Besuche des Filmemachers gefreut. Er bewunderte Sam für seinen Idealismus, seine Entschlossenheit und sein Mitgefühl. In vielerlei Hinsicht fühlte Raph sich durch Sam an sich selbst erinnert, als er jünger war. Als er und Ali noch zusammen waren mit ihrem süßen, kleinen Baby, Pilar, die Frucht ihrer Liebe und Leidenschaft, zu einer Zeit, als Raph seiner kleinen Familie unbedingt ein gutes Leben bescheren wollte. Mit zwanzig war er

bereits Ehemann und Vater, der zwei Jobs hatte und nebenbei zur Uni ging.
Raph war fest entschlossen gewesen, seinen Bachelor innerhalb von sechs Jahren zu machen und sich im Anschluss für Jura einzuschreiben. Peri wäre dann schon in der Schule gewesen, und Ali hatte gesagt, sie würde sich Arbeit suchen, damit er sich ganz auf sein Studium konzentrieren konnte. Er hatte mit der New York University geliebäugelt, deren juristische Fakultät zu den besten im ganzen Land zählte. Obwohl er neben seinen Jobs nur wenige Seminare belegen konnte, waren seine Noten durchweg gut gewesen. Er rechnete sich gute Chancen aus, von einer der Spitzenunis wie der NYU genommen zu werden. Vielleicht sogar ein Stipendium zu bekommen.
Raph hatte Anwalt werden wollen, seit er sich als kleiner Junge mit Begeisterung im Fernsehen Anwaltsserien angesehen hatte. Er würde ein erfolgreicher Anwalt werden, der seiner Frau und seinem Kind den Lebensstandard bot, den sie verdient hatten. Den Lebensstandard, den Ali gewohnt war, ehe er in ihr Leben trat. Raph war entschlossen, Alis Vater zu beweisen, dass sie nicht auf der Straße landen würden, nur weil Morris Gold seiner Tochter, seinem einzigen Kind, die finanzielle Unterstützung gestrichen hatte. Sie waren auf das Geld des alten Herrn nicht angewiesen. Es würde bloß eine Weile dauern. Und in den ersten Jahren hatte Ali fest an ihren Mann geglaubt.
Es waren schöne Zeiten gewesen, Zeiten, in denen sie viel miteinander gelacht hatten, sich häufig liebten, oft Besuch von seiner Familie bekamen, die Ali ins Herz schloss und ganz vernarrt in die kleine Pilar war. Und Ali schien in der warmen Atmosphäre der Latino-Familie richtig aufzublühen. Sie freundete sich mit seiner Schwester Lo an und ging oft mit Pilar ihre Nana besuchen.
Was war falsch gelaufen? Und wann hatte das eigentlich angefangen? Ab wann hatte Ali das Gefühl gehabt, vom Leben enttäuscht zu sein? Ab wann hatte sie das Vertrauen in ihn verloren?
Klar, auch in der ersten glücklichen Zeit hatten sie sich mal gestritten. Ali beklagte sich, dass er so selten da war, weil er ständig

arbeitete und zur Uni ging. Sie war einsam, langweilte sich. Sie war überfordert. Es war schwer, ein Kind allein aufzuziehen. Manchmal sagte sie gereizt, sie wäre ja selbst fast noch ein Kind, schließlich war sie mit achtzehn Mutter geworden.

In Raphs Welt hatten die meisten Frauen, die er kannte, als Jugendliche ihr erstes Kind bekommen, viele sogar mehr als eins, noch ehe sie achtzehn waren. Und so ganz allein mit Pilar war Ali auch gar nicht. Seine Mutter, die für die reichen Leute putzte, kam meist nachmittags nach der Arbeit vorbei und nahm Pilar mit zu sich, damit Ali zwei Stunden für sich allein hatte. Und sonntags lernte Raph nicht fürs Studium, sondern kümmerte sich um seinen kleinen Engel, damit Ali sogar einen ganzen Tag freihatte, den sie nutzte, um einkaufen zu gehen, sich die Nägel machen zu lassen, Freundinnen zu treffen.

Sie blieb immer bis abends weg, und wenn sie nach Hause kam, beschäftigte Ali sich mit Peri, ehe sie drei dann zusammen aßen. Doch Ali wirkte in sich gekehrt, und wenn Raph sich nach ihrem Tag erkundigte, zuckte Ali mit den Schultern und gab irgendeine unverfängliche Antwort. Wenn er nachbohrte, ging sie an die Decke und warf ihm vor, er würde sie aushorchen. Dann wurde Raph jedes Mal wütend, ließ es sich aber nicht anmerken, weil sein kleines Mädchen nicht mitbekommen sollte, dass seine Eltern sich stritten. Erst wenn Pilar schlief und er mit Ali vor dem Fernseher saß, unternahm er einen weiteren Versuch, Ali zu entlocken, wie sie den Sonntag verbracht hatte. Meistens fing er mit einer nach seinem Empfinden ganz harmlosen Frage an.

*Und, hast du dich heute mit jemandem getroffen?*
*Mit wem sollte ich mich denn getroffen haben?*
*Keine Ahnung.*
*Ich war bei Lo im Salon. Sie hat mir die Haare gemacht.*
*War Héctor auch da?*
*Im Salon? Wieso soll er in einen Schönheitssalon gehen?*
*Keine Ahnung. Um Lo zu besuchen.*
*Er war nicht da, als ich mir die Haare hab machen lassen.*
*Hast du ihn sonst irgendwo gesehen?*
*Herrje, Raph, hörst du bitte auf?*

*Das ist keine Antwort, Ali.*
*Na schön. Nein, Raph. Ich habe Héctor heute nicht gesehen. Okay? Ich hab mir die Haare machen lassen und dann hab ich mich mit ein paar alten Freundinnen aus der Highschool getroffen. Wir haben zusammen in der Stadt zu Mittag gegessen. Zum Glück hat eine von ihnen mich eingeladen, sonst hätte ich mir nicht mal eine Cola geschweige denn ein Sandwich leisten können.*
An diesem Punkt überkamen Raph für gewöhnlich Schuldgefühle, und er fragte nicht weiter nach. Aber da war Ali meist schon genervt und strafte ihn mit Schweigen. Woraufhin er sauer wurde und ihr vorwarf, sie würde nur deshalb nicht mit ihm reden, weil sie ein schlechtes Gewissen hätte. Ali warf ihm dann vor, eifersüchtig und paranoid zu sein, und drohte damit, ihn zu verlassen, wenn er das nicht abstellte. Diese Drohung erfüllte Raph unweigerlich mit panischer Angst. Der Gedanke, Ali zu verlieren, war für ihn unerträglich. Er entschuldigte sich überschwänglich, bis Ali endlich nachgab. Sie küssten sich, und dann liebten sie sich leidenschaftlich, ganz gleich, wo sie gerade waren, ob im Wohnzimmer, in der Küche oder einmal sogar in ihrem winzigen Bad.
Raph fragte sich bisweilen, ob sie vielleicht deshalb diese albernen Streitigkeiten vom Zaun brachen, weil sie anschließend stets übereinander herfielen. Obwohl ihr Sexleben auch ansonsten gut war. Ali war eine gute Liebhaberin. Aber sie war nie so leidenschaftlich wie nach einem Streit.
Selbst jetzt spürte Raph, wie ihn der Gedanke an diese Augenblicke mit Ali erregte. In den ersten Jahren seiner Inhaftierung beschwor er solche Erinnerungen herauf, um sich durch Masturbation Erleichterung zu verschaffen. Er hatte sich sogar ein paarmal auf sexuelle Handlungen mit anderen Häftlingen eingelassen – kalte, grobe Begegnungen ohne irgendeine emotionale Verbindung. Einer von Raphs Liebhabern war glücklicherweise ein mächtiger Anführer einer Latinogang gewesen, der ihn vor Vergewaltigungen schützte, was vielen seiner Mithäftlinge nicht vergönnt war.
Und dann wurde bei ihm der Lungenkrebs diagnostiziert. Viele Häftlinge dachten, er hätte Aids, und ließen ihn daher in Ruhe.

Und nachdem es im Knast mehrmals zu Rebellionen gekommen war, wurden die Vorschriften verschärft, und die Häftlinge durften ihre Zellen nicht mehr so oft verlassen. Weniger Kontakt unter Gefangenen verringerte die Gefahr von Bandenkämpfen, die außer Kontrolle gerieten, und von Häftlingsaufständen.

Raph war es eine Weile ganz recht, für sich zu sein. So war niemand da, mit dem er streiten konnte, und er hatte mehr Zeit, um seine Briefe an Pilar zu schreiben, sich das Leben auszumalen, das er mit Ali und seiner Tochter hätte führen können, sich an die Leidenschaft zu erinnern, die er mit seiner Frau erlebt hatte.

Doch als sich der Krebs verschlimmerte, ein Berufungsantrag nach dem anderen abgelehnt wurde und dann auch noch seine Mutter erkrankte, fand Raph das Alleinsein manchmal unerträglich.

Raph schloss erschöpft die Augen. Der Schlaf konnte ihm keinen Trost mehr spenden wegen der Albträume. Immer sah er darin seine schöne, lebenssprühende, junge Frau ermordet auf ihrem gemeinsamen Bett liegen, dem Bett, in dem sie sich so viele Male geliebt hatten. Ganz selten hatte er einen guten Traum – er, Ali und Pilar zusammen als Familie, zu dritt beim Abendessen, auf einem Ausflug zum Jones Beach, oder alle drei zusammen kniend beim Gottesdienst, obwohl Ali im richtigen Leben nie mit ihnen zur Kirche gegangen war. Absurderweise waren die guten Träume schlimmer als die Albträume. Sie waren die unauslöschliche Erinnerung an alles, was er verloren hatte. Alles.

Nach einer Weile legte er sich flach auf den Rücken und starrte an die nackte weiße Decke, während ihm ungebetene und unerwünschte Fragen durch den Kopf kreisten.

*Wo warst du, Ali? Wo warst du an all den Sonntagen? Wer war bei dir? Wer waren diese alten Freundinnen? Oder waren es gar keine Freundinnen, sondern ein Freund?*

*Und wie eng war die Freundschaft zwischen euch beiden?*

# 34

»Du benutzt noch immer dasselbe Shampoo. Ich hab den Lavendelduft schon gerochen, ehe du reingekommen bist«, sagte Sam, nachdem er sich wieder an den Küchentisch gesetzt hatte, um seine Exfrau zu beobachten, die ihm gegenübersaß und lauwarmen Kaffee trank. »Weckt Erinnerungen.«
Sams Gesichtsausdruck verriet Karen, dass er gute Erinnerungen meinte, doch sie konnte nicht vergessen, dass sie beide auch schlechte hatten.
Sie sah ihm in die Augen, betrachtete den Verband und die Prellung neben dem Ohr. »Tut's weh?«
Er lächelte sie schief an und deutete ihre Bemerkung absichtlich falsch. »Manchmal.«
Karen verstand, was er meinte, und fragte sich, ob das stimmte. Traf es auch auf sie zu? Ehe er vor zwei Tagen wieder in ihrem Leben aufgetaucht war, hatte sie geglaubt, die Phase überwunden zu haben, in der sie sich über derlei Gefühle Gedanken gemacht hatte. Sam Berger gehörte ihrer Vergangenheit an. Sie war gut darin, ihre Vergangenheit zu vergessen. Das hatte sie zumindest geglaubt. Aber öffne die Tür auch nur einen winzigen Spaltbreit und … rums, reißt ein heftiger Wind sie auch schon aus den Angeln. So musste es Peri auch gegangen sein.
Sam las wieder in Peris Notizen, die sie liegen gelassen hatte, als sie mit Eric im Schlepptau aus der Wohnung gestürmt war.
»Bringen die was?«, fragte Karen.
»Sie hat die wichtigsten Punkte markiert.«
»Sie ist sehr intelligent.«

Sam nickte.
»Und sehr schön«, platzte Karen heraus.
»Ihr Freund ist ein Arschloch.«
»Ich hab ihn nur ein paarmal gesehen. Bei irgendwelchen Veranstaltungen. Er ist sehr erfolgreich. Die beiden sind schon lange zusammen. Einige Jahre, glaube ich.«
»Mädchen, die ohne Daddy aufgewachsen sind. Sie stehen meistens auf ältere Männer.«
»Ich nicht«, entfuhr es Karen, dann wurde sie rot.
Sam war so taktvoll, den Blick abzuwenden. »Ich hab nicht *immer* gesagt.«
Karen wusste, dass er etwas sehr viel Schlimmeres hätte sagen können. Zum Beispiel, dass das vielleicht der Grund dafür war, warum ihre Ehe gescheitert war.
»Und ... wie geht's jetzt weiter?«, fragte sie verlegen.
»Ich fliege morgen früh nach Miami Beach.«
»Sullivan?«
Sam nickte, sah sie dann forschend an.
»Was geht dir durch den Kopf?« Sam kannte diesen Gesichtsausdruck. Karen brannte eindeutig irgendetwas auf der Seele.
»Ich finde, ich sollte dich begleiten.«
»Kommt gar nicht in Frage.«
»Sammie, du müsstest mich gut genug kennen, um zu wissen, dass ich mich nicht aus dem Fall raushalten werde.«
Sam erhob sich von seinem Stuhl und beugte sich über den Tisch, bis er dicht vor Karens Gesicht war. »Schau dir gut an, wie ich aussehe. Der Typ, der in meine Wohnung eingebrochen ist, meinte es verdammt ernst. Ich werde nicht die Verantwortung dafür übernehmen, dass –«
»Das brauchst du auch gar nicht«, fiel Karen ihm ins Wort. »Ich kann auf mich selbst aufpassen. Als Strafverteidiger geht man nun mal gewisse Risiken ein. Das gilt für jeden Strafverteidiger, der diesen Fall übernimmt.«
»Du bist keine Strafverteidigerin«, entgegnete Sam.
»Du wärst nicht bei mir im Büro aufgetaucht, wenn du nicht gedacht hättest, dass ich der Sache gewachsen bin. Und das bin ich. Beim FUP damals hab ich jede Menge Drohungen erhal-

ten – Anrufe mitten in der Nacht, SMS, E-Mails, Zettel mit aufgeklebten Buchstaben, sogar –« Sie brach abrupt ab, als sie merkte, dass sie drauf und dran war, Sam etwas zu sagen, was sie ihm immer bewusst verschwiegen hatte.

Sam stand noch immer über sie gebeugt, doch jetzt wandte sie den Blick ab. Er umfasste ihr Kinn und zwang sie, ihm in die Augen zu sehen. »Sogar *was*?«, fragte er.

»Nicht der Rede wert«, murmelte sie. »Der springende Punkt ist, ich habe auf mich selbst aufgepasst. Und das werde ich auch jetzt. Und deshalb komme ich mit nach Miami.«

»Nein. Auf gar keinen Fall.«

Karen entging das Zögern in seiner Stimme nicht. Ob es ihm gefiel oder nicht, er fing an, weich zu werden.

»Was ist mit deiner Arbeit?«

»Ich melde mich zwei Tage krank«, sagte Karen. »Ich hab mich seit drei Jahren nicht einen Tag krankgemeldet.«

»Mit zwei Tagen ist es nicht getan, Karen. Es geht um einen Strafrechtsfall. Den kannst du nicht übernehmen und gleichzeitig weiter voll für deine Kanzlei arbeiten. Du bringst deine ganze Karriere in Gefahr. Was ein weiterer guter Grund ist, warum du dich da raushalten und mich die Sache mit Landow besprechen lassen solltest.«

Sams Argument traf ins Schwarze. Was dachte sie sich denn? Sie war eine erfolgreiche Anwältin, und bis Sam aufgetaucht war, durchaus glücklich gewesen …

Glücklich? Nein, nicht glücklich. Nicht glücklich, nicht engagiert, nicht inspiriert, nicht enthusiastisch. Ein *Nicht* nach dem anderen. Aber musste sie deshalb derart impulsiv handeln, gleich alles aufs Spiel setzen, alles, was sie durch harte Arbeit erreicht hatte? Und sie hatte verdammt hart gearbeitet. Siebzig, achtzig Stunden die Woche. Kein Leben außerhalb der Arbeit. Auf jeden Fall kein Sexleben.

*Denk nicht dauernd an Sex, verdammt.*

»Ich könnte unbezahlten Urlaub nehmen«, murmelte sie.

»Mach dir nichts vor, Karen.«

»Okay, okay. Ich brauche einfach eine kleine Verschnaufpause, um … um mir darüber klarzuwerden, was ich machen will. Und ein oder zwei Tage Miami Beach wären genau das Richtige zum Verschnaufen.« Karen rechnete mit einem weiteren Einwand von Sam und wappnete sich innerlich.

Sam richtete sich auf, trat ein paar Schritte von ihr weg. »Vielleicht täte es dir wirklich gut, mal aus der Stadt rauszukommen. Mein Flug geht um 8.15 Uhr. Du könnest eine spätere Maschine am Morgen nehmen, für den Fall, dass ich verfolgt werde, aber wenn du auch nur den geringsten Verdacht hast, dass dir jemand folgt –«

»Hast du schon ein Hotel?«

»Das Loews, auf der Collins Avenue in South Beach. Ein riesiger Kasten, ganz anonym, wo man mühelos in der Menge untertauchen kann.«

»Ich reservier mir ein Zimmer in einem Hotel in der Nähe. So werden wir nicht so schnell zusammen gesehen.«

Karen meinte, in Sammies Gesicht leise Enttäuschung aufflackern zu sehen. Oder war das bloß die Projektion ihrer eigenen Enttäuschung?

»Das Ganze könnte sich als totale Zeitverschwendung erweisen, weißt du. Sullivan war am Telefon nicht gerade entgegenkommend.«

»Vielleicht sollte ich es mal versuchen. Meine weiblichen Tricks anwenden.«

»Kommt absolut nicht in Frage, Karen. Du wirst nicht mal einen Schritt in diese Bar setzen. Der einzige Grund, warum du überhaupt mitkommst, ist …« Er wirkte plötzlich eindeutig verlegen. »Ich fühl mich einfach besser, wenn ich weiß, dass du hier in New York nicht allein bist.«

Karen stand auf und stellte sich vor Sam. »Du hast mich doch überhaupt erst in die Sache mit reingezogen, Sam. Du hast gewusst, sobald ich einen Blick in das Protokoll werfe und sehe, dass mein Vater im Fall López die Anklage vertreten hat, hast du mich am Haken. Und jetzt wird die Sache brenzlig. Aber ob ich den Fall übernehme oder nicht, ich stecke mit drin, und daran ist nicht zu rütteln.«

»Brenzlig ist nicht das richtige Wort. Gefährlich«, stellte Sam klar. »Und egal, wer verantwortlich wäre. Wenn dir irgendwas

passieren würde, Karen, das würde ich nicht …« Wieder versagten ihm die Worte.
Ohne zu überlegen – eindeutig ohne zu überlegen –, schlang Karen die Arme um Sams Hals, zog seinen Kopf nach unten und küsste ihn.
Nach einer Schrecksekunde erwiderte Sam Berger den Kuss.

# 35

»Lass mich wenigstens im Auto auf dich warten. In dieser Gegend solltest du besser nicht –«
Peri schnitt Eric kühl das Wort ab. »Ein Grund mehr für dich, von hier zu verschwinden, sonst klauen sie dir noch den Wagen oder rauben dich aus … oder beides.«
»Ich bin nicht um meine Sicherheit besorgt, sondern um deine, verdammt nochmal.«
»Ich bin ein großes Mädchen, Eric. Außerdem ist das hier mein altes Revier. Ich habe bloß fünf Querstraßen weiter gelebt.«
»Das war vor über zwanzig Jahren, Peri. Seitdem warst du nicht mehr –«
»Es kommt mir nicht so lange vor«, sagte sie mehr zu sich als zu Eric.
»Wahrscheinlich erkennt sich dich gar nicht wieder, Peri. Du hast doch selbst gesagt, dass sie ein paar Schlaganfälle gehabt hat. Was, wenn –?«
»Was, wenn Morris mich nicht von Anfang an belogen hätte?«, sagte sie schneidend. »Er hat mir meine Nana weggenommen. Er hat sie mir alle weggenommen. Und dazu hatte er verdammt nochmal kein Recht.«
»Da bin ich mit dir einer Meinung, Schatz. Morris hätte das nicht tun dürfen, auch wenn er dich nur beschützen wollte.«
»Quatsch. Er konnte die Familie meines Vaters einfach nicht ausstehen. Für ihn waren sie dreckige Latinos. Seine feine Enkelin sollte nichts mit ihnen zu schaffen haben, weil sie in seinen Augen durchweg alle –«

»Sie waren durchweg alle Angehörige des Mannes, der seine Tochter ermordet hat«, sagte Eric düster.
»Hör auf, dich auf Morris' Seite zu schlagen, verdammt.«
»Tu ich doch gar nicht. Ich will bloß, dass du siehst, wie er die Sache gesehen hat. Wie er sie noch immer sieht.«
»Und wie siehst du sie, Eric?«, fragte sie herausfordernd.
»Glaub mir, Liebling, ich bin völlig auf deiner Seite. Ich würde alles für dich tun.«
»Schön. Dann fahr nach Hause und lass mich in das Pflegeheim gehen, meine Nana besuchen.«
»Okay, wenn du mir versprichst, mich gleich anzurufen, wenn du nach Hause kommst.«
Peri sah den ehrlich besorgten Blick in den Augen ihres Freundes und bekam plötzlich ein schlechtes Gewissen, weil sie ihre ganze Wut an ihm ausgelassen hatte. Eric konnte schließlich gar nichts dafür. Ehe sie aus dem Sportwagen stieg, beugte sie sich über den Schalthebel und gab ihm einen langen Kuss. Er ging sofort darauf ein und küsste sie ebenfalls mit heftiger Leidenschaft.
Als ihre Lippen sich voneinander lösten, flüsterte er: »Ich liebe dich so sehr, Peri.«
»Ich weiß«, flüsterte sie zurück, obwohl sie wusste, dass er lieber etwas anderes gehört hätte. In all den Jahren hatte sie die drei kleinen Worte – *ich liebe dich* – immer umgangen. Nicht, dass sie für Eric keine Liebe empfand, es fiel ihr einfach schwer, das Gefühl in Worte zu fassen. Ohne selbst zu begreifen warum, fürchtete sie, etwas zu verlieren, wenn sie es tat. Etwas von sich selbst. Dass sie die Kontrolle aus der Hand geben würde – ein Problem, mit dem sie schon immer zu kämpfen hatte. Sie hielt verzweifelt an dem bisschen Kontrolle fest. Sie wusste, dass sie es jetzt dringender brauchen würde als je zuvor.

Die kleine Eingangshalle des Pflegeheims in East Harlem war trostlos. Ein Geruch nach Armut und nach Sterben hing schwer in der Luft. Zwei alte Männer saßen auf abgewetzten Lehnstühlen vor einem schmutzigen großen Fenster mit Blick auf die Kreuzung der 145$^{th}$ Street und 2$^{nd}$ Avenue. Einer von ihnen war an einen Tropf auf einem fahrbaren Ständer angeschlossen. Bei dem anderen führte ein Schlauch aus der Nase zu einem Sauerstoffbehälter an seiner Seite. Keiner von beiden sah auch nur in Peris Richtung. Ansonsten war die Eingangshalle leer. Niemand zeigte sich an dem geschlossenen Schiebefenster, das eine Wand eines kleinen Büros einnahm, obwohl über dem Fenster ein Metallschild mit der Aufschrift ANMELDUNG hing. Etliche Türen gingen von der Eingangshalle ab, doch sie waren unbeschriftet. Peri wusste nicht, was sie tun, wohin sie gehen sollte.

*Was machst du hier, Nana? Du gehörst nicht hierher. Du hast es nicht verdient, in so einem Drecksloch zu enden.*

Peri musste ihre Nana so schnell wie möglich in eine anständige medizinische Einrichtung verlegen lassen. Vielleicht war ihr Zustand ja doch nicht so schlecht, wie man sie hatte glauben machen. Vielleicht konnte Nana mit der richtigen Pflege wieder gesund werden.

Sie wartete endlos lange in der tristen Eingangshalle, während ihre Nervosität wuchs und ihre Entschlossenheit schwand. Es war so lange her, seit sie ihre Großmutter gesehen hatte. Was, wenn Eric recht hatte? Was, wenn Nana sie nicht wiedererkannte? Oder schlimmer, was, wenn sie sie wiedererkannte und wütend auf sie war, weil sie sie all die Jahre alleingelassen hatte? Nana konnte nicht wissen, dass Morris ihre Enkelin belogen hatte. Nana konnte nicht wissen, dass seine Lügen der Grund dafür waren, warum sie sich so viele Jahre nicht gesehen hatten. Und selbst wenn Peri ihr alles erklärte, würde Nana verstehen, was sie sagte, oder hatten die Schlaganfälle ihr Denkvermögen beeinträchtigt?

Peris Anspannung war so groß geworden, dass sie kurz davor war, die Flucht zu ergreifen, als sie Schritte nahen hörte.

»Kann ich Ihnen helfen?« Eine gedrungene, noch recht junge Frau mit dunklem Teint und starkem spanischem Akzent begrüßte Peri. Sie trug einen braunen Hosenanzug mit einer adretten leuchtend gelben Bluse und lächelte sie herzlich an. »Ich bin Luisa Méndez, die stellvertretende Leiterin. Unsere Empfangssekretärin ist im Moment krank, und wir sind unterbesetzt, deshalb muss ich zehn Sachen gleichzeitig machen oder es wenigs-

tens versuchen.« Sie lächelte, doch ihr ehrliches Gesicht wirkte erschöpft.
»Ich kann mir vorstellen, dass sie zehn Sachen gleichzeitig machen, auch wenn niemand vom Personal krank ist«, sagte Peri.
Luisa Méndez zuckte die Achseln. »Irgendjemand ist immer krank oder schmeißt das Handtuch hin. Schwere Arbeit, hundsmiserable Bezahlung, für viele Leute nicht gerade ein Traumjob.«
Ob es das für Luisa Méndez war, fragte sich Peri.
»Alles in Ordnung mit Ihnen?«, wollte Méndez wissen, nachdem ihr Blick von Peris zerzaustem Haar über ihre zerknitterte weiße Bluse bis hinunter zu der Jogginghose gewandert war. Peri wurde schamrot. Was hatte sie sich bloß dabei gedacht, in diesem Aufzug hierherzukommen?
»Es … tut mir leid. Ich hätte nicht …« Tränen schossen ihr in die Augen. »Ich kann doch unmöglich zu ihr, so wie ich aussehe. Ich … ich muss … nach Hause. Ich muss mich …«
Luisa Méndez legte Peri eine beruhigende Hand auf die Schulter. »Kommen Sie.«
Peri ließ sich von der stellvertretenden Leiterin mit einer Hand auf der Schulter über den rissigen Fliesenboden der Eingangshalle zu einer Tür auf der anderen Seite führen, die Méndez dann öffnete, um Peri hineinzumanövrieren.
»So, nehmen Sie doch einen Moment Platz«, sagte Méndez freundlich.
Das Büro war klein und hatte die gleichen faden grünen Fliesen auf dem Boden. Der blaugraue Schreibtisch war ebenso klassischer New Yorker Behördenstandard wie der Holzstuhl dahinter. Im Gegensatz dazu sah der Stuhl, der Peri angeboten wurde, eher so aus, als hätte Méndez ihn selbst gekauft. Er hatte zwar einen Metallrahmen, war aber gepolstert und hatte Armlehnen. Durch das einzige kleine Bürofenster sah man auf eine Backsteinmauer. Auf der Fensterbank stand eine welke Grünpflanze. Sie sah aus, als würde sie genauso ums Überleben kämpfen wie die Menschen in diesem Pflegeheim.
Luisa Méndez schob Papiere und Akten auf dem Schreibtisch beiseite und blickte Peri an. »So, wie darf ich Sie denn nennen?«

Peri zögerte. »Pilar.«
»Pilar. Das ist ein schöner spanischer Name.«
»Mein Vater war … ist Puerto Ricaner.«
»Ah, ich bin auch zur Hälfte Puerto Ricanerin. Mütterlicherseits. Mein Vater wurde in Lima geboren, Peru.«
»Ich bin Pilar López. Pilar Celestina López.« Ihr richtiger Name kam ihr völlig mühelos über die Lippen. Ihre Verlegenheit wegen ihrer äußeren Erscheinung verschwand und Peri begann, sich seltsam ruhig zu fühlen.
»Wir haben hier eine Reihe von Patienten mit dem Namen López«, sagte Méndez, während sie Peri nachdenklich betrachtete. »Ich glaube, Sie sind gekommen, um Juanita López zu besuchen.«
Peri blickte sie verblüfft an. »Woher wissen Sie das?«
Luisa Méndez lächelte. »Die Augen.«
»Wie … geht es ihr?«
»Ihre Großmutter hatte eine Reihe kleinerer Schlaganfälle. Ihre rechte Körperhälfte ist teilweise gelähmt. Daher ist ihre rechte Gesichtshälfte leicht verzogen, aber das ist nicht besonders auffällig, und sie kann recht gut sprechen.« Luisa Méndez stockte kurz und sah Peri mitfühlend an. »Ihr Herz jedoch ist extrem geschwächt, sowohl durch die Schlaganfälle als auch durch schlechte medizinische Versorgung und mangelhafte Ernährung im Laufe der Jahre.«
Unvermittelt brach Peri in Tränen aus.
»Ja, weinen Sie ruhig, Pilar. Das tut gut.«
Irgendwann hörte Peri auf, und Luisa bot ihr eine Packung Kleenex an. Peri zog dankbar ein paar Taschentücher heraus. »Ich bin sonst nicht so. Ich erkenn mich selbst nicht wieder.«
»Schämen Sie sich nicht für Ihre Emotionen. Die liegen uns Lateinamerikanern im Blut. Wir haben starke Gefühle, und es ist gesund, sie zum Ausdruck zu bringen, wenn es wichtig ist.«
»Sie hat nicht mehr lange, stimmt's?«, fragte Peri mit bebender Stimme, als sie das Weinen unter Kontrolle gebracht hatte, wenn auch nicht ihre Gefühle.
Méndez seufzte. »Viel kann nicht mehr für sie getan werden.«
»Sie meinen, *hier* kann nicht mehr viel für sie getan werden«,

sagte Peri. »Ich habe Hochachtung davor, was Sie alle hier leisten, aber ich bin sicher, das Heim ist überbelegt und die medizinische Versorgung ist nicht unbedingt –«

Luisa Méndez faltete die Hände auf dem Schreibtisch. »Sie haben recht, wir sind überbelegt, und wir sind stark auf die Gunst von Ärzten angewiesen, die in ihrer Freizeit hier arbeiten. Aber irgendwann, meine Liebe, kann auch eine noch so gute medizinische Hilfe den angerichteten Schaden nicht wieder beheben.«

Peri presste die Lippen zusammen. Sie wollte sich auf keine Diskussion mit der netten Frau einlassen, doch sie war entschlossen, die Meinung des besten Kardiologen in Manhattan einzuholen, ehe sie glauben würde, dass ihrer Großmutter nicht mehr zu helfen war. Einstweilen wechselte sie das Thema.

»Bekommt meine Großmutter Besuch?«

Luisa lächelte, ebenfalls erleichtert über den Themawechsel. »Ja, sie hatte tatsächlich in den letzten Monaten einen regelmäßigen Besucher. Einen Filmemacher –«

Peri war nicht überrascht. »Dann wissen Sie bestimmt von dem Film, den er über meinen Vater dreht.«

Méndez nickte. »Und ich gestehe, ich wusste auch, dass Ihr Vater eine Tochter hat, die vielleicht eines Tages auftaucht, um ihre Großmutter zu besuchen. Mr Berger hat sogar einem unserer Pfleger Geld zugesteckt, damit er ihn anruft, falls irgendwer, nicht bloß Sie, Juanita besuchen kommt. Ich weiß offiziell nichts von diesem – Arrangement. Aber so etwas spricht sich doch rum. Und der Pfleger schadet ja keinem damit, er kann das Geld mit Sicherheit gut gebrauchen.«

»Er kann Sam ruhig sagen, dass ich hier bin, aber ich schätze, Sam hat sich bereits gedacht, dass ich als Erstes hierher fahren würde.«

»Als Erstes?«

»Das ist eine lange Geschichte.« Peri stand auf. »Könnte ich wohl kurz zur Toilette, um mich ein wenig frischzumachen, bevor ich … meine Nana besuche?«

»Da hab ich was Besseres.« Luisa Méndez zog die untere Schublade an ihrem Schreibtisch auf und nahm ihre Handtasche heraus. Sie öffnete sie, holte einen großen Kosmetikbeutel hervor und reichte ihn Peri. »Nehmen Sie, was Sie brauchen. Es ist alles da: Bürste, Kamm, Lippenstift und noch allerhand mehr. Bitte, bedienen Sie sich«, sagte sie, als Peri zögerte.

»Danke. Das ist sehr freundlich von Ihnen«, sagte Peri.

*»De nada.«*

Aber es war mehr als nichts, dachte Peri voller Dankbarkeit für diese großherzige, fürsorgliche Frau.

»Moment. Sie könnten noch was gebrauchen.« Méndez ging zu einem Pressspanschrank in einer Ecke des kleinen Raumes und nahm eine schlichte schwarze Strickjacke heraus. »Die ist sicher ein bisschen zu weit für Sie, aber ich denke, Juanita wird das wohl nicht merken.«

Peri wusste nicht, was sie sagen sollte.

Méndez, die Peris Verlegenheit spürte, setzte ein strahlendes Lächeln auf, was ihr unscheinbares Gesicht überraschend hübsch machte. *»Las muchachas tenemos que pegarnos juntos.«*

Peri hatte zwar seit ihrer Kindheit kein Spanisch mehr gesprochen, doch da sie in der Restaurantbranche viel mit Personal aus Puerto Rico, Mexiko und Südamerika zu tun hatte, hörte sie ständig die Sprache ihres Vaters und seiner Familie. Sie wusste, was Luisa Méndez gesagt hatte. *Wir Mädchen müssen zusammenhalten.*

»Die Personaltoilette ist gleich die zweite Tür rechts. Hier ist der Schlüssel.«

»Danke«, sagte Peri leise.

»*No problema.* Wenn Sie nichts dagegen haben, würde ich Ihrer Großmutter gern Bescheid geben, dass Sie da sind. Damit sie sich ein wenig darauf vorbereiten kann. *Sí?*«

»Wird Sie ... wird Sie wissen, wer ich bin? Ich meine, ist Ihr Verstand ...?«

»Im Kopf ist sie hellwach«, sagte Luisa Méndez mit einem Lächeln. »Und wie ich Juanita kenne, wird sie ihre Enkelin mit offenen Armen empfangen.«

Peri kämpfte einen weiteren Schluchzer hinunter, der ihr in die Kehle gestiegen war, und eilte aus dem Büro, um sich so gut sie konnte zurechtzumachen.

# 36

»Ich hab schon gehört, dass du wieder da bist.«
»Ja, ein richtiges Familientreffen«, sagte Delores López trocken, als sie nach den fünf Etagen, die sie erklommen hatte, wieder einigermaßen zu Atem gekommen war. »Lässt du mich rein oder nicht, Mickey? Es stinkt hier im Flur.«
Miguel López, Delores' kleiner Bruder, machte keinerlei Anstalten, von der Tür wegzutreten. »Was willst du, Lo? Ich kann nämlich keine Vorwürfe gebrauchen, schon gar nicht von dir.«
»Was du brauchst, Kleiner, ist ein heißes Bad«, sagte sie, schob ihn beiseite und marschierte in das verwahrloste Zimmer in dieser Absteige auf der 158$^{th}$ Street Ecke Amsterdam Avenue.
Der schwache Marihuanageruch, der in der Luft hing, konnte den Gestank vom Flur nicht überdecken.
Lo sah sich eher deshalb im Raum um, weil sie noch nicht die Kraft aufbrachte, sich auf ihren Bruder zu konzentrieren. Das Zimmer war die reinste Müllhalde, die einzigen Möbelstücke waren ein Metallbett, daneben ein wackeliger Tisch mit einem überquellenden Aschenbecher und einer zerdrückten Pommespackung von McDonald's.
Obwohl es bereits dämmerte, hatte Mickey die nackte Glühbirne, die mitten von der Decke hing, nicht eingeschaltet.
Eine schreckliche Traurigkeit befiel Lo, als sie sich schließlich ihrem kleinen Bruder zuwandte und ihn betrachtete. Mickey war einundvierzig Jahre alt, aber er hätte ohne weiteres als Sechzigjähriger durchgehen können. Der pummelige Junge, den sie

von früher in Erinnerung hatte, war so abgemagert, als hätte er seit seinem letzten Knastaufenthalt nichts Anständiges mehr in den Magen bekommen. Mickeys Gesicht war schwer gezeichnet vom Dope. Sein Anblick war für Lo umso schmerzhafter, als sie wusste, dass sie knapp einen Monat zuvor auch nicht viel anders ausgesehen hatte. Sie tat den lautlosen Schwur, es nie wieder so weit kommen zu lassen. Vielleicht würde sie diesen Schwur ja diesmal nicht brechen.

Mickey war ungekämmt, unrasiert und ungewaschen, und er trug ein ausgeleiertes schwarzes Muskelshirt und eine Jeans, die ihm zwei Nummern zu groß war. Sein einst rabenschwarzes Haar war vorzeitig ergraut und mehr als schulterlang. Er hatte es mit einem Gummiband zusammengebunden, aber etliche Strähnen hatten sich gelöst und hingen ihm schlaff und fettig am Hals hinunter. Sein dichter Stoppelbart konnte die eingefallenen Wangen und leblosen Augen kaum verbergen.

Zwischen den vielen Tattoos auf Mickeys Armen und Brust war kaum eine freie Stelle Haut zu sehen – überall Totenschädel und Armbrüste, Dolche, Ketten, ein Sombrero über einer bluttriefenden Machete, die Buchstaben NF seitlich am Hals eingeritzt. Lo hatte viele Mitglieder der Latinogang mit denselben Buchstaben gesehen, NF – *Nuestra Familia*.

»Wann kriegst du dein Leben endlich wieder auf die Reihe, Mickey?«, sagte Lo, obwohl sie genau wusste, wie sinnlos die Frage war.

»Und wann haben sie dich zur Miss America gewählt, Lo?«, sagte Mickey trotzig, während er die Tür schloss und sich dagegen lehnte, als müsste er sich abstützen.

»Ja, ja, ich weiß. Ich hab's gerade nötig.«

Mickey zuckte die Achseln. »So schlecht siehst du gar nicht aus, Lo.«

»Ich versuch, wieder auf die Beine zu kommen.«

»Reine Zeitverschwendung«, brummte Mickey, während er in den Taschen seiner Jeans nach einem Joint kramte. Alles, was er fand, war der Stummel von einem, den er fast aufgeraucht hatte, ehe Lo an seine Tür klopfte und er einen Überraschungsbesuch von seinem Bewährungshelfer fürchtete.

Los Wut flammte auf, und sie riss ihm den Joint aus der Hand, zerbröselte ihn und ließ die Krümel zu Boden fallen.
»He, spinnst du, Lo? Das war alles, was ich hatte.«
»Weißt du, was ich denke, Mickey? Ich denke, du willst zurück in den Knast. Da hast du eine Zelle, die sauberer ist als dieses Loch, drei Fluppen am Tag, keine Pflichten –«
»Ach, leck mich doch«, sagte Mickey emotionslos. Für irgendwelche Gefühlswallungen war er eindeutig zu bekifft.
»Ich muss mit dir reden, Mickey. Kannst du dich konzentrieren?« Lo starrte in seine stecknadelkopfgroßen Pupillen.
»Bist du in Schwierigkeiten?«
Lo rang sich ein schwaches Lächeln ab. Trotz allem konnte sie sich nach wie vor im Notfall auf ihren kleinen Bruder verlassen.
»Nein, ich bin nicht in Schwierigkeiten, Mickey. Ich bin jetzt seit zwei Monaten clean. Die ersten paar Wochen waren die Hölle, aber inzwischen fühle ich mich fast wieder wie ein Mensch. Diesmal könnte ich es wirklich schaffen.«
Mickey nickte. »Das ist gut. Ehrlich, Lo«, sagte er und hatte tatsächlich schon wieder vergessen, dass er noch Augenblicke zuvor gesagt hatte, es wäre reine Zeitverschwendung.
Er schlurfte barfuß durch das Zimmer und ließ sich auf die Bettkante sinken, auf die zerwühlte Decke. Er rieb sich fest das Gesicht, als versuchte er, einen klaren Kopf zu bekommen.
Lo sah, dass sogar seine Handrücken tätowiert waren. Eins der Tattoos war bei Puerto Ricanern besonders beliebt – das sogenannte Pachuco-Kreuz, ein Kreuz, das oben von drei kleinen strahlenförmigen Strichen umgeben war und in die Hautfalte zwischen Daumen und Zeigefinger tätowiert wurde. Es symbolisierte den Tod und die Auferstehung Christi, wobei die drei Strahlen für die Dreifaltigkeit standen. Lo erinnerte sich noch gut, wie sie vor über zwanzig Jahren mit Héctor zu einem Tattooladen gegangen war und er sich genau so eins auf beide Hände hatte tätowieren lassen. Er hatte sich auch ein Herz mit ihrem Namen auf die Brust machen lassen, genau über dem Herzen. Damals hatte Lo noch Angst vor Nadeln gehabt und war deshalb nicht bereit gewesen, sich auch ein Herz mit seinem Namen auf die Brust tätowieren zu lassen.

Sie schüttelte die Erinnerung an diese Zeit ab, setzte sich neben ihren Bruder auf das schmuddelige Bett und legte ihm eine Hand auf die Schulter. »Mickey, kennst du einen Typen namens Sam Berger?«

Mickey ließ die Hände auf die Knie fallen. Er sah seine Schwester aus zusammengekniffenen Augen an. »Ist er ein Bulle?«

»Er ist Filmemacher. Er dreht an einem Dokumentarfilm über Raph.«

»Raph?« Mickey blinzelte mehrmals, als würde er versuchen, Los Gesicht klarer zu sehen.

»Dieser Berger wird wahrscheinlich irgendwann hier aufkreuzen und mit dir reden wollen.«

»Mit mir reden?«

»Ja. Mit dir über Raph reden.«

Mickey wich von seiner Schwester zurück. »Ich hab nichts zu erzählen über Raph. Der kann mich mal.«

»Berger oder Raph?«, fragte Lo.

»Hä?«, Mickey stand wieder auf und ging auf unsicheren Beinen durch den kleinen Raum.

»Mickey, ich hab Berger von dem Abend erzählt.«

»Von welchem Abend?«, sagte Mickey unruhig.

Lo erhob sich, packte ihren Bruder an den Schultern und hielt ihn fest. »Du weißt verdammt gut, welchen Abend ich meine. Der Abend, an dem du gesehen hast, dass Héctor hoch zu Ali in die Wohnung geschlichen und erst am nächsten Morgen wieder rausgekommen ist.«

»Hä? Das weiß ich nicht mehr … ist alles so lange her, Lo.«

»So was vergisst man nicht, Mickey. Du hast es mir erzählt, und ich hab's Raph erzählt. Ich hab Raph erzählt, dass Ali und Héctor was miteinander hatten. Raph hat gesagt, er glaubt mir nicht, aber als Ali eine Woche später ermordet wurde, war ich sicher … dass Raph sie umgebracht hat, weil ich ihm das über Ali und Héctor erzählt hatte. Als ob ich irgendwie mit schuld wäre, und ich hab mich beschissen gefühlt. Ich meine, was mich anging, war die Sache zwischen mir und Héctor aus und vorbei, nach dem, was du mir erzählt hast, aber ich hätte doch den Mund gehalten, wenn ich geahnt hätte, dass Raph …« Sie ver-

stummte und holte zittrig Luft. »Ich hab versucht, Raph im Prozess zu unterstützen. Ich hab so getan, als wäre ich von seiner Unschuld überzeugt, aber ganz tief in mir drin hab ich gedacht, er war's und es wäre meine Schuld. Wenn ich einfach nur den Mund gehalten hätte –« Sie presste die Lippen zusammen, als wollte sie zeigen, was sie damals hätte tun sollen.
Mickeys Gesichtsmuskeln zuckten, und Schweißperlen traten ihm auf die Stirn. »Ich brauch ein bisschen was, Lo. Hast du … hast du irgendwas bei dir, Koks, Gras?«
Lo seufzte frustriert. Hatte ihr Bruder überhaupt hingehört, als sie ihm gesagt hatte, dass sie clean war? »Hör mir zu, Mickey. Dieser Filmmensch, dieser Berger, der hält Raph wirklich für unschuldig. Hörst du? Er glaubt, Raph hat Ali nicht ermordet. Er ist auf der Suche nach Beweisen dafür. Er will mit jedem reden, der irgendwie beteiligt war. Er überprüft alles Mögliche, weißt du? Und es könnte wirklich was dran sein, Mickey. Es könnte sein, dass Raph tatsächlich unschuldig ist. Dass er für etwas im Knast sitzt, was ein anderer verbrochen hat.«
Mickey hatte einen benommenen, bekifften Ausdruck im Gesicht. »Ein anderer?«
»Ein anderer, ja, vielleicht … Héctor«, sagte Lo im Flüsterton. Als fürchtete sie, das Drecksloch, in dem ihr Bruder hauste, könnte abgehört werden.
»Héctor?«
»Es wäre möglich, Mickey. Vielleicht hat Ali sich nach einer Weile mit ihm gelangweilt und wollte ihn abservieren. Héctor konnte ganz schön sauer werden. Vielleicht haben die beiden sich ordentlich gezofft, die Sache ist aus dem Ruder gelaufen –«
Mickey blinzelte, als versuchte er vergeblich, sich zu konzentrieren. »Moment. Moment. Mein Kopf … Lass uns doch runter in die Bar gegenüber gehen, auf ein, zwei Whiskey, ja, Lo? Was meinst du?«
Lo hatte noch immer die Hände auf den Schultern ihres Bruders. Sie konnte spüren, wie sein ganzer ausgemergelter Körper zitterte.
»Raus mit der Sprache, Mickey. Was verschweigst du mir?«
»Was? Lo, ich brauch was. Gras, Whiskey. Bitte, Lo.« Er legte

die zitternden Hände um den Kopf, als fürchtete er, der könnte ihm sonst von den Schultern fallen.
»Du hast ihn an dem Abend gesehen, nicht wahr, Mickey? Du hast Héctor doch zu Ali hochgehen und am nächsten Morgen aus dem Haus kommen sehen? So was würdest du dir doch nicht ausdenken, Mickey.« Los Herz raste, und sie schwitzte jetzt ebenfalls. »Sag mir die Wahrheit, Mickey. Hörst du?«
»Ich hab ihn gesehen. Ja doch. Ich meine … er muss es gewesen sein, nicht? Héctor? Wer denn sonst, oder?«
Lo rutschte das Herz in die Magengrube. »Du weißt es nicht? Verdammt, Mickey, du weißt wirklich nicht, ob es Héctor war?«
»Lo, Lolo, es war dunkel, Menschenskind. Er … er sah aus wie … wie Héctor. Das ist lange her.«
Sie stieß ihn so jäh weg, dass Mickey nach hinten stolperte und auf dem Boden landete. Er rollte sich zusammen. »Ich hab einen Typen gesehen … und dann ging das Licht in Alis Schlafzimmer an. Und … und ein paar Minuten später … ging es wieder aus.«
Lo stand vor ihrem Bruder und starrte finster auf ihn hinab. »Und am nächsten Morgen, als er ging, war es draußen nicht mehr dunkel, oder? Da konntest du sehen, wer aus dem Haus kam, nicht? Konntest du sehen, dass es Héctor war?«
Mickey rollte sich noch kleiner zusammen. »Vielleicht … vielleicht bin ich kurz eingenickt. Und als ich … wach wurde … da war er schon aus dem Haus und ist die Straße runter … im Laufschritt, verdammt. Ich hab ihn nur von hinten gesehen. Aber es … es war derselbe Typ … er hatte eine Yankees-Mütze auf. Und Héctor … der hatte doch genauso eine Mütze, nicht? Stimmt doch, Lolo, oder?« Er wandte den Kopf und blickte mit trüben Augen zu ihr hoch.
»Weißt du, wie viele Typen mit Yankees-Mützen rumlaufen, *carebicho*?« Zorn wallte in ihrer Brust hoch. Was, wenn das an dem Abend gar nicht Héctor war? Als Lo ihren Verlobten damals zur Rede stellte, schwor er hoch und heilig, dass er es nicht gewesen war. Aber Lo hatte Héctor nicht geglaubt. Mickey hatte ihr glaubhaft versichert, dass er ihren Verlobten gesehen hatte. Mickey war ihr Augenzeuge.

Ein toller Augenzeuge. Einfach lachhaft. Bloß, ihr war nicht nach Lachen zumute. Im Gegenteil, sie hatte Mühe, nicht vollkommen durchzudrehen.
»Wenn das damals nicht Héctor war, wenn es ein anderer Typ war … dann könnte es der gewesen sein, der Ali umgebracht hat. Raph hat mir geschworen, er und Ali wollten sich wieder versöhnen, und vielleicht stimmt das ja. Vielleicht war der Typ, den du für Héctor gehalten hast, jemand anders. Kapierst du denn nicht, Mick, vielleicht hat Ali diesen Mistkerl abserviert, weil sie wieder zu ihrem Mann zurückwollte! Und das Arschloch ist durchgedreht und hat sie umgebracht. Und noch was, Mick: Es könnte gut sein, dass du der einzige Zeuge bist.«
»Ach, Quatsch, Lo. Ich hab doch eigentlich nichts gesehen. Ich kann mich nicht erinnern … echt nicht …«
Während Miguel weiter irgendetwas Unverständliches vor sich hin brabbelte, drehte Delores sich um und ging zur Tür. Sie wollte nur noch raus aus diesem kakerlakenverseuchten Drecksloch.
»Lo«, rief Mickey, der noch immer zusammengerollt auf dem dreckigen Boden lag, in bekifftem Jammerton hinter ihr her. »Kannst du mir ein bisschen Knete leihen, ja? Ich bin total pleite. Ich brauch Gras. Oder ein paar Drinks. Bloß was, um mich 'ne Weile über Wasser zu halten. Ich krieg nämlich demnächst richtig viel Kohle.«
Lo warf ihm einen düsteren Blick zu. »Du machst doch hoffentlich keine Dummheiten und raubst wieder einen Laden aus?«
»Nein … echt nicht, Lo. Ich mach keine Dummheiten. Diesmal … stell ich mich schlau an.«
»Mickey, du hast dich nicht mehr schlau angestellt, seit du drei warst.«

# 37

Peri stand vor der Tür des Pflegezimmers, in dem ihre Nana jetzt lag. Sie hatte sich mit der Haarbürste, den Kosmetika und der Strickjacke von Luisa Méndez so gut zurechtgemacht, wie sie konnte. Und sie hatte ihre Jogginghose richtig herum angezogen. Doch ihr eigenes Aussehen machte ihr im Augenblick keine Sorgen. Stattdessen war sie voller Angst, wie sie auf das Aussehen ihrer Nana reagieren würde.
Sie hatte ihre Nana als schöne, exotische, warmherzige Frau mit pechschwarzem Lockenhaar in Erinnerung, das ihr bis auf den Rücken fiel, mit weit auseinanderstehenden dunklen Augen, in denen immer ein Funke Humor schimmerte, und mit vollen Lippen, die meist leuchtend rot geschminkt waren. Sie war nur knapp einssechzig groß, doch Nana war Peri immer überlebensgroß erschienen.
Juanita López, geboren und aufgewachsen in einem kleinen Dorf südlich von San Juan, Puerto Rico, war als Jugendliche zu einer Cousine nach New York gezogen. Kurz nach Juanitas fünfzehntem Geburtstag hatte ihre Cousine geheiratet und war aus der Stadt weggezogen, wodurch das junge Mädchen auf sich allein gestellt war. Ohne nennenswerte Schulbildung und ohne Geld verdingte Juanita sich für einen Hungerlohn in einer Näherei an der Lower Eastside, wo sie Angel López kennenlernte. Mit sechzehn bekam sie ihr erstes Kind, Peris Vater Raphael. Sechzehn Monate später kam Peris Tante Lo zur Welt und zwei Jahre danach Onkel Mickey. Obwohl Juanita und Angel niemals heirateten, erhielten alle drei Kinder den

Nachnamen ihres Vaters. Sogar Juanita nahm den Namen López an.
Angel López verließ die Familie nur wenige Monate nach Mickeys Geburt und kehrte nach Puerto Rico zurück. Als Morris Gold ihr damals erzählt hatte, dass ihre Nana und ihre Tante zurück nach Puerto Rico gegangen waren, hatte Peri sich vorgestellt, sie würden wieder mit Angel López zusammenleben. Noch lange danach hatte sie abends vor dem Einschlafen gebetet, dass die Familie López eines Tages auch sie zu sich holen würde.
Ein schwarzer Pfleger sprach sie an. »Mrs López hat das hinterste Bett. Auf ihrer gesunden Seite steht ein Stuhl für Besucher. Soll ich Sie zu ihr bringen?«
»Woher wissen Sie, dass ich zu Mrs López möchte?«
»Von Luisa.«
Peri lächelte schwach. Luisa Méndez hatte sich wohl gedacht, wie schwierig das Wiedersehen für sie werden würde, und den Pfleger für den Fall geschickt, dass sie ein wenig Unterstützung brauchte. Seltsamerweise verlieh die Geste Peri den Mut, der ihr gefehlt hatte.
»Nein, ich schaff das schon, aber danke.«
»Mrs López ist ein richtiger Schatz. Und sie weiß, dass Sie da sind.« Sein herzliches Lächeln sagte alles Übrige.
Peri drückte dem Mann den Arm und betrat das Zimmer, den Blick geradeaus gerichtet. Sie nahm weder die unangenehmen Gerüche noch das Stöhnen von Patienten wahr, als sie an den Betten vorbeiging. Ihre ganze Aufmerksamkeit war nur auf eine Person gerichtet.
Erst als sie wenige Schritte von ihrer Nana entfernt war, verließ Peri der Mut. Erste Tränen glitzerten in ihren Augen.
Zwei Schritte weiter, und die Vorfreude war dahin. Ehe ihre Nana den Kopf in ihre Richtung drehte, hatte Peri einen Augenblick Zeit, die Frau zu betrachten, die sie fast dreiundzwanzig Jahre nicht gesehen hatte. Da lag sie, ihre Nana, auf Kissen gestützt in einem Krankenhausbett. Die Finger der linken Hand umklammerten einen Rosenkranz, die rechte Hand lag schlaff auf der Bettdecke, während sich ihre trockenen ungeschmink-

ten Lippen, die rechts ein wenig nach unten gezogen waren, lautlos bewegten, als würde sie beten.
Heftige Trauer durchströmte Peri. Nanas einst glatte Haut war faltig wie Pergament. Das schwarze Haar war jetzt aschgrau und kurz geschnitten. Ihr gebrechlicher Körper zeichnete sich unter der dünnen blassgrünen Decke ab, die sie bis zur Brust bedeckte. Sie trug einen rosa Wollpullover über ihrem Nachthemd. Ähnlich wie die Strickjacke, die Luisa Peri geliehen hatte, war der Pullover einige Nummern zu groß für Nanas schmächtige Statur. Aber zumindest verschaffte er ihr ein wenig Wärme in diesem kalten, trostlosen Krankenzimmer.
Sie war erst sechsundsechzig, doch Armut, die Schlaganfälle und ihr schwaches und zweifellos gebrochenes Herz hatten unübersehbar einen schrecklichen Tribut von Juanita López gefordert.

# 38

»Nana?« Peris Stimme war ein heiseres Flüstern, als sie einen weiteren Schritt auf das Fußende des Bettes zuging. Würde die alte Frau sie überhaupt hören?

Der Rosenkranz glitt Juanita aus der Hand in den Schoß, und ihre schiefen rissigen Lippen verzogen sich zu einem breiten Lächeln, während im selben Moment die noch immer dunklen Augen auf Peri fielen.

»Pilar. *Chica.*« Juanita breitete die mageren Arme zu einer herzlichen Willkommensgeste aus. Die Stimme ihrer Nana. Noch immer die vertraute Stimme ihrer Nana …

Peri konnte sich nicht einmal erinnern, die restlichen Schritte gemacht zu haben, um ihre Großmutter zu erreichen. Vielleicht war sie durch die Luft geschwebt. Sie wusste nur, dass sie endlich genau dort war, wo sie sich so viele Jahre hingesehnt hatte, in der liebevollen Umarmung ihrer Nana. Beide Frauen begannen zu schluchzen, während sie einander umschlungen hielten.

Nana flüsterte ihr irgendetwas auf Spanisch ins Ohr.

Peri verstand nicht alles, was Nana sagte. Aber das spielte keine Rolle. Der Tonfall und die Wärme in ihrer Stimme durchflutete sie mit Freude.

Erst als Peri das keuchende Geräusch hörte, das aus der Brust ihrer Nana kam, löste sie sich widerwillig aus der Umarmung.

»Ich hab dich so sehr vermisst, Nana«, sagte Peri, während ihr weiter Tränen über die Wangen liefen. »Morris hat mich angelogen –«

»Schhh, das ist vorbei, Pilar. Jetzt kann er uns nie wieder trennen.«
»Nie wieder, das verspreche ich. Und ab jetzt kümmere ich mich um dich, Nana. Ich besorge dir die allerbesten Ärzte und lass dich in das beste Krankenhaus verlegen –«
Juanita López legte Peri einen knochigen Finger an die Lippen. »Ich sterbe, *chica*. Aber sei nicht traurig, die Hälfte meiner Gebete wurde erhört, weil du endlich zu mir gekommen bist, und, so Gott will, erlebe ich noch, dass auch die andere Hälfte erhört wird. Bevor ich diese Erde verlasse, werden du und ich und dein Vater wieder vereint sein. Ich lasse mich nicht von Gott holen, ehe das passiert. Jesus weiß genau wie ich, dass dein Vater unschuldig ist.«
Peri entging nicht, dass Nana ihre Enkelin nicht in diese Überzeugung mit eingeschlossen hatte. Peri hätte ihr gern gesagt, dass auch sie an die Unschuld ihres Vaters glaubte, doch irgendetwas hielt sie zurück. Die Möglichkeit, dass er vielleicht doch schuldig war?
Juanita streichelte Peris Wange und betrachtete ihre Enkelin genau. »Du bist eine schöne, kluge junge Frau. Wir sind so stolz auf dich, dein Vater und ich.«
»Dad?«
»Bis ich krank wurde, habe ich deinen Vater regelmäßig besucht und ihm alles über dich erzählt. Er hat die Programme von all deinen Abschlussfeiern. Und auch die Fotos.«
»Du warst doch gar nicht da.«
»Ich war auf jeder, meine liebe Pilar. Ich habe gesehen, wie dir dein Abschlusszeugnis von der Highschool und von der Uni überreicht wurde.«
»Aber warum bist du nicht zu mir gekommen? Warum hast du nichts gesagt?« Tränen quollen Peri aus den Augen.
Juanita seufzte. »Ich konnte nicht, *chica*.«
»Du konntest nicht?«
Juanita tätschelte ihrer Enkelin die Hand. »Das spielt jetzt keine Rolle mehr. Wir müssen nach vorn schauen, nicht zurück.«
Peri war beeindruckt von Nanas Fähigkeit zu verzeihen. Im Unterschied zu ihrer Großmutter war Peri noch voller Zorn auf

Morris, weil sie sich von ihm verraten fühlte, und sie konnte sich nicht vorstellen, ihm überhaupt je zu verzeihen. All die Jahre hätte sie ihre Nana sehen, sich um sie kümmern, dafür sorgen können, dass sie sich gut ernährte, zu guten Ärzten ging. Wenn er sie nicht belogen hätte, wäre ihre Großmutter jetzt nicht hier.

Juanitas Hand lag noch immer auf Peris. »Hör zu, *chica*. Du sollst wissen, dass ich nie gelogen habe, was deinen Vater betrifft. Nicht als die Polizei mich vernommen hat. Und auch nicht im Prozess. Er war an jenem schrecklichen Tag die ganze Zeit bei mir, bis du angerufen hast. Erst dann hat er die Wohnung verlassen.«

Peri blickte ihrer Nana in die Augen. Würde sie ihre Enkelin belügen? Oder sich selbst belügen, weil sie so verzweifelt an die Unschuld ihres Sohnes glauben wollte? War die Lüge für Nana zur Wahrheit geworden?

Oder sagte sie die Wahrheit? Hatte sie die ganze Zeit die Wahrheit gesagt? Peri wollte ihrer Nana so gern glauben, mit absoluter Gewissheit.

Juanita lächelte zärtlich, als könne sie Peris Gedanken lesen, ihre Zweifel. »Glaub mir, *chica*. Dein Vater hätte deiner Mutter kein Haar krümmen können. Er hat sie über alles geliebt. Und sie hat ihn geliebt. Ich schwöre dir, ich sage die Wahrheit. Und ich möchte dir noch etwas sagen, was du vielleicht nicht weißt. Nur ein paar Tage vorher hat deine Mutter angerufen und zu deinem Vater gesagt, es täte ihr leid und sie wollte, dass er zurückkommt, damit sie wieder eine richtige Familie wären.«

Peri spürte einen stechenden Schmerz, und dann brandete Zorn in ihr hoch. »Aber er ist nicht zurückgekommen.«

»Er wollte aber. Er brauchte nur noch ein wenig Zeit.«

»Was hat Mommy denn leidgetan?« Etwas anderes, als ihren Mann vor die Tür gesetzt zu haben?

»Ali war durcheinander, wusste nicht genau, was sie wollte, *chica*. Sie war so jung, fast noch ein Mädchen, als du zur Welt kamst.«

»Ein Jahr älter als du, als mein Vater geboren wurde«, entgegnete Peri trotzig.

»Für mich war das gut so. Ich hatte keine anderen Pläne, keine anderen Träume, als Mutter zu werden. Aber das Leben deiner Mutter wäre ganz anders verlaufen … wenn sie deinen Daddy nicht kennengelernt und sich in ihn verliebt hätte.«

»In Wirklichkeit willst du sagen, wenn sie sich nicht hätte schwängern lassen.«

»*Chica*, sie wollte dich. Dich und Raphael. Sie hat euch beide geliebt. Denk bloß nicht, ihr Vater hätte sie zwingen können zu einer … du weißt schon.«

Als strenggläubige Katholikin bekam Juanita López das Wort *Abtreibung* nicht über die Lippen.

»Ich bin sicher, Morris hat sie unter Druck gesetzt«, sagte Peri. Und was war mit Raymond Delons Aussage im Prozess, dass ihre Mutter ernsthaft eine Abtreibung in Erwägung gezogen hatte? Hätte er im Zeugenstand gelogen, einen Meineid geleistet?

»Ali wollte genauso wenig davon hören wie Raph«, sagte Nana jetzt. »Sie wollten heiraten und dich großziehen. Aber es war schwer für deine Mommy. Es fehlte an Geld, und sie war in einem reichen Haus aufgewachsen. Sie war viel allein, weil dein Daddy zwei Jobs hatte und nebenbei zur Uni ging, sie hat … so viel vermisst. Manchmal hat dein Daddy das verstanden, aber manchmal war er einfach frustriert, und dann haben deine Eltern sich gestritten. Dein Daddy hatte große Angst, sie zu verlieren, und er hat nicht begriffen, dass seine Angst sie auseinandertrieb. Sie in die Arme …« Juanita verstummte jäh und sah aus, als wünschte sie, die letzten Worte zurücknehmen zu können.

»Eines anderen trieb? Wer?« In Peris Kopf überschlugen sich die Gedanken. Das alles war mehr, als sie verkraften konnte, aber sie musste es irgendwie. Sie musste die Wahrheit wissen. Die ganze Wahrheit.

»Ich weiß es nicht.«

»Und mein Vater? Wusste der es?«

Juanita schüttelte den Kopf. »Er wusste, dass deine Mutter unglücklich war, noch ehe er auszog. Er verdächtigte … er verdächtigte jeden. Deine Mutter ging manchmal allein weg, ohne zu sagen, wohin oder mit wem. Raph glaubte, sie würde sich mit einem Mann treffen. Manchmal hatte er seinen besten Freund Héctor in Verdacht, manchmal sogar seinen eigenen Bruder Miguel. Als Ali deinen Vater bat auszuziehen, war er überzeugt, dass sie sich in einen anderen verliebt hatte. Es war schrecklich für ihn.«

»Aber das waren nur Verdächtigungen. Er hatte keinen Beweis«, wandte Peri ein. Vielleicht war ihr Vater zu schnell von der Untreue ihrer Mutter überzeugt gewesen.

Juanita seufzte. »Pilar, kannst du dich erinnern, dass du manchmal bei mir zu Hause warst, nachdem dein Vater zu mir gezogen ist, und er dich mit Fragen gelöchert hat – wer alles deine Mommy besucht hat, mit wem sie sich traf, ob sie dich schon mal mitnahm, wenn sie verabredet war? Ich hab ihn dann irgendwann auf Spanisch angefahren, er sollte aufhören, weil du in Tränen ausgebrochen warst.«

Peri versuchte, sich an derlei Situationen zu erinnern, aber sie hatte so viel verdrängt. Hatte sie auch irgendwelche Männer verdrängt, die damals im Leben ihrer Mutter eine Rolle spielten?

»Hab ich ihm je irgendeinen Namen genannt?«, fragte Peri ängstlich.

Juanita zögerte. »Du hast ihm einmal erzählt, ein Mann wäre über Nacht geblieben – eine Pyjamaparty mit deiner Mommy, hast du gesagt.«

»Hab ich den Mann gesehen? Hab ich ihn gekannt?«

Juanita schüttelte den Kopf. »Du hast nur gesagt, du hättest morgens die Kleidung und Schuhe von einem Mann im Wohnzimmer liegen sehen und … und du hättest … in der Nacht Geräusche aus dem Schlafzimmer deiner Mom gehört.«

Peri spürte, wie ihr Gesicht heiß anlief.

Juanita verstummte.

»Bin ich … in ihr Zimmer gegangen?«

»Du hast deinem Daddy erzählt, du wärst wieder ins Bett gegangen, und als du am nächsten Morgen aufgestanden bist, wären die Kleidung und die Schuhe von dem Mann verschwunden gewesen.«

»Ich hab sie doch bestimmt gefragt, wer das war. Ich hätte –«

»Das hat dein Daddy auch gedacht. Aber du hast es hartnäckig verneint, bis du ganz durcheinander warst und er aufgehört hat. Dann hat er dich in die Arme genommen und ganz fest gedrückt.«

Peri hatte einen Erinnerungsblitz an die Umarmung, und Tränen schossen ihr in die Augen. Vielleicht war das eines der letzten Male gewesen, dass ihr Daddy sie in den Armen gehalten hatte …

»Wir müssen daran glauben, *chica*, dass die Wahrheit ans Licht kommt und dein Vater freigelassen wird. Wir müssen beten.«

Peri wurde von Schuldgefühlen ergriffen. Es war lange her, seit sie an Gott geglaubt hatte. Als Kind, vor der Ermordung ihrer Mutter, war Peri fast jeden Sonntag mit ihrer Nana in die Kirche gegangen. Ihr Vater kam oft mit, wenn er nicht arbeiten oder lernen musste, doch ihre Mutter nie. Ihre Mutter hatte ihr gesagt, sie sei Jüdin, würde aber nichts von Religion halten. Dennoch hatte Ali nie was dagegen, dass Peri mit ihrer Nana zu St. Gregory's ging, einer katholischen Kirche. Peri war sogar in St. Gregory's getauft worden und zur Erstkommunion gegangen. Anschließend hatte es bei ihrer Nana zu Hause ein großes Fest gegeben. Daran konnte Peri sich noch sehr deutlich erinnern. So ein schöner Tag …

Ihre Nana schob Peri irgendetwas in die Hand. Peri senkte den Blick und sah, dass es ihr stark abgegriffener Rosenkranz war.

»Deinem Vater geht es nicht gut«, sagte Nana leise, schwach.

Peri nickte, unsicher, ob ihre Großmutter über die Krankheit ihres Sohnes in vollem Umfang im Bilde war oder ob sie überhaupt davon wusste.

»Ich … ich werde ihn besuchen«, sagte Peri heiser, obwohl Sam Berger ihr dringend nahegelegt hatte, ihm lieber zu schreiben.

Unerwartet schlug sich ihre Nana auf Sam Bergers Seite. »Nein, dein Daddy würde das nicht wollen, Pilar. Nicht, solange er … da drin ist. Es würde ihm das Herz brechen, wenn du ihn so sehen müsstest.«

»Aber –« Peri umklammerte die kühlen Perlen in ihrer Hand.

»Schreib ihm. Das wäre schön. Sag ihm, du verzeihst ihm. Und bete für ihn.«

Peri musste wieder weinen. »Aber eigentlich müsste er *mir* verzeihen. Ich … ich habe ihn im Stich gelassen. Ich war so sicher, dass er …« Ihre restlichen Worte gingen vor lauter Schluchzen unter.
Wieder zog ihre Nana Peri mit dem gesunden Arm an sich, und Peri fühlte sich ganz kurz wieder wie ein Kind, sicher und behütet in den Armen eines Menschen, der sie aufrichtig liebte. Sie fühlte sich wieder wie Pilar Celestina López, das kleine Mädchen, das sich verlaufen hatte.
Nein, das kleine Mädchen, das entführt worden war.

# 39

»Wo haben Sie die her?« Auf Morris Golds Stirn glänzte ein dünner Schweißfilm. Der Gastronom war auf direktem Wege vom JFK Airport ins Opal's gekommen, nachdem er einen Tag früher als geplant im letzten Moment noch einen Flug von Las Vegas hatte buchen können. Es war kurz vor sechs Uhr abends, und er hatte seiner Enkelin eine Reihe von Nachrichten auf ihren Anrufbeantworter zu Hause und auf ihre Mailbox gesprochen, mit der Bitte, ihn umgehend anzurufen. Sie hatte sich noch nicht bei ihm gemeldet.
Raymond Delon warf einen Blick auf die Visitenkarte, auf die Morris mit dem Finger zeigte. »Der Typ war gestern Nachmittag hier und wollte mit mir reden.«
»Wieso sollte dieses Arschloch mit Ihnen reden wollen?«, fragte Gold.
»Falls Sie's vergessen haben, ich hab in dem Prozess gegen Ihren Schwiegersohn ausgesagt.«
»Nennen Sie diesen verfluchten Mörder nicht so«, schnappte Morris. »Was wollte Berger wissen? Was haben Sie ihm erzählt?«
»Was glauben Sie wohl, was er wissen wollte? Alles, was ich im Prozess vielleicht nicht ausgesagt habe.« Der Sommelier sah das vertraute Zucken im Gesicht seines langjährigen Bosses, das für gewöhnlich einem Wutanfall vorausging.
»Immer mit der Ruhe. Ich hab ihm gar nichts erzählt.«
»Weil es nichts anderes zu erzählen gibt. Nie zu erzählen gab.« Gold starrte seinen Mitarbeiter an.

Die Bemerkung versetzte Delon einen Stich. »Das möchten Sie gern glauben, aber es stimmt nicht. Sie haben die ganze Zeit gewusst, was ich für Ali empfunden habe. Aber ich war ja nicht gut genug für Ihre vornehme Tochter, nicht?« Der Sommelier stieß ein bissiges Lachen aus. »Wenn man bedenkt, bei wem sie dann gelandet ist.«

»Ali war zu gut für euch beide. Und wenn sie nicht so blöd gewesen wäre, sich von diesem dreckigen Latino schwängern zu lassen, wäre die Sache schon im Sommer aus und vorbei gewesen. Sie wäre an die Columbia gegangen –«

»Stattdessen hat sie geheiratet, das Baby bekommen und wurde ermordet.«

»Sie Drecksack. Ich sollte Sie kurzerhand rausschmeißen.«

Raymond Delon ließ sich nicht einschüchtern. Er verschränkte die Arme vor der Brust. »Peri ist jetzt mein Boss«, rief er Morris Gold in Erinnerung.

Das brachte den kurz auf andere Gedanken. »Wo ist sie?«

»Ich hab sie heute noch nicht gesehen.« Er wandte dem alten Mann den Rücken zu.

Morris Gold explodierte. »Wenn ich sage, Sie sind gefeuert, dann sind Sie gefeuert, Sie kleiner Scheißkerl.«

Delon warf dem schäumenden Mann einen Blick über die Schulter zu. »Wenn Sie wollen, dass ich gehe, spazier ich schnurstracks zur Tür hinaus. Ein Wort von Ihnen genügt, *Boss*.« Seine grauen Augen waren schmal geworden, und ein Grinsen umspielte seinen Mund.

»Und was dann? Tischen Sie dann diesem Filmtypen irgendwelche Lügen auf und zerstören dabei meine Enkelin?«

Delon drehte sich wieder zu Gold um. »Ich glaube, das kriegen Sie schon ganz gut allein hin«, konterte Delon in dem sicheren Gefühl, dass er den alten Mann in der Hand hatte. Diesmal würde er sich nicht unterbuttern lassen.

»Ich kümmere mich um Peri, da machen Sie sich mal keine Sorgen.«

»Ich mache mir keine Sorgen«, erwiderte Delon achselzuckend. »Was dagegen, wenn ich mich wieder an die Arbeit mache? Wir eröffnen hier in nicht ganz sechs Wochen ein Restaurant.«

Morris Gold schnappte sich Sam Bergers Visitenkarte und zerriss sie in kleine Schnipsel, die er dann auf den Fußboden warf. »Fegen Sie das auf«, befahl er Delon und marschierte aus dem Restaurant.

# 40

Raymond Delon wartete, bis sich die Tür hinter Morris Gold geschlossen hatte, und setzte sich dann auf einen Hocker an der Mahagonibar. Er griff in die Gesäßtasche seiner Jeans und holte sein Portemonnaie hervor. Aus einem Innenfach zog er ein verblasstes Foto, das er im Laufe vieler Jahre schon unzählige Male herausgenommen und angeschaut hatte.

Es war eins von diesen typischen Highschool-Jahrbuch-Fotos, und es zeigte ein lächelndes junges Mädchen mit blitzenden Zähnen, strahlenden haselnussbraunen Augen und langem, gewelltem dunkelblondem Haar – das nette Mädchen von nebenan. Alison Gold, mit ihrem guten Aussehen und ihrem hellen Kopf. Der noch dazu ein ausgesprochen eigensinniger Kopf war.

Ray hatte Alison kennengelernt, als sie die Abschlussklasse an der Beekman School besuchte, einer renommierten Highschool. Das war fast dreißig Jahre her, aber es kam ihm vor, als sei es erst gestern gewesen, so lebendig waren seine Erinnerungen noch.

Alison Gold hatte Osterferien, doch statt wie die meisten ihrer Klassenkameraden, die allesamt aus besseren Verhältnissen stammten, nach Europa oder in die Karibik oder zu irgendeinem anderen aufregenden Ziel zu reisen, jobbte sie in den zwei Wochen bei ihrem Vater. Ray, der gerade zweiundzwanzig geworden war, arbeitete seit fast einem Jahr als Barkeeper im Pearl's. Er hatte Ali einige Male gesehen, wenn sie ins Restaurant kam, um ihren Vater zu besuchen. Ali hatte Ray immer angelächelt oder ihm zugewinkt, wenn sie ihn hinter der Bar stehen sah, aber sie war nie zu ihm gekommen, um sich vorzustellen, und Morris Gold hatte es natürlich nie für nötig befunden, die beiden miteinander bekanntzumachen. Ray war bloß einer von Golds Lakaien – gebürtiger Frankokanadier aus gutbürgerlichem Hause und Studienabbrecher ohne richtige Zukunftspläne, ohne Geld und ohne nennenswerten Stammbaum.

Aber Gold konnte nicht verhindern, dass sie sich näher kennenlernten, als Ali dann während der Ferien im Pearl's als Kellnerin jobbte. Was immer ihr Großvater auch für Vorurteile hatte, Ali war Ray gegenüber aufgeschlossen und freundlich. Ray, der in dieser Phase seines Lebens nicht besonders gesellig, ja etwas schüchtern war, verstand sich auf Anhieb mit Ali. Jeden Nachmittag, bevor das Restaurant für das Abendgeschäft aufmachte, versammelte sich das Bedienungspersonal an einem der hinteren Tische und probierte zwei oder drei der Tagesgerichte. Der Küchenchef informierte kurz über die Besonderheiten der Speisen, damit die Bedienung den Gästen darüber Auskunft geben konnte.

Für die Barkeeper waren diese Personaldinner lediglich so etwas wie eine Sonderzulage. Sie mussten sich die Erläuterungen zu den neuen Gerichten nicht merken, da niemand sie danach fragen würde. Barchef Billy Cooper saß gewöhnlich mit seinen drei Leuten etwas abseits von den anderen am Ende des Tisches. Doch als Ali ihren Job antrat, deichselte es Ray irgendwie, an dem langen Tisch neben ihr zu sitzen, was ihm von seinen Kollegen reichlich Spötteleien eintrug.

Ray störte sich nicht daran. Ali schien ihn zu mögen, und das allein zählte für ihn. In den ersten Tagen damals hatte Ray nur den einen Gedanken: wie er es anstellen sollte, Ali zu fragen, ob sie mit ihm ausgehen würde. Er wusste, dass sein Boss nicht begeistert davon wäre, aber andererseits musste Morris Gold es ja nicht unbedingt erfahren.

Während Ray nun auf das Foto von Ali schaute, kam ihm die Erinnerung an den Tag, an dem er endlich den Mut fand, Ali um ein Date zu bitten, lebhaft in Erinnerung. Es war ein Sonntag.

Er wollte vorschlagen, am Dienstagabend zusammen ins Kino zu gehen, weil das Restaurant dann Ruhetag hatte und sie beide freihätten. In den Tagen zuvor hatte er sie unauffällig ausgehorcht, welche Art von Filmen sie mochte. Es überraschte ihn nicht, dass Ali eine Schwäche für Liebesfilme hatte. Außerdem wusste er von ihrer Leidenschaft fürs Schlittschuhfahren. Und wie es der Zufall wollte, lief zu der Zeit genau das Passende im Kino – ein Film über eine berühmte Eiskunstläuferin, die durch einen Unfall erblindet und mit Hilfe des Mannes, in den sie sich schließlich verliebt, wieder aufs Eis zurückkehrt.
Rays größte Befürchtung an jenem Sonntagabend war, dass sie den Film bereits gesehen haben könnte. Er hatte keine besonders verlockende Alternative. Daher war er nervös. Er fand, die beste Gelegenheit, sie zu fragen, war gleich nach dem Personaldinner, wenn alle normalerweise noch ein paar Minuten Zeit zum Plaudern hatten, ehe sie sich an die Arbeit machten. Außerdem ging Morris Gold dann auch meist in die Küche, um sich unter vier Augen mit dem Chefkoch zu besprechen.
Die Sache war ein Schuss in den Ofen. Rays schlimmste Befürchtung bewahrheitete sich: Ali hatte den Film tatsächlich schon gesehen. Sie schwärmte Ray von dem Film vor und meinte, er würde ihm bestimmt gefallen, obwohl er vielleicht eher was für Frauen war. *Na toll.*
Aber dann gab sie ihm vollends den Rest. Sie hatte den Film nicht nur gesehen, sie hatte ihn zusammen mit ihrem Freund gesehen.
*Ihrem Freund.* Ray hatte Abend für Abend neben Ali im Restaurant gegessen, und nicht ein einziges Mal hatte sie erwähnt, dass sie mit jemandem zusammen war.
Und was für einen Freund sie hatte! Einen Neunzehnjährigen namens Noah Harris, der im Jahr zuvor seinen Abschluss an der Beekman School gemacht hatte und jetzt am Princeton College studierte. Die beiden waren seit fast achtzehn Monaten ein Paar. Besonders qualvoll für Ray war, dass Ali in ihm offenbar einen guten Freund und Vertrauten sah, nachdem sie ihm von ihrer Beziehung erzählt hatte. So musste Ray nicht nur verkraften, dass er bei ihr keine Chance hatte, sondern sich obendrein im

Laufe der nächsten Woche immer wieder Alis Freuden und Sorgen mit ihrem geliebten Harris anhören, der natürlich reich und klug war und schon darauf vorbereitet wurde, als Broker in die bekannte Hedge-Fonds-Firma seines Vaters einzusteigen.
Als Ali nach den Ferien wieder zurück zur Schule ging, war Ray fast erleichtert. Der Schmerz, sie jeden Tag zu sehen, hatte ihn nur ständig daran erinnert, wie sehr er sie begehrte und wie hoffnungslos seine Sehnsucht war.
Dennoch vermisste er sie weiterhin und dachte sogar manchmal, er würde sich lieber damit abfinden, ihr Vertrauter zu sein, als gar keinen Kontakt zu ihr zu haben. Für Ali hingegen galt: aus den Augen, aus dem Sinn. Selbst wenn sie ihn gelegentlich sah – flüchtige Augenblicke, wenn sie auf einen Sprung ins Pearl's kam, um ihrem Vater guten Tag zu sagen –, hatte sie für ihn kaum mehr übrig als ein Winken oder ein knappes Nicken. Sie rauschte jedes Mal schnell herein und gleich wieder hinaus. Nicht ein einziges Mal kam sie auf einen kleinen Plausch zu ihm an die Bar. Das machte es für Ray umso schmerzhafter, und wenn er sie hereinkommen sah, tat er häufig so, als ob er alle Hände voll zu tun hätte und sie nicht mal bemerken würde.
Das alles änderte sich, als Ali in jenem folgenreichen Sommer wieder als Kellnerin im Pearl's jobbte. Da Ray ausschließlich an der Bar arbeitete, hatte er Raphael López und Héctor García kaum zur Kenntnis genommen. Die beiden waren Küchenhilfen – Tellerwäscher, die spät kamen und noch später gingen. Ray hatte nur Augen für Ali. Wie war es möglich, so fragte er sich, dass Alison Gold im Laufe von gerade mal zwei Monaten noch schöner werden konnte, noch strahlender, noch sinnlicher als zuvor?
Und was noch besser war: Sie war nicht mehr mit Noah Harris zusammen. Ali wollte Ray nicht verraten, warum die beiden sich getrennt hatten, sondern sagte lediglich, die Sache sei aus und vorbei. Das sollte Ray nur recht sein. Was scherte ihn die Geschichte? Ihn interessierte nur das Jetzt und die Zukunft. Ein Jetzt und eine Zukunft mit dieser unglaublichen jungen Frau. Diesmal verlor er keine Zeit, sondern fragte sie gleich an ihrem

zweiten Tag, ob sie mit ihm ausgehen würde. Zu seiner größten Freude sagte sie Ja. Sie schlug vor, ins Kino zu gehen. Ray wäre mit allem einverstanden gewesen.

Wenn Ray damals gefragt worden wäre, wie ihm der Film gefallen hatte, er hätte es nicht sagen können, weil er überhaupt nichts davon mitbekam. Seine ganze Aufmerksamkeit war auf die junge Frau gerichtet, die neben ihm saß. Als er zögerlich ihre Hand ergriff, ging sie bereitwillig darauf ein, und die Mischung aus körperlicher Erregung und rauschhaftem Glück, die ihn daraufhin erfasste, war besser als jede Droge, die er je probiert hatte.

Ray stellte sich noch viele weitere Verabredungen mit Ali für den Sommer vor, doch zu seiner Enttäuschung und Wut gingen sie nach dem Kinobesuch nie wieder zusammen aus. Zunächst meinte Ray, Morris Gold habe ihre aufkeimende Beziehung gleich im Keim erstickt, weil dieser Ray unverblümt warnte, er würde ihn auf die Straße setzen, wenn er Ali noch einmal *belästigte*. Und ein gutes Zeugnis für die Jobsuche könne er sich dann auch abschminken.

Hätte Ali durchblicken lassen, dass ihr der Wille ihres Vaters gleichgültig sei, hätte Ray keine Sekunde gezögert und Morris einen Laufpass gegeben. Aber Ali tat genau das Gegenteil. Sie zog sich völlig von ihm zurück und ging sogar so weit, sich beim täglichen Personaldinner immer zwischen zwei Kollegen zu setzen, damit für Ray neben ihr kein Platz mehr frei war.

Er war am Boden zerstört. Und wütend. Zunächst richtete sich seine Wut ausschließlich auf Morris Gold. Doch dann kamen allmählich die wahren Zusammenhänge ans Licht, und Raymond Delon erkannte, wer sein eigentlicher Feind war.

»Ray?«

Eine Schrecksekunde lang klang die Stimme so sehr wie Alis, dass er tatsächlich meinte, wenn er sich umschaute, würde er sie da stehen sehen –, die schöne junge Frau, die er nie hatte vergessen können.

Natürlich war es nicht Ali. Aber es war die Person, die ihr am allernächsten kam.

»Peri. Ich … ich hab dich heute Abend gar nicht erwartet.«

Sie kam auf ihn zu. Jeden Augenblick würde sie sehen, dass er ein Foto ihrer Mutter in der Hand hielt. Er schloss die Faust, zerknüllte das Foto, das er so lange wie seinen Augapfel gehegt hatte. Der Schmerz, den er verspürte, war entsetzlich.

*Ali, es tut mir leid. Es tut mir so leid.*

# 41

Detective Benito Torres, der einen gutsitzenden, marineblauen Anzug mit weißem Hemd und gestreifter Krawatte trug – seine Standarduniform –, blätterte die Akte im Tötungsfall Gonzales durch. Sie enthielt noch nicht viel – schlampige Berichte des Streifenpolizisten, der als Erster vor Ort war, Fotos der Leiche, bei denen er und sein Partner dabei gewesen waren, Fotos von der Umgebung, eine Liste von Gegenständen, die in der Gasse gesichert worden waren, darunter der Inhalt der Handtasche des Opfers, die Lebensmittel, die aus den Einkaufstüten gekullert waren, und der Kassenbon des Supermarkts. Torres' Partner Tommy Miller hatte von dem Streifenpolizisten alles auflisten lassen. Die Obduktion würde in den nächsten zwei Tagen stattfinden. Maria Gonzales würde warten müssen, bis sie an die Reihe kam. Die meisten Morde geschahen an Wochenenden, und die Leichenhalle war völlig überfüllt. Torres hätte durchaus ein paar Beziehungen spielen lassen können, wenn dieser Fall Priorität gehabt hätte. Doch das Opfer war nur eine arme zweiundsechzig Jahre alte Latina, die wahrscheinlich von irgendeinem Junkie überfallen und nur deshalb nicht ausgeraubt worden war, weil der Täter gestört worden war.
Ein alltägliches Verbrechen auf den Straßen von East Harlem, obwohl die meisten Raubüberfälle, ob sie nun mit Drogen zu tun hatten oder nicht, für gewöhnlich nicht mit dem Tod des Opfers endeten. Und noch ungewöhnlicher war es, dass ein Straßenräuber sein Opfer erdrosselte. Ein Messer, eine Pistole, sogar ein Baseballschläger waren die weitaus gebräuchlicheren Waffen.

Torres blätterte zurück zu der Nahaufnahme vom Hals der Toten, auf dem die Strangulierungsspuren deutlich zu erkennen waren. Er zog das Foto aus der Hülle und studierte es nachdenklich. Vielleicht war der Täter ein Junge aus der Gegend, jemand, den Maria Gonzales erkannt hatte, jemand, den sie hätte identifizieren können. Er bekam Panik, stieß sie zu Boden und erdrosselte sie mit einem Stück billigem Draht, das er auf der Straße gefunden hat.

Torres legte das Foto hin und nahm seinen Notizblock. Außer den Notizen, die er sich an dem Morgen am Tatort gemacht hatte, enthielt der Block auch stichwortartige Zusammenfassungen seiner Gespräche mit Jesse Jefferson und seinem Boss Lee Chen, dem der Latino-Laden gehörte, in dem Maria Gonzales ihre letzten Lebensmittel eingekauft hatte.

Torres musste lächeln. Nur in New York war es möglich, dass ein Asiat einen Laden führte, dessen Kundschaft fast ausschließlich aus Latinos bestand. Als Erstes hatte Torres Chen befragt. Eine Frau, auf die die Beschreibung von Maria Gonzales passte, hatte früh am Morgen in seinem Laden eingekauft.

*»Wie spät machen Sie auf?«*

*»Um sechs.«*

*»Wann ist sie gekommen, nachdem Sie aufgemacht hatten?«*

*»Bald.«*

*»Zehn Minuten, fünfzehn, eine halbe Stunde?«*

*Ein Nicken.*

*»Allein?«*

*Chen verstand anscheinend nicht.*

*»War jemand bei ihr, als sie heute Morgen kam?«*

*Chen schüttelte den Kopf.*

*»War sie vorher schon mal da?«*

*»Viele Leute kommen.«*

*»Und diese Frau?«*

*Chen bedachte Torres mit einem verständnislosen Blick.*

*»Hat sie öfter hier eingekauft?«*

*»Viele Ladys kommen.«*

*Torres beschloss, dass als Ja aufzufassen. »War sie mal mit jemand anderem hier? Einer Freundin, einem Mann, einem Kind?«*

*Chen zuckte mit den schmalen Schultern. Er wusste es nicht. Es interessierte ihn nicht. Er hatte keine Lust zu antworten. Er wollte eindeutig nichts mit der Polizei zu tun haben.*
*»Hey, reden Sie über Mrs Gonzales?« Ein dunkelhäutiger Jugendlicher, der einen Karton mit Dosensuppen trug, kam aus dem mittleren von drei Gängen. Er stellte den Karton auf den Boden und rieb mit den Handflächen über seine weit geschnittene Jeans, die ihm tief auf den Hüften hing. »Sie war heute Morgen um halb sieben hier. Ist irgendwas mit ihr?«*
*Chen warf dem Jungen einen bösen Blick zu. »Du geh an deine Arbeit«, fauchte er. »Regale füllen.«*
*Der Jugendliche blickte unsicher. Er wollte offensichtlich nicht seinen Job verlieren. Doch auch Torres hatte seine Arbeit zu machen. »Sie ist tot. Ermordet.«*
*Der Aushilfsjunge blickte traurig, aber nicht überrascht. Mord war in diesem Viertel keine Seltenheit. »Scheiße, sie war nett. Hat mir immer Trinkgeld gegeben, wenn ich ihr die Lebensmittel in die Tüten gepackt hab. Nur ein bisschen Kleingeld, aber hey, sie hatte ja selbst nicht viel.«*
*»Wie heißt du?«, fragte Torres.*
*Der Junge zögerte. Niemand hatte gern mit der Polizei zu tun, erst recht nicht, wenn es um Mord ging.*
*Schließlich sagt er: »Jesse Jefferson«, und fügte rasch hinzu: »Ich bin schon den ganzen Tag hier. Hab nicht mal Mittagspause gemacht.« Der Ladenbesitzer quittierte das mit einer Grimasse.*
*»Kannst du mir sonst noch irgendwas über Mrs Gonzales erzählen?«*
*Chen mischte sich gereizt ein. »Er jetzt arbeiten müssen. Er nichts wissen. Viele Kunden kommen und gehen. Kaufen, zahlen, gehen.«*
*Der Jugendliche seufzte. »Ich kannte sie kaum. Weiß bloß, dass sie ein-, zweimal die Woche hier was eingekauft hat. Mit Lebensmittelmarken. Viele von unseren Kunden haben welche. Sie war einfach nett, mehr nicht. Wir haben uns nie länger unterhalten oder so.«*
*»Kam sie immer allein?«*
*»Ja. Ich glaube, sie ist Witwe … ich meine, sie war Witwe. Vielleicht hatte sie Kinder, aber, wie gesagt, ich hab sie noch nie mit irgendwem gesehen.«*

*»Wirkte sie heute Morgen irgendwie anders?«*
*»Wie anders?«*
*»Ich weiß nicht, nervös, ängstlich, ungeduldig?«*
*Der Junge warf Chen einen Blick zu. Chen funkelte ihn an.*
*Torres trat einen Schritt nach links, um dem Jungen die Sicht auf seinen Boss zu versperren. »War sie nervös?«*
*»Sie ist sonst immer nachmittags gekommen. Hab sie nie so früh hier gesehen. Und ... und als sie aus dem Laden ging, hab ich gesehen, dass sie in beide Richtungen geguckt hat, so als wollte sie sich vergewissern, dass keiner in der Nähe war. Das fand ich ein bisschen komisch.« Der Jugendliche blickte betreten. »Vielleicht hätte ich rausgehen und sie fragen sollen, ob alles in Ordnung ist ...«*

Ein eingepackter Hamburger landete auf Torres' Schreibtisch. Der Detective blickte auf und sah, wie sein Partner seine Fliegerjacke auszog. »Ohne Zwiebeln. Weshalb, ist mir allerdings schleierhaft«, sagte Miller. »Wann hast du zuletzt jemanden abgeknutscht außer deiner *madre*?«
Torres zeigte ihm den Finger. »Ich hab meine Prinzipien.«
»Einen Scheiß hast du, Kleiner. Nur Arbeit und keinen Spaß ...«
»Erzähl mir was über Gonzales. Was hast du rausgefunden?«
Tommy Miller, dreiundfünfzig, hellbraune Haut und grau gelocktes, kurz geschnittenes Haar, schob seine einstige Athletenfigur, die durch zu viel Junkfood in die Breite gegangen war, auf den Stuhl hinter dem Schreibtisch, der dem von Torres gegenüberstand. Er zog einen Blackberry aus der Tasche.
Torres lächelte. Seit Miller das Smartphone letztes Jahr von seiner neunzehnjährigen Tochter zu Weihnachten geschenkt bekommen hatte, war er ein richtiger Elektronikfreak geworden.
»Ich hab ein halbes Dutzend Leute befragt, überwiegend Nachbarn. Ich druck dir von jedem Gespräch noch eine Zusammenfassung aus, aber ich kann dir schon mal einen kurzen Überblick geben. Maria Gonzales lebte allein auf der East 113$^{th}$ Street Nummer 123, Apartment 5C, und das seit zwanzig Jahren. Ich hab mir die Wohnung angesehen. Drei Zimmer, picobello sauber, alter Fernseher mit Zimmerantenne. Ein paar Rechnungen, nichts, was aus dem Rahmen fällt, eine Visa-Abrechnung von

nicht mal fünfzig Dollar. Sie hatte nichts auf dem Konto. In der ganzen Wohnung war nichts irgendwie ungewöhnlich.«
Torres hörte zu, nickte, stellte keine Fragen. Miller war gut, gründlich. Da er über fünfzehn Jahre älter war als Torres, hätte es irgendwie unangenehm sein können, dass Torres der leitende Detective war. Aber der jüngere Kollege hatte in den sieben Jahren, die sie inzwischen ein Team waren, nie den Vorgesetzten raushängen lassen, weshalb sie beide ein verlässliches, ja freundschaftliches Arbeitsverhältnis entwickelt hatten.
Miller machte mit dem Überblick über seine Befragungen weiter. »Die Nachbarn sagen unisono, dass Mrs Gonzales eine richtig nette, stille, aber freundliche Lady war, die keine Feinde hatte. Nach Auffassung aller war die Ärmste zur falschen Zeit am falschen Ort gewesen. Ich schätze, sie haben mit neunundneunzigprozentiger Wahrscheinlichkeit recht.«
Torres' dunkle Augen schweiften von seinem Partner auf das Foto von Gonzales, das er sich angesehen hatte, bevor Miller hereinkam. »Ich weiß nicht. Die Vorgehensweise ist sonderbar für einen einfachen Straßenräuber. Ich denke, wir sollten uns noch ein bisschen mehr auf die einprozentige Wahrscheinlichkeit konzentrieren, dass alle falschliegen.«

# 42

»Was verschweigst du mir, Ray?«
»Ich weiß nicht, was du wissen willst, Peri. Deine Mom hat damals im Pearl's gekellnert. Ich war dort Barkeeper. Wir haben zusammen gearbeitet. Sie war sehr nett. Wir sind miteinander klargekommen. Sie ist mit allen klargekommen.«
»Du hast im Prozess gegen meinen Vater ausgesagt?«, fragte Peri nach und setzte sich auf den Barhocker neben den Sommelier.
»Ich wurde vorgeladen. Ich hatte keine Wahl. Du sagst, du hast das ganze Protokoll gelesen, dann weißt du ja, was ich gesagt habe. Ich weiß nicht, was du sonst noch –«
»Du hast ausgesagt, meine Mutter hätte dir anvertraut, sie würde mit dem Gedanken an eine Abtreibung spielen.«
Delon blickte beklommen. »Sie war richtig aufgewühlt, als sie feststellte, dass sie schwanger war. Sie war in den Weinkeller gegangen, und als ich reinkam, um Nachschub für die Bar zu holen, sah ich sie. Sie weinte.«
»Und da hat sie es dir erzählt.«
»Sie hätte es jedem erzählt, der an dem Nachmittag da reinspaziert wäre. Zufällig war ich es.«
»Und was hast du zu ihr gesagt?«
»Nichts. Nur dass die Entscheidung allein bei ihr läge.« Er musterte Peri. »Ja. Eine Frau hat das Recht, sich zu entscheiden. Und sie hat sich entschieden.«
»Du fandest die Entscheidung nicht gut.«
Delon verdrehte die Augen. »Das habe ich vor Gericht nicht gesagt.«

»Mag sein. Aber ich höre es jetzt noch aus deiner Stimme raus.«
»Was spielt das für eine Rolle? Wen interessiert das? Sie hat ihre Entscheidung getroffen. Sie hat deinen Vater geheiratet, sie hat dich bekommen, sie hat dich geliebt.«
»Glaubst du, mein Vater hat sie umgebracht?«
Delon seufzte. »Noch mal, was spielt es für eine Rolle, was ich glaube? Ich war nicht dabei. Ich weiß nicht, was passiert ist. Ich kann dir nicht helfen, Peri. Tut mir leid. Ich kann dir bloß sagen, dass dein Großvater wegen der Doku-Sache fuchsteufelswild ist, und er –«
»Der Idiot kann mich mal«, sagte Peri.
Ray Delons Augen weiteten sich vor Überraschung. Er hatte noch nie gehört, dass seine junge Chefin ausfallend wurde, und dass sie so über ihren Großvater sprach, das passte nun wirklich nicht zu ihr.
»Was wirst du jetzt tun?« Und was würde *er* tun? Nicht dass das Opal's dichtmachen würde. Schließlich hatte im Grunde ja doch Morris das Sagen. Aber Delon wusste nicht mehr, ob er für den Alten überhaupt noch arbeiten wollte. Oder ob der Kotzbrocken ihn nach ihrer letzten Konfrontation noch behalten wollte. Vielleicht war es endlich an der Zeit, dachte Ray, das warme Nest zu verlassen.
Was immer Peri tun würde, sie weihte ihren Mitarbeiter jedenfalls nicht ein. Ohne ein weiteres Wort rutschte sie vom Barhocker und stürmte aus dem Restaurant.

Ihr Handy klingelte. Wieder war der Name ihres Großvaters im Display. Sie drückte den Knopf *Anruf ablehnen*. Er rief schon den ganzen Tag an. Auch Eric. Sie hatte Eric nicht angerufen, damit er sie vom Pflegeheim abholte. Sie hatte ein Taxi zum Opal's genommen. Jetzt winkte sie wieder nach einem Taxi.
Als sie eingestiegen war und dem Fahrer schon automatisch ihre Adresse nennen wollte, stockte sie. Wenn sie nach Hause fuhr, könnte Eric dort auf sie warten. Oder unangekündigt aufkreuzen wie am Abend zuvor. Und sie traute ihrem Großvater glatt zu, dass er ihre Wohnung überwachen ließ.
»Hamilton Hotel, 64$^{th}$ Ecke 5$^{th}$«, sagte sie zu dem Fahrer. Eine

Nacht für sie allein, eine Nacht, um ihr Gefühlschaos ein wenig zu ordnen, genau das brauchte sie jetzt.
Nachdem sie eingecheckt hatte, rief sie den Hausservice an und bat, ihr eine Zahnbürste, Zahnpasta und ein paar extra Handtücher zu bringen. Dann drehte sie das Badewasser auf, zog sich aus und schlüpfte in einen Hotelbademantel. Ihr Handy klingelte wieder. Erics Nummer. Diesmal würde sie rangehen, und dann würde sie das Telefon ausmachen.
Ehe er etwas sagen konnte, entschuldigte sie sich dafür, sich nicht gemeldet zu haben.
»Ich dreh hier fast durch vor Sorge, kapierst du das nicht? Ich hab dich über ein Dutzend Mal angerufen«, sagte Eric mit erschöpfter Stimme. »Ich habe bei etlichen Krankenhäusern angerufen. Ich wollte schon die Polizei verständigen.«
Das schlechte Gewissen versetzte Peri einen Stich, und sie verzog das Gesicht. »Wie ich mit dir umgehe … das ist nicht fair.«
»Stimmt«, sagte er. »Das habe ich nicht verdient. Ich verstehe nicht, warum du mich derart ausschließt. Du vertraust mir nicht, Peri. Ich weiß nicht, was ich getan habe, dass du so an mir zweifelst, aber das tust du eindeutig.«
»Das ist nicht wahr, Eric. Ich meine … es liegt nicht an dir. Es liegt an mir. Ich brauche einfach ein wenig Zeit für mich.«
»Verstehe. Wenn in deinem Leben alles wunderbar läuft, gewährst du mir einen Platz darin. Aber wenn du Probleme hast, bin ich außen vor.« Sein Frust schlug in Verärgerung um.
Peris Schuldgefühle wurden stärker, aber sie war zu erschöpft, um sich mit Erics Gereiztheit herumzuschlagen. »Du bist nicht außen vor, Eric. Ich muss nur mal eine Weile allein sein. Du kannst im Augenblick nichts für mich tun.«
»Ich könnte bei dir sein. Ich könnte dich in den Arm nehmen. Ich könnte dir zuhören.«
»Das will ich ja auch alles, ehrlich. Gib mir bloß ein, zwei Tage. Das Wiedersehen mit meiner Nana nach so langer Zeit war … sehr bewegend.«
»Was hat sie gesagt?«
»Dass sie mich liebt. Dass wir … dass wir zusammen beten müssen.« Peri hatte den alten Rosenkranz in die Tasche des Hotel-

bademantels gesteckt und tastete jetzt mit einer Hand nach den kühlen Perlen. Nicht um zu beten, sondern um durch die Berührung eine gewisse Nähe zu ihrer Nana zu spüren.
»Beten, was? Du meinst wohl, für die Freilassung deines Vaters?«
»Sie hat mir geschworen, dass er an dem Tag bei ihr war. Und … und ich glaube ihr.«
Eric erwiderte nichts.
»Und wie geht es jetzt weiter?«, fragte er schließlich.
»Ich weiß nicht.«
»Du machst bei Bergers Film mit.«
»Nein. Nein, er will, dass ich mich raushalte.«
»Na, wenigstens etwas, worin wir uns einig sind.«
»Es geht um meinen Vater, Eric. Er ist todkrank. Und verdammt, er wird nicht im Gefängnis sterben.«
»Dann lügst du also, wenn du sagst, du weißt nicht, wie's weitergeht. Du hast einen Plan.«
»Schön wär's.«
»Was ist mit Karen Meyers? Was denkt sie?«
Peri wollte am liebsten nicht antworten, aber sie fand, dass sie es Eric schuldig war. »Karen denkt, es sollte ein Wiederaufnahmeverfahren geben, aber das kriegen wir bei einem Richter nur durch, wenn wir mehr konkrete Beweise vorlegen können.«
Das *wir* entging ihm nicht. »Also, du und Karen, ihr wollt versuchen, diese Beweise zu finden.«
»Hältst du das etwa für falsch?«, fragte sie herausfordernd.
Kurze Stille trat ein, ehe Eric antwortete. »Nein. Nein, Peri. Das finde ich nicht falsch. Ich wünschte, dem wäre so. Dann wäre es leichter für mich. Aber auch wenn du es nicht glaubst, ich verstehe das. Und ich möchte dir sagen, dass ich dir gern helfen würde, wo ich kann.«
»Danke, Eric.«
»Ich meine es ernst, Peri. Wenn man einen Menschen liebt, möchte man alles für ihn tun. Und ich liebe dich. Du brauchst Zeit, ich gebe dir Zeit. Aber wenn du meine Hilfe brauchst, egal was, dann helfe ich dir. Okay?«
Tränen machten ihre Augen glasig. »Okay«, flüsterte sie.

»Ich schätze, du bist nicht zu Hause. Oder bei Karen.«
»Ich ruf dich in ein oder zwei Tagen an.«
»Und dein Großvater? Was soll ich ihm sagen? Er ruft schon den ganzen Tag an, weil er hofft, ich hätte rausgefunden, wo du steckst.«
»Sag ihm …« Sie hatte »… er soll sich zum Teufel scheren!« auf der Zunge, doch stattdessen sagte sie: »Sag ihm, mir geht's gut, aber ich möchte im Augenblick nicht mit ihm sprechen.«
»Früher oder später wirst du dich ihm stellen müssen, Peri.«

# 43

Peri schaltete den Fernseher in ihrem Hotelzimmer an, während das Badewasser einlief. Es war kurz nach sechs Uhr abends, und die Lokalnachrichten hatten begonnen. Peri hörte nur mit einem Ohr hin, während sie in ihrer Handtasche nach einer Haarspange wühlte. Sie war gerade fündig geworden, als der Nachrichtensprecher einen Namen nannte, der sie erstarren ließ. Die Haarspange fiel ihr aus der Hand, und sie wirbelte zum Fernsehapparat herum.

Eine hübsche dunkelhaarige Reporterin interviewte gerade einen attraktiven Latino-Detective in einer Gasse. Auf dem Bildschirm war es noch hell, daher war der Beitrag offenbar früher am Tag aufgenommen worden.

»Haben Sie schon irgendwelche Verdächtige, Detective Torres?«

»Ich bin eben erst am Tatort eingetroffen.« Der Detective, mit Jackett und Krawatte, aber ohne Mantel trotz des kühlen Novemberwetters, wirkte ungeduldig und ein wenig verlegen. Er stand anscheinend nicht gern im Rampenlicht.

*Sag den Namen des Opfers noch mal. Vielleicht hab ich mich ja verhört.* Dann fiel Peri etwas ein: Dank Kabel wurden die eingeschalteten Sendungen gleichzeitig aufgenommen, damit man sie wie eine DVD behandeln konnte. Sie schnappte sich die Fernbedienung und drückte den Rücklaufknopf.

Nach zwei, drei Sekunden drückte sie wieder auf Start.

»... das Opfer wurde identifiziert. Es handelt sich um die zweiundsechzigjährige Maria Gonzales, wohnhaft hier in East Harlem«, sagte die Reporterin.

Peri schnappte nach Luft. *O Gott.*
»Kein Kommentar«, sagte der Detective.
»Haben Sie schon irgendwelche Verdächtige, Detective Torres?«
»Ich bin eben erst am Tatort eingetroffen.«
»Stimmt es, dass das Opfer überfallen, aber nicht ausgeraubt wurde?«
»Das wissen wir noch nicht.« Er hob eine Hand als Zeichen, dass er nichts mehr sagen würde. Dann ging er weg.
Die Nachrichten schalteten auf Werbung um.
Völlig aufgewühlt warf Peri den Bademantel von sich, lief ins Bad, drehte den Wasserhahn an der Wanne zu und lief zurück ins Zimmer, wo ihre Kleidung lag.
In Sekundenschnelle war sie angezogen und fegte zur Tür ihres Hotelzimmers hinaus. Im Fahrstuhl zückte sie ihr Handy und wählte sich ins Internet ein. Sie googelte *detective torres polizei new york*.
Als die Fahrstuhltüren in der Lobby aufglitten, hastete Peri los zum 23. Revier in East Harlem.

Ein Sergeant mittleren Alters hatte sie in einen kleinen, fensterlosen, tristen grauen Vernehmungsraum geführt, wo er ihr mitteilte, dass Detective Torres mit ihr sprechen würde, sobald er Zeit hätte. Das war fast eine halbe Stunde her. Peri hatte die ganze Zeit versucht, möglichst nicht daran zu denken, dass ihr Vater nach seiner Verhaftung vermutlich in einen ähnlichen Raum wie diesen gebracht worden war. Gab es eigentlich einen Unterschied zwischen einem *Vernehmungsraum* und einem *Verhörraum*? Vielleicht, denn in diesem Raum war kein Spiegel, es konnte also niemand durch eine Einwegscheibe beobachten, was hier vor sich ging. Andererseits war in einer Ecke eine winzige Kamera angebracht, was darauf schließen ließ, dass die Verhöre heutzutage per Videoübertragung irgendwo an einem Bildschirm verfolgt wurden.
Der Raum war einigermaßen warm, doch je länger Peri wartete, desto mehr begann sie zu frieren.
Noch einen Gedanken versuchte sie vergeblich, während dieser

langen, zermürbenden Wartezeit zu verdrängen. Handelte es sich bei der ermordeten Frau um dieselbe Maria Gonzales, die im Prozess ihres Vater für die Staatsanwaltschaft ausgesagt hatte? Und falls ja, konnte es dann Zufall sein, dass sie so kurz nach Sam Bergers Kontaktaufnahme zu den Personen, die mit dem Fall ihres Vaters zu tun gehabt hatten, ermordet worden war?
Peri glaubte nicht an einen Zufall. Würde sie einen Detective der Mordkommission davon überzeugen können?
Die Tür ging endlich auf, und als Peri den Blick hob, sah sie denselben Mann, den sie vor nicht ganz einer Stunde in den Nachrichten gesehen hatte. Er war etwa Mitte dreißig und trug noch immer denselben gut geschnittenen Anzug wie zuvor im Fernsehen. Der Knoten seiner blau-grau gestreiften Krawatte saß hoch am Hals. Er hätte eher Anwalt sein können als Polizist. Ganz sicher aber trennten ihn Welten von den beiden Witzfiguren Sullivan und Hong, die ihren Vater verhaftet hatten. Seltsamerweise fühlte sie sich durch diesen Gegensatz verunsichert. Sie mochte es nicht, wenn jemand nicht ihren Erwartungen entsprach.
Falls ihr die Unsicherheit anzusehen war, so ließ der freundliche, leicht entschuldigende Gesichtsausdruck des Polizisten nichts davon erkennen. Er stellte sich als Detective Benito Torres vor, nahm ihr gegenüber am Tisch Platz und kam gleich zur Sache.
»Mrs Gold, wie ich höre, haben Sie Informationen über Maria Gonzales.« Er hatte eine dünne Akte in der Hand und legte sie vor sich auf den Tisch. Statt sie aufzuschlagen, legte er seine recht großen Hände darauf, die linke auf die rechte. Peri fiel auf, dass Torres keinen Ehering trug. Wie blöd, so etwas überhaupt zu registrieren, schalt sie sich.
»Haben Sie etwas dagegen, wenn ich unser Gespräch aufzeichne?«, fragte er, ehe sie ein Wort sagen konnte.
Peris Kehle war wie ausgetrocknet. Von Angesicht zu Angesicht mit dem Polizisten kam sie sich plötzlich albern vor. Sie hätte noch warten sollen, sich genauer informieren, der Sache nachgehen, statt gleich zur Polizei zu rennen.
Er hatte ein Minitonbandgerät auf den Tisch gestellt, den Finger schon auf der Starttaste.

Peri nickte, und Torres drückte die Taste, nannte Datum, Uhrzeit, seinen und Peri Golds Namen und verstummte dann.
Der Detective blickte weiter freundlich interessiert, während er sie betrachtete und geduldig abwartete.
Peri sah zu, wie sich das Band auf die leere Spule wickelte, mit nichts gefüllt außer Stille. »Vielleicht hat es ja gar nichts mit Ihrem Fall zu tun, aber wenn diese Maria Gonzales dieselbe Frau ist, die ich gekannt habe … dann könnte ich wichtige Informationen für Sie haben.« Sie nahm einen beruhigenden Atemzug. »Ich … ich kannte früher mal eine Maria Gonzales. Sie hatte eine Freundin, die im selben Haus wohnte wie ich, und Mrs Gonzales hat sie oft besucht.«
»Wann haben Sie in dem Haus gewohnt?«
»Als Kind.«
Überraschung flackerte in Torres' Augen auf. Sie wusste, was er dachte. Sie sah nicht aus wie eine Frau, die aus einem hispanischen Slum in Harlem kam. Es wurde überhaupt nur selten erkannt, dass ein Anteil hispanisches Blut in ihren Adern floss. Manche hielten sie für eine Italienerin, Südeuropäerin. Wenn sie wussten, wer ihr Großvater war, deuteten sie ihre Gesichtszüge als jüdisch. Sie fand es immer amüsant, wenn Leute über ihre Herkunft spekulierten. Nicht mehr.
»Ich bin zur Hälfte Puerto Ricanerin. Von …« Peri zögerte instinktiv. »…von der Seite meines Vaters her. Sein Name war … ist López. Raphael López.« Sie forschte in seinem Gesicht nach irgendeinem Anzeichen, dass ihm der Name etwas sagte, entdeckte aber keines. Wieso auch? Dieser Polizist war noch ein Junge gewesen, als ihr Vater wegen Mordes an seiner Frau ins Gefängnis kam.
»Und Sie glauben, die Frau, die heute ermordet wurde, ist dieselbe Frau, die mit Ihrer damaligen Nachbarin befreundet war?« Er versuchte, ihre Geschichte in Gang zu bringen.
»Es ist möglich, falls sie vor dreiundzwanzig Jahren auf der East 119th Street gewohnt hat.«
»Das ist lange her. Sind Sie sicher, dass die Adresse stimmt?«
Peri hatte sich bei der Lektüre des Prozessprotokolls Name und Anschrift der Augenzeugin ebenso notiert wie Dutzende ande-

rer Namen und Adressen. Die Gonzales-Adresse war ihr nicht von ungefähr im Gedächtnis haften geblieben.
»Sie hat auf der Straße gewohnt, wo die Kirche war, in die ich immer mit meiner … Großmutter gegangen bin.«
Torres holte sein Handy hervor, tippte eine Nummer ein. Sekunden später sprach er mit der Person, die er angerufen hatte.
»Es geht um den Fall Gonzales. Ich muss wissen, wo das Opfer vor dreiundzwanzig Jahren gewohnt hat.«
Er lauschte kurz, erwiderte dann ruhig, aber bestimmt. »Ja, aber da hat sie nur die letzten zwanzig Jahre gewohnt. Mich interessiert, wo sie gewohnt hat, bevor sie dahingezogen ist.« Eine noch kürzere Pause. »So schnell es geht.« Er steckte das Handy in die Innentasche seines Jacketts und legte die Hände wieder gefaltet auf die noch ungeöffnete Akte.
»Dann erzählen Sie mir mal was über die Maria Gonzales, die Sie gekannt haben.«
Peri kam sich zunehmend albern vor. Würde dieser Detective sie als verzweifelte Frau abtun, die nach einem Strohhalm griff? Verdutzt sah sie ein mitfühlendes Lächeln in Torres' Gesicht.
»Solche Dinge fallen niemandem leicht, Mrs Gold.«
*»Miss.«*
»Oh, Entschuldigung. Ich dachte, weil Sie sagten, der Name Ihres Vaters ist López …«
»Ich benutze … den Nachnamen meiner Mutter.«
Torres nickte nur knapp. Aber Peri meinte, einen schwachen Hauch von Missbilligung in seinen Augen zu sehen. Bestimmt dachte er, sie benutzte den Namen *Gold*, weil sie nicht für eine Puerto Ricanerin gehalten werden wollte. Dabei war es Morris, der das nicht wollte. Peri wurde klar, dass eigentlich nichts sie davon abhalten konnte, ihren richtigen Namen wieder anzunehmen. Sie würde Karen bitten, sich darum zu kümmern.
Karen. Sie hatten sich nicht im Guten getrennt …
»Also, Ms Gold, erzählen Sie mir einfach, warum Sie hier sind.«
»Ich … ich kannte Maria Gonzales eigentlich nicht«, setzte sie an, wobei ihr spürbar die Röte ins Gesicht stieg. »Ich habe sie einige Male gesehen, als ich ein Kind war. Aber ich würde sie ehrlich gesagt wahrscheinlich nicht mal wiedererkennen, wenn

ich ein Foto von ihr aus der Zeit sähe. Sie spielte in meinem Leben keine Rolle, bis –« Sie hielt inne, holte tief Luft. »Bis sie in einem Mordprozess gegen meinen Vater ausgesagt hat.«
Torres' dunkle Augen verengten sich leicht, aber das war alles. Die Augen. Sie verrieten etwas mehr über diesen Mann, der ansonsten nur sehr wenig von sich preisgab. Peri konnte sich vorstellen, dass er gut darin war, Verdächtige zu verhören.
»Maria Gonzales hat ausgesagt, dass sie ihre Freundin besuchen wollte und gesehen hat, wie mein Vater aus dem Haus floh, in dem ich mit meiner Mutter wohnte. In dem meine Mutter gerade … brutal vergewaltigt und ermordet worden war. Ich … ich habe sie gefunden. Meine Mutter ist in meinen Armen gestorben. Mein Vater wurde wegen des Mordes an ihr schuldiggesprochen. Er sitzt seit dreiundzwanzig Jahren lebenslänglich im Gefängnis, ohne Aussicht auf Begnadigung.« Peri stockte, suchte in den Augen des Detective nach irgendeiner Reaktion und meinte, einen kurzen Schimmer Mitgefühl zu sehen.
»Die Sache ist die«, fuhr Peri fort, »kurz nach dem Mord an meiner Mutter konnte Maria Gonzales den fliehenden Mann bestenfalls vage beschreiben. Und Monate später dann, im Zeugenstand, behauptete Mrs Gonzales mit absoluter Sicherheit, der Mann, den sie gesehen hatte, sei mein Vater gewesen. Vor zwei Monaten hat ein Filmemacher namens Sam Berger begonnen, eine Dokumentation über meinen Vater zu drehen. Mein Vater hat immer seine Unschuld beteuert, und Berger hat, nachdem er sämtliche Berichte, Prozessprotokolle und Zeugenbefragungen durchgegangen ist, die Überzeugung gewonnen, dass mein Vater keinen fairen Prozess hatte. Er erhofft sich von seinem Film einen öffentlichen Meinungsumschwung dahingehend, dass mein Vater ein Wiederaufnahmeverfahren verdient. Ich sollte hinzufügen, dass Sam Berger und meine Anwältin die Schuld meines Vaters ernsthaft in Frage stellen.« Sie zögerte. »Ich übrigens auch, nachdem ich nicht nur die Prozessakte gelesen, sondern auch weitere Informationen gesichtet habe, die Mr Berger zusammengetragen hat.«
Peri blickte Torres direkt in die Augen, und er erwiderte ihren Blick, doch diesmal konnte sie keine Regung erkennen.

»Sam Berger hat, wie gesagt, vor zwei Monaten mit diesem Projekt begonnen, und er hat zu Leuten Kontakt aufgenommen, die mit dem Fall meines Vaters zu tun hatten, um sie zu interviewen. Ich glaube auch zu Maria Gonzales.«
Peri beugte sich vor, damit ihr Gesicht dem des Polizisten näher war. »Detective Torres, wenn Maria Gonzales vor laufender Kamera zugegeben hätte, dass sie gezwungen wurde, im Prozess meines Vaters anders auszusagen als bei der Polizei, dann hätte das dazu beitragen können, dass meinem Vater ein neues Verfahren gewährt würde. Und jetzt ist sie tot.«
»Jemand mit dem Namen Maria Gonzales ist tot«, sagte Torres leise, als wollte er sie daran erinnern, dass sie voreilige Schlüsse zog.
»Aber falls es die Frau ist, für die ich sie halte, dann kann sie ihre Aussage nicht mehr widerrufen. Ich habe noch aus einem anderen Grund dieses … dieses Bauchgefühl, dass die Tote diese Maria Gonzales ist.« Sie zögerte, weil sie wusste, dass Sam Berger die Polizei nicht mit einbeziehen wollte. Aber andererseits hatte er auch sie nicht mit einbeziehen wollen.
»Gestern Nacht wurde Sam Berger in seiner Wohnung überfallen. Das war eine Drohung. Er soll das Projekt aufgeben.«
Torres blickte sie eindringlicher an.
»Er hat die Sache nicht der Polizei gemeldet. Er hat mir gesagt, er habe nicht erkennen können, wer der Typ war. Er wurde im Schlaf überfallen, und es war dunkel im Zimmer.«
Peri hatte ein schlechtes Gewissen. Jemanden zu verraten war nicht ihre Art. Und obwohl sie wütend auf Berger war, weil er ihre Mithilfe abgelehnt hatte, wollte er sie schließlich nur schützen. Genau wie seine Exfrau. Peri machte sich nichts vor. Sie begab sich in Gefahr. Sie konnte verletzt werden. Oder schlimmer, wie die arme Maria Gonzales enden.
Aber was blieb ihr anderes übrig, als alles in ihrer Macht Stehende zu tun, damit ihr Vater einen neuen Prozess bekam? Einen fairen Prozess. Einen, in dem er eine reale Chance hätte, seine Unschuld zu beweisen.
Das war Peri ihrem Vater schuldig. Sie war ihm so vieles schuldig. Und es blieb nur noch so wenig Zeit.

»Gibt es sonst noch was?«, fragte Torres leise.
»Ich denke … das ist alles«, schloss sie erschöpft.
Torres hielt den Blick weiter auf sie gerichtet, einen wissenden Ausdruck in den Augen. »Irgendwie hab ich da so meine Zweifel, Ms Gold.«
Ein intelligenter Cop. Sogar ein geduldiger. Ein richtiger Heiliger, dachte Peri.

# 44

Noah Harris hörte den Jeep Cherokee seiner Frau in die Garage rollen. Daher kippte er rasch den Scotch hinunter und versteckte das Glas und die halbleere Flasche in seiner Schreibtischschublade. Er strich seine schütteren Haare, die inzwischen mehr grau als blond waren, nach hinten und steckte sich ein Pfefferminzbonbon in den Mund.

Carol Harris, eine kleine, untersetzte Frau mit kurzem, grau meliertem Haar, bekleidet mit einer beigefarbenen Bluse und einem tristen braunen Rock, kam ins holzgetäfelte Arbeitszimmer ihres Mannes und musterte ihn mit angewidertem Blick, als er sie mit einem rauen »Hi, Liebes« begrüßte.

»Hier stinkt's«, zischte sie, schritt dann zielstrebig in ihren uneleganten Halbschuhen zu dem Fenster, das ihrem Mann am nächsten war, und öffnete es. Er fröstelte, als ein kalter Luftzug ihn traf.

»Ich hatte nur zwei, Carol, ich schwöre.« Er sagte es nicht mit großer Inbrunst, weil er wusste, dass sie ihm ohnehin nicht glauben würde. Sie glaubte ihm nur ganz selten. Aus gutem Grund. Er hatte sie über die Jahre viele Male belogen, vor allem was seine Freizeitaktivitäten betraf. Er hatte den Überblick darüber verloren, wie viele bedeutungslose Bettgeschichten er inzwischen gehabt hatte. Seine Frau hatte häufig Verdacht geschöpft, aber sie hatte ihm nie etwas nachweisen können.

Und es waren nicht alles bloß Bettgeschichten gewesen. Eine seiner außerehelichen Affären war sogar ausgesprochen ernst gewesen, zumindest von seiner Seite her. Und wenn seine Frau hinter dieses Verhältnis gekommen wäre, hätte sie ihm nie verziehen. Schlimm genug, dass er vorgeladen worden war, als Zeuge in einem Prozess auszusagen. Aber er hatte mit keinem Wort durchblicken lassen, dass er auch nach der Highschool noch was mit Ali gehabt hatte.

Allein der Gedanke, dass sein Verhältnis mit Alison Gold jetzt noch ans Licht kommen könnte, nachdem er sich doch so lange in Sicherheit gewähnt hatte, löste bei Noah ein dumpfes, ängstliches Pochen in der Magengrube aus. Er hoffte inständig, dass er diesem verdammten Filmmenschen unmissverständlich klargemacht hatte, was Sache war. Das Letzte, was er gebrauchen konnte, war jemand, der alte Geheimnisse hervorkramte.

Wenn die Wahrheit über ihre Affäre herauskäme, und schlimmer noch, bekannt würde, dann würde Carol ihn verlassen, daran hatte er nicht den geringsten Zweifel. Und obwohl sie einander nicht mehr besonders zugetan waren, wollte Noah keinesfalls das emotionale Chaos und die finanziellen Einbußen, die eine Scheidung mit sich bringen würde. Jetzt, da ihre gemeinsamen Ersparnisse fast auf ein Nichts geschwunden waren, war es Carol, die ihn finanziell über Wasser hielt. Von der Existenz seiner »privaten« Ersparnisse, Geld, das er während der guten Jahre beiseitegeschafft hatte, hatte Carol keine Ahnung.

Er brauchte das Geld. Ihm allein verdankte er ein gewisses Gefühl von Unabhängigkeit. Und obwohl auch diese Reserven unaufhaltsam schwanden, hatte er noch immer genug, um seine persönlichen Bedürfnisse zu befriedigen. Solange Carol ihn nicht verließ, die Scheidung einreichte und das geheime Konto ans Tageslicht kam. So wie die Dinge lagen, würde sie wahrscheinlich alles bekommen. Das Geld, das Haus. Und ganz sicher würden ihre beiden erwachsenen Söhne ihm allein die Schuld an der Scheidung geben und sich gegen ihn wenden.

Aber es hatte mal eine Zeit gegeben, da hätte er sich ohne mit der Wimper zu zucken von Carol und sogar den beiden Jungs getrennt. Hätte ihnen das Haus überlassen, das Geld, alles.

Noah merkte, wie er Tränen wegblinzelte. Der Alkohol, die kalte Abendluft durch das offene Fenster und vielleicht ein paar lang zurückliegende Erinnerungen …

*»Ich lasse mich von meiner Frau scheiden. Du lässt dich von deinem Mann scheiden. Wir sind noch jung. Wir hätten ein langes gemeinsames Leben vor uns.«*

*»Und unsere Kinder? Was wird aus unseren Kindern?«*

*»Da finden wir schon eine Lösung, Liebling. Du musst nur Ja sagen …«*

*Aber sie tat es nicht.*

Liebte sie ihn überhaupt noch? Oder war er für sie bloß ein Abenteuer?

»Warst du heute überhaupt mal vor der Tür?«, sagte Carol gereizt und riss Noah aus seinen verstörenden Gedanken. »Ich hoffe, es ist noch Kaffee da. Ich hab ein halbes Dutzend Häuser gezeigt und war danach einfach zu kaputt, um noch auf dem Nachhauseweg beim Supermarkt vorbeizufahren.« Sie hatte ihre Zulassung als Immobilienmaklerin gemacht, nachdem er vor neun Monaten seinen Job an der Wall Street verloren hatte. Eine befreundete Maklerin hatte Carol eine Stelle in der Wiley Agency verschafft. Sie arbeitete ausschließlich auf Provisionsbasis. Und sündhaft teure Villen fanden heutzutage selbst in Westchester nicht gerade reißenden Absatz. Sie hatte ein paar kleinere Häuser verkauft, genug, um die Rechnungen bezahlen zu können. Zum Glück war ihr eigenes Haus abbezahlt, aber wenn die Wirtschaftslage nicht besser wurde, würden sie versuchen müssen, es erneut zu belasten. Doch auch eine neue Hypothek wäre nicht so einfach zu bekommen, schließlich war er arbeitslos und Carol verdiente in letzter Zeit weiß Gott nicht üppig.

»Ich fahr noch schnell Milch kaufen, wenn wir keine mehr haben«, bot Noah an, als ihm einfiel, dass er den letzten Kaffee am Nachmittag getrunken hatte.

Carol knallte das Fenster zu. Die Heizkosten waren auch so schon horrende. »Ja klar, und wirst wieder betrunken am Steuer erwischt. Du hast deinen Führerschein doch nur noch, weil du kaum noch das Haus verlässt, seit du gefeuert wurdest.«

»Das stimmt nicht, und das weißt du auch. Ich bin seit Monaten auf Jobsuche. Ich rufe fast täglich irgendwelche Headhunter an. Diese verdammte Rezession –«

»Immer dieselbe alte Leier. Such dir einen Job an der Tank-

stelle, im Supermarkt. Tu irgendwas, statt immer nur hier rumzusitzen und dein Selbstmitleid in teurem Whisky zu ertränken, für den ich bezahle«, fauchte sie.
Mein Gott, dachte er, als er seine zornige, dickliche Frau betrachtete, wie war es nur möglich, dass er sich auf sie eingelassen hatte? Das lag dreißig Jahre zurück, als er frisch getrennt gewesen war und unbedingt eine neue Frau finden wollte, egal wen, Hauptsache, sie half ihm, die Liebe seines Lebens zu vergessen. Carol Ross war damals eine schmächtige junge Frau gewesen, mit langen kastanienbraunen Haaren, strahlend grünen Augen und einem koketten Lächeln. Jetzt hatte sie gut vierzig Pfund zugelegt und färbte sich nicht mehr die Haare, weshalb sie gut zehn Jahre älter aussah als die siebenundvierzig, die sie war. Aber so toll sah er mit seinen neunundvierzig ja auch nicht mehr aus, wie er zugeben musste.
Er sah sie an, als sie sich von ihm abwandte.
»Ich mach mir jetzt mein Weight-Watcher-Essen«, rief sie im Hinausgehen, womit die Botschaft klar war – er konnte selbst sehen, wie er etwas in den Magen bekam.
Noah seufzte. Er hatte keinen Hunger. Er öffnete die Schreibtischschublade und holte den Scotch wieder hervor, zog den Verschluss ab und genehmigte sich einen Schluck direkt aus der Flasche.
Sein Leben hätte so anders verlaufen können. Wenn Ali nur Ja gesagt hätte …
Er schob die Flasche zurück in die Schublade, in der sich ein verschlossenes Geheimfach befand, wo er das Scheckheft verwahrte, von dem seine Frau nichts wusste, nahm sein Handy aus der Tasche und rief eine Nummer an, die er auswendig konnte.

# 45

Mickey López stolperte Richtung Tür. Sie öffnete sich, noch ehe er sie erreichte. Verdammt, er hätte abschließen sollen. Man konnte ja nie wissen, wer in diesem Loch einfach so bei einem reinspazierte. Er spürte einen Anflug von Furcht, doch seine Entzugserscheinungen ließen sie nicht richtig an ihn ran. Und dann erhellte sich seine Miene. Vielleicht war es Lo, die mit etwas Dope für ihn zurückgekommen war – oder mit etwas Barem, damit er sich Stoff besorgen konnte. Die Möglichkeit ließ ihn lächeln.

Er lächelte noch immer, als er einen Mann hereinkommen sah. Mickey kannte ihn nicht, aber irgendwie kam er ihm doch bekannt vor. Vielleicht hatte er mal Dope bei ihm gekauft. Vielleicht kam er jetzt wieder mit ihm ins Geschäft …

»Wie läuft's, Mann?«

Mickey zitterte am ganzen Körper. »Nicht so gut, Mann.«

»Ja, das sieht man. Was brauchst du?«

»Egal, Mann. Was du hast.«

»Was krieg ich dafür?«

»Im Moment hab ich nichts. Aber ich kann 'nen Haufen Kohle besorgen. Ich hab einen Plan, Mann. Ich brauch dazu bloß … ich brauch dazu bloß … meinen Kopf … ich hab alles hier drin.« Mit einer arg zitternden Hand tippte er sich an den Schädel.

»Was hast du denn da oben in der Birne, Mann?«

»Einen Plan … einen Plan, um an Kohle ranzukommen. Weil ich Sachen weiß, Mann … und ich könnte … ich könnte jemanden … verpfeifen, Mann. Aber ich kann den Mund halten,

Mann … ich brauch bloß …« Er hielt sich den Bauch. Er hatte das Gefühl, gleich kotzen zu müssen. »Bitte, Mann, ich fleh dich an. Gib mir bloß so viel … wie ich brauche … damit ich … den Plan … die Sache durchziehen kann.«
»Du glaubst ernsthaft, jemand zahlt dir 'nen Haufen Kohle, damit du die Klappe hältst?«
»Ich weiß es, Mann.«
»Echt? Und was ist das für 'ne Sache, die so heiß ist, dass jemand dich dafür bezahlt?«
»Jedenfalls ist sie so heiß, dass es dem Typen leidtun wird, wenn er nicht zahlt.«
»Scheiße, Mann. Du laberst doch bloß. Damit kommst du nicht weit.«
Mickey López gab einen krächzenden Laut von sich, der ein Lachen sein sollte. »Von wegen, Mann. Ich hab was … Handfestes.«
»Soll das heißen, du könntest irgendwen erpressen oder so? Und hast es noch nicht gemacht? Erzähl keinen Scheiß, Mann.«
»Ich hab's vergessen, Mann. Ist 'ne Ewigkeit her, Mann. Ist mir aber wieder eingefallen. So was, wo du jahrelang nicht dran denkst, und dann … wie wenn du bei dir aufräumst und … du weißt schon ….«
Der Besucher lachte leise auf. »Hier hast du aufgeräumt? Wie hat die Bude denn vorher ausgesehen?«
»Nee … ich mein doch nicht hier. Ich meine, du weißt schon, wie wenn du nach irgendwas suchst … und findest was anderes, was du völlig vergessen hattest. Das war echt … schräg, Mann. Ich meine, als ich es auf einmal gefunden hab.«
»Hast du irgendwem was davon erzählt?«
»Nee, Mann. Keiner Sau. Das heißt … außer dem Typen, der mir dafür ordentlich was hinblättern soll. Der will mich noch hinhalten, aber irgendwann zahlt er. Und dann werd ich Stammkunde bei dir, Mann.«
»Bist du sicher, dass sonst keiner was davon weiß? Du hast doch bestimmt deiner Freundin davon erzählt. Ihr gesagt, wo du dein kleines Geheimnis versteckt hast, mit dem du Geld scheffeln wirst, oder?«

»Ich hab keine Freundin, Mann«, erwiderte Mickey. »Kein Schwein weiß was davon, Mann. Ich verrat's keinem.«
»Aber mir verrätst du's doch, oder, Mickey?«
»Das geht nicht … wirklich nicht, Mann. Das ist mein Lotterielos.«
»Nein, Mann, das ist nicht dein Lotterielos. Das hier ist dein Lotterielos.«
Mickey sah, wie der andere in die Tasche griff und ein kleines Tütchen schneeweißes Pulver hervorholte. Der Dealer hielt es ihm vor die Nase. Mickey begann fast zu sabbern. Schon allein der Anblick des Heroins, die Vorfreude auf das Gefühl, wenn er es sich in die Vene spritzte, dämpfte das Zittern seines Körpers. Mickey leckte sich die trockenen Lippen und griff nach dem Tütchen. Er war wie ein Kind auf einem Karussellpferd, das nach dem über ihm schwebenden Messingring greift. Und dann, als er ihn fast hatte, war der Messingring – das wunderschöne Tütchen Heroin – verschwunden. Der Scheißkerl hatte es wieder eingesteckt.
»O nein, tu mir das nicht an, Mann.« Mickey war vor Entsetzen über den Verlust auf die Knie gefallen und fing an zu weinen.
Der Typ kniete sich neben ihn. »Hör auf zu flennen, Mann, und hör mir zu. Du lässt mich einen Blick auf dieses sogenannte *Lotterielos* werfen, und ich geb dir von diesem supertollen Stoff ein Pröbchen, das dich die ganze Nacht glücklich macht. Und jetzt kommt das Beste: Wenn du mir keinen Schwachsinn erzählt hast, dann musst du dir, wie du vorhin selbst gesagt hast, nie wieder Sorgen wegen Nachschub machen. Dann werde ich nämlich dein Schutzengel.«
Tränen strömten Mickey übers Gesicht, Paranoia vermischt mit Verzweiflung. Wenn er klarer bei Verstand gewesen wäre, hätte er gewusst, dass er einen Pakt mit dem Teufel schloss. Aber in Wahrheit hatte er den Pakt schon vor langer Zeit geschlossen.
»Okay, Mann. Okay.« Mickey saß jetzt auf dem Boden. Nie und nimmer würde er aus eigener Kraft auf die Beine kommen. »Mein Besteck ist in der Schublade. Ich … brauch … ein bisschen Hilfe.«

»Das Lotterielos, Mickey. Wo ist es?«
Mickey zitterte wieder heftig. »Nur einen kleinen Schuss ... dann sag ich's dir.«
»Mickey, seh ich aus wie einer, mit dem du Spielchen treiben kannst? Was ist dieses verdammte Lotterielos überhaupt?«
Mickey blinzelte zu ihm hoch. Nein, mit dem Typen legte man sich besser nicht an. »Es sind ... ein paar Fotos. Fotos ... die ich gemacht hab ... vor Jahren.«
»Ach ja? Von was?«
»Nein, von wem. Kapierst du, Mann, das ist das Lotterielos.«
Mickey sprach ins Leere hinein. Zuerst überkam ihn Panik, weil er dachte, sein Retter wäre mit dem Heroin abgehauen. Aber auf einmal war der Typ mit dem Besteck wieder da, kniete vor ihm, bereitete den Schuss für ihn vor. Mickey weinte wieder, diesmal vor Freude, nicht vor Verzweiflung. Was zählte, war das hier, nichts anderes.
Der Typ hielt die Spritze hoch. Er trug Plastikhandschuhe, wie ein Arzt, der sich nicht anstecken will. »Also, Mickey, wo finde ich denn die Fotos, die du hast?«
»Unterm Bett, Mann. In ... in einem Schuhkarton. Okay? Da drüben.«
Wie versprochen, gab der Typ Mickey die Spritze, nach der er lechzte. Als das Heroin ihm durch die Blutbahn rauschte, lächelte Mickey wie ein Kind. Er hatte den Messingring doch noch erwischt. Er war selig ...
Bis die Krämpfe einsetzten. Gott sei Dank dauerten sie nicht lange.
Inzwischen hatte sein Retter unter dem Bett einen alten, lädierten Sportschuhkarton hervorgeholt und durchsuchte ihn, bis er zufrieden grinste. Als er schließlich durch die Tür wieder verschwand, war Mickey López bereits an einer Überdosis gestorben.

# 46

Karen wusste nicht, ob sie froh oder enttäuscht war, als Sam nach ihrem leidenschaftlichen Kuss am Nachmittag ihre Wohnung verließ. Wer hatte sich zuerst aus der Umarmung gelöst? Sie war nicht sicher. In einem Punkt jedoch war sie ganz sicher: Sie war emotional noch nicht dafür gerüstet, mit ihrem Exmann ins Bett zu gehen. Selbst wenn sie López letztlich doch nicht als Anwältin vertreten sollte, würde sie sich zumindest über alles, was passierte, auf dem Laufenden halten. Und still und leise eigene Ermittlungen anstellen.
Woody stand winselnd an der Wohnungstür. Es war schon nach sieben Uhr abends. Sie ging mit ihm kürzer raus, als ihm lieb gewesen wäre, weil die Müdigkeit sie schließlich übermannte. Zurück in ihrer Wohnung streckte Karen sich auf dem Sofa aus und blätterte gedankenverloren in einer Modezeitschrift, bis sie nach wenigen Minuten eindöste.
Es war dunkel, als sie aufwachte. Sie wusste nicht, ob es Nacht oder früher Morgen war. Panisch sprang sie von der Couch, weil sie dachte, wenn es bald hell würde, müsste sie packen und sich fertig machen für ihren Flug nach Florida, der am Vormittag ging.
Dann fiel ihr Blick auf die Uhr, und sie atmete erleichtert auf: Es war erst kurz nach neun Uhr abends. Ihr Magen rumorte, und sie merkte, dass sie hungrig war. Karen ging in die Küche, wo Woody vor seinem leeren Fressnapf auf dem Holzboden lag, öffnete den Kühlschrank und nahm etwas Putenaufschnitt und Brot für ein Sandwich heraus. Sie zog ein paar Scheiben Puten-

brust aus der Packung und warf sie in den Fressnapf. »Leckerchen für dich, Woody. Aber bild dir bloß nicht ein, dass ich dich jetzt immer so verwöhne.«
Hungrig stürzte Woody sich auf die seltene Leckerei, die in Sekundenschnelle weg war.
Karens Kopf hatte angefangen zu pochen. Ihr wurde bewusst, dass sie den ganzen Tag fast ausschließlich von Kaffee gelebt hatte. Nun spürte sie, wie ihre Magensäfte zu arbeiten begannen.
Als sie ihr Sandwich halb aufgegessen hatte, merkte sie, dass es trocken war und nach nichts schmeckte, aber sie aß es trotzdem. Dann holte sie eine Flasche Wasser aus einem Schrank und trank sie in großen Schlucken fast ganz aus.
Woody kam zu ihr herübergetrottet. Sie kraulte ihm den Kopf, ging dann zu seiner Schüssel und goss den Rest von ihrem Wasser hinein. Sein Fressnapf war leer. Sie füllte ihn mit Trockenfutter. Woody warf einen kurzen Blick darauf, schaute dann traurig zu ihr hoch.
»Ich hab dich vorgewarnt, Schätzchen.«
Woody winselte, legte sich dann zu ihren Füßen hin, gähnte laut und schloss die Augen.
»Ach du Scheiße«, murmelte Karen, während sie zu ihm hinabschaute. Was sollte sie mit Woody machen, solange sie nicht da war? Bis Dienstag oder länger? Sie würde am Morgen als Erstes einen Hundesitter auftreiben müssen. Für solche Fälle gab es doch bestimmt Notdienste. Würden sie auch auf den letzten Drücker zur Verfügung stehen?
Sie dachte auch daran, dass sie in ihrem Büro anrufen musste. Sie würde lügen und ihnen weismachen müssen, dass sie krank sei.
Sie setzte sich an den Küchentisch und vergrub das Gesicht in den Händen. So unvorbereitet und desorganisiert war sie normalerweise nicht. Bis jetzt.
Zu allem Übel hatte sie sich in eine Situation verstrickt, die gespickt war mit emotionalen Sprengfallen und möglichen realen Gefahren. Sam hatte ihr weiß Gott die Chance gegeben, sich aus der Sache rauszuhalten. Er hatte sie geradezu angefleht, sich

nicht einzumischen. Und Peri Gold hatte ihr deutlich zu verstehen gegeben, dass sie ihr nicht mehr vertraute und überzeugt war, ihre Anwältin würde sich aus rein eigennützigen Motiven für ihren Vater einsetzen wollen.

Karen hob den Kopf. Die Kopie der López-Akte, die Sam für sie gemacht hatte, lag noch immer auf dem Tisch, wo Peri sie bei ihrem überstürzten Abgang vergessen hatte. Sam hatte Peris Notizen mitgenommen, die Akte aber für Karen dagelassen, damit sie noch einmal alle juristischen Fragen überprüfen konnte.

»Okay, du hast gewonnen.« Sie lächelte zu dem Hund hinunter, nahm den Rest Putenaufschnitt, der noch auf dem Tisch lag, und warf ihn auf das Trockenfutter im Napf. Woody machte sich sofort darüber her. Wenn Menschen doch auch so einfach zufriedenzustellen wären.

Nachdem sie den Hund versorgt hatte, schlug Karen die Akte auf und blätterte darin herum, bis sie das Prozessprotokoll fand. Ihr erster Gedanke war: *Wenn ich doch bloß mit meinem Vater darüber sprechen könnte.* Aber er hatte alles, was er über den López-Fall wusste, mit ins Grab genommen.

Oder vielleicht doch nicht?

Karen stand auf und holte das Telefonbuch aus einer Küchenschrankschublade, in der Hoffnung, dass der Name drin stand. Ja. Karen blickte verblüfft auf die Adresse. Janice Meyers wohnte ebenso wie sie auf der Upper East Side, keine Meile von ihr entfernt. Durchaus denkbar, dass Karen schon etliche Male an der Frau vorbeigegangen war, auf der Straße, in irgendeinem Laden oder in der U-Bahn. Vielleicht hatten sie sogar denselben Friseur.

Auch wenn das Herausfinden der Nummer problemlos gewesen war, sie anzurufen erforderte ein wenig mehr Überlegung. Karen sah auf die Küchenuhr. Es war fast halb zehn. Vielleicht wollte Janice gerade zu Bett gehen? War sie noch immer Single oder hatte sie geheiratet? Hatte sie einen Haushalt zu versorgen?

Karen könnte bis nach ihrer Rückkehr aus Miami warten. Aber was, wenn sie bis dahin den Mut verloren hatte?

Nervös begann sie, die Nummer zu wählen. Würde Janice ihre

Stimme erkennen? Wohl kaum. Das letzte Mal hatten sie auf der Beerdigung von Karens Vater vor über zwanzig Jahren miteinander gesprochen.
Karen hätte gern den Kontakt zu ihrer Tante aufrechterhalten. Auch Janice hätte das sicher gewollt. Aber die einzige Schwester ihres Vaters und Karens Mutter waren sich nicht grün. Barbara Meyers war der festen Überzeugung, dass Janice ihren kleinen Bruder beeinflusst hatte und eine Mitschuld am Scheitern seiner Ehe trug. Wie oft hatte Karen sich die immer gleiche Leier von ihrer Mutter anhören müssen? *»Sie hat immer gedacht, ihr geliebter kleiner Bruder wäre zu gut für mich. Für Janice war er ein strahlender Prinz und ich eine ungebildete dumme Gans. Sie hat doch mir gegenüber von Anfang an ihre Nase gerümpft. Wir haben nicht mal ein Hochzeitsgeschenk von ihr bekommen. Wahrscheinlich hat sie vor Freude Luftsprünge gemacht, als er mich verlassen hat. Oh, sie hat ordentlich nachgeholfen, das kannst du mir glauben.«*
Karen hatte keine Ahnung, ob an dem, was ihre Mutter ihr so oft vorgebetet hatte, irgendwas Wahres dran war. Ruhe gegeben hatte sie erst nach dem tödlichen Autounfall ihres Exmannes. Danach hatte sie über ihn genauso wenig gesprochen wie über Janice.
Karens Zeigefinger schwebte über der 7, die letzte Ziffer der Telefonnummer. Würde ihre Mom das selbst heute noch als Verrat auffassen? Andererseits, ihre Mutter musste es ja nicht erfahren. Sie lebte über hundert Meilen entfernt und sprach wahrscheinlich nach wie vor kein Wort mit ihrer Exschwägerin. Karen drückte die 7.
Nach dem zweiten Klingeln meldete sich eine Frau. »Hallo?«
»Tante Janice. Ich bin's Karen. Karen Meyers. Deine … deine Nichte.«
Schweigen am anderen Ende der Leitung.
Karen begriff, wie albern die Erläuterung war. Würde ihre Tante sie für genauso dumm halten wie ihre Mutter?
»Karen. Wie schön, deine Stimme zu hören.« Und dann, kaum einen Atemzug später: »Ist was passiert? Geht's dir gut?« Zumindest hörte sich ihre Tante an, als wäre sie hellwach.
Woody bellte. Ach, verdammt, dachte Karen, er muss noch mal

raus, kein Wunder, er hatte eine ganze Schüssel Wasser getrunken. Wenn sie jetzt nicht mit ihm vor die Tür ging, gäbe es wieder ein Malheur.
»Du hast einen Hund.«
Karen lächelte. »Ja, gewissermaßen. Ich hab ihn sozusagen in Pflege.«
»Dein Vater war ein Hundenarr.«
Karen merkte, dass ihre Tante das spontan gesagt hatte.
»Dann ist also alles in Ordnung?«, fragte Janice rasch nach. »Oder ist was mit deiner Mutter?« Ihre Stimme klang besorgt.
»Nein, ihr geht's gut«, sagte Karen überrascht. »Mir auch.«
»Gut. Da bin ich ja froh.« Eine kurze Pause entstand. »Und du bist also in die Fußstapfen deines Vaters getreten?«
»Wie meinst du das?« Karen war augenblicklich auf der Hut.
»Du bist auch Anwältin geworden. Kinder treten häufig in die Fußstapfen ihrer Väter.«
»Ja, aber ich bin keine Staatsanwältin.«
»Machst du Strafrecht?«
Karen zögerte. Was sollte sie antworten? Ahnte ihre Tante irgendetwas? Hatte ihr Vater sich seiner Schwester anvertraut? Hatte Janice irgendetwas über ihn herausgefunden, vor oder nach seinem Tod?
Unwahrscheinlich, Janice hatte einfach nur interessiert geklungen.
»Nein. Ich bin Anwältin für Wirtschaftsrecht«, sagte Karen. »Aber ich überprüfe zurzeit eine Strafsache. Für eine Freundin. Genauer gesagt, einen Fall, in dem mein Vater die Anklage vertreten hat.«
»Verstehe.« Jetzt meinte Karen, in der Stimme ihrer Tante einen vorsichtigen Unterton zu vernehmen.
Sie beschloss, am besten gleich zur Sache zu kommen.
»Mein Vater muss doch jede Menge Unterlagen gehabt haben, ich meine von Fällen, bei denen er die Anklage vertreten hat. Und nach … nach seinem Tod … ich hab mich gefragt, ob von seinen Akten noch welche …«
»Ich habe eine ganze Menge Sachen von deinem Vater im Keller verstaut. Ich weiß gar nicht genau, was das alles ist. Nach

seinem Tod hab ich seine Unterlagen in Kartons verpackt, zusammen mit einigen … Fotos, Bildern, Kleinkram. Die Aktenschränke und sonstigen Möbel hab ich an einen Händler verkauft. Den Scheck habe ich deiner Mutter geschickt. Der Händler hat mich dann Monate später angerufen, dass der Scheck noch nicht eingelöst worden war.« Mehr sagte Janice nicht dazu.

»Hättest du was dagegen, wenn ich die Kartons in deinem Keller mal durchsehe?«

»Aber nein, überhaupt nicht, Liebes, du kannst alles haben, was du willst. Deinem Vater wäre das bestimmt recht. Wann möchtest du vorbeikommen?«

Woody bellte erneut und lief dann zur Küche hinaus.

»Wie wär's mit jetzt gleich, falls es dir nicht zu spät ist?«

»Nein, nein, ich geh immer erst nach der Jay-Leno-Show ins Bett.«

»Tja … wenn du meinst. Ich muss morgen für ein paar Tage verreisen, deshalb würde ich mir die Sachen ganz gerne noch vorher durchsehen. Ich könnte in zwanzig Minuten bei dir sein.«

»Es scheint ja ziemlich wichtig zu sein.«

»Gut möglich.«

»Ich mach dir einen Vorschlag. Ich besorg uns unten bei Dean and DeLuca rasch ein paar Kleinigkeiten, dann können wir noch zusammen einen Happen essen –«

»O nein, bitte, mach dir keine Umstände. Ich habe schon gegessen.« Das trockene Sandwich lag Karen wie Blei im Magen.

Woody bellte wieder.

»Bring deinen Hund mit. Wie heißt er?«

»Woody.«

»Süß. Er kann mir Gesellschaft leisten, während du herumkramst. Und wenn du willst, können wir anschließend noch ein bisschen erzählen.«

Tränen brannten Karen in den Augen, obwohl sie nicht hätte sagen können, warum. »Das würde ich gerne, Tante Janice. Furchtbar gerne.«

# 47

Peri winkte vor der Polizeistation gerade ein Taxi heran, als sie hörte, wie ihr Name gerufen wurde. Sie wandte den Kopf und sah Detective Torres im Laufschritt die Betonstufen herunterkommen.

Das Taxi hielt am Bordstein, und Peri wollte es schon weiterwinken, als Torres sie erreichte, ihren Ellbogen fasste und sie zur hinteren Tür des Wagens führte. Er öffnete sie für sie. Sie stieg ein und er ebenfalls.

»Wo wollten Sie hin?«, fragte Torres.

»In ... in mein Hotel.«

Seine dunklen Augen blickten überrascht, doch er bat sie lediglich, dem Taxifahrer die Adresse zu nennen.

»Hamilton Hotel, 64$^{th}$ Ecke 5$^{th}$.« Sie sah Torres direkt an, während sie das sagte.

»Sie hatten recht«, erklärte er. »Deshalb dachte ich, wir sollten uns unterhalten.«

Peri brauchte ein paar Sekunden, um zu begreifen, was Torres da sagte. Es war dieselbe Maria Gonzales. Die Ermordete war dieselbe Frau, die in dem Haus unweit der Kirche gewohnt hatte, in die Peri als Kind gegangen war. Dieselbe Frau, die gegen ihren Vater ausgesagt hatte. Dieselbe Frau, die ihre Aussage von damals hätte widerrufen können. Ein Frösteln durchlief Peris Körper.

»Dann ... dann wurde sie sehr wahrscheinlich ermordet, weil –«

Torres legte einen Finger an seine Lippen. Peri verstummte sofort. Doch das Frösteln wurde noch stärker, trotz der Wärme im Taxi.

Es herrschte dichter Verkehr, und das Taxi brauchte gut zwanzig Minuten bis zum Hotel. Peri fand es beunruhigend, neben dem schweigenden Detective im Fond zu sitzen.
»Sind Sie gebürtiger New Yorker?«, platzte sie heraus.
»Ja. Hier geboren und aufgewachsen.« Peri war überrascht, dass er nichts weiter hinzufügte. Offenbar keine große Plaudertasche.
»Ich auch.«
Er nickte bloß.
»Und mein Vater auch. Aber seine Mutter stammt aus Puerto Rico. Seine beiden Eltern. Nana ist aus Gurabo. Woher sein Vater kommt, weiß ich nicht. Er hat die Familie verlassen, ehe mein Vater geboren wurde.«
Torres machte nicht den Eindruck, als würde ihn das, was sie erzählte, nicht interessieren. Aber er hielt es anscheinend für überflüssig, irgendwas zu erwidern. Wieder kam ihr der Gedanke, dass der Detective bestimmt gut darin war, Leute zu vernehmen. Hatte er vor, sie im Hotel zu befragen, weil er jetzt wusste, dass sie die Ermordete gekannt hatte? Aber wieso hatte er sie nicht einfach zurück in den trostlosen Vernehmungsraum geholt? Vielleicht hoffte er, mehr von ihr zu erfahren, wenn sie in einer entspannten Umgebung war.
Tja, das konnte er sich abschminken. Mit jeder langsam verstreichenden Minute wuchs ihre Anspannung. Also machte sie weiter Smalltalk, versuchte nun aber, dem Polizisten mehr zu entlocken.
»Wie lange sind sie schon … in dieser Abteilung?« Sie vermied es, das Wort *Morddezernat* auszusprechen, da Torres im Beisein des Taxifahrers offensichtlich nicht über Polizeiangelegenheiten reden wollte.
Sie bemerkte ein kurzes Lächeln im Gesicht des Detective. »Lange.«
»Zwanzig Jahre? Fünfzehn?«, hakte sie nach. Sie hatte zwar keine Routine darin, Leute zu vernehmen, aber sie war hartnäckig.
Er lachte leise. Ein nettes, tiefes Lachen. »Vor zwanzig Jahren war ich auf der Highschool.«

»War das schon immer Ihr Berufswunsch?«
»In der fünften Klasse wollte ich Astronaut werden, in der siebten Arzt und in der neunten Anwalt.«
»Und im College? Waren Sie auf dem College?«
»City College.«
*Wo ihr Vater studiert hatte …*
»Und was wollten Sie da werden?«
»Ich hatte keinen Schimmer«, erwiderte er mit demselben sympathischen Lachen.
Peri musste unwillkürlich mitlachen. Und sie wurde wieder ein wenig lockerer. Bis ihr einfiel, dass er es genau darauf angelegt hatte.
Du spinnst, sagte sie sich. Sie hatte nichts verbrochen. Wieso sollte ein Detective vom Morddezernat bei ihr irgendwelche Methoden anwenden? Was hatte sie zu befürchten? Im Gegenteil, eigentlich bestand eher die Chance, die geringe Chance, dass dieser Polizist ihr in irgendeiner Weise helfen könnte.
Halt. Wie kam sie denn da drauf? Welcher Cop würde schon bei der Aufdeckung eines Unrechts behilflich sein, für das zumindest teilweise Kollegen von ihm verantwortlich waren? Torres würde irgendwelche Hinweise auf ein Fehlverhalten seitens des Morddezernats wahrscheinlich eher vertuschen wollen, selbst wenn die Sache über zwanzig Jahre zurücklag. Korruption, Amtsmissbrauch, Schlampigkeit kamen auch bei der Polizei immer wieder vor. Viele Cops missbrauchten ihre Macht, ob mit oder ohne Absicht. Detective Benito Torres könnte durchaus einer dieser unehrenhaften Cops sein. Und selbst wenn nicht, er würde die New Yorker Polizei nicht in Verruf bringen wollen.
Detective Torres war bei ihr, damit sie ihm bei seinen Mordermittlungen half, nicht er ihr bei ihren.

# 48

Als sein Handy klingelte, dachte Eric gleich, es wäre Peri. Er warf nicht mal einen Blick aufs Display.

»Eric?«

Es war eine Frauenstimme, aber nicht die von Peri. Einen Moment lang erkannte Eric sie nicht. Doch als der Groschen fiel, war er ganz schön überrascht. »Debra?«

»Lange nichts von dir gehört, Eric.«

»Aus gutem Grund«, sagte er knapp.

»Sei nicht so gereizt, Schätzchen. Das passt nicht zu dir.«

Eric sträubte sich innerlich gegen das Kosewort, das Debra Gold benutzt hatte. »Was willst du, Debra?« Sein Tonfall hatte sich nicht verändert.

»Hat Morris dir erzählt, dass wir überlegen, uns wieder zu versöhnen?«

Eric unterdrückte ein raues Lachen. »Du bist pleite, was?«

»Ich habe nie aufgehört, Morris zu mögen.«

Na, wenigsten war sie so geschmackvoll, nicht zu sagen, dass sie nie aufgehört hatte, ihn zu *lieben*.

»Was hat das mit mir zu tun?«

»Du und Morris, ihr steht euch nahe.«

»So nahe auch wieder nicht.«

»Ach komm schon, Eric. Du bis praktisch mit seiner Enkeltochter verlobt.«

»Schön wär's.« Die Erinnerung an die diversen Heiratsanträge, die Peri in den letzten Jahren abgelehnt hatte, war für ihn ein wunder Punkt.

»Ich möchte dich bloß bitten, bei Morris ein gutes Wort für mich einzulegen, Eric. Er vertraut deinem Urteil.«
»Und ich möchte, dass er auch in Zukunft meinem Urteil vertraut«, erwiderte er gelassen. Doch so gelassen, wie er sich anhörte, fühlte er sich nicht.
»Du bist mir was schuldig, Eric.« Der Ton von Morris Golds Exfrau war ebenso gelassen.
»Glaubst du im Ernst, es bringt was, wenn du mir drohst? Du hast genauso viel zu verlieren wie ich, wenn du den Mund aufmachst.«
»Die Frage ist«, sagte Debra, »wer von uns beiden mehr zu verlieren hat, wenn er Morris ein paar private Geheimnisse anvertraut? Willst du das wirklich rausfinden? Ausgerechnet jetzt?«
Erics Miene verfinsterte sich. »Was soll das heißen?«
»Er hat sich auch bei mir gemeldet.«
»Was? Wer?«
»Ali war meine Stieftochter. Ich hab Peri von ihrem achten Lebensjahr an aufgezogen. Ich bin Teil der Geschichte. Wenn ich interviewt würde, könnte ich da so ein paar Sachen erwähnen –«
»Wenn du Peri Ärger machst –«
»Glaubst du, sie hatte je einen Verdacht? Wahrscheinlich nicht. Sie war noch ein Kind. Aber wir erinnern uns, nicht wahr, Darling? Wenn du deine Karten richtig ausgespielt hättest …« Sie ließ den Satz absichtlich unbeendet.
»Es hat nie Karten zum Ausspielen gegeben, Debra. Wir hatten vor langer Zeit ein kleines Techtelmechtel. Du warst diejenige, die sich verrannt und viel mehr darin gesehen hat, als es war. Aber du hattest ja schon immer einen melodramatischen Zug. Daran hat sich nichts geändert.«
»Ich bin auch noch immer ein Biest, Darling. Also, redest du Morris gut zu, dass er es noch einmal mit mir versuchen soll?«
»Und sagst du diesem Dokumentarfilmer, er soll sich verpissen?«
»Er ist sehr sexy. Ein Jammer, dass er kein Geld hat.« Sie stieß ein schrilles Lachen aus, ehe sie auflegte.
Eric erinnerte sich an das Lachen. Er konnte es schon damals nicht ausstehen. Und das hatte sich nicht geändert.

»Hast du was von ihr gehört?«
»Peri geht's gut, Morris.«
»Ihr geht's gut, von wegen. Sie nimmt meine Anrufe nicht entgegen. Ich bin jetzt auf dem Weg zu ihrer Wohnung.«
»Da ist sie nicht.«
»Na, irgendwann muss sie ja mal nach Hause kommen. So lange warte ich da.«
»Morris, Debra hat mich angerufen.«
»Debra? Wieso zum Teufel ruft sie dich an?«
»Sie hat mich im Laufe der Jahre hin und wieder angerufen ... wegen irgendwelcher Finanzfragen«, sagte Eric zähneknirschend. Es war eine glatte Lüge. Er hatte von dem Miststück jahrelang nichts gehört.
»Und deshalb hat sie dich jetzt wieder angerufen?«, fragte Morris argwöhnisch.
»Nein. Sie wollte mit mir über ... euch beide reden.«
»Wieso?«, fragte Morris.
»Na ja, sie wollte ... meinen Rat.«
»Deinen Rat wofür?«
»Du ... bedeutest ihr sehr viel.« Eric brachte die Worte kaum über die Lippen, aber er sagte sich immer wieder, dass er das für Peri tat. Er liebte sie über alles. Er würde nicht zulassen, dass irgendwas oder irgendwer ihr wehtat, und dazu war ihm jedes Mittel recht.
»Das hat sie *dir* gesagt?«
»Sie hat ein paar Fehler gemacht, Morris. Mensch, machen wir nicht alle mal Fehler? Tun wir nicht alle mal Dinge, die wir bereuen?«
Die Stille am anderen Ende der Leitung zog sich in die Länge.
»Bist du noch dran, Morris?«, fragte Eric vorsichtig.
»Ich werde Debra mal anrufen. Wir werden sehen.«
Eric entspannte sich. Vielleicht würde er dieses Gespräch ja doch nicht bereuen müssen.

# 49

Nachdem sie sowohl Karen als auch ihren Hund überraschend herzlich begrüßt hatte, führte Janice Meyers die beiden in ein kleines, aber ausgesprochen geschmackvolles altmodisches Wohnzimmer.
Karen sah, dass auf dem Queen-Anne-Couchtisch eine Flasche Wein, zwei Gläser und ein Teller Käse standen. Auch Woody sah den Käse. Karen packte seine Leine fester.
»Ich hab im Fernsehzimmer eine Schüssel Wasser für deinen Hund hingestellt. Bringen wir ihn da rein, dann kannst du ihn von der Leine lassen. Er und ich können zusammen fernsehen. Gleich kommt ein Tierfilm.«
Karen war gerührt. »Du kannst ruhig was anderes einschalten, Tante Janice, er sieht sich alles mit an.«
»Ich mag Tierfilme. Ich hab mir gedacht, dass du bestimmt zuerst den Kram im Keller durchsehen willst. Wenn du dann wieder hochkommst, gibt's ein Gläschen Wein und etwas Käse.« Janice Meyers hielt Karen einen Schlüssel hin, und als sie ihn nahm, hielt Janice die Hand ihrer Nichte fest. »Du hast überhaupt keine Ähnlichkeit mit deinem Vater«, sagte sie mit einem Lächeln. Janice Meyers war Mitte fünfzig, groß und robust gebaut, aber sie hatte warme braune Augen und eine liebenswerte Art. Das genaue Gegenteil von dem narzisstischen, herrschsüchtigen Arthur Meyers, wenn Karen der Charakterisierung, die ihre Mutter ihr geliefert hatte, glauben konnte.
»Ich kann mich gar nicht mehr an ihn erinnern.« Genauso we-

nig wie an meine Tante, dachte Karen. »Ich war erst drei, als er uns verlassen hat –«

»Ja, ich weiß. War wahrscheinlich auch besser so.«

Karen bedachte ihre Tante mit einem verwirrten und leicht gereizten Blick, ließ gleichzeitig ihre Hand los. »Besser für wen?«

Janice errötete, was ihrem bleichen Teint einen Hauch Farbe verlieh. »Für euch alle, denke ich«, murmelte sie.

»Meine Mutter hat furchtbar unter der Scheidung gelitten«, sagte Karen scharf. Sie war noch ganz klein, als ihr Vater ging. Als sie älter wurde, konnte Karen sich nur noch an die Wut ihrer Mutter, ihre Empörung und ständigen Schuldzuweisungen erinnern. Sie machte ihrer Exschwägerin genauso viele Vorwürfe wie ihrem Exmann, hin und wieder sogar noch mehr, was für Karen nur schwer zu ertragen war.

Janice sah aus, als wollte sie etwas sagen, überlegte es sich dann aber anders. Sie nahm Woodys Leine. »Ich war seit Jahren nicht mehr im Keller. Da wird alles verstaubt sein. Ich gebe dir ein Messer mit, um die Kartons zu öffnen. Ach ja, und eine Taschenlampe. Das Licht da unten ist ziemlich schlecht. Besonders in den Verschlägen.« Sie ging zu einem kleinen Tisch in der Diele und holte die Sachen für Karen. »Wenn du aus dem Fahrstuhl kommst, ist gleich rechts ein Lichtschalter. Dann gehst du rechts den Gang runter, vorbei am Wäscheraum, dem Heizungsraum, und dann kommen rechts und links die Verschläge. Meiner hat die Nummer 8C, wie meine Wohnung. Es gibt zwar auch dort Deckenlampen, aber kann sein, dass einige Birnen durchgebrannt sind. Dafür hast du ja die Taschenlampe.« Janice knipste sie ein und aus, um zu sehen, ob sie funktionierte. Dann wartete sie an der Tür, bis Karen zu ihr kam und Taschenlampe und Messer an sich nahm.

»Janice, ich bin dir wirklich dankbar. Und es tut mir leid, wenn –«

»Ich freue mich, dich zu sehen, Karen. Es gibt nichts, was dir leidtun müsste. Sei bloß vorsichtig da unten. Wahrscheinlich gibt's da Mäuse und Gott weiß was noch alles für Viecher.« Sie stockte. »Ich würde dir ja helfen, wenn ich könnte, aber ich bin in letzter Zeit nicht ganz auf der Höhe.« Ihr Ton war sachlich,

aber Karen war jetzt überzeugt, dass Janice' blasses Gesicht nicht normal war, sondern Anzeichen für eine Erkrankung, eine ernste Erkrankung.
Janice öffnete die Wohnungstür und signalisierte damit, dass sie nicht mehr dazu sagen wollte. »Lass dir Zeit. Wenn du nicht alles schaffst, kannst du jederzeit wiederkommen. Wann du willst. Behalte den Schlüssel. Da unten ist nichts, was ich gebrauchen kann. Wie gesagt, fast der ganze Kram ist von deinem Dad. Nimm dir, was du haben willst.«
Spontan gab Karen ihrer Tante einen raschen Kuss auf die Wange. »Danke. Bis gleich.«

Der Lichtschalter war genau dort, wo Janice gesagt hatte. Karen betätigte ihn, und eine Reihe von drei nackten Glühbirnen an der Decke erhellte den trostlosen Keller, in dem es noch wärmer und stickiger war als in der Wohnung ihrer Tante. Wie ihre Tante befürchtet hatte, waren im hinteren Teil, dort, wo sich die Verschläge befanden, einige Birnen kaputt.
Karen gestand sich ein, dass sie ein wenig Angst hatte, und knipste die Taschenlampe früher an als nötig. Im menschenleeren Wäscheraum brannte eine Neonlampe, und Karen sah, dass zwei Maschinen liefen. Ein leerer Plastikwäschekorb stand auf einem langen Metalltisch, auf dem die Hausbewohner ihre Wäsche falten konnten. Karen vermutete, dass die meisten ihre Wäsche aus dem Trockner nahmen und sie lieber oben in der Wohnung falteten. So würde sie es jedenfalls machen, wenn sie hier im Haus wohnte.
Noch gruseliger wurde es, als sie am Heizungsraum mit den Rohren und dem brodelnden Kessel vorbeiging. Eindeutig der Stoff, aus dem Albträume gemacht sind.
Während sie weiterhastete, blitzte vor Karens geistigem Auge plötzlich ein Bild von Sams lädiertem Kopf auf, und sie musste an seine Warnung denken, sich aus der Sache rauszuhalten. Vielleicht hätte sie ihn bitten sollen, mit hierherzukommen. Nein. Er hätte darauf bestanden, allein in den Keller zu gehen, und Karen wollte wissen, was hier unten alles lagerte – was von dem Vater übrig war, den sie kaum gekannt hatte. Nach dem,

was sie in den letzten zwei Tagen über ihn hatte erfahren müssen, glaubte sie nämlich, dass er möglicherweise daran beteiligt gewesen war, einen Unschuldigen lebenslänglich hinter Gitter zu bringen.

Karen lief ein Schauer über den Rücken, als sie an den Verschlägen vorbeiging, die allesamt mit Maschendrahttüren und Vorhängeschlössern gesichert waren. Fast alle waren gerammelt voll mit Kartons, Fahrrädern, ausrangierten Möbeln und dergleichen, etliche bis zur Decke. Über jedem Verschlag befand sich ein kleines Metallschildchen mit einer Wohnungsnummer. Karen schwenkte den Strahl der Taschenlampe zwischen den Nummern links und rechts hin und her und stellte frustriert fest, dass sie nach Stockwerken à vier Wohnungen geordnet waren, angefangen beim Erdgeschoss. A und B auf der linken Seite, C und D auf der rechten. In dem Haus ihrer Tante gab es neun Geschosse. 8C lag fast am Ende des Ganges, dort, wo es besonders dunkel war. Sie wünschte, die Taschenlampe, die ihre Tante ihr geborgt hatte, wäre größer und heller. Ihre Hand zitterte, als sie den Schlüssel ins Vorhängeschloss steckte.

Der Raum ihrer Tante war nicht ganz so voll wie die meisten anderen. Keine Fahrräder, keine Skiausrüstung oder alte Möbel. Links und rechts vor den Seitenwänden stapelten sich die völlig verstaubten Kartons, alle gleich groß, dem Äußeren nach ungefähr gleich alt und ordentlich mit Packband verklebt.

Eigentlich hatte Karen gehofft, nur eine Handvoll Kartons vorzufinden. Stattdessen waren es rund zwanzig, fünfundzwanzig Stück. In der Mitte des Verschlags war nur ein schmaler Gang frei, aber der Platz reichte Karen aus, um die Kartons zum Durchsuchen nacheinander herauszuziehen und neben sich zu stellen. Hilfreicherweise hatte Janice mit schwarzem Stift auf jeden Karton geschrieben, was er enthielt – »Fotos« stand auf einigen, »Briefe« auf zwei anderen, einer enthielt Schreibtischutensilien, etliche andere Diplome und Auszeichnungen, und etwa ein Dutzend Kartons enthielten Akten. Eine Handvoll Kartons war mit »Verschiedenes« beschriftet.

Karen hatte vor, sich ausschließlich die Aktenkartons vorzunehmen, in der Hoffnung, dass ihr das Glück rasch hold war und sie

schnell irgendetwas über den López-Fall fand, damit sie bald aus diesem unheimlichen, muffigen Keller rauskam. Aber dann fiel ihr Blick auf einen Karton mit der Aufschrift »Familienfotos«. Ihre Neugier siegte über ihre Angst.
Sie war gerade dabei, den Karton zu öffnen, als irgendetwas ihren Fußknöchel streifte. Ein Schrei entfuhr ihr, und als sie blitzschnell mit der Taschenlampe nach unten leuchtete, sah sie eine große Maus aus dem Verschlag huschen.
Zumindest redete sie sich ein, eine große Maus gesehen zu haben. Wenn sie den Gedanken zuließe, dass es eine Ratte gewesen sein könnte, würde sie womöglich die Flucht ergreifen. Der Nager verschwand, und Karen zwang sich, den Karton mit Fotos zu öffnen. Als sie das Klebeband aufgeschlitzt hatte, legte sie das Küchenmesser auf den Boden, klappte die Laschen hoch und leuchtete hinein.
Karen überraschte sich selbst mit der plötzlichen Tränenflut, als ihr Blick auf das oben liegende gerahmte Foto fiel, ein Hochzeitsfoto von ihren Eltern, ihre Mutter in Weiß, in einem kostbaren spitzenbesetzten Satinkleid, ihr Vater im Smoking. Er war erheblich größer als ihre Mutter, hatte dunkelbraunes Haar, eine kräftige gerade Nase und eine entschlossene Kinnpartie. Nicht gut aussehend, aber sehr stattlich. Neben seiner kräftigen Statur wirkte ihre Mutter noch kleiner und dünner, als sie vermutlich war. Auch sie war eine ungemein attraktive Erscheinung mit ihrem Chignon-Knoten und den kleinen Locken, die sich verspielt um die Ohren ringelten. Beide hielten sich an den Händen, während sie einander liebevoll anschauten, und Karen stellte sich vor, dass sie sich gerade geküsst hatten. Das Foto steckte in einem schlichten, aber edlen Rahmen. Dass ihr Vater es aufbewahrt hatte, war, so Karens Vermutung, mit ein Auslöser für die Tränen gewesen. Ebenso wie der glückliche, verliebte Eindruck, den ihre Eltern auf dem Foto machten.
Woran war ihre Ehe zerbrochen? Was hatte zu dem schrecklichen Zerwürfnis zwischen ihnen geführt? Trug Tante Janice tatsächlich eine so große Mitschuld? Sollte sie das Thema anschneiden, wenn sie wieder oben war?
Vielleicht war diese Flut von Fragen und ihre Gefühlswallung

daran schuld, dass Karen das schwache Geräusch überhörte, mit dem sich die Fahrstuhltüren am anderen Ende des Kellers öffneten. Sie legte das Hochzeitsfoto auf einen anderen Karton, um es später mitzunehmen, obwohl sie nicht genau wusste warum, und wollte gerade weitere Fotos herausnehmen, als plötzlich das Licht im Keller ausging.

Karen hätte fast wieder aufgeschrien, doch diesmal bremste sie sich. Den Lichtschalter konnte kein Nager betätigt haben. Sie versuchte, sich zu beruhigen, indem sie sich sagte, dass wahrscheinlich nur eine Hausbewohnerin ihre Wäsche aus dem Trockner geholt hatte, während Karen auf das Foto konzentriert gewesen war, und dann das Licht ausgemacht hatte, ehe sie in den Aufzug stieg, um wieder nach oben zu ihrer Wohnung zu fahren.

Trotzdem machte Karen die Taschenlampe aus. Sie tastete mit der freien Hand nach dem Messer und fühlte sich sogleich ein wenig besser, als sich ihre Hand um den Griff schloss.

Als sie von weit hinten leise Schritte vernahm, packte sie das Messer fester. Wer immer das Licht ausgeschaltet hatte, er war offenbar noch da und ganz bestimmt nicht, weil er in den Wäscheraum wollte. Langsam wurden die Schritte deutlicher, kamen näher und näher. Karen atmete flach und ihr Herz pochte wild, als sie in die Hocke ging, um sich möglichst unsichtbar zu machen. Sammie hatte sie früher damit aufgezogen, dass sie keiner Fliege was zuleide tun könnte, da ihr der dazu notwendige Killerinstinkt fehlte.

Aber Karen sagte sich, dass sie diesen Instinkt finden und mobilisieren würde, wenn sie musste. Wenn ihr Überleben davon abhing.

# 50

»Können wir irgendwo ungestört reden?«, fragte Benito Torres, als er und Peri die kleine schicke Lobby des Boutique-Hotels betraten, das sie nur deshalb ausgewählt hatte, weil sie dort mal einen Chefkoch untergebracht hatte, der zu Besuch gekommen war.

Peri zögerte. Um in dem Hotel ungestört reden zu können, müsste sie den Detective schon mit auf ihr Zimmer nehmen. Wie lange war es her, seit sie einen Mann in ihrem Schlafzimmer gehabt hatte, der nicht Eric war? Jahre. In einem Hotelzimmer, das sie allein für sich hatte? Ihr fiel kein einziges Mal ein.

Sie warf einen Blick auf Torres. Ihr wäre vermutlich nicht so unwohl zumute, wenn er nicht so verdammt jung und attraktiv wäre. Nicht dass sie auch nur eine Sekunde mit dem Gedanken spielte ...

Na schön, aber nur eine Sekunde. Aber damit hatte es sich auch schon. Torres war Polizist. In ihrem Kopf einer von den potentiell Bösen. Also vergaß sie am besten seinen Latino-Sexappeal. Von einem Rendezvous konnte hier weiß Gott keine Rede sein.

»Wir können nach oben in mein Zimmer gehen«, sagte Peri sehr sachlich.

Er nickte und folgte ihr schweigend zum Fahrstuhl. Mehrere Gäste stiegen mit ihnen ein. Peri stellte sich vor, dass die anderen sie bestimmt für ein seltsames Paar hielten. Sie trug noch immer die Kombination aus Jogginghose, zerknitterter Bluse und Jacke, die Klamotten, die sie sich kurz vor Tagesanbruch übergeworfen hatte. Das Make-up, das sie dank Luisa Méndez' netter Hilfe im Pflegeheim aufgelegt hatte, war längst verwischt. Torres dagegen sah aus wie ein junger, tadelloser Geschäftsmann. Sie hatte nicht mal gebadet, weil der Bericht über Maria Gonzales in den Nachrichten früher am Abend sie davon abgehalten hatte.

Peri und Torres stiegen im fünften Stock aus. Peri ging voraus zu ihrem Zimmer. Der Bademantel lag noch immer auf dem gemachten Bett, wo sie ihn hingeworfen hatte. Ansonsten deutete nichts darauf hin, dass das Zimmer bewohnt war – kein Handkoffer, keine persönlichen Dinge auf dem Nachttisch, kein zweites herumliegendes Paar Schuhe.

Obwohl Peri mit dem Rücken zu Torres stand, konnte sie spüren, wie er sich umsah, sich Dinge merkte – ein Cop, der wie der Ermittler, der er nun mal war, den Raum inspizierte. Augenblicklich musste Peri wieder an die verhassten Cops denken, Hong und Sullivan, und Abscheu wallte in ihr auf.

Sie wirbelte zu Torres herum. »Okay, wir sind allein«, schnappte sie. »Was wollten Sie mir sagen?«

»Sie können Cops nicht leiden.« Er stellte das sachlich fest, ohne eine Spur von Sarkasmus.

»Stimmt.«

»Aber Sie sind zu mir gekommen. In meine Abteilung.« Er hütete sich, die Sache persönlich werden zu lassen.

»Ja, und ich habe Ihnen erzählt, was ich weiß. Was ich glaube.«

»Kurz bevor Mrs Gonzales ermordet wurde, hatte sie in einem Laden in der Nähe eingekauft«, sagte Torres. »Einem Jungen, der in dem Geschäft aushilft und sie öfter dort gesehen hat, ist aufgefallen, dass sie auf der Straße nervös nach rechts und links geschaut hat, als sie wieder ging.«

Peri blickte Torres gespannt an, während sie wartete, dass er weitersprach.

»Ich glaube, Sie könnten mit Ihren Vermutungen richtig liegen, Ms Gold. Ich würde gern mehr erfahren.«

Sie stand noch immer, überlegte, ob sie mehr sagen sollte, wie viel sie sagen sollte.

»Ich kann natürlich einiges auf eigene Faust rausfinden«, sagte

er ruhig, »aber das würde mehr Zeit in Anspruch nehmen, und ich denke, die Zeit drängt.«
Peri setzte sich auf die Bettkante. »Und was dann? Was wollen Sie mit den Informationen machen?«, fragte sie herausfordernd.
Er lächelte schwach. »Ermitteln, Ms Gold. Das ist mein Beruf.«
»Im Mordfall Maria Gonzales ermitteln.«
»Auch im Mordfall Ihrer Mutter ermitteln, wenn es da tatsächlich eine Verbindung gibt, wie Sie vermuten.« Und dann, nach einer kurzen Pause: »Und wie auch ich allmählich vermute.«
Peri merkte, dass sie ihre Tränen zurückblinzeln musste. Die Worte des Detective und die Art, wie er sie aussprach, lösten bei ihr eine plötzliche Traurigkeit aus.
»Der Mordfall meiner Mutter … ist abgeschlossen.« Ihre Stimme war kaum mehr als ein Flüstern.
»Falls Ihrem Vater ein schreckliches Unrecht angetan wurde, dann muss der Fall wieder aufgenommen werden.«
»Und das können Sie?«
»Ja. Es wäre eine Hilfe, wenn Sie Vertrauen fassen könnten, dass nicht alle Cops inkompetent, gleichgültig und korrupt sind.«
Sie blickte ihn eindringlich an. Er erwiderte ihren Blick. Er wartete.
Ohne bewusst zu entscheiden, diesem Polizisten zu trauen, redete Peri los. Die Worte sprudelten nur so aus ihr heraus, ohne jede Ordnung, während sie nicht nur Ereignisse schilderte, sondern auch Gefühle, von denen sie noch niemandem erzählt hatte, nicht einmal Eric. Als sie fertig war, fühlte sie sich so erleichtert, dass sie nicht mal Gewissensbisse hatte, weil sie das alles ausgerechnet einem Cop offenbart hatte. Sie war ausgelaugt und vollkommen erschöpft, aber zugleich befand sie sich in einer Art Rausch.
Torres stand aus seinem Sessel auf, als sie fertig war. Wieder sah er sich in dem Hotelzimmer um. »Und es weiß auch bestimmt niemand, dass Sie sich hier einquartiert haben?«
Sie nickte.
»Auch nicht Ihr Freund? Ihr Großvater?«
»Niemand. Aber ich muss mich bei Eric melden. Und … und irgendwann bei meinem Großvater.«

»Haben Sie vor, morgen in Ihr Restaurant zu gehen?«
*Ihr Restaurant.* Eigentlich war es gar nicht ihres. Ihr Großvater würde immer das letzte Wort haben. Sie wäre nicht überrascht, wenn er den Vertrag, den sie mit Bruno Cassel als neuem Küchenchef gemacht hatte, schon zerrissen hatte. Sie würde nie eigenverantwortlich sein für das Opal's, da war sie ganz sicher. Aber die eigentliche Frage war – wollte sie überhaupt noch etwas mit Morris Gold zu tun haben, beruflich oder persönlich? Und wenn nicht, was dann? Was würde sie machen? Wo war ihr Platz?
»Ms Gold.«
Sie blickte zu dem Detective hinüber, der für sie praktisch ein Fremder war, dem sie aber soeben so viel anvertraut hatte, als hätte er eine Antwort für sie parat. Zu ihrem Erstaunen hatte er in gewisser Weise tatsächlich eine.
»Ich finde, Sie sollten eine Weile hierbleiben. Wenigstens ein paar Tage. Wäre das möglich?«
*Eine Atempause. Zeit, um sich über einiges klarzuwerden. Zeit, um einen Brief an ihren Vater zu schreiben, ein paar Anrufe zu erledigen. Sie hatte doch eine Aufgabe, ein Ziel. Zum Glück hatte sie Geld auf die hohe Kante gelegt. Jetzt konnte sie es gebrauchen.*
»Ich kann Sie derzeit noch nicht unter Polizeischutz stellen, Ms Gold, aber ich mache mir Sorgen um Ihre Sicherheit«, sagte Torres. »Benutzen Sie nur Ihr Handy, um Anrufe zu tätigen. Mit wem Sie auch sprechen, Ihr Freund eingeschlossen – Eric, richtig?«
Sie nickte. »Ja, Eric Fisher.«
»Ich halte es für das Beste, wenn Sie niemandem sagen, wo Sie sind.«
Im Hinblick auf ihre Sicherheit war es nicht erforderlich, Eric zu verschweigen, dass sie hier im Hotel wohnte. Was allerdings ihren Seelenfrieden betraf …
Peri sah, wie Torres einen Notizblock in sein Jackett schob. Während sie ihm von dem Fall ihres Vaters erzählte, hatte sie nicht mal mitbekommen, dass er sich Notizen gemacht hatte.
Sie stand vom Bett auf und stellte sich vor den Polizisten. »Sie … Sie glauben mir? Was ich Ihnen erzählt habe? Sie glauben, dass mein Vater unschuldig ist?«

»Was ich glaube, tut nichts zur Sache. Die Argumente, die Sie geliefert haben, reichen meiner Meinung nach für weitere Ermittlungen aus. Ich weiß noch nicht, wohin das führen wird. Aber ich werde allen Anhaltspunkten nachgehen, die ich finde. Mehr kann ich Ihnen nicht versprechen.« Er hielt inne und griff in seine Tasche. »Nur noch das hier.« Es war seine Karte mit seiner Büro- und Handynummer.
Sie nahm die Karte, presste die Lippen zusammen und kämpfte gegen die Tränen. »Das ist schon sehr viel«, brachte sie schließlich heraus.
Er musterte sie prüfend. »Sie sehen aus, als hätten Sie den ganzen Tag noch nichts gegessen.«
»Oder gebadet«, gab sie zu und wurde leicht rot.
»Das Essen kommt zuerst. Bestellen Sie was beim Zimmerservice. Und dann können Sie sich frischmachen. Unterdessen besorge ich ein paar Sachen für Sie.«
»Ich … verstehe nicht.«
»Sie brauchen was zum Anziehen, einen warmen Mantel …«
»Sie wollen für mich einkaufen –?«
»Geben Sie mir Ihre Adresse und ich fahre in Ihre Wohnung und packe ein paar Sachen für Sie ein. Ich brauche Ihren Schlüssel, und rufen Sie Ihren Portier an, dass ich komme. Erwähnen Sie aber nicht, wo Sie sind. Wenn Sie wollen, schreiben Sie mir auf, was ich einpacken soll.«
Peri stand einfach nur da.
»Wenn Sie befürchten, jemand könnte mich hierher verfolgen, keine Sorge. Ich bin gut in meinem Job.«
Peri hatte sich noch immer nicht gerührt, unsicher, was sie von der Fürsorge und Unterstützung dieses Mannes halten sollte.
»Haben Sie Dope in Ihrer Wohnung?«
»Was? Nein. Nein, ich hab kein Dope.«
»Diebesgut? Schmutziges Geschirr in der Spüle? Tote Pflanzen?«
Sie musste unwillkürlich lachen. Gott, sie hätte nicht geglaubt, dass sie heute noch über irgendwas lachen würde.

# 51

Karen spürte eine zittrige Übelkeit im Magen, als sie den schwachen Widerschein eines sich bewegenden Lichts sah. Der Eindringling näherte sich unaufhaltsam, ohne zu zögern. Er wusste, wohin er wollte. Zum Verschlag 8C.

Trotz ihrer wachsenden Panik machte Karen sich noch Vorwürfe, weil sie auf dem Weg zu ihrer Tante nicht darauf geachtet hatte, ob irgendjemand sie verfolgte. Wenn sie sich schon nicht an Sammies Anweisungen hielt, so hätte sie wenigstens nicht so verdammt sorglos gewesen sein sollen.

Das Licht wurde heller. Jede Sekunde würde der Eindringling hier sein. Er würde sie zwischen den Kartons knien sehen. Was würde ihr ein mickriges Küchenmesser nützen, wenn der Angreifer eine Pistole hatte? Der Mann, der letzte Nacht in Sammies Wohnung eingebrochen war, hatte ihm eine Pistole an den Kopf gehalten. Gott sei Dank hatte er nicht abgedrückt, sondern ihn nur bewusstlos geschlagen.

Konnte sie wirklich hoffen, dass sie auch so viel Glück haben würde?

Plötzlich erhellte ein großer kreisrunder Lichtstrahl den Betonboden von Verschlag 8C, um Karen gleich darauf direkt ins Gesicht zu leuchten, sie zu blenden. Vor Schreck und Panik ließ sie ihre eigene Taschenlampe fallen. Doch irgendwie hielt sie den Griff des Küchenmessers umklammert.

Sie hatte Todesangst. Sie wollte schreien. Aber wer würde sie hier unten hören? Außerdem würde ein Schrei ihren Angreifer vielleicht verschrecken, und er würde unwillkürlich abdrücken.

Obwohl sie weder eine Pistole noch den Angreifer sehen konnte. Oder irgendetwas anderes bei dem grellen Licht im Gesicht. Instinktiv schirmte sie ihre Augen ab.
»Was wollen Sie?« Sie konnte das Beben in ihrer Stimme kaum unterdrücken.
Keine Antwort.
»Ich suche hier nur ein paar alte Fotos«, sagte sie dümmlich.
Stille. Das gleißende Licht noch immer im Gesicht, einen Arm schützend vor den Augen, sprach sie einfach weiter.
»Meine Tante weiß, dass ich hier unten bin. Sie ... wartet auf mich.« O Gott, dachte sie, was, wenn er zuerst hoch zur Wohnung ihrer Tante gegangen war? Was, wenn er der armen Frau was angetan hatte? Und Woody?
Karens Furcht wurde übermächtig. Sie wusste, wenn sie sie nicht im Zaum hielt, hätte sie nicht die geringste Chance.
Plötzlich schwenkte das Licht von ihrem Gesicht weg und über die Kartons, verharrte auf denen mit der Aufschrift AKTEN. Es waren insgesamt vier. Fast hypnotisch folgte Karen dem Licht und sah die Kartons aufleuchten, die sie hatte durchforsten wollte. Einen Moment lang überlegte sie, ob sie rasch ihre Taschenlampe anmachen und auf den Eindringling richten sollte. Dann wüsste sie wenigstens, mit wem sie es zu tun hatte.
Doch sein Gesicht zu sehen, könnte ihr Todesurteil bedeuten.
Zum Glück hatte sie das Messer hinter sich versteckt, während ihr das Licht ins Gesicht schien. Vielleicht würde er sie in ihrer verzweifelten Angst einfach da sitzen lassen, während er sich die Kartons mit den alten Akten ihres Vaters vornahm. In einem war sich Karen völlig sicher: Wegen dieser Akten war der Eindringling gekommen. Was nur Sammies Überzeugung bestätigte, dass irgendjemand mit aller Macht verhindern wollte, dass die Ungereimtheiten im Fall Raphael López je ans Tageslicht kamen.
Oder dass sie es je wieder erblickte.
Die Taschenlampe des Eindringlings war noch immer auf die Akten gerichtet. Als Karens Augen sich ein wenig auf die Helligkeit einstellten, erkannte sie eine behandschuhte Hand, die ein Taschenmesser aufschnappen ließ und damit über das Klebeband des obersten Kartons fuhr.

*Das ist meine Chance*, dachte Karen. Seine Aufmerksamkeit war jetzt ganz auf den Karton gerichtet. Wenn sie vorsprang und mit dem Küchenmesser zustach – egal, wo sie ihn traf –, könnte sie die Schrecksekunde, die der unerwartete Schmerz bei ihm auslösen würde, zur Flucht nutzen.

Sie erinnerte sich an eine Notausgangstür gleich neben dem Aufzug. Sie musste ins Treppenhaus oder direkt auf die Straße führen. Wenn sie es bis zu der Tür schaffte und von dort nach draußen, ehe er sie einholte …

Das Geräusch, wie das Klebeband auf dem Karton aufgeschlitzt wurde, riss sie zurück in die Gegenwart.

Jetzt.

*Karen, du könntest keiner Fliege was zuleide tun …*

Jetzt.

Er hörte sie, als sie vorsprang, und fuhr mit seiner Taschenlampe zu ihr herum. Jeden Augenblick würde das Licht sie wieder blenden und ihre Chance wäre vertan.

*Jetzt.*

Wie aus eigenem Antrieb schnellte ihre Hand vor, und mit einer Kraft, die Karen selbst nicht für möglich gehalten hätte, stieß sie das Küchenmesser in Stoff, dann Haut, dann Muskelgewebe.

Der Eindringling schrie vor Schmerz und Überraschung leise auf. Noch während sie den verblüfften Schrei hörte, hetzte Karen aus dem Kellerverschlag und rannte den Gang hinunter, auf den beleuchteten Bereich zu. In Richtung Notausgang. In Richtung Sicherheit.

Doch hinter ihr hallten Schritte. Offenbar hatte die Verletzung ihn nicht sonderlich beeinträchtigt. Ein Schuss fiel, und eine Kugel zischte an ihrem linken Ohr vorbei. Der nächste Schuss, und sie war sicher, dass es einen geben würde, könnte treffen.

Sie war zu weit vom Notausgang entfernt. Sie würde es niemals nach draußen schaffen. Aber sie musste irgendwo in Deckung gehen. Im Licht des Ganges war sie ein zu leichtes Ziel. Sie hechtete förmlich in den Heizungsraum, prallte mit der Schulter gegen irgendwas Hartes und Heißes. Die Lampe vom Gang warf ein gespenstisches Licht durch den Raum, und Karen sah, dass sie gegen einen der beiden Heizkessel geknallt war.

Jetzt war sie vollends panisch. Er musste gesehen haben, wie sie hier reingesprungen war. Und sie saß jetzt endgültig in der Falle. Sie hatte nicht mal mehr das Küchenmesser, das sie bei der Flucht aus dem Verschlag im Fleisch des Angreifers hatte stecken lassen.
Ihr Atem ging jetzt flach und keuchend. Sie suchte hektisch nach einem Fenster, durch das sie vielleicht entkommen könnte, aber selbst wenn der Raum eins hätte, wäre es wahrscheinlich vergittert. Alle Gebäude in der Stadt hatten vergitterte Kellerfenster zum Schutz gegen Einbrecher.
Und sie wollte doch raus.
Sie kroch hinter den zweiten Heizkessel. In dem Licht auf dem Gang würde sie sehen können, wenn ihr Verfolger den Heizungsraum betrat ... Wenn sie schon sterben musste, dann würde sie zumindest wissen, wer ihr Mörder war. Ein jämmerlicher Trost.
Die Schritte kamen näher, langsamer jetzt, entweder weil der Eindringling doch ernster verletzt war oder weil er es nicht mehr eilig hatte, da er seine Beute ja an einem Ort wusste, von dem es für sie kein Entrinnen gab. Karen lugte vorsichtig um den Kessel herum, wartete darauf, dass der Mann in der Tür des Heizungsraums auftauchte. Stattdessen sah sie nur, wie eine schwarze Gestalt mit Sweatshirt und Kapuze am Heizungsraum vorbeiging.
Karen war verwirrt. Wieso war er vorbeigegangen, wo er doch wissen musste, dass sie sich hier versteckt hatte?
Sekunden später erhielt sie die Antwort, als das Licht im Kellergang erlosch. Ihr Mut sank. Jetzt war der Eindringling ihr gegenüber restlos im Vorteil. Sie war in Finsternis getaucht, hörte nur das Brodeln der Kessel und das flatternde Geräusch ihres eigenen Atems. Sie sah kaum die Hand vor Augen, so dass ein weiterer Fluchtversuch ausgeschlossen war.
Dann hörte Karen wieder die gefürchteten Schritte, die sich jetzt erneut dem Heizungsraum näherten, geleitet von einem hellen Lichtstrahl. Der Angreifer würde sehen und nicht gesehen werden, bis zum bitteren Ende.
Karen würde das sprichwörtliche Reh im Scheinwerferlicht werden. Ein vollkommenes Ziel.

Sie presste die Augen zu, weil sie sich nicht mehr die geringste Hoffnung machte, und flüsterte: »Es tut mir leid, Sammie.« Wenn das ihr allerletzter Gedanke war, dann sollte er dem Mann gelten, den sie nie aufgehört hatte zu lieben, wie sie sich jetzt eingestehen konnte.
Der Lichtstrahl der Taschenlampe bewegte sich nun langsam durch den Heizungsraum, wurde breiter, als der Angreifer ein paar vorsichtige Schritte hineinmachte.
Karen hielt den Atem an. Jede Sekunde würde er sie entdecken. Jede Sekunde würde ein Schuss fallen.
*Sammie, Sammie, Sammie …*
Und dann passierte es. Die Aufzugstüren öffneten sich, jemand trat heraus und schaltete das Licht ein.
Die Taschenlampe bewegte sich aus dem Heizungsraum, und Karen sah den Rücken des kräftigen Kapuzenmanns in Schwarz, der hinaus auf den Gang hastete.
Augenblicke später vernahm Karen einen schrillen Schrei, auf den Gott sei Dank kein Schuss folgte. Gleich darauf hörte sie eine schwere Metalltür zuschlagen.
Dank des wieder eingeschalteten Lichts war Karen rasch an der Tür und spähte hinaus in den Gang. Eine junge Frau in Jeans und T-Shirt saß auf dem Betonboden und schluchzte hysterisch. Der Mann in Schwarz war verschwunden, hatte offenbar durch den Notausgang Reißaus genommen. Karen eilte der jungen Frau zu Hilfe.
»Sind Sie verletzt?«, fragte Karen.
Sie schaffte es, den Kopf zu schütteln.
»Alles in Ordnung. Er ist weg. Haben Sie ihn überhaupt gesehen?«
Wieder ein Kopfschütteln.
»Kommen Sie, ich helfe Ihnen hoch.«
»Meine … meine Wäsche … im Trockner …«
Karen zog die Hausbewohnerin auf die Beine. Beide Frauen weinten jetzt. »Ihre Wäsche hat mir das Leben gerettet.«

# 52

»Peri, bitte leg nicht auf«, waren Karens erste Worte, als Peri an ihr Handy ging.

»Wenn ich nicht mit dir sprechen wollte, wäre ich nicht drangegangen«, sagte Peri, die gerade das Gemüseomelett zu Ende aß, das sie beim Zimmerservice bestellt hatte. Sie war in einen dicken, weißen Frotteebademantel vom Hotel gehüllt und hatte ein Handtuch um die Haare gewickelt. Sie hatte sich einfach zu schmutzig gefühlt, um vor dem Duschen zu essen. Sauber und mit etwas Nahrhaftem im Bauch fühlte sie sich wieder ein wenig mehr wie sie selbst.

»Bist du zu Hause?«

Peri war augenblicklich auf der Hut. »Nein. Warum?« Sie hörte einen erleichterten Seufzer am anderen Ende des Telefons.

»Jemand hat auf mich geschossen und mich nur um Haaresbreite verfehlt. Womöglich derselbe, der gestern Nacht in Sammies Wohnung eingebrochen ist. Ich hatte befürchtet, er würde bei dir zu Hause auftauchen.«

Peri ließ die Gabel sinken, ihr Appetit schlagartig wie weggeblasen. »Er ist bei dir in die Wohnung eingebrochen?«

Karen erzählte Peri rasch, was passiert war. Sie war wieder in der Wohnung ihrer Tante – Janice war wohlauf, hatte erst von ihrer Nichte erfahren, was für ein Drama sich im Keller abgespielt hatte.

»Hast du die Polizei verständigt?«

»Ja. Im Keller sind … Blutspuren.«

»Ach Karen, ich bin so froh, dass dir nichts passiert ist.«

»Mir nicht. Aber dafür dem Schwein, das mich erschießen wollte.« Sie zögerte. »Bist du noch böse auf mich?«
»Ja«, gab Peri zu. »Aber nicht mehr so sehr«, schob sie leise nach.
»Ich hätte dir gleich zu Anfang von meinem Vater erzählen sollen. Aber ich schwöre, es geht mir nicht darum, seinen Ruf zu retten.«
»Ich glaube dir. Was ist mit den Kartons mit seinen Akten?«
»Die sind noch im Keller.« Eine Pause entstand. »Ich fliege morgen nach Miami Beach.«
Peri runzelte die Stirn. »Mit Sam?«
»Nicht direkt mit ihm. Ich nehme eine spätere Maschine. Und ... und wohne in einem anderen Hotel.«
»Ich dachte, Sam will, dass du ... dass wir uns raushalten.«
Karen lachte leise auf. »Er dachte, ich wäre außerhalb der Stadt sicherer.«
»Hast du ihn schon angerufen und ihm erzählt, was heute Abend passiert ist?«
»Nein«, sagte Karen. »Das erzähl ich ihm in Miami Beach.«
»Glaubst du wirklich, du erfährst irgendwas von Sullivan?«
»Wenn es nach Sam geht, erfahre ich überhaupt nur indirekt was. Er will auf keinen Fall, dass ich in die Bar mitkomme, um mit Sullivan zu sprechen.«
»Aber du wirst mit dem Mistkerl sprechen.«
»Ja, Peri, das werde ich. Ich fliege doch nicht da runter, ohne mit dem Cop persönlich ein bisschen zu plaudern.«
»Gut.«
»Hör mal, ich mach mir Sorgen um dich. Um deine Sicherheit. Nach dem, was Sam passiert und jetzt mir ...«
Peri hielt es für klüger, den Mord an Maria Gonzales noch nicht zu erwähnen. »Mir geht's gut. Ich bin sicher untergebracht. Und es hilft mir jemand.«
»Wie meinst du das? Wer hilft dir?«, fragte Karen argwöhnisch.
»Ob du's glaubst oder nicht, ein Cop. Ein Detective vom Morddezernat, um genau zu sein.«
»Wie bitte?«
»Sind die Akten von deinem Vater in dem Keller noch sicher? Was, wenn der Kerl wiederkommt?«

»Ich lasse alles in eine Lagerfirma in Brooklyn schaffen.«
»Okay. Hältst du mich auf dem Laufenden, sobald du in Miami bist?«
»Ich erzähl dir alles genau, wenn ich aus Florida zurück bin. Wir halten über Handy Kontakt, okay?«
Peri hörte das schwache Klingeln einer Türglocke durchs Telefon.
»Das wird die Polizei sein. Meine Tante geht aufmachen«, sagte Karen.
»Sei vorsichtig, Karen.«
»Versprochen. Du auch.«

# 53

Peri Golds Portier hatte Detective Torres vorgewarnt, dass er die Wohnung nicht leer vorfinden würde. Morris Gold hingegen war völlig unvorbereitet. Als der alte Mann den Schlüssel im Schloss hörte, sprang er aus dem Wohnzimmersessel auf. Er hatte schon Peris Namen auf den Lippen, hielt aber abrupt inne, als er Torres hereinkommen sah.

»Wer zum Teufel sind Sie? Und wieso haben Sie einen Schlüssel zur Wohnung meiner Enkelin? Und wo steckt sie überhaupt, verdammt nochmal?« Morris Gold schleuderte seine rüden Fragen in einem Anfall von Wut und Angst heraus.

Torres hob beruhigend eine Hand. In der anderen hielt er seinen Polizeiausweis, den er schon herausgeholt hatte, als er die Wohnung betrat. Als Cop, so hatte er vor langer Zeit gelernt, griff man vor einem aufgebrachten Bürger nicht in die Tasche. Selbst harmlose Leute konnten in Panik geraten, wenn sie fürchteten, die Hand, die ein Fremder in eine Tasche schob, könnte mit einer Pistole wieder herauskommen.

Gold konnte zwar die silberne Marke auf einer Seite des geöffneten Ledermäppchens sehen, aber da seine Augen stark nachgelassen hatten, konnte er weder Namen noch Rang des Polizisten lesen. Statt nach seiner Brille zu greifen, trat er mit zusammengekniffenen Augen vorsichtig näher und sah, dass das Ausweisfoto zu dem Mann passte, der vor ihm stand.

»Detective Benito Torres, Morddezernat«, las Gold laut, und dann wich alle Farbe aus seinem Gesicht. Als er ins Taumeln geriet, musste Torres den alten Mann mit einer Hand stützen.

Hastig sagte der Detective: »Ihrer Enkelin geht's gut.«
Es schien ein paar Sekunden zu dauern, bis seine Worte ins Bewusstsein seines Gegenübers drangen, doch dann kehrte Morris Golds Farbe langsam zurück. »Ich war so …« Er schüttelte bloß den Kopf, wirkte plötzlich älter und hinfälliger. »Warum sind Sie hier?«
»Setzen wir uns doch kurz«, schlug Torres vor, eine Hand noch immer am Arm des Gastronoms. Er führte ihn durch die Diele in Peri Golds Wohnzimmer und hinüber zu dem tiefblauen Chenille-Sofa.
Morris Gold sank schwer auf das Polster und ließ den Kopf in die Hände sinken. »Sie ist so wütend auf mich, und sie geht nicht ans Telefon oder ruft mich zurück. Wie soll ich ihr dann was erklären?« Er hatte Tränen in den Augen, als er den Kopf hob und Torres ansah, der sich neben ihn aufs Sofa gesetzt hatte. »Wo ist sie?«
»In Sicherheit«, war alles, was der Detective sagen wollte.
»In Sicherheit? In Sicherheit vor was? Vor wem?« Gold blickte völlig verwirrt.
Torres überlegte, was er sagen sollte. »Es besteht Grund zu der Annahme, dass Ms Gold in Gefahr sein könnte.«
»In Gefahr? Wieso? Durch wen?«, entfuhr es Gold.
»Es würde mein Leben erleichtern, wenn ich das beantworten könnte«, sagte Torres.
»Warum um alles in der Welt sollte jemand ausgerechnet Peri was antun wollen? Jeder, der sie kennt, ist ganz vernarrt in sie. Sie hat nicht einen einzigen Feind.« Der alte Mann seufzte schwer, und seine Züge verfinsterten sich. »Hat das etwa was mit ihrem Vater zu tun?« Es war keine richtige Frage.
»Glauben Sie das denn?«, entgegnete Torres.
Gold rieb sich mit den Händen übers Gesicht, als wollte er die tiefen Sorgenfalten und Furchen glätten. »Raph López ist ein Mörder. Er hat meine Tochter ermordet, mein einziges Kind. Ich weiß nicht, was dieser Idiot von Filmemacher Peri erzählt hat, aber Sie müssen verstehen, nach meiner Überzeugung sowie nach Überzeugung der Detectives, die ihn verhaftet haben, des Staatsanwalts, der gegen ihn die Anklage vertreten hat, oder

der Geschworenen, die ihn schuldiggesprochen haben, steht absolut außer Zweifel, dass dieser Sauhund meine geliebte Tochter auf dem Gewissen hat. Mit lebenslänglich ist das Schwein viel zu gut weggekommen. Wenn New York noch die Todesstrafe hätte, würde ich mir die Hinrichtung ansehen und die ganze Zeit dabei jubeln.«
»Wieso sind Sie so von seiner Schuld überzeugt?«, fragte Torres leise, ohne einen Anflug von Provokation in der Stimme.
»Ali wollte sich von ihm scheiden lassen. Ich habe ihr Geld gegeben. Ich habe ihr angeboten, mich um alles zu kümmern. Sie wollte mit Peri zu mir ziehen. Alles ... alles war abgesprochen. Und dann ... wenige Tage später ... war es vorbei. All die Pläne, Träume, die Zukunft, die sie verdient hatte. Er konnte sie nicht gehen lassen.«
»Hat Ihre Tochter Ihnen das gesagt? Dass sie die Scheidung wollte? Dass sie zu Ihnen ziehen wollte?« Wieder achtete Torres auf seinen Ton.
Morris Gold blickte durch das Wohnzimmer seiner Enkelin, doch Torres bezweifelte, dass er den Kaminsims aus Kirschholz oder das Landschaftsbild darüber wahrnahm. Er war ganz woanders.
»Ali und ich haben uns getroffen. Das erste Mal nach langer Zeit. Ihre Schwangerschaft, ihre Heirat ... das hatte zu einem schrecklichen Zerwürfnis zwischen uns geführt. Aber dann, als sie den Drecksack endlich aus der Wohnung geschmissen hatte, hab ich davon erfahren und bin auf sie zugegangen. Es dauerte eine Weile, bis sie zu einem Treffen mit mir bereit war. Ich glaube, weil sie sich geschämt hat. Schließlich haben wir uns in einem kleinen Café getroffen, ich habe ihre Hand genommen und ihr gesagt, es sei alles vergeben. Ich hab für Alison mein Scheckbuch geöffnet, mein Haus, mein Herz. Sie ist in Tränen ausgebrochen, so gerührt war sie.«
Torres hörte zu, doch während er lauschte, begann er, zwischen den Zeilen zu lesen. Erst recht, da ihm noch Peri Golds Worte im Ohr lagen, dass ihre Eltern sich wieder versöhnen wollten. Für Torres klang es so, als ob Alison Gold López bei dem Gespräch mit ihrem Vater nicht gerade das Wort geführt hatte.

Möglicherweise glaubte Morris Gold bloß, dass das die Wünsche seiner Tochter waren, oder er wollte es glauben. Hatte sie ihrem Vater wirklich je gesagt, dass sie sich scheiden lassen und wieder zu ihm ziehen wollte? Oder war das alles nur die Einbildung eines verzweifelten Vaters gewesen? Vielleicht hatte seine Tochter es auch nur gesagt, um dem alten Mann Geld abzuluchsen, das sie dringend brauchte.

»Wo ist Peri? Bitte«, flehte Morris Gold.

»Ich weiß, Sie wollen für Ihre Enkelin nur das Beste, daher werden Sie verstehen, dass es in ihrem Interesse liegt, wenn vorläufig niemand weiß, wo sie sich aufhält.« Torres wollte vom Sofa aufstehen, aber Gold hielt ihn am Jackettärmel fest.

»Sie glauben doch nicht etwa, dass sie von mir irgendwas zu befürchten hat?«

»Ich denke dabei nicht an Sie, Mr Gold.« Diesmal war Torres bewusst kühl, bewusst schroff. »Fahren Sie nach Hause. Versuchen Sie zu schlafen.«

»Sie geht nicht ans Telefon.« Es war praktisch ein Wimmern.

»Haben Sie Geduld. Die Zeit heilt alle Wunden.«

Morris Gold blickte zu dem Detective hoch. »Als López meine Tochter ermordet hat, da hab ich das von vielen Leuten gehört. *Die Zeit heilt alle Wunden, mit jedem Tag wird es ein wenig leichter.* Aber das stimmt nicht. Nur jemand, der erlebt hat, wie das eigene Kind brutal ermordet wird, kann das verstehen.« Er machte Anstalten aufzustehen. Torres wollte ihm hochhelfen, doch Gold schüttelte ihn ab. »Ich komm schon klar. Wie bei allem. Ich komme klar.«

Er stand jetzt, wenn auch ein wenig wackelig auf den Beinen, und ging Richtung Flur. Plötzlich drehte er sich wieder zu dem Detective um. »Ich bin überzeugt, dass das alles irgendwie mit dem ganzen Quatsch zu tun hat, den dieser verfluchte Filmemacher überall verbreitet«, sagte er. »Aber eines schwöre ich Ihnen. Wenn López tatsächlich einen neuen Prozess kriegt und dieser Saukerl Berger und seine Bande es irgendwie schaffen, dass er beim nächsten Mal freigesprochen wird, dann warte ich vor dem Gefängnistor, bis der verlogene, schuldige Sauhund rausspaziert kommt, und erwürge ihn mit bloßen Händen.«

Torres sah den tiefen Hass im Gesicht des alten Mannes, und er hegte keinen Zweifel daran, dass er es ernst meinte.
Die Frage war, wie weit würde Morris Gold gehen, um einen zweiten Prozess zu verhindern? Würde er zum Beispiel einen Schläger anheuern, um Sam Berger einzuschüchtern, damit er sein Filmprojekt über López aufgab?
Würde Gold so weit gehen, eine der Hauptzeuginnen im damaligen Prozess ermorden zu lassen, damit sie ihre Aussage nicht mehr ändern konnte?
Benito Torres hatte es in seinen zehn Jahren im Morddezernat schon mit vielen Tätern zu tun bekommen. Alt, jung, weiß, schwarz, Latino, arm, reich. Letzten Endes waren Alter, Rasse oder sozialer Status bei solchen Taten weniger entscheidend. Es ging vielmehr um Liebe und Hass, Leidenschaft und Verrat. Und um Verzweiflung.
Morris Gold zeigte Anzeichen für all diese Gefühle.

# 54

Lieber Vater ...
Peri riss das Blatt Hotelbriefpapier in zwei Hälften und nahm ein neues.
*Lieber Dad ...*
Auch dieses Blatt wurde zerrissen. Peri starrte nach unten auf ein drittes leeres Blatt. Wie sollte sie einen Brief an ihren Vater schreiben, wenn sie nicht mal wusste, wie sie ihn anreden sollte?
*Lieber Daddy*, schrieb sie in schnörkeligen Buchstaben, die fast das ganze Blatt Papier einnahmen, hob es dann ans Gesicht und fing an zu weinen.
Sam Berger hatte gesagt, es wäre einfacher so. Ihre Nana meinte das auch. Aber das stimmte nicht. Nie und nimmer würde sie auf einem Stück Papier all das in Worte fassen können, was sie fühlte, was sie verloren hatte, wonach sie sich sehnte, worum sie nachts im Dunkeln einen Gott anflehte, an dessen Existenz sie nicht mehr glaubte. Nie und nimmer würde sie ihrem Vater schreiben können, wie sehr sie sich verraten gefühlt hatte, geschämt hatte, so dass sie nicht mal als Erwachsene bereit gewesen war, ihn zu besuchen und sich seine Version der schrecklichen Ereignisse anzuhören, die ihre Kindheit zerstört hatten.
Sie hatte keine Ahnung, wie lange sie schon auf das vierte Blatt Papier starrte, als sie von einem leisen Klopfen an der Hotelzimmertür aufgeschreckt wurde. Panik durchfuhr sie, bis sie Torres' Stimme durch die Tür hörte.
Sie zog den Gürtel ihres Bademantels fester. Das Handtuch, das sie sich wie einen Turban um den Kopf gewickelt hatte, war ir-

gendwann auf den Teppichboden gerutscht, so dass ihr das ungekämmte feuchte Haar jetzt in wilden zerzausten Wellen über die Schultern hing. Um sich einigermaßen präsentabel zu machen, war es zu spät. Und dann kam sie sich albern vor, überhaupt an so was zu denken. Sie tappte barfuß zur Tür und ließ den Detective herein.
Sie hatte erwartet, dass er ihren kleinen Handkoffer mitbringen würde, doch stattdessen hatte er eine mittelgroße Reisetasche aus ihrem Schrank dabei.
»So viele Sachen wollte ich doch gar nicht«, stammelte sie. Was dachte Torres denn, wie lange sie sich hier verkriechen würde? Sie hatte das Gefühl, als wäre sie soeben in einer Art Zeugenschutzprogramm gelandet.
Als Torres vor gut einer Stunde gegangen war, hatte sie abgespannt und ungepflegt ausgesehen. Jetzt stand sie frisch geduscht vor ihm, in einem weißen Frotteebademantel, der ihren hellbraunen Teint betonte, und mit der dunklen Haarpracht, die ihr sanft wellig um das frische Gesicht fiel, und plötzlich spürte er zu seiner Verlegenheit eine unwillkürliche und ausgesprochen körperliche Anziehung. Er eilte mit dem schweren Koffer rasch an ihr vorbei und stellte ihn neben dem Schrank ab.
»Ich hab noch ein bisschen mehr eingepackt.« Auch er stammelte jetzt. Ohne sich zu ihr umzudrehen.
»Ich wollte sie schon anrufen. Es ist was passiert –«
Er fuhr herum, und Sorge zeichnete sich auf seinem Gesicht ab. Na, wenigstens konnte er sich jetzt wieder auf die Arbeit konzentrieren, statt auf seine Gelüste.
»Was?« Er hatte auf dem Rückweg zu Peris Hotel höllisch aufgepasst, dass niemand ihm gefolgt war. Einerlei, ob ihr Großvater oder irgendein Unbekannter ihre Wohnung überwachen ließ, Torres ging kein Risiko ein. Er war ein Profi im Abschütteln von Beschattern, und er war überzeugt, dass es ihm auch diesmal gelungen war, falls sich ihm irgendwer an die Fersen geheftet hatte.
»Nicht mir, Karen – Karen ist was passiert«, stellte Peri klar, verwundert über den besorgten Ausdruck im Gesicht des Polizisten.

Einige Sekunden lang konnte Torres den Namen nicht einordnen, doch dann fiel es ihm wieder ein. Die Anwältin. Die Exfrau des Filmemachers. Peris Freundin.
Sie schilderte ihm rasch, was Karen ihr erzählt hatte. Er lauschte aufmerksam.
»Haben Sie die Adresse von dieser Tante?«
Verärgert über sich, dass sie sich die wichtige Information nicht hatte geben lassen, schüttelte Peri den Kopf. »Aber ich kann Karen anrufen.«
Torres nickte. »Ja bitte. Und dann lassen Sie mich mit ihr sprechen.«
Zehn Minuten später hatte er die beängstigende Geschichte nicht nur von Karen persönlich gehört, sondern auch mit dem Detective gesprochen, der vor Ort die Ermittlung leitete. Torres ließ sich von dem Kollegen versichern, dass er ihn auf dem Laufenden halten würde, vor allem wenn die DNA-Analyse des Blutes vorlag, das der Angreifer durch die Stichwunde verloren hatte, die Karen Meyers ihm beigebracht hatte. Es würde eine Weile dauern, bis sie die Untersuchungsergebnisse bekamen, und falls der Abgleich mit der Polizeidatenbank keinen Treffer ergab, wären sie der Identifizierung des Täters keinen Schritt näher. Unterdessen durchkämmte die Polizei das Gebäude sowie dessen Umgebung und fragte in Krankenhäusern nach, ob jemand mit einer Stichwunde in der Notaufnahme aufgetaucht war. Bisher nichts.
Karen erzählte Torres auch, dass sie einen Privatdetektiv angerufen hatte, den sie beruflich kannte. Er würde sie am nächsten Morgen sicher zum Flughafen bringen und sich um die Unterlagen ihres Vaters kümmern.
Während Torres telefonierte, hörte Peri die ganze Zeit aufmerksam zu, und nachdem er aufgelegt hatte, bat sie ihn um eine kurze Zusammenfassung dessen, was sie alles nicht mitbekommen hatte. Er tat ihr den Gefallen, und während er erzählte, hatte er erneut Mühe, sich durch Peri Golds sinnliche Ausstrahlung nicht ablenken zu lassen. So etwas hatte er seit dem Tod seiner Frau vor fast zwei Jahren nicht mehr empfunden. Zehn Jahre lang war sie für ihn sein sicherer Hafen gewesen.

Er vermisste diese Sicherheit. Er vermisste seine Frau. Er hatte tief getrauert und vermisste sie noch immer. Er war ein einsamer Mensch, obwohl er sich das die meiste Zeit nicht eingestand. Und gerade jetzt kamen seine Einsamkeit und sein Verlangen seinen polizeilichen Pflichten in die Quere.
»Ich geh dann mal«, sagte Torres leise, ohne Peris ruhigem Blick zu begegnen. »Sie müssen schlafen.«
»Irgendwann fall ich bestimmt um, aber im Augenblick bin ich noch zu aufgekratzt«, sagte Peri. »Müssen … müssen Sie wirklich schon gehen? Entschuldigung. Wie egoistisch von mir, Sie noch länger aufzuhalten. Sie waren so unglaublich nett und hilfsbereit. Und Ihre Frau hält zu Hause wahrscheinlich schon das Essen für Sie warm und …« Sie plapperte immer weiter, ohne zu wissen, warum.
»Ich bin nicht verheiratet«, unterbrach er sie. Er erwähnte selten, dass er verwitwet war. Er hasste den reflexartig mitleidigen Blick der Leute. Der löste unweigerlich Wut in ihm aus, obwohl er sich das nie anmerken ließ. Wie konnte irgendwer seinen Verlust auch nur ansatzweise begreifen?
Aber als er in Peris Augen sah, hatte er das beunruhigende Gefühl, dass diese Frau höchstwahrscheinlich verstehen könnte, wie sehr er seit Denises Tod litt und wie verlassen er sich fühlte.
»Alles in Ordnung mit Ihnen?«, fragte sie.
»Ich sollte wirklich gehen.« Er drehte sich um und ging zur Tür.
Sie nickte. »Nur noch eine Bitte.«
Er blickte sich zu ihr um, eine Hand am Türknauf. »Ja?«
»Es ist ziemlich viel verlangt, ich weiß. Aber hätten Sie morgen vielleicht Zeit, mich zu dem Gefängnis zu fahren, in dem mein Vater einsitzt? Ich möchte ihn besuchen.«
Er sah sie lange und forschend an. »Sind Sie sicher?«
»Ich hab Angst davor. Aber ich bin sicher. Aber bitte, sagen Sie ruhig, wenn Sie keine –«
»Ich hole Sie morgen früh um zehn Uhr ab.«
»Danke, Detective Torres.«
»Meine Freunde nennen mich Ben.«
Fast hätte sie gesagt, er sollte Peri zu ihr sagen. Stattdessen antwortete sie: »Nennen Sie mich Pilar.«

»Pilar«, wiederholte er. »Dann bis morgen, Pilar.«
Es klang schön, als er ihren Namen aussprach, fand sie.
Detective Benito Torres fand das auch.

# 55

Nachdem Torres gegangen war, rief Peri im Opal's an, weil sie wusste, dass dort nur der Anrufbeantworter anspringen würde. Ihre Methode, den direkten Kontakt zu ihrem Großvater zu umgehen. Sie war noch nicht so weit.

Ihre Nachricht war kurz. »Ich bin's, Peri. Ich nehme mir die nächsten paar Tage frei. Ich bin sicher, Morris wird sich um alles kümmern, wie immer.« Sie legte auf, warf dann einen Blick auf die lange Liste entgangener Anrufe in ihrem Handy. Ein halbes Dutzend von ihrem Großvater, mindestens ebenso viele von Eric, einer von Raymond Delon, bei dem es vermutlich um irgendein Problem bei der Arbeit ging und nicht um ihr kurzes Gespräch über ihn und ihre Mutter. Dennoch überlegte sie, Ray zu Hause anzurufen. Aber dann sah sie den letzten Anruf, der gekommen sein musste, als Torres mit Karen telefonierte. Überrascht las sie, wer angerufen hatte: Delores López, Tante Lo.

Luisa Méndez vom Pflegeheim musste ihr Peris Nummer gegeben haben. Peri hatte eigentlich vorgehabt, ihre Nana gleich am nächsten Morgen wieder zu besuchen, aber das würde noch einen Tag warten müssen. Die Fahrt zur Upstate Strafanstalt würde gut anderthalb Stunden dauern. Nach einem garantiert traumatischen ersten Besuch bei ihrem Vater und einer entsprechend erschöpften Rückfahrt wäre sie wohl kaum noch in der Verfassung zu einem Besuch im Pflegeheim.

Aber Dienstagmorgen würde sie gleich als Erstes zu ihrer Nana fahren. Risiko hin oder her, sie dachte nicht daran, ihre Groß-

mutter noch einmal im Stich zu lassen, indem sie sich Gott weiß wie lange in diesem Hotelzimmer verkroch.
Sie fröstelte bei dem Gedanken an all die Jahre, die ihr Vater schon im Gefängnis saß, eingesperrt in einer trostlosen Zelle, nicht in einem luxuriösen Hotelzimmer mit einem Marmorbad für sich allein. Tränen brannten ihr in den Augen, doch sie zwang sich, ihre Emotionen zu zähmen.
Es war spät am Abend, als sie ihre Tante Lo zurückrief. Sie hörte den Rufton und spürte ein banges Gefühl in der Magengrube. Innerhalb kürzester Zeit wurde sie in die Vergangenheit zurückkatapultiert …
»Hallo? Pilar?«
Tante Lo hatte die Nummer offenbar gespeichert und sah ihren Namen im Display.
»Ja, ich bin's, Pilar.«
»Du klingst … so erwachsen.«
Peri lachte leise. »Ich bin dreißig, Tante Lo.«
»Du hast heute meine Mutter besucht.«
»Ja.«
»Ihr geht's nicht besonders.«
»Nein«, sagte Peri traurig.
»Und du?«, fragte Lo. »Wie geht's dir, Pilar?«
So eine abgedroschene Frage, aber nicht in diesem Augenblick.
»Tante Lo, ich glaube, mein Vater ist unschuldig. Ich besuche ihn morgen im Gefängnis. Ich will ihn um Verzeihung bitten. Und ich will ihm sagen, dass ich von nun an nicht lockerlasse, bis ich ihn aus dem Gefängnis geholt habe.«
Schweigen am anderen Ende.
»Tante Lo, er war's nicht. Er ist unschuldig. Der wahre Mörder läuft frei herum und kriegt es langsam mit der Angst. Er macht schreckliche Sachen. Du … du solltest auch vorsichtig sein, Tante Lo.«
Lo ging nicht auf Peris Warnung ein. Stattdessen sagte sie: »Du hörst dich an wie deine Mutter, Pilar. Sie hatte auch so viel Elan und Entschlossenheit.«
»Ich vermisse sie. Ich vermisse meinen Vater. Ich … ich vermisse euch alle. Es hätte alles nicht so kommen dürfen.«

»Nein, das hätte es nicht«, pflichtete Lo bei.
»Weißt du irgendwas oder hast du irgendeinen Verdacht, Tante Lo?«
Wieder Schweigen.
»Ich habe jemanden, der mir hilft«, sagte Peri.
»Berger?«
»Nein. Na ja, der auch. Aber noch jemand anderes. Ein Detective vom Morddezernat, der sich Dads Fall noch mal vornehmen will.« Peri beschloss, nicht mehr zu verraten. Einerseits war es sicherer für ihre Tante. Andererseits merkte Peri, dass sie in ihrer gegenwärtigen Gefühlslage misstrauischer war als sonst.
»Pilar, ist das klug? Du sagst, da draußen läuft ein Mörder frei herum. Halt dich lieber da raus. Ich habe Angst um dich.«
»Weißt du irgendwas, Tante Lo? Irgendwas, was meinem Vater helfen kann? Deinem Bruder?«, flehte Peri in der Hoffnung, durch die Erinnerung an ihre enge Verwandtschaft mit Raph López bei ihrer Tante eher etwas zu bewirken.
Lo überging die Frage wie zuvor Peris Warnung. »Nicht zu fassen, dass du schon dreißig bist. Hast du geheiratet?«
Peri schluckte ihren Frust hinunter. »Ich hab seit ein paar Jahren einen Freund. Aber, nein, ich bin noch unverheiratet.«
»Deine Mutter hat so jung geheiratet.«
»Ich bin vier Jahre älter, als sie bei ihrer Ermordung war.«
Am anderen Ende der Leitung erklang ein schwerer Seufzer. »Ich weiß, es ist schrecklich, so etwas ausgerechnet zu dir zu sagen, aber sowohl für Ali als auch für Raph wäre es besser gewesen, wenn Ali abgetrieben hätte, wie ihr Vater es wollte.«
Peri schluckte schwer. Ihre Tante sagte ihr praktisch, dass sie besser gar nicht geboren worden wäre. »Sie haben sich geliebt. Sie haben mich geliebt«, widersprach Peri trotzig.
»O Pilar, ja, ja. Das haben sie. Sie haben dich über alles geliebt. Du warst für sie das Wichtigste auf der Welt.«
Peri hörte, wie die Stimme ihrer Tante brach.
»Hast du meine Mutter gemocht?«
»Was spielt das jetzt noch für eine Rolle, Pilar?«
»Ja oder nein?«
»Sie ... sie gehörte nicht richtig dazu. Sie wollte es. Sie hat es

mit aller Macht versucht. Aber zwischen deinem Vater und ihr lagen Welten. Sie war verwirrt und … und so jung.«
»Hatte sie was mit jemand anderem?«, fragte Peri.
»Du meinst Héctor?«, fragte Lo prompt zurück, und ihre Stimme wurde kühl.
Peri hatte niemand Bestimmten gemeint, aber sie schwieg. Héctor war ihr durchaus als Möglichkeit durch den Kopf gegangen. Wieder stellte sie sich den Diamantstecker vor, den er vor langer Zeit im Ohr getragen hatte.
»Das hat dein Vater geglaubt. Ich … ich übrigens auch eine Zeit lang, aber jetzt nicht mehr. Nein, ich glaube nicht, dass es Héctor war.«
»Aber irgendwen hatte sie.« Peri formulierte das nicht als Frage. Und sie schloss Héctor noch nicht aus. Genauso wenig, wie ihre Tante ihn ausschloss, die weiß Gott nicht überzeugt geklungen hatte.
»Ich glaube ja.« Lo zögerte. »Ich sage das nur ungern, aber ich glaube, sie hatte womöglich … mehr als einen. Deine Mutter war eine sehr schöne, lebenssprühende junge Frau. Und sie war einsam. Sie ging eine ganze Weile allein aus, noch vor der Trennung zwischen ihr und Raph. Er hat sie angebetet. Er wollte nicht glauben, dass sie ihn betrog, obwohl er oft fix und fertig war vor lauter Misstrauen und Eifersucht. Es war die reinste Quälerei für ihn.«
Und offenbar war er zu Recht misstrauisch und eifersüchtig gewesen. *Armer Daddy. Du hast die ganze Zeit gelitten. Vielleicht noch mehr als Mommy …*
»Mit wem? Mit wem hatte sie was?«, fragte Peri vorsichtig.
»Ich weiß es nicht, Pilar.«
Aber die Antwort ihrer Tante kam zu schnell.
»Du weißt es nicht, aber du hast einen Verdacht.«
»Verdächtigungen können falsch sein. Sie können das Leben eines Menschen ruinieren. Das Leben derjenigen, die ihm nahestehen.«
»Verdächtigungen können auch mithelfen, das Leben eines Unschuldigen zu retten, Tante Lo. Sie könnten mithelfen, den wahren Mörder zu entlarven. Er hätte längst für sein Verbre-

chen bezahlen müssen. Hilf mir, Tante Lo. Hilf meinem Vater. Ich flehe dich an.«

»Ich nenne dir einen Namen. Aber wie gesagt, es könnte auch nichts dran sein.« Lo stockte und dann seufzte sie wieder. »Einmal war deine Mama morgens bei mir im Salon und hat sich von mir die Haare machen lassen. Anschließend hat sie gefragt, ob sie mal telefonieren könnte. Sie hat jemanden angerufen, sich mit ihm zum Lunch verabredet, in einem … in einem Hotel. Ich hab so getan, als hätte ich nichts gehört.«

»Hat sie seinen Namen genannt?« Peris Herz raste.

»Noah. Sie hat gesagt: ›Bis gleich, Noah.‹ Sie war ein bisschen rot im Gesicht, als sie auflegte, rot vor Freude. Ich hab keine Ahnung, wer der Kerl ist.«

»Aber ich vielleicht«, sagte Peri. »Danke, Tante Lo.«

# 56

Staatsanwalt Kevin Wilson betrat am Montagmorgen um Viertel nach zehn sein Büro am One Hogan Place und sah überrascht, dass sein Boss Oberstaatsanwalt James Anderson dort auf ihn wartete. Anderson war Ende sechzig, klein und stämmig, und hatte die Persönlichkeit eines Pitbull. Sechsmal hintereinander hatte er die Wahl zum Oberstaatsanwalt von New York gewonnen, ein Erfolg, den er seiner unerbittlichen Zielstrebigkeit und bedingungslosen Gründlichkeit ebenso verdankte wie seiner beängstigenden Fähigkeit, eine ungeheure Zahl von Fällen zu gewinnen, von denen viele national und sogar international bekannt geworden waren. Er leitete die New Yorker Staatsanwaltschaft schon so lange, dass alle davon ausgingen, er würde seinen Sessel erst dann räumen, wenn er eines Tages an seinem Schreibtisch oder im Gerichtssaal tot umfiel. Nur wenige wussten, dass Anderson aus Krankheitsgründen nicht noch einmal kandidieren würde. Einer der Eingeweihten war Kevin Wilson.

»Was kann ich für Sie tun, Jimmy?«, fragte Wilson in der Hoffnung, dass in seiner Stimme kein banger Unterton mitschwang.

»Wie ich höre, haben Sie einen unserer alten Fälle noch einmal herausgekramt.« Der Oberstaatsanwalt verschwendete grundsätzlich keine Zeit mit Smalltalk. »Raphael López.«

»Ich wurde darum gebeten«, stellte Wilson klar.

»Von Karen Meyers.«

Wilson verzog keine Miene, fragte sich aber, wie sich das so schnell bis zu Anderson hatte rumsprechen können. Und wer es ihm gesteckt hatte.

»Sie möchte Beweismaterial, das damals im Prozess gegen den Angeklagten López verwendet wurde, auf DNA testen lassen.«

»Vergessen Sie's«, sagte Anderson knapp.

»Genau das habe ich auch zu Peri Gold gesagt, López' Tochter. Ich habe ihr erklärt, selbst wenn das Beweismaterial noch existierte und auf DNA getestet würde und sich herausstellen sollte, dass keine Übereinstimmung mit der DNA des Opfers vorliegt, würde das wahrscheinlich nicht für ein Wiederaufnahmeverfahren reichen.«

»Genau«, sagte Anderson sichtlich erleichtert. »Obwohl es ohnehin keine Rolle spielt. Das Beweismaterial existiert nämlich nicht mehr.« Was den Oberstaatsanwalt betraf, war die Diskussion damit beendet. Er drehte sich um und marschierte aus Wilsons Büro.

»Ende«, murmelte Wilson, sobald sich die Tür hinter seinem Boss geschlossen hatte. Aber als er sich dem Aktenberg auf seinem Schreibtisch zuwandte, fragte er sich, wann denn das Stück Stoff mit dem Blutfleck *verschwunden* war. Und wenn erst kürzlich, warum?

Zugegeben, die Staatsanwaltschaft stand niemals gut da, wenn ein Schuldspruch aufgehoben wurde, und Anderson würde nicht gern mit einem Makel auf seiner langen, glänzenden Karriere aus dem Amt scheiden. Aber schließlich war Anderson noch gar nicht Leiter der Staatsanwaltschaft gewesen, als López vor über dreiundzwanzig Jahren der Prozess gemacht wurde.

Spontan holte Wilson sich Andersons Lebenslauf auf den Computerbildschirm. Anderson, so las er, hatte 1985 bei der New Yorker Staatsanwaltschaft angefangen, also war er schon zwei Jahre bei der Behörde, als sein Kollege Arthur Meyers die Anklage im Fall López vertrat und den Prozess gewann.

Wilson lehnte sich in seinem Schreibtischsessel zurück. Arthur Meyers. Er googelte ihn rasch und fand unter den Hits einen kurzen Nachruf, der in der *New York Times* erschienen war. Er überflog ihn und blieb an der letzten Zeile hängen. *Arthur Meyers hinterlässt seine geschiedene Frau Barbara und seine elfjährige Tochter Karen.*

»Ach nee. Kein Wunder, dass sie sich für die Sache interessiert.« Wilson griff zum Telefonhörer und wählte Karens Handynummer.
Er hörte lauten Lärm im Hintergrund, als sie sich meldete.
»Wo steckst du?«, fragte er.
Karen zögerte. »Ich bin am Flughafen.« Sie verriet ihm nicht, an welchem. »Ich muss für zwei, drei Tage weg. Hast du das Prozessprotokoll gelesen? Besorgst du uns das Beweismaterial, das wir brauchen?«
»Wieso hast du mir nicht erzählt, dass Arthur Meyers dein Vater war?«
»Das war, *ist* nicht wichtig.«
»So ein Quatsch.«
»Wir brauchen das Beweismaterial, Kevin. Jetzt mehr denn je. Ich bin überzeugt, dass der Falsche wegen des Mordes an Alison López im Gefängnis sitzt.«
»Es gibt kein Beweismaterial.«
»Was?«
»Es existiert nicht mehr. Lass gut sein, Karen.«
»Hör zu, ich muss an Bord meiner Maschine, aber ich ruf dich später zurück. An der Sache ist so einiges mehr, was du noch nicht weißt.«
»Zum Beispiel?«
»Ich melde mich später.« Karen legte auf, ehe Wilson noch fragen konnte, wohin sie eigentlich wollte. Aber er war ziemlich sicher, dass ihre Reise im Zusammenhang mit dem Fall López stand.
Er starrte auf die unerledigten Fälle, die sich auf dem Schreibtisch türmten, griff dann aber in seinem Aktenkoffer nach dem einzigen Ordner darin, dem mit der Kopie des Prozessprotokolls im Fall Raphael López, die Karen ihm am Samstagabend in der Carlyle Bar gegeben hatte. Er hatte bisher nur einen flüchtigen Blick hineingeworfen, obwohl er Peri Gold gegenüber behauptet hatte, alles gründlich gelesen zu haben. Jetzt beschloss er, das nachzuholen. In erster Linie, um sich selbst zu beruhigen. Er wollte, wenn er mit dem Protokoll fertig war, davon überzeugt sein, dass die Geschworenen damals einen gerechten

Urteilsspruch gefällt hatten – dass Staatsanwalt Arthur Meyers Raphael López' Schuld zweifelsfrei bewiesen hatte.
Über zwei Stunden später, nachdem er das Protokoll Zeile für Zeile gelesen hatte, war Wilson nicht mehr sicher, dass der Gerechtigkeit Genüge getan worden war.
Das Gespräch am Morgen mit Anderson ließ ihm noch immer keine Ruhe. Irgendwer hatte sich an den Oberstaatsanwalt gewandt. Irgendwer, der Macht und Einfluss hatte. Irgendwer, der Anderson dazu gebracht hatte, bei der Klärung der Frage, ob Raphael López vor dreiundzwanzig Jahren einen fairen Prozess gehalten hatte, jegliche Kooperation seitens der Staatsanwaltschaft zu unterbinden.
Anderson hatte behauptet, das einzige handfeste Beweisstück sei nicht mehr vorhanden. Hatte er die Wahrheit gesagt?
Und was war mit dem übrigen Beweismaterial im López-Fall, Beweismaterial mit möglichen DNA-Spuren? Was war mit der blutgetränkten Bettwäsche des Opfers, eine Frage, die Peri Gold ihm gestellt hatte? Ein Sachverständiger vom Kriminallabor hatte im Prozess ausgesagt, alle am Tatort sichergestellten Spuren seien ohne beweiserhebliche Ergebnisse untersucht worden. Aber zur damaligen Zeit gab es noch keine DNA-Analyse. Vielleicht waren diese Beweismittel vernichtet worden. Vielleicht aber auch nicht. Es war erstaunlich, was von abgeschlossenen Fällen noch alles irgendwo gelagert war.
Außerdem war für Wilson nach der Lektüre des Protokolls klar, dass die polizeilichen Ermittlungen eine einzige große Katastrophe gewesen waren. Und alles andere war eine Folge davon gewesen.
Kevin Wilson wünschte, er hätte sich nie mit Karen Meyers getroffen. Bis zu dem Gespräch mit ihr hatte er nur an seine Zukunft gedacht, eine Zukunft, in der sein Boss Jimmy Anderson ihn tatkräftig unterstützen wollte, wenn Wilson in einigen Monaten für den Posten des Oberstaatsanwalts kandidierte. In Anbetracht eines so hochkarätigen Befürworters sowie seines eigenen exzellenten Rufs zweifelte niemand daran, auch Wilson selbst nicht, dass er der nächste Leiter der New Yorker Staatsanwaltschaft werden würde.

Er musste bloß die Finger von der López-Sache lassen.
Aber er bekam Karen Meyers' verflixte Stimme einfach nicht aus dem Kopf. *»Ich setze darauf, dass du dich in erster Linie als Anwalt siehst und erst in zweiter Linie als Staatsanwalt. Und dass du im Falle einer ungerechten Verurteilung möchtest, dass der Gerechtigkeit letzten Endes doch noch Genüge getan wird.«*

# 57

Karen schreckte zusammen, als der Mann sich im Flugzeug neben sie setzte.

»Ich dachte, du wolltest einen früheren Flug nehmen. Ich dachte, du wolltest vermeiden, dass wir zusammen gesehen werden –«

»Nur gut, dass ich Freunde in niedrigen Positionen habe«, raunzte Sam. »Wolltest du mir irgendwann mal von deinem Kellerabenteuer erzählen?«

Karen seufzte. »Mir ist nichts passiert, Sammie.«

»Nur weil du Schwein gehabt hast. Und das alles ist meine Schuld.«

»Du bist überhaupt nicht schuld. Du hast mich gewarnt.«

»Und ich hab gewusst, dass du nicht auf mich hören wirst.«

»Daran wird sich auch nichts ändern. Aber ich werde in Zukunft besser aufpassen.«

»Und ob du das wirst. Dafür werde ich nämlich sorgen.«

»Dann hast du also diesen Flug genommen, um mein Bodyguard zu sein?«

»Ich werde dir nicht mehr von der Pelle rücken, Kleines.«

Karen erhob keinen Einwand. In Wahrheit fühlte sie sich besser mit Sammie an ihrer Seite. Nicht nur aus Sicherheitsgründen.

»Ich habe die Kartons mit den Sachen meines Vaters aus dem Keller an einen sicheren Ort bringen lassen. Wenn ich zurück bin, werde ich sie durchforsten.«

»*Wir* werden sie durchforsten«, korrigierte er sie.

»Okay, Bodyguard.«

Sie lächelten beide.
Karens Lächeln erstarb sogleich wieder. Sie blickte Sam an. »Glaubst du, der eigentliche Mörder von Alison López steckt hinter all dem?«
»Das ist eine Möglichkeit«, räumte Sam ein. »Aber wie gesagt, es haben etliche Leute ein starkes Interesse daran, zu verhindern, dass dieser Fall wieder Schlagzeilen macht.«
»Ein so starkes Interesse, dass sie bereit wären, dafür zu töten? Uns zu töten?«, fragte Karen.
»Nicht nur uns.« Er erzählte ihr, was er über Maria Gonzales gehört hatte, ihre einzige Augenzeugin, die am Sonntagmorgen ermordet worden war.
Karen bekam Gänsehaut auf den Armen, und sie versuchte, sie wegzureiben. Sam holte eine Decke und ein Kissen aus dem Gepäckfach, deckte Karen zu und schob ihr das Kissen hinter den Kopf. »Du siehst aus, als hättest du seit Tagen nicht geschlafen. Ruh dich aus.«
»Glaubst du, einem von uns beiden ist jemand gefolgt?«, fragte sie ängstlich.
Er legte einen Arm um sie und verschob das Kissen so, dass es an seiner Schulter lag. »Wir sind vorläufig sicher. Mach die Augen zu.«
Sie gehorchte, was ihr nur das vertraute Gefühl von früher ermöglichte, das Gefühl, von Sammies Arm umschlungen zu werden, tröstlich, beschützend. Minuten, wenn nicht Sekunden später schlief sie tief und fest. Kurz darauf rollte die Maschine an den Start und hob Richtung Miami Beach ab.
Drei Reihen hinter ihnen saß ein junger Mann, der passend für Miami Beach gekleidet war: beigefarbenes Leinenjackett, weißes T-Shirt, weiße Stoffhose und Slipper ohne Socken. Er blätterte in einer Bordzeitschrift, hob aber hin und wieder den Blick und sah mit zusammengekniffenen Augen zu dem Paar vor ihm hoch. Er hatte seine Anweisungen. Es waren ganz einfache Anweisungen, die jetzt noch einfacher auszuführen waren, da die beiden zusammen waren. Einfacher und schneller. Jetzt konnte er zwei Fliegen mit einer Klappe schlagen.

»Ich war noch nie in einem Gefängnis«, murmelte Peri nervös. Unter ihrem gekonnt aufgetragenen Make-up hatte sie dunkle Ringe unter den Augen. Sie hatte die ganze Nacht unruhig geschlafen und mehr als einmal beschlossen, Torres früh am nächsten Morgen anzurufen und den Besuch bei ihrem Vater abzusagen. Was hatte sie sich bloß dabei gedacht? Sie konnte doch nicht einfach ohne Vorwarnung bei ihm aufkreuzen. Ihr Vater war schwerkrank. Er könnte vor Schreck glatt einen Herzinfarkt bekommen!
Sie machte sich nichts vor. Sie fürchtete die Wirkung, die ihr Besuch auf sie haben würde, ebenso wie die auf ihren Vater.
»Ich bin ein Feigling«, sagte sie.
Torres, am Steuer seines Zivilfahrzeugs, eines Crown Vic, warf ihr einen Blick zu. »Sie haben Angst. Das ist was anderes.«
»Nein. Ich wollte den Besuch schon absagen –«
»Aber das haben Sie nicht.«
»Stimmt.« Sie lehnte sich zurück, die Hände fest im Schoß gefaltet. Unter ihrem schwarzen Mantel trug sie eine schwarze Samthose und einen blassblauen Kaschmirrollkragenpullover. In der Manteltasche steckte der Rosenkranz ihrer Nana. Ihr einziger Schmuck war ein schlichtes goldenes Kreuz an einer goldenen Halskette, die sie seit Jahren nicht umgelegt hatte. Sie trug ihr Haar offen, so wie sie es als Kind getragen hatte. Wie sie es getragen hatte, bevor ihr Vater ins Gefängnis musste.
»Ich habe Ihren Besuch angemeldet, Pilar.«
Ihr Blick schoss zu Torres hinüber. Sowohl die Benutzung ihres richtigen Namens als auch das, was er gesagt hatte, gingen ihr durch und durch. »Was?«
»Ihr Besuch musste vom Direktor genehmigt werden, da sie noch nie dort waren. Ihr Vater wurde verständigt.«
»Er weiß Bescheid? Mein Vater … er weiß, dass ich ihn besuchen komme?«
»Es wird die ganze Zeit, die sie bei ihm sind, ein Aufseher anwesend sein.«
»Wieso denn das? Glauben die etwa, ich will ihm was in den Knast schmuggeln oder versuchen, ihn zu befreien?«
»Ach, glauben Sie mir, die passen schon auf, dass Sie nichts rein-

schmuggeln. Sie machen sich besser auf was Unangenehmes gefasst. Es könnte sein … es könnte sein, dass Sie sich … einer Leibesvisitation unterziehen müssen.« Torres hielt die Augen stur geradeaus auf den Highway gerichtet, der direkt zum Upstate führte.

Peri schnappte bei der Vorstellung einer solch erniedrigenden Prozedur nach Luft. »Großer Gott.«

»Ich sage nicht, dass sie das auf jeden Fall verlangen, nur dass die Möglichkeit besteht. Aber wenn es dazu kommt, stehen Sie das schon durch. Das haben unzählige andere auch. Denken Sie einfach an die Belohnung.«

Offenbar sah Torres das Wiedersehen mit ihrem Vater als Belohnung.

Peri schloss die Augen, versuchte sich das Wiedersehen vorzustellen. Irgendwie war sie auch erleichtert, dass er von ihrem bevorstehenden Besuch wusste. Und wenn ihr Vater sie nicht hätte sehen wollen, hätte er das sicher dem Direktor gesagt, und ihr Besuch wäre abgelehnt worden.

»Da ist noch was«, sagte Torres zögerlich.

»Was?« Als wäre sie nicht schon nervös genug.

»Der Direktor hat Sam Berger untersagt, Ihren Vater weiter zu besuchen.«

»Wieso denn das?«

»Er behauptet, der Arzt Ihres Vaters hätte davon abgeraten. Die Gespräche mit Sam wären für ihn eine zu große emotionale Belastung und würden sich negativ auf seinen Blutdruck auswirken.«

»So ein Schwachsinn.«

»Finde ich auch«, sagte Torres.

»Wie sieht der Besucherraum aus?«

»Ihr Dad ist zurzeit auf der Krankenstation. Dort gibt es keinen Besucherbereich wie sonst üblich. Was aber sogar besser ist. Upstate ist eine Strafanstalt mit Hochsicherheitsstufe. Normalerweise würden Sie mit Ihrem Dad übers Telefon sprechen, in einer kleinen Kabine und getrennt durch eine kugelsichere Scheibe. Auf der Krankenstation sind Sie mit ihm im selben Raum.«

»Ich … ich werde … ihn … anfassen können?«
»Das kann ich Ihnen nicht versprechen. Soviel ich weiß, ist das nicht erlaubt. Aber das kommt drauf an, wie streng der Aufseher sich an die Vorschriften hält.«
»Hat mein Vater derzeit … eine Chemotherapie? Ist er deshalb auf der Krankenstation?«, fragte sie beklommen. Wie viel Zeit hatte er noch? Würde er seine Freilassung noch erleben?
»Nein. Er ist gestürzt, glaube ich. Es ist aber nicht besonders schlimm. Der Direktor meinte, er kann morgen wieder zurück in seine Zelle. Gut, dass wir heute hinfahren.«
Peri bemerkte, dass Torres auffällig oft in den Rückspiegel blickte.
»Glauben Sie, wir werden verfolgt?«, fragte sie ängstlich.
»Nein. Reine Gewohnheit.«
Peri glaubte ihm nicht. Aber ihr war klar, dass sie um einiges nervöser wäre, wenn Torres nicht neben ihr säße. Nicht nur, weil er Polizist war. Der Mann hatte irgendwas an sich, das ihr ein Gefühl von Sicherheit gab, wenn sie bei ihm war.
Bei Eric hatte sie sich nie so gefühlt, doch andererseits hatte sie bislang auch noch keinen Grund gehabt, sich Sorgen um ihre Sicherheit zu machen.
Als wären ihre Gedanken irgendwie an Eric teleportiert worden, klingelte ihr Handy, und sie sah seinen Namen im Display. Sie hatte am frühen Morgen mit ihm gesprochen, und er hatte sie angefleht, ihr zu sagen, wo sie war oder was sie vorhatte, aber sie hatte ihm die Antwort eisern verweigert. Die ganze Zeit sagte sie sich, je weniger Eric wusste, desto weniger würde er unabsichtlich ausplaudern können, vor allem ihrem Großvater gegenüber. Die Beziehung zwischen Eric und Morris ging weit über das Geschäftliche hinaus. Morris respektierte Eric. Und es kam wahrhaftig selten vor, dass ihr Großvater jemanden respektierte. Er hatte sie immer wieder bedrängt, Erics Heiratsanträge doch endlich anzunehmen. Morris sagte gern, das wäre eine Ehe, an der Gott Wohlgefallen hätte. Und Peri erwiderte jedes Mal, es ginge ihr nicht um Gottes Wohlgefallen, sondern um ihr eigenes. Das war nur einer der vielen Streitpunkte zwischen ihnen.

»Ihr Großvater?«, fragte Torres mit Blick auf ihr Handy.
»Mein Freund.«
Das Telefon hörte auf zu klingeln. Peri war sicher, dass Eric ihr eine Nachricht auf die Mailbox sprechen oder ihr simsen würde. Er entschied sich fürs Simsen. *Ich liebe dich. Vergiss das nicht.*
Peri simste nicht zurück. Sie konnte jetzt nicht an Eric denken. Sie und Torres waren nur noch zwanzig Minuten von der Strafanstalt entfernt. Mit jeder Meile erhöhte sich Peris Anspannung und Nervosität.
Sie hätte fast das Telefonat mit ihrer Tante Lo am Vorabend vergessen.
»Detective ... Ben ... ich hab da vielleicht einen Hinweis. Ein Mann namens Noah Harris war mit meiner Mutter zusammen, ehe sie meinen Vater kennenlernte. Sie ... hatte möglicherweise wieder was mit ihm ... nachdem sie meinen Vater geheiratet hatte.«
»Ich überprüf das.« Das war alles, was Benito Torres dazu sagte. Was er nicht sagte, war, dass er bis spät in die Nacht an seinem Schreibtisch im Morddezernat gesessen und die Akte im Fall Raphael López studiert hatte. Er hatte Alison López' ehemaligen Freund Noah Harris und andere zwecks weiterer Ermittlungen bereits ins Visier genommen. Der Fischzug hatte begonnen. Das Einzige, was Torres noch fehlte, war ein guter Köder.

# 58

Kevin Wilson trat an den Schreibtisch, hinter dem eine mittelalte Afroamerikanerin in Uniform saß. Es war nicht der erste Besuch, den der Staatsanwalt dem Polizeilagerhaus auf der Lower East Side abstattete, wo Tausende alter Beweisstücke von längst abgeurteilten Fällen aufbewahrt wurden. Er war froh, dass er mit der Frau noch nicht zu tun gehabt hatte.
Sie hatte die *Daily News* auf dem Schreibtisch ausgebreitet und war in die Lektüre vertieft. Wilson musste sich räuspern, damit sie aufschaute. Sie musterte ihn abschätzend.
»Staatsanwaltschaft?«
»Sieht man das?« Er richtete nervös seine gestreifte Krawatte. Unter seinem offenen schwarzen Mantel trug er einen dunkelgrauen Anzug.
Sie zuckte die Achseln. »Staatsanwalt oder Detective. Die Chancen standen fifty-fifty.« Ein kleines Spiel von ihr. Sie lächelte, zeigte strahlend weiße Zähne. »Was kann ich für Sie tun?«
»Es geht um einen sehr alten Fall. Liegt über zwanzig Jahre zurück.« Er räusperte sich erneut, diesmal vor Unbehagen. »Ich bin ehrlich gesagt … nicht offiziell hier. Ich möchte nur wissen, ob ein bestimmtes Beweisstück noch existiert.«
Die Uniformierte bedachte ihn mit einem forschenden Blick. Ihr Interesse war geweckt. Und hier draußen passierte nicht viel Interessantes. »Sozusagen außerdienstlich, was?«
Wilson trat von einem Bein aufs andere. »Sozusagen.« Er hatte weder seinen Namen genannt, noch irgendeinen Ausweis ge-

zeigt, und er fand es komisch, dass sie nicht mal danach fragte. Andererseits hatte sie ihm ja auch nichts ausgehändigt. Und er hatte nicht darum gebeten. Kevin Wilson war sich nicht sicher, wie weit er die Grenzen zu überschreiten bereit war. Vielleicht war er ja jetzt schon einen Schritt zu weit gegangen.

Die Uniformierte schlug die Zeitung zu und schwenkte mit ihrem Schreibtischstuhl zu ihrem Computer herum. »Wie ist der Name?«

Wilson zögerte. Es war noch nicht zu spät, um der Frau zu sagen, sie solle die Sache vergessen, und einfach wieder zu gehen.

Die Finger der Frau schwebten über der Tastatur. »Keine Sorge, Herzchen. Ich hab Sie hier nie zu Gesicht bekommen.«

Wilson vermutete, wenn er in einer dienstlichen Angelegenheit hergekommen wäre, hätte sie nie und nimmer so mit ihm gesprochen. Und wenn doch, hätte ihn das extrem geärgert. Jetzt hingegen fand er ihre Art beruhigend. Er rang sich sogar zu einem Lächeln durch.

»Raphael López.«

Kaum hatte er den Namen genannt, nahm sie die Finger von der Tastatur, statt augenblicklich loszutippen, wie er erwartet hatte. Ihre ganze Haltung veränderte sich.

»Stimmt was nicht?«, fragte Wilson nervös.

»Ich habe hier unter dem Namen nichts auf Lager«, sagte sie nachdrücklich.

Ihre Worte und ihr Tonfall signalisierten Wilson, dass er die Sache auf sich beruhen lassen sollte. Aber irgendwie konnte er es nicht. »Woher wissen Sie das so genau?«

Sie antwortete nicht sofort. Wieder einmal taxierte sie ihn.

»Weil«, sagte sie schließlich, »jemand anders schon vor Ihnen hier war. *Offiziell.*«

»Und er hat sich das Beweismaterial aushändigen lassen?«

Wieder eine lange Pause. »Nicht direkt.«

»Ich verstehe nicht«, sagte Wilson. Und dann fiel bei ihm der Groschen. »Sie wurden angewiesen, das Material zu vernichten.«

Sie antwortete nicht. Es war auch nicht nötig.

Die jähe Zorneswelle, die in dem Staatsanwalt aufbrandete,

überraschte ihn selbst. Ohne es zu merken, hatte Kevin Wilson sich bereits mehr auf den Fall López eingelassen, als er es für möglich gehalten hätte.
»Sie können mir wohl nicht sagen, wer Ihnen die Anweisung erteilt hat.«
»Leider nein«, sagte sie, doch in ihrer Stimme schwang eine Spur Mitgefühl mit.
»Tja … trotzdem danke«, murmelte er und wandte sich ab.
»Die Sache ist die, was ich vernichten sollte, war … na ja, was Spezielles. Ein spezielles Beweisstück.«
Wilson drehte sich wieder zu ihr hin, rieb sich gedankenverloren die Nasenseite. »Ein Stück Polsterstoff von einem Autositz?«
Sie nickte.
»Und Sie haben es vernichtet.«
»Ich brauche den Job, so öde er auch manchmal ist.«
Er nickte. Wartete.
»Also, damit das klar ist, Sie waren nie hier, und ich hab den ganzen Morgen Zeitung gelesen.«
Wilsons Puls beschleunigte sich. »Unbedingt.«
»Ich rede also eigentlich mit mir selbst.«
Er nickte.
»Und was ich da so zu mir sage, ist, dass es nicht das einzige Beweisstück war, das hier unter dem Namen López gelagert wurde. Und da hab ich so bei mir gedacht, na, warum nur dieses Beweisstück und nicht das andere? Und ich bin auf folgende Antwort gekommen – wahrscheinlich weiß die Person, die hier war, nichts von dem anderen Beweisstück.«
Wilson wurde immer aufgeregter und frustrierter, während die Frau *mit sich selbst* redete. Was für ein anderes Beweisstück? Würde sie mit der Sprache rausrücken, worum es sich handelte, ohne dass er nachbohrte? Oder würde sie dichtmachen, wenn er weiter fragte? Immerhin hatte sie bereits mehr gesagt, als er sich hätte wünschen können.
»Ich schätze«, sagte sie und blickte ihn jetzt direkt an, »das ist dann der Punkt, wo die Sache offiziell werden müsste. Vielleicht hab ich schon zu viel mit mir geredet. Wahrscheinlich weil ich

neulich im Fernsehen gesehen hab, dass so ein armer Kerl wegen Vergewaltigung über zehn Jahre gesessen hat, und erst durch einen DNA-Beweis wieder auf freien Fuß gekommen ist. Und ich schätze, er ist nicht der Einzige, dem so was passiert.«

»Es kommt vor.« Er zögerte. »Könnte in diesem Fall auch passiert sein.«

»Na, dann kommen Sie am besten wieder, ganz offiziell, und geben mir die Papiere, die ich brauche, um dieses andere Beweisstück an Sie rauszugeben.«

»Weiß sonst noch jemand davon?«

»Nicht von mir, Süßer«, sagte sie mit einem Zwinkern.

Kevin Wilson stand vor einem ernsten Dilemma. Wie sollte er von seinem Boss die Einwilligung bekommen, sich dieses geheimnisvolle Beweisstück, das hier unter dem Namen López aufbewahrt wurde, *offiziell* aushändigen zu lassen? Der Oberstaatsanwalt hatte ihm schon unmissverständlich klargemacht, was er von ihm erwartete: Wilson sollte die Finger von dem Fall lassen, denn sonst – und das war gleichermaßen klar, wenn auch unausgesprochen – konnte er sich seine Ambitionen auf den Posten des Oberstaatsanwalts abschminken. Wahrscheinlich konnte er sich dann auch abschminken, seinen jetzigen Job zu behalten.

Sein Beruf war sein Leben. Oberstaatsanwalt zu werden war ihm wichtiger als alles andere.

Er musste nur tun, was andere lange vor ihm getan hatten: einfach wegsehen. Einfach wegsehen und diesen ganzen verkorksten Fall vergessen. Vergessen, dass Karen Meyers ihn um Hilfe gebeten hatte. Vergessen, dass er ein Prozessprotokoll gelesen hatte, das nur so strotzte vor Inkompetenz, falschen Schlussfolgerungen, fragwürdigen Zeugen, fehlenden Beweisen. Wenn er Strafverteidiger wäre und kein Staatsanwalt, wäre der Fall für ihn ein gefundenes Fressen.

Aber Kevin Wilson war nun mal kein Strafverteidiger. Er war Staatsanwalt. Und das musste er sich vor Augen halten, als er zur Tür hinausging. Ein frostiger New Yorker Wind pfiff durch die Straße. Er spurtete zu seinem Wagen. Als er hinter dem Lenkrad saß, griff er in seine Hosentasche, um sein Handy herauszuholen.

Sein Gewissen hatte gesiegt.
Karen Meyers ging nicht an ihr Telefon zu Hause, und ihre Handynummer hatte er nicht parat, daher sprach er ihr eine Nachricht auf den Anrufbeantworter. »Vergiss das Beweisstück, das du wolltest. Es existiert nicht mehr. Es könnte aber noch ein Beweisstück geben, das schlicht vergessen worden ist.«
Er fühlte sich besser, als er den Autoschlüssel ins Zündschloss steckte.
Die Explosion erfolgte genau in der Sekunde, als er den Schlüssel umdrehte. Es ging alles so schnell, dass er gar nichts mitbekam. Flammen loderten auf und versengte Metallstücke flogen herum, der widerlich beißende Geruch nach Benzin und verkohlter Haut stieg in die Luft.
Die Polizei würde die Überreste von Kevin Wilson erst etliche Tage später offiziell identifizieren können.
Die Beamtin in dem nahen Polizeilagerhaus war keinerlei Hilfe, als sie vernommen wurde. Sie wollte schließlich nicht ihren Job riskieren, indem sie sich verplapperte. Wie sie dem Ermittler erzählte, hatte sie den ganzen Morgen an ihrem Schreibtisch Zeitung gelesen, bis sie von einer ohrenbetäubenden Explosion bis ins Mark durchgeschüttelt wurde.

# 59

Als der Direktor am frühen Morgen zu ihm auf die Krankenstation kam, wusste Raph López gleich, dass irgendetwas im Busch war. Direktor Joseph Doyle sprach immer nur dann persönlich mit Häftlingen, wenn er für sie eine sehr schlechte oder sehr gute Nachricht hatte. Raph rechnete mit einer schlechten. Seine Mutter war gestorben, dachte er, und Tränen traten ihm in die Augen. Wenn er sie doch nur noch ein einziges Mal hätte sehen können.

Wenn doch nur ... Sein Leben war voller Wenn-doch-nurs. Zu viele, um sie noch zählen zu können, zu viele, um darüber nachzudenken. Ein Aufseher führte López zum Besucherraum, wo der Direktor mit ihm unter vier Augen sprechen konnte.

López brauchte keinen Tropf mehr, und die Blutergüsse in seinem Gesicht waren besser geworden. Er wusste, dass er morgen wieder zurück in seine Zelle konnte. Er wusste außerdem, dass er kaum eine Chance auf einen Freigang hatte, um an der Beisetzung seiner Mutter teilzunehmen.

Ehe er den Besucherraum betrat, holte er einmal tief Luft, um sich für die schreckliche Nachricht zu wappnen, vor der ihm schon lange graute. Er hoffte bloß, er würde im Beisein des Direktors und des Aufsehers nicht zusammenklappen. Eine solche Schwäche würde sich im Gefängnis verbreiten wie ein Lauffeuer, und ein Häftling tat stets alles, was er konnte, um keinerlei Anzeichen von Verletzlichkeit zu zeigen. Selbst die Prügel, die er letzte Woche eingesteckt hatte, dann die Nachricht von Sams Besuchsverbot ... er hatte sich nicht anmerken lassen, wie sehr er darunter litt. Ja, er hatte es hingenommen wie ein Mann. Genau das würde sich herumsprechen. *Wie ein Mann.*

Na, war er nicht in einer Machokultur aufgewachsen? Hatte er nicht immer versucht, jedes Zeichen von Schwäche zu verbergen? Aber es hatte Zeiten gegeben – bevor er ins Gefängnis kam –, wo er das nicht mehr geschafft hatte. Seine Eifersucht war eine Schwäche, die sowohl seine Frau als auch seine Mutter gesehen hatten. Sie hatten ebenfalls mitbekommen, wie verzweifelt und hoffnungslos er oft bei dem Gedanken gewesen war, Ali zu verlieren. Auch sein alter Freund Héctor hatte davon ein Lied singen können, schließlich waren Raphs Eifersuchtsanfälle häufig genug gegen ihn gerichtet gewesen. Statt sich zu verteidigen, hatte er Raph nur noch mehr angestachelt. *Ali hätte von vornherein mich nehmen sollen. Hätte sie auch fast. Und das hast du nie ganz verwunden, Mann. Ich werde nicht sagen, dass Ali keine klasse Frau ist, Mann. Und ich werde nicht sagen, du sollst aufhören, dir irgendwas einzureden, weil du das trotzdem tun wirst. Du glaubst, sie macht mit mir herum, aber aus Schiss, sie zu fragen, was Sache ist, jammerst du mir die Ohren voll. Scheiße, Mann. Wenn du deine Lady nicht im Griff hast, ist das nicht mein Problem. Meine hab ich jedenfalls ganz fest im Griff, das kannst du mir glauben. Wenn Lo mir blöd kommt, dann weiß sie, was sie erwartet …*

Der Direktor, ein recht sympathisch wirkender Mann von Mitte fünfzig, durchschnittlicher Größe und Statur, bekleidet mit einem Anzug von der Stange, stand auf, als Raph hereinkam. Der Aufseher blieb kurz an der offenen Tür stehen, um sie dann nach einem knappen Nicken seines Vorgesetzten von außen zu schließen.

»Setzen Sie sich, Mr López.«

López blieb stehen, versuchte, die Miene des Direktors zu lesen. Sie war ziemlich ausdruckslos.

»Geht es um meine Mutter?« Raph wollte die Sache nicht in die Länge ziehen. *Sagen Sie's mir und lassen Sie mich still und leise trauern.*

»Nein.« Der Direktor deutete auf einen Stuhl.

Raph nahm Platz, vor allem weil ihm die Knie vor Erleichterung weich geworden waren. Doch seine Erleichterung währte nicht lange. Vielleicht war ja seiner Schwester Lo oder Mickey was passiert … oder Pilar, Gott bewahre, Gott bewahre, dass ihr was zugestoßen war. Raph brach der Schweiß aus, und das Herz hämmerte ihm in der Brust.

»Sie bekommen heute Besuch.« Doyle nahm Raph gegenüber Platz.

Raph starrte den Direktor bloß an. Es war niemand gestorben. Es war niemand verletzt. Es erwartete ihn keine Schreckensnachricht. Hatte der Direktor einen Sinneswandel gehabt und Berger doch noch erlaubt, seine Besuche fortzusetzen? Was zum Teufel war hier los?

»Peri Gold«, sagte Doyle und musterte den Häftling prüfend.

Raph blinzelte. »Sie meinen … Pilar? Meine … Tochter? Sie kommt … mich besuchen?«

»Richtig«, sagte Doyle ohne große Regung.

»Ich verstehe nicht.« Raph war von der Nachricht völlig überwältigt. Er konnte sie nicht ganz verarbeiten. Und mit einem Mal überkam in panische Angst, obwohl seit Antritt seiner Haftzeit nicht ein einziger jämmerlicher Tag vergangen war, an dem er nicht um die Erfüllung seines sehnlichsten Wunsches gebeten hatte, seine Tochter wiederzusehen.

»Na, es wäre aber sehr wichtig, dass Sie das verstehen, Mr López.«

Raph war augenblicklich auf der Hut. Bedingungen. Ja, es gab immer Bedingungen.

»Wie Sie wissen, habe ich entschieden, keine weiteren Besuche von Sam Berger zuzulassen. Nach Ansicht unseres medizinischen Personals haben sich seine Besuche negativ auf Ihre Gesundheit und Ihr Wohlbefinden ausgewirkt.«

Schwachsinn, dachte Raph, hielt aber den Mund geschlossen und seinen Gesichtsausdruck neutral.

»Ich habe die Ärzte auch nach den möglichen gesundheitlichen Folgen durch den Besuch Ihrer Tochter gefragt.«

Raph musste alle Kraft zusammennehmen, um seine Emotionen zu zügeln. Er war überzeugt, dass der Direktor nach irgendeinem Vorwand suchte, um sowohl diesen Besuch zu streichen

als auch mögliche weitere Besuche seiner Tochter zu unterbinden – falls sie überhaupt noch mal würde kommen wollen.
»Im Gegenteil, Pilars Besuch wird ein Lichtblick für mich sein, das kann meinem Gesundheitszustand nur guttun, Direktor Doyle.«
»Sie hat sie noch nie besucht. Weder hier noch in Attica.«
»Sie war noch ein Kind.«
»Sie ist fast dreißig, López. Sie ist seit Jahren kein Kind mehr. Was glauben Sie, warum sie Sie jetzt sehen will, nach der langen Zeit?«
Raph wusste genau, was der Direktor dachte, und aller Wahrscheinlichkeit lag er genau richtig. Aber wenn Raph ihn in diesem Verdacht bestärkte, würde er seine Tochter vermutlich nie zu sehen kriegen.
»Meine Mutter hat ihr erzählt, dass ich nicht mehr lange zu leben habe, Direktor Doyle. Und ich glaube, sie möchte mich noch einmal sehen, ehe ich das Zeitliche segne. Sie ist eine gute Christin, Pilar.« Was er sich aus den Fingern saugte. Er hatte keine Ahnung, ob Pilar noch zur Kirche ging oder überhaupt an Gott glaubte. Er betete, dass der Direktor ihn nicht durchschaute oder andere Informationen hatte. Der Miene seines Gegenübers nach zu urteilen, hatte Raph wohl glaubwürdig geklungen.
»Folgendes, Mr López. Ihre Berufungsanträge sind allesamt abgelehnt worden. Jeder von uns sollte irgendwann im Leben an den Punkt gelangen, wo er sein Schicksal akzeptiert. Ich werde daher mit Ihnen hier nicht über Schuld oder Unschuld diskutieren. Der Zeitpunkt ist vorbei.«
Raph hütete sich, ihm zu widersprechen. »Pilar kommt nicht her, um über meine … meine Situation zu diskutieren, Direktor Doyle. Das ist ein rein … privater Besuch. Meine Tochter … ist in der Restaurantbranche. Sie ist keine Anwältin oder so.«
»Sie hat mit Sam Berger gesprochen.«
Raphs Zuversicht schwand. »Davon weiß ich nichts.«
»Aber ich, Mr López.«
Raph fragte sich, woher der Direktor das wusste. Nicht von Berger, so viel stand fest. Und der Filmemacher hatte Raph nichts

von einem Treffen mit Pilar erzählt, daher konnte der Direktor das auch nicht aus der Gefängnisgerüchteküche erfahren haben. Irgendwer draußen hielt den Direktor auf dem Laufenden. Für Raph lag da nur eine Vermutung nahe – Morris Gold.

»Ich werde mit Pilar nicht über … über irgendwas sprechen, was mit dem Film zu tun hat, Direktor Doyle. Die Sache ist ohnehin gegessen. Ich mache das, was Sie sagen, ich akzeptiere mein Schicksal.« In gewisser Weise tat Raph das auch. Was blieb ihm anderes übrig? Sam Berger und die Dokumentation waren seine letzte Hoffnung gewesen.

»Ich möchte, dass Sie das Ihrer Tochter unmissverständlich klarmachen, Mr López. Falls sie in irgendeiner Weise mit dem Filmemacher gemeinsame Sache macht und herkommt, um in Ihnen falsche Hoffnungen zu wecken –«

»Genau das werde ich, Direktor Doyle. Darauf gebe ich Ihnen mein Wort. Und es wird ja ohnehin die ganze Zeit ein … ein Aufseher dabei sein, nicht wahr? Sie erfahren es also, wenn ich mich nicht an mein Wort halte. Aber das werde ich, das schwöre ich. Ich habe lebenslänglich bekommen. Das weiß ich. Das akzeptiere ich. Und ich werde meiner Tochter klarmachen, dass sie das auch akzeptieren muss.«

Schließlich lächelte Direktor Joseph Doyle.

Eines wusste Raphael López allerdings nicht: Kaum war Doyle wieder in seinem Büro, da griff er auch schon zum Telefon und rief jemanden außerhalb der Strafanstalt an.

»Hier gibt's keine Probleme mehr. Ich hab die Sache im Keim erstickt.«

# 60

Noah Harris hatte einen so klaren Kopf wie schon lange nicht mehr, als er am Morgen in seinen waldgrünen BMW 645Ci Coupé stieg, den er in seinen ruhmreichen Zeiten bar bezahlt hatte, und aus der Garage setzte. Er wusste nicht, ob seine Frau schon so früh zu irgendwelchen Hausbesichtigungen musste oder Telefondienst im Maklerbüro hatte oder es sich einfach zum Prinzip gemacht hatte, das Weite zu suchen, bevor er aufstand. Es war Monate, wenn nicht Jahre her, dass er Carol morgens überhaupt mal zu Gesicht bekommen hatte. Na, die Wahrheit war, seit seiner Entlassung wachte er selten vor zwölf auf, immer mit einem dicken Kater. Ein paar Tassen starker schwarzer Kaffee mit einem Schuss Whiskey machten ihn dann meist wieder halbwegs fit.
Heute Morgen jedoch war er bereits um Viertel nach neun auf den Beinen und klar im Kopf. Um zehn war er aus dem Haus. Der Anruf, auf den er nervös gewartet hatte, war am Abend zuvor um kurz nach elf auf seinem Handy erfolgt. Danach hatte er seine Whiskeyflasche zugeschraubt und in der Schublade verstaut. Carol war schon im Bett – sie schlief seit einiger Zeit allein im Ehebett –, und er hatte es sich zur Gewohnheit gemacht, sich sinnlos zu betrinken, dann zu dem braunen Ledersofa zu wanken und ins Koma zu fallen.
Letzte Nacht hatte er bewusst wenig getrunken, weil er nicht einnicken und den Aufruf verpassen wollte. Sobald er ihn erhalten hatte, ging er diesmal ins Gästezimmer gegenüber von seinem Arbeitszimmer statt auf die Couch, weil er anständig schla-

fen wollte. Er stellte den Wecker auf neun Uhr, gönnte sich einen Druck auf die Schlummertaste, was ihm zehn Minuten extra bescherte, zwang sich dann, aufzustehen, zu duschen und sich anzuziehen. Er bewahrte den größten Teil seiner Sachen im Schrank im Gästezimmer auf, um nicht ins eheliche Schlafzimmer im ersten Stock zu müssen, weil er es deprimierend fand, als *Gast* dort hineinzugehen.

In der Küche beschränkte er sich auf nur zwei Tassen schwarzen Kaffee und hielt sich auch bei dem Schuss Whiskey zurück. Gerade genug, um in Schwung zu kommen.

Noah hatte Zeit und Treffpunkt bestimmt. Der Mann, mit dem er sich traf, hatte nur eine Bedingung: ausschließlich Bargeld. Noah ging auf die Forderung allzu gern ein. So hinterließ er keine Geldspur. Aus diesem Grund fuhr er lieber zu einer Filiale seiner Bank in White Plains, wo er unbekannt war, statt wie sonst zu seiner Stammfiliale in Belmore. Die Kassiererin zuckte nicht mal mit der Wimper, als sie die zehntausend Dollar in Hundertern abzählte.

Harris steckte den dicken Packen in einen großen Umschlag, den er in die Innentasche seines unauffälligen schwarzen Anoraks schob. Dann stieg er wieder in den BMW und fuhr zurück auf den Taconic Parkway und weiter nach Süden in die Stadt. Zwanzig Minuten später bog er auf einen Parkplatz gegenüber vom Bryant Park auf der 42$^{nd}$ Street, hinter der New York Public Library.

Es war ein frischer, aber klarer Tag. Noah hatte letzte Nacht den Wetterbericht gehört, ehe er sich für den Treffpunkt entschied. Er trug eine Baseballmütze der Yankees, den Schirm tief ins Gesicht gezogen, den schwarzen Anorak über einem dicken Pullover und einer Jeans. Zum Glück war es sonnig genug, um eine Sonnenbrille zu tragen, ohne sonderbar zu wirken. Noah war zuversichtlich, dass er vollkommen normal aussah. An einem Zeitungsstand kaufte er eine *New York Post* und klemmte sie sich unter den Arm.

Es ging ihm gut, bis er den Bryant Park betrat. Dann wurde er zunehmend nervös, fast ängstlich. Zehntausend Dollar waren keine Kleinigkeit, erst recht nicht bei der heutigen Lage und wo

er seit über sechs Monaten keine Einkünfte hatte, um davon etwas für sein privates Bankkonto abzuzweigen. Er konnte nur hoffen, dass er für sein Geld auch wirklich was Lohnendes bekam, wie es ihm der Anrufer am Abend zuvor versprochen hatte.
Die Bank, die Noah genannt hatte, war leer. Er sah auf die Uhr. Er war ein paar Minuten zu früh.
*Okay, beruhig dich, er kommt schon noch. Er ist genauso scharf auf das Geld wie du auf das Päckchen.*
Er setzte sich hin, schlug die Zeitung auf und tat so, als würde er lesen. Er sah die Wörter nur verschwommen. Scheiße, wer hätte gedacht, dass er nach all den Jahren mal in so eine Lage käme? Wer hätte gedacht, dass er mal so enden würde, ohne Job, die Ehe kaputt, ein Säufer, und jetzt das? Dass er einen Schläger anheuern würde, für dickes Geld ...
Ein Päckchen fiel ihm von hinten auf den Schoß. Noah war zu perplex, um einen Laut von sich zu geben, aber sein Körper verkrampfte sich.
»Nicht umdrehen, Mann«, befahl eine tiefe raue Stimme. »Steck einfach die Kohle in deine Zeitung, falte sie zusammen und leg sie neben dich auf die Bank, dann stehst du auf und gehst, ohne dich umzudrehen.«
Noah starrte auf den länglichen wattierten Umschlag. »Ich muss nachsehen, was drin ist.«
»Vertu meine Zeit nicht. Du hast bekommen, was du wolltest. Steck das Geld in die Zeitung, Mann. Dalli.«
Noah hatte Angst. Es waren Leute im Park, aber niemand in ihrer Nähe. Was, wenn der Typ eine Pistole auf ihn gerichtet hatte? Mit Schalldämpfer? Er könnte Noah in den Rücken schießen, ihm den Umschlag mit dem Geld aus der Innentasche angeln und davonschlendern, ohne dass irgendwer was merken würde. Noah würde vielleicht auf der Bank zusammensacken, aber jeder, der ihn sah, würde ihn für einen betrunkenen Obdachlosen halten, der ein Nickerchen macht.
Noah tat wie geheißen. Seine Hände zitterten, als er die Zeitung schließlich neben sich legte.
»Okay, Mann. Das war's für dich. Jetzt verzieh dich.«
Noahs Hand umklammerte den Umschlag, für den er so viel

Geld bezahlt hatte. Ein Teil von ihm wollte sich schleunigst aus dem Staub machen. Ein anderer Teil rührte sich nicht vom Fleck. Als ob ihm die Beine eingeschlafen wären und ihn nicht tragen würden, wenn er versuchte aufzustehen.

»Das ist kein Spiel, Mann. Bewegung.«

Noah kam unsicher hoch. Nach einem bekümmerten Blick auf die gefüllte Zeitung, die er zurücklassen würde, steckte er die sündhaft teuren Fotos in dieselbe Innentasche seines Anoraks. Dann ging er davon, wurde immer schneller, je näher er der Straße kam.

Trotz des frischen Novembertags war Noah Harris in Schweiß gebadet, als er in seinen Wagen stieg. Er gab dem Parkplatzwärter einen Fünfzigdollarschein, ohne auf das Wechselgeld zu warten, trat aufs Gas und bog rasant auf die Straße, wobei er fast mit einem Lieferwagen kollidiert wäre, der die 6th Avenue hinunterfuhr. Der Fahrer hupte und zeigte ihm den Mittelfinger, als der BMW ihn um Haaresbreite verfehlte. Noah bekam es kaum mit.

An der erstbesten Bar, an der er vorbeikam, hielt er Ausschau nach einer Parklücke. Als er fündig wurde, kramte er vergeblich nach Kleingeld für die Parkuhr, stieg dann aus und stiefelte schnurstracks in die Kneipe.

Es war noch weit vor Mittag, doch die Hälfte der Hocker an der schäbigen Theke waren besetzt. Dagegen waren sämtliche Tische in dem schmalen Lokal frei. Noah steuerte schon auf den Tisch ganz hinten zu, als der rotgesichtige Barkeeper ihm gelangweilt zurief, an den Tischen würde nicht bedient. Noah machte kehrt und ging an die Bar, wo er ein Bier und einen Whiskey bestellte, dann wartete er nervös, bis der träge Barkeeper endlich die Getränke brachte, und trug beide Gläser zu einem hinteren Tisch.

Noah setzte sich mit Blick zum Eingang. Binnen Sekunden hatte er das Bier und den Whiskey weggekippt. Er wischte sich mit einer Hand über die Lippen, während er mit der anderen den Umschlag aus der Tasche holte. Er riss ihn auf und zog einen kleinen Packen Fotos heraus, die mit einem Gummiband zusammengehalten wurden. Es war so alt und spröde, dass es zerbröselte, als er es abstreifen wollte. Die Fotos, allesamt schwarz-weiß, waren über zwanzig Jahre alt, verblasst und unscharf. Aber nicht zu unscharf.

Allein das oberste Foto war die zehn Riesen wert. Gott sei Dank hatte Ali ihm erzählt, dass ihr Schwager sie regelmäßig verfolgte und Fotos schoss. Noah war zunächst ausgeflippt, aber so wahnsinnig verliebt, wie er damals war, sagte er sich, wenn Miguel je versuchen sollte, ihn mit irgendwelchen Fotos zu erpressen, würde er ihm sagen, er solle sie ruhig seiner Frau zeigen. Es war ihm egal. Er wollte sich damals ohnehin von seiner Frau trennen. Und er wollte, dass Ali sich von ihrem Mann trennte. Die Fotos von ihnen beiden zusammen hätten das nur beschleunigen können.

Aber Miguel unternahm keinen Erpressungsversuch. Er war meistens viel zu zugedröhnt oder saß im Knast, um überhaupt dazu zu kommen, mit den Fotos irgendwas anzustellen. Außerdem versicherte Ali Noah immer wieder, Mickey würde die Fotos nur aus krankhaftem Vergnügen schießen. Er wäre verrückt nach ihr, seit sie sich kannten, hätte sie aber nie angemacht. Er hätte zu viel Schiss vor seinem großen Bruder Raph. Die Fotos würden nur seine perversen Bedürfnisse befriedigen.

Noah war nicht sicher gewesen, ob Mickey von den Fotos noch welche hatte. Zum Glück war er kein Risiko eingegangen. Das konnte er sich einfach nicht leisten. Dafür stand jetzt zu viel auf dem Spiel.

Es waren drei Fotos. Genau wie der Typ gesagt hatte, die einzigen, auf denen er drauf war. Die ersten beiden zeigten einen sehr jungen, sehr gut aussehenden Noah Harris beim leidenschaftlichen Sex mit einer wunderschönen, temperamentvollen, blonden Alison López. Das dritte Foto dagegen …

Beim Anblick der wilden Sexszene auf diesem Foto drehte sich ihm der Magen um. Der da auf Alison, das war nicht er. Ein Würgekrampf überkam ihn, und Alkohol vermischt mit Galle stieg ihm in die Kehle. War das Alis Mann? Jemand anderes? Dieses Foto war extrem unscharf. Trotzdem wäre das fast herzförmige dunkle Muttermal auf Noahs Hintern auf jeden Fall zu sehen gewesen. Der Mann, der es da mit Ali trieb, hatte keins.

»Ali, du Miststück«, zischte Noah leise, während in ihm noch nach all den Jahren die Wut hochkam. Er sah auf der Rückseite des Fotos nach, ob da ein Datum stand. Und tatsächlich. Danke, Kodak.
An dem Tag war Alis Mann schon Wochen zuvor ausgezogen. Das Luder hatte ihn belogen.
Als Noah die Kneipe verließ, war er so betrunken, dass er seinen Wagen völlig vergaß. Gott sei Dank. Und in seinem Vollrausch kam ihm gar nicht der Gedanke, dass der Typ, der ihm die Fotos besorgt hatte, noch ein paar behalten haben könnte.

# 61

Peris Erleichterung darüber, dass man auf eine Leibesvisitation verzichtet hatte, war so groß, dass es ihr kaum etwas ausmachte, als sie von einer Aufseherin gründlich abgetastet wurde. Dagegen schlug es ihr mächtig aufs Gemüt, als sie einen Betongang hinunterging, der von einer Galerie mit zwei bewaffneten Wachmännern umringt war. Nach einem kurzen Blick nach oben hielt sie den Kopf gesenkt, während sie dem Aufseher folgte. Dieser führte sie schließlich auf ein windiges, viereckiges Areal, wo weder Bäume noch Sträucher wuchsen, sondern bloß etwas strohfarbenes Gras. Der T-förmige Weg führte zu drei einzelnen Gebäuden. Für Peri sahen alle gleich aus, abweisende, zwei- oder dreigeschossige Backsteinbauten mit kleinen vergitterten Fenstern. Auf der ungeschützten Freifläche wehte der Wind besonders heftig und blies Peri die Haare ins Gesicht.
Das Ganze wirkte irgendwie gespenstisch, weil keine Menschenseele zu sehen war. Keine uniformierten Aufseher, kein sonstiges Personal, keine Häftlinge. Wo steckten sie alle? Na ja, die Häftlinge waren wohl in ihren Zellen, vermutete Peri. Durften sie jemals raus auf den Hof? Sie bezweifelte das. Was andere Besucher anging, so hatte sie nur eine Handvoll gesehen, die alle noch darauf warteten, hineingelassen zu werden.
In der Mitte des Hofes bog der Aufseher nach links. Peri hielt sich weiterhin ein paar Schritte hinter ihm, da er keine Anstalten gemacht hatte zu warten.
In dem zweigeschossigen Gebäude, auf das sie zusteuerten, vermutet Peri die Krankenstation. Ein panischer Gedanke durch-

fuhr sie. Würde sie wieder durchsucht, wenn sie das Gebäude betrat?
War es sinnvoll, dass sie hier war? Hatte sie nicht doch überstürzt gehandelt? Vielleicht hätte sie warten sollen, bis der wahre Mörder entlarvt und ihr Vater wieder freigelassen wurde. Dann hätte sie am Tor auf ihn warten können …
Aber was, wenn der Unmensch, der den grausigen Mord an ihrer Mutter begangen hatte, nie gefasst wurde? Was, wenn kein zweiter Prozess zustande kam, ihr Vater nicht entlastet wurde? Was, wenn er hier im Gefängnis starb?
Doch selbst all diese Fragen konnten nicht Peris Angst überdecken. In wenigen Minuten würde sie ihren Vater nach dreiundzwanzig Jahren wiedersehen. Was würde sie sagen? Was würde er sagen?
Sie stolperte auf der ersten von vier Stufen vor dem Eingang zur Krankenstation. Sie hatte wohl einen erschrockenen Laut von sich gegeben, ehe sie sich rasch wieder fing, denn der Aufseher warf ihr einen ausdruckslosen Blick zu.
»Nichts passiert«, murmelte sie. Seine Miene verriet ihr, dass ihm das völlig egal war.
Sobald sie das Gebäude betraten, erwartete Peri zu ihrer Verblüffung eine kleine Eingangshalle mit blassblauen Wänden und ein paar sauberen Schalenstühlen aus Plastik, die um einen niedrigen Tisch angeordnet waren. Im Vergleich zu der Eingangshalle des Pflegeheims, in dem ihre Nana lag, war dieser Raum in einem erheblich besseren Zustand und um einiges einladender. Bis ihr Blick auf die Gittertür zur eigentlichen Krankenstation fiel.
»Setzen Sie sich da hin«, bellte der Aufseher und deutete auf die Plastikstühle.
Peri gehorchte. Als sie Platz nahm, versuchte sie, ihre windzerzausten Haare mit den Fingern zu glätten. Ihre Handtasche, in der sich eine Haarbürste befand, hatte sie nicht mit ins Gefängnis nehmen dürfen. Der Aufseher schlenderte derweil gemächlich durch die Halle zu der Gittertür und drückte auf einen Summer.
Keine zwei Minuten später erschien ein weiterer Aufseher auf

der anderen Seite der Tür. Der Aufseher, der Peri begleitet hatte, schob ein Besucherformular durch die Stäbe. Ohne auch nur einen Blick darauf zu werfen, nahm der andere das Formular entgegen und verschwand wieder.

Peri saß kerzengerade auf ihrem Stuhl. Sie wünschte, Detective Torres – Ben – wäre mitgekommen, zumindest bis hierher, statt im Eingangsgebäude zu warten. Er könnte jetzt bei ihr sein, während sie nervös darauf wartete, in den Bereich hinter der Gittertür gelassen zu werden. Und es wäre beruhigend gewesen zu wissen, dass Ben hier draußen auf ihre Rückkehr wartete. Na, wenigstens war er ganz in der Nähe.

Sie versuchte, sich vorzustellen, dass Eric jetzt da draußen säße statt Ben Torres. Aber Eric wäre erst gar nicht mitgekommen. Er wäre strikt gegen ihren Besuch bei ihrem Vater gewesen. Selbst wenn sie ihm alles anvertraut hätte, hätte Eric ihr entgegengehalten, dass ihr Glaube an die Unschuld ihres Vaters allein auf Theorien beruhte, nicht auf Beweisen. Er hätte ihr mindestens ein halbes Dutzend logische Erklärungen für die Angriffe auf Sam Berger und Karen geliefert, von denen keine einzige auch nur das Geringste mit Sams Film über ihren Vater zu tun hätte. Und was Maria Gonzales betraf, so wurden in schlechten Gegenden doch ständig Frauen Opfer von Gewalttaten.

Und was konnte sie Erics Argumentation denn auch entgegenhalten? Ihr Bauchgefühl? Vage Erinnerungen? Oh, sie war sicher, wenn Eric das Prozessprotokoll lesen würde, würde er ihr beipflichten, dass ihr Vater im Prozess einen miserablen Verteidiger gehabt hatte. Aber er würde höchstwahrscheinlich sagen, dass das Protokoll nicht den geringsten Hinweis auf die Unschuld ihres Vaters enthielt.

Während ihr diese Gedanken durch den Kopf gingen, wurde sie zornig, sogar wütend auf Eric. Wie konnte er es wagen …

Sie hätte fast laut gelacht. Na toll, jetzt tat sie genau das, was sie Eric vorgeworfen hatte: Sie warf ihm vor, Dinge zu sagen oder zu tun, die sie sich nur einbildete. Sie war ungerecht. Erhob wilde Anschuldigungen. Gab ihm keine Chance, sich zu verteidigen. Wenn er überhaupt eine Verteidigung brauchte. Natürlich hätte Eric ihr zur Seite gestanden –, nicht nur das, er hätte

ihr auch das Verständnis entgegengebracht, das sie so dringend brauchte. Es war unfair von ihr gewesen, ihn auszuschließen. Schlimmer noch, sie hatte anfangen, bei einem anderen Mann, den sie kaum kannte, den Halt und Beistand zu suchen, den sie glaubte, bei ihrem Freund nicht finden zu können. Im Stillen nahm sie sich vor, ihn am Nachmittag anzurufen, sich zu entschuldigen und ihn zu bitten, zu ihr ins Hotel zu einer längst fälligen Aussprache zu kommen.
Peri wollte auf ihre Uhr schauen, weil sie sicher war, schon mindestens fünfzehn Minuten hier zu sitzen. Doch dann fiel ihr ein, dass sie ihre Uhr hatte abgeben müssen, ebenso wie das goldene Kreuz und sogar den Rosenkranz ihrer Großmutter. Was konnte an solchen Sachen denn gefährlich sein? Wie konnten sie als mögliche Waffen eingestuft werden? Aber sie wollte sich nicht aufregen. Sie hatte gesehen, wie andere Besucherinnen ihre Handtaschen und ihren Schmuck unaufgefordert in kleinen Schließfächer verstauten. Es war reine Routine. Peri war aufgefallen, dass Besucher, die Eheringe trugen, diese anbehalten durften. Und wenn jemand Unterlagen oder Briefe dabeihatte, musste er sie von einem Aufseher im mittleren Alter, der an einem Schreibtisch saß, kontrollieren lassen. Manches bekam einen Bewilligungsstempel, anderes wurde abgelehnt und verschwand vorübergehend in einer Schublade. Peri hatte keine Unterlagen mitgebracht.
Ihr uniformierter Begleiter lehnte lässig an der Wand, die Augen geschlossen, als würde er im Stehen schlafen. Aber Peri bezweifelte, dass der Mann schlief. Dennoch, seine geschlossenen Augen hielten sie davon ab, ihm irgendwelche Fragen zu stellen, etwa die, wie lange sie denn noch warten müsse oder ob es üblich sei, Besucher so lange warten zu lassen.
Sie fing an, sich das Schlimmste auszumalen. Hatte sich der Zustand ihres Vaters verschlechtert, vor lauter Aufregung wegen ihres Besuchs? Aber dann hätte man ihr doch bestimmt längst Bescheid gegeben.
Vielleicht zögerte ihr Vater den großen Moment hinaus, weil er sich noch sammeln musste, ehe er seiner verloren geglaubten Tochter nach so vielen Jahren gegenübertrat.

Nein, dachte Peri. Ihr Vater war ein Häftling, ob er nun auf der Krankenstation war oder nicht. Er hatte nichts zu melden. Er würde die Anweisungen der Aufseher befolgen, genau wie sie. Wenn die, die hier das Sagen hatten, grünes Licht gaben, würden sie beide sich sehen.

Peri wartete weiter, wie lange, wusste sie nicht. In dem Raum hing keine Uhr. Irgendwann schlug der Aufseher die Augen auf, murmelte, er würde eine rauchen gehen, und trottete nach draußen, ohne auch nur einen Blick in ihre Richtung zu werfen. Peri stand auf und schaute durch das vergitterte Fenster, sah den Aufseher breitbeinig auf den Stufen sitzen und rauchen. Er war bestimmt schon bei der zweiten oder dritten Zigarette. Ihr fiel ein, dass sie im Eingangsbereich ein Schild gesehen hatte, das das Rauchen in allen Gebäuden untersagte. Sie setzte sich wieder.

Als hätte jemand ihm ein Zeichen gegeben, kam der Aufseher genau in dem Augenblick wieder herein, als sein Kollege, der das Besucherformular entgegengenommen hatte, zurückkehrte. Peri stand so abrupt auf, dass ihr Stuhl fast umgekippt wäre. Der Aufseher hinter den Eisenstäben öffnete die Verriegelung und schwang die Tür auf. Peri hämmerte das Herz in der Brust.

»Kommen Sie bitte mit, Ms Gold«, sagte der Aufseher. Wenigstens der war höflich.

Peri zwang einen Fuß vor den anderen, während sie den sauberen Fliesenboden der Eingangshalle überquerte und sich ihrem neuen uniformierten Begleiter näherte. Der Mann war jung, breitschultrig und kräftig und hatte einen roten Haarschopf und Sommersprossen im Gesicht. Er sah aus wie ein Junge vom Lande. Aber Peri war klar, dass er nicht so arglos sein konnte, wie er wirkte, wenn er diesen gefährlichen Job machte. Dennoch, sie bemerkte auf seinem Gesicht ein mitfühlendes Lächeln, und das gab ihr ein wenig Mut, den sie dringend gebrauchen konnte.

Als sie an der Tür war, trat der Aufseher beiseite und ließ sie durch. Sie rechnete mit Zellen auf beiden Seiten des Korridors, da sie annahm, dass auch kranke Häftlinge im wahrsten Sinne des Wortes hinter Gittern bleiben mussten und das Pflegepersonal die Krankenzellen jeweils einzeln aufschloss. Tatsächlich sah sie ein paar Männer in weißen Kitteln durch Metalltüren ein- und ausgehen, aber die Türen waren nicht abgeschlossen. Vielleicht waren dahinter ja auch gar keine Häftlinge, dachte sie. Als sie weiter den Gang hinunterschaute, sah sie einen Mann in einem grauen Baumwollbademantel, der mit einem Rollator unterwegs war. Eine Frau im weißen Kittel ging neben ihm her. Eine Krankenschwester, dachte Peri, die überrascht war, hier eine Frau zu sehen, ohne dass ein Aufseher die beiden begleitete. Peri war unwillkürlich stehen geblieben und der Aufseher musste sie zum Weitergehen auffordern.

»Ich bringe Sie ins Besucherzimmer, Ms Gold. Ihr Vater kommt dann gleich zu Ihnen«, sagte der Aufseher, während er neben ihr herging.

»Danke, Officer …?«

»Campbell. Officer John Campbell«, sagte er freundlich.

»Sind … sind Sie … auch dabei? Im Besucherraum?«

Er nickte, und eine kleine Last fiel von ihr ab. So streng würde er wohl nicht sein, beschloss sie.

Er musste ihre Gedanken wohl erahnt haben, denn er sagte rasch: »Es gibt gewisse Vorschriften, Ms Gold. Keinerlei körperlichen Kontakt. Kein Weitergeben von Gegenständen …«

»Ich habe nichts. Ich musste alles abgeben, sogar meine Halskette mit dem Kreuz und meinen Rosenkranz.« Sie erwähnte das Kreuz ganz bewusst, damit Officer Campbell sie für eine fromme Christin hielt und vielleicht in einem besseren Licht sah.

»Ich informiere Sie lediglich über die Vorschriften.« Während er das sagte, öffnete er auf halber Höhe des Ganges eine Tür auf der rechten Seite. Sie führte in einen kleinen Raum, in dem sechs graue Plastikstühle standen. Wie in der Eingangshalle waren die Wände blassblau gestrichen und der Boden war mit beigefarbenen Fliesen ausgelegt. Keine Bilder an der Wand, keine Uhr, keinerlei Deko. Es gab nicht mal einen Tisch oder ein Fenster, bloß mit Metalldraht abgedeckte Neonröhren an der Decke.

»Sie und Ihr Vater müssen während der gesamten Dauer des

Besuchs sitzen bleiben, und es muss mindestens ein Stuhl zwischen ihnen frei sein«, erklärte der Aufseher, als sie eintrat.
Tränen brannten ihr in den Augen. »Ich verstehe«, sagte sie, obwohl dem nicht so war.
Sie steuerte auf den Stuhl zu, der am weitesten von der Tür entfernt stand. Officer Campbell forderte sie auf, Platz zu nehmen.
»Es dauert nicht lange«, sagte er zu ihr und wandte sich zur Tür.
»Officer Campbell«, rief sie nervös.
Er drehte sich wieder zu ihr um. »Ja?«
»Seh ich … seh ich … einigermaßen passabel aus?«
Er grinste. »Sie sehen umwerfend aus, Ms Gold.«
Peri errötete. Ihre Wangen glühten noch, als ihr Vater hereinkam.
Peri vergaß alle Vorschriften und sprang auf. »Daddy.«
»Pilar. Meine süße, wunderschöne *chica*.« Tränen liefen Raph López haltlos über das verhärmte, gealterte Gesicht.
»Bitte nicht weinen Daddy.« Doch auch Peris Tränen flossen.
Officer Campbell, der direkt hinter dem Häftling stand, sagte kein Wort, während Vater und Tochter einander mit tränennassen Augen gegenüberstanden, nur wenige Schritte voneinander entfernt.
»Es tut mir leid, Daddy«, flüsterte sie spontan.
»Das muss es nicht, Pilar, meine geliebte Pilar.« Raph lächelte durch seine Tränen. Dann fiel sie ihm in die Arme und klammerte sich an ihn, während ihr Vater sie umschlang.
Erst da räusperte Officer Campbell sich. Raph und Pilar lösten sich widerwillig voneinander, als sie an die Vorschriften erinnert wurden, die der verständnisvolle Aufseher sie einen kurzen Augenblick hatte vergessen lassen. Ahnte der Mann überhaupt, was für ein kostbares Geschenk er ihnen gemacht hatte?

# 62

Karen und Sam hatten nur Handgepäck dabei und konnten daher nach der Landung am Miami Airport direkt zum Ausgang gehen, wo etliche Taxis in einer Reihe am Bordstein standen und nacheinander Fahrgäste einluden. Die Schlange der Wartenden war bereits ziemlich lang, als Karen und Sam sich hinten anstellten.

»Wir fahren zum selben Hotel«, sagte Sam, der Karen keine Wahl ließ.

Sie erhob keinen Einwand. Der Vorfall im Keller ihrer Tante hatte sie ganz schön mitgenommen, und sie hatte keinerlei Wunsch, von Sam getrennt zu sein.

»Wir checken im Loews ein, essen schnell was und fahren dann sofort zu der Bar«, fuhr er fort, während er sich umsah.

»Glaubst du, uns ist jemand gefolgt?«, fragte Karen beklommen.

Ehe Sam antworten konnte, hastete ein junger Mann an ihnen vorbei, der Sam versehentlich anrempelte. Sam verlor das Gleichgewicht und drohte, auf die Straße zu stürzen. Sowohl Karen als auch der junge Mann griffen nach ihm. Während der junge Mann sich überschwänglich auf Spanisch entschuldigte, hielt er noch immer Sams Arm umklammert. Auch Karen hielt Sam fest, doch auf einmal spürte sie einen heißen, stechenden Schmerz in der Seite und ließ ihn automatisch los.

Urplötzlich krümmte sich auch Sam, stöhnte auf und fiel gegen eine ältere Frau, die hinter ihm in der Schlange stand. Karen taumelte und klammerte sich am Ärmel des Mannes vor ihr fest,

der sie nach einer Schrecksekunde beschimpfte, als wäre sie betrunken. Als er das Blut auf seinem Hemdsärmel bemerkte, sank Karen schon zu Boden und wurde ohnmächtig.
Erst da fiel der älteren Frau der Blutfleck auf, der sich vorn auf Sams Hemd ausbreitete. Sekunden später herrschte heillose Aufregung.
Inzwischen war der junge Mann mit dem hellen Jackett und Strohhut längst verschwunden. Später, als die Polizei da war und alle in der Warteschlange befragte, erhielt sie mindestens ein Dutzend verschiedene Beschreibungen des Angreifers. Nur in einem Punkt waren sich alle einig: Der Mann hatte Spanisch gesprochen. Keine große Hilfe in einer Stadt wie Miami.
Zwei Rettungswagen trafen ein und brachten die beiden Opfer ins Miami City Hospital, das nicht weit vom Flughafen lag. Karen war bei vollem Bewusstsein, als ein Sanitäter ihre Stichwunde unterwegs versorgte. Obwohl es höllisch wehtat, war sie erleichtert zu hören, dass das Messer nicht tief eingedrungen war. Als sie nach Sam fragte, erfuhr sie nur, dass ein Kollege im anderen Rettungswagen sich um ihn kümmerte. Sie würde warten müssen, bis sie im Krankenhaus waren. Der Sanitäter sagte auch noch, dass sie großes Glück gehabt hatte. Sie müsse nur mit ein paar Stichen genäht werden und anschließend Antibiotika nehmen, aber sie könne auf jeden Fall wieder gehen, sobald sie verarztet worden sei. Ein Polizist fuhr ebenfalls im Rettungswagen mit, und als er sah, dass Karen wieder stabil war, nahm er ihre Aussage auf.
»Es ging so schnell«, keuchte sie. »Ich hab mich mit Sam unterhalten. Ich habe den Typen gar nicht richtig gesehen. Es ging alles so schnell.« Sie fing an zu weinen. »Ich muss wissen, wie es Sam geht. Ich muss wissen, ob es schlimm ist. Bitte. Ein Kollege von Ihnen fährt doch in dem anderen Rettungswagen mit. Rufen Sie ihn an, bitte. Nur damit ich weiß, wie es ihm geht«, flehte sie.
»Wir halten gerade vor der Notaufnahme, M'am. In einer Minute wissen Sie Bescheid«, sagte der Polizist.
Kaum hatte der Fahrer von Karens Rettungswagen die Hecktüren geöffnet, da sprang Karen auch schon hinaus und ließ sowohl

den Fahrer als auch ihren Sanitäter bestürzt zurück. Karens Verletzung war zwar nicht gefährlich, aber sie waren trotzdem verpflichtet, sie auf einer Trage in die Notaufnahme zu bringen.
Der zweite Rettungswagen hielt gerade. Anders als Karen hatte Sam sich nicht dagegen gewehrt, auf eine Trage verfrachtet zu werden. Sein Gesicht war fast weiß, als er von zwei Sanitätern in die Notaufnahme gerollt wurde. Karen eilte an seine Seite. Er war kaum bei Bewusstsein.
»Bist … du … okay?«, brachte Sam kaum hörbar hervor.
Sie nickte. »Und du kommst auch bald wieder auf die Beine«, sagte sie, nahm seine blutverschmierte Hand und drückte sie.
»Bitte, M'am, treten Sie beiseite«, sagte einer der Sanitäter mit einem spanischen Akzent. Karen kam der Gedanke, dass der Mann vielleicht der Angreifer war und sich irgendwoher eine Sanitätermontur verschafft hatte … Sie eilte hinter Sams Rolltrage her in die Notaufnahme.
Als ihr leicht schwindelig wurde, bugsierte eine Schwester sie in einen Rollstuhl und schob sie von Sam weg.
»Nein«, rief sie, »ich muss bei ihm bleiben.«
»Ihre Wunde muss genäht werden.«
»Das hat Zeit. Mir geht's gut. Ist er schwer verletzt? Ich muss es wissen.«
»Ist er Ihr Mann?«
»Ja«, erwiderte Karen ohne zu zögern.
»Ich sag Ihnen Bescheid, sobald wir mehr wissen. Aber das kann eine Weile dauern, deshalb sind Sie jetzt erst mal an der Reihe.«
Karen sah sich nach dem Polizisten um, der bei ihr im Rettungswagen mitgefahren war. Er stand mit einem Kollegen an der Empfangstheke. Während sie in einen durch Vorhänge abgetrennten Behandlungsbereich gerollt wurde, rief sie den beiden Cops zu: »Schnappt den Scheißkerl.« Doch sie bezweifelte, dass es ihnen je gelingen würde. Und sie hatte keinesfalls vor, kostbare Zeit damit zu vergeuden, irgendwelchen Detectives hier in Miami zu erklären, was es mit den Angriffen auf sich hatte.
Einige Stunden später stand Karen ordentlich genäht und verbunden an Sams Krankenbett. Der Messerstich in seiner Brust hatte Gott sei Dank keine lebenswichtigen Organe verletzt, doch

eine Operation war unumgänglich gewesen. Sam hatte zum Glück alles gut überstanden, und auch die Narkose war so gut wie abgeklungen.
»Und er hat dich wirklich nicht erwischt?«, fragte Sam benommen.
»Mir geht's gut, Sammie. Mach dir um mich keine Sorgen.«
»Es ist meine Schuld. Ich hätte damit rechnen müssen. Ich hätte dich niemals mit hierher nehmen dürfen.«
Karen legte ihm einen Finger an die Lippen. »Stopp«, sagte sie leise.
Sam brachte ein schwaches Lächeln zustande. »Geht's dir wirklich gut?«
Sie beugte sich zu ihm hinunter und küsste ihn leicht auf die trockenen Lippen.
»Jetzt fühl ich mich schon deutlich besser«, sagte er, und sein Lächeln wurde stärker.
»Konntest du ihn den Cops beschreiben?«, fragte sie.
»Nein. Du?«
»Nein.«
»Karen, nimm die nächste Maschine und verschwinde von hier. Flieg aber nicht zurück nach New York. Erinnerst du dich an das Hotel in Vermont, wo wir in unserem ersten Winter waren? In Stowe?«
Und ob Karen sich erinnerte. Sie hatten Ski fahren wollen und waren dann fast die ganzen drei Tage nicht mehr aus dem Bett herausgekommen. Der beste Skiausflug, den sie je erlebt hatte.
»Fahr nach Stowe. Gönn dir ein paar Tage ... Entspannung. Ich will nicht, dass du ...«
»Du glaubst doch nicht, dass ich dich einfach verlasse?«
»Das ... hast du ... schon mal gemacht.«
Karen blickte zu ihm hinab. »Ich glaube, das war ein Fehler, Sammie. Ich glaube, ich habe viele Fehler gemacht.«
»Ich muss wohl im Sterben liegen, dass du so was sagst.« Sammies Ton war leicht sarkastisch.
Karen schmunzelte. »Untersteh dich.«
»Ich habe auch Fehler gemacht, Karen. Ich hab ... dich so ... vermisst.«

»Und deshalb bleibe ich. Und wenn die ganze Sache ausgestanden ist, fahren wir zusammen nach Stowe.«
»Ich bin schon ewig nicht mehr Ski gefahren«, sagte er mit einem Funkeln in den Augen.
»Ich auch nicht. Aber uns fällt bestimmt wieder ein, wie das geht, wenn wir erst mal da sind.«
Sam kämpfte dagegen an, dass ihm die Augen zufielen, aber die Schmerzmittel, die er bekommen hatte, waren stärker als er. »Bitte, mach … keine … Dummheiten.«
Seine Augen schlossen sich, und er war schon eingeschlafen, als Karen sich über ihn beugte und ihn erneut küsste. Dann sah sie auf ihre Uhr. Es war nach acht Uhr abends.
Auf dem Weg nach draußen kaufte sie im Kiosk unten im Foyer einen Müsliriegel. Sie aß ihn im Taxi auf der Fahrt zu Sullivan's Bar, North East 2nd Avenue in Miami.
Doch als sie dort ankam, sah sie entsetzt, dass die Bar nicht nur geschlossen war, sondern vor dem Eingang kreuz und quer gelbes Polizeiband gespannt war.
»Warten Sie hier«, sagte sie zu dem Fahrer. Zwei Häuser weiter war ein kleiner Supermarkt, und Karen ging zu der Frau an der Kasse.
»Was ist denn mit Sullivan's Bar passiert?«, fragte Karen.
Die junge, Kaugummi kauende Latina zuckte die Achseln. »Raubüberfall. Gestern Nacht. Ein Gangster hat auf den Besitzer geschossen.«
»Ist er tot?«
»Der Gangster? Nein. Den erwischen die Cops auch wohl nicht. Wie immer.«
»Nein. Der Besitzer? Mr Sullivan?«
»Ach so. Ja, der ist tot.« Sie tippte sich mitten auf die Stirn. »Die Kugel hat ihn genau hier erwischt. Er war auf der Stelle hin. War zwar kein Sympathiebolzen, aber den Tod wünsch ich keinem.«
»Wie viel hat der Räuber erbeutet?«, fragte Karen.
Die Frau zuckte die Achseln. »Das Schwein hat keinen Cent mitgehen lassen. Hat Schiss gekriegt und ist abgehauen.«
Karen nickte, und ein Schauder lief ihr über den Rücken. Sie

war ganz sicher, dass der »Räuber« es nicht auf Geld abgesehen hatte.
Karen eilte zurück zum Taxi, das zu ihrer Erleichterung tatsächlich gewartet hatte. Die Gegend war nicht die vornehmste, und sie konnte nicht ausschließen, dass ihr Angreifer ihr nicht vielleicht gefolgt war.
»Bringen Sie mich zurück zum Krankenhaus«, wies sie den Fahrer an. Wenn sie noch einmal angegriffen werden sollte, solange sie und Sam noch in der Stadt waren, dann wäre sie wenigstens an einem Ort, wo sie rasch medizinische Hilfe bekäme.
Auf halber Strecke erschauerte sie erneut. Wenn Exdetective Frank Sullivan ermordet worden war, was war dann mit seinem früheren Partner John Hong in San Francisco? Lebte Hong noch? Und wenn ja, würde er als Nächster dran glauben müssen?
In einem war Karen sicher: Sullivan und Hong besaßen irgendwelche Informationen, und jemand wollte auf keinen Fall, dass sie die weitererzählten, erst recht nicht einer Anwältin und einem Filmemacher, die Fragen nach den vierundzwanzig Jahre zurückliegenden Ermittlungen im Mordfall Alison Gold López stellten.
Noch während der Rückfahrt zum Krankenhaus versuchte Karen, John Hongs Telefonnummer bei der Auskunft zu erfragen. Es lag kein Eintrag über ihn vor. Wenn sie nur ihre López-Akte dabei hätte. Sam hatte Hong ausfindig gemacht, hatte mit der Tochter des ehemaligen Detective telefoniert. Karen brauchte die Nummer. Sie musste John Hong vor der Gefahr warnen, in der er sich befand.
Wenn es nicht schon zu spät war …

# 63

Sie saßen vorschriftsmäßig mit einem leeren Stuhl zwischen sich. Einige Minuten lang sagten sie beide kein Wort, sahen einander nur an. Für Raph war es so, als würde er zum ersten Mal seit einer Ewigkeit reine, wunderbare Luft atmen. Da saß sie, seine Tochter, der er Tag für Tag, Monat für Monat, Jahr für Jahr geschrieben hatte. So viele Briefe, von denen er nicht einen abgeschickt hatte. Er hatte sich all die Jahre im Gefängnis eingeredet, seine über alles geliebte Kleine wäre besser dran, wenn sie bei ihrem wohlhabenden Großvater aufwuchs, wenn sie ihre quälende Vergangenheit vergessen, ganz von vorn anfangen könnte. Was hätte Pilar schon davon gehabt, immerzu an ihre grausam ermordete Mutter erinnert zu werden, oder an ihren Vater, der für den Mord verurteilt worden war und im Gefängnis verkümmerte?
Jetzt sah Raph in Pilars Augen, dass sie nichts vergessen hatte – den Schmerz, den Verlust und die Trauer. Aber da war noch etwas, das ihre Augen ausstrahlten. Liebe. Und diese Liebe erfüllte ihn mit so großer Freude, dass er vor Glück tief einatmete. Leider konnte seine vom Krebs angegriffene Lunge so viel Luft nicht mehr verkraften, und er musste husten. Aus Furcht, er könnte Pilar damit verängstigen und der Aufseher würde den Besuch jäh beenden, versuchte er, das Husten zu unterdrücken, was den Krampf in seiner Brust noch verstärkte, bis er schließlich einen richtigen Anfall bekam.
Pilar ließ Vorschriften Vorschriften sein, sprang auf, kniete sich vor ihrem Vater hin und umklammerte seine Beine. »Er braucht

Wasser«, rief sie dem Aufseher zu. »Um Himmels willen, bitte, holen Sie ihm doch ein Glas Wasser.«
Der Aufseher ließ den Blick suchend durch den Raum schweifen, als ob vielleicht wie durch ein Wunder ein Glas Wasser auftauchen würde. Eigentlich durfte er den Raum unter keinen Umständen verlassen, aber es gab einen Wasserspender draußen auf dem Gang. Er könnte im Handumdrehen wieder da sein.
»Ich sollte ihn zurück in sein Zimmer bringen«, murmelte der Aufseher, doch als er den flehenden, fast verzweifelten Blick im Gesicht der jungen Frau sah, verschwand er ohne ein weiteres Wort aus dem Raum.
»Hör zu, Daddy«, sagte Peri, sobald der Aufseher aus dem Raum war. »Ich werde dich hier rausholen. Ich weiß, dass du es nicht –«
Der Aufseher kam zurück, ehe sie den Satz beenden konnte, doch der Ausdruck im Gesicht ihres Vaters verriet ihr, dass er sie genau verstanden hatte, obwohl sein Hustenanfall weiter anhielt.
Der junge Aufseher brachte den Pappbecher zu der Tochter, die noch immer vor ihrem Vater kniete. Der Häftling hustete jetzt nicht mehr so schlimm. Raph hielt sich eine Hand vor den Mund, während er mit der anderen, die stark zitterte, über Pilars Haar strich.
Sie bestand darauf, ihm beim Trinken den Becher zu halten. »Hier. Gleich geht's dir besser.«
Raph nahm ein paar kleine Schlucke. Nach und nach ließ der Husten nach. »Du bist … eine wunderschöne Frau geworden, Pilar. Ich bin so stolz … auf dich.«
Tränen traten Pilar in die Augen. Wie konnte er auf die Tochter stolz sein, die sein Schicksal doch förmlich besiegelt hatte? Aber sie nahm keinerlei Groll im Gesicht oder in der Stimme ihres Vaters wahr. »Ich hätte dir niemals ein so gutes Leben bieten können«, sagte er. »Eine gute Ausbildung, ein schönes Haus, einen großartigen Beruf.«
Peri wandte den Blick ab. War es besser, ihren Vater in dem Glauben zu lassen, dass sie all die Jahre glücklich gewesen war?

Was würde es bringen, wenn er wüsste, wie einsam, wie unglücklich sie bei Morris gewesen war, für den sie jetzt nur noch Hass und Misstrauen empfand? Und was ihre gute Ausbildung, das schicke Haus, sogar ihren Beruf anging – all diese Dinge hatte Morris ihr zuteil werden lassen, ohne auch nur einmal zu fragen, was sie wirklich wollte. Aber das würde sie ihrem Vater nicht sagen.
Sie rang sich zu einem Lächeln durch. »Es ist ein gutes Leben, Daddy.«
»Hast du noch diesen Freund? Eric, nicht wahr?«
Peri spürte überrascht, wie sich ihre Brust verengte, als ihr Vater Eric erwähnte. »Hat Nana dir das erzählt?«
»Sie hat mich auf dem Laufenden gehalten. Ich bin so stolz«, sagte er wieder.
»Ich habe Nana besucht. Von nun an werde ich auf sie aufpassen.«
»Pass erst einmal auf dich selbst auf, Pilar.«
Sein Tonfall verriet, dass er das nicht leichthin sagte. Wusste er von der Gefahr, in der sie schwebte? Verschwieg er ihr etwas? Sie hätte ihren Vater gern so vieles gefragt, aber sie hatte Zweifel, ob er ihr ehrlich antworten würde, selbst wenn im Raum kein Aufseher wäre, der jedes Wort mithörte. Der Aufseher war netter gewesen als erwartet, aber das hieß nicht, dass er seinen Vorgesetzten nicht alles melden würde, was er hier aufschnappte.
Peri schielte zu dem jungen Mann hinüber, der allmählich unruhig wurde. Sie wollte auf jeden Fall vermeiden, dass er den Besuch frühzeitig beendete. Also stand sie auf und setzte sich wieder, wie vorgeschrieben mit einem freien Stuhl zwischen ihr und ihrem Vater. Erleichtert sah sie, wie der Aufseher sich entspannte.
»Erzähl mir was von deinem Leben, Pilar«, sagte Raph, der sich auch ein wenig entspannte. »Deine Nana konnte mich ja leider nicht mehr mit Informationen versorgen, seit sie krank wurde. Willst du den jungen Mann bald heiraten? Ihr seid schon lange zusammen, nicht?«
»Fast fünf Jahre.« Sie ließ unerwähnt, dass Eric nicht gerade ein *junger* Mann war.
»Also, was stimmt denn nicht?«

»Nichts. Eric ist wunderbar. Er ist erfolgreich, er liebt mich, er trägt mich auf Händen.«
»Und das reicht dir nicht?«
»Ach, es liegt nicht an Eric. Es liegt wohl an mir. Ich bin einfach … noch nicht bereit.«
Raph López schüttelte langsam den Kopf. »Wenn er der Richtige für dich wäre, dann wärst du auch bereit, Pilar.«
Sie lief rot an, nicht nur weil sie fürchtete, dass ihr Vater gar nicht so Unrecht hatte, sondern auch, weil auf einmal das Gesicht von Benito Torres vor ihrem geistigen Auge auftauchte. Was auch immer das bedeuten mochte.
»Ich glaube, ich bin zurzeit einfach ein bisschen verkorkst, was Männer angeht.« Kaum hatte sie die Worte ausgesprochen, da sah sie auch schon einen kummervollen Schatten über das Gesicht ihres Vaters huschen. »Du bist die Ausnahme, Daddy.«
Raph streckte einen Arm über den leeren Stuhl, der sie trennte, und Peri drückte fest seine Hand, als sie sah, dass der Aufseher den Blick abwandte und so tat, als würde er durch die kleine Glasscheibe in der Tür schauen. Sie schloss die Augen, sah sich selbst im Kopf wieder als Kind, ihren Vater als den jungen, liebevollen Mann, den sie in Erinnerung hatte. Seine Berührung, die ihr so lange gefehlt hatte, erfüllte sie mit Freude. Und mit Reue. Wie hatte sie je an der Unschuld ihres Vaters zweifeln können? Wie hatte sie bloß so lange damit warten können, ihn zu besuchen, sich für seine Freilassung einzusetzen? Mittlerweile war sie überzeugt, dass der wahre Mörder noch immer frei herumlief, und sie wollte ihn vor Gericht bringen, seiner gerechten Strafe zuführen. Wenn sie den Mörder nämlich entlarvte, wäre ein weiterer Prozess für ihren Vater nicht erforderlich. Das Gericht würde ihn auf freien Fuß setzen müssen.
Der Aufseher räusperte sich. »Die Besuchszeit ist leider zu Ende, M'am.«
»Bitte pass auf dich auf, Pilar«, wiederholte Raph ernst, seine Hand noch immer in der ihren.
»Pass du bitte auch auf dich auf, Daddy«, sagte sie beschwörend. Er musste das Martyrium seiner Krankheit und seiner In-

haftierung überstehen. Und wenn er dann frei war, würde Peri ihn in die beste Spezialklinik im ganzen Land bringen und …
Der Aufseher kam auf sie zu.
Peri hielt die Hand ihres Vaters weiter fest. Die Realität holte sie ein. Sie konnte spüren, wie dünn seine Haut war, die Knochen darunter. Er war erschreckend gealtert, sein dunkles, glänzendes Haar war jetzt grau und stumpf, sein einst so lebendiges Gesicht ausgezehrt, sein robuster Körper hinfällig. Wie sollte sie das je wiedergutmachen können?
Ihr fiel nur eine Antwort ein: Indem sie den wahren Mörder ihrer Mutter fand.

Torres stand sofort auf, als Peri den Wartebereich im Eingangsgebäude betrat. Ohne ein Wort ging er zu ihr und nahm sie in den Arm. Seine unerbetene, aber erwünschte Umarmung öffnete ihre Schleusentore, und sie schluchzte derart heftig los, dass eine der Aufseherinnen im Raum ihr eine Packung Papiertaschentücher brachte.
»Wollen Sie sich einen Moment setzen?«, fragte Torres, als das Schluchzen ein wenig abebbte.
»Nein. Gehen wir, bitte.«
Er führte sie hinaus zum Parkplatz und half ihr beim Einsteigen ins Auto. Peri sagte kein Wort, und auch Torres schwieg, als er losfuhr, aber nicht zurück Richtung Stadt. Sie hatte keine Ahnung, wohin er mit ihr fuhr. Es war ihr egal.

# 64

»Wie fühlst du dich?«, fragte Karen, als sie Sams Krankenhauszimmer betrat.
»Beschissen. Und wie geht's dir?«
»Ganz gut.« Sie musste sich regelrecht zwingen, ihm in die Augen zu blicken.
Trotz der Schmerzmittel, die er zehn Minuten zuvor verabreicht bekommen hatte, sah Sam seine Exfrau misstrauisch an. »Was ist los?«
Karen hätte wissen müssen, dass Sam in ihrem Gesicht wie in einem Buch las. Dennoch zögerte sie. »Sieht so aus, als ob du ganz umsonst hier gelandet bist.«
»Wie meinst du das?«
»Sullivan ist … tot.«
»Was? Tot? Wieso denn tot?«
»Raubüberfall auf seine Bar. Er wurde erschossen.«
»Raubüberfall, dass ich nicht lache«, knurrte Sam. Er wollte sich aufsetzen, verzog aber vor Schmerz das Gesicht und sank zurück in die Kissen. »Scheiße.«
»Sam, ich brauche Hongs Nummer.«
Sams Miene verdunkelte sich. »Scheiße«, knurrte er erneut.
»Wer weiß, ob ihm nicht auch irgendwas passiert ist, Sammie. Ich ruf –«
»Ich muss ihm sagen, er soll untertauchen. Wenn es nicht … schon zu spät ist.«
»Ich ruf ihn jetzt sofort an, Sammie. Wo hast du seine Nummer?«
»Hab ich in meinem Handy gespeichert. Sieh in meinen Ho-

sentaschen nach. Meine Klamotten sind wahrscheinlich da im Schrank.« Er deutete mit dem Kopf in die Richtung, doch schon die Bewegung tat weh. »*Ich* rufe ihn an. Und *ich* rede mit ihm«, beharrte Sam, aber seine Stimme wurde bereits schwächer.
Karen öffnete den Schrank, doch der war leer. »Die Polizei muss deine Sachen mitgenommen haben«, sagte sie. »Ich frag mal nach und lass mir dein Handy geben.«
Als sie schon fast zur Tür hinaus war, rief Sam schwach: »Bring es mir dann, Karen.«
Karen wusste, dass er längst tief schlafen würde, wenn sie sein Telefon abgeholt hätte. Von ihrem Handy aus rief sie die Polizeistation an, die dem Flughafen am nächsten lag. Wie sie vermutet hatte, war Sams blutbefleckte Kleidung von der Polizei konfisziert worden, um sie auf Täterspuren zu untersuchen. Aber Sams Handy war ebenso verschwunden wie sein Aktenkoffer. Der Detective, mit dem sie sprach, nahm an, dass der Täter beides hatte mitgehen lassen.
Karen legte wütend und frustriert auf. Was jetzt? Und dann wusste sie, was sie tun musste.

Peri und Torres waren in Woodstock, gut dreißig Meilen nördlich vom Gefängnis, und tranken Kaffee in einem hübschen kleinen Café, als Peris Handy klingelte. Es war das siebte oder achte Mal, und sie war bisher kein einziges Mal rangegangen. Die Anrufe waren von Eric und ihrem Großvater gewesen, und sie hatte im Moment keine Lust, mit einem von beiden zu sprechen. Fast hätte sie gar nicht aufs Display geschaut, aber als sie es dann doch tat, sah sie Karen Meyers Namen.
Sie ging sofort ran und konnte kaum »Hi« sagen, ehe Karen ihr ins Wort fiel.
»Ich brauche so schnell wie möglich John Hongs Nummer. Sullivan ist tot. Ich bin mit Sam in Miami. Sam wurde angegriffen, niedergestochen, gleich am Flughafen. Der Täter konnte im Durcheinander entkommen, er hat Sams Handy und Aktenkoffer geklaut.«
Peri hatte ihr Handy gleich nach Karens ersten Worten auf Lautsprecher gestellt. Torres konnte alles mithören.

»Ist Sam schwer verletzt?«
»Er wird wieder gesund, aber er muss noch ein, zwei Tage im Krankenhaus bleiben. Peri, ich muss dringend Hong erreichen. Falls er überhaupt noch am Leben ist.«
»Ich hab die Akte in deiner Wohnung liegen lassen, und wir sind über eine Stunde von der Stadt entfernt.«
»Verdammt.«
Torres nahm das Telefon. »Ms Meyers. Hier spricht Detective Torres. Ich besorge mir die Nummer und ruf ihn an.«
»Ah … super. Dann sind Sie bei Peri. Geht's ihr gut?«
Torres blickte Peri an, die schwach lächelte.
»Sie hält sich großartig.«
Innerhalb von fünf Minuten hatte der Detective Hongs Nummer. Peri war beeindruckt.
Torres wählte wortlos und wartete. Nach mehrmaligem Klingeln meldete sich eine junge Frau. Torres schaltete wieder auf Lautsprecher und stellte sich vor. Um alles deutlich verstehen zu können, rückte Peri ihren Stuhl dicht neben den von Torres.
»Mein Vater ist nicht da.«
Peri warf Torres einen besorgten Blick zu.
»Geht's ihm gut?«
»Er ist gestern Abend abgereist. Nach Shanghai. Wir haben Verwandte dort. Aber er hat dreißig Jahre lang keinen von denen gesehen. Und gestern kommt er auf einmal ganz aufgelöst nach Hause und fängt an zu packen und seinen Reisepass zu suchen und zack, ist er weg. Das sieht meinem Vater gar nicht ähnlich. Ich begreife nicht, was da in ihn gefahren ist.«
Leider Gottes wussten Peri und Torres eine Erklärung.
»Haben Sie was von ihm gehört, seit er in Shanghai gelandet ist?«, platzte Peri heraus, und Torres sah sie finster an.
»Wer sind Sie?«, fragte Hongs Tochter misstrauisch.
Ehe Peri antworten konnte, sagte Torres: »Meine Partnerin.«
»Ich hab heute Morgen eine E-Mail von ihm bekommen.«
»Was stand drin?«
Hongs Tochter zögerte. »Er … wollte, dass ich die Nachricht gleich nach dem Lesen lösche.«
»Was stand drin?«, wiederholte Torres.

»Dass er … dass er mir was dagelassen hat, was ich mit FedEx verschicken soll.«
»Und was?«
»Einen Umschlag, adressiert an einen gewissen Sam Berger.«
Peri runzelte die Stirn. »Mr Berger liegt im Krankenhaus. Haben Sie den Umschlag schon abgeschickt?«
»Ja, sofort. Aber was ist denn los? Steckt mein Vater in Schwierigkeiten?«
Peri biss sich auf die Lippen.
»Mailen Sie Ihrem Dad einfach, Sie wünschen ihm eine schöne Zeit in Shanghai und er soll eine Weile da bleiben«, sagte Torres. Nach kurzem Zögern fügte er hinzu. »Sie haben doch niemandem was von dem Umschlag erzählt, oder?«
»Nein. Niemandem.« Jetzt klang Ms Hong verängstigt.
»Das ist gut, Ms Hong. Und die Reise Ihres Vaters? Haben Sie irgendwem davon erzählt?«
»Nein. Mein Vater hat keine Freunde, und ich bin hier seine einzige Verwandte. Ich wüsste nicht, wem ich es erzählen sollte.«
»Falls jemand anruft oder vorbeikommt, sagen Sie am besten einfach, dass Ihr Vater unerwartet verreist ist und Sie nicht wissen, wo er sich aufhält.«
»Er steckt in Schwierigkeiten. Was hat er angestellt?«
»Ich hoffe, nichts, Ms Hong.«
Als er auflegte, winkte er der Kellnerin, die Rechnung zu bringen.
Erst als sie schon wieder auf der Rückfahrt waren, fragte er Peri nach dem Besuch bei ihrem Vater. Unmittelbar nachdem sie vom Gefängnis losgefahren waren, hatte sie nicht darüber sprechen wollen. Jetzt jedoch war sie froh, dass der Detective sie nicht mit irgendwelchen hohlen Phrasen aufzumuntern versuchte, wie es Eric garantiert getan hätte. Ihr gefiel, dass Torres zuhören konnte. Falls jemand ihr helfen konnte, den wahren Mörder ihrer Mutter zu finden, dann Detective Benito Torres, davon war sie überzeugt.
Torres' Handy klingelte. Peri fragte sich unwillkürlich, ob der Anruf vielleicht von seiner Freundin war, doch dann sah sie seine finstere Miene.

»Ja, ich weiß, wo das ist. Ich bin in gut vierzig Minuten da. Wie ist sein Zustand? … Und die Frau? … Ja, okay. Bin schon unterwegs.«

»Was ist passiert?«, fragte Peri besorgt.

»Noah Harris wurde von seiner Frau angeschossen«, sagte Torres grimmig. »Zum Glück ist sie eine schlechte Schützin. Oder vielleicht auch nicht. Sie hat ihn im Unterleib erwischt. Er ist im Westchester Hospital. Seine Frau wurde festgenommen.«

»Das liegt nicht in Ihrem Zuständigkeitsbereich«, sagte Peri. »Wieso werden Sie da verständigt?«

»Ich habe meinem Partner Tommy Miller eine Liste mit Namen dagelassen, die mit dem Fall López zu tun haben, und ihn gebeten, mich zu verständigen, wenn sich im Zusammenhang mit einem davon irgendwas tut. Noah Harris war mal eine große Nummer in New Yorker Finanzkreisen, deshalb kam die Sache in den Lokalnachrichten.«

»Wissen Sie, warum seine Frau auf ihn geschossen hat?«

»Noch nicht«, sagte Torres. »Aber bald.«

Bestärkt durch seine Zuversicht, glaubte Peri ihm.

»Ich fahr jetzt zur Polizeistation Belmore, um mich mit Mrs Harris zu unterhalten. Und für Sie suche ich einen netten, warmen Coffeeshop, wo Sie auf mich warten, Peri.«

»Moment …«

»Ich werde Ihnen alles erzählen, wenn ich wieder zurück bin. Aber eins dürfen Sie nicht vergessen, so schön es auch ist, Sie als ›Partnerin‹ zu haben. Mein richtiger Partner ist Tommy Miller, und ich bearbeite den Fall mit ihm zusammen.«

War das Einbildung oder hatte Peri in der Stimme des Latino-Detective ein leises Bedauern gehört?

# 65

Torres musste eine Weile auf den Leiter der kleinen Polizeistation Belmore einreden, bis der ihm erlaubte, Carol Harris, die wegen versuchten Mordes festgenommen worden war, ein paar Fragen zu stellen. Torres nahm an, dass die Anklage abgeschwächt werden würde, da Mrs Harris offensichtlich nicht in Tötungsabsicht auf ihren Mann gezielt hatte. Stattdessen hatte sie ihn da erwischt, wo viele eifersüchtige Ehefrauen und Freundinnen ihren untreuen Partner aufs Korn nehmen, nämlich da, wo seine Männlichkeit ernsthaft Schaden nehmen musste.

Als Torres den einzigen Verhörraum in der kleinen und erst kürzlich erbauten Polizeistation betrat, staunte er über die geschmackvolle Einrichtung – ein angenehm großer Konferenztisch aus Ahornholz mit sechs beigefarbenen gepolsterten Lehnstühlen, vier gerahmte Landschaftsbilder an den pastellblauen Wänden und sogar ein Berberteppich. In dieser vornehmen Polizeistation wurden bestimmt nicht viele gefährliche Kriminelle verhört.

Die stämmige Frau, die von einer Streifenpolizistin hereingeführt wurde, war mittleren Alters. Sie trug einen schlichten hellgrauen Pullover und einen dunkelgrauen Rock unter einem marineblauen Blazer. Torres musste ein Schmunzeln unterdrücken. Selbst ihre marineblauen Schuhe mit niedrigem Absatz passten eher zu einer durchschnittlichen Vorstadthausfrau, die für den Kuchenbasar ihrer Kirchengemeinde backt und jeden Abend ein deftiges Essen auf den Tisch bringt, als zu einer wütenden, pistolenschwingenden Gattin, die ihrem Mann kaltblütig eine Kugel in die Eier gejagt hatte.

Auch von ihrem Auftreten her unterschied Carol Harris sich von sämtlichen Kriminellen, mit denen es der Detective der New Yorker Polizei je zu tun gehabt hatte. Die Gefangene lächelte Torres freundlich an und wirkte nicht die Spur nervös oder durcheinander, obwohl sie Handschellen trug statt hübscher Goldarmreife, wie sie doch bestimmt welche besaß. War den hiesigen Kollegen da vielleicht ein kleiner Irrtum unterlaufen?

Die Polizistin führte die Gefangene sanft zu einem Stuhl gegenüber von Torres, der bereits Platz genommen hatte. Ohne dass der Detective sie auffordern musste, nahm die Polizistin Mrs Harris die Handschellen ab.

»Ich danke Ihnen«, sagte Carol Harris ohne den geringsten Anflug von Sarkasmus zu ihr. Sie faltete die Hände auf dem Tisch und lächelte Torres erneut an. »Sind Sie ein Detective?«

»Ja«, sagte er. »Aber ich gehöre nicht zu diesem Revier.«

»Ach so, ich verstehe.«

Torres glaubte nicht, dass sie verstand. »Ich bin inoffiziell hier, Mrs Harris. Ich bin Detective beim Morddezernat in New York und ermittle in einem Fall, mit dem Ihr Mann etwas zu tun haben könnte.«

Sie hob interessiert eine Augenbraue. »Ein neuer oder ein alter Fall?«

Er blickte ihr in die Augen. »Ein alter.«

Sie zögerte nicht. »Alison Gold.«

Torres beugte sich vor, und sein Puls beschleunigte sich. »Ja.«

»Er hat sie gevögelt.« Sie sagte das mit erstaunlicher Nonchalance.

Torres war etwas perplex über ihre Unverblümtheit. »Ich weiß, dass Noah und Alison Gold in der Highschool ein Paar waren.«

Sie stieß ein überraschend derbes Lachen aus. »Er hat sie auch noch gevögelt, als wir schon verheiratet waren.«

»Sie sind sich Ihrer Sache offenbar ganz sicher.«

»Ich hab die Fotos gesehen.«

Torres sah sie fragend an. »Was für Fotos?«

»Das Arschloch hatte sie in seinem vermeintlichen Geheimfach in der Schreibtischschublade versteckt. Wahrscheinlich hat er sie als Wichsvorlage benutzt, während ich versucht hab, genug Geld zu verdienen, um ihm den Lebensstil zu finanzieren, an den er sich gewöhnt hatte.« Sie seufzte. »Na ja, seit er im Juni bei Wayne Johnson rausgeflogen ist, hat er mit dem Saufen angefangen.«

Carol Harris wirkte immer weniger wie die typische Vorstadthausfrau. »Die Polizei hat die Fotos. Gleich nachdem ich auf Noah geschossen hatte, habe ich die Polizei gerufen. Den ersten Beamten, die ins Haus kamen, hab ich die Pistole und die Fotos gegeben. Offenbar hat man sie Ihnen noch nicht gezeigt.«

Torres schüttelte den Kopf, aber er würde diese Polizeistation nicht verlassen, ohne zuvor einen Blick auf die Fotos geworfen zu haben.

Sie lachte wieder, das gleiche derbe Lachen wie zuvor. »Ich frage mich, was er wohl gedacht hat, als er gesehen hat, dass seine geliebte Ali es auch noch mit einem anderen getrieben hat.«

»Wie meinen Sie das, Carol?«

»Auf zwei Fotos sind Noah und Ali beim Sex zu sehen. Die Bilder sind leicht unscharf, aber ich hab die beiden trotzdem sofort erkannt. Nach Alisons Ermordung war ihr Foto in allen Medien. Die Frau mit Noah auf den beiden Fotos war eindeutig Alison.«

»Ich vermute, dass es mehr als nur zwei Fotos gibt«, hakte Torres nach.

Sie setzte wieder ihr Kuchenbasarlächeln auf. »Richtig. Es gibt ein drittes, ebenso obszönes Foto. Ein Mann, der auf Ali liegt, eine Pose ganz ähnlich wie auf den beiden anderen, nur mit dem Unterschied, dass der Mann diesmal nicht Noah ist.«

»Sind Sie da ganz sicher?«

»Absolut. Noah hat ein unverkennbares Muttermal am Hintern.« Ihre Miene verdunkelte sich. »Ich hoffe, es hat ihm richtig wehgetan zu sehen, dass er nicht der Einzige war. Dass Ali ihn betrogen hat, genau wie er mich betrogen hat. Er hat nie aufgehört, sie zu lieben, müssen Sie wissen. Er hat einen ganzen Karton voll mit romantischen Erinnerungen an ihre gemeinsamen goldenen Tage – Fotos, Liebesbriefe, Kinokarten, sogar eine gepresste Nelke, die er wohl auf dem Schulabschlussball getragen hat. Ich hab Noah nie erzählt, dass ich von dem Karton wusste. Aber es hat mich die ganze Zeit gequält. Und ich muss Ihnen sagen, ich hatte oft den Verdacht, dass Noah mich betrügt, vor allem nach meiner ersten Schwangerschaft. Da fing er an, zu mir auf Abstand zu gehen. Verstehen Sie mich nicht falsch. Er wollte genauso sehr Kinder wie ich. Und er war unseren beiden Jungs ein guter Vater. Aber ich glaube, er fand mich immer weniger attraktiv, erst als schwangere Ehefrau und dann als Mutter von zwei sehr lebhaften Kindern.«

Sie seufzte. »Ich hatte immer den Verdacht, dass er sich heimlich mit Ali traf. Einmal hab ich es ihm auf den Kopf zugesagt, und er hat zugegeben, sich ein- oder zweimal mit ihr zum Lunch getroffen zu haben. Aber ich bin sicher, das hat er nur deshalb zugegeben, weil er einen Bekannten von uns im Restaurant gesehen und befürchtet hat, es könnte mir über Umwege zu Ohren kommen. Er hat geschworen, diese Verabredungen zum Lunch wären völlig harmlos, bloß zwei alte Schulfreunde, die über alte Zeiten plaudern. Von wegen, alte Zeiten.« Ihr Gesicht nahm einen dunklen Ausdruck an, und zum ersten Mal sah Torres nun eine Frau vor sich, die voller Ekel war, ja sogar Hass. Jetzt konnte er sich vorstellen, wie sie eiskalt die Pistole auf ihren Mann richtete.

»Noah hat mich nie geliebt. Ich hab immer versucht, so zu tun als ob, aber …«

Sie schaute auf eines der Landschaftsbilder, doch Torres sah keine Sehnsucht in ihrem Blick, keine Anzeichen dafür, dass sie jetzt gern an dem Sandstrand von Curaçao wäre. Er fragte sich, ob sie unter Schock stand, weil ihr Gesicht plötzlich völlig ausdruckslos wirkte, ihre Augen irgendwie leer. Er fragte sich, ob sie überhaupt wusste, wo sie war.

»Ich wäre nicht überrascht«, sagte Carol Harris, »wenn er Ali Gold ermordet hat. Ich würde es ihm zutrauen, falls er dahintergekommen ist, dass sie ihn betrogen hat. Ja, ich weiß, der Ehemann wurde verurteilt, klar, aber dennoch, man kann nie wissen, oder?«

»Nein, Carol, man kann nie wissen.«

Sie musterte Torres nachdenklich. »Nehmen Sie den Fall wieder auf, Detective?«
»Ja, wenn ich genug neue Beweise finde.«
»Ich hoffe, diese Fotos sind eine Hilfe«, sagte sie aufrichtig.
»Sie haben den anderen Mann, den auf dem dritten Foto, wohl nicht zufällig erkannt?«
»Nein, keine Ahnung, wer das ist. Leider ist auf dem Foto nur sein Hintern zu sehen, nicht sein Gesicht. Ich hätte ihn vielleicht sogar für Noah gehalten, obwohl mir die Figur leicht anders vorkam. Aber der Mann auf dem dritten Foto hat eindeutig kein Muttermal auf dem Hintern.«
»Haarfarbe?«
»Es sind alles Schwarz-Weiß-Fotos, aber von der Schattierung her würde ich auf mittelbraun tippen, ähnlich wie Noahs Haarfarbe früher. «
»Und die Frisur?«
»Ein bisschen lang. Aber die Jungs trugen damals alle die Haare ein bisschen lang. Nicht gelockt oder auffällig wellig, wenn Ihnen das weiterhilft.«
»Möglich.«
Carol schüttelte den Kopf. »Es war jedenfalls nicht Alis Mann. Ich hab ihn gegoogelt und Fotos von Raphael López gefunden. Dunkle Haare, sehr lockig.«
»Carol, haben Sie eine Ahnung, wie lange die Fotos, die Sie gefunden haben, schon im Besitz Ihres Mannes sind?«
»Nein. Ich hab erst heute Morgen das Geheimfach in seiner Schreibtischschublade entdeckt. Ich konnte den Schlüssel nicht finden, also hab ich das Schloss aufgebrochen und ein privates Konto auf seinen Namen gefunden und die Fotos.
Torres sagte nichts, doch Carol war noch nicht fertig. »Ich weiß, was Sie denken. Warum hab ich ihn nicht schon vor langer Zeit verlassen? Ich habe keine Antwort darauf. Ich schätze, es war einfacher, so weiterzumachen wie immer.« Ihr Lächeln wurde breiter. »Aber jetzt habe ich ihn verlassen, nicht?«
Angesichts ihres auffälligen Verhaltens war Torres sicher, dass der Verteidiger, den Carol Harris engagieren würde, ein psychiatrisches Gutachten einholen würde. Es war durchaus möglich,

dass die Diagnose auf vorübergehende Unzurechnungsfähigkeit lauten würde, womit sie eine gute Chance hätte, ungestraft davonzukommen. Erst recht, wenn auf der Geschworenenbank auch Frauen saßen, die selbst schon mal betrogen worden waren, was weiß Gott nicht auszuschließen war.

Einen kurzen Moment lang dachte Torres an die fast zwölf Jahre zurück, die er verheiratet gewesen war. Er hatte seine Frau nie betrogen, war aber durchaus das eine oder andere Mal in Versuchung geraten. Dennoch, er war nie schwach geworden, und dafür war er jetzt dankbar. Es fiel ihm schon schwer genug, ihren Tod zu ertragen, doch er wusste, wenn er sie je betrogen hätte, würde es ihm noch schwerer fallen, weil er dann obendrein noch mit Schuldgefühlen zu kämpfen hätte.

»Alles in Ordnung mit Ihnen, Detective Torres?«

»Ja, mir geht's gut. Sie haben mir sehr geholfen, Carol.« Er war froh, dass die Befragung sich dem Ende näherte. Doch da täuschte er sich.

»Ich kann Ihnen noch mehr erzählen. Wissen Sie, ich hab auch in Noahs Aktenschrank rumgeschnüffelt – nachdem ich den Schlüssel gefunden hatte, den er an die Unterseite von einer Schreibtischschublade geklebt hatte.« Sie verdrehte die Augen. »Ich schau mir gern Krimis im Fernsehen an.«

Torres lächelte. »Ich war fast genauso wütend über Noahs heimliches Konto wie über die Fotos. Der Sauhund hatte im Laufe von Jahren still und heimlich fast zehntausend Dollar beiseitegeschafft. Und noch bis vor kurzem waren nur kleinere Summen abgehoben worden, wahrscheinlich ausschließlich für Alkohol. Aber vor zwei Tagen hat er einen richtig dicken Scheck geschrieben.« Sie hielt kurz inne, um die Spannung zu steigern. »Über sage und schreibe zehntausend Dollar.«

Torres' Aufregung stieg. »Auf welchen Namen hat er den Scheck denn ausgestellt?«

Mrs Harris seufzte, sichtlich bekümmert. »Es war leider ein Barscheck.«

»Scheiße«, knurrte Torres und wollte sich gleich für seine Wortwahl entschuldigen, doch Mrs Harris hob die Hand, um ihn zu bremsen.

»Ich habe vollstes Verständnis für Ihre Enttäuschung. Aber vielleicht kann ich Ihnen ja doch noch helfen. In Noahs Arbeitszimmer hab ich im Papierkorb einen zerknüllten Zettel gefunden. Darauf hatte er sich den Namen Roberto Flores und eine Telefonnummer notiert. Leider hab ich die ganze Nummer nicht behalten, aber sie fing garantiert mit der Manhattanvorwahl 212 an. Den Namen hat Noah mir gegenüber nie erwähnt.«
Torres dachte sofort an sein Mordopfer Maria Gonzales. War ihr Tod ein Auftragsmord für zehn Riesen gewesen? Hatte Noah Harris Panik bekommen, Gonzales würde ihn diesmal als den Mann identifizieren, der damals vom López-Tatort geflohen war? Vielleicht hatte der Auftragskiller für die stattliche Summe ja auch die Fotos besorgt. Aber wer, so fragte sich Torres weiter, hatte die Fotos gehabt, ehe Noah Harris sie in die Finger bekam? Und wer hatte sie aufgenommen?
»Haben Sie den Zettel im Papierkorb gelassen?« Torres konnte sich bestimmt unter irgendeinem Vorwand Zugang zum Haus der Harris verschaffen, das jetzt als Tatort versiegelt war.
»Blöderweise hab ich ihn nicht behalten. Und gestern Nachmittag war unsere Putzfrau da. Sie kommt einmal die Woche und leert immer auch die Papierkörbe. Und heute Morgen kam die Müllabfuhr. Tut mir leid, Detective.«
»Schon gut. Sie haben mir trotzdem sehr geholfen, Mrs Harris.«
»Das hoffe ich, Detective Torres. Was ich mit Noah gemacht habe, tut mir nicht leid. Ich hatte sogar überlegt, ob ich bis heute Nacht warte, bis er tief und fest schläft – im Vollrausch – und ihm dann den Penis abschneide, wie diese eine Frau das mal vor einigen Jahren bei ihrem Mann gemacht hat, aber dann hätte ich ihn … anfassen müssen.« Sie verzog das Gesicht. »Ich will ihn nie wieder anfassen. Ich will das Schwein nie wieder sehen. Für das, was ich mit ihm gemacht habe, gehe ich gern ins Gefängnis, das ist es mir wert. Ich wollte ihn nicht umbringen. Er hat genau das bekommen, was er verdient hat. Sex kann er sich wohl in Zukunft abschminken.« Sie sagte das mit ernster Stimme und Miene, doch dann erhellte ein Lächeln ihr Gesicht.

Nachdem Carol Harris wieder zurück in ihre Zelle gebracht worden war – die Polizistin hatte entweder vergessen, ihr wieder die Handschellen anzulegen, oder es für unnötig befunden –, rief Torres seinen Partner Tommy Miller an und bat ihn, zu überprüfen, ob ein gewisser Roberto Flores aktenkundig war. Dann ging er noch einmal zum Leiter der Polizeistation. Zu seiner freudigen Überraschung zeigte der Stationschef ihm nicht nur die Schwarz-Weiß-Fotos, sondern machte auch für ihn Kopien davon.
»Es sind alte Aufnahmen, über zwanzig Jahre«, sagte der Stationschef. »Ich würde tippen, irgendein Spanner hat sie durch ein Schlafzimmerfenster geschossen. Wenn man genau hinsieht, ist da ein weißer Streifen. Der könnte zu einem Fensterrahmen gehören.«
Torres beglückwünschte den Stationschef zu seiner Beobachtung. Die Frage war, ob die Aufnahmen durch Alison López' Schlafzimmerfenster oder irgendein Hotelzimmerfenster geschossen worden waren. Wahrscheinlich ihr Schlafzimmerfenster, dachte Torres, da Alison wohl kaum mit zwei verschiedenen Männern in dasselbe Hotelzimmer gegangen war und das Kopfende des Bettes auf allen drei Fotos gleich aussah. Durch einen Vergleich mit den Fotos vom Tatort würde sich klären lassen, ob es sich um Alisons Schlafzimmer handelte.
Peri würde wahrscheinlich wissen, ob es das Schlafzimmer ihrer Mutter war, aber Torres wollte sie nicht so quälen. Am Ende käme er vielleicht doch nicht drum herum, da immerhin die schwache Chance bestand, dass Peri den mysteriösen Liebhaber ihrer Mutter wiedererkannte oder zumindest einen Verdacht hatte, wer es war.
»Mrs Harris hat die Frau auf dem Foto als Alison Gold identifiziert. Genauer gesagt, als Alison *López*, so hieß sie, als die Fotos gemacht wurden«, sagte der Chef der Polizeistation. Mit behandschuhten Händen drehte er sie nacheinander auf dem Schreibtisch um. Die beiden, auf denen Mrs Harris ihren Mann und Alison erkannt hatte, waren auf den 3/10/86 und den 9/10/86 datiert. Das dritte Foto, das von Ali und ihrem unbekannten Liebhaber, war knapp drei Monate später aufgenom-

men worden. Es trug das Datum 15/1/87. Alison López war am Freitag, dem 21. Januar 1987, ermordet worden, sechs Tage, nachdem das Foto entstanden war.

# 66

Torres hatte Peri vor einem Coffeeshop nicht weit von der Polizeistation abgesetzt. Kaum war er davongefahren, bestellte Peri ein Taxi und betrat schon fünfzehn Minuten später das Westchester Medical Center.

Als sie sich dem Empfangsschalter näherte, zerzauste sie sich das Haar und setzte eine verstörte, ängstliche Miene auf. Die ältere Frau am Empfang, offenbar eine Ehrenamtliche, blickte sie gleich voller Mitgefühl an. »Ja bitte? Was kann ich –?«

Peri fiel ihr ins Wort. »Ich ... hab eben erfahren ... mein Vater wurde ... angeschossen. O mein Gott, ich ... ich kann das ... einfach nicht fassen.«

Die Ehrenamtliche, eine kleine, knochige, grauhaarige Frau über siebzig, an deren blauem Kittel ein Namensschild prangte, wusste sofort, wen Peri meinte. Die Schusswunden, die in diesem vornehmen Vorstadtkrankenhaus behandelt werden mussten, waren stets Folgen von Jagdunfällen, wenn im Frühjahr die Jagdsaison begann. Doch jetzt war November, und Noah Harris' Verletzungen rührten nicht von einem Unfall her. Seine Frau hatte auf ihn geschossen. Das ganze Krankenhaus wusste Bescheid. Der ganze Ort, wie die Frau am Empfang vermutete.

»Ich wohne in New York. Ich bin wie eine Verrückte hergerast, als ich es erfahren hab ... Ich muss sofort zu ihm. Wie ... wie schlimm ist es?« Dem immer mitleidigeren Ausdruck im Gesicht der Frau nach zu urteilen, legte Peri eine ziemlich oscarreife Vorstellung hin.

Die Frau zögerte, aber nicht sehr lange. Dann beugte sie sich näher zu Peri. »Eigentlich bin ich ja nicht befugt, medizinische Informationen weiterzugeben, aber ich kann Sie beruhigen, meine Liebe: Ihr Vater ist vor zwei Stunden operiert worden.« Sie lächelte kurz. »Er hat alles gut überstanden.«
»Gott sei Dank«, sagte Peri und bemerkte das goldene Kreuz, dass die Frau um ihren faltigen Hals trug.
Die Frau berührte geistesabwesend das Kreuz und fügte hinzu: »Sein Zustand ist stabil. Aber mehr kann ich wirklich nicht sagen.«
»Ja, natürlich. Das verstehe ich.« Peri holte ein Papiertaschentuch aus ihrer Handtasche und betupfte sich die feuchten Augen. »Auf welchem Zimmer liegt er denn?«
»Oh, ich weiß nicht, ob er schon Besuch empfangen kann …«
»Ich bin kein Besuch, ich bin seine Tochter.« Peri fragte sich, ob Noah Harris überhaupt Kinder hatte, geschweige denn eine Tochter. Doch die Frau glaubte ihr offenbar. Solange kein echtes Familienmitglied auftauchte, während sie hier im Krankenhaus war, müsste die Sache gut gehen.
»Zimmer 205. Melden Sie sich bei einer Schwester auf der Station an …«
Peri hastete bereits zum Fahrstuhl.
Als sie im zweiten Stock ausstieg, sah Peri an den Hinweisziffern an der Wand, dass die Zimmer 201 bis 205 links von dem breiten, in einem heiteren Gelbton gestrichenen Korridor lagen. Eine Schwester ging vorbei, als Peri aus dem Fahrstuhl trat, doch zum Glück schenkte sie der »besorgten Tochter« keine Beachtung und bog forsch nach rechts ab.
Mit entschlossenen Schritten, als hätte sie schon mehrmals hier einen Patienten besucht, steuerte Peri auf Zimmer 205 zu. An der geschlossenen Tür hing ein Schild mit der Aufschrift KEINE BESUCHER. Was sie nicht überraschte. Peri wunderte sich ein wenig, dass kein Polizist vor dem Zimmer postiert war. Aber Harris' Frau war ja bereits festgenommen, so dass keine unmittelbare Gefahr mehr für ihn bestand.
Peri blickte rasch nach rechts und links. Niemand in Sicht. Sie drehte den Knauf und huschte leise ins Zimmer.

Ein aschfahler Mann mit hohlen Wangen und schütterem grauem Haar lag bis zum Kinn zugedeckt im Bett. Konnte das wirklich der Noah Harris sein, nach dem ihre Mutter in der Highschool so verrückt gewesen war? Konnte das wirklich der »Noah« sein, dessen Name ihre Tante Lo aufgeschnappt hatte, als ihre Mutter Jahre später im Schönheitssalon telefonierte, der Noah, mit dem ihre Mom sich verabredet hatte? In einem Hotel?

Da Harris in der Beekman School nur eine Klasse über ihrer Mutter gewesen war, konnte er höchstens dreiundfünfzig, vierundfünfzig sein. Im Augenblick sah er jedoch eher aus wie siebzig. War das allein die Folge der OP? Sein Mund stand leicht auf, und seine Augen waren geschlossen. Peri sah den Venentropf und vermutete, dass er darüber irgendein Schmerzmittel bekam. So ein Pech, wahrscheinlich war er stundenlang nicht ansprechbar.

Sie konnte nicht den ganzen Tag hier warten, bis er wach wurde. Ihr Plan war gewesen, kurz ein paar Worte mit Harris zu wechseln und dann schleunigst zurück zum Coffeeshop zu fahren, ehe Torres von der Polizeistation wiederkam, um sie abzuholen. Er hätte niemals zugelassen, dass sie Harris auf eigene Faust besuchte, aber sie wollte diesen Mann, der vielleicht der Liebhaber ihrer Mutter gewesen war, womöglich sogar der Mörder ihrer Mutter, erst einmal allein sehen.

Obwohl sie bezweifelte, dass es was nützen würde, trat sie ans Bett, wo ihr die Alkoholfahne des Patienten in die Nase stieg, und stieß ihn an der Schulter an. Er gab ein leises Grunzen von sich, schlug aber nicht die Augen auf. Jeden Augenblick konnte eine Schwester hereinkommen und Peri vor die Tür setzen.

»Noah«, flüsterte sie und stieß ihn erneut an, diesmal etwas fester.

Ein tieferes Grunzen, aber mehr nicht. Peri wollte schon aufgeben und gehen, als sie sah, dass sich Noah Harris' Augen flatternd öffneten. Er brauchte ein paar Sekunden, um sie zu sehen, doch als es so weit war, geschah etwas Seltsames. Der verwundete, mit Medikamenten vollgepumpte, wahrscheinlich noch

unter Alkohol stehende Mann lächelte. Und dann flüsterte er: »Ali. Oh, Ali. Du bist wieder da.«
Peri war erschüttert, dass Harris sie für ihre Mutter hielt, aber sie wahrte die Fassung und lächelte ihn ebenfalls an. »Hast du mich vermisst?«
»Und wie. Und … wie.« Seine Augen schlossen sich wieder flatternd, aber er döste nicht wieder weg. Tränen quollen unter seinen geschlossenen Lidern hervor und rollten ihm über die eingefallenen Wangen. »Es tut mir leid, Baby. So schrecklich leid.«
»Du hast mir wehgetan, Noah.« Peri sprach weiter im Flüsterton, während sie sich näher zu ihm beugte.
»Du … du hast mir auch wehgetan. Ich … habe die Fotos.«
Peri runzelte die Stirn. Fotos?
»Sie haben … eine Stange gekostet. Aber das waren sie mir wert. Sie … beweisen was … ich hab's mir … schon irgendwie gedacht. Dich zu sehen … mit ihm …«
»Mit wem?«, hakte Peri behutsam nach und gab ihm noch mal einen leichten Stups, weil er wieder tiefer atmete und sie fürchtete, er würde wieder einschlafen.
»War er … wirklich … besser … als ich?«
»Nein«, murmelte sie, um ihn am Reden zu halten.
»Du wusstest nicht … was du … wolltest. Das … hast du … nie gewusst.«
»Hast du deshalb …?«
Peri hörte, wie sich der Türknauf drehte. Blitzschnell tauchte sie ab und kroch leise unters Bett. Peri beobachtete die weißen Schuhe der Krankenschwester, die auf den Venentropf zustrebten, an dem sie kurz herumhantierte, dann ging sie auf die andere Seite des Bettes. Peri hörte ein zischendes Geräusch, als würde Luft entweichen, und vermutete, dass bei Harry der Blutdruck gemessen wurde.
Es kam Peri wie eine Ewigkeit vor, bis die Schwester endlich fertig war und den Raum verließ. Sie atmete erleichtert aus, als die Tür sich wieder schloss. Sie kroch unter dem Bett hervor, doch ein Blick auf Noah Harris genügte, und ihr war klar, dass er so schnell nicht mehr wach zu rütteln wäre.

Auf der Taxifahrt zurück zum Coffeeshop versuchte Peri, sich auf das, was sie erfahren hatte, einen Reim zu machen. Sie war einigermaßen sicher, dass ihre Mutter und Noah Harris irgendwann, als ihre Eltern schon verheiratet waren, eine Affäre, wenn nicht sogar ein Liebesverhältnis gehabt hatten. Sie hoffte, dass es erst nach dem Auszug ihres Vaters dazu gekommen war.

Und er hatte zugegeben, ihrer Mutter »wehgetan« zu haben. Meinte er damit womöglich, dass er immer wieder auf sie eingestochen hatte, bis …

Peri wollte die grausame Erinnerung nicht wieder wachrufen. Sie wollte einen klaren Kopf behalten. Noch einmal ließ sie Revue passieren, was Harris vorhin gesagt hatte.

Aber wenn sie ihm glaubte, dann war auf diesen Fotos auch ein anderer Mann zu sehen.

Was für Fotos meinte Harris? Wo waren sie? Was würden sie ihr verraten, wenn sie an sie rankäme? Auf einem oder mehreren von diesen mysteriösen Fotos hatte Harris einen anderen Mann mit ihrer Mutter zusammen gesehen. Aber sie hatte nicht aus ihm herausbekommen, wer der Mann war.

Vielleicht war es ihr Vater. Vielleicht war ihr Vater der andere Mann – der Mann, von dem Harris fürchtete, dass er der bessere Liebhaber war.

*Du wusstest nicht … was du … wolltest. Das … hast du … nie gewusst.*

Harris täuschte sich in einem Punkt. Ihre Mutter hatte am Ende doch gewusst, was sie wollte. Sie wollte, dass ihr Mann zurück nach Hause kam, dass sie drei wieder eine Familie waren. Reichte das als Motiv für Harris, ihre Mutter zu ermorden? Hatte sie ihm gesagt, sie würde zu ihrem Mann zurückkehren? Hatte Harris beschlossen, das auf keinen Fall zuzulassen?

Peri konnte verstehen, warum ihre Mutter sich nach ihrer Heirat noch immer zu Noah Harris hingezogen fühlte. Harris hatte all das, was ihrem Mann fehlte – einen Abschluss von einer vornehmen Privatschule, einen ebenso hochkarätigen Abschluss von Yale. Er war ein erfolgreicher Investmentbanker an der Wall Street. Harris konnte ihrer Mutter alles bieten, was sie entbehrte, alles, was ihr Mann ihr nicht bieten konnte.

Doch am Ende hatte sie sich nicht für Noah entschieden. Trotz all der materiellen Dinge, die er ihr bieten konnte, hatte Alison ihren Mann geliebt und sich für ein Leben an seiner Seite entschieden. Das sagten zumindest ihr Vater und ihre Nana. Und falls auf dem Foto, von dem Harris gesprochen hatte, ihre Mutter und ihr Vater zusammen zu sehen waren, wäre das eine Bestätigung dessen, was sie gesagt hatten.

Und falls das Foto nicht ihren Vater zeigte? Wenn es noch einen anderen Mann gab? Mit dieser Möglichkeit konnte und wollte Peri sich jetzt nicht befassen.

Ein Bild von den zwei Weingläsern blitzte vor Peris geistigem Auge auf. Vielleicht wollte ihre Mutter Noah Harris die Nachricht schonend beibringen. Einen guten Schluck Wein aus einem teuren Kristallglas hätte er sicherlich zu schätzen gewusst. Vielleicht wollte ihre Mutter Noah demonstrieren, dass sie doch auch ein paar schöne Dinge hatte.

Sie hatten den Wein getrunken, ihre Mutter hatte die Gläser in die Küche gebracht, sie vorsichtig ausgespült und zum Abtrocknen auf die Spüle gestellt, vielleicht um Zeit zu schinden.

Dann war sie zurück ins Wohnzimmer gegangen, um es ihm zu sagen.

War er schon im Schlafzimmer, als sie aus der Küche zurückkam? Lag er im Bett ihrer Eltern, nackt, und wartete auf sie? War sie zurückgewichen und hatte ihm gesagt, er solle sich wieder anziehen, es sei aus und vorbei? War er aus dem Bett gesprungen, zu ihr geeilt, weil er zunächst nicht glauben wollte, dass sie es wirklich ernst meinte? Hatte er versucht, sie zu überzeugen, dass er der Mann sei, den sie im Grunde wollte? Hatte er versucht, sie zu verführen, um es ihr zu beweisen …?

Peris Kehle fühlte sich an wie ausgetrocknet. Nicht nur die schrecklichen Bilder, die ihr durch den Kopf gingen, setzten ihr zu. Auch die Zerstörung der Erinnerung an ihre unschuldige Mutter. Sie schloss die Augen und unterdrückte die Tränen. Zeit, dass sie erwachsen wurde, sagte sie sich, Zeit, zu akzeptieren, dass jeder Mensch Fehler hat, selbst eine Mutter.

Peri sollte sich lieber an die eigene Nase fassen. Fühlte sie sich nicht gerade zu einem anderen Mann hingezogen, obwohl sie in einer festen Beziehung mit Eric war?

*Wir haben alle unsere Schwächen; wir können alle die Kontrolle verlieren. Und auf die eine oder andere Art bezahlen wir alle einen Preis. Manchmal ist der Preis unser eigenes Leben.*

# 67

Karen Meyers hörte ihren Anrufbeantworter zu Hause nur alle paar Tage ab, da fast jeder, den sie kannte, sie auf dem Handy anrief. Sie spielte sogar schon mit dem Gedanken, ihren Festnetzanschluss zu kündigen. Doch als sie am Montag kurz vor Mittag im Foyer des Krankenhauses in Miami saß, aufgewühlt, nervös und verängstigt durch die Angriffe auf sie und Sammie, wählte sie, um sich irgendwie abzulenken, ihre Nummer zu Hause und tippte den Code für die Fernabfrage ihres Anrufbeantworters ein.

Die ersten vier Nachrichten waren unwichtiger Kram, und sie drückte fast mechanisch die Löschtaste. Sie hatte den Finger schon wieder zum Löschen bereit, als sie Kevin Wilsons Stimme hörte. Seine Nachricht verwandelte ihre Niedergeschlagenheit binnen Sekunden in Euphorie. Es existierte doch noch ein Beweisstück aus dem Fall López, womöglich ein Beweisstück, das genauso nützlich sein konnte wie das ursprünglich gesuchte, das, wie Wilson ihr sagte, nicht mehr existierte. Ja, vielleicht war es sogar noch besser, denn der Nachweis, dass das Blut auf dem Sitzpolster nicht von Alison López stammte, hätte nicht genügt, um Raph zu entlasten. Das hätte nur die Chance auf ein Wiederaufnahmeverfahren erhöht. Was, wenn die Spuren, die bei der gerichtsmedizinischen Untersuchung auf Vergewaltigung sichergestellt worden waren, noch existierten? Raph war wegen Vergewaltigung und Mordes schuldiggesprochen worden. Der Rechtsmediziner hatte den Verdacht auf Vergewaltigung aufgrund von Rissen im Vaginalgewebe bestätigt, hatte allerdings keine Spermaspuren gefunden und daraus geschlossen, dass der Täter ein Kondom benutzt hatte. Angeblich war auch an Alisons blutbefleckter Bettwäsche kein Sperma gefunden worden.

Falls also die im Zusammenhang mit der Vergewaltigung sichergestellten Spuren oder ein Teil der Bettwäsche noch im Polizeilagerhaus aufbewahrt wurden, bestand eine reelle Chance, mittels eines DNA-Tests den eindeutigen Nachweis zu erbringen, dass Raph López nicht der Täter war.

Als Erstes rief sie Wilson auf seinem Handy an, doch sie kam nicht durch. Weder klingelte es, noch sprang die Mailbox an. Sie hatte auch Wilsons Büronummer in ihrem Handy gespeichert, daher rief sie dort an. Diesmal ging der Anruf durch, aber sie bekam nur den Anrufbeantworter. Sie gab Kevin durch, wo sie war, und bat ihn, so schnell wie möglich zurückzurufen.

Karen hoffte, dass Wilson bereits mit dem Oberstaatsanwalt sprach, um Anderson zu bitten, die Herausgabe des fraglichen Beweisstückes anzuordnen. Sie wartete gut zwanzig Minuten und versuchte dann erneut, ihn zu erreichen. Selbst wenn sie jetzt in New York gewesen wäre statt in Miami und in den Mittagsnachrichten die Meldung über die Autobombe gehört hätte, wäre sie wohl kaum auf die Idee gekommen, dass es sich bei dem noch nicht identifizierten Opfer um den Staatsanwalt handeln könnte.

Was nun? Mit der nächsten Maschine zurück nach New York und einen Antrag auf Herausgabe des im Polizeilagerhaus befindlichen López-Beweisstücks stellen? Karen wünschte, Kevin hätte sich etwas genauer geäußert, worum es sich dabei handelte, aber worum auch immer, Hauptsache, es gab überhaupt was.

Sie ging zurück in Sammies Zimmer. Er schlief noch immer, bestimmt wegen der Schmerzmittel, die ihm intravenös verabreicht wurden. Er sah so hilflos aus, wie er da im Bett lag, so verletzlich. Und so verdammt gut. Sie streichelte seine Wange, sah, dass ihre Berührung keine Wirkung zeigte, beugte sich dann über ihn und küsste ihn leicht auf die Lippen.

»Ich liebe dich, Sammie.«

Sie verließ das Zimmer mit zwiespältigen Gefühlen. Sie wollte ihn nicht allein lassen. Sie wollte da sein, wenn er die Augen aufschlug. Und ihr war auch unwohl bei dem Gedanken, ihn in einem so wehrlosen Zustand zurückzulassen. Der Typ, der es auf sie beide abgesehen hatte, könnte sich ins Krankenhaus schleichen und …

Karen kramte in ihrer Handtasche und suchte die Karte von dem Detective heraus, der nach dem Angriff vor dem Flughafen ihre Aussage aufgenommen hatte. Sie erreichte ihn auf Anhieb und teilte ihm ihre Befürchtungen mit. Der Detective versprach, Sam Bergers Krankenhauszimmer rund um die Uhr bewachen zu lassen. Er wollte nicht, dass das Opfer einer Messerattacke, die er untersuchte, praktisch vor seiner Nase getötet wurde.

Als Nächstes buchte sie einen Rückflug nach New York. Die Maschine startete in drei Stunden. Sie schrieb Sammie eine Nachricht, in der sie ihm mitteilte, was los war, steckte den Zettel in einen Umschlag, den sie zuklebte und der zuständigen Schwester mit der Bitte gab, ihn an Sam Berger auszuhändigen, sobald er wach und ansprechbar war.

Auf dem Weg zum Flughafen rief sie Peri an.

»Wo bist du gerade?«, fragte Karen.

»In einem Coffeeshop in Belmore.«

»Was machst du da?«

Peri brachte Karen rasch auf den neuesten Stand.

»Und wo bist du?«, fragte Peri. »Ist Sam bald wieder auf den Beinen? Geht's dir gut?«

»Ja. Und Sammie wird auch wieder gesund. Ich fliege in drei Stunden zurück. Ich muss dir was Wichtiges erzählen. Kevin Wilson hat mir auf den Anrufbeantworter gesprochen.« Sie gab seine Nachricht rasch wieder.

Peri bekam Herzklopfen vor Aufregung. »Hat er eine Ahnung, worum es sich handelt?«

»Ich weiß nicht. Ich hab ihn noch nicht telefonisch erreichen können.«

Peri notierte sich Wilsons Büronummer auf einer Serviette. Sie würde dieses Beweisstück in die Hände bekommen, und wenn

sie dafür persönlich in das Polizeilagerhaus einbrechen und es stehlen musste.
»Karen, hör zu. Ich habe auch etwas rausgefunden.« Peri berichtete Karen von dem Anruf bei Hongs Tochter, die erzählt hatte, dass ihr Vater überstürzt nach China abgereist war. »Die Tochter sollte für Hong mit FedEx einen Umschlag an Sams Adresse schicken. Er ist heute rausgegangen und müsste morgen im Laufe des Vormittags ankommen. Das könnte wichtig sein.«
»Ich besorge mir Sams Schlüssel und fahre morgen ganz früh in seine Wohnung. Dann bin ich da, um ihn anzunehmen«, sagte Karen.
Sowohl Karen als auch Peri waren überzeugt, dass Hongs Flucht mit Peris Vater zu tun hatte – ebenso der Mord an Hongs früherem Partner Frank Sullivan. Hong und Sullivan waren nach den uniformierten Beamten als erste Detectives am Tatort gewesen. Wer konnte sagen, was sie – bewusst – übersehen hatten?
Irgendwer wollte unter allen Umständen jeden zum Schweigen bringen, der die Wahrheit über den grausamen Mord an ihrer Mutter aufdecken könnte. Peri schauderte, als sie darüber nachdachte, wer noch alles in Gefahr sein könnte. Etliche Namen fielen ihr ein, und einer davon war ihr eigener.
Peri dachte an ihre kurze Begegnung mit Noah Harris. Hatte sie da vielleicht dem wahren Mörder ins Gesicht gesehen?
Peri erzählte Karen, dass Noah Harris' von seiner Frau niedergeschossen worden war, und von ihrem Besuch im Krankenhaus.
Falls Harris der Täter war, würde dann die Zeit, die er im Krankenhaus lag und nichts unternehmen konnte, Peri reichen, um die Wahrheit zu enthüllen? Sie hatte ihre Zweifel. Falls Harris der Täter war, dann hatte er sich nicht selbst die Hände schmutzig gemacht, sondern irgendwelche Kriminelle angeheuert. Und die waren noch immer irgendwo da draußen.
»Harris könnte unser Mann sein«, sagte Karen. »Vielleicht sollten wir beide ihm einen Besuch abstatten, wenn ich wieder zurück bin. Morgen Nachmittag dürfte er nicht mehr so stark unter Medikamenten stehen.«

»Vergiss nicht, mir Bescheid zu geben, was in dem Umschlag von Hong ist«, sagte Peri. »Und dann sind da noch die Kartons von deinem Vater –« Sie brach abrupt ab, weil sie Torres die Straße überqueren sah. Sie versprach Karen, sich später wieder zu melden, und legte auf.

# 68

Torres betrat den Coffeeshop und setzte sich Peri gegenüber an den Tisch.

»Karen hat mich eben angerufen.« Sie erzählte ihm von Wilson und der Nachricht, die er ihr auf den Anrufbeantworter gesprochen hatte. Torres kannte das Lagerhaus der New Yorker Polizei, das Wilson erwähnt hatte. »Ich schicke meinen Partner rüber zur Staatsanwaltschaft, damit er die Herausgabe anleiert.« Er sah die gespannte Erwartung in Peris Augen. »Wir wissen nicht, worum es sich bei dem Beweisstück handelt, und ob es überhaupt verwertbar ist.«

Peri nickte, aber sie ließ sich nicht entmutigen. Ungeduldig wartete sie, während Torres seinen Partner anrief und ihm die Lage erklärte. Als er wieder auflegte, zwinkerte Torres ihr zu. »Tommy ist gut.«

»Und?«, fragte sie, um das Thema zu wechseln. »Was haben Sie von Harris' Frau erfahren?«

Peri bemerkte, dass Torres kurz zögerte, und wusste sofort Bescheid. Er würde ihr nicht alles erzählen. Letzte Bestätigung erhielt sie, als sie ihm in die Augen schaute und sah, wie sein Blick ganz leicht wegglitt. Sie fühlte sich seltsam verraten. Und sie war wütend.

Der plötzliche Zorn in Peris Augen entging Torres nicht. Diese Frau, so dachte er, würde ihm nicht viel durchgehen lassen. Er fand das beunruhigend, aber zugleich auch seltsam anziehend.

»Mrs Harris hat auf ihren Mann geschossen, weil sie dahintergekommen ist, dass er sie betrogen hat«, sagte Torres.

»Kürzlich oder vor langer Zeit?«, hakte Peri nach.
»Mag sein, dass er sie die ganze Zeit betrogen hat, aber ausschlaggebend war …« wieder eine Pause, »ein Verhältnis zwischen Harris und Ihrer Mutter.« Er blickte sie jetzt direkt an und sagte: »Seine Frau hat ein paar … Fotos gefunden, im Schreibtisch ihres Mannes.«
Torres war verblüfft, als diese Information keinerlei Überraschung bei seinem Gegenüber auslöste.
»Ich will die Fotos sehen. Sie haben doch bestimmt Kopien bekommen«, sagte Peri kühl.
Torres musterte sie. Er brauchte nicht lange, um zwei und zwei zusammenzuzählen. »Sie sind hinter meinem Rücken zu Harris ins Krankenhaus gefahren, während ich seine Frau vernommen habe. Er hat Ihnen von den Fotos erzählt. Hat er Ihnen gesagt, wer der andere Typ war, der auf einem der Fotos zu sehen ist?« Der Tonfall des Detective klang jetzt genauso kühl.
»Nein, aber wenn Sie mir die Fotos zeigen, erkenne ich ihn vielleicht wieder«, entgegnete Peri. Sie hoffte inständig, dass der Mann auf dem Foto ihr Vater war.
Torres und Peri starrten einander an. Beide hatten das Gefühl, verraten worden zu sein.
Eine Weile sagte keiner von ihnen ein Wort.
Dann verzog Torres das Gesicht. »Ich hab naiverweise versucht, Sie zu schonen. Es wird nicht leicht für Sie sein, sich derart freizügige Fotos von Ihrer Mutter anzuschauen, erst recht, wenn der beteiligte Mann nicht Ihr Vater ist.«
Peri wurde schwer ums Herz, aber sie ließ sich nichts anmerken. »Ich bin erwachsen. Ich verkrafte das schon. Bitte zeigen Sie sie mir.« Ihr Ton wurde weicher.
Ohne weiteres Zögern holte Torres drei Fotokopien aus seiner Tasche und schob sie über den Tisch zu Peri hinüber. »Auf zwei der Fotos hat Carol Harris ihren Mann eindeutig erkannt. Noah Harris hat ein auffälliges Muttermal am Hintern. Linke Gesäßbacke. Ist auf den Kopien nicht so gut zu sehen, auf den eigentlichen Fotos aber ganz deutlich.«
Peri wappnete sich innerlich und ergriff die Fotokopien. Sie studierte die ersten zwei, konzentrierte sich auf das verschwom-

mene Muttermal an Noah Harris' nacktem Gesäß. Ihre Mutter sah sie gar nicht an.
Torres schob ein Glas Wasser näher zu Peri hin, die es instinktiv ergriff und halb leerte. Dann stellte sie das Glas beiseite, legte die ersten beiden Fotokopien daneben und nahm die dritte zur Hand. Sie spürte, wie sich ihr Herz verkrampfte. Es konnte auf keinen Fall ihr Vater sein. Die Haare waren zu hell, zu kurz, zu glatt.
Peri sog zittrig die Luft ein. Sie konnte nicht mehr die Augen davor verschließen, dass ihre Mutter mehr als einen Liebhaber gehabt hatte. Mindestens zwei. Vielleicht sogar noch mehr. Peri fühlte sich schon wieder verraten. Gleichzeitig befielen sie Scham, Ekel und eine tiefe Traurigkeit.
Sie spürte, wie sich Torres' Hand auf ihre legte. Als sie aufblickte, sah sie den mitfühlenden Blick in seinen Augen, und der letzte Rest Zorn löste sich in Nichts auf. Ohne ihre Hand zurückzuziehen, nahm sie allen Mut zusammen und schaute sich das Foto noch einmal genauer an.
Als Erstes sagte sie: »Das ist das Bett meiner Eltern. Da bin ich mir auch nach all den Jahren ganz sicher. Ich erkenne das Kopfende.« Das Kopfende bestand aus einem schlichten hölzernen Rechteck, an das auf einer Seite ein Regal montiert war. Es war dasselbe Bett wie auf den anderen zwei Fotos. Beide Männer hatten Sex mit ihrer Mutter in dem Bett, das sie sich mit ihrem Ehemann geteilt hatte. Peri drehte sich der Magen um.
Torres wollte die Fotos wieder an sich nehmen, weil er sah, wie blass Peri geworden war, aber sie hinderte ihn daran. Sie wandte den Blick von den Fotos ab und sah ihn jetzt direkt an.
»Ich hab mir mal den Kopf daran gestoßen, als ich klein war. An einem Weihnachtsmorgen. Ich bin auf das Bett gesprungen, zwischen meine Eltern. Da muss ich fünf oder sechs gewesen sein. Ich hab schrecklich geweint. Mein Daddy ist aufgestanden und hat mir eins von meinen Geschenken geholt, und meine Mom hat mich in die Arme genommen und getröstet. Das Geschenk war ein großer rosa Teddybär.« Peri schloss die Augen, und ihre Stirn legte sich in Falten. »Debra hat ihn weggeworfen, ein paar Monate nachdem ich zu ihr und meinem Großvater gezogen war. Sie hat gesagt, er wäre voller Ungeziefer.«

Torres drückte Peris Hand, und irgendwie linderte seine Berührung ihren Schmerz. Sie öffnete die Augen und betrachtete wieder das Foto.
»Das ist nicht mein Vater«, sagte sie kaum hörbar. Jetzt war sie es, die Torres' Hand drückte. Er schob seinen Stuhl etwas näher zu ihr hin und blickte ebenfalls auf die Fotokopie. Dann machte er Peri auf den Streifen Fensterrahmen aufmerksam, der vermuten ließ, dass das Foto von draußen gemacht worden war.
»Vor dem Schlafzimmerfenster war eine Feuerleiter«, sagte Peri, deren Blick jetzt gebannt auf den Körper des Mannes gerichtet war. »Jung, fit aussehend, kräftig, helles Haar, eher braun als blond, würde ich tippen.«
Der erste Mann, der Peri in den Sinn kam, war Raymond Delon. Er war groß, kräftig, schlank, und sein inzwischen grau meliertes Haar mochte früher durchaus braun gewesen sein. Sie hatte ihn damals schon gekannt, aber da war sie noch ein Kind gewesen, und an dieses Detail konnte sie sich nicht mehr erinnern.
»Delon«, sagte sie laut. »Raymond Delon.«
»Ich hatte den gleichen Gedanken«, sagte Torres. »Er muss auf jeden Fall genauer unter die Lupe genommen werden.«
Er spürte, wie Peris Hand in seiner erschlaffte.
»Was ist?«
»Mir ist da eben was eingefallen. Mein Onkel hat ständig fotografiert. Er hatte so eine kleine Kodak-Kamera, vermutlich gestohlen und irgendwann verhökert, um sich von dem Geld Drogen zu kaufen. Mein Onkel Mickey. Miguel López, der kleine Bruder von meinem Dad. Mickey ist ein Junkie. Schon seit ich denken kann.«
Peri wandte den Kopf und sah Torres an. Er war ihr jetzt so nah, dass sie seinen dunklen Bartschatten sehen konnte. Er machte ihn nur noch attraktiver. Bis zu diesem Augenblick war ihr gar nicht klar gewesen, dass sie beide praktisch Händchen hielten. Widerwillig zog sie ihre Hand weg und spürte sogleich, dass ihr seine Berührung fehlte. Was zum Teufel war nur los mit ihr?
»Ich rede mit Mickey, zeige ihm die Fotokopien. Vielleicht erinnert er sich …«, sagte Torres gerade.

Peri fühlte sich furchtbar und war gleichzeitig erleichtert. Eigentlich, so wusste sie, müsste sie das alles Eric erzählen, aber sie glaubte einfach nicht, dass Eric sich vorbehaltlos auf ihre Seite stellen würde. Eric lebte nach dem Motto: Wes Brot ich ess, des Lied ich sing. Und leider Gottes aß er größtenteils Morris Golds Brot.

# 69

Delores López war es, die Mickey fand. Es war am frühen Dienstagmorgen. Seit ihrem Besuch bei ihm hatten sie Sorgen und Schuldgefühle wegen ihres kleinen Bruders gequält. Er war in einer schrecklichen Verfassung gewesen, als sie zuletzt bei ihm war. Anschließend hatte sie ihre Mutter im Pflegeheim besucht und wurde von ihr gefragt, ob sie ihn gesehen hätte. Sie hatte gelogen, aber dann versprochen, am nächsten Morgen zu ihm zu gehen. In Wahrheit hatte sie noch zwei Tage damit gewartet und einen Teil der Zeit dazu genutzt, sich nach Drogenentzugsprogrammen zu erkundigen. Delores hatte gehofft, dass Mickey inzwischen tief genug gesunken wäre, um die Hilfe anzunehmen, die er so dringend benötigte.
Stattdessen war er derart tief gesunken, dass es tiefer nicht mehr ging: Er hatte sich den goldenen Schuss gesetzt. Das Spritzbesteck samt seiner letzten Spritze lag neben ihm. Delores wiegte ihren ausgemergelten, toten Bruder in den Armen und schluchzte. So hätte sie auch enden können …
Während sie ihn hielt, fiel ihr Blick auf den offenen Schuhkarton vor seinem Bett und die ringsum auf dem Boden verstreuten Papiere und Fotos. Wonach hatte ihr Bruder gesucht? Sanft legte sie ihn wieder so hin, wie sie ihn gefunden hatte, und ging hinüber, um nachzuschauen. Sie kniete sich hin und sah alte Eintrittskarten zu Rockkonzerten, dazwischen Glückwunschkarten, die bis zu Mickeys siebtem Geburtstag zurückreichten. *HERZLICHEN GLÜCKWUNSCH ZUM 7., DU WUNDERBARER SOHN …* Mickey hatte jede Karte bis zu seinem sech-

zehnten Geburtstag aufbewahrt. Lo vermutete, dass ihr Bruder danach so gut wie keine Karten mehr bekommen hatte oder einfach schon zu kaputt war, um noch welche aufzubewahren.
Tränen liefen Lo über die Wangen und zogen Spuren durch ihre dicke Schminke. Unter den Augen war ihre Wimperntusche zu breiten schwarzen Streifen verlaufen. Nachdem sie sich alles, was auf dem Boden herumlag, angesehen hatte, durchstöberte sie den Karton. Sie fand ein paar geplatzte Schecks und eine abgelaufene Bankkarte. Sie bezweifelte, dass Mickey noch einen Cent auf dem Konto hatte. Wieder wurden ihr die Augen feucht.
Durch den Tränenschleier hindurch fiel ihr Blick auf ein Foto ganz unten im Karton, das an der Rückseite eines alten Kontoauszugs festklebte. Lo erkannte sofort ihre Schwägerin Ali, die vor ihrem Mietshaus aus einem Wagen stieg. Der Wagen kam ihr nicht bekannt vor, ein schnittiger roter MG mit aufgeklapptem Verdeck, genauso wenig der Fahrer, den sie nur im Profil sehen konnte. Er war kein Latino, da war sie sicher. Er war weiß, sah recht jung aus, und sein helles Haar war windzerzaust. Vielleicht war das der mysteriöse Noah, mit dem ihre Schwägerin sich an dem Tag im Schönheitssalon telefonisch verabredet hatte.
Auf dem Foto strich der Fahrer sich das Haar mit der rechten Hand nach hinten. Lo sah sich die Hand genauer an. Der Typ trug einen dicken Ring am Mittelfinger – vielleicht ein Highschoolring, dachte sie.
An diesem Foto war nichts Anzügliches. Lo hatte Noah Harris während des Prozesses ihres Bruders vor fast vierundzwanzig Jahren nur kurz gesehen und wusste nicht mehr, wie er aussah. Daher konnte sie nicht sagen, ob er der Typ da war oder nicht. Vielleicht hatte Ali sich von einem flüchtigen Bekannten nach Hause bringen lassen. Oder gar von einem Wildfremden.
Lo drehte es um und sah auf den Datumsstempel. 14/7/87. Das Datum sagte ihr lediglich, dass das Foto im Sommer aufgenommen worden war. Alis letztem Sommer.
Sie schob das Foto in die Tasche ihres unechten Pelzmantels und richtete die geröteten Augen wieder auf ihren toten Bruder. *Ach, Mickey, wenn ich dir doch bloß hätte helfen können. Du bist zu*

*jung, um tot zu sein, kleiner Bruder, viel zu jung. Und wie soll ich das Mommy beibringen? Es wird ihr noch mehr das Herz brechen, falls das überhaupt noch möglich ist.*

Müde richtete sie sich auf und kramte in ihrer großen Umhängetasche nach dem Handy, um die Polizei anzurufen. Noch ehe sie es fand, klopfte es an der Tür. Sie zuckte heftig zusammen.

Wieder klopfte es mehrmals. Lo blickte nervös zur Tür. Sie hatte nicht dran gedacht, abzuschließen, als sie gleich nach dem Öffnen der Tür ihren Bruder auf dem Boden hatte liegen sehen. Lo sah, dass sich der Türknauf drehte. Panisch rief sie: »Wer ist da?«

»Polizei«, sagte eine ernste Stimme auf der anderen Seite der Tür.

*Polizei.* Das hörte Delores López nicht gern. Sie ging den Hütern des Gesetzes möglichst aus dem Weg. Sie musste sich förmlich in Erinnerung rufen, dass die Cops nicht ihretwegen gekommen sein konnten, dass sie jedenfalls clean war, dass in dieser Stadt, in der sie viele Jahre nicht gewesen war, nichts mehr gegen sie vorliegen konnte.

»Was wollen Sie?«

»Ich muss mit Miguel López sprechen.«

»Das geht nicht. Er ist ... er ist nicht ...« Lo stockte. Was machte sie denn? Sie hatte die Polizei doch eben erst selbst verständigen wollen, ehe die von allein aufgetaucht war. Sie musste den Tod ihres Bruders ja schließlich melden. Ob man es Unfall nennen wollte oder Selbstmord, was auch immer – Mickey hatte als Junkie gelebt und war als Junkie gestorben.

Lo ging zur Tür, öffnete sie und war verblüfft, dass nur ein einziger Cop in Zivil davorstand.

»Er ist tot«, sagte sie. »Überdosis.«

Benito Torres betrat das Einzimmerapartment und richtete den Blick sogleich auf Miguel López.

»Wer sind Sie?«

»Seine Schwester. Delores López.«

»Was machen Sie hier?« Torres warf einen Blick auf den noch offenen Schuhkarton vor dem Metallbett, auf den Wust von Papieren drum herum, auf die Karten und den sonstigen Kram.

»Er ist mein kleiner Bruder. Ich wollte ihn besuchen.«
»Haben Sie irgendwas angefasst?« Torres schaute noch immer auf den Schuhkarton.
»Nein.«
Torres war sicher, dass sie log.
»Ich wollte gerade die Polizei anrufen«, sagte Lo nervös. Sie hatte Zweifel, dass sie je mit einem Cop würde sprechen können, ohne sich unwohl zu fühlen. Als sie selbst noch an der Nadel hing, war sie oft genug von Cops unsanft behandelt, festgenommen, ja sogar bespuckt worden.
Torres streifte ein Paar Gummihandschuhe über, ging zu dem toten Miguel López und kniete sich neben die Leiche. Okay, seinem Aussehen nach zu schließen war der Bursche ein hoffnungsloser Junkie gewesen. Sehr wahrscheinlich war das hier wirklich ein simpler Fall von Überdosis …
Aber der Zeitpunkt gab Torres zu denken. Die Fotos, die in Harris' Besitz aufgetaucht waren, Peri, die glaubte, ihr Onkel Mickey könnte sie aufgenommen haben, der von Harris ausgestellte Barscheck über zehn Riesen, der zerknüllte Zettel mit einem Latino-Namen und einer Telefonnummer drauf.
»Sagt Ihnen der Name Roberto Flores was?«, fragte Torres Mickeys Schwester.
»Nein. Sollte er?«
Torres erwiderte nichts.
»Ich bin erst vor ein paar Tagen aus Florida hergekommen. Ich lebe seit einigen Jahren dort. Meine Mutter ist schwerkrank. Sie ist in einem Pflegeheim in Spanish Harlem.« Lo schob die Hände in die Manteltaschen und spürte in einer das Foto.
Torres meldete seinem Dezernat den Todesfall und bestellte die Kriminaltechnik her.
Delores López wusste, was das bedeutete. »Sie glauben nicht, dass er an einer Überdosis gestorben ist?«, fragte sie nun noch erschütterter.
Torres sah zu der Schwester des Toten hoch. »Sind Sie in der Lage, sich ein paar Fotos anzuschauen, Ms López?«
Jetzt war Lo vollends fassungslos.

# 70

Als Peri um kurz nach zehn am Dienstagmorgen das Opal's betrat, sah sie, dass Raymond Delon, genau wie sie vermutet hatte, bereits zur Arbeit erschienen war. Was sie jedoch nicht erwartet hatte, nicht mal in Erwägung gezogen hatte, war, dass auch ihr Großvater da sein könnte. Morris Gold war nämlich kein Morgenmensch.

Beide Männer blickten gleichzeitig zu ihr herüber. Raymond, hinter der Bar, blieb, wo er war. Morris dagegen sprang von einem Tisch in der Nähe auf und eilte zu ihr.

»Peri, Gott sei Dank. Ich hab mir solche Sorgen gemacht«, rief Morris. Er sah tatsächlich abgespannt und verstört aus, nicht streng und gebieterisch wie sonst.

Peri hob abwehrend die Hände, um seine Umarmung zu verhindern. »Nicht.« Es klang wie eine Warnung.

»Bitte, ich muss mit dir reden. Ich will dir alles erklären. Es gibt so vieles, was du nicht verstehst.«

»Du irrst dich, Morris. Ich verstehe jetzt mehr als genug. Du hast meinen Vater immer gehasst. Du wolltest, dass er lebenslänglich eingesperrt wird. Du wolltest mich von ihm fernhalten, von meiner ganzen Familie ...«

»Ich *bin* deine Familie, Peri. Ich hab dich großgezogen. Ich hab dir alles gegeben, was ich geben konnte. Und Debra auch.«

»Eines würde ich gern wissen, Morris: Hast du meinen Vater überhaupt für schuldig gehalten? Oder wolltest du ihn bloß vernichten, weil er deine Pläne für deine Tochter zunichte gemacht hat?«

Morris' Gesichtszüge verfinsterten sich. »Ich habe keinen Zweifel daran, dass dein Vater deine Mutter ermordet hat. Absolut keinen.«
»Dann hat es dich also nicht interessiert, dass der Prozess die reinste Farce war? Es hat dich nicht interessiert, dass Beweise zurückgehalten und Zeugenaussagen manipuliert wurden, dass der Verteidiger meines Vaters völlig inkompetent war?«
Morris blieb unbeirrt, obwohl er keinen von Peris Vorwürfe abstritt. »Mich hat allein die Wahrheit interessiert.«
»Du würdest die Wahrheit nicht erkennen, wenn du sie direkt vor der Nase hättest.«
»Du warst noch ein Kind, Peri.«
»Pilar. Ich heiße Pilar. Pilar López. Und mein Vater ist unschuldig.« Plötzlich huschte ihr Blick zu Delon. »Nicht wahr, Raymond?«
Delon starrte sie bloß verwirrt an.
»Du hast meine Mutter geliebt. Du warst ihr Liebhaber – jedenfalls einer ihrer Liebhaber.«
»Peri, was redest du denn da?«, schaltete sich Morris ein. »Wie kannst du denn so was Scheußliches über deine Mutter behaupten?«
Peri ignorierte ihren Großvater. Es wurde Zeit, dass er die Wahrheit über seine Tochter erfuhr – wenn er sie nicht schon längst kannte. Mittlerweile traute sie dem alten Mistkerl alles zu.
Sie fixierte weiter Delon. »Na los, Ray. Leugnen bringt nichts mehr. Ich hab mindestens ein Foto gesehen, auf dem ihr zwei es miteinander treibt, und zwar Jahre nachdem sie hier gearbeitet hat –, genauer gesagt, nicht lange bevor sie ermordet wurde.« Peris Augen wurden anklagend.
»Was redest du denn da?«, wiederholte Morris.
»Das ist gelogen«, sagte Raymond gleichzeitig.
»Die Polizei weiß über dich Bescheid. Sie werden es beweisen. Diesmal stehst du unter Verdacht, Ray.«
Er wich zurück, schüttelte den Kopf. »Du spinnst. Der Fall ist abgeschlossen. Deinem Vater wurde der Prozess gemacht, und er wurde für schuldig befunden. Die Sache ist vorbei.«

»Der Fall wird wieder aufgerollt.« Peri sagte sich, dass das stimmte, dass Benito Torres schon jetzt einen hinreichenden Zweifel hatte und schon bald genügend Beweise für ein Wiederaufnahmeverfahren in der Hand hielte. »Und man wird den Mord an meiner Mutter auch mit den anderen Morden in Zusammenhang bringen, die in den letzten Tagen passiert sind«, fügte sie im Brustton der Überzeugung hinzu.
»Was für andere Morde?«, wollte Morris wissen.
»Zum Beispiel der an Maria Gonzales.« Peri registrierte, dass Raymond schwieg.
»An wem?«, fragte Morris. »Wer soll das sein?«
»Die Hauptaugenzeugin, die vor Gericht meinen Vater als den Mann identifiziert hat, den sie gleich nach dem Mord aus dem Haus hatte flüchten sehen. Weißt du nicht mehr, Morris?«
Peri ließ Raymond nicht aus den Augen. »Würde sie heute dich identifizieren, wenn sie noch am Leben wäre?«
»Nein. Nein, ich hatte nie was mit deiner Mutter –« Aber er wirkte nervös, fahrig.
»Und diese Detectives, Sullivan und Hong? Hattest du einfach nur Glück, dass sie sich von vornherein auf meinen Vater als Täter eingeschossen hatten und deshalb schlampig ermittelt haben und blind für alles waren, was nicht ihren Verdacht gegen meinen Vater bestätigte?«
»Ich weiß nichts über ihre Ermittlungen«, beteuerte Raymond mit heiserer Stimme.
»Und du auch nicht«, sagte Morris in einem schneidenden Ton zu Peri.
Sie richtete den Blick auf ihren Großvater. »Aber du, Morris, nicht wahr? Du warst ja dabei. Du warst ein Zeuge der Anklage. Du wolltest meinen Vater um jeden Preis verurteilt sehen, um jeden Preis! Und Arthur Meyers wollte das natürlich auch. Ein leichter Sieg für ihn. Und vielleicht hast du dir das Ganze auch was kosten lassen. Du hast ja immer alles gekauft, was du wolltest. Sogar mich.«
»Jetzt reicht's aber.« Morris Golds Gesicht rötete sich vor Zorn. »Du weißt nichts, gar nichts.«
Peri hatte keine Angst mehr vor ihrem Großvater. »Hast du Pa-

nik gekriegt, als Sam Berger mit seinem Film über meinen Vater anfing und den Fall wieder aufgegriffen hat, als er die Prozessakten studiert, mit meinem Vater gesprochen hat? Hast du befürchtet, einer von den pensionierten Detectives würde sich an Dinge erinnern, die sie damals praktischerweise übersehen oder vergessen hatten, Morris? Wolltest du unbedingt verhindern, dass irgendwer neue Beweise zutage fördert, die dazu führen könnten, dass das Urteil gegen meinen Vater aufgehoben wird?«
»Du hörst dich an wie eine Verrückte!« Morris ging einen Schritt auf sie zu. »Zuerst erhebst du falsche Anschuldigungen gegen Ray und jetzt auch noch gegen mich.« Raymond wirkte inzwischen erleichtert, dass Peri nicht mehr ihn, sondern Morris ins Visier genommen hatte.
»Ach ja?«, entgegnete Peri. »Maria Gonzales wurde erdrosselt und Frank Sullivan erschossen, beide vor wenigen Tagen. Die einzige Augenzeugin und der leitende Ermittler. Vielleicht hätte es noch einen dritten Mord gegeben, wenn Sullivans früherer Partner Hong nicht fluchtartig das Land verlassen hätte.«
Morris Gold wirkte geschockt von dem, was seine Enkelin da sagte. »Hältst du mich … für einen Mörder? Du kannst doch nicht ernsthaft glauben, dass ich zu so was fähig wäre.«
»Wieso nicht? Meinem Vater hast du's doch auch zugetraut.«
Morris wollte etwas entgegnen, presste dann aber die Lippen zusammen.
Peri starrte ihn herausfordernd an. »Die Wahrheit wird ans Licht kommen. Es gibt neue Beweise – Beweise, die nicht nur die Unschuld meines Vaters belegen, sondern auch den wahren Mörder entlarven werden.« Wieder warf Peri einen Blick auf Raymond, der sie anstarrte, die Arme verschränkt, die Miene ausdruckslos. Er sagte kein Wort.
»Das ist Wahnsinn«, stammelte Morris, eher an sich selbst gewandt als an seine Enkelin. Er blickte Peri aus feuchten Augen an. »Ich habe dich geliebt. Ich habe dir alles gegeben. Dieses Restaurant gehört dir –«
»Es hat mir nie gehört. Nichts von dem, was du mir je gegeben hast, habe ich gewollt. Ich wollte meinen Vater. Du hast dafür gesorgt, dass ich ihn nicht haben konnte. Oder meine Nana.

Oder sonst wen aus der Familie meines Vaters. Du hast sie mir alle weggenommen. Du hast mir immer nur das gegeben, was du schon für meine Mutter vorgesehen hattest. Kein Wunder, dass sie dir weggelaufen ist. Alles, was du gegeben hast, war an Bedingungen geknüpft.«

»Du bist grausam.« Morris sah aus wie ein gebrochener Mann. Er senkte den Kopf.

»Peri«, ertönte plötzlich eine vertraute Stimme. »Dein Großvater hat immer nur sein Bestes getan.«

Peris Augen schossen zu dem Mann hinüber, der in der Tür des Restaurants stand. Eric Fisher. Sein schwarzer Kaschmirmantel stand offen. Darunter trug er einen seiner elegant geschnittenen blauen Anzüge, ein hellgraues Hemd und eine gestreifte Krawatte. Er sah aus wie aus dem Ei gepellt. Doch sein Gesicht war von Sorgenfalten zerfurcht. Er hatte dunkle Ränder unter den Augen und einen kleinen Schnitt an der Wange, als hätte er sich am Morgen mit zittriger Hand rasiert. Auf einmal wirkte er ganz wie der Fünfundvierzigjährige, der er war, wenn nicht älter.

Peri spürte Wut in sich aufbrodeln, doch sie wusste, dass es unfair wäre, diese an Eric auszulassen. »Du hast keine Ahnung, was er getan hat, Eric. Sonst würdest du ihn nicht in Schutz nehmen.«

»Wessen Schuld ist es denn, dass ich keine Ahnung habe?«, fragte er mit rauer Stimme. »Du hast mir doch nie was erzählt. Du hast mich die letzten paar Tage behandelt wie einen Aussätzigen. Das habe ich nicht verdient.«

Schuldgefühle ergriffen Peri. »Nein. Nein, das hast du nicht, Eric. Es tut mir … leid. Wirklich.«

Eric ging zu Peri, die sich von ihm in die Arme nehmen ließ. Er presste seine Lippen in ihr Haar. Peri wünschte, sie könnte in der Umarmung irgendeine Nähe empfinden, doch dem war nicht so. Sie sagte sich, dass ihr einfach zu viel anderes durch den Kopf ging.

Aus den Augenwinkeln sah sie, wie Raymond Delon zur Tür ging, seine Jacke über dem Arm. Sie stieß sich von Eric ab.

»Du kannst vor mir weglaufen, Ray, aber die Polizei wird eine

Menge Fragen an dich haben. Erst recht wenn sie auf dem kompromittierenden Foto von dir mit meiner Mutter etwas entdecken, das dich identifiziert. Die haben heutzutage ganz neue Technologien, mit denen Fotos deutlicher gemacht und analysiert werden können.«

Delon blickte sie mit trotzig zusammengekniffenen Augen an. »Ich habe nichts zu verbergen. Ich habe deine Mutter mal geliebt, aber da war sie noch ein junges Mädchen. Ehe sie schwanger wurde und so blöd war, deinen Vater zu heiraten. Vielleicht habe ich nie aufgehört, sie zu lieben, zugegeben. Und ich sage dir noch was: Wenn sie mich je als Liebhaber gewollt hätte, ich hätte niemals Nein gesagt. Aber sie wollte mich nicht. Ich war nicht ihr Liebhaber.«

»Vielleicht hast du sie ja deshalb umgebracht. Weil du sie wolltest, und sie Nein gesagt hat. Na, sag schon, Ray, hat sie dich an dem Tag in die Wohnung kommen lassen? Hat sie ihre schönsten Gläser aus dem Schrank geholt und euch beiden einen guten Wein eingeschenkt, um dich ein wenig milde zu stimmen, bevor sie dir erzählt hat, dass sie niemals deine Geliebte wird?«

Delon fuchtelte mit den Händen in der Luft, als könnte er ihre Vorwürfe dadurch irgendwie vertreiben. »Ich habe nicht das Geringste mit Alis Tod zu tun. Und ich bin auch nicht der Mann auf dem Foto, von dem du die ganze Zeit faselst.« Er drehte sich um, riss die Glastür auf und stürmte aus dem Restaurant.

Peri spürte einen Anflug von Panik. Was, wenn sie zu viel gesagt und Raymond verschreckt hatte? Er könnte die Flucht ergreifen, die Stadt verlassen, vielleicht sogar das Land. Zurück nach Kanada gehen. Einerseits würde das ihren Verdacht bestätigen, dass er schuldig war. Aber wenn er entkam, würde sie vielleicht nie erleben, dass der Gerechtigkeit wirklich Genüge getan wurde.

Und was, wenn Raymond Delon die Wahrheit sagte und sie ihm Unrecht tat? Sie ermahnte sich, Noah Harris nicht zu vergessen. Der ehemalige Börsenmakler war ohne jeden Zweifel der Liebhaber ihrer Mutter gewesen. Was, wenn er dahintergekommen war, dass sie ihn mit einem anderen betrog? Das wäre ein starkes Mordmotiv gewesen. Sie brauchte mehr Beweise. Peri

konnte nur hoffen, dass das Beweisstück in dem Polizeilagerhaus schlagkräftig genug war, um den wahren Schuldigen zu überführen.
Sie biss die Zähne zusammen. Wenn doch bloß diese beiden Männer, Delon und Harris, damals gründlicher unter die Lupe genommen worden wären. Hatten sie überhaupt ein Alibi für die Tatzeit? Wenn die Cops sich doch bloß nicht so überstürzt auf einen Verdächtigen festgelegt hätten. Wenn doch bloß jedes mögliche Beweisstück gleich zu Anfang untersucht worden wäre. Ja, wenn, wenn, wenn …
»Versuch du doch bitte, sie zur Vernunft zu bringen, Eric«, sagte Morris jetzt und ging zu seinem Tisch zurück. Er ließ sich schwer auf den Stuhl sinken. Er sah aus, als wäre er um gut zehn Jahre gealtert.
»Ich muss hier raus«, sagte Peri. In der Nähe ihres Großvaters zu sein, brachte ihre ohnehin schon konfuse Gefühlslage erst recht durcheinander.

# 71

»Mein Wagen steht direkt vor der Tür«, sagte Eric zu Peri, während er sie mit einer Hand an ihrem Rücken zum Ausgang führte. Peri ging einige Schritte mit und blieb dann stehen.
»Wieso arbeitest du nicht?«, fragte sie ihn.
Er lächelte leicht, blickte dann über die Schulter in Morris' Richtung. »Wollte ich ja.«
Peri nickte. Deshalb also war Eric heute Morgen im Restaurant aufgetaucht. Eine geschäftliche Besprechung mit ihrem Großvater. Aus irgendeinem Grund ärgerte sie das. »Dann solltest du bleiben.«
»Stoß mich nicht wieder weg, Peri. Die letzten Tage waren die Hölle für mich.«
»Entschuldige, Eric.«
»Schon gut. Ich will doch nur für dich da sein. Ich liebe dich, Peri.«
Sie rang sich ein Lächeln ab.
Als sie aus dem Opal's auf die Straße traten, schaute Peri nach links und rechts. Sie war beim Verlassen des Hotels am Morgen äußerst vorsichtig gewesen. Sie hatte ein Kopftuch umgelegt, eine Sonnenbrille aufgesetzt und war gleich in ein Taxi gesprungen, das gerade zufällig einen Fahrgast vor dem Gebäude absetzte. Und sie hatte den Fahrer gebeten, einen Umweg zum Opal's zu nehmen, damit sie Gelegenheit hatte, durchs Heckfenster zu überprüfen, ob sie verfolgt wurde. Dennoch lagen ihre Nerven blank.
»Was ist?« Eric entging ihr nervöser Kontrollblick nicht.

»Ich … ich bin vielleicht in Gefahr.« Immerhin war es denkbar, dass Raymond gar nicht geflohen war, sondern ihr hier irgendwo auflauerte. Und auch Eric in ihrer Nähe könnte getroffen werden.
»Bei mir bist du sicher, das verspreche ich dir. Ich bring dich raus aus der Stadt. Wir fahren zu meinem Cottage in Staunton. Da findet dich keiner.«
Peri nickte. Der Gedanke, raus aus Manhattan zu kommen und sich auf dem Land zu verkriechen, beruhigte sie. Sie und Eric hatten im Laufe der Jahre so manches Wochenende in dem hübschen Cottage am Rande von Staunton verbracht, das nur zwei Stunden von New York entfernt lag.
»Staunton klingt perfekt«, sagte Peri, als Eric die Beifahrertür seines glänzenden Porsche Boxter öffnete und ihr beim Einsteigen half.
Kaum war Eric losgefahren, klingelte Peris Handy. Es war Torres. Schon wieder meldete sich ihr schlechtes Gewissen. Sie hatte dem Detective versprochen, das Hotel nicht zu verlassen. Zum Glück fragte er sie nicht danach.
»Ich habe eine schlechte Nachricht, Pilar.«
Ihr blieb das Herz stehen. Es gab so viele schlechte Nachrichten, vor denen ihr graute.
Torres schien das zu bemerken, denn er schob rasch hinterher: »Ihr Onkel Mickey wurde heute Morgen tot aufgefunden. Er starb an einer Überdosis.«
»Mein Gott!«
»Ich bin nicht davon überzeugt, dass es ein Unfall war«, fügte Torres ernst hinzu.
Ein Frösteln durchlief Peri. Bitte, nicht noch ein Mord. Sie presste die Augen zu.
»Weiß es meine Nana schon? Oder mein Vater?«
»Nein. Noch nicht. Nur Ihre Tante Delores. Traurigerweise hat sie ihn gefunden.«
»Arme Lo. Ich … ich hab sie noch gar nicht gesehen. Wie hat sie's verkraftet?«
»Sie ist aufgewühlt. Traurig, wütend. Sie will uns helfen.« Eine kurze Pause entstand. »Pilar, wir werden im Mordfall Ihrer Mut-

ter die Ermittlungen offiziell wieder aufnehmen. Auch mein Chef ist der Ansicht, dass es genug Anhaltspunkte dafür gibt, dieses Verbrechen noch einmal zu untersuchen, um festzustellen, ob oder wie dieser Fall mit den Morden an Maria Gonzales, Frank Sullivan und möglicherweise Ihrem Onkel Mickey in Verbindung steht. Die Situation ist außer Kontrolle geraten.«

»Ich danke Ihnen. Gott, bin ich froh«, sagte Peri. »Es ist furchtbar, dass das alles passieren musste, damit wir so weit kommen konnten. Aber jetzt hat mein Dad eine echte Chance.« Dann fragte sie: »Wie sieht's aus mit dem Beweisstück im Polizeilagerhaus? Wissen Sie schon, was es ist?«

»Ich arbeite dran. Es gibt noch ein paar bürokratische Hürden, aber wir werden es bald haben.«

Peri blickte auf ihre Armbanduhr. Es war kurz nach elf. »Karen ist gestern am späten Nachmittag aus Miami zurückgekommen. Sie wollte heute Morgen in Sams Wohnung auf den FedEx-Brief warten. Ich habe ihr gesagt, sie soll mich sofort anrufen, wenn er da ist.«

»Ich habe meinen Partner hingeschickt.«

Peri war erleichtert, dass Karen Polizeischutz hatte. »Und das Foto?« Sie wusste, dass Torres wusste, welches sie meinte.

»Wir haben soeben das Original reinbekommen. Könnte sein, dass wir Glück haben und den Unbekannten bald identifizieren können. Auf dem Foto trägt er einen Ring. Und Ihre Tante hat in der Wohnung ihres Bruders Mickey ein Foto entdeckt, als sie heute Morgen da war und ... seine Leiche fand.«

Sie schwiegen beide ein paar Augenblicke.

»Sie hat es mir gegeben«, sagte Torres. »Auf dem Foto steigt Ihre Mutter gerade aus dem Sportwagen eines jungen Mannes. Der Wagen ist ein Oldtimer, ein roter MG, Baujahr '61 oder '62. Auch der junge Mann trägt einen Ring. Könnte sein, dass es derselbe Ring ist wie der, den der große Unbekannte auf dem ... anderen ... Foto mit Ihrer Mom trägt. Wir lassen beide vergrößern.«

»Wie sieht der Ring aus?«

»Schwer zu sagen. Könnte ein Highschoolring sein. Ich sag Ihnen Bescheid, sobald das Labor beide Fotos aufbereitet hat.«

Er legte auf, ehe sie etwas erwidern konnte. Sie und Eric waren bereits auf dem Saw Mill Drive und fuhren Richtung Norden.
»Worum ging's denn?«, fragte Eric.
»Die Ermittlung.«
»Ich habe eine Männerstimme gehört. Sam Berger?«
»Nein. Ein Detective«, sagte sie bewusst beiläufig.
»Klang ziemlich jung.«
»Eric, ich hab's mir anders überlegt mit Staunton. Bitte kehr um und fahr zurück in die Stadt. Ich habe ein Zimmer in einem Hotel –«
»Hör mal, du hast gesagt, du wärst in Gefahr, und ich möchte dich beschützen«, stieß Eric vehement hervor, während er weiter in nördlicher Richtung fuhr. »Du bist mit mir in Staunton sicherer als in einem Hotel in New York.«
»Aber ich muss gut erreichbar sein –«
Eric fiel ihr wieder ins Wort. »Du brauchst eine Pause. Peri. Wir essen heute Abend schön im Café Flores und trinken ein Glas Wein. Dann verbringen wir eine ruhige, friedliche Nacht im Cottage und morgen bring ich dich zurück in die Stadt. Ich möchte einfach ein bisschen mit dir zusammen sein ohne den Stress und die Sorgen. Das können wir beide gebrauchen.«
Peri warf Eric einen Seitenblick zu. Selbst im Profil sah sie die Anspannung in seinem Gesicht. Eine Nacht auf dem Land war vielleicht wirklich keine schlechte Idee. Sie legte Eric eine Hand auf den Oberschenkel. Sogleich ergriff er sie mit seiner und drückte sie.
Kurz darauf wechselten sie vom Saw Mill Drive auf den Taconic Parkway. Peri sah wieder auf die Uhr. Fast Viertel vor zwölf. Karen müsste sich jetzt jeden Moment melden. Sie klappte ihr Handy auf. Verdammt. Kein Netz hier oben.
Sie bat Eric, bei seinem Handy nachzusehen, doch auch das hatte keinen Empfang.
»Können wir kurz irgendwo anhalten, wo ich telefonieren kann?«, fragte sie ihn.
Kurz nachdem sie aus der Stadt rausgefahren waren, hatte es angefangen zu nieseln, und inzwischen goss es in Strömen, ein kalter, fast eisiger Regen.

»Lass uns bis zum Cottage durchfahren, dann kannst du von dort aus anrufen«, sagte Eric. »Ich weiß nicht, wie der Zustand der Straßen ist, und wir sind doch in nicht ganz einer Stunde da.«

Peri wusste, dass Eric vernünftig argumentierte, aber es machte sie nervös, nicht erreichbar zu sein, wenn auch nur für eine Stunde. Was würde der Brief von Hong enthalten? Was würden die beiden Fotos letztlich enthüllen? Peri konnte keine der beiden Fragen beantworten, aber eines wusste sie: Sie kamen der Wahrheit unaufhaltsam näher, und dann würden sie wissen, wer ihre Mutter ermordet hatte.

*Halt durch, Daddy. Halt durch, Nana.*

# 72

Torres' Partner Tommy Miller hob eine Hand, um Karen zu stoppen, als es an Sams Wohnungstür klingelte. Sie waren bei dem Geräusch beide gleichzeitig aufgesprungen, aber Miller machte klar, dass er an die Tür gehen würde und Karen bleiben sollte, wo sie war. Sie verschränkte die Arme vor der Brust. Seit acht Uhr saßen sie nun schon zu zweit in Sams tristem Apartment. Jetzt war es zwei Minuten vor zwölf. Geschlagene vier Stunden waren vergangen, die sie mit schleppendem Smalltalk oder verlegenen Schweigephasen oder dem ein oder anderen Telefonat überbrückt hatten.

Karen hatte mindestens dreimal im Miami General angerufen, um sich nach Sams Befinden zu erkundigen, und jedes Mal gebeten, zu ihm durchgestellt zu werden. Aber entweder schlief er gerade, war zu irgendeiner Untersuchung oder wurde frisch verbunden. Womöglich hatte er auch ihre Nachricht gelesen, dass sie zurück nach New York geflogen war, und er war sauer auf sie. Wie auch immer, Karen war jedenfalls dankbar, zu hören, dass Sam schon fast wieder auf dem Damm war und wahrscheinlich am nächsten Tag entlassen würde.

Sie hatte auch ihre Tante Janice angerufen, die nicht nur den von Karen angeheuerten Privatdetektiv John Flynn in ihren Keller gelassen hatte, damit er die Kartons von Karens Vater zu einer Lagerfirma schaffen konnte, sondern auch Woody bei sich betreute, nachdem sie Karen versichert hatte, dass der Hund so lange bei ihr bleiben könne wie nötig. In dem heutigen Telefonat hatte Janice ihr sogar angeboten, zu der Lager-

firma zu fahren und schon mal mit der Durchsicht der Kartons anzufangen. Karen zögerte. Sie wollte ihre Tante nicht gefährden. Außerdem wollte Karen ihre Tante nicht in eine unangenehme Position bringen – sofern die Akten Hinweise darauf enthielten, dass ihr Vater sich im López-Prozess irgendwelche Verfehlungen geleistet hatte, wollte Karen ihre Tante nicht mit diesem Wissen belasten. Janice Meyers aber hatte die unausgesprochene Sorge bei Karen gespürt und ihr von sich aus anvertraut, dass sie sich der Fehler und Schwächen ihres Bruders durchaus bewusst sei. Die Art, wie sie das sagte, signalisierte Karen, dass ihre Tante nicht überrascht wäre, falls Arthur Meyers Mist gebaut hatte.
Daher gab Karen ihrer Tante grünes Licht und bat sie, alles auszusortieren, was in irgendeiner Weise mit dem Prozess von Raphael López zu tun haben könnte. Das Material, das sie fand, sollte sie an John Flynn übergeben. Karen würde John bitten, ihre Tante abzuholen und zu der Lagerfirma zu bringen.
Und jetzt war endlich, hoffentlich, die Briefsendung angekommen. Detective Miller öffnete die Tür, eine Hand an seiner Pistole. Er wollte kein Risiko eingehen. Zum Glück war es wirklich der FedEx-Bote, und die Übergabe der Lieferung einschließlich Quittierung dauerte nur eine halbe Minute. Ehe Miller die Tür schloss und verriegelte, warf er einen Blick den Flur hinunter. Die Luft schien rein zu sein.
Karen wollte schon nach der Versandtasche greifen, doch Miller hinderte sie daran.
»Es könnte ein Sprengsatz drin sein oder irgendein giftiges Pulver«, sagte er warnend, während er sich ein Paar Einmalhandschuhe überzog.
»Und warum gehen Sie dann das Risiko ein?«, konterte Karen.
»Weil das mein Job ist«, erwiderte er nüchtern. »Treten Sie zurück.«
Karen gehorchte widerwillig und schaute aus einigen Schritten Entfernung zu, wie Miller den Umschlag inspizierte, ihn vorsichtig abtastete und an einer bestimmten Stelle innehielt, um sie genauer zu befühlen.
»Da ist irgendein Gegenstand drin. Klein. Sehr klein.«

Langsam, so langsam, dass Karen schon dachte, sie würde vor Aufregung und Neugierde durchdrehen, zog Miller den perforierten Streifen auf, mit dem sich der Umschlag öffnen ließ. Als er schließlich die Lasche anhob und keine Explosion erfolgte, atmete Karen laut aus. Miller ebenfalls.

Dennoch blieb er weiter auf der Hut, als er in den Umschlag spähte.

»Was? Was ist drin?«, fragte Karen, die vor Erwartung fast platzte.

»Ein gefaltetes Blatt Papier und etwas Kleines und Funkelndes in einem Ziploc-Beutel.«

Da Miller kein weißes Pulver oder irgendetwas anderes Verdächtiges sah, nahm er beides aus dem Umschlag – ein Brief und ein kleiner Edelstein in einem Plastikbeutel.

Karen blieb fast das Herz stehen, als sie den glitzernden Stein sah. »Mein Gott. Ein kleiner Diamant.« Sie erinnerte sich, dass Peri ihr von einem kleinen Diamanten erzählt hatte, den sie am Tag, als ihre Mutter ermordet wurde, auf dem Boden neben dem Bett hatte liegen sehen.

Morris las bereits den Brief.

»Was steht drin?«

Morris räusperte sich. »Hier steht: ›Ich gebe diesen Diamanten zurück, den ich im Mordfall Alison López am Tatort gefunden habe. Er lag neben dem Bett auf dem Teppich. Ich habe meinem Partner nichts davon erzählt und den Fund auch nie gemeldet. Ich dachte, der Stein wäre etwas wert. Wie sich herausstellte, war das nicht der Fall, daher habe ich ihn nicht versetzt, aber da war es zu spät, ihn noch abzugeben. Warum ich ihn all die Jahre behalten habe, weiß ich nicht. Ich war felsenfest überzeugt, dass López seine Frau ermordet hat, und wollte die Ermittlungen nicht verkomplizieren.‹« Miller hielt inne und verdrehte die Augen.

»So ein Arschloch«, sagte Karen leise.

Tommy nickte und fuhr fort. »Vor zwei Tagen wurde auf mich geschossen, als ich abends auf einem Parkplatz zu meinem Wagen ging. Dann erfuhr ich, dass mein damaliger Partner im Fall López in seiner Bar getötet worden war. Es tut mir leid, dass ich ein mögliches Beweisstück unterschlagen habe und mich dadurch vielleicht mitschuldig gemacht habe an der Verurteilung eines Unschuldigen. Hochachtungsvoll, John Hong.«

Karen blickte auf den kleinen Diamanten. Wut und Frust tobten in ihr. Hätte Hong dieses Beweisstück damals noch rechtzeitig nachgereicht, hätte der Prozess einen völlig anderen Ausgang nehmen können.

»Der Stein ist nicht von einem Ohrstecker, wie Peri gedacht hat«, sagte Karen. »Er könnte von irgendwas anderem abgefallen sein – einer Armbanduhr, einem Armband, einer Krawattennadel, einem Ring.«

»Ich bring ihn ins Labor und ruf Benny von unterwegs an.« Er hatte seinem Partner noch mehr zu erzählen. Dieser Roberto Flores, den er überprüft hatte, war weiß Gott kein unbeschriebenes Blatt. Flores war ein kleiner Dealer in Spanish Harlem und hatte seit seiner Jugend wegen Bagatelldelikten immer mal wieder im Knast gesessen. Ein Informant hatte durchblicken lassen, dass der Latino sich für kleines Geld als Auftragskiller anheuern ließ.

Außerdem war Flores angeblich seit kurzem verschwunden. Torres glaubte, dass der Tod von Miguel López auf Flores' Konto ging. Vielleicht hatte Flores ja auch Maria Gonzales erdrosselt. Denkbar war außerdem, dass Flores hinter den gescheiterten Mordanschlägen auf Sam Berger und Karen Meyers in Miami steckte. Andererseits gab es mehr als nur einen Gangster, der sich als Killer anheuern ließ, wie Miller nur allzu gut wusste.

Sullivan war schon vor einigen Tagen erschossen worden, also zu einem Zeitpunkt, als Flores bekanntlich in New York war. Und dann war da noch der Mordversuch auf John Hong auf einem Parkplatz in San Francisco. Hatte Noah Harris mit den zehntausend Dollar gleich mehrere Killer bezahlt? Viele Kleinganoven ließen sich billig kaufen.

Aber etwas über einen langen Zeitraum zu vertuschen, war eine kostspieligere Angelegenheit. Das konnte sich nur jemand mit einer dicken Brieftasche leisten.

Vielleicht war Noah Harris nicht der Einzige da draußen, der unbedingt verhindern wollte, dass gewisse Leute plauderten.

Miller war zwar nicht so gut über den Fall informiert wie sein

Partner, aber er wusste, wer die Hauptbeteiligten waren. Einige davon, wie zum Beispiel der Vater des Opfers, waren gut betucht und hatten vielleicht von Anfang an ganz eigene Ziele verfolgt. Torres hatte ihn sogar gebeten, Raymond Delon, den Sommelier vom Opal's, zu durchleuchten. Delon lebte allein, hatte nie geheiratet und im Laufe der Jahre ein anständiges Sümmchen auf seinem Bankkonto angehäuft. Sparte er das viele Geld für Notfälle? War jetzt so ein Notfall eingetreten?
Natürlich konnte Noah Harris mehr als einen Killer in mehr als einer Stadt angeheuert haben. Sie würden seine Telefonverbindungen überprüfen. Hilfreich wäre, wenn sie sich die von Raymond Delon und Morris Gold auch ansehen könnten. Aber für so eine richterliche Anordnung bräuchten sie mehr als bloße Verdächtigungen.
Millers Gedanken kehrten zu dem winzigen Diamanten zurück. Er vermutete, dass Harris zu der Sorte Männer gehörte, die gern ihren Wohlstand zur Schau stellten. Die Sorte, die diamantenbesetzte Krawattennadeln trug, Goldringe mit Diamantsplittern, so was in der Art. Vielleicht konnte das Labor ja feststellen, von was der Splitter abgefallen war. Er war genau wie Karen der Ansicht, dass der Diamant nicht so aussah, als stamme er von einem Ohrring, aber was wusste er schon? Bloß dass sowohl Noah Harris als auch Raymond Delon genug Geld hatten, um sich Schmuck mit Diamantenbesatz zu leisten.
Karen konzentrierte sich derweil eher auf Peris Großvater Morris Gold. Gold könnte eine ganze Reihe Killer anheuern, ohne dass es sein Bankkonto sonderlich belasten würde – ebenso wenig wie sein Gewissen. Wie weit würde ein Mensch wie Morris Gold gehen, um dafür zu sorgen, dass der Mann, der seiner Überzeugung nach sein einziges Kind ermordet hatte, bis ans Lebensende hinter Gittern blieb?
Und was, wenn Morris Gold dahintergekommen war, dass Ali ihn belogen hatte, dass sie nie vorgehabt hatte, Raph zu verlassen, dass sie unter Vortäuschung falscher Tatsachen von ihm Geld genommen hatte? Was, wenn ihm klargeworden war, dass seine eigene Tochter ihn bewusst ausgenutzt und verraten hatte? Wozu wäre Morris Gold dann imstande gewesen?

War es wirklich möglich, dass er in einem Anfall blinder Wut seine Tochter ermordet und dann zugesehen hatte, wie der Mann, den er verabscheute, dafür den Kopf hinhielt?
Karen wurde übel. Alison war nicht nur ermordet worden. Sie war vorher vergewaltigt worden. *Von ihrem eigenen Vater?*

# 73

Karen wollte gerade Sam im Krankenhaus in Miami anrufen, als ihr Handy klingelte.
»Karen, ich bin's, Janice. Ich bin im Lager, und ich hab da was gefunden.«
»Was?«, fragte Karen und erstarrte.
»Eine Akte mit Notizen über den López-Prozess. Hier ist eine ganze Menge Kram, den du dir bestimmt ansehen willst, aber ein Blatt Papier ist mir besonders aufgefallen, weil dein Vater es in einem separaten Teil abgeheftet hat.«
»Was steht da drauf?«
»Dein Freund John, der hier bei mir ist, meint, es handelt sich um die Aussage eines Augenzeugen, die dein Vater persönlich aufgenommen hat. John glaubt, dass der Zeuge im Prozess vielleicht gar nicht in den Zeugenstand gerufen wurde.«
Karen bat sie, John Flynn an den Apparat zu holen.
John legte sofort los. »Der Zeuge heißt Isaac Washington, der Besitzer eines Lebensmittelladens direkt gegenüber dem Mietshaus der Familie López. Er sagt, an dem Tag, als Alison López ermordet wurde, hat ein junger Mann in einem roten MG-Sportwagen direkt gegenüber dem Haus geparkt. Der Wagen war ihm vorher schon öfter aufgefallen, und ein paarmal hat er Alison López aus dem Wagen steigen sehen. Seiner Beschreibung nach war der Mann ein Weißer mit hellen Haaren, blassem Teint, gut gekleidet, groß und schlank. Etwa eine Stunde später hat er gesehen, wie der Mann über die Straße zu seinem Wagen gerannt und davongebraust ist.«

»John, versuchen Sie, Washington ausfindig zu machen. Wenn Sie ihn haben, bringen Sie ihn irgendwohin, wo er sicher ist. Und bringen Sie die Zeugenaussage auf dem schnellsten Weg zu Detective Benito Torres vom Morddezernat.« Karen sprach ein stilles Gebet, dass Isaac Washington noch am Leben war und gefunden werden konnte. Außerdem versuchte sie, den Gedanken zu verdrängen, dass ihr Vater absichtlich wichtige Informationen zurückgehalten und Washington im Prozess nicht als Zeugen aufgerufen hatte –, eine Entscheidung, die verheerende Folgen für das Leben eines Mannes und das Leben seiner ganzen Familie gehabt hatte. Warum hatte ihr Vater das getan?
War er von Morris Gold dafür bezahlt worden, diese wichtige Aussage unter den Tisch fallen zu lassen? Hatte er es getan, um den Prozess um jeden Preis zu gewinnen? Vielleicht war ihr Vater überzeugt gewesen, dass Washington log. Wie auch immer, ihr Vater hatte das Rechtssystem vorsätzlich missachtet. Er hatte etwas Niederträchtiges und Hinterhältiges getan, aus welchen Gründen auch immer. Karen hatte ein hohles Gefühl in der Magengegend. Sie spürte die Schuldgefühle, die ihr Vater eigentlich hätte empfinden müssen. Vielleicht hatte er ja nach dem Prozess so etwas wie Gewissensbisse gehabt.
Und dann dachte Karen an den Autounfall, bei dem ihr Vater so kurz nach Ende des Prozesses ums Leben gekommen war. War es wirklich ein Betrunkener gewesen, der Fahrerflucht begangen hatte? Vielleicht hatte der wahre Mörder ja schon damals angefangen, seine Spuren zu verwischen.
Karen wählte Peris Nummer. Sie musste sie unbedingt auf den neuesten Stand bringen, ihr von Hongs FedEx-Sendung erzählen, dem winzigen Diamanten und jetzt auch noch von der unterschlagenen Zeugenaussage, die im Widerspruch zu der Aussage von Maria Gonzales stand. Gonzales und Washington stimmten nur darin überein, dass sie einen Mann aus dem Haus hatten flüchten sehen. Washingtons Aussage hätte die Geschworenen zum Umdenken bringen können. Was hatte ihr Vater getan? Und warum? Warum?
Karen lauschte dem wiederholten Rufton an Peris Ende der Leitung, bis die Mailbox ansprang.

»Verdammt«, schimpfte sie und schnappte sich dann ihren Mantel. Sie würde Detective Torres aufsuchen und hoffentlich von ihm erfahren, wie sie Peri erreichen konnte.

# 74

Karen sah die Anspannung in Benito Torres' Gesicht, als der Hotelmanager die Tür zu Peris Zimmer aufschloss und es leer war. Sofort fuhr er den Manager an, ob er eine Ahnung hätte, wo sie sein könnte.

»Tut mir leid, nein«, sagte der Mann kleinlaut.

»Dann fragen Sie Ihr Personal. Ich will wissen, wann sie gegangen ist, ob sie allein war oder mit jemandem zusammen, und wo sie hinwollte.«

»Selbst wenn jemand sie hat gehen sehen, Detective: Wir fragen doch unsere Gäste nicht, wohin sie gehen.«

Torres murmelte irgendwas auf Spanisch, riss sich dann aber zusammen. »Fragen Sie den Portier. Vielleicht hat er für sie ein Taxi gerufen und die Adresse aufgeschnappt.«

Der Manager nickte energisch, und als er aus dem Zimmer fegte, schien er erleichtert, wegzukommen.

Karen beobachtete Torres, der durch den Raum ging und vermutlich nachsah, ob ihm irgendetwas ungewöhnlich vorkam.

Er drehte sich zu ihr um. »Ihre Sachen sind noch da. Sie hat also vorgehabt, wiederzukommen.«

Karen zuckte bei dem Wort »vorgehabt« zusammen. Es klang, als wäre er sicher, dass ihr irgendetwas Schlimmes zugestoßen war.

»Es deutet nichts auf einen Kampf hin«, fuhr er fort und begann, auf und ab zu laufen.

»Wir könnten bei ihrem Großvater nachfragen«, schlug Karen vor. Dann zögerte sie, ehe sie hinzufügte: »Und bei ihrem Freund, Eric Fisher.«

Torres runzelte die Stirn. Als er sah, dass Karen das mitbekam, wandte er sich rasch ab. Verdammt, dachte er, nach all den Jahren beim Morddezernat sollte er eigentlich wissen, dass es besser war, sich nicht emotional auf einen Fall einzulassen.

*Auf einen Fall? Oder auf eine Frau, die mit einem Fall zu tun hat?*

Torres' Handy klingelte. Es war sein Partner.

»Wir haben was rausgefunden über den Ring, den unser geheimnisvoller Liebhaber auf dem kompromittierenden Foto mit dem Opfer trägt«, sagte Miller. »Es ist derselbe Ring wie der, den der Fahrer des roten MG trägt, aus dem das Opfer ausgestiegen ist. Dank der Wunder des Computerzeitalters haben wir von dem guten Stück auf beiden Fotos eine super Vergrößerung bekommen.«

»Und?«, drängte Torres ungeduldig, während Karen, die nur seine Seite des Gesprächs mitbekam, ihn ängstlich beobachtete. War Peri womöglich etwas zugestoßen?

»Es ist ein Highschoolring. Riverton School, um genau zu sein. Das ist eine piekfeine Privatschule hier in der Stadt. East 83rd, Höhe Madison. Sieht aus wie Abschlussjahr 1985, ist aber nicht genau zu erkennen. Ich habe jemanden zu der Schule geschickt, um das Schülerregister zu besorgen. Vielleicht kommt uns ja irgendein Name bekannt vor.«

»Was ist mit der Staatsanwaltschaft? Hast du Wilson erreicht?«

»Wilson ist heute nicht zur Arbeit erschienen. Und noch was: Gestern ist eine Autobombe vor dem Polizeilagerhaus hochgegangen, wo das López-Material aufbewahrt wird.«

»Scheiße. Hat jemand in dem Wagen gesessen?«

»Sieht so aus, wird aber noch 'ne Weile dauern, bis wir genau wissen, wer.«

»Denkst du, was ich denke, Tommy? Dass Wilson in dem Wagen saß?«

»Ich halte es durchaus für möglich.«

Karen konnte die Spannung nicht mehr ertragen. »Was ist denn? Gibt es irgendwas Neues?«

Torres nickte. »Moment mal, Tommy.« Er erzählte ihr rasch, was er erfahren hatte. Karen wurde übel bei der Vorstellung, dass es womöglich Kevin Wilson war, der bei der Autoexplosion ums Leben gekommen war. Das war ihre Schuld. Sie hatte Kevin in die Sache reingezogen. Und jetzt … jetzt war er deswegen sehr wahrscheinlich tot.

Sie riss sich wieder zusammen, als Torres sie fragte, ob sie irgendjemanden kannte, der die Riverton School besucht hatte. Sie schüttelte den Kopf.

Torres wandte sich wieder dem Telefonat mit seinem Partner zu. »Oberstaatsanwalt Jimmy Anderson muss uns umgehend die Herausgabe des Beweisstücks im Polizeilagerhaus genehmigen. Jetzt wird er uns wohl kaum noch Steine in den Weg legen. Wenn wir Glück haben, enthält es Genmaterial für eine DNA-Analyse.« Er stockte und fügte dann hinzu: »Und halte dich schön bedeckt. Wir haben schon genug Tote.«

»Mach ich«, sagte Miller. »Ach ja, und der Dealer, nach dem du suchst? Flores? Den hab ich gefunden. Sitzt in Untersuchungshaft. Wollte mit Koks dealen und wurde dabei erwischt. Ich hab ein bisschen mit ihm geplaudert, aber nichts aus ihm rausbekommen. Ich schätze, er überlegt es sich anders, wenn die Staatsanwaltschaft ihm einen Deal anbietet.«

»Halt mich auf dem Laufenden.« Torres stockte kurz. »Peri Gold ist verschwunden. Ich kümmere mich darum, aber wenn du irgendwas erfährst …«

»Ja, schon klar«, sagte Miller.

»Kommen Sie«, sagte Torres zu Karen, nachdem er das Telefonat beendet hatte.

»Moment noch. Ich rufe rasch meinen Privatdetektiv an und frage, ob er den anderen Augenzeugen, Isaac Washington, ausfindig gemacht hat.«

»Falls nicht, setze ich jemanden drauf an«, sagte Torres, während Karen bereits die Tasten an ihrem Handy drückte.

»Schlechte Nachrichten«, sagte John als Erstes, als Karen hallo sagte. »Washington ist tot.«

»Verdammt. Wie? Wann?« Sie warf Torres einen verstörten Blick zu.

»Vor rund zehn Jahren. Gehirntumor.«

»Alles klar, danke, John.«

»Hören Sie, Karen, ich lasse einen meiner Leute bei Ihrer

Tante. Ich dachte, ich fahr noch mal ins Lager und durchforste weiter die Unterlagen Ihres Vaters. Vielleicht finde ich ja noch mehr.«

»Gute Idee«, sagte Karen.

Kaum waren Karen und Torres aus dem Fahrstuhl in die Lobby getreten, da kam der nervöse Hotelmanager auf sie zugeeilt. »Der Portier hat Ms Gold heute Morgen tatsächlich weggehen sehen. Aber er hat ihr kein Taxi rangewinkt. Sie ist ein kurzes Stück die Straße runter und hat dann selbst eins angehalten.«

»War sie allein?«, fragte Torres.

»Ja.«

»Wo ist der Portier?«

Der Manager deutete zum Eingang, wo der livrierte Mann stand.

Leider hatte der Portier nur wenig hinzuzufügen. Die junge Frau hatte ihm keinerlei Beachtung geschenkt, als sie herauskam, aber sie war ihm nicht sonderlich aufgebracht oder verängstigt vorgekommen. »Sie wirkte eher so, als wollte sie dringend irgendwohin«, sagte er.

Na toll, dachte Torres bedrückt. Was hatte sie vorgehabt?

»Vielleicht besucht sie wieder ihren Vater im Gefängnis?«, spekulierte Karen. »Das würde erklären, warum sie auf dem Handy nicht zu erreichen ist. Sie wird es abgegeben haben, ehe sie zu ihm durfte, und hat es vermutlich ausgeschaltet.«

Auch Torres hatte bereits mehrmals Peris Nummer gewählt, und jedes Mal war ihre Mailbox angesprungen. Schon allein der Klang ihrer Stimme bei der Ansage hatte eine Wirkung auf ihn. Peri Gold alias Pilar López war ihm unter die Haut gegangen.

Torres rief im Upstate an, wo er erfuhr, dass Peri nicht dort war, um ihren Vater zu besuchen. Zudem teilte man ihm mit, dass López in der Nacht Fieber bekommen hatte und seine Nieren schlechter arbeiteten, so dass man ihn doch auf der Krankenstation behalten hatte. Das war eine schlimme Nachricht. Torres' Mutter war an Lungenkrebs gestorben, und kurz vor ihrem Tod hatten ihre Nieren versagt.

Scheiße, dachte Torres, wenn López starb, ehe dieser Fall gelöst war, würde Pilar das nie verwinden. Sie mussten sich beeilen, aber vor allem mussten sie dieser Mordserie ein Ende bereiten. Und zwar schnell.

Während Torres mit dem Gefängnisdirektor sprach, hatte Karen gleichzeitig mit ihrem Handy telefoniert.

»Ihr geht's gut«, sagte sie, als sie auflegte. »Sie ist bei Eric. Ihrem Freund.«

»Haben Sie sie erreicht?«

»Nein, aber ihren Großvater. Ich wette, Eric ist mit ihr zu sich nach Hause gefahren.«

»Wieso geht sie dann nicht an ihr Handy?«

Karen sah ihn wortlos an. Ihr Blick besagte, dass Peri vielleicht anderweitig zu beschäftigt war, um das Klingeln ihres Handys zu hören. Torres spürte, wie ihm heiß im Gesicht wurde, und er murmelte einen leisen Fluch auf Spanisch.

# 75

»Verflucht, Eric, dein Telefon ist tot«, sagte Peri frustriert.
Sie waren in dem behaglichen Wohnzimmer von Erics Cottage, und Eric machte gerade Feuer in dem Natursteinkamin, während Peri sich auf dem gobelinbezogenen Sofa zusammengerollt hatte, eine Decke über den nackten Füßen. Heftige Windböen peitschten den prasselnden Regen gegen die Fenster. Peri bereute, dass sie sich von Eric hatte überreden lassen, mit hierherzukommen. Sie klappte ihr Handy auf, wieder vergebens. Das Cottage lag Meilen außerhalb des Netzempfangs.
Eric schob sich neben sie aufs Sofa, hob ihren Kopf und legte ihn auf seinen Schoß. »Entspann dich, Liebling. Sobald das Mistwetter vorüber ist, fahren wir in den Ort und suchen ein funktionierendes Telefon. Auf ein paar Stunden kommt es jetzt auch nicht mehr an. So haben wir ein bisschen Zeit, zur Ruhe zu kommen und unsere Probleme mal zu vergessen.«
Peri blickte zu Eric hoch. »Was hast du denn für Probleme?«
Er lächelte zu ihr runter, strich ihr mit einer Hand das regenfeuchte Haar nach hinten. »Deine Probleme sind meine Probleme, Peri. Wenn du nicht glücklich bist, bin ich es auch nicht.«
Sie versuchte zurückzulächeln, aber es wollte ihr nicht ganz gelingen. »Du bist immer so gut zu mir.«
»Ich liebe dich mehr, als ich sagen kann.«
Im Augenblick kam ihr diese Liebe bloß wie eine Zwangsjacke vor.
»Hast du Hunger?«, fragte er sanft, während er weiter ihr Haar

streichelte. »Ich hab was im Gefrierfach und noch jede Menge Konserven.«
Peri setzte sich auf. »Ich such was raus. Ich muss mich irgendwie beschäftigen.« Sie wollte aufstehen, doch Eric umschloss ihr Handgelenk.
»Ich hätte da eine bessere Idee, wie du dich beschäftigen kannst«, raunte er verführerisch.
Peri schluckte schwer. Dachte er ernsthaft, ihr wäre nach Sex zumute? »Ich hab wirklich einen Riesenhunger, Eric. Ich habe den ganzen Tag nichts gegessen.«
Er lächelte ein bisschen enttäuscht, ließ aber ihr Handgelenk los. »Dann hol ich mal noch etwas Kaminholz aus dem Schuppen«, sagte er und stand auf.
»Gute Idee«, sagte Peri. Vor lauter schlechtem Gewissen schlang sie die Arme um seinen Hals und küsste ihn. Es war ein Kuss, der eher Dankbarkeit vermitteln sollte als Leidenschaft.
Sie sah zu, wie Eric sich eine Regenjacke überzog und mit einem Kaminholzkorb nach draußen ging. Dann probierte sie erneut das Festnetztelefon, doch es war noch immer tot. Frustriert ging sie in die Küche.
Erics renovierte Küche verströmte denselben Landhaus-Charme wie das Wohnzimmer. Rustikale Arbeitsplatten, buttergelb gestrichene Schränke, die mit Schleifspuren auf alt getrimmt waren, eine große weiße Porzellanspüle vor dem Fenster. Auf dem Fensterbrett standen dekorative, aber um diese Jahreszeit nicht bepflanzte Blumentöpfe, die sie mit Eric ausgesucht hatte. Hätte er ihr die Auswahl überlassen, hätte sie für ein Zehntel des Preises genauso hübsche Stücke gefunden, aber Eric bewertete Qualität nun mal nach Preis. Er wollte nur das Beste.
Wie oft hatte er ihr in all den Jahren gesagt, sie sei die Beste? Immer, wenn er das sagte, wurde ihr unbehaglich zumute. Es war, als würde Eric Scheuklappen tragen, was seine Liebe zu ihr anging. Er weigerte sich, sie als eine reale Person mit Stärken und Schwächen zu sehen. In seinen Augen war sie ohne jeden Makel. Erst jetzt wurde Peri klar, dass seine Sichtweise von ihr einer der Hauptgründe war, warum sie sich nie ganz an Eric binden konnte. Und es sehr wahrscheinlich auch nie tun würde, wie

sie sich schließlich gestand. Sie brauchte nun mal jemanden, der ihre Fehler wahrnahm und sie trotzdem liebte.

Als sie Eric gesagt hatte, sie habe Hunger, stimmte das nicht. Tatsache war jedoch, dass sie sich beschäftigen wollte. Sie öffnete einen Schrank und nahm eine Dose Gemüsesuppe und eine Packung Kräcker heraus. Etwas Suppe würde sie schon herunterbekommen.

Jetzt brauchte sie noch einen Topf und einen Dosenöffner. Wo die Töpfe standen, wusste sie, der Dosenöffner war dagegen nicht so leicht zu finden. Sie hatten nie viel gekocht, wenn sie hier gewesen war.

Die ersten zwei Schubladen enthielten Besteck und diverse Packungen mit Folien. Die dritte Schublade überraschte Peri. Anders als die ersten beiden, war sie erstaunlich chaotisch. Selbst der pingelige Eric Fisher hatte also eine Schublade, in die er einfach allen möglichen Krempel reinwarf. Sie schmunzelte.

Den Dosenöffner würde sie hier wohl kaum finden, aber Peris Neugier war geweckt, und sie fing an, darin herumzukramen. Alte Rechnungen, Kreditkartenquittungen, verwaiste Schlüssel, ein altes, abgegriffenes Telefonbuch, ein rostiges Schweizer Messer, eine ungeöffnete Packung Bilderhaken und noch etwas, ganz hinten.

Sie hätte den Gegenstand vielleicht nicht mal bemerkt, wenn sie sich nicht den Finger daran gestochen hätte. Vorsichtig zog sie ihn hervor. Es war ein schwerer goldener Ring – ein alter Highschoolring. Gestochen hatte sie sich an einer vorstehenden Goldfassung. Der Stein, der einmal in der Fassung gesteckt hatte, fehlte.

Doch der Stein auf der anderen Seite des Rings, ein ziemlich großer, rechteckiger Brillant, saß noch fest in seiner Fassung.

Es dauerte einen Augenblick, doch dann sah sie plötzlich wieder den winzigen Diamanten vor sich, der auf dem Teppich neben dem Bett ihrer Mutter geglitzert hatte.

Sie kniff die Augen zusammen und schüttelte den Kopf, während sie weiter auf den Ring starrte. Nein, das war verrückt. Allein der Gedanke …

Eric war noch ein Jugendlicher gewesen, als ihre Mutter ermordet wurde …

Na ja, eigentlich kein Jugendlicher mehr. Er war jetzt fünfundvierzig Jahre alt. Nur drei Jahre jünger als ihre Mutter wäre, wenn sie noch lebte.

Als ihre Mutter vor gut dreiundzwanzig Jahren ermordet wurde, war er immerhin schon zweiundzwanzig. Und war er damals nicht verheiratet gewesen? Oder erst später?

Eric – der Liebhaber ihrer Mutter? Absurd.

Aber nicht unmöglich.

Erics Dad war jahrelang der Finanzberater ihres Großvaters gewesen, ehe Eric das Zepter übernahm. Eric hätte ihre Mutter schon gekannt haben können, ehe sie heiratete. Da wäre er tatsächlich noch vergleichsweise jung gewesen. Vielleicht ein Teenager, der für eine schöne »ältere« Frau schwärmte …

»Hey.«

Als Erics Stimme am Eingang zur Küche ertönte, warf Peri den Ring erschrocken zurück in die Schublade und schloss sie rasch wieder. »Ich suche einen Dosenöffner.« Sie hörte ein leichtes Beben in ihrer Stimme und hoffte, dass Eric es nicht wahrnahm.

»Erste Schublade rechts neben der Spüle«, sagte er heiter. »Warte, lass mich das machen.«

Er hatte seine Regenjacke ausgezogen und ging lässig zu der Schublade neben der Spüle, holte den Dosenöffner heraus und hielt ihn triumphierend hoch. Dann bemerkte er, vor welcher Schublade Peri stand. »Oje, hoffentlich bist du nicht in Ohnmacht gefallen, als du die aufgemacht hast.«

Peri spürte, wie ihr ein wenig Farbe aus dem Gesicht wich, doch Eric grinste bloß.

»Hey, jeder darf sich wenigstens eine schlampige Ecke leisten.«

Peri brachte ein schwaches Lächeln zustande.

»Du siehst geschafft aus. Leg dich doch wieder auf die Couch und ruh dich aus. Das Kaminfeuer müsste jetzt schön warm sein.« Er warf einen Blick auf die Dosensuppe und die Packung Kräcker. »Mehr willst du nicht?«

»Ja, ich … ich schätze, ich bin eher müde als hungrig.«

Wenige Minuten später trug Eric ein Tablett mit zwei Schüsseln

Suppe, Kräckern, einer Flasche Wein und zwei Gläsern ins Wohnzimmer und stellte es auf den Couchtisch.
Peri richtete sich auf, als er neben ihr auf dem Sofa Platz nahm. Beim Anblick der Weingläser wurde ihr bang ums Herz. Sie sprachen kaum ein Wort, während sie die Suppe aßen. Eric krümelte ein paar Kräcker in seine, doch Peri brachte nur mit Mühe ein paar Löffel Suppe herunter.
»Wein?«, fragte er, als er den Burgunder entkorkte, mit Sicherheit ein edler Tropfen.
Sie schüttelte den Kopf.
Er goss sich ein großzügiges Glas ein.
Während sie auf dem Sofa neben Eric saß, spielte sie mit dem Gedanken, ihn zu fragen, ob er ihre Mutter gekannt oder überhaupt je gesehen hatte, als er noch ein Teenager war, doch die Worte wollten ihr nicht über die Lippen kommen.
»Herrlich, nicht?«, fragte er mit Blick auf die lodernden Flammen.
»Ja«, pflichtete sie geistesabwesend bei. Doch sie blickte nicht auf das Feuer, sondern starrte zum Fenster hinaus. Der Regen hatte nicht aufgehört, im Gegenteil, er schien noch heftiger geworden zu sein. Wie lange würde sie hier festsitzen, abgeschnitten von der Außenwelt? Abgeschnitten von Benito Torres, der sich bestimmt schon Sorgen machte, weil sie verschwunden und nicht zu erreichen war?
Peri war allein mit Eric in einem Cottage fast vier Meilen vom nächsten Ort entfernt, und allmählich gingen ihre Gedanken mit ihr durch.

# 76

Einer Mitarbeiterin vom Morddezernat war es gelungen, Dr. Thomas Blum ausfindig zu machen, den Psychiater, der im López-Prozess als Sachverständiger ausgesagt hatte. Er hatte sich inzwischen zur Ruhe gesetzt und wohnte in einem kleinen Ort in den Catskills. Sobald sie seine Adresse hatten, war es ein Leichtes, seine Telefonnummer herauszufinden.

Torres saß am Steuer, also rief Karen den Arzt an und stellte auf Lautsprecher, sobald der Rufton ertönte. Als nach dreimaligem Klingeln niemand dranging, warf Karen Torres einen enttäuschten Blick zu. Doch nach dem vierten Klingeln wurde abgenommen.

Eine kratzige Stimme sagte: »Hallo?«

»Dr. Blum? Dr. Thomas Blum?«, fragte Karen.

»Ja. Wer ist denn da?«

»Mein Name ist Karen Meyers, und ich habe das Telefon auf Lautsprecher geschaltet. Detective Torres von der New Yorker Polizei ist bei mir, und wir möchten Ihnen gerne ein paar Fragen über Alison Gold und ihre Tochter Peri stellen, die beide als Teenager bei Ihnen in Behandlung waren. Vor gut dreißig Jahren haben Sie Alison behandelt. Etwas über dreiundzwanzig Jahre ist es her, dass Sie ihre siebenjährige Tochter Peri untersucht haben, ob sie stabil genug sei, im Prozess ihres Vaters auszusagen, der angeklagt war, seine Frau Alison ermordet zu haben. Sie selbst haben in dem Prozess als Sachverständiger ausgesagt. Später dann haben Sie Peri als Teenager behandelt. Das muss rund fünfzehn Jahre her sein.«

Schweigen am anderen Ende.
»Erinnern Sie sich an Alison oder Peri, Dr. Blum?«, hakte Karen nach.
»Tut mir leid, ich kann Ihnen nicht helfen. Ich unterliege der Schweigepflicht, wie Sie sicherlich wissen.«
»Ja, aber die Staatsanwaltschaft hat Sie in den Zeugenstand gerufen und Sie haben zu Protokoll gegeben, dass Sie Alison als depressiv und zornig diagnostiziert haben, zornig vor allem auf ihren Vater und ihre Stiefmutter. Sie haben ausgesagt, dass ihre Schwangerschaft und ihre Heirat vermutlich rebellische Reaktionen –«
»Dr. Blum«, fiel Torres Karen ins Wort. »Peri Gold ist verschwunden, und wir haben Grund zu der Annahme, dass sie in Gefahr sein könnte. Wir haben im Fall López die Ermittlungen wieder aufgenommen, und die Beweise verdichten sich, dass Peris Vater unschuldig ist. Auch Peri denkt das inzwischen. Wir brauchen Ihre Hilfe.«
Der Psychiater räusperte sich. »Ich wüsste nicht, was ich Ihnen über Alison noch mehr sagen kann als das, was ich damals im Prozess ausgesagt habe.«
»Was ist mit Peri?«, sagte Karen. »Sie hat mir erzählt, Sie hätten sie hypnotisiert. Können Sie sich erinnern, was sie Ihnen unter Hypnose erzählt hat?«
»Meine Güte, Sie fragen mich da nach einer Patientin, die ich vor fünfzehn Jahren behandelt habe. Ich praktiziere nicht einmal mehr. Ich habe meine Patientenunterlagen ad acta gelegt –«
»Können Sie sich denn an gar nichts erinnern, was uns helfen könnte?«, fragte Karen mit flehendem Unterton.
Wieder Schweigen, diesmal ein wenig länger. »Ich kann mich erinnern, dass Peri häufig Albträume hatte. Darüber hat sie auch ohne Hypnose gesprochen.«
»Albträume über den Mord?«, fragte Torres.
»Ja, das auf jeden Fall.«
»Aber auch andere Albträume?«
Der Psychiater nieste.
»Gesundheit«, sagte Karen automatisch.
»Entschuldigung, ich bin erkältet.«

»Sie wollten gerade sagen, dass Peri noch andere Albträume hatte«, behauptete Torres.
»An vieles erinnere ich mich nicht mehr. Es ist schon so lange her. Aber Peri Gold war ein ganz besonderer Fall. Ich hatte nie zuvor das Kind einer Ermordeten behandelt, die ebenfalls Patientin von mir gewesen war. Für Peri war es eine Katastrophe, dass ihr Vater des Mordes an ihrer Mutter schuldiggesprochen worden war. Ich erinnere mich auch deshalb gut an die Familie, weil es das erste Mal war, dass ich als Sachverständiger in einem Mordfall aussagen musste. Das erste und das letzte Mal«, fügte er hinzu.
»Peri ist Ihnen also im Gedächtnis geblieben«, sagte Torres.
»Ja, mehr als die meisten meiner Patienten.«
»Können Sie sich an irgendwelche anderen Albträume erinnern, die sie hatte?«
»Ja, manches kommt mir jetzt wieder in den Sinn. An einen Albtraum, den sie immer wieder hatte, erinnere ich mich, glaube ich. Es ging um einen Mann ... nein, einen Jungen ... ja, sie hat ihn als Teenager bezeichnet, der sie mit einem Messer die Straße hinunterjagt, wo sie wohnt. In dem Traum war sie ein Kind. Und sie rennt und rennt, bis sie zu Hause ist. Er verfolgt sie die Treppe hoch, und sie hat panische Angst, dass er sie umbringt, ehe sie es in die Wohnung schafft, wo ihre Mutter sie beschützen wird.« Er stockte.
»Und schafft sie's?«, fragte Karen, selbst ein bisschen atemlos.
»Ja, und ich glaube, das war der schlimmste Teil des Traums. Kaum ist sie sicher in der Wohnung, da bricht der Teenager die Tür auf und geht wieder mit dem Messer auf sie los.« Er hielt erneut inne, doch diesmal warteten Torres und Karen ab.
»Ihre Mutter ist zu Hause, und sie stellt sich schützend vor Peri. Doch der Teenager greift trotzdem an. Und statt Peri zu erwischen, die sich hinter ihrer Mutter versteckt, sticht er mit dem Messer auf die Mutter ein.« Dr. Blum seufzte schwer. »An dem Punkt ist sie immer in Schweiß gebadet aufgewacht und konnte nicht wieder einschlafen.«
»Hat sie den Teenager beschrieben?«, fragte Torres.
»Ich ... ich glaube nicht ... Moment, doch, irgendwas hat sie gesagt. Er ... ich glaube, sie hat gesagt, dass er eine Uniform trug.«

»Eine Uniform«, sagten Torres und Karen wie aus einem Munde.
»Keine Militär- oder Polizeiuniform. Sie meinte eine Schuluniform. Von einer Privat- oder Konfessionsschule. An Farben oder so kann ich mich nicht erinnern. Eins weiß ich aber noch genau: Als sie mir den Traum erzählte, wollte sie ihn nicht analysieren lassen oder richtig drüber nachdenken, was er bedeuten könnte. Sie sagte, die Albträume würden mit der Zeit schon aufhören, und dann hat sie rasch das Thema gewechselt, meist über ihren Großvater und seine Frau geklagt. Wie hieß die noch gleich?«
»Debra«, sagte Karen.
»Ja, genau. Debra. Peri war Debra gegenüber sehr feindselig eingestellt. Und sie hatte das Gefühl, dass ihr Großvater immer Debras Partei ergriff.« Er musste husten.
Als er aufgehört hatte, sagte Karen: »Was hatte der Traum Ihrer Meinung nach zu bedeuten, Dr. Blum?«
»Tja, da kann ich leider nur spekulieren. Zumal Peri sich weigerte, gewisse Einzelheiten mit mir genauer unter die Lupe zu nehmen, nicht mal unter Hypnose – ich glaube, sie hat sich dagegen gesträubt.«
»Aber Traumdeutungen sind doch Teil Ihrer Arbeit.«
»Allerdings.« Der Psychiater schwieg einen Augenblick. »Ich bin überzeugt, dieser Albtraum hatte einen realen Hintergrund. Ich glaube, dass Peri einen Jungen im Teenageralter gekannt hat oder ihm zumindest begegnet war. Und dass sie diesen Jugendlichen als Gefahr oder als Bedrohung wahrgenommen hat.«
»Für sie oder ihre Mutter?«, fragte Karen.
»Vielleicht für beide.« Er hustete erneut stark und sagte, er müsse wirklich zurück ins Bett und dass er hoffe, behilflich gewesen zu sein. Er legte auf, ehe Karen und Torres noch weitere Fragen stellen konnten.
»Wir haben einen Ring von einer privaten Highschool und wissen, dass Peri einen wiederkehrenden Albtraum hatte, in dem ein Jugendlicher sie mit einem Messer verfolgte«, sagte Torres, mehr zu sich als zu Karen. Er rief Miller an. »Hast du schon die Schülerliste von der Riverton School?«

»Nein, noch nicht.«
»Okay, ich bin unterwegs zu der Schule. Ich müsste in fünfzehn Minuten da sein.«
Als er auflegte, sagte Karen: »Ich komme mit rein.«
Er schaffte es in weniger als zehn Minuten. Ein uniformierter Officer war im Schulsekretariat und sprach mit der Sekretärin. Er warf Torres einen Blick zu und zuckte frustriert die Achseln. Offenbar hatte er keinen Erfolg gehabt.
Torres trat neben ihn und zückte seine Dienstmarke. »Wir ermitteln in einem Mordfall. Ich muss das Schülerregister von 1985 einsehen«, sagte er schroff.
Die Sekretärin, eine Frau mittleren Alters, sah aus, als fühle sie sich nicht wohl in ihrer Haut. »Ich spreche mit dem Schulleiter.«
Eine Minute später kam sie wieder und erklärte Torres und Karen, die sie offenbar auch für eine Polizistin hielt, dass Schulleiter Lawrence Carter sie beide in seinem Büro erwarte.
Lawrence Carters großes Büro erinnerte an eine Bibliothek. Die Riverton School war in einer Ende des 19. Jahrhunderts erbauten ehemaligen Villa untergebracht, daher hatte sich in diesem Raum vielleicht tatsächlich einmal die Bibliothek des Hauses befunden. Der Schulleiter war ein kleiner Mann mit schütterem Haar. Er trug einen tadellos sitzenden dunkelblauen Anzug und erinnerte Karen irgendwie an einen Bestatter. Er stand auf und begrüßte sie freundlich mit einem vornehmen britischen Akzent. »Ich bin gerne bereit, der Polizei behilflich zu sein, aber ich würde vorher gern wissen, inwiefern unsere Schule etwas mit einem Mordfall zu tun haben soll.«
»Nicht Ihre Schule, aber womöglich ein früherer Absolvent«, sagte Torres in einem Ton, der bei weitem nicht so herzlich war. Die Ungeduld in seiner Stimme war unüberhörbar, als er verlangte, auf der Stelle die Schülerlisten des '85er Abschlussjahrgangs einsehen zu dürfen.
Der Schulleiter nickte und ging zu einem Bücherregal, in dem die Schuljahrbücher bis zurück zum Gründungsjahr der Schule, 1930, aufgereiht waren. Er zog das Buch von 1985 heraus und reichte es Torres.

»Vielleicht können Sie damit anfangen, während ich die Schülerliste für Sie ausdrucken lasse.«
Torres brummte sein Einverständnis, setzte sich dann ohne Umschweife auf ein Sofa und fing an, das Jahrbuch durchzublättern. Karen nahm neben ihm Platz und blickte auf all die Namen und Fotos auf jeder Seite. Da Riverton eine reine Jungenschule war, konnten sie kein Foto auslassen.
»Sie tragen alle Schuluniform. Blauer Blazer, weißes Hemd, Krawatte«, sagte Karen. Bei ihrem Eintreffen war der Unterricht schon zu Ende gewesen, daher hatten sie keine Schüler mehr gesehen.
Torres blätterte weiter und fuhr mit dem Zeigefinger über die Namen. Falls Karen ein Name bekannt vorkäme, so dachte er sich, würde sie es schon sagen.
Sie waren gerade bei F angelangt, als der Schulleiter mit einem Ausdruck der Schülerliste wiederkam. Torres legte Karen das Buch auf den Schoß und nahm die Liste.
»Hier«, sagte Torres zu Karen. »Hiermit geht's schneller.«
Aber Karen hörte ihn nicht. Auf der zweiten Seite des Buchstabens F hatte sie einen Namen entdeckt, den sie kannte. »Mein Gott«, murmelte sie heiser. »Sehen Sie mal.«
Sie deutete mit einem zittrigen Finger auf den Namen Eric Fisher.
Torres betrachtete das dazugehörige Foto. Es zeigte einen ausgesprochen gut aussehenden Achtzehnjährigen mit hellbraunem Haar, dunkelbraunen Augen und einem selbstsicheren Lächeln.
»Natürlich sieht er heute wesentlich älter aus, aber ich erkenne ihn sofort«, sagte Karen.
Torres starrte weiter auf das Foto. Das also war Peris Freund, der Mann, mit dem sie seit Jahren zusammen war. War es wirklich möglich, dass er auch mit Peris Mutter etwas gehabt hatte, ein Liebesverhältnis oder eine Affäre? Es sah auf jeden Fall so aus, als wäre Eric Fisher der Mann, der den Riverton-Ring sowohl auf dem kompromittierenden Foto mit Alison López als auch auf dem früheren Foto der beiden trug. Dennoch, Torres rief sich in Erinnerung, dass das noch kein Beweis dafür war,

dass Fisher seine Geliebte ermordet hatte. Aber es lag durchaus im Bereich des Möglichen. Daher machte ihn der Gedanke, dass Peri im Augenblick mit Fisher zusammen war, ausgesprochen nervös.

Er nahm Karen das aufgeschlagene Buch vom Schoß und gab ihr die Liste. »Überprüfen Sie, ob Ihnen noch andere Namen bekannt vorkommen«, befahl er knapp.

Eine Minute später legte sie die Liste hin und schüttelte den Kopf.

Lawrence Carter war neben der Couch stehen geblieben. Torres blickte zu ihm hoch. »Erinnern Sie sich an Eric Fisher?«

Carter nickte. »Er hat seinen Abschluss in dem Jahr gemacht, als ich Schulleiter wurde.«

»Sie wissen nicht zufällig, ob er damals schon ein Auto hatte?«

Der Schulleiter hob die Augenbrauen. »O doch, er hatte ein Auto. Einmal hat er es auf meinem Parkplatz vor der Schule abgestellt. Ich musste ihn in mein Büro zitieren und ihn bitten, woanders zu parken.«

»Können Sie sich auch noch erinnern, was das für ein Auto war?«

»Ich bin Autonarr, Detective. Es war ein roter MG, Baujahr 1961, genauer gesagt, ein MG 1600 Mk II. Top gepflegt.«

# 77

Eric war auf der Couch eingeschlafen. Peri stand leise auf, um ihn nicht zu wecken, und streckte sich. Der Regen schien langsam nachzulassen. Sie überlegte, ob sie Eric nicht doch wecken sollte, um mit ihm in den Ort zu fahren und nach einem Telefon zu suchen, aber er schlief tief und fest, und sie wollte ihn nicht stören. Da sie mit einem Schaltwagen nicht klarkam, saß sie hier fest.

Sie würde ihn noch ein bisschen schlafen lassen. Ruhelos, wie sie war, ging sie in die Küche, um den Abwasch zu machen. Die Flasche Wein auf dem Tablett war fast leer, und da sie selbst nur einen kleinen Schluck davon getrunken hatte, war Eric wahrscheinlich nicht nur erschöpft, sondern auch ein bisschen betrunken gewesen.

Sie spülte das Geschirr, trocknete alles ab und räumte es weg. Dann überkam sie der Drang, sich noch einmal den Ring anzuschauen, und sie zog die Schublade auf. Er lag jetzt ganz vorn, weil sie ihn einfach hineingeworfen hatte, als Eric hereingekommen war. Wahrscheinlich wusste er gar nicht mehr, dass der Ring da war. Sie nahm das Schmuckstück heraus, betrachtete es, fuhr mit dem Finger über den rechteckigen Diamanten und dann etwas behutsamer über die leere Fassung, die einst den passenden kleineren Brillanten gehalten hatte.

Eric musste siebzehn oder achtzehn gewesen sein, als er den Ring bekommen hatte, in den das Jahr seines Abschlusses an der Riverton School eingraviert war: 1985. Sie versuchte, sich zu erinnern, ob er den Ring getragen hatte, als sie ihn nach ihrem

Abschluss an der Columbia kennenlernte. Nein. Nein, da trug er den Ring, den er noch heute trug – einen dicken, klobigen Goldring, der ihn bestimmt mehrere tausend Dollar gekostet hatte.

Sie drehte den Ring gedankenverloren in der Hand. Irgendetwas daran ließ ihr keine Ruhe. Nicht bloß der fehlende Diamant. Da war noch was. Der Ring kam ihr seltsam vertraut vor. Als hätte sie ihn vor langer Zeit gesehen.

Ihre erste Begegnung mit Eric musste sehr viel früher gewesen sein als nach ihrem Uniabschluss. Hatte er den Ring da getragen? Als sie auf die Beekman School ging, hatte der Fahrer ihres Großvaters sie oft abgeholt und zu einem von Morris' Restaurants gebracht. Hauptsächlich weil Debra, die leidenschaftlich gern shoppen ging, selten zu Hause war und ihr Großvater nicht wollte, dass seine Enkelin ein Schlüsselkind wurde. Oder aber, wie sie damals glaubte, weil er Angst hatte, sie würde weglaufen. Sie hatte sich das oft vorgestellt und überlegt, wo sie hinkönnte, damit Morris sie nicht finden würde. Und dann hatte die noch schlimmere Angst gesiegt, dass sie in dem Fall ganz allein wäre.

Peri konzentrierte sich wieder auf den Ring. Und auf Eric. Plötzlich fiel es ihr wieder ein. Eines Nachmittags, sie meinte, es war im Pearl's, hatte ihr Großvater sie Erics Vater vorgestellt, der zu der Zeit sein Finanzberater war. Peri hätte die Begegnung vielleicht völlig vergessen, wenn da nicht der ungemein attraktive junge Mann gewesen wäre, der neben dem Finanzberater saß und die Speisekarte studierte. Er sah aus wie ein Filmstar. Wie sich herausstellte, war er der Sohn des Finanzberaters, Eric, und als er ihr vorgestellt wurde, würdigte er sie kaum eines Blickes. Damals musste er Anfang zwanzig gewesen sein.

Peri hatte immer wieder zu Eric hinübergeschielt, während sie an einem leeren Tisch saß und Hausaufgaben machte. Er hatte wirklich wie ein Schauspieler ausgesehen, den sie von irgendwoher kannte, aus dem Kino oder dem Fernsehen. Doch sie hatte aufgeschnappt, wie Erics Dad Morris erzählte, dass Eric gleich nach dem Studium in die Firma einsteigen würde.

Er war also doch kein Promi. Woher rührte dann das komische

Gefühl, ihn schon mal gesehen zu haben? Er jedenfalls gab in keiner Weise zu erkennen, dass er sie kannte. Er wirkte gelangweilt, ein bisschen mürrisch, und er hatte sich wieder halbherzig der Speisekarte gewidmet.
Komisch, dass ihr die Begegnung erst heute wieder eingefallen war. Auch Eric hatte offenbar keinerlei Erinnerung mehr daran. Keinerlei Erinnerung an sie, Peri.
Wieder blickte sie auf den Highschoolring in ihrer Hand. Wieso kam er ihr bekannt vor? Hatte Eric ihn an dem Tag im Pearl's getragen? War ihr der Ring aufgefallen, als Eric die Speisekarte hielt? Vielleicht hatten die Diamanten gefunkelt …
Plötzlich fühlte sich Peris Kehle an wie ausgetrocknet. Sie musste sich mit einer Hand auf der Arbeitsfläche abstützen. Sie schloss die Augen, um sich irgendetwas deutlicher in Erinnerung zu rufen. Einen Traum? Eine Erinnerung?
Was? Was?
Und dann auf einmal war es so, als würde sie einen Film sehen. Einen Film, in dem sie die Hauptrolle spielte.

*Es ist Abend, später Abend. Das kleine Mädchen Pilar erwacht aus einem Albtraum. Sie muss um die sechs Jahre alt sein, zu alt für böse Träume, wir ihre Mutter ihr immer sagt. Pilar steht auf – sie ist nassgeschwitzt –, es ist ein heißer Juliabend. Neben dem Bett steht ein Glücksbärchi-Wecker. Auf dem ist es 10:13. Eine Unglückszahl. Pilar ist abergläubisch. Genau wie ihre Nana. Sie will ihre Mutter nicht wecken, die würde sie sowieso bloß wieder ins Bett schicken. Ihr Vater hätte mehr Verständnis, er kommt meistens mit in ihr Zimmer und liest ihr was vor. Aber heute muss er bis Mitternacht arbeiten.*
*Pilar schleicht ins Wohnzimmer. Sie weiß, wie tief ihre Mutter schläft, und denkt, sie könnte heimlich ein bisschen Fernsehen schauen, vielleicht irgendeinen lustigen Film, der ihre Angst vertreiben würde. Dann könnte sie anschließend wieder ins Bett kriechen und einschlafen, ehe ihr Vater von der Arbeit kommt.*
*Auf der Couch liegt ein Haufen Sachen – Anziehsachen. Anziehsachen, die Pilar nicht kennt. Eine Jacke, ein Hemd, eine Krawatte. Sie hebt die Jacke hoch, ein blauer Blazer. Irgendwas fällt zu Boden, macht pling, als es auf das Holz schlägt. Sie tastet danach, findet es*

*unter dem Sofa und nimmt es. Sie knipst eine Lampe an und sieht es sich an. Und dann kommt aus dem Schlafzimmer ihrer Eltern ein Geräusch. Sie macht rasch das Licht aus, legt den Ring wieder auf die Anziehsachen und duckt sich hinter die Couch. Ihre Mutter würde schimpfen, wenn sie sieht, dass sie aufgestanden war.*
*Schritte. Pilar macht sich noch kleiner. Dann geht die Schlafzimmertür auf. Es ist fast Vollmond, der einen schwachen Schein ins Wohnzimmer wirft, und Pilar betet, dass ihre Mutter nicht ins Wohnzimmer kommen und sie entdecken würde.*
*Sie hört die Stimme ihrer Mutter. »Was ist denn?« Doch ihre Stimme kommt von weiter hinten aus dem Schlafzimmer.*
*Dann eine Männerstimme, nicht die Stimme ihres Vaters. »Nichts. Ich dachte, ich hätte was gehört.«*
*»Du gehst jetzt besser.« Die Stimme ihrer Mutter.*
*»Noch nicht.«*
*Pilar kann nicht widerstehen, einen kurzen Blick zu riskieren, ehe der Mann zurück ins Zimmer geht. Er ist nackt. Er hat zerzaustes blondes Haar. Und ... und er sieht aus wie ein Junge, ein Teenager, nicht wie ein Mann.*
*Dann dreht er sich um, verschwindet im Schlafzimmer und schließt die Tür. Pilar, völlig verwirrt darüber, was ein nackter Junge im Schlafzimmer ihrer Eltern macht, huscht zurück ins Bett.*
*Am nächsten Morgen kann Pilar es sich nicht verkneifen, ihre Mutter zu fragen, wer der Junge war, der am Abend bei ihr gewesen war. Ihre Mutter lacht und sagt, es wäre niemand bei ihr gewesen, Pilar hätte wohl wieder einen ihrer Träume gehabt ...*
*Pilar nickt. Ja, ihre Mutter hat bestimmt recht. Alles anderes wäre verrückt. Was sollte ein nackter Junge im Schlafzimmer ihrer Eltern zu suchen haben? Pilar ist natürlich nie auf den Gedanken gekommen, dass ihre Mutter zu der Zeit auch noch sehr jung ist, knapp vierundzwanzig.*

Weitere Erinnerungen kamen Peri in den Sinn: der wiederkehrende Albtraum, der nach dem Mord an ihrer Mutter anfing, kurz nachdem sie zu Morris und Debra gezogen war – der Albtraum, von dem sie Dr. Blum erzählte, der Albtraum von dem Teenager in der Schuluniform, der sie mit dem Messer ver-

folgte, bis in ihre Wohnung, auf ihre Mutter einstach, hinter deren Rock sie sich versteckte …
Peri schreckte zusammen, als sie Erics Stimme hinter sich hörte. Sie schwang herum, den Ring fest in der Faust, obwohl sich die scharfkantige Fassung in ihr Fleisch drückte. Die Schublade stand noch offen, aber ihr Körper versperrte Eric den Blick darauf.
»Hey, schlechte Nachricht.«
»Was?« Peri sah, dass er seine Jacke anhatte und sie feucht war.
»Ich war gerade draußen und wollte den Motor anlassen, und er ist tot.«
*Tot.* Das Wort hallte in Peris Kopf nach.
»Aber … das kann nicht sein. Der ist doch tadellos gelaufen auf der Fahrt hierher.«
»Vielleicht ist die Batterie feucht geworden und muss bloß wieder trocknen.« Eric öffnete den Reißverschluss seiner Jacke. Erst dann schien er sie richtig wahrzunehmen. »Alles in Ordnung mit dir?«
»Ja. Wieso?«
»Du siehst so blass aus.« Er blickte hinüber zu dem jetzt leeren Tablett auf der Arbeitsplatte. Sie nutzte die Ablenkung, um die Schublade zu schließen. »Du hättest nicht spülen müssen. Das wollte ich machen.«
»Kein Problem. Versuch doch noch mal, den Wagen wieder in Gang zu bringen.« Sie hatte noch immer den Ring in der Hand, hoffte, ihre Stimme würde den Abscheu nicht verraten, den sie empfand. Dieser Mann, mit dem sie seit fast sechs Jahren zusammen war und schlief, den sie heiraten wollte – war der Liebhaber ihrer Mutter gewesen. Sie presste die Hand fester zu, wollte den Schmerz spüren, den die leere Fassung verursachte. Der Diamant, der an dem Ring fehlte, könnte der gewesen sein, den sie auf dem blutbefleckten Teppich gesehen hatte …
War Eric mehr gewesen als der Liebhaber ihrer Mutter?
»Mach ich später. Wie wär's mit einer Partie Scrabble oder so? Damit du auf andere Gedanken kommst.«
»Eigentlich … hab ich gedacht, ich leg mich ein bisschen ins Bett.« Sie musste weg von ihm. Sie konnte nicht mal mehr seinen Anblick ertragen.

Er lächelte, spürte ihren Ekel anscheinend nicht. »Klingt vielversprechend.«
»Ich meine … allein, Eric. Ich brauch einfach ein bisschen Zeit für mich.«
Er wirkte alles andere als froh über ihre Entscheidung, und ein paar Sekunden lang dachte Peri, er würde nicht so leicht aufgeben. Falls er Einwände erhob, würde sie wahrscheinlich ausrasten. Sie war schon jetzt ganz kurz davor.
Aber er zuckte bloß die Achseln. »Okay, dann setz ich mich ins Wohnzimmer und lese. Sag Bescheid, wenn du was brauchst.«
»Versuch doch bitte noch einmal, den Wagen in Gang zu bringen, und weck mich, wenn er wieder läuft, ja? Ich möchte wirklich möglichst bald in den Ort.«
»Klar, ich sag dir Bescheid.« Er ging zu ihr und gab ihr einen leichten Kuss auf die Lippen. Sie biss schaudernd die Zähne zusammen. »Schlaf schön, Liebling.«
Peri eilte ins Schlafzimmer und schloss die Tür ab. Dann sah sie sich in dem Raum um, der groß, aber gemütlich war, wie der Rest des Cottage, teuer eingerichtet im Shabby-chic-Stil. Eher Peris Geschmack als Erics, der ihr weitestgehend die Gestaltung des Zimmers überlassen hatte.
Sie legte sich aufs Bett. Wenige Minuten später stand sie jedoch wieder auf, zerwühlte die Decke und warf ein paar von den Designerkissen auf den Boden, damit es so aussah, als hätte sie darin geschlafen.
Dann schlich sie zu dem begehbaren Wandschrank, weil ihr eingefallen war, dass Eric dort einige alte Kartons aufbewahrte. Sie wusste nicht mal, wonach sie eigentlich suchte, verspürte nur den unwiderstehlichen Drang, mehr herauszufinden.
Der Wandschrank war ziemlich groß und mit einer Lampe ausgestattet. Peri schloss die Schranktür, damit Eric kein Licht unter der Schlafzimmertür sehen würde, und machte sich an die Suche. In der hintersten rechten Ecke sah sie drei mittelgroße Kartons gestapelt. Der oberste Karton hatte ein Etikett mit der Aufschrift ERICS TROPHÄEN. Der interessierte sie nicht und sie verschob ihn so weit, dass sie das Etikett auf dem darunter lesen konnte: FOTOS VON ELTERN. Es hatte viel-

leicht mal eine Zeit gegeben, wo sie sich für diese Fotos interessiert hätte, wo sie sich neben Eric gesetzt und sich von ihm etwas über seine Familie hätte erzählen lassen. Sie hatte Erics Mutter nie kennengelernt. Mrs Fisher war an einem Herzinfarkt gestorben, als Eric noch ein Junge war. Vielleicht hatte sie sich auch deshalb zu ihm hingezogen gefühlt, weil sie beide keine Mutter mehr hatten. Sie fröstelte, obwohl es warm im Wandschrank war. Peri schob den Karton beiseite.
Der unterste Karton war mit FOTOS VON ERIC beschriftet. Er war mit Packband zugeklebt, und Peri zog ihn unter den beiden anderen hervor und stellte ihn oben drauf. Dann riss sie das Packband ab und öffnete ihn. Sie musste viele Stapel Fotos durchsehen, ehe sie fündig wurde. Ein Teil von ihr hatte inständig gehofft, dass es nicht Eric gewesen war, den sie damals in der Schlafzimmertür ihrer Eltern gesehen hatte, dass sie sich getäuscht hatte, dass es nur ein böser Traum gewesen war oder ihre Phantasie ihr einen Streich gespielt hatte.
Die Tränen strömten ihr lautlos übers Gesicht, während sie auf den kleinen Stoß Fotos blickte, die von einem Gummiband zusammengehalten wurden. Fotos von Eric mit Alison López. Peri sah jetzt, wie jung ihre Mutter auf den Fotos wirkte, fast so jung wie Eric, obwohl sie vier Jahre älter war als er. Auf den ersten paar waren sie vollständig angezogen. Eric hatte einen Arm um die Schultern ihrer Mutter gelegt, ihre Mutter schmiegte den Kopf an seine Brust, die linke Hand, die Hand mit dem Ehering, auf Erics Herz gedrückt. Und dann kamen Fotos, auf denen sie sich küssten, umarmten. Irgendein Bekannter von Eric musste die Aufnahmen gemacht haben, da sie in seinem Besitz waren. Vielleicht ein Schulfreund von ihm. Keines der Fotos war in der Wohngegend ihrer Mutter geschossen worden. Sie waren in Parks entstanden, am Strand, auf einer Straße, wo das Paar vor einem schimmernden roten Sportwagen stand.
Doch erst die letzten beiden Fotos brachten ihre Welt vollends aus den Fugen. Auf beiden war ihre Mutter zu sehen, nackt ausgestreckt auf einem Bärenfell vor einem lodernden Kaminfeuer – dasselbe Bärenfell, das noch immer vor dem lodernden Kaminfeuer lag, an dem Peri sich vor nicht mal einer Stunde ge-

wärmt hatte und das wahrscheinlich noch immer brannte. Der Gedanke, hier in diesem Cottage zu sein, in das Eric ihre Mutter mitgenommen hatte, löste in Peri bodenlose Scham und Bitterkeit aus.
Eben hatte sie noch gefröstelt, jetzt jedoch brach ihr der Schweiß aus, während sie gleichzeitig von Furcht, Abscheu und Zorn erfüllt wurde. Sie dachte an das Foto, das Torres ihr gezeigt hatte, das Foto, auf dem ein unbekannter Mann mit ihrer Mutter schlief. Peri war überzeugt, dass sie jetzt wusste, wer der Mann war.
Sie musste wieder an die Weingläser denken, die sie an dem Tag auf der Küchenspüle hatte stehen sehen, als sie von der Schule nach Hause gekommen war und es nicht erwarten konnte, ihrer Mutter den Diktattest zu zeigen.
Eric liebte Wein. Hatte er nicht eben erst einen teuren Château Margaux geleert? Was für einen Wein hatte ihre Mutter ihm an dem Tag kredenzt? Den besten, den sie sich leisten konnte, dachte Peri.
Tränen traten ihr in die Augen. Hatte ihre Mutter Eric geliebt oder ihn bloß körperlich attraktiv gefunden – obwohl er doch praktisch noch ein Jugendlicher gewesen war, wenn auch ein sehr gut aussehender und kultivierter Jugendlicher? War die Affäre über Jahre gegangen? Bis … bis ganz zum Schluss?
Peri war jetzt überzeugt, dass es Eric gewesen sein musste, der an dem schicksalhaften Tag ihre Mutter besucht hatte. Sie hatten zusammen Wein getrunken. Bestimmt hatte sie ihm gesagt, dass sie sich nicht mehr sehen könnten, dass sie versuchen wolle, ihre Ehe und ihre Familie zu retten. Eric hatte das nicht akzeptieren können, dieses endgültige Aus der Liebesaffäre, und deshalb hatte er … hatte er …
O Gott. Ihr wurde schlecht.

# 78

»Das ist doch verrückt. Ich glaub das nicht. Ich weigere mich, das zu glauben«, sagte Morris, der Torres und Karen im Wohnzimmer seiner Eigentumswohnung an der Park Avenue gegenübersaß.
»Ihre Enkelin könnte in Lebensgefahr sein, Mr Gold. Wenn Sie eine Ahnung haben, wo sie und Eric Fisher sein könnten …«
»Sie wollen allen Ernstes behaupten, der hoch angesehene, äußerst erfolgreiche langjährige Freund meiner Enkeltochter, die er über alles liebt, ist ein Mörder? Ich sage Ihnen, das ist ausgemachter Unfug.«
»Zeigen Sie ihm das Foto«, sagte Karen zu Torres.
Der Detective zögerte, doch nur einen Moment lang. Die Zeit drängte. Er holte das Bild hervor, zusammen mit der Vergrößerung des Highschoolrings, und reichte beides Morris und Debra, die neben ihm auf dem Sofa saß.
Kaum fiel Debras Blick auf das Foto von dem Paar, zischte sie wütend: »Dieses Schwein, er hat mir geschworen, er hätte niemals …« Und dann verstummte sie jäh, erbleichte und presste die Lippen zusammen.
Morris wandte den Kopf und sah seine Exfrau an – die Frau, mit der er es noch einmal hatte versuchen wollen, die Frau, mit der er sich auf Eric Fishers Zureden hin wieder hatte versöhnen wollen.
»Du und Eric?« Er zischte jedes Wort einzeln.
Aber die Antwort erübrigte sich. Die Antwort stand ihr deutlich ins Gesicht geschrieben. Zum Glück versuchte sie keine lahmen Ausflüchte.

Morris musterte sie voller Verachtung, und Debra wusste, dass es aus war.
»Er hat ein Cottage in Staunton«, sagte Debra zu Torres. Die Adresse wusste sie nicht, nur dass es an irgendeiner unbefestigten Landstraße lag. Torres rief die Polizei in Staunton an und brachte die genaue Adresse in Erfahrung. Valley Hill Road 10.
»Er hat Ihnen das mit Alison Gold nie erzählt?«, wollte Karen von Debra wissen, während Torres telefonierte.
»Ich wusste, dass er auf sie stand. Ich hab mal in seiner Kommode ein Foto gefunden, auf dem sie beide vor seinem roten Sportwagen posierten, aber er hat mir geschworen, es wäre nur eine alberne Schwärmerei von ihm gewesen, und es wäre nie was zwischen ihnen passiert.«
»Wissen Sie, wann das Foto von den beiden gemacht wurde?«, fragte Torres, nachdem er aufgelegt hatte.
Debra biss sich auf die Unterlippe. »In dem Sommer, bevor Ali ... ermordet wurde. Ich hab den Wagen erkannt, vor dem sie standen. Er hatte ihn im Juli gekauft. Ein roter BMW-Sportwagen. Er hatte seinen roten MG dafür in Zahlung gegeben. Er war verrückt nach roten Sportwagen. Er hat nie was anderes gefahren.« Sie tupfte sich ein paar Tränen aus den Augenwinkeln und stand auf. »Eric war ein toller Liebhaber, aber ich wusste irgendwie, dass ich für ihn nur die zweite Geige spiele.« Sie wandte sich von Karen ab und schaute zu Morris hinunter, der jetzt eher verzweifelt als wütend wirkte. »Ich hoffe, Peri geht's gut. Ich ... ich werde für sie beten«, sagte Debra leise. Und mit diesen Worten ging sie aus dem Zimmer und verließ die Wohnung.
Torres und Karen folgten ihr und fuhren gemeinsam mit der ehemaligen Mrs Gold im Aufzug nach unten.
»Bis zum Cottage braucht man knapp zwei Stunden. Ich hoffe, Sie schaffen es rechtzeitig«, war alles, was Debra während der Fahrt in die Lobby sagte. Draußen hielt Debra ein Taxi an und verabschiedete sich von ihnen.
Torres und Karen stiegen in seinen Wagen. Als der Detective versuchte, Fishers Adresse ins Navigationsgerät einzugeben, stellte sich heraus, dass sie nicht verzeichnet war. Notgedrungen

begnügte er sich mit der schnellsten Strecke nach Staunton. Dort würde er nach dem Weg fragen.
»Warum rufen Sie nicht die Polizei in Staunton an und sagen denen, sie sollen ein paar Leute zu Fishers Cottage schicken und Peri da rausholen?«
»Das könnte Fisher warnen.«
Karen musste ihm zustimmen. »Die arme Peri. Sie wird am Boden zerstört sein, wenn sie das erfährt.«
»Sie wäre erst recht am Boden zerstört, wenn sie den perversen Exliebhaber … oder Mörder ihrer Mutter schon geheiratet hätte.«
Karen musste ihm recht geben. »Ich rufe rasch Sam im Krankenhaus in Miami an und erzähle ihm, was passiert ist.«
Eine Minute später schrie Karen in ihr Handy. »Was soll das heißen, er ist nicht mehr da? Er sollte doch erst morgen entlassen werden. Wie zum Teufel konnten Sie ihn in seinem Zustand gehen lassen?«
Der Wortwechsel mit der Krankenschwester dauerte nicht lange, dann legte Karen auf und wählte Sams Handynummer.
Er meldete sich prompt. »Hey«, sagte er schwach.
»Verdammt nochmal, wo steckst du, Sam?«
»Ich wusste nicht, dass dich das interessiert.« Und dann lachte er leise. »Nein, das stimmt nicht. Ich hab gehört, wie du im Krankenhaus, zu mir gesagt hast, dass du mich liebst, als du dachtest, ich wäre völlig weggetreten.«
»Und im Krankenhaus solltest du jetzt auch noch sein«, schnappte sie, während sie zugleich vor Verlegenheit rot anlief.
»Na, wenn es dich beruhigt, ich bin auf dem Weg zu einem anderen Krankenhaus.«
»Wohin?«, fragte sie besorgt. »Wieso?«
»Die Antwort auf die Frage wohin lautet Upstate, genauer gesagt die Krankenstation der Strafanstalt. Ich bin vor ein paar Stunden am JFK gelandet und hab mir dort einen Mietwagen genommen. Die Antwort auf die Frage wieso lautet, dass sich Raphael López' Zustand verschlechtert hat. Der Gefängnisdirektor hat mir erlaubt, ihn zu besuchen, wenn ich weder Film- noch Tonbandaufnahmen mache.«

»Verdammt. Um Peri ist es auch nicht gerade zum Besten bestellt.« Die Worte entfuhren Karens Mund, ehe sie sich bremsen konnte.

Torres warf ihr einen bösen Blick zu.

Aber ehe er dazu kam, sie zusammenzustauchen, klingelte sein eigenes Handy. Es war sein Partner Tommy Miller, und er klang überaus aufgeregt. »Wir haben vom Oberstaatsanwalt die Genehmigung für die Herausgabe des noch erhaltenen Beweisstücks. Ich bin jetzt im Polizeilagerhaus mit einer Mitarbeiterin von der Staatsanwaltschaft. Sie öffnet gerade vor meinen Augen den Behälter.«

Torres spürte Karens Blick auf sich – ihr Gespräch mit Sam war beendet –, aber er erzählte ihr nicht, was los war, während er deutlich schneller als erlaubt auf dem New York State Thruway fuhr. »Lass dir Zeit, Tommy«, sagte er sarkastisch, um seine Nervosität zu überspielen.

»Moment, wir haben's gleich. Warte, warte.« Eine kurze Pause, und dann sagte Tommy: »Okay, Benny. Wir haben echt Schwein gehabt. Bei dem Beweismaterial handelt es sich zum einen um die Spuren von der gerichtsmedizinischen Untersuchung auf Vergewaltigung, zum anderen, laut Etikett auf dem Beweismittelbeutel, um einen blutbefleckten Baumwollbademantel. Den muss Alison getragen haben, ehe sie ausgezogen wurde. Freu dich nicht zu früh. Vielleicht findet sich bloß Opfer-DNA dran. Und was die Vergewaltigungsspuren betrifft … Der Gerichtsmediziner hat damals ja ausgesagt, dass der Vergewaltiger ein Kondom benutzt hat.«

Torres überlegte kurz. »Wir brauchen bloß ein Tröpfchen von dem Bademantel, Tommy. Lass auf jeden Fall sofort die Blutgruppe bestimmen. Wenn es nicht A-positiv ist, Alison López' Blutgruppe, und nicht B-positiv, Raph López' Blutgruppe, dann hat der Oberstaatsanwalt schon mal eine Grundlage für ein Wiederaufnahmeverfahren. Und selbst wenn der Täter ein Kondom benutzt hat, ein Tropfen Sperma würde schon reichen oder auch nur die Bestimmung des Spermizids –«

»Wir machen denen vom Labor Beine, aber es wird auf jeden Fall etwas dauern, bis wir die DNA-Ergebnisse haben, Benny.«

»Vielleicht gibt es ja nicht bloß einen neuen Prozess für López«, sagte Torres. »Vielleicht überführen wir sogar den wahren Mörder von Alison López und den von Maria Gonzales.«
»Und höchstwahrscheinlich auch den von Kevin Wilson«, fügte Tommy Miller düster hinzu. »Wilsons Leiche oder das, was nach der Explosion noch davon übrig war, wurde eindeutig identifiziert.«
Torres seufzte. Er betete bloß, dass er nicht noch ein weiteres Mordopfer auf die Liste setzen musste: Pilar López.
»Wir sind jetzt auf dem Weg zum Polizeilabor. Die Blutgruppe müsste ich spätestens in einer Stunde haben. Ich melde mich dann sofort«, sagte Tommy und legte auf.
Als Nächstes rief Torres in der Strafanstalt an und ließ sich mit dem Büro des Direktors verbinden. Es dauerte eine Weile. Karen spähte auf den Tacho. Torres fuhr über achtzig Meilen die Stunde. Zum Glück war die Straße einigermaßen leer. Dennoch war Torres immer wieder zu halsbrecherischen Überholmanövern gezwungen. Karen hielt jedes Mal den Atem an.
Als er den Direktor endlich am Apparat hatte, erkundigte Torres sich als Erstes nach Raphael López' Befinden.
»Sein Zustand ist ernst«, erwiderte der Direktor. »Er verliert immer wieder für kurze Zeit das Bewusstsein. Ich habe Sam Berger erlaubt, ihn zu besuchen.«
»Gut.« Torres hielt inne. »Ich möchte Sie um zweierlei bitten. Erstens, sorgen Sie dafür, dass die Ärzte tun, was sie können, um López am Leben zu halten. Und zweitens, lassen Sie ihn von zwei Aufsehern, zu denen sie uneingeschränktes Vertrauen haben, rund um die Uhr bewachen. Es könnte sein, dass irgendwer innerhalb der Strafanstalt – ein Aufseher oder ein Häftling – dafür bezahlt wurde, López umzubringen.«
Der Direktor zögerte und bat Torres, kurz am Apparat zu bleiben. Eine Minute später war er wieder dran und berichtete, dass ein sehr angeschlagen wirkender Sam Berger eingetroffen sei. »Am besten, die Ärzte checken Berger auch mal kurz durch. Der sieht gar nicht gut aus.«
Torres beschloss, diese Information nicht an Karen weiterzuge-

ben, und spielte auch den besorgniserregenden Zustand von López herunter.

Karen ließ sich nicht ganz beruhigen. »Wann sind wir denn endlich da?«, fragte sie nervös.

»In gut vierzig Minuten«, sagte Torres mit einem Blick auf sein Navi. Dann setzte er das Blaulicht aufs Dach und beschleunigte auf 85 Meilen.

# 79

»Peri, was machst du da?«

Peri erstarrte, als Eric plötzlich die Tür zum Wandschrank aufriss und sie verwundert und leicht misstrauisch anblickte. Sie suchte hektisch nach einer Erklärung.

»Mir war kalt«, murmelte sie schließlich. »Ich hab nach ... einer Wolldecke gesucht.« Zum Glück hatte sie den offenen Karton mit den Fotos hinten im Schrank gelassen, und solange sie Eric den Blick darauf versperrte, merkte er vielleicht nicht, was sie entdeckt hatte.

Aber sie hielt die Fotos in der Hand. Und den Ring. Sie drehte sich rasch von ihm weg und entdeckte glücklicherweise eine dicke Steppdecke auf dem Regal. Sie zog sie herunter und warf sie sich über den Arm, wodurch verdeckt wurde, was sie noch immer in der Hand hatte.

»So, die müsste reichen«, sagte sie so heiter wie möglich.

»Wieso hast du die Schlafzimmertür verriegelt?« Eric blieb argwöhnisch und versperrte ihr weiterhin den Weg. So geräumig der Schrank auch war, Peri bekam allmählich Platzangst.

»Hab ich gar nicht gemerkt. Und wenn die Tür verriegelt war, wie bist du dann reingekommen?«, fragte Peri, bemüht, nicht ängstlich zu klingen. Sie sah nicht mehr ihren langjährigen Freund vor sich, sondern den Mann, der ohne jeden Zweifel der Geliebte ihrer Mutter gewesen war. Den, in dem sie mit wachsender Gewissheit den Mörder ihrer Mutter vermutete.

Eric hielt einen kleinen Schlüssel hoch. »Auf jedem Türrahmen liegt so einer. Für Notfälle.«

»Das ist kein Notfall, Eric. Ich hab nur eine zusätzliche Decke gesucht, damit ich nicht friere und schlafen kann.« Da er noch immer nicht zur Seite trat, schob sie sich an ihm vorbei, wie sie es auch unter normalen Umständen getan hätte. Bloß die Umstände waren nicht mehr normal, ebenso wenig wie ihre Gefühle zu Eric Fisher.

»Komm, gib her, ich deck dich zu«, sagte Eric und folgte ihr zum Bett. Sie schaffte es gerade noch, die Fotos und den Ring unbemerkt in die Hosentasche zu stecken, ehe er ihr die Decke abnahm.

»Hör auf, mich zu bemuttern, Eric.«

»Sei nicht so bockig, Liebling.«

Sie legte sich in das bereits zerwühlte Bett, und Eric breitete die Steppdecke über sie. »Ich hab die Heizung höher gestellt«, sagte er, »gleich müsste dir warm werden.«

»Danke.« Peri schloss die Augen und überlegte fieberhaft, was sie dann tun sollte. Sie waren in einer gottverlassenen Gegend, dem einzigen Haus weit und breit, ohne funktionierendes Telefon, und selbst wenn sie Eric die Autoschlüssel hätte abluchsen können, sie hatte noch nie im Leben am Steuer eines Schaltwagens gesessen. Abgesehen davon, dass ihre Schuhe und Socken noch immer vor dem Kamin im Wohnzimmer trockneten. Sie könnte einfach ein Paar von Erics Socken nehmen, aber falls sie zu Fuß fliehen würde, dann ohne Schuhe. Und hier draußen war es deutlich kälter als in Manhattan, wahrscheinlich unter null Grad.

Endlich ging Eric aus dem Zimmer, ließ aber die Tür einen Spalt auf. War das Absicht? War er noch immer misstrauisch?

Peri blieb einige Minuten liegen und versuchte, diesen ganzen Wahnsinn irgendwie zu verstehen. Wie hatte Eric so einfach ihr Liebhaber werden können, wenn er nicht nur der Liebhaber ihrer Mutter war, sondern auch ihr Mörder? War der Mann völlig gewissenlos? Und wieso hatte sie nicht erkannt, dass mit Eric Fisher irgendwas nicht stimmte? Wieso hatte sie nie Verdacht geschöpft? Zumal sie ihn doch damals, als sie ein Kind war, in der Schlafzimmertür ihrer Mutter gesehen hatte …

Sie war mit schuld. Wenn sie sich doch nur an diesen Abend erinnert hätte, als sie im Zeugenstand ausgesagt hatte, dann hätten die Geschworenen ganz sicher Zweifel an der Schuld ihres Vaters gehabt.

Oder hätte es sie vielleicht erst recht von seiner Schuld überzeugt? Wenn die Geschworenen von dem jungen Liebhaber ihrer Mutter gewusst hätten, wäre das vielleicht als Motiv ausgelegt worden: Ihr Vater hatte von dem Liebhaber seiner Frau erfahren und sie aus Wut und Eifersucht ermordet.

Peri besann sich wieder auf die Gegenwart. Der Mörder ihrer Mutter befand sich im Nebenzimmer. Irgendwie musste sie ihn, ohne sein Misstrauen zu erregen, dazu bringen, mit ihr zurück nach New York zu fahren. Dann musste sie sich irgendwie mit Ben Torres in Verbindung setzen …

Die Schlafzimmertür ging auf. Peri schloss die Augen. Sie zwang sich, langsam und tief zu atmen, als würde sie schlafen. Sie hörte Schritte in den Raum kommen, auf das Bett zu, dann daran vorbei auf die andere Seite.

Sie spürte, wie neben ihr die Matratze unter Erics Gewicht einsank.

*O nein, er würde doch hoffentlich nicht versuchen …*

Sie lag auf der Seite mit dem Rücken zu ihm, daher konnte er nicht sehen, wie sie das Gesicht verzog, als er einen Arm um ihre Taille schlang.

*Schön tief atmen, gleichmäßig, stell dich weiter schlafend.*

»Wie schön du bist«, hauchte Eric.

Peri atmete gleichmäßig weiter.

»Ich liebe dich, Darling«, murmelte er in ihr Haar.

Es kostete sie all ihre Willenskraft, nicht zusammenzuzucken.

Er fing an, ihr den Rücken zu streicheln, presste sich an sie.

Sie konnte seine Erregung spüren. Galle stieg ihr in die Kehle.

Nie und nimmer würde sie mit dem Mann schlafen, der der Liebhaber ihrer Mutter gewesen war, der sie womöglich ermordet hatte. Aber was würde passieren, wenn sie ihn zurückwies? Was würde er ihr antun? Würde er sie auch mit dem Messer bedrohen und vergewaltigen? Würde er sie auch erstechen?

»Was ist das?« Erics Hand war über ihre Hüfte geglitten, über die Hosentasche, in die sie die Fotos und den Ring geschoben hatte.

Aus Angst, er würde herausfinden, was sie vor ihm versteckt hatte, rollte sie sich jäh herum und blickte ihn verschlafen an. »Ich dachte, du wolltest mich ein bisschen schlafen lassen«, sagte sie vorwurfsvoll und hoffte inständig, er möge das Beben in ihrer Stimme nicht bemerken. Furcht und Panik hatten ihren Selbsterhaltungsmodus aktiviert. Sie musste am Leben bleiben. Eric musste am Ende doch noch für seine Verbrechen bezahlen. Sie wollte erleben, wie ihr Vater das Gefängnis als freier Mann verließ.

Eric sah ihr lange und forschend in die Augen. Peri zwang sich, seinem Blick standzuhalten.

»Was ist los?«, fragte sie.

»Sag du's mir«, entgegnete er.

»Außer dass ich müde bin und hier festsitze, nichts«, brachte sie über die Lippen.

»Du lügst.« Er sagte das ganz ruhig.

»Wie bitte?«

»Ich hab dir gesagt, du sollst dich nicht mit diesem Filmemacher einlassen.«

Peris Panik meldete sich wieder, doch sie hielt sie im Zaum. »Sam Berger? Hab ich doch gar nicht. Der wollte die Sache allein durchziehen. Sich nicht in die Karten gucken lassen.«

»Er hat dich interviewt.«

»So würde ich das nicht nennen.«

»Du willst weiter nach einem Beweis suchen, dass dein Vater nicht der Mörder deiner Mutter ist, stimmt's?«

»Es gibt keinen Beweis. Leider ... ich werde mich wohl damit abfinden müssen ...« Sie hob die Hände an die Augen, als wollte sie die Tränen zurückhalten. »Ich kann nichts machen. Berger kann nichts machen. Und Karen Meyers auch nicht. Wir sind alle gegen ... Wände gerannt.« Peri hoffte, wenn sie Eric dazu bringen könnte, könnte sie wieder ein wenig leichter atmen. Doch er machte keinerlei Anstalten.

»Wonach hast du im Wandschrank gesucht, Peri?«

»Was? Das hab ich dir doch gesagt. Nach einer Decke.«

»Am Fußende vom Bett liegt eine Extradecke.«

»Die ... die hab ich gar nicht gesehen.« Sie sah ihn verärgert an.

»Ich kann nicht leiden, wie du mich verhörst.« Sie wollte sich abwenden, aufstehen, wollte raus aus dem Bett, weg von Eric. Doch er packte mit einer Hand fest ihren Arm, zwang sie auf den Rücken. Er stützte sich auf einen Ellbogen und blickte auf sie hinunter. »Peri, liebst du mich?«

»Eric, du weißt, wie viel du mir bedeutest.« Sie spürte ihr Herz in der Brust hämmern.

»Drei kleine Worte, Peri. Ich liebe dich. Mehr hab ich nie hören wollen. Ich warte noch immer drauf, nach all den Jahren.«

*Sag sie, beschwor sie sich selbst, tu ihm den Gefallen, vielleicht gewinnst du dadurch Zeit …*

»Eric …« Doch die Worte wollten ihr nicht über die Lippen kommen. Sie konnte sie nicht aussprechen, obwohl die Lüge vielleicht ihre Rettung wäre.

Plötzlich griff er in ihre Hosentasche. Sie konnte nicht schnell genug reagieren, um es zu verhindern. Er fischte die Fotos und den Highschoolring heraus, warf einen kurzen Blick auf die Fotos, ohne den Ring zu beachten, und warf alles auf den Boden.

»Sie konnte es auch nicht sagen«, sagte Eric, ohne eine Spur von Scham oder Schuld in seiner Stimme. »Nicht ein einziges Mal. Nicht mal, wenn wir uns leidenschaftlich liebten, nicht mal, wenn sie mehrmals hintereinander kam, nicht mal, wenn ich ihr teure Geschenke machte, die sie dann regelmäßig versetzt hat, wie ich später herausfand. Ich wollte für sie sorgen. Ich wollte, dass sie sich von diesem asozialen Versager scheiden lässt und mich heiratet.«

Peris Mund zuckte vor Zorn. »Du warst nicht der Einzige«, fauchte sie. »Du warst nicht der Einzige, mit dem sie ins Bett gegangen ist, und du warst nicht der Einzige, für den sie meinen Vater nicht verlassen wollte.«

»Du lügst.« Erics Augen loderten.

»Sie hatte eine Affäre mit Noah Harris, ihrem Exfreund von der Highschool. Vielleicht bist du ihm sogar mal im Treppenhaus begegnet –«

Er schlug ihr so fest ins Gesicht, dass Peri vor Schmerz aufschrie. Und vor Entsetzen. Wie hatte sie sich so gehen lassen können? Dinge sagen, die ihn noch wütender machen würden?

Doch zu ihrer Verblüffung schwand die Wut aus Erics Gesicht, als sie aufschrie. Er strich ihr das Haar aus dem Gesicht. »Es tut mir leid. Bitte entschuldige, Schatz. Ich wollte dir nicht wehtun. Ihr seid euch so ähnlich, ihr zwei. Als du in mein Leben kamst, hatte ich das Gefühl, Gott gibt mir eine zweite Chance. Ich habe mich genauso Hals über Kopf in dich verliebt wie damals in sie.«

»Sie war meine Mutter, Eric. Meine Mutter.« Ihre Tränen waren jetzt echt, und sie konnte den Abscheu in ihrer Stimme nicht verbergen.

Eric schien ihren Ekel jedoch gar nicht wahrzunehmen. »Deshalb ist unsere Beziehung ja für mich etwas ganz Besonderes. Ich habe sie verloren, aber dich bekommen.«

Es kostete Peri fast übermenschliche Kraft, den Mund zu halten.

»Ich war doch immer nur gut zu dir, Peri. Auch zu deiner Mutter war ich immer nur gut. Ich hätte sie sehr glücklich gemacht, wenn sie mich gelassen hätte. Ich kann dich auch sehr glücklich machen.«

Er küsste sie sanft auf die Lippen und stand dann auf. »Ruh dich jetzt aus. Ich weiß, das ist ein Schock für dich, aber irgendwann wirst du begreifen und akzeptieren, was geschehen ist. Ganz bestimmt.« Er verließ das Schlafzimmer. Diesmal schloss er die Tür hinter sich.

Peri schaute ihm nach und dachte, dass er vielleicht wahnsinnig war. Sie wartete eine Minute ab, sammelte dann die Beweisstücke vom Boden auf, versteckte sie vorläufig unter einem Kopfkissen und schlich zur Tür, überzeugt, dass er sie eingeschlossen hatte. Aber nein, die Tür ging auf. Sie sah Eric, der seine Regenjacke wieder angezogen hatte, durchs Wohnzimmer zur Haustür gehen und nach draußen verschwinden. Er hatte sie nicht bemerkt oder, falls doch, so schenkte er ihr jedenfalls keine Beachtung.

Es wurde schon dunkel, obwohl es noch nicht mal fünf Uhr war. Sobald sich die Haustür schloss, lief Peri barfuß zum Kamin, schnappte sich ihre noch feuchten Socken und Schuhe, zog sie schnell an und hastete zum Fenster.

Eric stieg gerade in seinen Sportwagen. Der Motor sprang problemlos an. Würde er einfach davonfahren und sie hier zurücklassen? Mit den Beweisstücken?
Bei laufendem Motor stieg Eric wieder aus und kam zurück zum Cottage.

# 80

Es war nicht leicht, das Fisher-Cottage zu finden. Als Torres an einem kleinen Laden hielt, um sich nach dem Weg zu erkundigen, wurden sie lediglich in die grobe Richtung geschickt und mussten noch einmal an einem Farmhaus nachfragen. Sie atmeten beide erleichtert auf, als sie endlich das verblasste grüne Schild mit der Aufschrift *Valley Hill Road* erspähten.
Karen blickte Torres an. »Wie gehen wir vor?«
Torres griff zum Handschuhfach und klappte es auf. Er nahm eine Taschenlampe heraus, die neben einem kleinen Revolver lag. »Können Sie mit einer Schusswaffe umgehen?«
»Entsichern, zielen und abdrücken.«
Er nickte. »Sie bleiben schön im Wagen«, sagte er, während er ein kleines Stück die Valley Hill Road hochfuhr, ehe er zwischen Bäumen hielt und den Motor ausstellte. Er knipste die Taschenlampe an und öffnete die Tür. »Ich lasse den Schlüssel stecken. Wenn Ihnen kalt wird, machen Sie den Motor an, aber lassen Sie ihn nicht zu lange laufen.«
»Moment. Wieso kann ich nicht mitkommen?«
Er antwortete nicht, sondern stieg einfach aus dem Wagen und schloss die Tür, indem er sie leise zudrückte.
Karen war mulmig zumute, so allein in der Dunkelheit im Auto. Sie holte ihr Handy hervor, hatte aber keinen Empfang.
»Verdammt«, fluchte sie leise.
So unwohl Karen sich auch fühlte, so ganz allein und ohne Kontakt zur Welt, sie machte sich wesentlich größere Sorgen um Peris Sicherheit als um ihre eigene. Sie schauderte, als sie sich in

schrecklichen Bildern ausmalte, was Torres in dem Cottage vorfinden mochte.
Sie konnte nicht sehen, wie der Detective den recht steilen Anstieg hochging, nur den auf den Boden gerichteten Strahl seiner Taschenlampe. Die würde er ganz bestimmt ausmachen, sobald er in Sichtweite des Cottage kam. Und was dann?
Obwohl es eisig kalt im Wagen wurde, wagte Karen nicht, den Motor anzulassen, um sich aufzuwärmen. Sie hatte keine Ahnung, wie weit es bis zum Cottage war, und wollte nicht riskieren, dass das Motorgeräusch bis dahin zu hören wäre.
Sie sah auf die Uhr an ihrem Handy. Kurz vor sechs. Es hätte genauso gut Mitternacht sein können, so dunkel war es hier auf dem Lande ohne jede Straßenbeleuchtung.
Das Licht von Torres' Taschenlampe war verschwunden. Karen zog die Beine auf dem Sitz unter sich und blies sich immer wieder in die Hände, um sie ein wenig aufzuwärmen. Was war da oben los? Karen kam es so vor, als wäre Torres schon seit Stunden weg. Wenigstens hatte sie keine Schüsse gehört …
Dann sah sie das Taschenlampenlicht in der Dunkelheit wieder auftauchen und wusste, dass Torres auf dem Rückweg war. Er kam im Laufschritt die unbefestigte Straße herunter. Am Wagen angekommen, stieg er ein, startete den Motor und drehte sofort Heizung und Gebläse auf.
»Was …?«
Ehe Karen die Frage ganz stellen konnte, drückte Torres ihr etwas in die Hand und schaltete die Deckenleuchte ein.
Karen sah, dass er ihr ein paar alte Fotos und einen Ring gegeben hatte. Sie schaute sich zuerst den Ring an. Er war von der Riverton School, Abschlussjahrgang 1985, und ein kleiner Brillant darin fehlte. Dann warf sie rasch einen Blick auf die Fotos und spürte, wie sich ihr Herz verkrampfte.
»Ist Peri …?«
»Weg. Sie sind beide weg. Die Fotos und den Ring hab ich unter einem Kopfkissen im Schlafzimmer gefunden. Ich glaube, Peri hat gehofft, dass jemand die Sachen da findet.«
»Sie weiß es. Peri weiß es. Garantiert«, sagte Karen fast im Flüsterton.

»Ja.«
»Haben Sie sonst noch was gefunden? Irgendwelche Anzeichen … für einen Kampf? Blut?« Karen fürchtete sich vor der Antwort.
»Nein. Im Kamin brannte noch Feuer, sie können also noch nicht sehr lange weg sein.«
»Wo … wo könnte Eric mit ihr hinwollen?«
Torres erwiderte nichts. Er war überfragt.
»Vielleicht kommen sie wieder zurück zum Cottage. Vielleicht sind sie nur im Ort was essen. Vielleicht sollten wir …«
»Ich lasse am Cottage einen Streifenwagen postieren«, sagte er, setzte zurück und fuhr die unbefestigte Straße hinunter. Sobald sie wieder auf dem Asphalt waren, gab Torres Gas und raste über die dunklen, kurvigen Straßen nach Staunton, wo er vor der Polizeistation hielt. Er wandte sich Karen zu und sagte: »Nehmen Sie den Wagen. Fahren Sie den ganzen Ort ab und halten Sie nach einem roten Porsche Ausschau. Vielleicht haben Sie ja recht, und die beiden sind wirklich was essen gegangen. Sobald Sie ihn irgendwo parken sehen, verständigen Sie mich.«
Während Karen sich ans Steuer von Torres' Wagen setzte, lief er schon in die Polizeistation, ein kleines Gebäude mit Glasfront, das aussah, als hätte es früher einen Dorfladen beherbergt.
Der Leiter der Polizeistation, ein Mann im mittleren Alter, kannte Eric Fisher. Er hatte sogar eine Akte über ihn, unbezahlte Strafzettel wegen Temposünden. »Der Bursche hat sogar mal die Frechheit besessen, hier aufzukreuzen und zu sagen, wir sollten einfach anschreiben«, schimpfte er.
Torres ließ sich das Kennzeichen von Fishers Porsche geben und bat den Stationschef nach einer kurzen Erläuterung der Sachlage, eine Fahndung einzuleiten, was der Mann unverzüglich in Angriff nahm. Unterdessen rief Torres seinen Partner an und brachte ihn auf den neusten Stand. Dann fragte er, ob die Ergebnisse des Bluttests schon vorlagen.
»Ich warte noch immer drauf.« Tommy gab einen Schwall Beschimpfungen von sich und legte auf.
Augenblicke später klingelte Torres' Handy erneut. Es war Karen.

»Sie sind nicht hier im Ort. Keine Spur von einem roten Porsche. Ich hab alle Straßen abgeklappert, die Parkplätze. Was jetzt?«, fragte Karen besorgt.
»Rufen Sie Ihren Freund an. Finden Sie raus, wie es López geht.«
»Er ist nicht … mein Freund. Er ist mein Exmann«, stellte Karen verlegen klar.
Torres rang sich ein Lächeln ab. »Rufen Sie ihn an. Fragen Sie ihn, wie es López geht.«
»Wenn er noch bei López ist, wird er sein Handy nicht bei sich haben.«
»Dann versuchen Sie's beim Gefängnisdirektor.«
Karen wählte Sams Nummer, und er meldete sich prompt.
»Karen. Was ist los? Ich war eben bei López. Es geht ihm wieder etwas besser. Zumindest war er die ganze Zeit bei Bewusstsein. Was ist mit Peri?«
»Sie ist verschwunden. Eric Fisher auch.« Sie erzählte ihm von den Fotos und dem Ring.
»Was denkt Torres?«
»Na was wohl?« Die Worte blieben Karen im Hals stecken.
»Zieh keine voreiligen Schlüsse, Karen.«
»Das ist leicht gesagt. Ich hab Angst, Sammie. Was, wenn Peri …?«
»Sag es nicht. Denk es nicht mal. Gerade du solltest dich vor vorschnellen Urteilen hüten.«
Karen schluckte schwer. Sie rang mit den Tränen. »Aber es ist allein meine Schuld, wenn er ihr was antut.«
»Was hat Torres jetzt vor?«, fragte Sam, um Karen von ihrer Angst abzulenken.
»Er hat eine Fahndung nach Erics Wagen einleiten lassen.«
»Gut. Das ist gut. Halt durch, Karen. Halt durch und denk positiv. Stell dir einfach vor, Peri geht es gut, und sie wird am Ende erleben, wie die Unschuld ihres Vaters bewiesen wird. Kannst du das, Karen?«
Tränen liefen ihr übers Gesicht. »Das wäre … wunderbar. Ach Sammie, es muss ihr einfach gutgehen.«
»Bist du noch in Staunton?«

»Ja. Ich bin auf dem Weg zur Polizeistation. Torres ist dort.«
»Warte auf mich. Ich kann in einer Stunde da sein.«
»Danke, Sammie.«
»Wofür bedankst du dich? Schließlich hab ich dich in die Sache reingezogen.«
»Ich weiß«, sagte sie.

# 81

»Wohin fahren wir?«, fragte Peri, während Eric die dunkle Straße entlangbrauste und die vielen Kurven in derart halsbrecherischem Tempo nahm, dass sie schon fürchtete, er wolle sie beide umbringen.
»Du wolltest doch nicht im Cottage bleiben«, sagte er kühl.
»Ich möchte nach Hause«, sagte Peri, bemüht, ihre Stimme ruhig zu halten. Zunächst hatte sie sich im Auto besser – sicherer – gefühlt als im Cottage. Hier, auf dem Beifahrersitz, mit ein wenig Abstand zu Eric, konnte sie zumindest die schaurige Vorstellung abschütteln, wie er ihr in seinem Schlafzimmer ein Messer an den Hals hält und sie vergewaltigt. Und danach …
Jetzt jedoch wurde die Ungewissheit genauso nervenaufreibend und beängstigend wie zuvor die schreckliche Phantasie.
»Ich finde wirklich, du solltest dich geschmeichelt fühlen, Peri«, sagte Eric, während er den Porsche geschickt lenkte.
»Geschmeichelt?«
»Nach deiner Mutter dachte ich, ich würde nie wieder so stark für eine Frau empfinden können. Aber für dich empfinde ich genauso stark, wenn nicht stärker. Was glaubst du wohl, warum ich so geduldig war? So geduldig gewartet hab, dass du sagst, du liebst mich? Dass du sagst, du willst mich heiraten? Ich bin normalerweise kein geduldiger Mensch. Aber bei dir war ich mehr als geduldig.«
Er warf ihr einen Blick zu, und ihr einziger Gedanke war, dass sie wünschte, er würde wieder auf die Straße schauen.
»So … so hab ich … das glaube ich … nie gesehen«, stotterte

sie. Eric kam ihr zunehmend wahnsinnig vor. Er sah einfach darüber hinweg, dass er das Leben ihrer Mutter brutal beendet hatte. Als wäre es nie geschehen. Und in Anbetracht ihrer Situation hatte Peri auch nicht vor, das zu thematisieren. Wie verrückt musste er sein, wenn er glaubte, diese hoffnungslose Lage könnte mit einem Happy End ausgehen?
»Ich weiß nicht, was ich jetzt machen soll. Ich kann dich nicht verlieren, Peri.« Er hatte ein wenig Gas weggenommen, als er das sagte, eine Hand vom Lenkrad gelöst und auf ihren Oberschenkel gelegt. Sie erduldete seine Berührung, um ihn nicht zu reizen.
»Wie wär's, wenn wir uns im nächsten Ort ein Restaurant suchen? Ich hab Hunger. Das bisschen Suppe von heute Mittag ist ja schon Stunden her.« In Wahrheit drehte sich ihr schon bei dem Gedanken an Essen der Magen um. Aber in einem Restaurant funktionierte ihr Handy vielleicht wieder. Sie könnte von der Toilette aus Torres anrufen und im Restaurant bleiben, bis er sie von einem Streifenwagen der nächsten Polizeistation abholen ließ. Sie und Eric. Es war nicht gerade ein durchdachter Plan, aber immerhin ein Plan. Und ein Restaurant war ein öffentlicher Ort. Andere Menschen – Küchenpersonal, Bedienung, vielleicht ein paar Gäste. Dort konnte Eric ihr nichts antun.
»Du musst doch auch Hunger haben, Eric.«
Er antwortete nicht. Er beschleunigte wieder, ließ aber seine rechte Hand auf ihrem Oberschenkel. Als er viel zu schnell in eine scharfe Linkskurve ging, hätte er fast die Kontrolle über den Wagen verloren. Trotzdem steuerte er weiter nur mit einer Hand.
»Eric, bitte fahr langsamer. Wir bauen sonst noch einen Unfall«, flehte sie, während sie betete, dass er genau das nicht vorhatte. Aus der Kurve fliegen, sie töten, sie beide töten …
Sie rasten an einem Schild vorbei, so schnell, dass Peri nicht lesen konnte, was drauf stand. Inständig hoffte sie, dass sie in einen Ort kamen. Falls sie ein Lokal sah, wo sie etwas essen könnten, würde er vielleicht anhalten.
Zwei Minuten später tauchten Straßenlampen und ein Tempoli-

mitschild auf. Natürlich hielt Eric sich nicht an die vorgeschriebenen 35 Meilen, sondern fuhr über 50, was aber immer noch besser war als die 70 bis 75 Meilen, mit denen er die dunkle kurvenreiche Strecke gefahren war.
»Sieh mal, da hinten ist ein Restaurant«, sagte Peri. »Bitte, ich muss was essen. Außerdem muss ich mal zum Klo.«
Zuerst dachte sie, Eric würde an dem Restaurant vorbeifahren, doch im letzten Moment trat er auf die Bremse und steuerte den Sportwagen in eine Parklücke am Straßenrand. Peris Erleichterung war greifbar.
»Dein Wunsch ist mir Befehl«, sagte Eric galant.

Die Meldung ging um 18.42 Uhr bei der Polizeistation ein. Ein Streifenpolizist hatte bei der Fahrt durch den Ort Clinton Corners auf der Route 82 den roten Porsche Boxter gesichtet, nach dem gefahndet wurde. Der Chef der Polizeistation reichte Torres den Hörer.
Der Polizist erklärte, dass der Sportflitzer ganz in der Nähe eines Restaurants namens Charlotte's Café parkte. Er war aus seinem Streifenwagen gestiegen und hatte die Motorhaube gefühlt. Sie war warm.
»Die müssen gerade erst da geparkt haben«, sagte der Streifenpolizist.
Torres gab eine Beschreibung von Peri. Noch ehe er fertig war, fiel ihm der Polizist ins Wort. »Die hab ich in dem Restaurant gesehen. Sie sitzt an einem Fenstertisch. Ein Mann ist bei ihr. Ich vermute, das ist der gesuchte Eric Fisher.« Torres' nächster Frage kam der Streifenpolizist zuvor. »Keine Sorge. Sie haben mich nicht gesehen.«
»Gut«, sagte Torres erleichtert. Beim Anblick eines uniformierten Cops hätte Eric vielleicht in Panik reagiert.
Torres atmete auf. Peri war am Leben. Sie war in Sicherheit – jedenfalls im Augenblick. Nicht auszuschließen, dass Fisher eine Pistole oder irgendeine andere Waffe dabeihatte. Torres musste die Möglichkeit einkalkulieren. »Okay, behalten Sie die beiden von Ihrem Wagen aus im Auge. Wenn sie das Restaurant verlassen, ehe ich von Staunton aus da bin –«

»Keine Bange, die werden noch da sein. Die Bedienung im Charlotte's ist nicht besonders schnell, und die beiden studieren noch die Speisekarte. Außerdem hab ich den Porsche zugeparkt. Sie müssten in einer halben Stunde hier sein.«
»Okay, bin schon unterwegs.«
»Moment«, sagte der Streifenpolizist, »die Frau steht auf.«
»Und?«
»Ach so, okay, sie geht in Richtung Toiletten.«
»Kann Fisher von seinem Platz aus die Tür zur Damentoilette sehen?«
»Ja. Und er schaut ihr nach.«
»Können Sie irgendwie feststellen, ob die Damentoilette ein Fenster hat?« Torres sah eine mögliche Chance – der Streifenpolizist könnte Peri vielleicht aus dem Restaurant holen, ohne dass Fisher es mitbekam. Dann könnte er ins Lokal gehen und Fisher festnehmen.
»Ich weiß, dass sie ein Fenster hat. Ich bin Stammgast im Charlotte's. Leider sind die Fenster vom Damen- und Herrenklo vergittert. Es hat immer wieder Einbrüche gegeben.«
»Mist. Okay, ich fahre jetzt los.«
Karen wartete draußen auf Sam Berger. Just in dem Moment, als Torres aus der Polizeistation kam, hielt eine dunkle Limousine an. Sekunden später war Berger aus dem Wagen gestiegen, und er und Karen lagen sich in den Armen.
Torres lächelte. Irgendwie hatte er das Gefühl, dass die zwei nicht mehr lange Expartner sein würden. Und jetzt, wo Fisher und Peri ausfindig gemacht worden waren, regte sich bei Torres die Hoffnung, dass Bergers Film doch noch ein glückliches Ende haben würde.

# 82

Natürlich konnte Torres Karen und Sam nicht davon abbringen, mit ihm nach Clinton Corners zu kommen. Berger hatte seinen Camcorder dabei, doch Torres schärfte ihm ein, bloß nicht zu filmen, ehe Peri in Sicherheit war und Eric Fisher Handschellen trug.

Torres schaffte die Strecke in zwanzig Minuten. Der Streifenpolizist saß hinterm Lenkrad seines Wagens und blockierte den Porsche, genau wie er gesagt hatte. Torres hielt neben ihm, ließ das Beifahrerfenster herunter und identifizierte sich. Der uniformierte Kollege reckte einen Daumen hoch. Dann stiegen er und Torres aus.

»Die beiden haben eben erst bestellt«, sagte der Streifenpolizist und deutete auf den Fenstertisch in Charlotte's Café. Fisher saß mit dem Rücken zu ihnen und versperrte teilweise die Sicht auf Peri.

Als er sie sah, fühlte Torres sich gleich besser.

»He, was macht der Typ in Ihrem Auto denn da?«, fragte der Streifenpolizist nervös.

Torres warf nicht mal einen Blick auf Berger. »Keine Sorge. Wenn Sie auf irgendwelchen Aufnahmen drauf sind, darf er die nur mit Ihrer Genehmigung für seinen Film verwenden.« Torres hatte nicht ernsthaft geglaubt, dass Berger sich an seine Anweisungen halten würde, doch solange er nur aus dem Auto raus filmte, würde er ihn lassen.

Der Streifenpolizist nahm doch tatsächlich Haltung an und setzte eine professionellere Miene auf.

»Also, wie geht's weiter, Detective?«
»Fisher hat mich nie zu Gesicht bekomme. Ich gehe ganz normal von vorn ins Restaurant. Ich nehme an, es gibt hinten einen Lieferanteneingang.«
»Die Tür ist wahrscheinlich abgeschlossen, aber sie ist gleich neben der Herrentoilette. Sie können also einfach durchgehen, als wollten Sie zum Klo, ehe Sie sich einen Platz suchen. Dann öffnen Sie die Tür, und ich schleich mich rein. So haben wir beide Fluchtwege gesichert.«
»Ich weiß nicht, ob unser Mann bewaffnet ist, und ich will kein Risiko eingehen, dass irgendwer zu Schaden kommt. Also halten Sie sich erst mal im Hintergrund, und ich versuche, die Frau von ihm wegzulotsen.«
Der Polizist nickte.
»Ich parke meinen Wagen, und Sie gehen schon mal auf die Rückseite des Lokals.«
Sobald Torres sich wieder hinters Steuer setzte, sagte Karen: »O Gott! Ich kann die beiden da drin sitzen sehen.«
Torres stellte den Wagen auf der anderen Straßenseite ab. Berger grollte. Er wäre lieber näher am Geschehen gewesen. Doch so schlecht war seine Position auch wieder nicht. Statt durch die Heckscheibe zu filmen, konnte er die Kamera einfach bequem auf den Rückspiegel richten. Als er sich umdrehte, zuckte er zusammen. Die erst vor ein paar Tagen genähte Stichwunde tat höllisch weh, zumal er seit dem Abflug in Miami keine Schmerztabletten genommen hatte. Er hatte unter keinen Umständen beduselt von Medikamenten am JFK landen wollen.
Torres stieg aus und wies Karen und Sam an, auf alle Fälle im Wagen zu bleiben. Seine größte Befürchtung war, dass Peri sich etwas anmerken lassen würde, wenn sie ihn ins Restaurant kommen sah. Das könnte Fisher warnen – mit fatalen Folgen. Torres konnte nur hoffen, dass Peri so clever und gewitzt war, wie er glaubte.
Torres überquerte die Straße, betrat das Restaurant, und als eine Kellnerin auf ihn zukam, um ihn zu einem Tisch zu führen, bedeutete er ihr, er müsse zuerst zur Toilette. Peri saß mit dem Rücken zu ihm, und er hatte absichtlich kein Wort gesagt, um ihre

Aufmerksamkeit nicht zu erregen. Er warf einen beiläufigen Blick durch den Raum. Leider waren die meisten Tische besetzt mit Paaren, Familien; einzelne Gäste saßen an der Theke. Genau das, was Torres nicht gebrauchen konnte. Ein volles Lokal. Jetzt musste er sich nicht nur um Peris Sicherheit sorgen, sondern auch um die Sicherheit der vielen anderen Leute.
Er ging nach hinten durch, stellte erleichtert fest, dass die Tür des Lieferanteneingangs offenbar nicht durch eine Alarmanlage gesichert war, und entriegelte sie. Der Streifenpolizist kam herein, eine Hand am Revolver. Keiner der beiden Männer sprach ein Wort. Torres zog seinen Revolver aus dem Schulterholster und steckte ihn in den Hosenbund, wo die Waffe von seiner Jacke verdeckt wurde. Er hoffte allerdings inständig, dass er und sein Kollege ihre Waffen nicht würden einsetzen müssen.
Torres zögerte kurz, als er zurück ins Restaurant ging. Beim Hereinkommen hatte er gesehen, wie gerade ein kleiner Tisch abgeräumt wurde. Genau dorthin führte die Kellnerin ihn jetzt und reichte ihm eine Speisekarte. Der Tisch war zwar weiter von Peri und Fisher entfernt, als ihm lieb war, aber er konnte die beiden von seinem Platz aus gut beobachten. Eine Kellnerin brachte ihnen in diesem Moment das Essen.
Torres hatte sich gerade gesetzt, da wandte Peri den Kopf in seine Richtung. Ob sie seine Gegenwart gespürt hatte oder sich einfach nur umgeschaut und ihn zufällig entdeckt hatte, konnte Torres nicht sagen. Er senkte rasch den Blick auf seine Speisekarte. Als er Sekunden später wieder aufsah, widmete Peri sich ihrem Essen. Doch er merkte ihr an, dass sie körperlich entspannter war.
Torres sah, wie Fisher auf sie einredete, konnte aber kein Wort verstehen. Peri erwiderte nichts. Sie stocherte in ihrem Essen herum, nahm ab und an einen kleinen Bissen. Fisher aß ein Steak, und der Anblick des scharfen Messers in seiner Hand behagte Torres ganz und gar nicht.
Plötzlich stand Peri auf und deutete in den hinteren Teil des Lokals. Wahrscheinlich sagte sie Fisher, dass sie wieder zur Toilette müsse. Damit würde sich dem an der Hintertür wartenden

Streifenpolizisten die einmalige Chance bieten, sie in Sicherheit zu bringen. Und Torres würde dann schon eine Möglichkeit finden, Fisher zu überwältigen, ohne die übrigen Gäste zu gefährden.

Leider stand Fisher diesmal mit auf. Musste er auch zur Toilette oder wollte er Peri im Auge behalten?

Verdammt. Wenn Fisher mitging, würde er den Streifenpolizisten sehen.

Torres schaute den beiden hinterher. Gerade als die Kellnerin an seinen Tisch trat, stand Torres auf, zeigte ihr seine Dienstmarke und folgte Peri und Fisher.

Peri war schon auf dem Damenklo verschwunden. Fisher stand neben der Tür an die Wand gelehnt. Die Herrentoilette befand sich auf der anderen Seite des schmalen Gangs. Von dem Streifenpolizisten war nichts zu sehen.

Fisher warf Torres einen zerstreuten Blick zu. »Das Herrenklo ist besetzt.«

»Danke«, sagte Torres, ging ein paar Schritte an Fisher vorbei, während er seinen 35-mm-Revolver aus dem Hosenbund zog. Dann drehte er sich blitzschnell zu Fisher um und drückte ihm seine Waffe an den Kopf.

»Polizei«, sagte Torres. »Hände hinter den Kopf.«

Der Streifenpolizist, der auf dem Herrenklo in Deckung gegangen war, kam mit gezückter Waffe heraus und richtete sie ebenfalls auf Fisher.

Eric Fisher blickte geschockt und verstört. Doch nur eine Sekunde lang. Obwohl zwei Revolver auf ihn gerichtet waren, wich er zur Seite, warf sich gegen die Tür zum Damenklo und fiel förmlich hinein. Der Streifenpolizist feuerte einen Schuss ab und traf den Türrahmen. Vorn im Restaurant brach ein Tumult aus, als Gäste und Personal aufschrien und Richtung Ausgang rannten. Torres hatte sich die Evakuierung des Lokals zwar anders vorgestellt, doch so war das Problem auch gelöst.

»Nicht schießen, Mann«, schrie Torres seinen Kollegen an. Fisher durfte auf keinen Fall zu Tode kommen. Er brauchte ihn lebend – nur so würde er ihm das Geständnis abringen können, dass er Alison López ermordet hatte. Torres wollte den Fall so

schnell wie möglich abschließen, denn Raphael López blieb vielleicht nicht mehr viel Zeit.
»Sie warten hier und geben mir Rückendeckung«, sagte Torres. Dann trat er die Tür zur Damentoilette auf, beide Hände am Revolver.
Fisher stand im Waschraum und hatte eine verängstigte Peri in den Würgegriff genommen.
»Ich weiß nicht, was Sie von mir wollen«, sagte Fisher. Er atmete schnell und keuchend, und seine Augen blinzelten ängstlich.
»Ich will Sie bloß mit aufs Revier nehmen und Ihnen ein paar Fragen stellen«, sagte Torres ruhig. »Lassen Sie die junge Frau los.«
»Ich habe nichts getan«, wimmerte Fisher.
»Das behaupte ich ja auch gar nicht, Sir. Und Sie wollen auch jetzt nichts tun. Also lassen Sie die Frau los.«
»Sie glaubt, ich hätte ihre Mutter umgebracht. Das stimmt doch, Peri, oder?«
Torres sah, wie sich Peris Augen vor Angst weiteten, aber sie sagte kein Wort.
»Deshalb bin ich nicht hier, Sir. Ich hab bloß ein paar Fragen zu einer Frau namens Maria Gonzales.«
»Den Namen hab ich noch nie gehört. Ich kenne die Frau nicht.«
»Mr Fisher, Ihnen ist doch hoffentlich klar, dass Sie eine Straftat begehen, indem Sie die Frau hier gegen ihren Willen festhalten. Wenn Sie ihr in irgendeiner Weise Schaden zufügen, muss ich Sie festnehmen. Finden Sie es da nicht klüger, Sie loszulassen und mit aufs Revier zu kommen, um ein paar Fragen zu beantworten?«
Fisher schien ihn gar nicht zu hören. Er hatte weiterhin einen Arm fest um Peris Hals geschlungen, den anderen um ihre Taille. »Ich will keinen Ärger. Das Ganze ist ein schrecklicher Irrtum. Mein einziges Verbrechen ist, dass ich in meinem ganzen Leben zwei Frauen geliebt habe.«
»Dann haben wir ja was gemein, Mr Fisher«, sagte Torres und blickte Peri ganz kurz in die Augen.

»Der Cop da draußen hat versucht, mich abzuknallen. Woher soll ich wissen, dass Sie nicht auch auf mich schießen, wenn ich tue, was Sie sagen?«
»Ich mach Ihnen einen Vorschlag: Ich stecke meinen Revolver wieder ins Holster, und Sie lassen die Frau los.«
Fisher schüttelte den Kopf. »Wir gehen zusammen hier raus, Peri und ich, und wenn Sie irgendeine krumme Tour versuchen, tu ich ihr weh. Ich will das nicht, aber ich tu's.« Noch während er sprach, begann er, eine widerwillige Peri, die er weiter als Schutzschild vor sich hielt, zur Toilettentür zu bugsieren. »Treten Sie zurück, und sagen Sie Ihrem Kollegen, er soll sich verziehen.«
Torres musste verhindern, dass Fisher mit Peri als Geisel floh. »Hören Sie, ich stecke jetzt meine Waffe ins Holster.« Er tat es, und dann hob er die Hände über den Kopf.
Fisher achtete gar nicht darauf. »Tun Sie, was ich Ihnen sage«, rief er und verstärkte die Umklammerung an Peris Hals, so dass sie vor Schmerz aufstöhnte.
»Okay, okay. Machen Sie bloß keine Dummheiten, Fisher.« Torres wich langsam zurück, ohne das Paar aus den Augen zu lassen. Und dann sah er jemanden an dem kleinen vergitterten Fenster hinter Fisher und Peri. Verdammt! Torres traute seinen Augen nicht. Es war Sam Berger mit seiner verfluchten Videokamera. Der Mistkerl filmte das Ganze. Torres hätte nicht übel Lust gehabt, seinen Revolver zu ziehen und auf den Typen zu schießen, so wütend war er.
Bis er sah, dass Sam Berger ihm zuzwinkerte und dann mit seiner Kamera die Scheibe einschlug.
Das Krachen und die herumfliegenden Scherben überraschten Fisher dermaßen, dass er seinen Würgegriff vor Schreck etwas lockerte. Sofort nutzte Torres seine Chance. Mit einem Satz sprang er vor, riss Peri aus Fishers Umklammerung und stürzte sich auf den Mann. Ein wildes Gerangel begann, wobei Fisher kräftiger war, als Torres erwartet hatte. Fisher versuchte, eine Hand in Torres' Jacke zu bekommen, um den Revolver aus dem Holster zu ziehen.
Er hatte schon fast die Hand an der Waffe, als der Streifenpoli-

zist hereingestürmt kam. Gegen sie beide zusammen war Fisher chancenlos. Sobald er mit dem Gesicht nach unten auf dem Boden lag, riss der Streifenpolizist ihm die Arme auf den Rücken und legte ihm Handschellen an. Die ganze Zeit schrie Fisher wieder und wieder: »Ich hab nichts getan.«

Torres warf einen Blick zum Fenster. Berger filmte immer noch. Torres grinste und zeigte ihm den Mittelfinger. Dann erklärte er Eric Fisher, dass er wegen versuchter Körperverletzung festgenommen sei – so konnten sie ihn so lange festhalten, bis sie mehr gegen ihn in der Hand hatten. Dann belehrte er Fisher über seine Rechte und eilte zu Peri. Inzwischen zerrte der Streifenpolizist den jammernden, schreienden Fisher auf die Beine und stieß ihn zur Toilette hinaus in Richtung Streifenwagen.

Torres stellte sich so vor Peri, dass Berger sie nicht mehr filmen konnte. »Alles in Ordnung?« Er machte keine Anstalten, sie zu berühren. Sie war blass und rieb sich den Hals, doch sie nickte.

»Ich möchte zu meinem Vater, Ben. Bitte.« Tränen schossen ihr in die Augen, und sie begann zu zittern, als sie ihrem Körper endlich erlaubte, dem Schock nachzugeben, den sie bislang unterdrückt hatte.

# 83

Während Torres den Streifenpolizisten anwies, Eric Fisher zum 23. Revier in Manhattan zu bringen, schlossen Sam Berger und Karen Meyers Peri in die Arme und versicherten ihr, dass jetzt, wo die Sache ausgestanden sei, alles gut werden würde.
»Du hast den Mistkerl überführt«, sagte Berger zu Peri. »Du ganz allein.«
»Nein, ihr … ihr habt mir geholfen. Ihr alle«, sagte sie, als Torres zu ihnen kam. »Ich möchte … ich möchte jetzt nur zu meinem Vater und es ihm erzählen.«
Torres blickte Sam und Karen an. »Rufen Sie den Leiter der Polizeistation in Staunton an. Ich bin sicher, er lässt Sie hier abholen und zurück zu Ihrem Mietwagen bringen.« Dann wandte er sich an Peri. »Kommen Sie, ich fahre Sie zu Ihrem Vater.«
Als er sie zu seinem Wagen führte, nahm Peri seine Hand, sagte aber nichts. Ihre Berührung fühlte sich gut an. Mehr als das, sie fühlte sich richtig an.
Ehe er den Motor startete, holte er sein Handy hervor.
»Können Sie sich sparen. Kein Empfang«, sagte Peri. »Hab ich gemerkt, als ich Sie von der Toilette aus anrufen wollte.«
Als sie schließlich am Upstate ankamen, ließ Torres sich zum Direktor bringen, der ihm nach kurzer Erörterung die Genehmigung für den Sonderbesuch erteilte. Wenige Minuten später eskortierte ein Aufseher Peri zur Krankenstation. Sobald das geregelt war, rief Torres seinen Partner an.
»Ich versuch schon seit Stunden, dich zu erreichen«, maulte Miller.

»Ich war am Arsch der Welt. Ist eine lange Geschichte.«
»Na, meine Geschichte ist kurz. Wir haben einen ersten Bericht vom Labor.«
»Und?«, fragte Torres ungeduldig nach.
»Wie zu erwarten, stammt das meiste Blut vom Opfer, aber es ist auch noch Blut von jemand anderem auf dem Beweisstück. Leider Blutgruppe B. Das ist López' Blutgruppe.«
»Und die von Millionen anderen. Hoffentlich auch die von Eric Fisher. Der spielt in meiner langen Geschichte eine Rolle. Ich erzähl sie dir, wenn ich wieder zurück bin. Fisher ist übrigens auf dem Weg zu dir, müsste in einer knappen Stunde von einem Streifenpolizisten bei euch abgeliefert werden.«
»Ich glaube, ich möchte die ganze Geschichte hören«, sagte Miller.
»Wirst du. Später. Mach denen vom Labor noch mal Feuer unterm Hintern, wir brauchen die DNA-Ergebnisse.«
»Ich hab schon gesagt, wie dringend es ist, aber du weißt ja, was das heißt.«
Die Polizeilabore waren chronisch überlastet. Selbst wenn ein Fall als dringend eingestuft wurde, dauerte es lange, viel zu lange, bis Ergebnisse vorlagen. Eric Fisher könnte ihn allen das Leben erleichtern, wenn er beschloss, den Mord an Alison zu gestehen – und als freundliche Zugabe noch dazu die Auftragsmorde an Kevin Wilson, Maria Gonzales und Frank Sullivan.
Es müsste schon mit dem Teufel zugehen, wenn sich herausstellte, dass Fisher nicht B-positiv war. Aber das konnte unmöglich sein, davon war Torres überzeugt.

»Es dauert nicht mehr lange, Daddy«, sagte Peri. Sie hielt die Hand ihres Vaters umklammert, und er versuchte, ihre zu drücken, doch dazu fehlte ihm die Kraft. Die Chemo hatte ihn völlig geschwächt.
Peri war entsetzt von seinem Zustand. »Sobald du frei bist, bring ich dich ins Sloane Kettering, die beste Krebsklinik im Land. Dort arbeiten sie mit ganz neuen Medikamenten, von denen die Ärzte hier wahrscheinlich noch nie gehört haben.«

Er lächelte sie schwach an. »Schon … gut, Pilar. Dich zu sehen … genügt mir.«
»Aber mir genügt es nicht, Daddy. Ich will dich hier rausholen. Ich will, dass es dir bessergeht. Ich will mich um dich kümmern. Wenn du wieder bei Kräften bist, wohnst du bei mir. Ich hab mir alles genau überlegt. Ich nehme eine größere Wohnung und hol auch noch Nana zu uns, um die sich eine private Pflegerin kümmern wird, und dann sind wir alle zusammen. Vielleicht bleibt Tante Lo ja auch in New York. Dann sind wir wieder eine Familie.«
»Pilar, das … musst du … doch nicht.«
»Aber ich möchte es, Daddy. Nicht nur für dich und Nana. Auch für mich. Ich will meine Familie um mich haben.« Tränen rannen ihr über die Wangen, obwohl sie sich geschworen hatte, nicht zu weinen.
»Ich habe dich, meine Tochter. Ich habe immer nur um eins gebetet: Dir endlich sagen zu können, wie lieb ich dich hab.«
»Ich verspreche dir, es dauert nicht mehr lange, dann kannst du es noch einmal außerhalb dieser Gefängnismauern sagen.« Peri hatte keine Ahnung, ob sie dieses Versprechen würde halten können.

Karen blickte zu Sam hinüber. Er war blass und sah aus, als hätte er Schmerzen. Auf der anderen Straßenseite sah sie eine Pension namens Wadsworth Inn. Ein hübsches, grünes zweigeschossiges Gebäude.
»Du siehst nicht besonders gut aus, Sammie.«
»Ich hab mich schon besser gefühlt«, gab er zu.
»Wir könnten … da vorn übernachten und morgen früh bei der Polizei in Staunton anrufen.«
Sam folgte ihrem Blick zu der Pension.
»Vielleicht haben sie ja … zwei Zimmer frei.«
»Vielleicht«, räumte Sam ein und sah jetzt Karen an.
Karen blickte ihm in die Augen. »Allerdings … *ein* Zimmer … könnte reichen. Meinst du nicht?«
Sammie lächelte. »Ja, das könnte reichen, Karen. Ganz bestimmt.«

Als sie eincheckten, fragte die Pensionswirtin, ob sie geweckt werden wollten.
»Das wird nicht nötig sein«, erwiderte Karen.

»Er ist so schwach, aber ich weiß, er wird es schaffen.« Peris Lippen bebten. »Er muss es einfach schaffen. Und jetzt, wo Sie ... Eric haben –« Sie blickte Torres an. »Ich kann es noch immer nicht fassen. Ich krieg es ... einfach nicht in meinen Kopf. Aber wenigstens wird mein Vater jetzt entlastet. Und das allein zählt für mich«, sagte sie mit wilder Entschlossenheit.
Torres brachte es nicht übers Herz, ihr zu sagen, dass es wahrscheinlich länger dauern würde, als sie sich vorstellte, bis ihr Vater wieder auf freiem Fuß war.

# 84

Ein erster Durchbruch. Eric Fisher hatte Blutgruppe B. Er hatte sich zwar nicht zu einer freiwilligen Blutprobe bereiterklärt, aber dank einer Blinddarmoperation im City General hatte Miller sich die Information über die Blutgruppe bei einer Krankenschwester besorgt, die mit seiner Frau befreundet war.
Das Tonbandgerät lief. Torres und Miller saßen auf einer Seite des Holztisches im Verhörraum, ihnen gegenüber ein weinerlicher, schniefender Eric Fisher. Torres hatte Fisher über sein Recht in Kenntnis gesetzt, einen Anwalt hinzuzuziehen. Fisher hatte abgelehnt.
»Ich brauche keinen Anwalt. Ich habe nichts Unrechtes getan.«
Es würde nicht leicht werden, diesem Verdächtigen ein Geständnis zu entlocken.
Vor Fisher lagen zwei Fotos von ihm und Alison López – auf dem einen standen sie vor seinem roten Sportwagen, das andere zeigte sie beide beim Sex –, ein drittes Foto war die Vergrößerung des Rings, den er auf den beiden ersten Fotos trug. Es war derselbe Ring, der in einem ebenfalls auf dem Tisch liegenden Beweismittelbeutel steckte.
»Hören Sie, ich hab doch schon zugegeben, dass Ali und ich ein Verhältnis hatten.«
»Und der Ring hier, ist das Ihrer?«, fragte Torres und hielt Fisher den durchsichtigen Beweismittelbeutel vor die Nase.
»Er sieht so aus wie meiner.«
»Sehen Sie auf der Vergrößerung, dass der Ring zwei Diamantsteine hat?«

»Ja.«
Torres zog einen weiteren durchsichtigen Beweismittelbeutel aus der Tasche und legte ihn auf den Tisch. Darin war ein kleiner Brillant. Dann holte Torres ein Paar Gummihandschuhe hervor und streifte sie sich über. »Wollen wir mal sehen, ob dieser Stein auf den Ring passt?«
Fisher zuckte die Achseln, doch er wirkte zunehmend nervös.
»Der Schuh passt«, sagte Miller trocken, während sein Partner den Brillanten säuberlich in die Fassung steckte, die ihn ursprünglich gehalten hatte.
»Was beweist das schon?«, murmelte Fisher. »Alis Mann wurde doch vor über zwanzig Jahren des Mordes schuldiggesprochen, deshalb kapier ich nicht, wieso Sie –«
»Raphael López ist ein himmelschreiendes Unrecht angetan worden, ein Unrecht, das wir korrigieren wollen«, sagte Torres scharf. »Dieser Brillant von Ihrem Ring, Mr Fisher, wurde nach dem Mord an Alison López am Tatort gefunden. Er lag auf dem Teppich neben dem Bett, auf dem das blutüberströmte, vergewaltigte und mit Messerstichen getötete Opfer lag.«
»Ich war's nicht. Ich schwöre. Wir hatten ein Verhältnis; das hab ich doch bereits zugegeben. Aber ich habe Ali nie ein Haar gekrümmt. Sie war quicklebendig, als ich an dem Tag gegangen bin.«
Torres und Miller setzten sich etwas gerader auf, wechselten Blicke. Ein erster Fortschritt.
Torres ergriff wieder das Wort. »Sie geben also zu, an dem Tag, an dem Alison López ermordet wurde, bei ihr in der Wohnung gewesen zu sein.«
»Ich habe von dem Mord auf die gleiche Weise erfahren wie die meisten anderen Leute auch. In den Sechs-Uhr-Nachrichten. Da hieß es auch, dass ihr Mann als Verdächtiger festgenommen worden war. Ich war am Boden zerstört. Ich hab an Selbstmord gedacht. Ich war erst dreiundzwanzig und hatte das Gefühl, mein Leben wäre zerstört.«
»Aber Sie haben sich nicht umgebracht«, sagte Torres.
»Nein. Ich war ein Feigling. Das gestehe ich ganz offen. Aber ich gestehe keinen Mord, den ich nicht begangen habe«, fügte

er hinzu und verschränkte die Arme vor der Brust. »Ich will einen Anwalt.«
Torres machte das Tonbandgerät aus, öffnete die Tür und nickte dem Uniformierten zu, der draußen wartete. »Lassen Sie ihn telefonieren und dann bringen Sie ihn zurück in seine Zelle.«
Wenige Minuten später setzte Torres sich im Raum nebenan zu Jimmy Anderson, der das Verhör durch das Beobachtungsfenster verfolgt hatte.
»Meinen Sie, wir haben genug für einen Haftbefehl?«, fragte Torres den Oberstaatsanwalt, dessen Miene alles andere als optimistisch wirkte. »Er hat zugegeben, dass er an dem Tag da war«, fuhr er fort, »wir haben den Brillanten, den Ring, die Fotos, seine Blutgruppe stimmt überein mit der von den Blutstropfen, die am Tatort gefunden wurden.«
Die Miene des Oberstaatsanwalts veränderte sich kaum. »López ist auch B-positiv«, rief Anderson dem Detective in Erinnerung.
»Ja, ja, ich weiß«, sagte Torres.
Ohne ein Geständnis von Fisher würden sie Däumchen drehen müssen, bis die DNA-Ergebnisse vorlagen. Und bei der Überlastung des Labors könnte das Wochen dauern.
»Sie haben nicht genug für einen Haftbefehl wegen Mordverdachts«, sagte der Oberstaatsanwalt. »Es sei denn, Sie haben was in der Hand, um ihn mit dem Mord an Gonzales oder dem an Kevin Wilson in Verbindung zu bringen.
Torres blickte niedergeschlagen.
Anderson seufzte müde. »Ja, das hab ich mir gedacht.«
»Ich kann Fisher wegen versuchter Entführung festhalten, vielleicht sogar wegen versuchter Körperverletzung. Er hat Peri Gold schließlich fast erwürgt. Und sie hat auf mein Anraten hin gegen ihn Anzeige erstattet, ehe ich sie nach Hause gebracht habe.«
»Ich gehe jede Wette ein, dass der Anwalt von dem reichen Pinkel ihn morgen früh gegen Kaution wieder auf freiem Fuß hat.«
Der Oberstaatsanwalt erhob sich. »Tut mir leid, Torres. Ich verspreche Ihnen, denen vom Labor Beine zu machen, aber mehr kann ich im Augenblick nicht für Sie tun.«

# 85

Am Mittwochmorgen betrat Peri das Zimmer ihrer Nana im Pflegeheim und sah mit freudiger Überraschung, dass auch ihre Tante Lo da war.

Lo stand auf und umarmte Peri. Dann schob sie sie ein Stück von sich weg, um sie in Augenschein zu nehmen. »Wie gut du aussiehst, Pilar! Ich weiß, es ist eine Ewigkeit her, aber ich hätte dich auf der Stelle wiedererkannt.«

»Hab ich's dir nicht gesagt, Lo?«, sagte Peris Nana von ihrem Bett aus. »Sie ist wunderschön. Genau wie ihre Mutter, Gott hab sie selig.« Juanita López bekreuzigte sich.

»Ich hab euch beiden so viel zu erzählen«, sagte Peri. Und dann sprudelten die Worte nur so aus ihr heraus. Lo musste sie mehrmals unterbrechen, sie bitten, das eine oder andere zu wiederholen oder zu warten, bis sie für ihre Mutter etwas, was die Frau nicht ganz verstanden hatte, ins Spanische übersetzt hatte. So schwer es Peri auch fiel, das mit Eric zu erzählen, ihr war inzwischen klargeworden, dass sie ihn nie geliebt hatte. Sie hatte nie eine wirkliche Nähe zu ihm gespürt, sich nie richtig auf ihn eingelassen. Jetzt verstand sie, warum.

Etwa zur selben Zeit verließ Eric Fisher in Begleitung seines Anwalts das Untersuchungsgefängnis.

Auch Torres, der ebenfalls dort war, machte sich auf den Weg. Kaum war er aus dem Gebäude, rief er Peri auf ihrem Handy an. Ihm graute vor dem, was er ihr würde sagen müssen, und er beschloss, ihr die Nachricht lieber persönlich zu überbringen. Noch unwohler wurde ihm, als er hörte, wie fröhlich sie sich meldete.

»Hey, ich bin im Pflegeheim. Ich hab meiner Großmutter und meiner Tante gerade die gute Nachricht erzählt.«
»Pilar, wir müssen uns sehen.«
»Ich bleib nicht mehr lange hier, aber danach bin ich mit einer befreundeten Immobilienmaklerin verabredet. Ich brauche eine größere Wohnung und hab gedacht, ich fang schon mal mit der Suche an. Wir könnten uns am späteren Nachmittag sehen –«
»Sie müssen aufs Präsidium kommen, Pilar. Sie müssen eine einstweilige Verfügung gegen Eric Fisher beantragen.« Er konnte doch nicht länger warten.
»Ich … ich versteh nicht ganz.«
»Er ist wieder auf freiem Fuß.«
»Wie ist das möglich?«, fragte sie.
»Nehmen Sie ein Taxi und kommen Sie her. Dann erklär ich Ihnen alles.«

Peri hörte Torres wortlos zu. Als er ihr den Antrag auf eine einstweilige Verfügung vorlegte, unterschrieb sie sofort. Karen trat herein, als Peri den Stift hinlegte. Auf dem Weg zum Präsidium hatte Peri Karen angerufen und sie gebeten, ebenfalls zu kommen.
Auch Torres hatte Karen angerufen.
»Ist sie hier fertig?«, fragte Karen.
»Ja«, bestätigte Torres.
Karen nahm Peris Arm und half ihr aus dem Stuhl. Mit einem Nicken verabschiedete sie sich von dem Detective und führte Peri aus dem Morddezernat.
Peri sagte kein Wort, während die beiden Frauen zusammen im Taxi saßen. Sie starrte bloß mit leerem Blick geradeaus.
»Ich kann mir vorstellen, wie du dich fühlst, Peri, aber sobald die DNA-Ergebnisse vorliegen –«
Peri hob eine Hand, um sie zu bremsen. »Dann könnte mein Vater schon tot sein. Und Nana auch.«
»Nein«, entgegnete Karen mit Nachdruck. »Der Fall wird vordringlich behandelt. Es dauert vielleicht zwei, drei Wochen …«
»Für mich ist schon eine Woche eine Ewigkeit. Lass mich bitte vor meiner Wohnung aussteigen.«

Aber als sie in ihre Straße bogen, schnappte Peri beim Anblick des roten Porsches, der nicht weit von ihrem Haus parkte, nach Luft. Auch Karen sah ihn. Sie nannte dem Taxifahrer ihre Adresse und rief Torres an.

»Er weiß wahrscheinlich noch nichts von der einstweiligen Verfügung«, sagte Karen zu ihm.

»Er wird es bald wissen«, erwiderte Torres scharf. »Wie geht's –«

»Ich nehme sie mit zu mir.«

»Gut. Sehen Sie zu, dass sie Ihnen nicht wegläuft.«

»Haben Sie schon mal versucht, Peri festzuhalten?«

# 86

Jeden Morgen fuhr Peri von Karens Wohnung zum Pflegeheim und verbrachte ein oder zwei Stunden bei ihrer Großmutter, je nachdem, wie es der alten Frau gerade ging. Manchmal traf sie dort auch ihre Tante Lo. Vor beiden wahrte sie den Schein, dass ihr Vater bald freigesprochen werden würde. Nana war alt und krank und hatte jedes Zeitgefühl verloren. Tante Lo konnte sie dagegen nichts vormachen. Lo hatte Detective Torres aufgesucht, der ihr widerwillig den Stand der Dinge erläutert hatte, und ihn dann gebeten, ihrer Nichte nichts von ihrem heimlichen Besuch zu erzählen. Er hatte erwidert, er könne Peri, selbst wenn er wollte, nichts erzählen, da sie nie ans Telefon ging, wenn er anrief. Peri ging auch bei einigen anderen Leuten nicht ans Telefon – vor allen Dingen, wenn ihr Großvater und Eric Fisher anriefen. Die Anrufe ihres Großvaters konnte sie ja noch verstehen, aber wie konnte Eric auch nur ansatzweise glauben, sie würde je wieder mit ihm sprechen wollen? Zumindest hielt die einstweilige Verfügung ihn von ihr fern.

An drei Nachmittagen die Woche mietete Peri sich einen Wagen und fuhr zu ihrem Vater. In der ersten Woche besuchte sie ihn auf der Krankenstation. In der zweiten Woche hatte sich sein Zustand so weit verbessert, dass er zurück in seine Zelle konnte. So erleichtert Peri auch darüber war, dass es ihm besserging, es hatte auch eine Kehrseite: Im regulären Vollzug konnte sie nur durch eine Glasscheibe über Telefon mit ihm sprechen. Das war entsetzlich. Doch auch für ihren Vater machte sie gute Miene zum bösen Spiel.

»Es kann nicht mehr lange dauern, Daddy«, sagte sie ihm bei jedem Besuch.
Fast drei Wochen nach Erics Festnahme saß Pilar allein in Karens Wohnzimmer und blätterte in einer Zeitschrift, als sie einen Anruf vom Direktor des Gefängnisses erhielt, der ihr mitteilte, dass ihr Vater wieder auf der Krankenstation war. Sein Zustand hatte sich erneut verschlechtert. Peri warf sofort die Zeitung beiseite, rief bei der Autovermietung an und bestellte einen Wagen, den sie umgehend abholte.
Dass sie sich auf der Fahrt zum Gefängnis keinen Strafzettel wegen Überschreitung des Tempolimits einhandelte, war reiner Zufall.
Der Gefängnisdirektor wartete vor der Krankenstation auf sie.
»Ms Gold, ich muss Ihnen leider mitteilen ...«
Peri wurde schwindelig. Alles um sie herum wurde schwarz.
»Nein, nein, Ms Gold, Ihr Vater lebt«, sagte der Direktor, der sie aufgefangen hatte und nun sanft rüttelte.
Sie hielt sich benommen am Revers seines Jacketts fest. »Er lebt?«
»Ja, aber gleich nachdem ich Sie angerufen hatte, hat mich sein Arzt verständigt, dass er ins Koma gefallen ist.«
»Aber er ... er wird doch wieder wach. Der Arzt kann doch bestimmt was machen.« Sie hielt ihn noch immer am Revers gepackt. Ihr Gesicht war kalkweiß.
»Kommen Sie, wir gehen in mein Büro, Sie brauchen ein Glas Wasser –«
»Ich muss zu ihm. Ich muss zu meinem Vater. Sofort. Bitte.«
Der Direktor nickte und löste ihre Hände von seiner Jacke. »Ich bringe Sie hin.«
Er öffnete die Tür für sie und führte sie durch die Station. »Ich habe ihn in ein Einzelzimmer verlegen lassen. Da sind Sie ungestört mit ihm.«
»Es ist ... ernst, nicht wahr?«
»Ich schicke den Arzt zu Ihnen, der kann Ihnen Genaueres sagen«, erwiderte der Direktor und öffnete dann die Tür zu dem Einzelzimmer. Aus mehreren Infusionsbeuteln tropften Flüssigkeiten durch Schläuche in Raphael López' von der Krankheit

schwer gezeichneten Körper. Seine Augen waren geschlossen, und selbst wenn Peri nicht gewusst hätte, dass ihr Vater im Koma lag, hätte sie gewusst, dass das kein natürlicher Schlaf war. Sie kniete sich neben sein Bett, holte den Rosenkranz ihrer Nana hervor und fing an zu beten. Sie betete auf Spanisch, was sie seit ihrer Kindheit nicht mehr getan hatte. Sie hatte nicht mal gewusst, dass sie das noch konnte.

In den ersten vier Wochen nach Fishers Festnahme landeten drei neue Mordfälle auf Torres' Schreibtisch. Er erledigte seine Arbeit. Dafür wurde er schließlich bezahlt. Miller entlastete ihn in allen drei Ermittlungen mehr, als er es früher getan hätte. Miller wusste, dass Torres jeden Morgen im Labor anrief und sich erkundigte, ob die DNA-Ergebnisse endlich vorlagen. Es gab ihm Auftrieb, als er von einer Labortechnikerin schließlich erfuhr, seine Beweismittel seien in Arbeit, aber was sie dann sagte, klang nicht besonders optimistisch. Die Blutproben vom Bademantel des Opfers waren nach über dreiundzwanzig Jahren stark angegriffen, so dass sie keine zuverlässige Auswertung garantieren konnten. Die Ergebnisse der zuvor erfolgten Blutgruppenbestimmung waren auch keine Hilfe, da das Labor an dem Bademantel Blut der Blutgruppen A-positiv und B-positiv festgestellt hatte. Das würde López, der Blutgruppe B-positiv hatte, nicht weiterhelfen. Sollten sich keine eindeutigen DNA-Ergebnisse erzielen lassen, wären sie keinen Schritt weiter. Und auch die bei der gerichtsmedizinischen Untersuchung des Opfers sichergestellten Spuren beschränkten sich lediglich auf die Spermizidsorte, mit der das vom Täter benutzte Kondom beschichtet gewesen war; da in den 80er Jahren drei Kondom-Marken mit der gleichen Spermizidbeschichtung auf dem Markt waren, führte auch das in eine Sackgasse.
Torres konnte also nichts anderes tun, als auf die DNA-Ergebnisse zu warten, sämtliche Beweismittel gegen Eric Fisher bereitzuhalten und irgendwie den Frust zu ertragen, das Schwein wohl erst dann verhaften zu können, wenn das Labor die Ergebnisse lieferte. Zu allem Übel hatte er vom Gefängnisdirektor erfahren, dass López ins Koma gefallen war.

Torres rief Karen an.
»Wie geht's ihr?«, fragte Torres.
»Was glauben Sie wohl?«, lautete Karens bedrückte Antwort.
Als Torres auflegte, warf Miller ihm einen Blick zu. »Geh einen Kaffee trinken, Benny.«
»Ich will keinen Kaffee«, erwiderte Torres barsch.
»Dann irgendwas Stärkeres. Hauptsache, du verschwindest für zwei Stunden. Ich kann deine jämmerliche Visage nicht mehr sehen.« Er bewarf ihn mit einer Büroklammer. »Keine Sorge. Ich halte hier die Stellung und sage dir sofort Bescheid, wenn ich was höre.«
Da sich Torres ohnehin nutzlos vorkam, beschloss er, Tommys Vorschlag anzunehmen. Er angelte seine Jacke von der Stuhllehne und ging aus dem Büro, die Treppe hinunter und ins Freie, wo ihm sogleich ein kalter Dezemberwind entgegenschlug. Er steuerte auf eine Bar auf der anderen Straßenseite zu, trat aber nicht ein. Stattdessen schlug er seinen Jackenkragen hoch und lief los, ohne ein bestimmtes Ziel vor Augen.
Er war gut zehn, zwölf Blocks vom Präsidium entfernt, als sein Handy klingelte. Im Display stand der Name seines Partners.
»Ja«, sagte Torres gespannt.
»Willst du zuerst die gute Nachricht hören oder die schlechte?«, fragte Tommy Miller.
»Sind die DNA-Ergebnisse da?« Er machte bereits auf dem Absatz kehrt und eilte zurück zum Präsidium.
»Das gehört zu der guten Nachricht.«
»Was soll das heißen?« Torres blieb wie angewurzelt stehen.
»Ich sag dir zuerst die schlechte Nachricht.«
Torres wappnete sich.
»Das Blut stammt nicht von Fisher.«
»Was? Du machst Witze. Das ist unmöglich. Im Ernst?«
»He, jetzt kommt die gute Nachricht, Benny. Wir haben eine Übereinstimmung. Unsere Datenbank hat den Namen ausgespuckt. Wir haben unseren Mann, Benny. Todsicher. Dem Herrn sei Dank für DNA. Setz deinen Hintern in Bewegung. Wir müssen einen Mörder einkassieren.«
»Wer ist es?«

»Du bist schneller hier, wenn ich dich bis dahin auf die Folter spanne.«
Torres sprintete los.

# 87

»Es tut mir leid, aber er darf im Augenblick nicht gestört werden. Er ist in einer Sitzung.«
»Und uns tut es leid, dass wir darauf keine Rücksicht nehmen können«, sagte Miller und zeigte der Mitarbeiterin am Empfang seine Dienstmarke.
Torres strebte bereits auf die Tür zu. Er riss sie schwungvoll auf.
»Sagen Sie Ihren Freunden, die Besprechung ist zu Ende.«
Der Mann, der hinter seinem Schreibtisch saß, erhob sich, richtete seine Krawatte und strich sich den blauen Kaschmirblazer glatt. Torres hielt seine Marke hoch.
»Gentlemen, wenn Sie uns bitte entschuldigen würden.«
Die fünf Teilnehmer der Besprechung blickten ratlos und verunsichert. Einer nach dem anderen erhoben sie sich und verließen den Raum, vorbei an Tommy Miller, der sich an der Tür postiert hatte. Sobald alle fünf gegangen waren, schloss Miller die Tür und stellte sich davor.
»Héctor García, ich verhafte Sie wegen des dringenden Verdachts, Alison López ermordet zu haben.« Anschließend gab Torres die Rechtsbelehrung ab. García stand einfach nur da und rührte sich nicht, als Torres um den Schreibtisch herumging und hinter ihn trat. García streckte sogar die Hände auf den Rücken, um sich Handschellen anlegen zu lassen.
»Es war nicht so, wie Sie glauben«, sagte García traurig.
»Das ist es nie«, stellte Miller lakonisch fest.
»Ich habe Ali geliebt. Schon als ich sie das erste Mal im Pearl's sah, hab ich mich rettungslos in sie verliebt. Ich war damals

schüchtern im Umgang mit reichen Mädchen, wissen Sie. Raph hatte kein Problem damit. Er konnte mit Ali reden.«

»Sie haben einen Mann, der für Sie wie ein Bruder war, im Gefängnis dahinvegetieren lassen, obwohl sie wussten, dass er unschuldig ist«, sagte Torres angewidert. »Sie haben Raph und seine Tochter zerstört, seine ganze Familie.«

García zeigte keine Reue für das, was er Raphael López und seiner Familie angetan hatte. »Ich wollte ihr nichts tun«, sagte er leise. »Ich wollte sie bloß besuchen, fragen, wie es ihr geht. Dann sehe ich diesen Typen aus dem Haus kommen und in seinen bescheuerten roten MG springen. Ich geh hoch zu ihrer Wohnung und sie macht auf, hat wahrscheinlich gedacht, ihr reicher Sonnyboy kommt noch mal wieder, weil er Lust auf einen kleinen Nachtisch hat. Mann, da steht sie vor mir, mit nichts am Leib außer einem dünnen Baumwollbademantel. Ich bin stocksauer geworden …«

Héctor schloss die Augen. »Stocksauer.«

*»Du machst mich wahnsinnig, das weißt du.«*

*»Héctor, bitte lass das. Ich bin müde.«*

*»Klar bist du müde. Du hast ja eben erst mit diesem reichen Idioten rumgevögelt.«*

*»Was ich mache und mit wem ich es mache, geht dich gar nichts an, Héctor.«*

*»Was du nicht sagst, Ali. Und Raph? Geht es Raph was an?«*

*»Raph und ich sind zurzeit getrennt, Héctor.«*

*»Zurzeit? Dann willst du es dir wohl noch mal überlegen. Vielleicht ist dein reicher Knabe ja doch nicht so toll im Bett.«*

*»Geh nach Hause, Héctor.«*

*»Menschenskind, Ali, Du bist so verdammt schön. Ich hab Kondome dabei, du brauchst dir also keine Gedanken zu machen. Lo hat mir erzählt, du willst keine Kinder mehr.«*

*»Du Schwein. Du bist mit Lo verlobt. Was würdest du sagen, wenn ich es Lo erzähle …«*

*»Vergiss Lo. Denk an dich, Ali. Ich weiß, was du brauchst. Du brauchst einen richtigen Liebhaber. Einen wie mich, dann vergisst du deinen reichen Knaben und Raph und jeden anderen, mit dem du's treibst.«*

*»Halt die Klappe, Héctor. Du machst mich langsam sauer.«*
*»Ich bin schon sauer, Ali.« Er packte sie an den Schultern. Ihr Bademantel öffnete sich. Sobald er ihren hinreißenden nackten Körper sah, war es um ihn geschehen. »Gib mir doch eine Chance, Ali. Du hast mir nie die geringste Chance gegeben, dir zu zeigen –«*
*Sie riss sich los, rannte in die Küche und kam mit einem Fleischmesser wieder, mit dem sie vor ihm herumfuchtelte. »Verschwinde, Héctor. Ich meine es ernst.«*
»Ich auch, Baby.« Und dann sprang er vor, stieß sie zu Boden, entwand ihr das Messer und hielt ihr die scharfe Spitze an die Kehle. »Das ist deine Schuld, Ali. Du hast damit angefangen.«

Héctor García kämpfte schniefend gegen die Tränen an. »Ich kann mich nicht mal richtig erinnern, was danach passiert ist. Ich weiß nur noch, dass ich auf einmal zitternd in einer Seitenstraße stand, von oben bis unten voller Blut und mit zehn Riesen in der Tasche.«
»Soll das heißen, Sie können sich nicht erinnern, dass Sie Alison López vergewaltigt und mit vierzehn Messerstichen ermordet haben? Ach ja, und dass Sie ihr dann auch noch das Geld gestohlen haben?«
»Nein, Mann. Ich hab keine Ahnung, ehrlich. Ich hab sie geliebt. Ali war einsame Spitze. Ich schwöre, ich kann mich nicht erinnern, ihr das angetan zu haben. Ich wollte ihr bloß zeigen, wie gut wir zusammenpassen würden. An mehr erinnere ich mich nicht.«
»Sagen Sie«, schaltete Tommy sich ein, »wie steht's denn mit Ihrem Erinnerungsvermögen, was die Auftragskiller angeht, die sie auf Maria Gonzales, Kevin Wilson und Frank Sullivan angesetzt haben? Ich wette, so teuer war das gar nicht. Und für den verbockten Anschlag auf Berger und Meyers mussten Sie wahrscheinlich überhaupt nichts hinblättern.«
García zuckte bloß die Achseln. Nicht unbedingt ein Geständnis, aber, so schätzte Torres, über kurz oder lang würden sie ihn schon zum Reden bringen. Oder sie würden einen seiner Auftragskiller aufspüren, der García gegen einen Deal mit der Staatsanwaltschaft ans Messer liefern würde.

»Bis dieser Idiot Berger angefangen hat, für seinen Scheißdokumentarfilm herumzuschnüffeln, ging's mir gut. Richtig prima. Es ist super gelaufen all die Jahre.«
»So super nun auch wieder nicht«, sagte Miller. »Was glauben Sie wohl, wie wir Sie geschnappt haben? Wir haben Ihre DNA gespeichert, Mann.«

# EPILOG

Es war ein milder Juliabend, und aus dem kleinen Restaurant drangen jedes Mal, wenn die Tür aufging, Salsa-Klänge auf die Straße. Das Lokal füllte sich rasch. Die Leute, die hineinströmten, waren eine Mischung aus Latinos und Weißen, obwohl Erstere bei weitem überwogen.

Benito Torres stand auf der anderen Straßenseite und schaute dem Treiben zu, so wie er schon am Nachmittag abseits auf dem Friedhof gestanden hatte und bei der Beerdigung zugeschaut hatte. Er war sich nicht hundertprozentig sicher, aber er meinte, dass sich jetzt fast alle Trauergäste im Restaurant befanden. An der Tür hing ein Schild mit der Aufschrift »Geschlossene Gesellschaft«.

Vermutlich hätten es viele Leute befremdlich gefunden, dass sich eine große Gruppe von Trauergästen, die nur wenige Stunden zuvor einen ihrer Lieben beigesetzt hatten, in einem Lokal versammelten, wo offenbar eine fröhliche Party gefeiert wurde. Aber Torres konnte das gut verstehen. Die Leute waren nicht gekommen, um einen Tod zu betrauern, sondern um ein Leben zu feiern. Sie würden essen, trinken, tanzen, Trinksprüche ausbringen, in Erinnerungen schwelgen, und ja, auch Tränen vergießen.

Torres blickte auf die großen roten Lettern über dem Eingang zum Restaurant – Casa López. Einen passenderen Namen hätte es nicht geben können. Oder eine passendere Lage für ein puerto-ricanisches Lokal, East 123rd Street Ecke 3rd Avenue.

Casa López war seit fast sechs Monaten geöffnet und hatte sich in der kurzen Zeit bereits einen Namen gemacht; das Restaurant hatte sogar schon einen hohen Platz im Restaurantführer *Zagat* ergattert und war im *New York Magazine* für seine authentische, köstliche und preisgünstige puerto-ricanische Küche in höchsten Tönen gelobt worden. Außer Frage stand auch, dass die Besitzerin zur Popularität der Casa López beigetragen hatte.

Anfang des Jahres, im Januar, hatte der Freispruch von Raphael López Schlagzeilen gemacht. López hatte aus Krankheitsgründen nicht vor Gericht erscheinen können, als das Urteil gegen ihn offiziell aufgehoben wurde. Er hatte sich noch nicht wieder von der Chemotherapie erholt, der er sich tags zuvor auf der Krankenstation der Strafanstalt hatte unterziehen müssen. Karen Meyers, Raphael López' Rechtsbeistand, hatte das Gericht überzeugt, eine Videoschaltung zwischen dem Gerichtssaal und der Krankenstation zu genehmigen, damit ihr Mandant dieses bedeutsame und lang erwartete Ereignis am Bildschirm verfolgen konnte. An Raphs Bett versammelt waren an dem Morgen seine Tochter Peri und seine Schwester Delores López, die ihm die Hände hielten, sowie Sam Berger und Karen Meyers. Karen stand etwas abseits, während Sam diesen Anlass mit seinem Camcorder festhielt. Benito Torres hatte sich im Gerichtssaal einen Platz gesucht, von dem aus er den Bildschirm gut im Auge hatte. Sein Partner Tommy Miller saß neben ihm. Er hatte ein zerknülltes Taschentuch in der Hand – nur für alle Fälle.

Um 10.18 Uhr, am 23. Januar, erwachte der Fernsehbildschirm auf der Krankenstation der Strafanstalt Upstate zum Leben. Auf der Station war es mucksmäuschenstill. Von den übrigen Patienten konnte zwar keiner den Bildschirm sehen, aber sie würden hören können, was gesagt wurde. Einige Pfleger hatten sich so hingestellt, dass sie beides konnten.

Richter Matthew Calvin, ein Afroamerikaner im mittleren Alter, blickte ernst in die Kamera. »Mr Raphael López, es ist mir eine große Ehre, Ihnen mitzuteilen, dass Ihre Verurteilung aufgehoben wurde und Sie von nun an ein freier Mann sind.« Patienten und Pfleger brachen in Jubel aus. Peri und Lo dagegen

ließen bloß stumm die Tränen fließen, während sie Raph umarmten. Raph war tränenlos. Er lächelte.
Der Richter hob eine Hand, um zu signalisieren, dass er noch etwas sagen wollte. Wieder wurde es auf der Krankenstation still. »Ich möchte überdies meine tiefste Beschämung darüber zum Ausdruck bringen, dass die Justiz Sie wieder und wieder im Stich gelassen hat, Mr López. Wie kann man einem Unschuldigen fast sein ganzes Erwachsenenleben zurückgeben, das man ihm genommen hat? Wie kann es sein, dass sich die polizeilichen Ermittler, die Staatsanwaltschaft und, was mich besonders betrübt, die Gerichte bei ihren Entscheidungen von Rassismus und Bigotterie leiten ließen, was sie meiner Überzeugung nach in diesem bedauernswerten Fall getan haben? Wenn ich die Zeit zurückdrehen könnte, würde ich es tun. Eine DNA-Analyse konnte letzten Endes ihre Unschuld beweisen. Traurigerweise ist dies erst nach fast vierundzwanzig Jahren geschehen und auch nur deshalb, weil Sie eine Tochter, eine Schwester, eine Mutter und gute Freunde haben, die an Sie glaubten und Sie nicht aufgeben wollten. Dafür können Sie sich glücklich schätzen. Ich habe nicht vor, eine lange Rede zu halten, Mr López. Ich möchte Ihnen nur sagen, wie unendlich leid mir tut, was sie alles erlitten haben, körperlich und, was wahrscheinlich noch schwerer wiegt, seelisch.« Der Richter hielt inne. Auch in seinen Augen glänzten Tränen.
Raph hob die Hand, die Pilar umklammert hielt. »Bitte, Euer Ehren«, sagte er schwach, »ich möchte etwas sagen. Ich möchte sagen … ich hege keinen Groll. Ich habe mich zu viele Jahre von Hass und Verbitterung leiten lassen. Diese Gefühle haben meinen Glauben an die Menschen und an Gott zerstört. Es war eine sehr schlimme Zeit für mich. Ich weiß, mir bleibt nicht mehr … viel Zeit, aber ich möchte Ihnen und meiner Familie und meinen Freunden sagen … dass ich jeden Augenblick, der mir noch bleibt, mit Freude und Glück füllen möchte. Ob ich etwas bedauere? Natürlich. Aber solchen Gefühlen räume ich in meinem Herzen und meiner Seele keinen Platz mehr ein. Nur noch der Liebe, bis an mein Lebensende.«
Dann verstummte Raph, und es war nur noch ein Schluchzen

von Pilar zu hören. Jetzt liefen auch dem Richter die Tränen über die Wangen, als er seinen Hammer auf die Richterbank knallte. »Das Verfahren ist eingestellt.«
Torres wünschte, er hätte genau wie sein Partner vorsorglich ein Taschentuch zur Hand genommen. Stattdessen wischte er sich mit dem Hemdsärmel über die Augen.
Ein Pulk von Reportern und Kameraleuten wartete vor der Strafanstalt Upstate, um live dabei zu sein, als Raph López, zwanzig Minuten nachdem er zum freien Mann erklärt worden war, im Rollstuhl von seiner Tochter durch die Gefängnistore geschoben wurde. Er trug ein leuchtend rosa Hemd und eine hellbraune Hose. Auf dem Kopf trug er einen flotten Strohhut. Er wirkte dünn und schwach, aber trotz seines etwas glasigen Blicks lag ein strahlendes Lächeln auf seinem Gesicht.
Peris Augen waren rot gerändert, aber sie weinte nicht mehr. Sie ließ nicht zu, dass die Reporter ihren geschwächten Vater interviewten, gab aber selbst eine Erklärung ab, in der sie sich als Pilar López vorstellte und all den Leuten dankte, die dazu beigetragen hatten, ein schreckliches Unrecht zu beheben. Sie nannte Karen und Sam, Kevin Wilson, Detective Tommy Miller und ganz besonders Millers Partner Detective Benito Torres vom Morddezernat.
Torres sah sich das alles in den Mittagsnachrichten an. Einige Wochen später hatte er erneut Gelegenheit, sich die bewegenden Augenblicke anzuschauen, als Sam Bergers Dokumentarfilm »JUSTIZIRRTUM« im Fernsehen lief. Mehrmals kamen ihm dabei die Tränen, und er war froh, dass er sich die Doku allein in seiner Wohnung ansah.
Am Tag nach der Ausstrahlung von Sams Dokumentation, dem 18. März, wurde am New Yorker Bezirksgericht das Strafmaß gegen Héctor García verkündet. Torres saß ganz vorn im Saal. Dieses Ereignis wollte er sich auf keinen Fall entgehen lassen. Oberstaatsanwalt James Anderson hatte alle Versuche von Garcías gewieftem Anwalt abgeblockt, sich auf ein gemindertes Strafmaß zu einigen. Der Richter verurteilte García wegen des Mordes an Alison López zu einer lebenslangen Gefängnisstrafe ohne Aussicht auf vorzeitige Entlassung und hängte dann, dank

Garcías umfangreichen Geständnisses, noch zweimal lebenslänglich wegen der Anstiftung zum Mord in den Fällen Maria Gonzales und Kevin Wilson an. Er äußerte sein Bedauern darüber, dass er García nicht auch noch ein drittes Lebenslänglich aufbrummen konnte, weil der Mord an Frank Sullivan nicht in seinen Zuständigkeitsbereich fiel.
Obwohl niemand von der Familie López zur Urteilsverkündung gegen García erschienen war, trug der Anlass ebenso wie die Ausstrahlung der Doku am Abend zuvor dazu bei, dass die López erneut ins Rampenlicht gerieten. So kam es, dass der Gästeansturm auf die Casa López im März kaum zu bewältigen war. Nicht selten bildete sich vor dem Restaurant eine lange Schlange.
In den letzten Monaten dann drängten andere Nachrichten die López-Sache in den Hintergrund, doch das Geschäft lief weiterhin gut. Lange Wartezeiten schienen niemanden abzuschrecken. Das Essen war hervorragend, die Preise waren vernünftig, und das Restaurant hatte eine warme, freundliche Atmosphäre.
Torres hatte Pilar seit dem Tag, als Héctor García verhaftet wurde, nicht mehr gesehen. Sie rief ihn danach nicht an, und er hatte das Gefühl, dass es unangemessen wäre, wenn er sie anriefe. Mehrmals war er drauf und dran gewesen, ihr eine unverfängliche E-Mail zu schicken, doch ihm wollte einfach nichts Unverfängliches einfallen – abgesehen davon, dass er auch gar keine Lust hatte, ihr irgendwas Unverfängliches zu schreiben.
Also hielt er sich zurück. Schließlich war der Fall abgeschlossen. Wenn er dabei irgendwelche Gefühle entwickelt hatte, war das nicht Peris Problem, sondern seins. Er würde schon klarkommen. Er würde schon drüber wegkommen.
Sein Partner war dabei nicht gerade eine Hilfe. Miller aß mehrmals im Monat in der Casa López und schwärmte regelmäßig davon, wie lecker er gegessen hätte und dass Torres es unbedingt mal ausprobieren müsste.
»Sie fragt jedes Mal nach dir«, sagte Miller dann. »Wie es dir geht. Was es bei dir Neues gibt.«
»Wenn es sie wirklich interessiert, könnte sie ja anrufen und mich selbst fragen.«

»Benny, sie ist eine Frau.«
»Du hattest dein letztes Date im Mittelalter, Tommy.«
Worauf Miller grinste, mit irgendwas nach ihm warf und sagte, er bräuchte dringend eine Therapie.
Vielleicht hatte sein Partner ja recht, und er brauchte wirklich eine Therapie, dachte Torres, als er jetzt gegenüber von dem Restaurant stand. Wenn nicht, wieso war er dann hier? Wieso war er am Nachmittag auf dem Friedhof gewesen, versteckt hinter ein paar Bäumen, damit ihn niemand sah?
*Mach dir nichts vor*, sagte er sich, *von wegen Therapie, du brauchst was ganz anderes.*
Als er sie auf dem Friedhof gesehen hatte, war er zu Tränen gerührt gewesen. Pilar López in ihrem schlichten schwarzen Kleid, ohne Make-up, das Haar hinten von einer Spange zusammengehalten, sah genauso schön aus, wie er sie in Erinnerung hatte, wenn nicht sogar noch schöner. Sie brach nicht in Tränen aus, obwohl sie sich ab und an die Augen mit einem weißen Taschentuch betupfte. Sie war Anmut und Klasse in einem, eine stolze, faszinierende junge Frau, die endlich wieder mit ihrer Familie vereint war. Torres wusste, was ihn so rührte: zum einen die pure Freude, sie wiederzusehen, zum anderen die Mischung aus Wehmut und Glücksgefühl, weil Pilar, die so hart hatte kämpfen müssen, am Ende erreicht hatte, wonach sie sich so lange gesehnt hatte. Über Raphael López würde nun kein Schatten mehr hängen.
Torres richtete den Blick erneut auf das Restaurant gegenüber. Eine wohlgeformte brünette Frau mittleren Alters in einem farbenfroh geblümten trägerlosen Kleid und mit Riemchenpumps an den Füßen stöckelte auf die Casa López zu. Torres hatte sie auf dem Friedhof neben Pilar stehen sehen, gekleidet in ein schlichtes, dunkelgrünes Kostüm, einen stützenden Arm um Pilars Taille gelegt. Torres hatte sie zunächst nicht erkannt, weil die Verwandlung so krass war. Als ihm klar wurde, dass er Delores López vor Augen hatte, musste er unwillkürlich lächeln. Keine Spur mehr von dem dicken Make-up, dem wasserstoffblonden Haar, dem ausgezehrten Gesicht und dem abgemagerten Körper. Pilars Tante sah gesund und erstaunlich attraktiv

aus. Das mit Rüschen besetzte Sommerkleid, das sie jetzt trug, verströmte eindeutig lateinamerikanische Lebensfreude.
Benito Torres stand wie ein Voyeur im dunklen Eingang eines bereits geschlossenen Haushaltswarenladens und wartete, dass Delores López das Restaurant betrat. Sie hatte die Tür schon geöffnet, so dass erneut Salsa-Rhythmen hinaus auf die Straße schallten.
Und dann auf einmal hielt sie inne und warf einen Blick über die Schulter. Als ob sie gespürt hätte, dass er da stand, schaute sie über die Straße genau in seine Richtung. Sie trat von der Tür zurück und ließ sie wieder zufallen, um sich dann ganz zu ihm umzudrehen, die Händen auf die Hüften gestemmt, als würde sie darauf warten, dass er endlich diese verflixte Straße überquerte und zu ihr kam.
Torres wäre am liebsten geflüchtet. Er kam sich albern vor, und er hatte ein ähnliches Gefühl, wie es vermutlich ein Stalker hatte, wenn er in flagranti erwischt wurde. Aber die Flucht zu ergreifen, wäre noch beschämender als sich zu zwingen, zu Delores hinüberzugehen und ihr wenigstens hallo zu sagen und zu kondolieren.
»Mein aufrichtiges Beileid«, sagte er ernst, als er durch eine Lücke im fließenden Verkehr geschlüpft war und schließlich Pilars Tante gegenüberstand.
»Ich hab Sie auf dem Friedhof gesehen.«
Torres spürte, wie ihm vom Hals aufwärts heiß wurde. »Ich … ich wollte nur meine … Anteilnahme bekunden, aber ich wollte nicht … stören.«
Delores verdrehte die Augen, sagte aber nichts dazu.
»Sie sehen toll aus, Delores.«
»Lo, wissen Sie noch? Und Sie sehen beschissen aus, Torres.«
»So schlecht nun auch wieder nicht«, murmelte er.
Sie grinste. »Stimmt. Sie sehen immer noch scharf aus.«
Die kesse Bemerkung machte Torres verlegen, obwohl er wusste, dass Lo genau das beabsichtigt hatte. Und es machte ihn immer nervöser, direkt vor dem Restaurant zu stehen, wo Pilar ihn sehen könnte.
»Kommen Sie mit rein?«

»Nein«, sagte er rasch und machte ein paar Schritte nach rechts, um von den großen Fenstern des Restaurants wegzukommen.
»Und ob Sie mit reinkommen. Sie gehören dazu. Ihr Partner müsste übrigens schon drin sein. Er konnte nicht zur Beerdigung kommen, aber er wollte heute Abend dabei sein.«
»Tommy wollte dabei sein?«, wiederholte er verdattert.
»Genau wie all die anderen üblichen Verdächtigen«, fügte sie augenzwinkernd hinzu.
»Ich … ich bin bloß –«
»Zufällig in der Gegend?«, sagte Delores mit hochgezogenen Brauen. »Sie sind ein schlechter Lügner, Torres.«
»Ben.«
»Echt, Sie sind ein schlechter Lügner, Ben. Sie würde Sie gern sehen. Gerade jetzt. Der heutige Tag war nicht leicht für sie, wissen Sie.«
»Ich weiß.« Torres schluckte schwer.
»Sie ist diejenige, der Sie Ihre Anteilnahme zeigen sollten, Ben.«
»Das werde ich … aber nicht heute Abend.« Er machte noch ein paar Schritte rückwärts, doch Lo hielt ihn am Arm fest.
»Tanzen Sie Salsa, Ben?«
»Nein.«
»Lügner!«
»Lo, bitte. Ich bin nicht so weit.«
»Sie werden nie so weit sein. Sie warten und warten, und eines Tages sind Sie tot, genau wie …« Lo brachte den Satz nicht zu Ende, und Tränen traten ihr in die Augen. »Da sehen Sie mal, was Sie bei mir anrichten. Ich verschmier mir noch die ganze Wimperntusche.« Sie holte ein Taschentuch aus ihrer Handtasche und tupfte sich damit vorsichtig um die Augen.
»Tut mir leid.« Er wusste nicht, was er sonst sagen sollte.
»Das müssen Sie wiedergutmachen. Erst essen Sie was, und dann tanzen Sie. Probieren Sie unbedingt die Vorspeisenplatte. Heute ist alles gratis. Sie werden begeistert sein. Es gibt frittierte Bananen, gefüllte Kartoffeln, puerto-ricanische *tamales* aus Bananenmehl mit Schweinefleisch und *pastelillos* mit Rindfleisch- oder Käsefüllung.«

Torres lief wirklich das Wasser im Munde zusammen, und Lo sah ihm das wohl an, denn sie lächelte. Sie tätschelte seinen nicht vorhandenen Bauch. »Da sehen Sie mal, selbst ich weiß, dass der eigentliche Weg zum Herzen eines Mannes durch den Magen geht«, sagte sie zwinkernd. Als sie ihn diesmal am Arm zog, leistete er keinen Widerstand. Gemeinsam betraten sie das Restaurant.
Sam Berger entdeckte ihn als Erster. Er umarmte Torres stürmisch. »Gratulieren Sie mir, Mann.«
»Wollte ich gerade. Sie konnten es ja nicht abwarten. Der Film ist umwerfend. Obwohl Sie manche Szenen an Orten gedreht haben, wo Sie nichts zu suchen hatten. Ich hab ihn mindestens viermal gesehen. Im Ernst, er ist einfach toll. Pilar war bestimmt auch begeistert.«
»Ja, ja, aber das hab ich nicht gemeint.«
Im selben Moment kam eine strahlende Karen Meyers, schick gekleidet in türkisfarbener Bluse und weißer Hose, zu ihnen. Sie hielt Torres einen funkelnden Diamantring unter die Nase. »Es ist derselbe Ring, den ich bei unserer ersten Verlobung von ihm bekommen hab. Gut, dass er ihn aufbewahrt hat. Jetzt, wo ich als Anwältin für das Fehlurteile-Projekt arbeite, könnten wir uns eh keinen neuen leisten.«
»Sie wollen heiraten?« Torres war nicht sonderlich überrascht. »Das freut mich.«
»Sie sind eingeladen. Wir feiern nur im kleinen Kreis.«
»Im ganz kleinen Kreis«, sagte Berger mit Nachdruck. »Höchstens zehn Leute.«
»Na, jedenfalls nicht mehr als zwanzig«, sagte Karen lachend. »Wir feiern nächsten Monat hier im Restaurant. Am vierzehnten August. Um sieben.«
»Ich muss nachsehen, ob –«
»Sie kommen. Karen duldet kein Nein. Deshalb ist sie ja auch so gut in ihrem Job.«
Karen kniff Sam in den Hintern. Er legte einen Arm um sie.
Torres lächelte. »Ja, Sie sind gut, Karen. Ich hatte befürchtet, es würde viel länger dauern, Pilars Vater freizubekommen. Sie haben großartige Arbeit geleistet.«

»Ohne die Polizei hätte ich das nicht geschafft. Sie haben den Mörder überführt.«
»Ja, nach nur vierundzwanzig Jahren und mit jeder Menge Glück.«
Torres spürte einen Schlag auf dem Rücken. Als er sich umdrehte, stand sein Partner mit zwei Drinks in den Händen vor ihm.
»Hier, ein Blue Mojito für dich. Und frag mich nicht, was drin ist. Trink einfach und du fühlst dich im Nu richtig locker.«
»Wie viele davon hast du schon intus?«, fragte Ben sarkastisch.
»Ich hab nicht gezählt.«
Ben trank einen Schluck von dem kühlen, überaus köstlich schmeckenden Cocktail und sah zu, wie Tommy im Salsaschritt zu seiner Frau an die Bar tänzelte.
Und dann sah er sie. Sie ging mit einem Tablett Mini-Empanadas herum. Im Unterschied zu den Gästen hatte Pilar sich nicht umgezogen. Sie trug noch immer schwarz. Sie hatte allerdings das Haar gelöst, und Torres sah zu seiner Freude, dass es noch genauso lang und üppig gewellt war, wie er es in Erinnerung hatte. Während sie sich langsam durch die dicht an dicht stehenden Gäste schob und die Empanadas anbot, musste sie immer wieder stehen bleiben, weil irgendwer ihr kondolierte und ein paar tröstliche Worte sagte. Pilar bedankte sich bei jedem freundlich lächelnd. Sie wirkte nicht im Geringsten erschöpft, obwohl Torres wusste, wie anstrengend das alles für sie sein musste. Sobald das große Tablett leer war, tauchte ein junger Kellner in weißem Hemd und schwarzer Hose an Pilars Seite auf, nahm ihr das Tablett ab und verschwand Richtung Küche, um es wieder aufzufüllen.
Gleich darauf kam eine Kellnerin im gleichen schwarz-weißen Outfit, und brachte Pilar, die ihre Gäste anscheinend persönlich bedienen wollte, ein neues Tablett, das mit dampfend heißen *carne fritas* gefüllt war, knusprig gebratene marinierte Schweinefleischhäppchen.
Es lief jetzt die CD einer Latina-Sängerin. Torres erkannte die Stimme der Frau nicht, aber sie war tief, sinnlich und romantisch zugleich. Mehrere Paare fingen einfach an zu tanzen, wo sie gerade standen. Arme umschlangen Hälse oder Taillen, wäh-

rend sich die Körper eng aneinandergeschmiegt zur Musik bewegten.
Ben stand noch bei Karen, Sam und Lo. Doch Lo drängte das frisch verlobte Paar, auch zu tanzen, was sie sich nicht zweimal sagen ließen. Ben fürchtete, dass Lo ihn jetzt auch zum Tanzen auffordern würde, wodurch er nicht mehr würde flüchten könne, ehe Pilar, die unaufhaltsam näher kam, ihn erblickte.
Er wusste nicht, was er zu ihr sagen würde, nachdem er ihr sein Beileid ausgesprochen hatte. Und was sollte sie schon großartig darauf erwidern? Erst recht verstand er nicht, wieso er überhaupt so eine Angst vor der Begegnung mit ihr hatte. Er hatte eigentlich nur ein paar Tage mit ihr zu tun gehabt, auch wenn es zugegebenermaßen intensive, dramatische, ja gefährliche Tage gewesen waren, aber sie hatten keine Wochen oder Monate miteinander verbracht. Und das Wichtigste, was er sich immer wieder in Erinnerung rufen musste, war, dass er für Pilar bloß ein Cop war, der ihr geholfen hatte, ihren Vater freizubekommen und einen Mord aufzuklären. Weder von ihrer noch von seiner Seite aus hatte es irgendwelche Signale gegeben. Selbst die wenigen Male, wenn sie seine Hand ergriffen hatte, waren lediglich Ausdruck von Dankbarkeit und Erleichterung gewesen.
Und dennoch, obwohl sie nur so kurze Zeit miteinander zu tun gehabt hatten, kam es Ben so vor, als würde er diese Frau besser kennen als jede andere, die er je gekannt hatte, außer seiner verstorbenen Frau. Er hatte so viel erfahren über Pilar López, über ihre Vergangenheit und Gegenwart, selbst über ihre Zukunftswünsche. Er war es gewesen, der sie zu ihrem ersten Besuch bei ihrem Vater im Gefängnis gebracht und ihr nach dem Besuch Trost und Beistand geleistet hatte. Er hatte in den Tagen danach getan, was er konnte, um für ihre Sicherheit zu sorgen, und als sie in Gefahr geriet, war er entschlossen gewesen, sie zu retten, was ihm mit Hilfe anderer auch gelungen war. Zugegeben, als Polizist war es seine Aufgabe gewesen, den wahren Mörder von Pilars Mutter zu überführen. Aber es war für ihn von Anfang an mehr gewesen als nur ein Job.
Und für all das war Pilar ihm dankbar, aus tiefstem Herzen. Das hatte sie ihm im Präsidium vor vielen Monaten gesagt, nachdem

er sie angerufen und von Garcías Verhaftung erzählt hatte. Ben verstand das. Und er lehnte ihren Dank ja auch nicht ab – dass sie Dankbarkeit empfand, war das Normalste von der Welt.
Sein Problem war bloß, dass ihm Dankbarkeit nicht genügte. Obwohl er wusste, wie verrückt das war. Was sollte diese schöne strahlende Frau denn auch anderes für ihn empfinden? Er wusste so viel über sie, sie dagegen praktisch nichts über ihn.
Und wessen Schuld war das?
»Möchten Sie probieren?«
Als er ihre Stimme dicht neben sich hörte, wäre ihm fast das Herz stehengeblieben.
Sie hielt ihm das Tablett mit den letzten *carne fritas* hin.
»Pilar.«
»Lange nicht gesehen, Ben.«
»Es … tut mir so leid, das mit –«
Sie ließ ihn nicht zu Ende kondolieren. »Wir hatten noch mehr wunderbare Monate zusammen, als ich mir je erträumt hätte. Ich bin froh. Und ich bin Ihnen für … für so vieles so unendlich dankbar.«
Noch mehr Worte der Dankbarkeit. Es war das Letzte, was Torres hören wollte.
Plötzlich nahm Tante Lo Pilar das Tablett aus den Händen. »Du hast genug serviert, Pilar. Jetzt tanz mal schön mit deinem Detective.«
Während sie auf einer Hand das Tablett balancierte, schob Lo mit der anderen Pilar auf Ben zu, und die beiden begannen zu tanzen. Beide waren verlegen, doch durch die Musik entspannten sie sich allmählich.
»Sie haben ein gutes Rhythmusgefühl, Benito Torres«, sagte Pilar mit den Lippen ganz dicht an seinem Ohr, damit er sie bei der lauten Musik verstand. Ihre Worte und ihr warmer Atem brachten ihn so durcheinander, dass er ihr auf die Füße trat.
Pilar lachte, zog ihn enger an sich, ließ seine Hand los und schlang die Arme um seinen Hals. Instinktiv umfasste er ihre Taille mit beiden Armen. Gott, er fühlte sich wie im Himmel.
Als die Musik zu Ende war, empfand Torres es wie eine Qual, als sich ihre Körper voneinander lösten. Doch dann nahm Pilar

seine Hand und führte ihn durch das Restaurant nach draußen auf die Straße, um frische Luft zu schnappen.
»Ich hatte gedacht, ich würde sie bei Garcías Urteilsverkündung sehen«, sagte Ben.
»Ich musste nicht dabei sein. Ich war zu Hause bei meiner Familie. Das Haus hier gehört mir. Ich habe oben eine große Wohnung. Ich wollte, dass alle ein eigenes Zimmer haben, Nana, die Pflegerin, mein Vater, sogar Tante Lo. Sie ist nur zwei Monate geblieben, um mir bei allem zu helfen und das Restaurant auf die Beine zu stellen. Jetzt hat sie eine eigene Wohnung und arbeitet in einem Friseursalon. Sie springt für mich ein, wenn ich mal nicht hier im Lokal sein kann.«
»Hat Ihr Vater eigentlich vom Staat eine Wiedergutmachung bekommen?«
»Karen arbeitet noch daran. Aber ehrlich gesagt, so viel Geld gibt's auf der ganzen Welt nicht, um das wiedergutzumachen, was er all die Jahre erlitten hat.«
»Was Sie alle erlitten haben«, sagte Ben.
Pilar lächelte. »Jetzt leide ich nicht mehr, Ben.« Sie sah ihm direkt in die Augen. »Ich dachte, Sie hätten genug von mir und meinen Problemen.«
»Nein«, sagte er bloß.
Ihr Lächeln wurde breiter. »Wie schön.«
Ben nickte. Er hatte Angst, etwas zu sagen, wollte nichts Falsches sagen. Er kam sich vor wie ein Schuljunge. Aber so schlecht war das Gefühl gar nicht.
»Ich hab gesehen, dass Sie die Anzeige gegen Eric Fisher vor einigen Monaten zurückgezogen haben«, sagte Torres schließlich.
»Wir haben eine Vereinbarung getroffen«, sagte Pilar. »Er hat sich bereiterklärt, nach London zu ziehen, wo er im dortigen Büro seiner Firma arbeiten und sich nie wieder bei mir melden wird, wenn ich ihn noch einmal davonkommen lasse.«
»Hat er sich daran gehalten?«
»Bisher ja.«
»Und Ihr Großvater? Ich nehme an, er ist heute nicht eingeladen.«

Pilars Lächeln hatte etwas Wehmütiges angenommen. »Morris und ich telefonieren ein-, zweimal die Woche. Er hat meinen Vater wirklich für schuldig gehalten. Als er die Wahrheit erfahren hat, hat er angeboten, zu helfen, wo er kann, mir, meiner Familie. Er hat gesagt, er würde alle medizinischen Kosten übernehmen, uns so viel Geld geben, wie wir bräuchten, für uns ein Haus kaufen. Als er hörte, dass ich vorhatte, dieses Restaurant aufzumachen, wollte er das ganze Projekt finanzieren, ohne irgendwelche Bedingungen, wie er geschworen hat. Ich habe ihm geglaubt.«
»Dann hat er also das Restaurant finanziert?«
»Nein, das wollte ich unbedingt allein hinkriegen. Ich hab einen Kredit aufgenommen, bei einer der wenigen Banken, die bereit waren, ein puerto-ricanisches Restaurant zu unterstützen, noch dazu eins in East Harlem. Die traurige Berühmtheit meines Vaters war anscheinend kein Hinderungsgrund. Sie hat der Bank sogar gute Publicity verschafft. Und ich hatte ein paar private Investoren.«
»Karen und Sam?«
»Ich wollte nicht viel von ihnen nehmen, aber ich wusste, wie wichtig es ihnen war, mir zu helfen. Und ich bin froh darüber. Ich richte ihre Hochzeitsfeier aus.«
»Ich weiß. Ich bin eingeladen.«
»Ich hoffe, Sie werden kommen.«
Sie standen eng beieinander, Pilars Haar wehte in der warmen Abendluft. »Möchten Sie mit mir hoch in die Wohnung kommen?«, fragte sie unvermittelt.
Ben war ein wenig erschrocken. »Jetzt?« Er blickte hinüber zum Restaurant.
Sie lächelte. »Ja. Jetzt.« Sie nahm seine Hand, zog einen Schlüssel aus der Tasche ihres Kleides und schloss die Metalltür neben dem Restaurant auf. Die Treppe war lang und schmal, und Pilar ging voraus. Mit demselben Schlüssel öffnete sie die Tür im ersten Stock. In dem großen, gemütlich eingerichteten Wohnzimmer brannte Licht. Die Holzböden sahen aus, als wären sie kürzlich abgeschliffen und geölt worden. Die Wände waren zart cremefarben gestrichen, die Stuckverzierungen weiß. Zwischen zwei großen Fenstern befand sich ein Kamin, auf dessen Sims

gerahmte Fotos standen, alte und neue. Er ging hin, um sie sich anzusehen.

Pilar trat neben ihn und nahm wieder seine Hand. »Kommen Sie.« Diesmal führte sie ihn in einen Flur, von dem mehrere Zimmer abgingen – die Schlafzimmer, wie Torres vermutete, obwohl die erste Tür links aussah wie ein Fahrstuhl, der vermutlich hinunter ins Restaurant führte.

Sie öffnete die zweite Tür rechts und steckte den Kopf hinein. »Bist du so weit?«

Zunächst dachte Torres, er wäre gemeint, und dachte: *Und ob ich so weit bin.*

Doch dann antwortete die Stimme eines Mannes im Innern des Raumes. »*Sí*, Pilar. Wie seh ich aus?«

»Du wirst einer der stattlichsten Männer auf der Party sein«, sagte Pilar mit einem leisen Lachen und trat beiseite, damit Ben den Mann sehen konnte, der in dem Zimmer stand. Der Mann hielt sich an einem Rollator fest und sah gebrechlich und schwach aus, aber er trug ein elegantes Jackett im Matadorstil, ein weißes Hemd und eine weiße Hose. Torres spürte den Tod in der Luft, als er Raphael López in die Augen sah. Doch als der Mann von ihm zu seiner Tochter blickte und lächelte, erkannte Torres, dass López nicht so leicht aufgeben würde. Er hatte einfach noch zu viel, wofür es sich zu leben lohnte, und er würde jeden Moment, der ihm noch blieb, bewusst genießen.

»Daddy konnte nicht mit zu Nanas Beerdigung, weil er wieder eine Chemo hat. Er macht im Sloane Kettering eine neue Versuchsbehandlung mit. Er sollte sich eigentlich ausruhen, aber er will unbedingt mit uns allen zusammen ein bisschen das Leben seiner Mutter feiern.«

Tränen traten Raph López in die Augen. »Die letzten Monate zusammen mit meiner *madre* waren mehr, als ich mir je hätte erträumen können. Wir haben beide die ganze Zeit so getan, als würden wir uns umeinander kümmern, wo doch in Wahrheit meine liebe Tochter für uns beide da war.«

»Ich freue mich für Sie, Mr López, dass Sie noch diese gemeinsame Zeit mit ihr hatten. Ich hätte Ihnen nur gewünscht, sie wäre länger gewesen«, sagte Ben.

»Lassen Sie doch das Mister, ja? Ohne Sie wäre ich heute nicht hier. Kommen Sie her, mein Sohn.«
Torres ging zu Raphael López, und obwohl er von der Chemotherapie sichtlich geschwächt war, ließ er den Rollator los, wandte sich dem Polizisten zu und umarmte ihn.
Ben merkte wieder, wie er feuchte Augen bekam, als er die Umarmung des Mannes erwiderte. *Ein toller Latino-Macho war er.*
Schließlich löste Raph sich aus der Umarmung, und Pilar schob ihm den Rollator hin, den er wieder packte. Raph betrachtete seine Tochter, wie sie neben dem Detective stand. »So«, sagte Raph, »jetzt sind wir endlich alle zusammen. Kommt, gehen wir nach unten in die Casa López und danken wir Gott für das, was Er uns genommen und für das, was Er uns gegeben hat. Und für das, was wir einander gegeben haben und weiterhin geben werden. *Sí?*«
*»Sí«*, erwiderten Ben und Pilar wie aus einem Munde.

Elise Title

**Tacita**

Thriller

Aus dem Englischen von

Ulrike Wasel und Klaus Timmermann

Band 16599

Der Tod und das Mädchen

Superintendent Natalie Price und ihr Kollege Leo Coscarelli haben einen neuen Fall: Die attraktive Sherry Buckley liegt ermordet in ihrer Wohnung. Ihre fünfzehnjährige Tochter Nikki steht unter Schock. Nicht nur, dass sie ihre Mutter verloren hat, sie kommt auch noch in die Obhut ihres brutalen Stiefvaters Aaron Buckley. Als dieser in Mordverdacht gerät und verhaftet wird, ist Nikki ganz auf sich gestellt. Und sie schweigt beharrlich …

»Elise Titel zieht alle Register der Spannungsorgel,
dass einem fast Hören und Sehen vergeht.«
*Die Welt*

Fischer Taschenbuch Verlag

fi 16599 / 1

Elise Title

**Circe**

Thriller

Aus dem Englischen von

Ulrike Wasel und Klaus Timmermann

Band 16773

Ein Fall für Natalie Price

Polizeichef Steven Carlyle wird unter Mordverdacht verhaftet. Er soll eine junge Frau aus der Bostoner Oberschicht getötet haben, die ein Doppelleben als Edelprostituierte führte. Alle Hinweise deuten auf ihn. Doch Superintendent Natalie Price zweifelt an der Schuld ihres Vorgesetzten. Undercover als Callgirl »Samantha« kommt sie einem Komplott auf die Spur, das plötzlich auch ihr Leben bedroht ...

Fischer Taschenbuch Verlag

fi 16773 / 1

Elise Title

**Noxia**

Thriller

Aus dem Englischen von
Ulrike Wasel und Klaus Timmermann

Band 16598

Mord auf dem Campus

Als Kimberly Burke in ihre Studentenwohnung zurückkehrt, erwartet sie ein Bild des Schreckens: Ihre beiden Mitbewohnerinnen wurden grausam ermordet, ihr Exfreund hat sich im Wohnzimmer erhängt. Doch ist es wirklich so, wie es scheint? Oder wurde alles nur inszeniert, um Kimberly zu belasten? Verzweifelt ergreift sie die Flucht.

Als ein Jahr später wieder zwei Studentinnen auf dem Campus verschwinden, muss sie sich der Vergangenheit stellen ...

Fischer Taschenbuch Verlag

fi 16598 / 1